소설의 이해

소설의 이해

나병철 지음

문예출판사

머 리 말

모든 예술 중에서 소설이 특히 매력적인 이유는 그 내용과 형식이 삶의 과정 자체와 매우 닮았기 때문일 것이다. 한 편의 소설이 지닌 진한 감동력은 바로 우리 자신의 일상 경험에 미세하게 반향된다. 삶의 과정이 힘들어지면 질수록 소설의 이야기는 한결 더 그 경험에 깊은 울림을 주어왔다.

그러나 삶의 이야기 자체가 감동력을 잃어버린 시대에 소설은 어떻게 예전의 매력을 회생시킬 수 있을 것인가. 이미 오래전부터 모두가 공감하는 거대한 삶의 이야기는 사라져 가고 있다. 그리고 그 이야기를 잃어버린 소설은 이제 자신의 형식을 스스로 무너뜨려 가고 있다. 소설의 해체가 입에 오르내리게 된 데에는 그같은 불행한 사연이 숨겨져 있는 것이다.

하지만 소설의 해체는 삶과 이야기의 무덤을 의미하지는 않는다. 흔히 말하는 해체라는 것은 단순한 파괴와 종말을 뜻하는 것이 아니다. 어떤 것을 해체한다는 것은 그것을 구분하는 간막이, 즉 경계선을 무너뜨린다는 의미를 지닌다. 소설의 해체 역시 그와 마찬가지일 것이다. 이른바 소설의 해체란 소설을 구분하는 간막이, 즉 소설과 현실의 (다분히 인위적인) 경계선을 허무는 것을 뜻한다. 이를 반대편(현실쪽)에서 보면 아마 현실과 소설의 경계를 부수는 것일 터이다. 소설의 해체가 실상은 현실의 해체의 이면인 것은 그 때문이다.

말하자면 소설의 해체란 현실이 소설처럼 되어버렸음을 의미한다. 소설은 사멸되기는커녕 경계선을 넘어서 현실 곳곳으로 침투해가고 있다. 이제는 삶 자체가 얼마든지 다시 고쳐 쓸 수 있는 (또한 고쳐 써야 하는) 소설처럼 되어 버린 것이다. 가령 예전에 과학으로 부르던 것조차 우리는 이제 서사(즉 소설 같은 이야기)에 연관된 것으로 이해하려 하고 있다.

더욱이 소설은 다른 매체로까지 전이되어 영화, 만화, 컴퓨터 게임, 시뮬레이션 등으로 옮겨가고 있다. 소설의 형제들인 이 여러 매체들은 오늘날 새롭고 다양한 서사물로 부각되고 있다. 반면에 소설은 그 뉴미디어들의 영향을 받아 또다시 새로운 모습으로 변신해 간다. 소설은 이미 모더니즘 시대부터 영화와 연관을 맺어 왔으며 오늘날에는 게임이나 가상현실 등과도 뒤섞이고 있다.

따라서 소설은 문화보관창고에 넣어두어야 할 폐물이 아니라 새롭게 다시 살펴봐야 될 장르로 떠오르고 있다. 소설과 서사장르는 삶의 근본적 이해에 연관될 뿐만 아니라, 뉴미디어 시대의 핵심적인 문화형식으로 부상하고 있기 때문이다. 다만 우리는 소설을 보다 유연하고 폭넓은 관점에서 다양한 서사형식의 한 종류로 이해하는 것이 필요할 것이다.

서사형식의 하나로서 소설에 대한 우리의 논의는 폐쇄된 간막이를 넘어서서 다른 매체와 장르들에 연관시킬 필요가 있을 것이다. 그런 관점에서 이 책의 모든 논의는 경계선 만들기와 경계선의 해체로 요약될 수 있다. 소설을 설명하기 위해 분류하고 나누고 분석하는 것은 대부분 경계선 만들기에 해당한다. 실제로 우리의 연구는 상당 부분이 여기에 편중되어 있다. 그러나 그런 분석적 작업은 이해와 설명을 위해 인위적인 도식을 그리는 것일 뿐이다. 따라서 경계선을 만드는 소설에 대한 모든 논의는 반드시 경계선의 해체를 전제로 해야 한다.

이처럼 소설을 고정된 간막이에서 해방시키는 관점은 또 한 역사적으로 장르와 형식의 변화 가능성을 열어두는 것과 일치한다. 경계선 해체를 전제로 한 우리의 논의가 변증법적 연구와 중첩되는 것은 이 지점에 서이다. 형식에 대한 연구를 역사적 연구 속에서 수행하는 변증법적 방법은 서사장르의 역사적 변화의 맥락에서 소설 형식을 이해하기 때문이다.

따라서 한편으로는 신매체와의 연관 속에서, 그리고 또 한편으로는 역사적인 맥락 속에서 소설을 연구하는 것이 이 책의 독특한 관점이다. 필자는 그런 이중적 스펙트럼을 합체시키기 위해 형식미학과 변증법적 미학을 중첩시키는 방법을 찾아 보았다. 이제까지 변증법적 미학은 주로 인식론의 관점에서 소설의 내용과 내적 형식의 연구에 치중해 왔다. 반면에 형식미학은 대부분 서술과 시점이론에 집중되어 있었다. 하지만 인물, 플롯 등의 내적 형식과 시점, 서술 등의 외적 형식은 하나의 소설 속에 합체되어 있으며, 각각을 연구하는 두 가지 미학은 보완적인 관계에 있는 셈이다. 그 보충적인 관계의 연구들을 결합하기 위해, 필자는 두 가지 분리된 미학의 맥락들을 내밀하게 연결하는 방법을 모색했다.

그 결과 소설의 두 층위인 이야기와 담론은 비단 내용과 형식의 관계뿐만 아니라 보다 복합적인 차원에서 상호연관된 것으로 살펴질 수 있었다. 즉, 텍스트 층위에서 담론과 결합하고 있는 이야기는, 현실을 반영한 내용인 동시에 소설 자체의 내적 형식을 이루고 있다. 반면에 이야기 내용의 전달형식인 담론은, 기법 혹은 외적 형식이면서, 이야기-화자-감상자의 관계 속에서 그 자체가 현실의 인식적 관계를 반영한 내용의 일부로 전이되기도 한다. 단순히 기법적 요소로 불려온 담론 형식을 이야기 내용처럼 역사적 맥락에서도 고찰할 수 있는 것은 그 때문이다. 뿐만 아니라 이야기와 담론의 관계 역시 역사적 변화에 따라 다양한 형식들로 나타난다.

이처럼 역사적 연구와 형식적 연구를 결합시키는 한편 필자는 또한 보편적 서사이론과 우리문학의 특수성을 연관시키려 시도했다. 즉, 한국적 서사문학의 특수성을 부각시키기 위해 보편적 서사이론의 테두리

8

내에서 우리문학의 고유한 특성을 발견하려 노력했다. 그리고 그 반대로 우리 서사문학의 독특한 특성이 보편적 서사이론의 폭을 넓히는 데 기여하도록 했다. 그를 위해 이 책은 신화에서 고소설, 근대소설, 그리고 리얼리즘, 모더니즘, 포스트모더니즘에 이르는 우리 서사문학의 구체적 작품들을 망라해 보았다. 즉, 동명왕 신화에서 『조웅전』, 『춘향전』까지, 그리고 『무정』에서 「날개」, 「천지간」, 배수아 소설에 이르기까지, 한국 서사문학의 역사적 흐름이 서사이론의 고찰과 맞물리게 했다.

따라서 서사이론적 논점뿐만 아니라 우리문학의 여러 쟁점들이 자연스럽게 도출되도록 한 것이 이 책의 중요한 특성이다. 여러 논점들 중 특히 여기서 핵심적으로 다루어진 문제들은 다음과 같다. 먼저 전근대적 서사와 근대적 서사의 차이를 분명히 밝혀 이른바 근대성의 질문에 대한 서사이론적 답변을 마련해 보았다. 또한 리얼리즘과 구분되는 모더니즘 및 탈근대적 문제의식을 구체적 작품을 통해 고찰했다. 서구적 근대문학의 전개와 구분되는 근대적 구어체에 대한 연구 또한 이 책의 중요 논점의 하나이다. 아울러 기존의 시점이론들을 총정리하여 역사적 맥락에서 우리소설의 기법적 발전을 살피는 데 유용하게 사용될 수 있게 했다. 그밖에 소설의 시공간의 문제, 새로운 매체와 소설과의 연관성, 서정소설의 두 유형, 1인칭 성장소설, 액자소설의 이론 등이 주목되는 논점들이다.

이 책은 우리소설을 깊이 이해할 수 있는 소설론을 만들려는 의도하에 쓰여졌다. 이미 수많은 소설론들이 나와 있지만 통합적인 방법으로 우리소설을 세밀히 고찰할 수 있는 이론서가 항상 아쉬웠다. 기존의 책들 역시 여러 장점을 갖고 있지만 작품의 이해에 실제적으로 도움을 주는 데는 늘상 미흡한 편이었다. 또한 대개 어느 한쪽에 치우쳐 있어 전체적으로 소설을 이해하는 데는 한계가 있었다. 그래서 필자는 다양한 이론들을 복합적으로 종합하면서 우리소설의 특수성을 잘 이해할 수 있는 책이 필요함을 절감하게 되었다.

이미 여러해 전부터 필자는 몇 권의 책들과 논문들에서 그런 문제를 풀려고 시도한 적이 있었다. 그동안 논의된 내용이 보완되고 새로운 문제들이 추가되면서 이론적인 깊이와 세밀함을 지닌 항목들이 쌓여졌다. 거기에다 필자는 강의와 세미나 시간에 학생들과의 토론에서 얻어진 성과들을 포함시켰다. 부디 우리가 함께 다듬어낸 논의들이 우리소설을 이해하고 소설론을 강의하는 데 부족함이 없었으면 하는 바람이다. 그와 함께 이 책에서 제시된 논점들이 앞으로 보다 풍부한 내용과 이론으로 발전되어 갈 수 있기를 기대한다. 한편 책 뒤에는 색인을 덧붙여 간단한 용어사전으로 쓸 수 있게 했는데, 이처럼 용어를 중심으로 간편하게 소설을 이해하는 참조방식은 앞으로 더 보완해 나갈 예정이다.

이제까지 우리소설에 대한 토론에 참여해 준 모든 학생들에게 고마움을 전한다. 특히 곽병욱, 노은애 등 교원대학교 현대문학분과 회원들과의 세미나가 많은 도움이 되었다. 또한 근대초기 문학에 대한 부분에서는 서남대학교 이경훈 교수와의 토론이 큰 보탬이 되었다.

언제나 따뜻한 격려를 보내주는 아내 유미경에게 감사의 말을 보낸다. 늘상 좋은 책을 만드는 데 열정을 아끼지 않으시는 문예출판사 전병석 사장님께 깊이 감사드린다. 아울러 이 책을 펴내는 데 여러 가지로 애써 주신 박정하 편집장님과 편집부 여러분들께도 사의를 표한다.

1998년 1월

나 병 철

차 례

제 *1* 장
소설과 서사장르

1. 소설의 복합적 층위들

(1) 소설의 두 가지 층위

소설 장르를 이해하는 가장 중요한 요건은 소설의 두 가지 층위를 올바로 파악하는 것이다. 이제까지 우리는 소설을 막연히 한 편의 〈이야기〉라고 생각하는 경향이 있어 왔다. 그리고 인물, 사건, 배경 등 이야기의 요소들을 소설의 구성요소로 말하곤 했다. 그러나 이야기란 엄밀히 말해 소설의 두 가지 층위 중에 단지 한 층위에 불과할 뿐이다. 왜냐하면 소설이란 이야기가 아니라 이야기가 누군가에 의해 〈말해진 것〉이기 때문이다. 〈이야기〉와 이야기를 언어화하는 〈화자〉, 그리고 그 둘의 관계를 이해해야만 우리는 비로소 소설 장르를 올바로 파악하게 된다.

소설이 〈이야기를 언어화한 것〉이라는 뜻은 영화가 〈이야기를 영상화한 것〉이라는 의미와 정확히 일치한다. 우리는 어떤 영화의 줄거리(이야기)만 듣고 그 영화를 봤다고 말하지는 않는다. 영상(그리고 음향)을 통해 영화의 이야기를 보았을 때 우리는 비로소 영화를 감상했다고 말할 수 있다. 그와 마찬가지로 우리는 어떤 소설의 줄거리(이야기)만 듣고나서 그 소설을 감상했다고 얘기하지는 않는다. 미학적으로 언어화된 소설 텍스트를 통해 이야기를 수용했을 때 비로소 우리는 소설을 읽었다고 말하게 된다.

영화가 영상을 통해 이야기를 제시하는 것은 소설이 언어로써 이야기를 전달하는 것과 아주 동일한 과정이다. 영화와 소설은 똑같이 작품을 구성하는 〈두 가지 층위〉를 갖고 있는 셈이다. 하나는 내용에 해당되는 〈이야기〉라는 층위이며 또 하나는 그것을 전달하는 형식(혹은 표현)인 〈영상(영화)〉과 〈언어(소설)〉이다. 이야기는 우리의 삶의 내용이 영화나 소설에 담겨진 것이며, 영상과 언어는 그것을 예술 텍스트로 만드는 매체의 측면이다.

물론 그런 작품내용과 전달매체의 관계는 비단 소설(영화)에서만 나타나는 것은 아니다. 모든 예술들은 그 내용을 물질적 전달매체에 담아내야만 (감상자에게) 지각 가능한 예술작품으로 존재할 수 있다. 그러나 소설의 경우 내용과 전달매체의 관계는 다른 예술과는 구분되는 특별한 양상을 드러낸다. 즉, 소설의 내용인 〈이야기〉는 〈전달매체〉에서 어느 정도 독립적으로 존재하는 듯이 느껴지는 것이다. 우리가 빈번히 이야기 자체를 소설이라고 여기게 되는 것은 바로 그 때문이다. 이제 이 소설의 이야기와 전달매체 간의 특수한 관계를 예술 형식의 두 측면을 통해 보다 자세히 살펴보자.

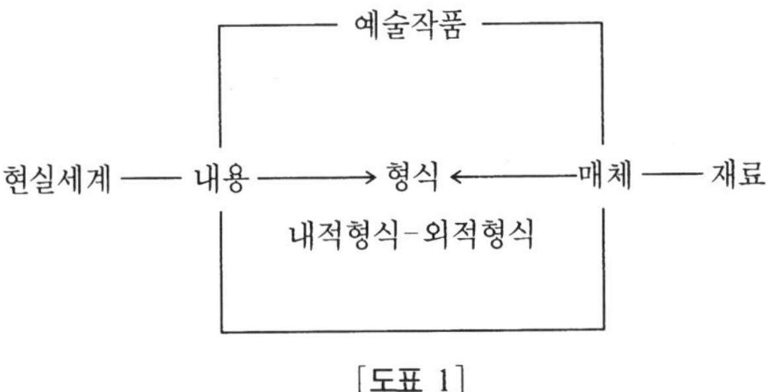

[도표 1]

모든 예술작품의 형식은 현실내용의 형상화와 전달매체(언어, 색채, 소리)의 구조화라는 두 측면의 작업으로 이루어진다. 전자는 현실세계를 반영(변형)하는 작업이며 후자는 예술의 재료로써 텍스트를 만드는 작업이다. 흔히 현실을 반영(변형)해서 만들어진 것을 〈내적 형식〉이라고 부르고 매체의 구조화는 〈외적 형식(기법)〉[1]이라고 부른다. 이 두 측면의 형식화는 거의 동시적으로 이루어지며 별도로 구분되는 것은 아니다. 그러나 내적-외적 형식은 개념적으로는 분명하게 구별된다. 그리고 양자간의 응집성은 예술 장르에 따라 다양하게 나타난다.

예컨대 음악이나 서정시는 내적 형식과 외적 형식이 거의 통합되어 있어서 불가분의 관계를 이루고 있다. 즉, 서정시의 정서나 자기인식의 내적 형식은 언어기법(외적 형식)인 운율·은유·상징 등과 거의 하나로 융합되어 있다. 서정시에서는 언어기법이 달라지면 정서(자기인식)의 내용과 형식이 달라지며 정서의 구조를 바꾸려면 언어 자체를 고쳐야 한다.

이에 반해 소설에서는 내적 형식(인물, 플롯)이 외적 형식(시점, 서술)으로부터 상대적으로 독립되어 있다. 소설의 경우 언어형식을 조금 고쳐도 이야기의 내용과 형식은 크게 달라지지 않는 것이다. 가령 「감자」(김동인)를 1인칭 목격자 서술(외적 형식)로 바꾼다고 이야기 내용이나 인물, 플롯(내적 형식) 등이 아주 달라지는 것은 아니다.

이처럼 예술작품은 내적 형식과 외적 형식(기법)의 응집성의 정도에 따라 몇 가지로 구분될 수 있다. 양자간의 응집성이 큰 정도에 따라 배열하면, 음악·서정시 —— 무용·연극·(회화) —— 소설·영화·만화 등의 순서가 될 것이다. 이들 중 첫번째 유형을 서정장르라고 부르며 세번째 유형을 서사장르, 그리고 그 중간의 것을 극장르로 분류한다.

서정장르의 경우 예술 텍스트를 만드는 주체(예술가)의 표현이 현실반영의 측면과 거의 구분되지 않으므로 〈자기인식적 예술〉이 된다. 자기인식이란 주체 내면의 어떤 가치적인 것(이상)과의 관계 속에서 현

---

1) 외적 형식은 흔히 〈기법〉으로 불리기도 한다.

실(삶)의 내용을 의식하는 것을 말한다. 자기인식적인 서정장르는 현실의 인식내용을 객관적이기보다는 주체의 내면성과 연관된 것으로써 형식화한다. 반면에 서사장르에서는 현실 반영으로서의 이야기 내용(형식)이 예술 텍스트를 만드는 주체의 표현으로부터 상대적으로 독립되어 있다. 서사장르의 경우 이야기 내용은 독립적인 객관세계로 나타나며 그 객관적 반영물에는 현실세계에 대한 인식이 포함되어 있다. 여기서 예술적 표현주체(예술가)는 객관적 반영물인 이야기를 〈중개〉하는 정도의 역할을 할 뿐이다.

물론 서사장르의 경우에도 예술적인 자기인식의 획득이 궁극적인 목적으로 놓여 있다. 그러나 서사장르는 이야기의 〈통시적 구성〉을 통한 현실인식을 매개로 자기인식에 도달한다. 서정장르와는 달리 서사장르를 〈인식적 예술〉로 구분하는 이유는 여기에 있다.

이야기 내용(형식)의 표현주체로부터의 〈상대적 독립성〉, 그리고 그로 인한 〈객관적 현실반영〉과 〈인식적 예술의 특성〉 등이 서사장르의 본질이라고 할 수 있다. 서사장르에서는 객관적 반영물인 〈이야기 세계〉라는 독립적 영역이 만들어지며, 표현주체는 그로부터 거리를 두고 물러서서 주로 (표현보다는) 중개하는 역할을 담당한다. 이 때문에 우리는 흔히 중개자(전달매체)의 존재를 간과한 채 서사물을 이야기 자체와 동일시하게 되는 것이다. 이런 상황에서 생겨나는 이야기와 중개자 사이의 거리를 우리는 〈서사적 거리〉라고 부른다. 서사(narrative)의 본질은 이처럼 〈이야기〉의 상대적 독립성, 〈서사적 거리〉, 전달매체의 〈중개성〉[2] 등으로 설명될 수 있다. 문학의 경우 중개성의 주체를 〈화자(narrator, 서술자)〉라고 부르는데, 이 역시 서사성(narrative)이 이야기와 전달매체(화자) 간의 특수한 관계에서 생겨난 것임을 암시한다.

대표적인 서사장르로는 소설, 영화, 만화 등을 들 수 있다. 연극이나

---

2) 소설 등 서사장르의 특성으로 중개성을 강조한 서사이론가로는 슈탄첼을 들 수 있다. 슈탄첼, 『소설의 이론』, 김정신 역(문학과비평사, 1990) 참조.

무용 역시 이야기를 지니지만 이 경우에는 이야기를 표현주체(배우, 연출자, 내포작가)를 통해 자기인식적으로 제시한다. 연극이 중개적 장르(서사장르)보다는 표현적이고 상징적인 극장르로 분류되는 것은 이 때문이다. 그와 달리 소설과 영화는 이야기를 전달매체를 통해 〈중개〉하는 특성을 지닌다. 따라서 이 서사장르들은 이야기와 표현주체의 불가분리성을 지닌 연극과는 달리 상대적으로 〈두 층위(이야기와 중개자)〉로 분리될 수 있는 것이다. 소설과 영화가 비교적 쉽게 상호 교체되는 장르인 반면 연극으로의 변환에는 많은 변형이 필요한 것도 같은 이유에서이다. 이제 이런 특성을 지닌 서사장르에 대해 서정시 및 연극과 비교하면서 다시 자세히 살펴보자.

(2) 소설의 장르적 특성

문학의 경우 예술적 형식화에서 현실반영(내적 형식)과 표현주체(외적 형식)의 상이한 관계에 따라 서정·서사·극문학이 생겨난다. 예컨대 서정시에서는 현실반영의 측면(내적 형식)이 언어 주체의 표현(외적 형식)과 거의 완전히 통합되어 있다. 이는 서정시의 내용(현실반영)이 언어 주체인 시적 화자의 주관에 용융된 것임을 뜻한다. 즉, 서정시의 현실반영의 내용은 객관세계로 나타나기보다는 시적 화자의 내면에 〈자기인식적〉으로 녹아든 것으로 드러난다. 이때 서정시의 시적 화자는 자신의 내면의 시적 〈내용〉을 언어를 통해 완전히 〈형식〉화하려 시도한다. 서정시에서 시적 내용과 언어 형식이 불가분의 통일을 이루고 있는 것은 이 때문이다. 앞서 밝혔듯이 서정시에서는 내용을 고치려면 언어를 바꿔야 하며 언어를 바꾸면 내용이 달라진다. 마찬가지로 서정시의 정서, 자기인식 등의 내적 형식은 운율, 이미지, 은유 등의 언어적 기법(외적 형식)과 뗄 수 없는 관계에 있다. 정서적 내용을 바꾸려면 운율과 이미지를 고쳐야 하며 운율과 이미지를 바꾸면 정서적 내용(그리고 자기인식)이 달라지는 것이다. 이런 서정시의 근원상황은 다음과 같이 표시될 수 있다.

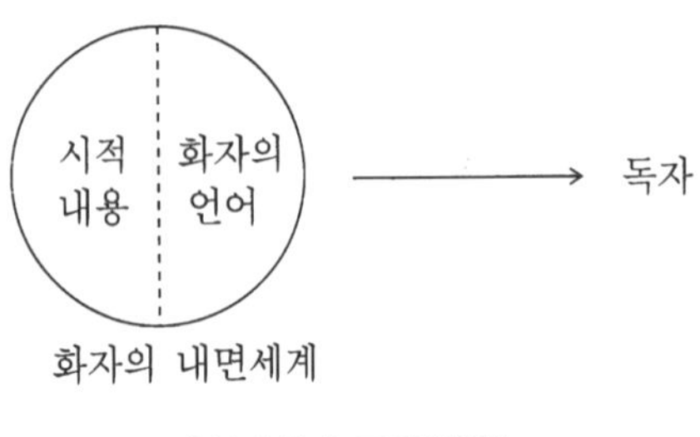

화자의 내면세계

[서정시의 근원상황]

　시적 내용(내적 형식)과 언어 형식(외적 형식)이 통합되어 있는 서
정시에서는 〈주객합일〉과 〈무시간성〉이라는 서정장르의 특성이 나타난
다. 주객합일이란 주체의 내면성과의 연관 속에서 삶(객관세계)을 인식
하는 〈자기인식〉적 예술의 특성을 말하며, 무시간성은 시적 내용이 객
관세계 자체가 아니라 화자의 주관적 내면에 녹아든 것임을 뜻한다.
즉, 화자 내면의 자기인식이나 정서는 현실의 객관적 시간이 아니라 화
자의 주관적 무시간성에 지배되는 것이다. 구체적인 작품을 예로 들어
이런 특성들을 살펴보자.

　　산에는 꽃 피네
　　꽃이 피네
　　갈 봄 여름없이
　　꽃이 피네

　　산에
　　산에
　　피는 꽃은
　　저만치 혼자서 피어 있네

—— 김소월, 「산유화」 1, 2연

　이 시의 내용은 '산에 꽃이 핀다'는 단순한 객관적 상황만을 말하는
것은 아니다. 만일 그렇다면 꽃이 핀다는 사실을 '꽃 피네', '꽃이 피네'

등으로 반복할 이유가 없을 것이다. 그와 달리 이 시는 '산에 꽃이 핀다'는 객관적 상황(사실)을 화자의 내면적 자기인식의 표현으로 드러내고 있다. 이 시의 운율과 이미지는 '꽃이 핌'(객관적 상황)에 대한 〈자기인식〉과 그에 근거한 〈정서〉를 시적으로 형식화한 것이다.[3] 따라서 〈운율·이미지(외적 형식)〉 등과 〈정서·자기인식(내적 형식)〉 등은 이 시작품 속에 통합되어 있다.

이런 외적 형식(기법)과 내적 형식의 통일, 그리고 주체적 자기인식과 객관적 상황의 혼융이 서정장르의 본질이라고 할 수 있다. 서정시의 〈주객합일〉이란 바로 이를 일컫는 것이다. 또한 윗 시의 내용은 객관적 사실(상황)이 아니라 그것이 화자 내면에 자기인식적으로 녹아든 것이므로, 객관적 시간이 허물어진 〈무시간성〉 속에서 제시된다. 위 시의 언어적 배열은 화자의 자기인식과 정서에 종속되며 객관적 시간의 진행과는 무관한 것이다.

이같은 주객합일의 시적 상황에서 객관적 현실반영과 주체적 자기인식, 그리고 내적 형식(내용)과 외적 형식(매체형식)이 분리되기 시작하면 산문장르가 나타난다. 시적 운율과 이미지가 제거된 산문은 인식내용을 주체적 자기인식으로부터 분리해 〈객관화〉시키는 힘에 의존한다. 어떤 작품이 산문으로 되어 있다는 것은 적어도 그 내용이 표현주체의 자기인식으로부터 최소한의 〈거리〉를 두고 있음을 뜻한다.

작품 내용을 객관화시키는 〈거리〉가 그 내용을 자율적인 객관세계로 드러낼 만큼 충분할 때 서사장르가 나타난다. 이때 작품 내용을 언어화하는 화자는 서정적 표현주체로부터 서사적 〈중개자〉로 물러나게 된다. 그러나 작품 내용을 화자(작가)로부터 분리시키는 거리가 서사적 객관세계(즉 이야기 세계)를 형성할 만큼 충분하지 못할 때 산문장르는 수필, 논설 등의 중간적 장르에 머물게 된다. 수필, 논설, 철학 등의 인식적(혹은 준인식적) 담론과 서사적 담론의 차이는, 작품 내용이 자율적

---

3) 정서와 자기인식의 관계에 대해서는 나병철, 『문학의 이해』(문예출판사, 1994), 152~54면 참조.

인 〈객관세계(이야기 세계)〉를 형성하느냐, 그리고 그만큼 작품내용과 언어주체 간에 충분한 〈거리(서사적 거리)〉가 유지되느냐의 차이이다. 인식적 담론은 화자(작가)의 자기인식에서 독립한 객관적 인식물이지만, 그러나 그 인식물은 스스로 객관세계(이야기 세계)를 이루지 못하는 점에서 여전히 주관에 종속되어 있다. 예컨대 〈수필〉은 시적 운율·은유 등이 배제된 점에서, 서정적 주객통합에서 벗어난 산문적 인식물이지만, 그 인식내용은 여전히 주관에 지배되고 있다. 다시 말해 수필은 〈주관(관점)에 종속된 객관적 인식내용〉이라고 할 수 있다.

수필이 주관에 종속된 인식내용이라는 점은, 현실 반영(인식내용)에서 나타난 갈등을 〈주관적으로 초탈(초월)〉하는 내용적 특성에서도 확인된다. 이에 반해 서사장르에서는, 현실의 반영물(이야기) 속의 〈갈등〉이 자율적 객관세계(이야기 세계)에서 작용함으로써, 이야기 세계가 독립적으로 운동하게 하는 서사적 〈플롯의 추진력〉이 된다. 소설에서 이야기 세계(객관세계)의 갈등을 주관적으로 무화시키면 수필이나 논설로 변하는 장르적 변환이 일어나는 것은 이 때문이다.[4]

물론 인식적 담론 중에서도 수필 같은 준예술적 장르와 과학을 지향하는 담론 간에는 근본적인 차이가 존재한다. 수필은 일반적 예술처럼 인간의 삶(주체-객체)을 인식주체와의 관계 속에서 반영한다. 이에 반해 과학(사회과학)은 인간의 삶(주체-객체)을 객관적 대상으로서 인식하게 된다.[5] 수필에서 인식주체의 정서적 표현(그리고 자기인식)이 중요한 반면 과학에서는 그렇지 않은 것은 이 때문이다. 그러나 과학의 객관적 인식도 궁극적으로는 주체적 관점에서 의거한 것인 점에서 수필·논설 등의 인식적 담론과 유사성을 지닌다. 여기서 수필을 기준으로 한 인식적 담론의 근원 상황을 도표로 표시해 보자.

---

4) 주관적인 서정소설이나 사상을 담은 사변적인 관념소설 등이 여기에 해당된다.

5) 예술과 과학의 차이에 대해서는 나병철, 『근대성과 근대문학』(문예출판사, 1995), 74면 참조.

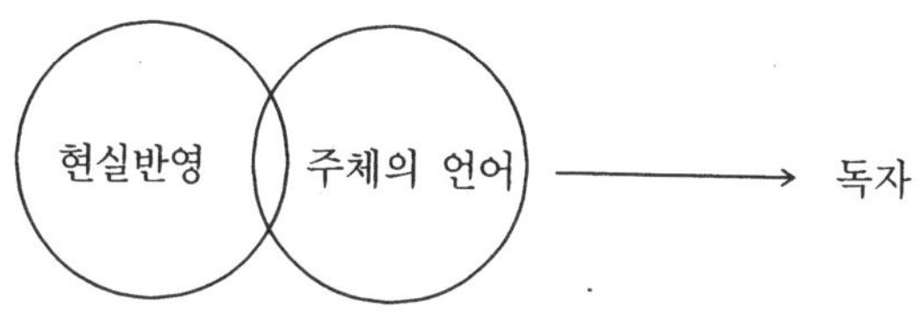

[수필의 근원 상황]

위에서 현실의 반영이 주체의 표현(언어)과 분리되어 있는 것은 수필이 주객통합(서정시)에서 벗어난 산문장르임을 의미한다. 그러나 현실반영(인식내용)이 독립적 객관세계를 이루지 못하고 여전히 주체에 종속된 점은, 수필의 내용이 주관에 지배되는 인식물임을 암시한다. 이 점에서 수필·논설 등은 객관적 현실반영을 주관에 종속된 것으로 드러내는 장르라고 할 수 있다.

여기서 객관적 현실반영을 서사성의 단초라고 본다면 수필·논설 등 역시 서사를 기초로 한 주체적 인식내용이라고 할 수 있다. 즉, 인식적 담론(수필·논설·철학)역시 서사(객관적 현실반영)를 전제로 해야만 자신의 주체적 인식 내용을 구성할 수 있다. 이른바 인식과 서사의 변증법은 바로 여기에서 생겨난 것이다.

수필·논설 등이 〈서사〉를 기초로 한 주체적 〈인식〉(그리고 자기인식)이라는 점은 쉽게 이해될 수 있다. 예컨대 「봄」(피천득)이라는 수필은 봄날의 인생 〈이야기〉에 근거한 필자의 감회를 적은 글이다. 또한 「21세기를 향한 선택의 해」[6]라는 사설 역시 21세기를 앞둔 우리 사회의 삶의 〈이야기〉에 기초해 필자의 논지를 펴고 있다.

이와 달리 과학을 지향하는 담론(철학, 사회과학)들은 삶에 대한 객관적 인식을 추상화해 낸 것으로 생각된다. 그러나 과학적 담론 역시 삶에 대한 〈이야기〉에 근거한 인식의 추상화이며, 그 이야기(서사)가 꾸며진 서사물인 만큼 과학(철학) 또한 기획된 주체의 인식이라고 할

---

6) 『동아일보』 사설(1997년 1월 1일).

수 있다. 예컨대 '나는 생각한다. 그러므로 나는 존재한다(Cogito ergo sum)'는 데카르트의 『방법서설』은, 개인의 인식을 통해 진리를 발견하는 〈성장소설〉을 매개로 한 인식적 담론이다.[7] 또한 물자체는 알 수 없다고 말한 칸트는 일종의 모더니즘 소설을 매개로 하고 있다.[8] 마찬가지로 마르크스의 철학과 과학은 노동주체의 해방이라는 서사를 포함한다. 리오타르가 〈대서사〉라고 부른 근대 과학의 전제조건은 실상 이 인식적 담론에 내재된 서사를 말한 셈이다.

그러나 인식적 담론에서 서사는 주체의 〈인식의 전제〉로서만 존재한다. 여기에서 인식의 주체가 한 발 더 물러서서 〈서사적 거리〉를 확보하는 순간 비로소 〈이야기 세계〉라는 객관적 서사물이 나타난다. 〈이야기〉라는 객관세계를 형성하는 서사적 거리를 만드는 순간 인식의 주체는 서사적 〈중개자〉의 기능으로 전환된다. 이로써 서정시의 〈표현의 주체〉는 인식적 담론의 〈인식적 주체〉에서 서사장르의 〈중개자〉로 전이되는 것이다.

소설 등 서사장르의 화자(매체)가 중개의 역할을 한다는 것은 주관적 표현은 가능한 한 억제하고 주로 전달자의 기능을 함을 뜻한다. 이 점에서 〈서사〉란 이야기 세계의 자율성 및 그것을 가능하게 하는 이야기와 화자(매체)[9]의 관계를 의미한다고 할 수 있다. 즉, 〈서사〉는 주체(화자)로부터 (상대적) 독립성을 지닌 〈이야기가 (반)자율적으로 운동해 가는 과정〉을 말한다.

그러나 '반'이라는 접두어가 의미하듯 서사장르(소설)에서 이야기가 화자(매체)에 대해 절대적으로 독립적인 것은 아니다. 가령 소설의 화자는 이야기를 중개하는 기능을 하는 동시에 이야기 내용(그리고 삶의 내용)에 대해 〈내재적으로〉 인식의 주체로서의 특성을 드러낸다. 더욱

---

7) 리오타르, 『포스트모던의 조건』, 유정완 외 역(민음사, 1992), 90면. 나병철, 『근대성과 근대문학』, 앞의 책, 27~28면.

8) Fredric Jameson, Foreword, A. J. Greimas, *On Meaning*(University of Minnesota Press, 1987). 나병철, 『근대성과 근대문학』, 앞의 책, 28면.

9) 영화의 경우 카메라가 이에 해당된다.

이 화자의 뒤에 숨어 있는 내포작가는 인식론적 내용을 통해 이야기 세계와 연관되고 있다. 이처럼 소설에서도 객관적인 〈서사〉적 이야기는 〈인식〉주체의 은밀한 작용 속에 놓여 있다. 인식과 서사의 변증법은 인식적 담론뿐만 아니라 서사적 담론에서도 나타나고 있는 것이다. 물론 서사적 담론에서는 주체적 인식은 서사의 전제로서만 내재한다.

그러나 그로 인한 화자-내포작가에 대한 이야기의 〈반〉자율성은 서사장르(소설)의 독특한 문제영역을 만들어낸다. 즉, 자율성(독립성) 앞에 붙은 〈반〉 혹은 〈상대적〉이라는 전제조건은 서사장르의 여러 가지 다양하고 특수한 예들을 발생시킨다. 앞으로 우리가 다룰 소설론적 문제의 많은 부분들은 바로 여기서 생겨난 복잡한 다양성에 근거한 것이다. 그 문제들을 논하기에 앞서 우선 소설의 근원 상황을 도표로 다시 확인해 보자.

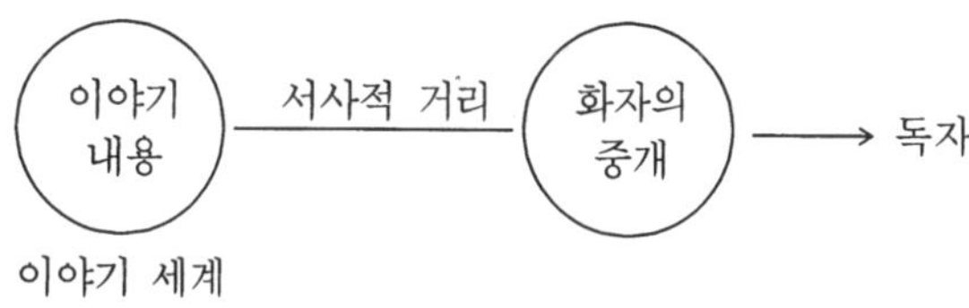

[소설의 근원 상황]

이야기 내용이 서사적 거리를 두고 화자에 의해 전달되는 소설에서는 〈주객상면〉, 〈통시적 시간〉, 〈중개성〉 등의 서사적 특성이 나타난다. 주객상면이란 중개성의 〈주체〉인 화자가 이야기 내용을 〈객관〉세계로서 대면함을 말한다. 이처럼 화자가 이야기를 객관세계로서 마주봄으로써 이야기 세계에는 또다른 주체-객체 관계가 나타난다. 즉, 〈인물(주체)과 환경(객관현실)의 상호작용〉이 독립적인 이야기 세계에서 주객대면의 관계로 드러나게 된다. 또한 독립적인 객체로서의 이야기 세계에는 객관현실과 똑같은 〈통시적인〉 시간의 흐름이 진행된다. 우리는 객관현실을 경험하는 것과 유사하게 이야기 세계를 인식(경험)하게 되며, 그런 통시적 경험과 인식을 매개로 예술적 자기인식에 도달한다. 이같은 〈인식적〉 예술의 특성을 나타내는 소설을 구체적인 예를 통해 다시 살펴보자.

바다는 차라리 사막같이 건조해 보였다. 뒷전에 유채밭이 노랗게 엎드려 있었으나 그것조차 눈에 들어올 리가 없었다. 모델들은 추위에 벌벌 떨면서도 싸구려 인형처럼 웃어야만 했고 작업팀 관계자들은 그녀들을 향해 상스러운 말까지 거침없이 내뱉곤 했다. 게다가 광고회사 측에선 제작비를 줄이려는 속셈이었는지 근처 민가로 숙박을 정해 잠자리마저 불편했다. 또 일이 끝나면 우우 시내로 몰려나가 술추렴들을 하는데 그녀들은 울며 겨자 먹기 식으로 그들의 술시중까지 거들어야 했다.

—— 윤대녕, 「은어낚시통신」

위에서 서정시와 달리 화자의 자기표현이 거의 드러나지 않는 것은 화자가 중개성의 주체로서 객관적 이야기 세계와 대면(주객상면)하고 있음을 암시한다.[10] 또한 그로 인해 객관적 이야기 세계에는 또다른 주체-객체 관계가 나타나게 된다. 즉, 이야기 속의 인물로서의 '나'와 모델들(주체)은 그들을 둘러싼 자연적·물리적 환경(배경) 및 사회적 환경(객체)과 대면하고 있다. 여기서 사회적 환경이란 특정한 인간관계로 이루어진 그물망을 말한다. 위에서 '나'(인물)는 바다와 유채꽃밭의 자연환경과 대면하고 있다. 또한 모델들(인물)은 광고회사측 사람들(사회환경)을 마주 대하는 (주객상면의) 관계에 놓여 있다. 이런 주객대면의 이야기 내용은 문장들이 이어짐에 따라 통시적 시간의 흐름 속에서 나타나고 있다. 우리(독자)는 그 통시적 경험과 인식을 매개로 예술적 자기인식에 이르게 되는 것이다.

이처럼 인식 대상으로서의 이야기 세계를 지니는 점은 소설과 서사장르의 큰 특징 중의 하나이다. 그러나 이야기의 요소는 소설·영화·만

---

10) 1인칭이지만 서술자아는 경험자아와 상면하고 있는 중개성의 주체이다.

화 등의 서사장르에만 나타나는 것은 아니다. 즉, 연극·무용·오페라 등의 극장르 역시 이야기를 전달하는 형식을 취하고 있다. 그러나 연극 등의 극장르의 이야기는 엄밀한 서사적 객관성을 유지하고 있지는 않다. 연극은 서사장르와는 달리 이야기를 주체의 자기인식적 표현과 통일된 내용으로 제시한다. 즉, 연극에서는 중개성의 주체(화자)가 (거의) 사라진 대신[11] 이야기를 주체(배우)의 표현(연기)으로 공연하게 된다. 이런 연극의 근원 상황은 다음과 같이 표시될 수 있다.

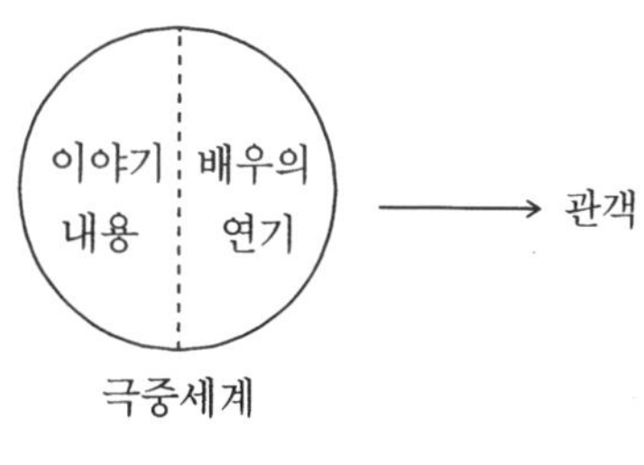

[**연극의 근원상황**]

연극은 이야기를 지닌 점과 인물(주체)의 행동을 그리는 점에서 서사장르(소설)와 유사한 특징을 지닌다. 그러나 서사장르와는 달리 중개성이 사라진 대신 이야기 내용과 전달 형식(연기, 연출)이 통일성을 이루고 있다. 이처럼 작품 내용이 전달 형식 속에 용해되어 감상자에게 〈직접적〉으로 제시되는 점에서 연극은 자기인식적인 서정장르와 유사성을 지닌다. 연극의 이런 이중적 특성, 즉 이야기를 지닌 인식적 예술인 동시에 (중개성이 사라지고) 직접성의 전달형식을 지닌 자기인식적 예술의 특징은, 서사·서정과 구별되는 제3의 〈극장르〉를 만들어낸다. 여기서 이제까지 살펴본 네 가지 장르의 근원 상황을 개괄해 보면 다음 페이지의 도표와 같다.

이러한 네 가지 장르의 근원적 특성은 작품내용과 전달형식, 혹은 내

---

11) 물론 현대연극에서는 중개성을 전적으로 배제한다고 볼 수는 없다.

서정시	수필	소설	연극
현실반영과 주체적 표현 통합	주관에 종속된 객관적 현실반영	객관적 현실반영 /중개성의 주체 분리	객관적 현실 반영의 주체적 표현
내용·형식	내용 형식	내용—형식	내용·형식

적 형식과 외적 형식의 관계에 의해 생겨난 것이다. 우리는 예술적 형식화의 두 측면(도표 1)에서 기인된 내용과 형식의 복합적 관계에 따라 특정한 장르의 특성을 설명할 수 있게 된다. 이제 소설의 장르적 특성을 보다 세밀히 고찰하기 위해 그같은 내용과 형식의 복합적 층위들을 살펴보자.

(3) 소설의 내용과 형식

소설은 이야기 〈내용〉과 그것의 전달매체인 언어 〈형식〉으로 이루어져 있다고 할 수 있다. 그러나 이야기는 소설의 내용인 동시에 또한 인물·플롯 등의 형식으로 나타나기도 한다. 이러한 인물·플롯의 형식을 흔히 〈내적 형식〉이라고 부르며 전달 형식은 〈외적 형식〉으로 지칭된다. 따라서 소설은 〈이야기 내용〉과 그것의 형식적 측면인 〈내적 형식〉, 그리고 언어적 전달형식인 〈외적 형식〉으로 구성된다고 할 수 있

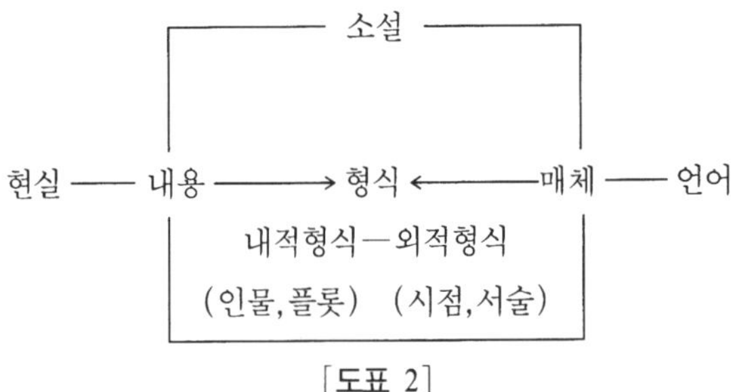

[도표 2]

다. 그러나 보다 세밀한 차원에서는 소설의 내용-형식의 관계가 한결 복잡한 양상으로 나타난다. 이제 그 복합적 관계를 소설의 형식화의 두 측면을 다시 살피면서 고찰해 보자.

위에서 현실 ―내용 → 형식의 축은 현실세계가 소설에 반영되어 형식화되는 측면이다. 또한 언어 ―매체 → 형식의 축은 언어예술로서의 소설이 텍스트화되는 측면이다. 소설의 경우 두 가지 측면은 상대적 독립성을 지닌 두 가지 층위(이야기-언어형식)로 되어 있다. 그러나 두 가지 층위는 완전히 폐쇄되어 있는 것이 아니라 서로 연관되는 영역을 갖고 있다. 즉, 이야기(내적 형식)의 층위는 최종적으로 텍스트화되어야 우리 눈앞에 나타날 수 있으며, 인물·플롯 등은 기호학적으로 구조화된 것으로 우리에게 지각된다. 우리는 텍스트에 나타난 구조화된 의미의 요소들을 단서로 이야기 층위를 〈재구성〉해 내는 것이라고 할 수 있다.[12]

예컨대 현진건의 「운수 좋은 날」에서 김첨지라는 인물은 직접적으로 경험되기보다는 텍스트에 나타난 〈직접제시〉〈간접제시〉〈유비〉[13] 등을 단서로 재구성된다. 즉, 화자의 직접설명(직접제시)이나 인물의 행동, 언어 등을 통한 암시(간접제시), 그리고 인물의 이름 등에 나타난 상징성(유비)을 근거로 특정 인물의 성격을 상상 속에서 구성하는 것이다. 소설의 인물이란 어떤 점에서 텍스트에 배열된 (인물의) 특성들의 기호학적 패러다임[14]과 그 변환이라고 할 수 있다.

그러나 다른 한편 우리는 어떤 소설의 인물에 대해 그 텍스트에 나타난 기호학적 배열보다는 그것을 재구성한 인물의 형상을 주목하게 된다. 예컨대 「운수좋은 날」의 김첨지가 그 시대를 잘 반영한 전형적 인물이라고 할 때 이는 인물의 기호학적 배열방식이 아니라 그것을 재구성한 인물의 형상에 대해 말하는 것이다. 전형성이라는 개념은 현실을

---

12) 물론 창작과정을 기준으로 말하면 이야기 층위를 텍스트에 재배열한 것으로 볼 수 있다.

13) 리몬-케넌, 『소설의 시학』, 최상규 역(문학과지성사, 1985), 93~108면.

14) 시모어 채트먼, 『영화와 소설의 서사구조』, 김경수 역(민음사, 1990), 152~58면.

반영한 의미의 요소들의 내적 질서(형식)를 말하는 동시에 그 내적 질서가 현실과 연관되는 측면(내용)을 말하는 개념이다.

이처럼 인물·플롯(이야기) 등의 내적 형식은 전형성·총체성·전망 등의 개념을 통해 현실반영의 측면에서 이해될 수 있다. 이 측면에서의 내적 형식의 개념은 텍스트 표면에 나타난 기호학적 질서보다는 그것을 단서로 〈재구성한〉 인물·플롯의 내적 질서 및 현실과의 연관성(현실반영)을 포함한다. 다른 한편 인물·플롯의 내적 형식은 텍스트에 나타난 의미의 요소들의 기호학적 배열방식의 측면에서 이해될 수 있다. 이는 인물·플롯이 〈텍스트 표면〉에 구체적으로 배열되는 내적 질서의 측면이다.

텍스트 차원에서의 인물·플롯(내적 형식)은 실상 외적 형식(기법)의 층위와 겹쳐지는 영역이라고 할 수 있다. 그런데 이같은 내적 형식과 외적 형식의 중첩영역은 실상 외적 형식의 층위에서도 나타날 수 있다. 서술·시점 등의 외적 형식은 이야기(인물·플롯)의 층위와 상대적 독립성의 관계에 있다 할 수 있다. 즉, 서술·시점 등을 바꾸더라도 이야기 자체가 크게 달라지는 것은 아니다. 예컨대 『무정』(이광수)을 1인칭으로 바꾸거나 「만세전」(염상섭)을 3인칭으로 고치더라도 이야기 자체는 크게 변화되지 않는다. 뿐만 아니라 소설의 언어 매체를 다른 매체로 전환시킨다 해도 이야기의 골격은 거의 그대로 유지된다. 가령 『추락하는 것은 날개가 있다』(이문열)를 영화의 영상매체로 바꾸더라도 우리는 소설의 이야기와 별로 다름없는 이야기를 감상할 수 있다.

그럼에도 불구하고 시점과 서술의 전환은 불가피하게 이야기 자체의 변화를 〈얼마간〉 초래한다. 이는 시점·서술이 이야기와 〈상대적〉 독립성의 관계에 있으면서도 다른 한편 긴밀히 연관되는 맥락을 지니기 때문이다. 즉, 외적 형식(시점·서술)이 내적 형식(이야기)으로, 그리고 기법(외적 형식)이 이야기 내용으로 전화되는 양상이 얼마간이든 〈늘상〉 일어나게 마련인 것이다. 작가들이 매번 시점과 서술의 선택에 대해 고민하는 것은 이 때문이다. 시점과 서술은 이야기를 적절하게 전달하는 효율성의 견지에서 〈기능〉하는 동시에 또한 기법의 층위에서 작품내용의 층위로 넘쳐흐르는 양상을 보이는 것이다.

이런 측면에서 기법(시점·서술)과 이야기 내용(내적 형식)의 연관성을 살펴보는 것은, 단순한 형식(전달구조)적 고찰을 넘어서서 〈내용〉에 대한 문제를 다루는 셈이다. 이는 시점과 서술이 단순한 이야기 전달의 기능을 뛰어넘어 그 자체가 〈현실반영〉의 내용을 포함하기 때문이다. 현실반영은 주로 이야기를 통해 나타나지만 또한 이야기와 서술(시점)의 관계를 통해 드러나기도 한다. 즉, 〈이야기와 화자(시점)의 관계〉는 현실에서 〈인간의 삶과 인식주체와의 관계〉를 반영한다고 생각된다.

이같은 관점에서 시점과 서술을 고찰하는 연구는 아직까지 거의 진척되지 않고 있다. 그러나 독특한 서술방식(기법)을 사용하는 소설의 경우 이런 기법의 〈내용적〉 연구는 아주 필수적이라고 할 수 있다. 예컨대 흔히 〈이야기체〉로 불리는 구어체의 화자를 사용하는 소설은, 〈이야기와 화자〉의 관계를 통해 현실에서의 〈인간의 삶과 인식주체〉와의 관계를 반영한다고 볼 수 있다. 즉, 현실에서 공동체 의식에 연관된 〈인간의 삶〉이 〈이야기〉로 반영되면서, 그와 함께 공동체 의식의 유대감에 근거해 그 〈삶에 대해 인식하고 서술하는 주체〉의 모습이 〈이야기에 대한 화자〉의 관계로 반영되는 것이다. 따라서 이야기체의 화자는 (단순한 이야기 전달의 기능을 넘어서서) 공동체 의식에 근거한 소망을 이야기 세계에 암암리에 투여하고 있다고 할 수 있다.

아마도 그 반대의 경우가 모더니즘 소설일 것이다. 내적 독백, 의식의 흐름, 몽타주 등의 모더니즘 서술기법은 인간관계가 단절된 소외된 현실에 대한 〈부정적 인식(자기인식)〉[15]의 계기를 제공한다. 모더니즘은 소외로 인해 파편화된 삶을 반영함으로써 플롯(그리고 서사성)이 해체된 이야기를 제시할 뿐이다. 행동적 플롯이 와해된 모더니즘의 〈이야기〉는 인물과 환경의 상호작용(그리고 플롯)을 통해 현실을 반영하

---

15) 아도르노, 「강요된 화해」, 루카치 외, 『문제는 리얼리즘이다』, 홍승용 역(실천문학사, 1985), 200면.

는 리얼리즘과는 달리 〈즉자적인〉 소외에 젖은 삶을 그리는 데 그친다. 즉, 리얼리즘은 환경에 〈대해 있는(맞서 있는)〉인물과 그의 행동(그리고 플롯)을 통해 올바른 현실인식(자기인식)을 제공하지만, 해체된 플롯을 지닌 모더니즘은 이야기 자체만으로는 현실을 올바로 반영하지 못한다. 그러나 내적 독백, 의식의 흐름, 몽타주 등의 모더니즘 서술기법은 소외된 삶을 〈대상화〉시켜 즉자적인 상태에서 벗어나 소외의 현실을 올바로 바라보게 만든다. 즉, 모더니즘의 다양한 서술기법들은 인물들의 소외가 개인적 고독이 아닌 사회적 문제이며 이상적 삶으로 나아가기 위해 그것에서 벗어나야 함을 알려 준다. 이점에서 모더니즘적 기법(외적 형식)들은 소외된 현실에 대한 부정적 인식(자기인식)의 계기로서 작용하고 있다. 이는 모더니즘에서 이야기와 서술방식의 관계가 소외된 삶과 인식주체와의 관계를 반영함을 뜻한다. 또한 이야기 자체로 현실을 반영하는 리얼리즘과는 달리 모더니즘에서는 서술기법(외적 형식)이 인식의 계기로서 중요하게 작용함을 보여준다. 이야기 자체를 통해 현실을 반영하는 리얼리즘이 인식적 예술이라면, 외적 형식(기법)이 중요한 인식의 계기가 되는 모더니즘은 자기인식적 예술의 특징을 보여준다.[16) 모더니즘 같은 자기인식적 예술에서는 기법(외적 형식)이 단순한 이야기 전달 기능만을 하는 것이 아니라 내용적으로 중요한 인식(그리고 자기인식)의 계기가 되고 있다. 즉, 모더니즘 소설에서는 기법 자체가 핵심적인 작품내용으로 전화되는 셈이다. 따라서 우리는 소설에서도 외적 형식(기법)을 현실반영과 내용(그리고 내적 형식)의 수준에서 고찰해야 될 경우가 생김을 알 수 있다. 기법(외적 형식)에서 작품내용(내적 형식)으로 넘쳐흐르는 이런 양상은 앞서 살핀 내적 형식이 기법적으로 텍스트에 배열되는 측면과 반대 방향의 진행을 보인다. 이제 이 두 가지 양상을 이야기(내적 형식)와 언어형식(외적 형식)의 두 층위에서 정리하면 다음과 같다.

---

16) 이에 대해서는 나병철, 『근대성과 근대문학』, 앞의 책, 184~88면과 뒤의 제4장 9절 참조.

	내용	형식	텍스트
이야기 층위	현실세계의 반영	인물, 플롯 (내적 형식)	기호학적 배열
언어 층위	삶과 인식주체의 관계	시점, 서술 (외적 형식)	전달구조, 문체

[도표 3]

위에서 우리는 〈언어 층위〉의 텍스트(그리고 외적 형식)로부터 언어 외적 〈이야기 층위〉로 나아가며, 다시 이야기를 통해 〈외적 현실〉과의 연관을 생각하게 된다(고딕체 부분). 언어 층위와 이야기 층위는 상대적 독립성(자율성)을 지니기 때문에 우리는 이야기 내용과는 별도로 언어적 전달형식과 텍스트 구조에 대해 고찰할 수 있다. 즉, 1인칭, 3인칭 내부시점-외부시점, 요약-제시 등을 살펴볼 수 있다. 그러나 우리는 순수하게 그런 언어적 전달 구조를 경험하고 나서 이야기 층위로 진입하는 것이 아니라, 언어적 텍스트 차원에서 이미 그 전달구조와 함께 이야기의 기호학적 배열을 경험하게 된다. 이런 측면(텍스트 차원)에서의 이야기는 현실의 반영물로 나타나기보다는 〈언어적·기호학적 의미작용〉으로 드러난다. 여기에는 직접한정(서술), 간접제시, 유비[17] 등의 인물에 관한 측면과 순서, 지속, 빈도 등 플롯에 관한 측면이 포함된다. 우리는 그 기호학적 의미작용으로서의 이야기를 〈재구성해〉[18] 인물·환경·플롯 등의 내적 형식과 그에 포함된 현실반영을 고찰하는 것이다. 따라서 이야기 층위는 언어적·기호학적 〈의미작용〉으로서의 텍스트 차원과 그것을 재구성해 〈현실반영〉의 측면에서 살펴보는 내용적 차원이 있음을 알 수 있다.

---

17) 리몬-케넌, 『소설의 시학』, 앞의 책, 93~108면과 제3장 3절 참조.

18) 혹은 텍스트를 이야기의 기교적 배열로 본다면 그것에서 원래의 이야기로 환원시킨다고 말할 수도 있다.

　마찬가지로 언어 층위 역시 〈텍스트〉의 전달구조의 차원만이 아니라 이야기와 화자(서술방식)의 관계를 인간의 삶과 인식주체의 관계로 생각하는 〈내용적〉 차원이 존재한다. 여기서는 언어적 기법(서술방식)들이 작품 내용의 일부로 전화되는 양상이 나타난다. 위에서 살폈듯이 모더니즘 같은 자기인식적 소설에서는 기법 자체가 특정한 현실에 대한 인식의 계기가 된다.

　이처럼 소설을 이야기와 언어, 내적 형식과 외적 형식, 그리고 내용으로 전화되는 형식과 텍스트로 기호화되는 형식의 복합적 차원으로 이해하는 것은, 소설에 대한 두 가지 미학을 접합시키는 데 여러 시사점을 제공한다. 먼저 이야기(내적 형식)-언어(외적 형식)의 두 층위 중 내용을 중시하는 〈변증법적 미학〉은 언어 형식보다는 이야기 내용의 고찰에 몰두한다. 이에 반해 〈형식주의(구조주의, 기호학) 미학〉은 시점과 서술 등 언어 형식을 분석하는 데 주력한다. 물론 형식미학 역시 이야기 층위에도 관심을 갖지만 그때에도 이야기가 텍스트에 형식적으로 배열되는 측면에 집중한다. 위에서 밝혔듯이 인물의 제시방식(직접·간접제시, 유비), 특성들의 패러다임으로서의 인물의 성격, 그 변환, 플롯의 텍스트적 배열 방식(순서, 지속, 빈도) 등이 고찰의 대상이 된다. 반면에 변증법적 미학은 이야기의 내적 형식이 현실과 연관되는 측면을 변증법적 논리로 규명한다. 인물과 환경의 상호작용(그리고 플롯), 전형성, 총체성, 전망 등의 미학적 개념은 이야기 형식(내적 형식)과 현실 내용을 연관시키는 변증법적 논리를 포함하고 있다. 뿐만 아니라 변증법적 미학은 기법(외적 형식)조차도 현실에 대한 특정한 인식의 계기로서 파악한다.

　변증법적 미학과 형식미학은 분석대상인 소설의 종류에 따라 유용한 영역이 달라지기도 한다. 예컨대 현실반영이 우세한 리얼리즘 소설은 변증법적 미학에 의해 적절히 고찰될 수 있다. 반면에 현실반영보다는 그 내용을 혁신된 기법으로 변형시키는 모더니즘에서는 형식미학이 중요한 통찰을 제공할 수 있다. 그러나 리얼리즘에서도 보다 세밀한 분석을 위해서는 시점·서술 등의 형식적 고찰이 요구되며, 모더니즘 역시 특정한 기법이 현실에 대한 어떤 인식의 계기가 되느냐 하는 변증법적 고찰을 필요로 한다.

이처럼 두 가지 미학은 차이점을 지니면서 또한 서로 접합될 수 있는 〈보완적인〉 관계에 있다. 이는 소설의 복합적 층위들이 실상 동일한 구성요소들을 어떤 문맥에서 파악하느냐에 따라 생겨나는 것이기 때문이다. 소설을 읽을 때 우리는 언어형식에서부터 그것을 넘어서는 이야기 층위로 옮겨 가게 되며, 또한 이야기 형식에서 그 한계를 넘는 현실세계로 나아가게 된다. 우리가 말하는 〈소설〉이란 바로 그 모든 것들의 총체적 경험에 다름이 아닐 것이다. 따라서 소설에 대한 올바른 이해는 형식미학과 변증법적 미학의 특성에 유의한 적절한 〈접합〉에 의해 얻어지게 된다. 앞으로 전개될 우리의 논의는 그 세밀한 접합지점을 찾아내는 작업을 포함하게 될 것이다.

(4) 이야기와 담론

소설의 이야기(내용)-언어(매체)라는 두 층위는 모든 서사물의 이야기-담론 층위에 상응한다. 서사물의 〈담론(discourse)〉이란 이야기를 전달하는 매체의 측면으로서 반드시 언어로만 되어 있는 것은 아니다. 소설(언어), 영화(영상), 만화(그림) 등 다양한 매체의 서사물에 따라 이야기를 전달하는 담론의 특수한 형식이 만들어진다. 또한 서사물의 이야기가 다른 매체로 옮겨진다는 것은 다른 방식의 담론으로 형식화됨을 뜻한다. 예컨대 소설의 이야기는 영화적 담론이나 만화적 담론으로 번역될 수 있다.[19]

이런 맥락에서 서사물을 이야기와 담론의 두 층위로 구분하는 서사학자로는 토도로프(histore — discours)[20]와 채트먼(story — discourse)[21]을

---

19) 물론 다른 매체로의 번역이 완전한 것일 수는 없다. 그 이유는 담론이 이야기와 완전히 분리되는 것이 아니라 담론형식 자체가 이야기의 한 부분을 이룬다고 볼 수도 있기 때문이다.

들 수 있다. 채트먼은 토도로프의 구조주의 이론을 받아들여 이야기와 담론을 내용과 표현의 관계로 이해한다. 그는 서사물의 두 층위(이야기-담론)를 무엇(내용)과 어떻게(표현)의 관계로 이해하여 어떻게 표현(담론)하느냐에 따라 소설이 영화, 발레, 무언극으로 전환될 수 있다고 말한다.

그러나 우리는 이런 이야기-담론 이론에 이야기가 담론에 대해 〈상대적 자율성(독립성)〉을 지닌다는 점을 덧붙여야 할 것이다. 이야기와 담론 간의 상대적 자율성(그리고 서사적 거리)에 의해 서사물의 특징적인 〈객관적〉이야기 세계와 담론의 〈중개성〉이 형성되는 것이다. 바로 이 점이 이야기와 담론이 (상대적으로) 분리불가능한 극장르와 구분되는 서사물의 특징일 것이다. 이런 관점에서 채트먼이 예를 든 발레나 무언극은 오히려 극장르에 가깝다고 할 수 있다.

한편 서사물을 이야기-담론으로 설명할 경우 이야기는 담론을 거쳐 나타나는 재구성된 내용으로만 생각되기 쉽다. 그러나 실제로 우리 눈앞에 보여지는 것은 (담론 층위만이 아니라) 담론과 이야기가 합성된 〈텍스트〉이다. 우리는 텍스트의 기호학적 의미작용을 매개로 이야기 층위와 담론 층위를 〈재구성〉해 내는 것이라고도 볼 수 있다. 이런 관점에서 서사물을 〈이야기〉〈담론〉〈텍스트〉의 세 가지 국면으로 설명하는 서사학자는 주네트와 리몬-케넌이다. 주네트는 서사물을 〈이야기(histore)〉〈서술(narration)〉〈서사(récit)〉로 구분하며 리몬-케넌은 그의 분류를 따라 〈이야기(story)〉〈서술(narration)〉〈텍스트(text)〉의 세 국면을 설정한다.

텍스트란 물질적 매체를 근거로 우리 눈 앞에 나타나는 〈감각적으로〉지각 가능한 대상이다. 서사물의 텍스트는 〈기호학적 의미작용〉[22]

---

20) 롤랑 부르뇌프 · 레알 윌레, 『현대소설론』, 김화영 편역(현대문학, 1996), 66~67면 참조.
21) 채트먼, 『영화와 소설의 서사구조』, 앞의 책, 20~29면.
22) 의미작용이란 기호학적 구성요소들의 관계를 통해 의미를 발생시키는 역동적 작용을 말한다.

을 통해 이야기와 담론의 두 층위를 만들어 낸다. 이야기와 담론은 감각적으로 지각된 것이기보다는 〈재구성된〉 층위인 점에서 (감각적 지각의 대상인) 텍스트와 구분된다. 이야기와 담론은 〈합성된〉 상태로서만 지각 가능한 텍스트로서 나타난다. 텍스트를 통해 독립된 이야기의 맥락을 구성해 나가는 순간 우리는 이미 담론의 층위에서 이야기의 층위로 옮겨가는 경험을 하게 된다.

텍스트와 이야기의 차이점은 텍스트가 기호적 배열 상태인 반면 이야기는 주체(인물)-객체(환경) 관계로 된 하나의 세계로서 나타난다는 점이다. 또한 텍스트가 담론과 구별되는 것은, 텍스트는 이야기와 담론이 합성된 상태로서 기호학적 의미작용을 하는 매체인 반면, 담론은 이야기를 전달하는 주체(화자)-객체(피화자) 관계의 의사소통의 매체라는 점이다. 텍스트는 어디까지나 감각적 지각의 〈대상〉이지만 담론은 화자, 연출자 등의 의사소통의 주체를 전제로 한다. 소설의 경우 그 의사소통의 주체는 화자이며 영화에서는 영화감독(때로는 화자)이다. 이제 〈텍스트〉로부터 〈담론〉을 매개로 〈이야기〉가 재구성되는 과정을 표시해 보면 다음과 같다.

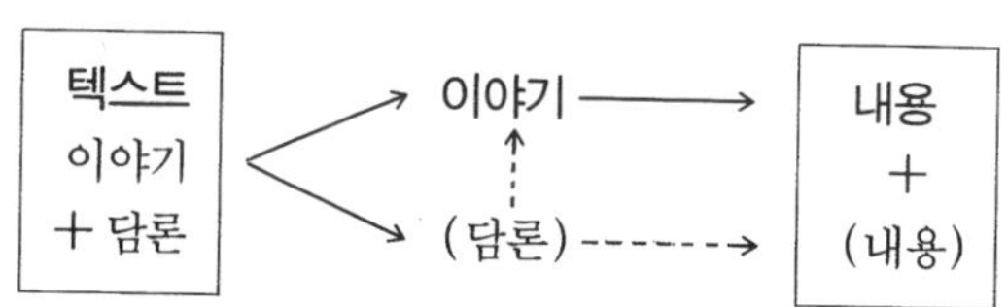

이러한 과정은 [도표 3]에서 나타났던 서사물(소설)의 내용-형식의 관계에 상응함을 알 수 있다. 우리는 먼저 서사물이 상대적 자율성을 지닌 〈담론〉과 〈이야기〉로 구성됨을 살펴봤다. 그러나 우리는 담론을 경험한 후 이야기를 경험한다기보다는, 그 둘이 합성되어 기호학적으로 배열된 〈텍스트〉를 통해, 담론을 매개로 이야기(형식-내용)를 재구성하는 것이라고 할 수 있다. 여기서 담론은 주로 이야기를 중개(전달)하는 기능을 하지만, 그 자체가 작품 내용의 일부로 전화되기도 한다. 따라서 소설의 〈내용〉은 〈이야기 내용〉과 〈담론 기법이 전화된 내용〉의 합계라고 할 수 있다.

이처럼 서사물은 담론-이야기(토도르프, 채트먼), 텍스트 /담론-이야기(주네트, 리몬-케넌), 그리고 텍스트 /담론-이야기 /내용(우리의 관점) 등으로 각 국면들의 상호 관계를 설명할 수 있다. 또한 이런 여러 국면들의 연관 속에서 우리의 연구 영역이 분명히 설정되는 셈이다. 우리는 먼저 이야기(인물, 플롯)와 담론(시점, 서술) 충위를 각기 분리해서(혹은 연관시키면서) 설명할 수 있다. 그러나 이야기는 담론과 연관된 〈텍스트〉 차원에서 분석될 수도 있고(형식미학), 현실세계와 연관된 〈내용〉의 차원에서 고찰될 수도 있다(변증법적 미학). 담론 역시 텍스트 차원에서 살펴질 수 있고(형식미학) 또 그 자체가 내용으로 전화되는 측면에서 연구될 수도 있다(변증법적 미학). 우리는 앞으로 소설의 이야기와 담론에 대해, 각각을 텍스트와 현실반영의 차원에서, 즉 형식과 내용의 차원에서 복합적으로 살펴볼 것이다.

2. 소설의 역사

(1) 서사물의 장르적 위치의 두 축

이제까지 소설의 장르적 원리를 밝히는 과정에서 우리는 서사물(서사장르) 일반의 특성에 대해 살펴본 셈이다. 서사장르의 하위장르로서 소설의 위치를 분명히 하기 위해서는 여기서 다시 예술작품 형식화의 두 측면([도표 1, 2])을 고찰해야 한다. 먼저 물질적 〈매체〉의 종류에 따라 서사장르(서사물)는 〈소설(언어)〉, 영화(영상), 만화(그림) 등으로 분류된다. 다른 한편 〈현실세계〉의 역사적 변화에 따라 특정한 매체로 된 서사물의 장르(하위장르)적 변화를 살펴볼 수 있다. 가령 언어 서사물인 서사문학은 역사적 흐름에 따라 신화, 전설(민담), 로맨스, 근대소설 등으로 전환된다. 따라서 소설의 장르(하위장르)적 위치는 매체의 축(영상, 언어, 그림)과 역사적 변화의 축(고대, 중세, 근대)의 교차 지점에서 나타나게 된다.

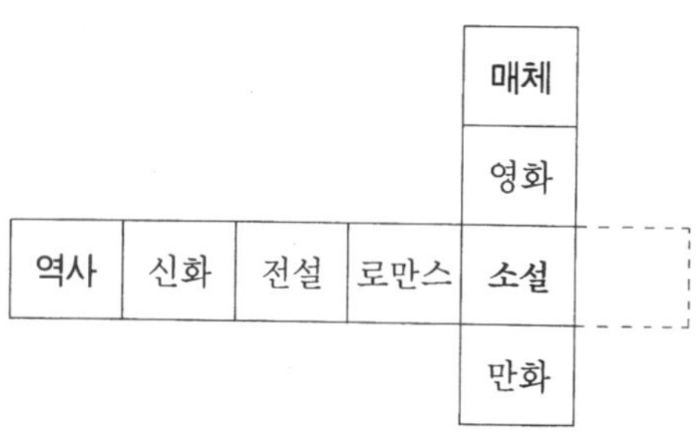

[소설의 장르적 위치]

위에서처럼 소설은 일단 〈언어〉를 매체로 함으로써 영화, 만화 등의 서사물들과 구분된다. 즉, 〈이야기〉를 언어로 전달해야 하는 소설은 〈화자〉가 필수적이지만 다른 서사물들(영화, 만화)은 그렇지 않은 것이다. 이점에서 〈이야기〉와 〈화자〉는 서사문학(언어 서사물)의 필수요건이라고 할 수 있다.

그런데 〈서사문학〉은 (현실세계의) 역사적 변화에 따라 이야기와 화자, 그리고 그 관계가 달라짐으로써 장르적 변화를 보여 왔다. 현실세계가 (역사적으로) 변화됨에 따라 서사문학은 설화(신화·전설·민담)에서 소설(고소설·근대소설)로, 보다 구체적으로는 신화, 전설, 민담에서 고소설(romance), 근대소설(novel)로 바뀌어 온 것이다. 이런 역사적 장르의 변화에서, 넓은 의미의 〈소설〉은 고소설(로맨스)과 근대소설을 총칭하는 개념이며, 좁게는 근대소설을 지칭하는 용어이다.

이 일련의 역사적 변화(장르변화)는 현실세계의 변화와 마찬가지로 돌이킬 수 없는 과정이라고 할 수 있다. 또한 그것은 우리 시대 이후의 미래에도 계속될 것이다. 도표에서 소설 다음을 점선의 빈 칸으로 남겨 놓은 것은 〈우리 시대의 서사문학〉인 소설이 미래에 또다른 장르로 변화될 수 있음을 암시한다.

한편 이 서사문학의 장르적 변화는 현실세계가 달라짐에 의한 것이지만 또한 전달방식(매체) 자체의 변화와도 연관되어 있다. 즉, 동일한 〈언어〉 서사물이면서도 서사문학은 역사적 변화에 따라 〈구어〉에서 〈문자〉로 전달매체 자체가 바뀌어 온 셈이다. 설화(신화·전설·민담)에서 소설(고소설·근대소설)로의 변화는 인간의 삶(그리고 인식구조)의 변화에 기인된 것이지만 또한 구연문학(설화)에서 문자문학(소설)으로의 전환이기도 한 것이다. 뿐만 아니라 동일한 문자문학(소설)이라 하더라도 새로운 서사매체들(영화, 만화, 비디오)이 나타남에 따라 문자의 서술기법 자체가 달라짐을 볼 수 있다. 물론 이 새로운 매체에 의한 문자 서사물의 변화 역시 그 시대의 사회적 삶의 변화와 연관되어 있다. 따라서 소설에 이르기까지(그리고 그 이후)의 서사문학의 변천은, 한편으로 인간의 삶(현실세계)의 변화에, 다른 한편으로 전달매체 자체의 변화에 관련을 맺고 있다. 서사문학의 장르적 변환과 연관된 이 〈역사〉와 〈매체〉라는 두 축은 다음과 같이 표시될 수 있다.

				영화	전자매체
매체	구어		문자(구연)	문자	후기문자
장르	신화	전설 민담	고소설 (로맨스)	근대소설 리얼리즘 · 모더니즘 · 포스트모더니즘	
역사	고대(신화적 인식)		중세이념	현실주의	미적 근대성	탈근대성
						후기자본주의

신화에서 소설까지 서사문학의 전개는 매체의 변화와 인간의 삶(그리고 세계관)의 변화가 조응하는 가운데 이루어졌다. 가령 〈구연서사(구어매체)〉인 신화(설화)는 〈신화적 세계관〉에 상응하며 〈문자서사(문자매체)〉인 소설은 〈인간적 세계관〉을 적절히 드러낸다. 따라서 설화에서 소설로의 변환은 구어 매체에서 문자 매체로의 전환인 동시에 신성한 세계관에서 인간적 세계관으로의 변화라고 할 수 있다.

구연서사가 신성한 세계관(신화적 세계관)을 담을 수 있는 원리는 구어 매체의 물질적 조건과 연관되어 있다. 구어 매체는 목소리와 청각을 이용하며 인간의 기억 속에 작품을 기록한다. 기억 속에 각인되는 구연서사는 근본적으로 문자 텍스트와는 상이한 인식론적 조건을 지닌다. 문자 텍스트는 글쓴 〈사람〉과 글의 〈대상〉 그리고 읽는 〈사람〉을 분리시킨다. 종이에 쓴 문자 텍스트는 반드시 글쓴 〈사람〉이 있게 마련이며 그와 시공간이 분리된 곳에서 누군가에게 읽혀진다. 그러나 기억 속의 구어적 기록은 그 기록을 남긴 특정한 개인을 찾기 어려우며, 〈모든 사람에게 근원적인〉 어떤 힘에 의해 각인된 내용으로 생각된다. 또한 구어적 구연은 말하는 사람과 듣는 사람을 한데 끌어모으는 힘을 지닌다. 이런 구어 매체의 물질적 조건에 상응해 구연서사는 〈모든 사람에게 근원적인〉 내용을 담으며, 그것을 말하는 사람과 듣는 사람들 간에 〈공동체 의식〉을 형성한다. 신화 등의 구연서사가 근원적이고 초월적인 영웅의 이야기를 통해 공동체의 신성한 세계관을 전달하는 것은 이 때문이다.

반면에 〈인간〉에 의해 쓰여진 흔적이 나타난 문자서사는 근원적인 신성한 세계관 대신에 〈인간적 세계관〉을 담게 된다. 구연서사에서 문자서사로의 전환, 즉 설화에서 소설로의 변화는 이러한 세계관적 변화에 상응한다. 그러나 소설 중에서도 고소설은 낭송을 전제로 한 문자서사로서 구연체의 흔적을 여전히 지니게 된다. 즉, 저자가 불분명하고 이본이 많으며 공동체 의식을 전제로 하고 있다.

근대소설의 등장은 본격적인 기계 인쇄를 통한 완전한 문자서사의 출현으로 볼 수 있다. 근대소설에는 〈개인의 관점〉을 지닌 저자가 분명하게 나타난다. 하지만 근대소설 이후에 구연서사의 자취가 완전히 소멸된 것은 아니었다. 근대소설 중에 이따금 보이는 구연체는 자아각성(개인의 관점)을 전제로 또다른 공동체 의식을 부활시키려는 시도로 볼 수 있다.

그러나 근대소설의 전체적인 전개는 차츰 비인격화된 서술이 증대되는 방향으로 나아갔다. 비인격화된 서술과 극화된 제시의 증가는 점차로 화자의 언어에 의한 의사소통이 감소됨을 의미한다. 이는 소설이 화자(서술) 대신 장면제시에 의존하는 영화적 서사에 접근하는 양상인 셈이다. 영화가 소설에 끼친 영향은 몽타주, 오버랩 등의 기법으로 시간을 공간화하는 모더니즘 소설에서 가장 분명하게 나타난다. 모더니즘의 비인격적 의사소통과 공간화 기법은 비인간화되고 사물화된 사회현실과 연관되어 있다.

영화와 더불어 현대소설에 영향을 끼친 새로운 매체로는 비디오, 컴퓨터 등의 전자매체를 들 수 있다. 전자매체의 등장은 시뮬레이션(시뮬라시옹)을 통해 가상현실을 만들어냄으로써 현실에 대한 이해방식을 바꾸어 놓았다. 현실 자체를 구성된 재현으로 보는 해체론(그리고 포스트모더니즘)은 이 전자매체에 상응하는 오늘날의 철학적 담론인 셈이다. 메타픽션 등 포스트모더니즘 소설은 해체론, 탈구조주의, 그리고 전자매체와 연관된 소설의 변화를 보여 준다.

신화에서 포스트모더니즘에 이르기까지 서사문학의 변화는 이처럼 매체 및 인간의 삶(역사)의 변화라는 두 축의 상응관계 속에서 나타난 셈이다. 이제 이 기나긴 소설의 전사와 역사를 조금 더 자세히 살펴보기로 하자.

(2) 신화, 설화와 구연서사

구연서사인 설화에는 신화, 전설, 민담이 포함된다. 물론 신화와 전설(그리고 민담)은 서사적 원리 및 그 내용이 각기 구별되는 설화들이다. 그러나 설화는 모두 〈신성한 세계관〉을 담고 있으며 똑같이 〈구어〉로 전승되어 왔다. 설화에서 신성성에 지배되는 〈역사적〉 삶의 조건과 구어로 전달되는 〈매체적〉 조건은 서로 조응하는 관계에 있다.

설화의 〈신성한 세계관〉이란 인간의 능력을 초월한 신적인(신성한) 힘의 존재를 믿는 인식구조를 말한다. 인간의 삶이 자연에 압도되던 고대에는 온갖 경외로운 현상들을 자연 뒤에 숨은 신성한 힘의 발현으로 믿었다. 사람들은 그 신비스러운 힘의 근원을 신(桓因, 天帝)이라고 불렀으며 신들이 존재하는 곳으로서 천상계(하늘)를 설정했다. 모든 설화는 〈천상계〉의 신성한 원리(힘)와 〈지상계〉의 인간적 삶의 질서(가치)와의 관계를 그리고 있다.

삶의 근원으로서 신성성을 믿는 설화의 세계관은 그 이야기를 전달하는 구연적 방식과 긴밀히 연관되어 있다. 구연서사의 물질적 조건은 문자서사와는 다른 특수한 인식적 조건을 만들어내기 때문이다. 먼저 목소리와 청각에 의존하는 구연서사는 내부의 인격들이 상호 공명하는 집단적 의식상태를 조성한다. 〈목소리〉는 인체의 외양적 조건과는 달리 내부로부터 울려 나오며 〈청각〉은 그 내부의 울림을 지각하게 된다. 즉, 목소리는 악기처럼 화자의 내부로부터 연주되며 청중의 청각은 시각과는 달리 표면만이 아니라 내부를 감지할 수 있는 것이다.[23] 화자가 구연하고 청중들이 지각하는 과정은, 마치 현악기의 소리처럼 인격이라는 내부의 의식들(화자-청중)이 공명하는 효과를 나타낸다. 이처럼 구연의 물질적 조건은, 인간의 내부의식인 〈인격〉들 사이에 교감하는 〈공동체 의식〉을 형성한다.[24]

이런 구어적 매체의 특성은 먼저 서사적 내용의 〈표현(담론)〉적 측면과 연관된다. 신화, 서사시, 설화의 담론은 문자서사(소설)와는 달리 개별적이고 독창적인 언어들로 배열되지 않는다. 집단적 의식의 교감을

---

23) 월터 J. 옹, 『구술문화와 문자문화』, 이기우·임명진 역(문예출판사, 1995), 113면.
24) 위의 책, 117면.

형성하기 위해서는, 개인적 창작보다는 공동체의 보관창고에 저장된 〈공식적 정형구〉를 사용해야 하는 것이다. 화자가 하는 일은 새로운 표현의 창조보다는 정형구들을 〈인용하고〉 조립해내는 작업이다.

공식적 정형구로써 집단의식을 되살리는 구연체의 표현(담론)은 또한 공동체적 삶의 〈근원(기원)〉에 연관된 〈이야기〉 내용을 전달한다. 공동체의 보관창고의 언어들(공식적 정형구들)은 삶의 새로운 전개보다는 그 근원에 대한 내용을 담고 있다. 그리고 삶의 근원적 결속을 표현하는 언어들은 인간의 〈근원적 가치〉를 담은 〈이야기〉를 구현한다. 구연서사가 드러내는 근원적 가치는 빈번히 인간의 능력을 넘어선 초월적 신성성에 연결되며, 이로써 구연체는 신성한 기원을 바라보는 〈과거 지향적 전망〉을 포함한다.

구연서사(설화)가 초월적 신성성에 지배됨은 〈기억〉에 의존하는 구어적 전달매체와도 관련된다. 문자서사(소설)는 반드시 인간에 의해 쓰여지며 〈인식의 주체〉로서의 〈인간〉을 전제로 한다. 그러나 기억에 각인되는 구연서사는 문자와는 달리 기록을 남긴 인식의 주체를 찾아내기 어렵다. 화자의 기억에 쓰여져 있는 것은 그(인간)의 한계를 넘어선 근원적인 것, 즉 인식의 내용(대상)과 주체가 구분되지 않는 〈초월적 힘(신성성)〉에 의한 각인으로 드러난다. 태초에 말이 있었지 인간(주체)에 의해 쓰여진(인식된) 글이 있었던 것은 아닌 셈이다. 이처럼 화자가 기억하고 구연하는 이야기는 어디서부터 나온 것인지 알 수 없는 인간적 능력 외부(태초)에 근원을 두고 있다. 이런 인식론적 초월성은 구연서사(설화)의 내용이 인간적 차원을 넘어선 〈영웅〉들의 이야기인 점과 상응한다.

구연 설화의 신성한 세계관(신의 관점)은 신화에서 전설, 민담으로 나아가면서 각기 다른 방식으로 드러난다. 먼저 신화는 천상계의 〈신의 섭리(신성한 세계관)〉가 지상계의 〈인간의 질서(가치)〉와 화합하는 축복된 이야기이다. 예컨대 건국신화들은 모두 신성한 힘이 지상으로 내려와 인간의 질서를 확립하는 내용을 담고 있다. 단군신화나 동명왕 신

화에는 천상계(하늘)에 존재하는 환인(桓因)·천제(天帝)와 천상계에서
지상계(땅)로 내려온 환웅(桓雄)·해모수(解慕漱), 그리고 지상계의 역
사적 영웅인 단군·주몽의 삼대가 그려진다.[25] 이들 신화의 이야기는
〈신〉의 혈통을 지닌 영웅 주인공이 지상계의 〈왕〉이 됨으로써 신의 섭
리와 인간의 질서의 조화를 보여준다. 또한 왕의 혈통을 천상계의 신에
연결시킴으로써 건국 시조의 왕권에 신성한 합당성을 부여하고 있다.
한 예로 고구려의 시조(주몽)의 이야기인 동명왕 신화를 살펴보자.

동명왕 신화에서 주몽은 신(天帝)의 아들인 해모수와 유화부인 사이
에서 잉태된다. 유화는 해모수와 사통한 벌로 태백산에 귀양을 왔다가
동부여의 금와 왕에게 발견된다. 금와는 유화를 궁궐로 데려와 방에 가
두었는데 그녀는 임신하여 알을 낳게 된다. 금와는 알을 들판에 버렸지
만 오히려 짐승들이 보호해 주었다. 마침내 알에서 한 아이가 껍질을
깨고 나왔는데 그가 바로 주몽이었다. 주몽은 비범한 능력을 발휘하지
만 왕자들의 미움을 사 쫓기는 몸이 된다. 도망하던 주몽이 엄수에 이
르자 물고기와 자라가 다리를 만들어 주어 무사히 건너게 된다. 다시
다리가 해체되어 뒤쫓던 병사들은 건너지 못하고 주몽은 졸본에 이르러
고구려를 건국한다.

동명왕 신화에서처럼 건국신화는 신성한 혈통→기이한 출생과 고난
→고난의 극복과 건국으로 이어진다. 여기서 영웅 주인공의 고난은 신
성한 원리가 지상계의 인간의 질서로 펼쳐지는 과정에서의 갈등을 암시
한다. 그런 갈등이 심각할수록 서사적 역동성은 증폭되지만[26], 〈신화〉
는 결국 그 갈등의 극복을 통해 신의 섭리와 인간의 질서 간의 〈조화〉
를 구현한다.

여기서 더 나아가 천상계의 원리(신의 섭리)와 지상계의 질서가 〈분

---

25) 조동일, 『한국소설의 이론』(지식산업사, 1977), 145면.

26) 동명왕 신화에 역동적인 서사성이 나타난 것은 지상계와 천상계의 분열의 조짐
   인 갈등의 심각성 때문이며, 이는 신화시대 말기에 나타난 서사의 특징으로 볼
   수 있다. 신화시대 말기에 와서 서사문학으로서의 신화는 오히려 더 역동적으로
   나타난 것이다. 조동일 『한국소설의 이론』, 앞의 책, 15~52면 참조.

열)되기 시작할 때 〈전설〉이 나타난다. 전설은 신성한 힘을 지닌 영웅의 탄생이 (신화에서처럼) 인간에게 축복받지 못하고 비극으로 끝나는 이야기이다. 전설의 〈비극성〉은 인간이 신성한 원리에서 벗어나지 못했으면서도 자기 자신은 그 원리와 모순되는 사회의 질서에 속해 있음으로써 생겨난다. 신화에서와는 달리 신의 섭리와 인간의 질서 간의 균열은 회복불가능한 것으로 나타난다. 그럼에도 불구하고 신의 섭리에서 벗어날 수 없는 인간은 모순을 해소할 수 없는 비극적 운명에 처하게 된다.

전설의 원형으로 불리는 해명전설에는 이미 그 비극적 운명의 원리가 잘 나타나 있다. 무용(武勇)을 좋아하는 해명태자(고구려 유리왕 25년)는 이웃나라 왕이 보낸 강궁(強弓, 강한 활)을 꺾어 힘을 과시했다. 이 말을 들은 유리왕은 이웃나라와 원한을 맺었다고 칼을 보내 자결을 명령한다. 신하들은 해명의 자살을 만류했지만 태자는 그들의 말을 듣지 않았다. 해명은 이웃나라의 기를 꺾으려 활을 부러뜨렸는데 부왕이 불효라고 책망하니 명령에 따를 수밖에 없다고 했다. 그는 땅에 창을 꽂아 놓고 말을 타고 달려와 찔려 죽었는데, 이후 그 땅은 창원(槍原)으로 불려졌다.

이 전설에서 해명은 비범한 힘을 지닌 영웅 주인공으로 볼 수 있다. 반면에 부왕(유리왕)과 이웃나라의 관계는 지상계의 질서를 나타낸다고 할 수 있다. 해명의 비극적 운명은 그 지상계의 질서를 어기면서까지 자신의 비범성을 발휘할 수밖에 없다는 데에 있다. 해명은 왕의 뜻(지상계의 질서)을 그르쳐 죽음의 위험에 처하는데, 그가 변명으로 목숨을 구하지 않은 것은 죽음 앞에서도 자신의 영웅성을 굽힐 수 없음을 암시한다. 해명의 영웅성이 신성한 원리의 발현이라면, 죽음에 이른 그의 비극적 운명은 그 원리(영웅성)와 지상계의 질서와의 분열을 나타낸다. 해명이 땅(지상계)에 창을 꽂아 죽음을 선택한 방식은 그의 비범성(신성한 원리)과 땅(지상계)의 질서와의 균열을 극명하게 드러낸다. 해명은 스스로 지상계의 창에 찔려 죽음으로써 그의 굽힐 수 없는 영웅성(신성한 원리)을 입증한 셈이다.

이와 비슷한 전설의 원리는 훨씬 후대의 아기장수전설에서도 발견된다. 장사가 태어나면 마을이 망한다고 생각하던 동네 사람들은 놀라운 힘을 지닌 아이를 큰 돌에 올려 놓아 죽게 한다. 영웅이 될 아이를 미리 제거함으로써 훗날의 재앙을 막기 위해서였다. 이런 마을 사람들의 생각과 행동은 신성한 힘을 지닌 영웅의 탄생이 더이상 축복받지 않는 비극이 되었음을 드러낸다. 왕권을 정점으로 한 통치질서가 확립되자 비범한 힘을 지닌 영웅은 그 질서에 대한 도전을 뜻할 수밖에 없었던 것이다. 이처럼 신의 섭리에 의한 영웅성이 지상계에서 받아들여지지 않는 것은 양자 사이에 운명적인 균열이 생겨났음을 의미한다.

그러나 그 균열로 인한 인간의 비극은 여전히 신성한 원리를 통해 표현된다. 위의 전설에서 아이가 죽자 번개가 치며 용마가 날아와 울다 죽었고, 죽은 아이의 시체 위에는 몇달이 넘도록 불개미 떼가 모여 군사 훈련을 한다. 여기서도 아기장수는 죽음을 통해 자신의 신이한 영웅성을 입증하고 있다. 이는 전설의 경우 지상계의 질서와 신의 섭리가 어긋났음에도 사람들의 삶은 아직 그 신성한 원리에서 벗어날 수 없었음을 나타낸다.

전설의 비극성은, 〈신성성과 인간적 가치의 조화〉라는 견지에서 보면, 그것에서 이탈된 〈지상계의 모순〉을 암시한다. 따라서 그 모순에 대한 대응은 지상계의 피지배계층인 〈민중적 주인공〉의 등장을 가져왔다. 아기장수전설은 전설 중에도 민중적 영웅을 등장시킨 작품이 있음을 보여준다. 하지만 민중적 주인공은 〈민담〉에서 훨씬 더 많이 발견된다. 전설과 비슷한 시대에 나타난 민담은 미천한 주인공이 자신의 처지를 극복하고 고귀한 성취를 이루는 이야기이다. 신의 섭리와 인간적 질서의 괴리로 인해 〈비범한 주인공〉이 〈비극〉적 운명을 맞을 수밖에 없는 (전설) 시대에, 그 모순의 틈을 비집고 〈미천한 주인공〉이 〈행운〉을 얻는 이야기가 나타난 것이다. 이점에서 전설과 민담은 서로 짝을 이루는 구성원리로 된 동시대의 서사양식이다.

민담에서 주인공이 행복한 결말에 이르는 과정은 신화의 서사구조

48

(하강-상승)와도 유사하지만, 그와 다르게 민중적 일상생활이 이야기의 배경이 된다. 미천하고 무력하게 살아가던 서동이나 온달의 이야기는 신화와는 다른 민중적 영웅의 면모를 잘 보여준다. 마를 팔아 살아가던 백제의 서동은 지혜를 발휘해 신라의 선화공주를 아내로 맞는다. 가난한 서동은 마를 캐던 곳에서 금을 발견하고 큰 부자가 된다. 그는 금을 신라에 보내 사위로 인정받고 인심을 얻어 백제의 무왕이 된다. 이처럼 민담에서는 민중적 인물의 일상생활이 나타나고 이미 확립된 세계의 질서를 넘어서는 성취가 이루어진다. 이런 전개가 가능한 것은, 신성시되던 영웅적 주인공을 비극적으로 만드는 세계라면, 그 세계의 질서는 신성불가침한 것이 아니라는 인식에 따른 것이다. 그러나 견고한 세계의 질서에 대응하는 민담의 방식은 여전히 설화적인 초월적 원리에 의존하고 있다. 이는 민담 역시 아직 신이한 설화적 힘에 연관된 서사원리에서 벗어나지 않음을 뜻한다. 그 초월적 관점 대신 인간적 관점으로 세계를 응시하는 순간 〈설화〉는 〈소설〉로 이행된다.

신화	전설	민담	고소설
신성성 /인간의 질서 조화	신성성 /인간의 질서 분열	신성성 /인간의 질서 분열	인간적(유교)이념 통합
영웅의 성취	영웅의 비극	민중적 인물의 성취	영웅의 성취
신화적 총체성	총체성 분열	총체성 분열	관념적 총체성

(3) 소설과 문자서사

신화에서 전설, 민담으로 이행되면서 설화는 신성성과 인간의 질서와의 분열을 경험한다. 그러나 그 분열로 인한 여러 문제들을 겪으면서도 설화는 아직 초경험적 세계관의 인식지평을 버릴 수 없었다. 신이성을 인정하는 그런 설화적 세계관 대신 〈인간적 관점〉으로 세계를 응시했을

때 비로소 전설(민담) 시대의 분열된 세계를 재통합하는 〈소설〉이 나타
난다.

물론 소설 중에도 고소설의 시대에는 여전히 천상계의 존재를 부인하
지 않았다. 그러나 천상계의 신의 섭리는 직접적으로 인간의 삶에 관여
하지 않고 보이지 않는 저편 세계로 물러나게 되었다. 영웅소설의 경우
꿈을 통해 암시되거나 속세를 등진 인물의 기행으로 비쳐질 뿐이다.

고소설에서 설화적 세계를 대체한 인간적 관점은 대부분 〈유교이
념〉이었다. 예외적인 경우도 있지만『조웅전』『유충렬전』『소대성전』
등의 영웅소설에서는 유교이념이 세계를 통합하는 원리로서 나타난
다. 즉, 충·효·열 등의 유교이념은 인간의 삶을 조화롭고 행복하게
만드는 지고의 가치로서 작용한다. 천상계의 신의 섭리는 그런 가치를
구현하는 인물의 후광으로서만 의미를 지닐 뿐이다.

이처럼 세계의 질서를 인간적 이념으로 해석함으로써 전설 시대에 비
극적 운명을 맞았던 영웅의 등장이 다시 가능해진다. 〈영웅 주인공〉은
여전히 천상계와 연관되지만 그의 영웅성은 신성성이 아니라 유교이념
에 의해 규정된다. 즉, 신의 섭리를 등에 업고 왕권에 대한 도전이 되
었던 전설과는 달리, 고소설의 영웅은 왕에게 충성을 맹세하는 (유교)
이념으로써 영웅성을 인정받는 것이다.

유교이념으로 해석된 영웅의 행적을 그린 영웅소설은 조선조의 중세
적 이념을 옹호하는 구조를 지니고 있다. 물론 영웅소설은 중세적 이념
이 위협받던 시기에 본격적으로 등장했다고 볼 수 있다. 그러나 영웅소
설은 그 시기의 혼란을 중세적 유교이념으로 회복하려는 서사구조를 지
니고 있었다.

영웅소설의 서사구조는 유교의 철학적 원리인 〈理氣論〉으로 설명할
수 있다. 소설은 근본적으로 氣를 그리는 장르이기 때문에 관념적인 理
를 앞세우는 주리론(主理論)에서 이탈될 잠재력을 늘상 갖고 있었다.
조선조의 사대부들이 그토록 소설을 폄하했던 것은 바로 이 때문이다.
그렇다고 영웅소설이 氣를 앞세우는 주기론(主氣論)에 따랐던 것은 결

코 아니었다. 영웅소설은 氣의 대립에 의해 서사적 역동성을 얻는데 그 氣의 대립은 결국 理로서 해소될 수 있는 것이었다. 즉, 氣의 대립은 자아와 세계의 대결이라기보다는 理(유교이념)가 지배하는 세계 내의 선량한 氣(충신)와 열악한 氣(간신)의 싸움이라고 할 수 있다. 선한 氣와 악한 氣의 대립은 필연적으로 理에 의해 해결되므로, 理에서 이탈될 잠재성을 지님에도 영웅소설은 원래의 理가 발현된 세계의 상태로 회귀한다. 이에 따라 理(혹은 理의 발현, 태평성대)에서 다시 理(태평성대)로 돌아오는 〈순환적 전망〉이 나타난다. 그와 달리 화석화된 理의 세계에 대해 자기주장으로써 理의 재해석을 요구하는 (즉, 자아와 세계의 대립을 보이는) 보다 근대화된 주기론(主氣論)적 소설은 박지원의 한문단편이나 판소리계 소설에서 발견된다. 반면에 영웅소설은 理의 이념(유교이념)에 충실한 〈중세적 서사양식〉인 것이다. 영웅소설이 유교이념 같은 집단적 이념을 아예 철폐한 더 후대의 본격적인 〈근대소설〉과 상이한 서사구조를 지님은 더 말할 것도 없다.

영웅소설의 이런 중간적 성격(설화~근대소설)은 서사담론의 매체적 전달방식을 통해서도 밝혀진다. 구어로 전승되던 설화와는 달리 로만스적 고소설(영웅소설)은 문자(필사, 인쇄)로 창작되어 읽혀졌다. 인간의 기억에 의존하던 구연서사(설화)는 인식주체가 불분명한 아득한 근원에 대한 (구어적) 기록의 성격을 띠었다. 반면에 문자서사(소설)는 인간에 의해 기록된 문자에 근거함으로써 인식주체로서 〈인간의 관점〉이 전제되었다. 이는 설화의 초경험적 세계관 대신 인간적 세계관을 내세우는 소설의 인식론적 특성에 상응하는 것이었다.

또한 구연서사는 공식적인 정형구의 조립에 의존하는 유동적인 담론을 구사했다. 이에 반해 문자서사(소설)는 종이에 기록된 문자로 고정된 담론을 지니게 되었다. 유동적인 구연서사의 담론은 정형구의 보관창고인 〈공동체 의식의 근원〉에 화자의 관점을 기대는 셈이었다. 반면에 문자로 확정된 소설의 담론은 문자 기록자인 〈인간주체의 관점〉에 의거할 수 있게 된다.

그러나 고소설의 담론은 문자서사임에도 불구하고 근본적으로 낭송을 전제로 한 서사담론의 성격을 지녔다. 즉, 고소설의 문자로 된 텍스트는 빈번히 창자의 구연에 의해 청중들에게 전달되는 형식을 취했다. 구연을 전제로 한 문자서사라는 이 이중적 특성은 이미 문자로 된 텍스트 자체에 반영되어 있었다. 고소설은 문자서사이면서도 〈유교적 원전〉에 근거한 공식적인 정형구의 조립으로 구성되기 일쑤였다. 이는 화자의 관점이 유교적 관념에 근거한 공동체 의식에 의존했음을 의미한다. 문자 텍스트이면서도 〈이본〉이 많은 점과 빈번히 〈구연〉으로 전달된 점은 화자의 관점이 〈공동체적〉 관념에 의거한 사실과 연관되어 있다.

그러나 고소설의 전제였던 공동체적 결속은 유교이념의 〈관념〉에 근거한 것이었다. 중세적 질서가 흔들리게 되자 그 유교적 관념 대신 현실 자체의 실상을 중시하는 관점이 나타나기 시작했다. 현실의 사물의 운동인 氣를 앞세운 주기론(主氣論)적 담론(사상과 소설)이 부각된 것은 그와 관련된다. 박지원의 한문단편과 판소리계 소설 등 단순한 정형구에서 벗어나 〈창조적인〉 새로운 담론을 구사하는 문자서사[27]가 등장한 것은 바로 이 시기였다.

근대소설은 〈관념적 세계관(理)〉보다는 〈현실(氣)〉 자체에 근거하는 현실주의에 의거하며, 그에 걸맞게 유교적 원전의 〈정형구〉보다는 개인적 시점과 〈창조적〉 표현을 구사한다. 개인적 시점과 창조적 표현은 현실주의적 세계관과 그에 근거한 〈미래지향적 전망〉에 조응한다. 과거의 원전과 관념적 세계에 의거하기보다는, 현실의 모순을 현실 자체에서 해결하려는 추동력은 필연적으로 미래를 지향하게 되는 것이다.

근대소설의 〈개인적 시점〉은, 구연방식(낭송)과 관념적 세계관(유교이념)의 퇴각, 공동체적 관념과 천상계의 후광의 소멸, 그리고 이본의 불가능성을 의미하는 것이었다. 그대신 기계 인쇄된 문자서사와 근대적

---

27) 판소리계 소설은 구연체인 판소리에서 유래했으므로 이 서사물의 문자성은 판소리적 구연상황의 특수성과 연관되어 있다. 이에 대해서는 또다른 고찰을 필요로 한다.

52

자아의 현실주의적 세계관, 그리고 창조적 담론으로 된 개별적 텍스트가 나타나게 된다. 물론 이 근대적 문자서사의 개별화된 텍스트 역시 〈간텍스트성〉을 아주 잃어버린 것은 아니다. 그러나 원전을 인용하던 정형구의 의식적인 간텍스트성과 달리, 근대소설은 〈무의식적〉 층위에서 텍스트들을 인용하는 〈타자성〉으로서의 간텍스트성을 지니게 된다.[28] 또한 근대소설에서 〈구연체〉의 흔적이 완전히 소멸된 것은 아니었다. 예컨대 채만식과 남정현의 풍자소설, 김유정과 이문구의 농민소설들에는 구연체의 자취가 역력히 남아 있음을 볼 수 있다. 그러나 근대소설의 구연체는 문자서사를 전제로 한 구어체 담론임을 유념해야 한다. 따라서 우리는 문자서사가 지닌 특성들, 즉 개인의 시점과 현실주의적 세계관을 전제로 구어체의 성격을 파악해야 한다. 그런 소설들은 삶이 개인화된 시대에도 구어체의 근거인 공동체 의식이 잔존하며, 또 그에 대한 소망이 강렬함을 암시한다. 이에 연관된 문제들은 뒤에서 다시 자세히 살펴보기로 하자. 이제 지금까지 살펴본 설화·고소설·근대소설의 담론 및 세계관의 특징을 정리하면 다음 페이지의 도표와 같다.

(4) 소설과 영화, 전자매체

근대소설은 유교이념에 근거한 중세의 관념적 공동체가 분열되면서 등장했다. 관념에 의한 결속이 와해되자 개인의 〈자기확인욕구〉와 그것을 방해하는 현실모순을 직시하는 〈현실주의〉가 싹트게 된다. 근대소설은 이를 통해 〈개인과 사회의 대립〉을 그리는 내용을 갖게 된다. 이러한 개인과 사회의 대결은 이천까지 관념으로 주조되었던 사회적 총체성이 무너졌음을 암시한다. 근대소설은 총체성이 와해된 사회에서 그 현실적 모순을 해결하기 위해 새로운 미래를 바라보게 된다. 이처럼 〈미

---

28) 〈타자성〉으로서의 간텍스트성이란 한 작품의 동일성이 다른 작품들(타자)과의 차이적 관계(간텍스트성) 속에서 나타나는 것을 말한다. 예컨대 염상섭의 『삼대』는 그 시대의 다른 작품들과 연관되는 동시에 구별됨으로써 하나의 작품으로서 존재하게 된다. 이에 대해서는 나병철, 『한국문학의 근대성과 탈근대성』(문예출판사, 1996), 82~92면 참조.

	설화	고소설	근대소설
매체	구어	문자(구연)	문자
담론 (텍스트)	공동체의 보관창고 ↓ 공식적 정형구 (매번 바뀜)	유교적 원전들 ↓ 공식적 정형구 (이본들)	개인의 텍스트들 ↓ 간텍스트성 (고정됨)
관점(시점)	신성한 세계관	유교적 관점	개인의 시점
세계	설화적 공동체	관념적 공동체	개인화된 세계
세계관	신 > 인간	신 < 인간 관념 > 현실	관념 < 현실
전망	과거지향적 전망	순환적 전망	미래지향적 전망

래 지향적 전망〉을 지님으로써, 근대소설은 개인과 사회, 그 주객의 역동적 상호연관을 그리는 또다른 〈총체성〉을 획득한다.

다시 말해, 근대소설은 총체성을 상실한 시대에 서사적 통시성을 통해 미래를 바라봄으로써 총체성을 얻는 것이다. 이처럼 근대소설의 총체성은 현존하는 상태로서가 아니라 서사적 운동과정 속에서 역동적으로 드러나는 총체성이다. 흔히 말하는 〈총체성〉이란 인간이 전체 사회현실(세계)과 상호연관되어 있다는 결속감을 말한다. 신화시대에는 세계가 신의 섭리에 둘러싸임으로써 세계와 자아의 즉자적인(미자각적인) 통합(주객 상호연관)이 가능했다. 신성성의 원리가 저편 세계로 물러난 고소설의 시대에도 유교이념에 의한 〈관념적인〉 주객 상호연관(총체성)이 유지될 수 있었다. 그러나 〈현실주의〉를 통해 개인과 사회의 갈등을 그리는 근대소설은 주객(인간과 현실)이 분열된 세계를 드러낼 수밖에 없다. 그러나 개인은 사회의 모순을 극복하기 위해 새로운

54

사회를 바라보며 미래를 응시함으로써 인간과 현실의 역동적인 상호작용을 수행한다. 이것이 바로 총체성이 분열된 시대에 〈주객 상호작용〉을 그리는 〈소설의 총체성〉이다. 그리고 이처럼 인물(인간)과 환경(현실)의 교호작용을 통해 본격 서사성과 총체성을 구현하는 대표적인 근대소설은 〈리얼리즘〉이다.

리얼리즘은 〈본격서사성〉과 〈소설의 본령〉을 획득한 근대문학의 방법이다. 이러한 리얼리즘은 미래의 전망으로써 보다 확고한 사회주의 이념을 설정할 때 〈사회주의 리얼리즘〉으로 진행된다. 사회주의 리얼리즘이 등장한 후 이와 구분해 그 이전의 리얼리즘은 흔히 〈비판적 리얼리즘〉으로 불린다. 사회주의 리얼리즘은 비판적 리얼리즘과는 달리 인식의 차원을 넘어서서 〈실천〉적으로 새로운 사회로 나아가는 행동(주객 상호작용)을 그리게 된다. 이는 사회주의 리얼리즘이 과정으로서의 총체성(비판적 리얼리즘) 뿐만 아니라 그 목표로서 〈주객 통합된(총체적인)〉 공동체 사회를 설정하기 때문이다. 이처럼 〈개인과 사회가 통합된〉 새로운 사회를 향한 행동을 그림으로써 사회주의 리얼리즘은 〈서사시〉로 이행하는 양상을 나타낸다. 즉, 비판적 리얼리즘이 개인과 사회의 분열 속에서 개인의 각성(성장)을 그리는 〈교양소설〉의 경향을 지닌다면, 사회주의 리얼리즘은 교양소설에서 개인과 사회가 통합된 〈서사시〉로 나아가게 된다. 그러나 사회주의 리얼리즘에서 나타나는 서사시의 양상은 고대서사시와 같은 즉자적인(자아의식이 미발달된) 상태가 아니라 대자적으로(자아각성을 전제로) 통합된 사회를 지향한다.

교양소설에서 서사시로 이행되는 쪽과는 다른 방향으로 나아간 소설의 변화는 서사성이 와해된 〈모더니즘〉이다. 이러한 변화는 자본주의적 모순이 심화되어 사물화(비인간화) 현상이 만연되자[29] 더이상 인물(인

---

29) 모더니즘은 흔히 〈독점자본주의〉 단계에서 나타난 것으로 말해진다. 근대의 세 가지 문화형식에 상응하는 자본주의의 세 시기에 대해서는 E. 만델, 『후기자본주의』, 이범구 역(한마당, 1985)과 나병철, 『근대성과 근대문학』, 앞의 책, 45~50면 참조.

간)과 환경(현실)의 상호작용(리얼리즘의 총체성)을 드러내기 어려워진 데 기인한다. 그로 인한 총체성(주객 상호연관)의 부재, 인간(인물)과 현실(환경)의 단절, 사물화로 인한 〈소외〉를 그리는 문학이 바로 모더니즘이다.

모더니즘은 현실로부터 단절된(소외된) 인간의 모습을 그림으로써 서사성이 와해된 파편적인 체험들을 형상화한다. 그러나 모더니즘은 그런 파편화된 소외의 체험들을 즉자적으로 드러내지 않고 다양한 기법으로 대상화시킨다. 즉, 의식의 흐름, 내적 독백, 몽타주 등 모더니즘의 기법은, 소외의 체험에 즉자적으로 감정이입하는 것을 차단하고, 대신에 소외에 대한 예술적으로 객관화된 자기인식을 제공한다.[30] 이로써 모더니즘은 소외를 개인의 타성화된(자동화된) 고독이 아닌 객관화된 사회 전체의 목소리로 들려준다.[31] 이 객관화된 사회 전체의 목소리에는 소외에 대한 자기인식과 현실에 대한 부정적 인식[32]이 포함되어 있다.

이처럼 모더니즘이 파편화된 소외의 체험을 대상화하는 방식은 흔히 〈공간화〉로 불린다. 모더니즘에서는 리얼리즘의 〈통시적(시간적)〉 서사성이 와해되는 대신, 파편화된 (소외된) 삶의 체험들을 (다양한 기법으로) 객관화하여 〈공간적〉으로 배열하는 것이다. 이 모더니즘의 공간화는 소외의 표현(자기인식)인 동시에 그의 근원인 현실에 대한 부정적 인식을 내포한다.

그런데 모더니즘에서 나타나는 〈시간의 공간화〉는 새로 등장한 서사매체인 영화적 기법과 긴밀히 연관되어 있다. 몽타주, 오버랩 등 영화적인 〈시간의 공간화〉는 영화의 장르적 특성에 연관된 예술적 자기인식의 기법이다. 영화는 장르적 특성상 여러 차원에서 시간들을 선후 관

---

30) 나병철, 『한국문학의 근대성과 탈근대성』, 앞의 책, 199~202면.

31) 아도르노, 「강요된 화해」, G. 루카치 외 『문제는 리얼리즘이다』, 홍승용 역(실천문학사, 1985), 211면.

32) 위의 책, 203면.

계와 무관하게 공간적으로 배열할 수 있다. 즉, 서로 다른 시간의 장면 (쇼트[33])들을 접속시킨 몽타주나 그 장면들을 겹치게 하는 오버랩은 시간을 공간화하는 대표적인 기법들이다. 몽타주나 오버랩은 선조적인 시간으로 환원되지 않는 이질적 시간들을 병치함으로써 시간을 공간화시킨다. 또한 이들 기법은 순차적인 시간에 따라 장면들을 배열하는 경우에도 시간적인 인접성에 의한 연결보다는 공간적인 병치성과 동시성의 효과를 드러낸다.

이러한 영화의 공간화기법은, 〈환유적인 (통시적인) 인접성〉보다는 〈은유적인 병치성〉에 의존함으로써, 대상에 대한 (통시적인) 객관적 〈인식〉보다는 특정한 〈자기인식〉을 나타낸다. 가령 몽타주 이론가인 에이젠슈테인은, 『10월』에서 코닐코프가 '신과 국가를 위해서'라는 명분 아래 페트로그라드로 진격하는 장면을 여러 신들의 이미지와 병치시킨 예를 들고 있다.[34] 이 몽타주에서는 예수에서 에스키모의 우상에 이르는 갖가지 신들의 이미지가 병치되고 있다. 여기서는 신에 대한 신성한 이미지와 우상들의 우스꽝스러운 이미지가 충돌하면서 신성성이란 무엇인가에 대한 자기인식을 유발하도록 하고 있다. 이처럼 유사하거나 상이한 이미지의 장면들을 병치시킴으로써 몽타주는 〈은유적인 제3의 의미〉를 환기시킨다.

물론 몽타주는 순차적인 시간의 장면들을 조립하는 방식으로 나타나기도 한다. 예컨대 어떤 살인사건을 시간의 흐름에 따라 전체적인 한 장면으로 보여줄 수도 있지만 여러 조각의 몽타주의 편집으로 제시할 수도 있다. 즉, 칼을 집어 드는 손, 놀라는 피해자의 눈, 꽂히는 칼, 뿜어져 나오는 피, 신발 위에 떨어지는 피 등의 장면으로 조립하는 것이다. 시간의 흐름에 따른 한 장면은 살인사건에 대한 객관적 〈인식〉을

---

33) 쇼트(shot)란 한번의 연속적인 카메라 촬영으로 이루어진 단편적 장면을 말한다.

34) 김용수, 『영화에서의 몽타주 이론』(열화당, 1996), 153면. 이질적인 쇼트들을 연결하는 이 에이젠슈테인의 충돌의 몽타주는 조화로운 연결을 위한 푸도프킨의 조합의 몽타주와 구분된다.

제공하지만 몽타주 조각의 접합은 그 살인사건에 대한 특정한 〈감정〉
과 〈자기인식〉을 환기시킨다.[35] 〈시간〉의 흐름에 따른 장면들이 〈공간
적〉으로 병치됨으로써 은유적인 자기인식의 효과가 나타나기 때문이다.

 몽타주, 오버랩 등 영화적 공간화 기법은 시간과 공간의 경계가 해체
된 현대적 경험을 반영한다.[36] 모더니즘 소설은 이런 영화의 4차원적
시공간 개념[37]을 문학 속에 도입한 것으로 볼 수 있다. 영화와 소설의
차이는 모더니즘 소설의 공간화가 서사성의 해체와 연관된 반면 영화는
반드시 그렇지는 않다는 점이다. 즉, 영화에서는 소외로 인한 서사성의
해체를 드러내는 모더니즘 기법뿐만 아니라 리얼리즘을 위해서도 몽타
주 기법이 사용될 수 있다. 영화의 몽타주는 단지 모더니즘적 기법은
아닌 영화의 장르적 특성에 따른 기법인 것이다. 이에 반해 소설에서의
공간화는 소외에 대한 자기인식을 드러내는 모더니즘의 독특한 기법
이다.

 모더니즘에서는 주객연관(총체성)을 상실한 소외된 인물을 그림으로
써 인물과 환경의 상호작용에 의한 플롯과 서사성이 해체된다. 따라서
모더니즘은 플롯과 서사성에 의거하는 통시적 〈인식〉보다는 파편화된
소외의 체험에 대한 〈자기인식〉을 형상화한다. 파편화된 소외의 체험은
통시적인 〈인접성〉보다는 공간적인 〈병치적〉 접합에 의해 자기인식적
으로 제시되는 것이다. 예컨대 조이스의 『율리시즈』는 다양한 공간화
기법에 의한 이질적인 이미지와 모티프들의 병치로 구성되어 있다. 이
소설은 통시적인 인접성보다는 공간적인 병치적 조립에 의존함으로써
아무곳에서부터 소설을 읽기 시작해도 상관없을 정도이다.[38] 이처럼 공
간적인 병치성에 의존하는 모더니즘 기법은 몽타주나 오버랩 등의 영화
적 기법과 연관되어 있다.

---

35) 김용수, 『영화에서의 몽타주 이론』, 앞의 책, 152면.
36) 하우저, 『문학과 예술의 사회사―현대편』, 백낙청·염무웅 역(창작과비평사,
    1974), 242면.
37) 시간 속에서도 공간처럼 마음대로 이동할 수 있는 것을 말함.
38) 하우저, 앞의 책, 247면.

〈모더니즘〉과 〈영화〉의 공간화 기법이 시간과 공간의 경계를 해체했다면, 〈포스트모더니즘〉과 〈전자매체〉는 현실 시공간과 재현 시공간의 경계를 해체한다. 가령 전자매체가 현실과 재현의 벽을 무너뜨린 좋은 예는 컴퓨터 시뮬레이션(시뮬라시옹)[39]의 경우에서 찾아볼 수 있다. 컴퓨터는 가상현실(재현물, 시뮬라크르)을 통해 현실보다도 더 현실적인 일을 수행할 수 있다. 예컨대 컴퓨터는 가상공간에 가상도서관을 〈재현(시뮬라시옹)〉함으로써 실제 〈현실〉에서보다 실제 자료를 더 효과적으로 열람하게 해 준다. 이 경우에 재현과 현실, 가상공간과 실제공간의 구분은 사실상 무의미해진다.

우리는 전자매체에서 뿐만 아니라 실제 현실 자체가 재현에 의해 결정되는 예를 찾아 볼 수도 있다. 가장 뚜렷한 예는 오늘날 〈대표제〉에 의해 결정되는 정치적 〈현실〉의 경우이다. 대표제란 모든 사람의 정치적 의사를 〈반영하는 형식〉인 점에서 일종의 〈재현〉의 양식인 셈이다. 그런데 현대의 정치는 대표제를 떠나서 생각할 수 없으며 실제로 그 〈재현〉의 양식에 의해 정치적 〈현실〉이 결정된다. 정치적 현실은 불변의 실체로 선재하는 것이 아니라 재현의 양식(즉, 사람들의 의사가 형성·반영되는 양식)에 따라 그 결과로서 〈구성〉된다. 따라서 올바른 정치적 〈현실〉을 위해 우리가 할 수 있는 최상의 일은, 모든 사람의 정치적 의사가 잘 반영될 수 있는 좋은 〈재현〉의 양식을 선택하는 것이다.

오늘날의 사회에서는 정치적 차원에서 뿐만 아니라 일상 생활에서까지 그같은 원리가 적용된다. 후기자본주의 시대에 이르러 정치권력이

---

39) 〈시뮬라시옹〉이란 가장된 인공물을 만드는 행위이며 그에 의해 만들어진 인공물은 〈시뮬라크르〉라고 한다. 시뮬라크르는 모방하는 원본이 없다는 점에서 모조품과는 구별된다. 가장된 이미지인 시뮬라크르는 현실보다 더 현실적인 기능을 할 수 있다. 한편 어떤 면에서는 현실 자체가 권력의 시뮬라시옹에 의해 구성된 것으로 볼 수도 있는데, 이런 생각은 현존을 신뢰하는 합리주의적 현실관을 급진적으로 해체한다. 장 보들리야르, 『시뮬라시옹』, 하태완 역(민음사, 1992)와 마이클 라이언, 『포스트모더니즘 이후의 정치와 문화』, 나병철·이경훈 역(갈무리, 1996) 참조.

일상의 미시적 영역(문화, 성, 무의식, 인격성)에까지 침투함에 따라 일상의 현실 역시 권력의 〈재현의 형식〉에 따라 결정된다. 이미지 조작에 의한 시뮬라크르는 그 재현의 방식의 대표적인 예일 것이다. 그런데 그같은 재현의 수사학은 권력에 의해서 뿐만 아니라 그에 대응하는 반항력에 의해서도 구사될 수 있다. 살기 좋은 〈현실〉을 만들기 위해서는 억압적인 재현의 수사학에 대응하는 새로운 재현의 형식이 필요한 것이다. 여기서 재현의 형식이란 정치, 경제, 사회적 제도의 양식과 이미지, 문화, 예술의 형식을 포함한다.[40]

〈재현〉이 〈현실〉을 구성한다는 그런 원리를 내세우는 것이 바로 우리 시대의 해체론과 포스트모더니즘이다. 해체론은 새로운 현실이 현실 외부에 목적론적으로 존재하는 것이 아니라 현실 자체를 해체하고 새롭게 구성함으로써 얻어질 수 있음을 보여준다. 포스트모더니즘 역시 지금까지의 현실이 서구 중심적인 이성중심주의(로고스중심주의)에 의해 구성된 것임을 말하면서 그에 의해 주변화된 문화에 의해 현실이 새롭게 구성될 수 있음을 주장한다. 이처럼 현실이 해체되고 구성(재구성)될 수 있는 것으로 보는 것은 가상적 현실(혹은 재현)이 억압적 현실을 극복할 수 있는 대안이 됨을 말하는 것이다. 현실을 교체될 수 있는 여러 개의 이본들 중의 하나로 보는 이 불확정성의 원리는, 현실을 불변의 실체가 아닌 여러 개의 재현들 중의 하나로 해체한다.

포스트모더니즘의 일종인 〈메타픽션〉은 그런 해체의 원리를 가장 극명하게 보여준다. 현실과 재현, 실재과 가상현실의 경계를 무너뜨린 메타픽션과 포스트모더니즘은, 가상공간의 가상현실을 통해 실제 현실의 일을 수행하는 전자매체 시대의 서사문학이라고 할 수 있다. 즉, 현실과 재현의 경계를 무너뜨린 점에서 포스트모더니즘과 전자매체는 서로 조응한다. 물론 전자매체는 포스트모더니즘을 포함한 문자서사에 대한 위협과 도전으로 부각되기도 한다. 과격한 메타픽션을 소설의 죽음과 연관시키는 관점은 이점을 잘 시사한다. 그러나 전자매체 시대에도 문

---

40) 마이클 라이언, 앞의 책 참조.

자서사는 여전히 중요한 위치를 차지하고 있으며, 전자매체 자체도 문자를 떠나서는 성립될 수 없을 것이다. 전자매체는 가상공간에 가상현실만 연출하는 것이 아니라 전자우편과 전자책을 만들기도 한다. 종이와 활자로 된 책이 문자 시대의 상징이라면 이 가상공간의 전자책은 〈후기문자〉 시대의 도래를 암시한다. 전자매체의 후기문자는 여러 면에서 그 이전의 문자시대와는 구별되는 특징들을 보여준다. 한 예로 pc 통신, 컴퓨터 회의[41] 등의 전자식 문자 소통은 책을 중심으로 한 일방적 전달과는 달리 상호적 의사소통의 방식을 보여준다. 이는 문화형식에 있어서의 또다른 변혁을 암시하지만, 그럼에도 책을 중심으로 한 문화는 상당기간 여전히 전자매체와 공존할 것이다.

이제까지 우리는 문자서사의 대표인 소설이 영화, 전자매체 등과 어떤 연관을 지니며 변화되어 왔는가를 살펴 보았다. 소설은 〈사회(역사)〉적 변화와 〈매체〉적 변화에 조응하면서 리얼리즘(본격서사)·모더니즘(공간화)·포스트모더니즘(현실의 해체) 등으로 변화되어 왔다. 근대 이후의 이 소설의 변화과정은 다음과 같이 요약될 수 있다.

	리얼리즘	모더니즘	포스트모더니즘
사회적 변화	시장자본주의	독점자본주의	후기자본주의
서사적 특성	본격서사	공간화	가상현실
매체의 영향	소설의 본령	영화	전자매체

---

41) 컴퓨터 회의는 전체 회의를 대신하여 다수의 참가자들이 컴퓨터를 통해 토론하는 것을 말한다. 컴퓨터 회의에서는 동시에 행하는 대화와는 달리 언어 실행방식을 곰곰이 성찰할 수 있다. 여기서는 말하기의 관행이 바뀌어 대화에 대한 대화(메타대화)로 되는 경향이 있다. 마크 포스터, 『뉴미디어의 철학』, 김성기 역(민음사, 1994), 229~34면 참조.

3. 〈소설의 이해〉의 전제조건

앞에서 우리는 소설의 장르적 특성, 구성요소, 역사적 변화를 살펴보았다. 우리의 논의는 소설의 얼굴을 명확히 밝히기 위해 분석적으로 분류하는 방식을 취했다. 그러나 실제 소설은 그런 분류로 된 간막이 속에 존재하는 것이 아니라 여러 다양한 모습으로 이곳저곳에 혼재하고 있다. 우리는 흡사 씨앗들처럼 흩어져 있는 소설들에 경계선을 긋고 그 내부의 몇 가지 특징들을 살펴본 셈이다.

물론 여러 소설들의 특징을 드러내기 위해서 분류하고 유형화하는 것은 불가피할 것이다. 그러나 그와 함께 다양한 소설의 종류들은 장르들과 구성요소들이 혼합되고 뒤섞인 결과임을 중시해야 할 것이다. 이런 관점에서는 다음의 두 가지 측면이 중시되어야 한다. 하나는 〈해체론〉의 견지에서 분류의 간막이를 철폐하고 분류된 장르와 요소들 사이의 혼합된 양상들을 중시하는 것이다. 해체론적으로 말하면 모든 장르(유형)들은 〈혼합장르(유형)〉이며 장르간의 간막이는 인위적인 것일 뿐이다. 실제의 소설들은 그 경계선을 넘나들며 혼합된 유형으로 존재할 것이다.

그런데 그런 혼합장르(유형)들은 정태적으로 고정된 것이 아니라 역사적 변화에 따라 역동적으로 변화되면서 나타난다. 특수한 혼합장르나 예외적인 유형의 출현은 역사 속에서 장르체계(분류체계) 자체의 변화를 암시한다.[42] 따라서 우리는 역사적 변화와 장르적 변화의 〈변증법적 (그리고 해체론적)〉 관계를 살펴보는 것이 필요하다. 이런 〈해체론〉적이고 〈변증법〉적인 관점[43]은 이후 이 책의 모든 논의에서 분석적인 관

---

42) 나병철, 「장르의 혼합현상과 서사적 서정시의 전개」, 『기전어문학』(1992). 나병철, 『문학의 이해』, 앞의 책, 137~45면 참조.

43) 변증법과 해체론의 관계에 대해서는 마이클 라이언, 『해체론과 변증법』, 나병철·이경훈 역(평민사, 1994) 참조.

점과 병존할 것이다.

따라서 소설에 대한 본격적인 고찰에 앞서서 다음과 같은 예비적인 논의가 필요한 셈이다. 먼저 소설은 특수한 미학적 형식으로서 자신의 고유한 〈장르적 특성〉을 갖게 된다. 그것은 소설의 구성요소들과 그 관계들로서 살펴볼 수 있다. 그러나 그런 특성은 다른 장르들과의 관계 속에서 부단히 뒤섞이는 양상으로 나타날 것이다. 또한 〈역사적 변화〉에 따라 구성요소들과 그 관계들 역시 끊임없이 달라질 것이다. 그리고 그 과정에서 분류할 수 없는 혼합장르들이 무수히 나타날 수 있다.

소설의 이해를 위한 이런 예비적 논의로서, 우리는 먼저 소설의 〈장르〉적 특성을 살펴보았고, 이어서 〈역사〉적 발전과정을 개괄했다. 그리고 마지막으로 (해체론의 관점에서) 장르적 구성요소들이 뒤섞이는 〈혼합〉장르와 여러 유형들을 암시했다. 이 세 가지 측면은 앞으로의 우리의 논의에서 항상 기본적인 전제로 내포될 것이다. 즉, 소설은 〈이야기〉를 〈담론〉으로 중개하는 장르인데, 그 구성요소들의 상이한 관계에 따른 여러 소설들은 〈역사〉적 발전과정의 문맥에서 고찰할 수 있다. 이처럼 소설에 대한 우리의 〈이론적 연구〉는 〈역사적 연구〉와 변증법적으로 맞물리게 된다. 또한 우리의 논의는 불가피하게 분석적인 유형화를 꾀하지만 실제의 소설들은 각 유형들이 뒤섞이고 〈혼합〉되는 형태로 나타남을 유념해야 할 것이다. 우리는 순서에 따라 이야기와 담론, 보다 구체적으로는 인물, 환경, 플롯, 시점, 서술 등을 살펴볼 것이다. 이제 그에 앞서 이야기와 담론의 물리적, 정신적 근거가 되는 소설의 시간과 공간에 대해서 고찰하기로 하자.

제 *2* 장
소설의 시간과 공간

1. 예술의 시간과 공간의 두 측면

예술의 시간과 공간은 현실과 구분되는 예술 자체의 형상으로부터 나타난다. 이점에서 예술의 시공간은 예술적 형상화(형식화)의 두 측면(현실 반영과 매체적 형상화)과 연관해서 살펴볼 수 있다. 즉, 예술이 반영하는 현실의 측면과 그것을 표현하는 물질적 매체의 측면을 말한다(제1장 도표 1, 2).

예술작품은 〈반영된(형상화된) 현실의 시공간〉과 그것을 담는 〈매체의 물리적 시공간〉을 지니고 있다. 예술의 현실반영의 내용과 매체적 형식(혹은 내적 형식과 외적 형식)으로부터 나타나는 두 가지 시공간은 서로 긴밀히 연관되어 있다. 예컨대 공간적 매체를 이용하는 회화는 현실의 공간적 측면을 반영하며 시간적 요소는 형상화하기 어렵다. 반면에 시공간 매체를 지닌 영화는 현실의 시공간을 다양하게 반영할 수 있다.

그러나 〈반영된 시공간〉과 〈매체적 시공간〉은 엄밀히 말해 동질성을 지니지는 않는다. 가령 회화에서 물질적 매체인 화폭의 공간과 그곳에 담겨진 현실 내용의 공간은 크기와 질에 있어서 상이성을 지닌다. 영화에서도 영상의 시공간과 그것을 통해 나타나는 현실 내용의 시공간은 일치하지 않는다.

뿐만 아니라 〈시간 매체〉를 이용하는 음악의 경우 그 매체를 통해 형상화되는 것은 결코 현실의 시간적 요소가 아니다. 시간 예술인 음악은 오히려 〈무시간적인〉 내면경험들을 담아내는 것이다. 또다른 시간 예술인 서정시 역시 〈시간 매체〉를 이용해 〈무시간적인〉 내면경험을 형상화한다. 음악과 서정시의 무시간적 내용이란 객관적 시간의 선조적 질서에서 벗어나 주체 내부의 경험 내용들을 무시간적으로 병치되도록 배열한 것을 말한다.[1] 시간예술의 무시간적 경험은 기억을 이용해 시간의 흐름에 따라 경험내용들이 병존하도록 배열한 결과이다.

일반적으로 경험내용이 선조적(통시적) 인과율에서 벗어나 동시적으로(무시간적으로) 병치되는 것은 〈자기인식적 예술〉의 특징이라고 할 수 있다. 경험내용의 무시간적 병치는 객관적 현실의 시공간이 아니라 주체 내부의 시공간적 경험을 뜻한다. 주체의 내면적 시공간 경험은 객관현실의 선조적(환유적) 질서가 해체된 무시간적(은유적) 병치로 나타나는 것이다. 자기인식이란 현실을 객관적으로 인식하기보다는 주체 내면의 어떤 가치 지향과의 관계 속에서 의식하는 것을 말한다. 즉, 자기인식적 경험은 현실내용을 어떤 가치를 지향하는 주체의 내면적 경험으로 드러낸다. 자기인식적 예술에서 객관적 시공간이 아니라 무시간적 병치라는 주체 내면의 시공간 경험이 나타나는 것은 이 때문이다.

이에 반해 경험내용들이 통시적 질서와 선조적 인과율에 따라 배열되는 것은 〈인식적 예술〉의 특징이다. 인식적 예술에서는 현실의 시공간이 객관적 질서에 따라 형상화된다. 우리는 인과적으로 연결된 객관적 경험내용들을 통시적으로 수용(인식)함으로써 예술적 자기인식에 이르게 되는 것이다.

〈음악〉, 〈서정시〉 등의 자기인식적 예술에서는 경험내용의 무시간

---

1) A. A. 멘딜로우, 『시간과 소설』, 최상규 역(대방출판사, 1983), 36면.

적(동시적) 병치와 내면적 시공간 경험이 나타난다. 반면에 〈소설〉, 〈영화〉 등의 인식적 예술에서는 통시적 인과율을 지닌 플롯과 객관적 시공간 경험이 형상화된다. 그러나 이 양자의 관계는 단순하게 이분법적으로 분리되어 있는 것은 아니다. 인식적 예술에서도 객관적 시공간 경험뿐만 아니라 무시간적 병치라는 자기인식적 경험이 중요하게 그려지는 것이다. 인식적 예술은 통시적 인과율의 전체 플롯의 흐름 속에 경험 내용의 무시간적 병치(내면적 시공간 경험)라는 자기인식적 요소를 곳곳에 틈입시킨다. 영화에서 오버랩·몽타주 등 공간적(무시간적) 병치의 기법이 빈번히 사용되는 것은 이를 의미한다. 소설에서도 내면적, 서정적 경험이나 모더니즘의 공간화는 그런 자기인식적 요소의 형상화로 볼 수 있다.

인식적 예술과 자기인식적 예술의 상이한 시공간 경험은 예술적 장르(소설, 영화―음악, 서정시) 뿐만 아니라 유파·사조·방법에 따라 달리 나타나기도 한다. 예컨대 〈리얼리즘〉에서는 객관적 시공간 경험이 우세한 반면 〈모더니즘〉에서는 내면적 시공간 경험이 현저하게 드러난다. 흔히 말하는 〈모더니즘의 공간화〉란 내면적 시공간 경험과 경험내용의 무시간적(동시적) 병치를 뜻한다.

한편 두 가지 (인식적-자기인식적) 시공간 경험은 예술 매체의 특성과도 연관되어 있다. 대체로 시간적 매체를 이용하는 예술(음악, 서정시)은 자기인식적(내면적) 시공간 경험을 전달하는 반면 시공간적 매체를 활용하는 예술(소설, 영화)은 인식적(객관적) 시공간 경험을 전달한다. 공간 예술인 회화[2]나 시공간적이면서도 공간성이 우세한 연극은 양자의 중간에 위치한다고 볼 수 있다. 또한 시공간 예술이면서 시간과 공간의 경계가 유동적인 영화는 시간의 공간화가 용이하므로 인

---

2) 회화의 경우 부분들을 시간적으로 이동하면서 감상할 수 있으므로 회화에도 시간적 요소가 없는 것은 아니다. 그러나 이 시간적 요소는 임의적이며 작품 자체의 구조에 내재한 본질적인 것이 아니다. 멘딜로우, 『시간과 소설』, 앞의 책, 32~34면. 보리스 우스펜스키, 『소설구성의 시학』, 김경수 역(현대소설사, 1992), 132~33면.

식적 예술이면서도 무시간적 공간화(병치, 동시성) 기법을 자주 사용한다.

그러면 언어 매체를 사용하는 소설은 어떤 시공간 경험을 전달할 수 있을까. 먼저 매체의 측면에서, 회화가 시각적인 공간예술이고 음악이 청각적인 시간예술이라면, 소설은 시각적인 시간 예술이라고 할 수 있다. 우리는 소설 텍스트에 배열된 언어들을 시간의 흐름에 따라 시각을 이용해 읽어간다. 그러나 소설은 언어를 사용함으로써 상상력을 통해 무한한 시공간적 경험을 제공할 수 있다.[3] 소설은 〈물리적 차원〉에서는 영화와 달리 〈선조적인 시간〉에 얽매여 있다. 그러나 〈상상적인 차원〉에서는 오히려 영화보다 풍부한 〈시공간적 경험〉을 전달하게 된다.[4] 소설이 영화와 함께 대표적인 인식적 예술인 것은 이 때문이다. 영화처럼 자유롭진 못하지만 소설이 시간의 공간화 같은 영화기법을 수용할 수 있는 것도 같은 이유에서이다.

소설이 영화와 다른 가장 중요한 요소는 언어(담론)의 주체인 화자가 (항상) 존재한다는 점이다. 영화 텍스트에는 다양한 영화적 담론과 영상을 통해 〈직접〉 보여지는 이야기 세계가 혼합되어 나타난다. 반면에 소설 텍스트에는 화자의 소설적 담론과 언어를 통해 〈상상적으로〉 보여지는 이야기 세계가 혼합되어 있다. 영화 역시 담론을 매개로 영상을 보여주는 중개성의 장르이지만 영화적 담론과 영상은 물리적 차원에서 대부분 (음악이나 화자를 사용하는 경우 외에는) 동질적이다. 그러나 소설에서는 화자의 담론이 가시화되는 물리적인 언어의 배열과 우리에게 상상적으로 수용되는 이야기 세계가 다른 차원을 지닌다. 즉, 우리는 〈물리적〉으로는 언어의 배열을 보지만 〈상상적〉으로는 이야기 세계를 보는 것이다.

---

3) 물론 소설은 시간적 구체성이 우세하며 영화에 비해 공간적 불명확성을 지니지만 그대신 환상적 공간이나 내면공간을 제시할 수 있다. 우스펜스키, 『소설구성의 시학』, 앞의 책, 130~36면.
4) 내면적 시공간을 형상화할 수 있기 때문이다.

또한 소설에서는 〈이야기 시공간〉 이외에 언어(담론)의 주체인 〈화자의 시공간〉을 상정할 수 있다. 화자의 시공간은 상상적인 차원에 존재하지만 대부분 공간적인 측면은 가시화되지 않는다. 화자의 공간이 분명하게 드러나는 것은 액자소설이나 메타픽션, 그리고 화자가 이야기 세계 내부에 임석하는 특별한 경우일 뿐이다. 이에 반해 화자의 시간은 물리적으로 분명하게 지각될 수 있다. 〈화자의 시간〉이란 화자가 언어를 구사하는 〈담론 시간〉을 말하며, 그것은 텍스트에 배열된 언어를 읽는 데 걸리는 〈텍스트 시간〉과 대개 일치한다. 텍스트 시간은 언어의 공간적 배열에 따른 〈선조성〉을 지니며 이야기 시간과는 달리 역전이 불가능하다.[5] 또한 (소설의) 텍스트 시간은 영화의 공연시간처럼 일정하지는 않지만 상상적으로 경험되는 이야기 시간과는 달리 물리적으로 지각될 수 있다.

텍스트 시간이 물리적 차원에 존재하는 반면 그와 유사한 길이를 지닌 화자의 담론 시간은 상상적인 차원에 존재한다. 그러나 우리는 화자가 이야기를 서술하는 시간을 뚜렷이 인지하는 것은 아니며 그것은 화자 자신도 마찬가지이다. 화자는 상당한 길이의 담론 시간이 경과하는 동안 그 시간을 의식하거나 어떤 태도의 변화를 나타내지는 않는다.[6] 화자를 하나의 인물로 만드는 액자소설이나 메타픽션 이외에 실상 〈화자의 시간〉이 우리에게 인지되는 것은 물리적으로 드러나는 〈텍스트 시간〉을 통해서이다.

그럼에도 불구하고 화자의 담론 시간은 인물들의 이야기 시간을 전달하는 중개영역으로 중요성을 지닌다. 또한 화자는 인격적 주체이므로 개념상으로는 화자가 위치한 시공간을 설정할 수 있다. 따라서 소설의 시공간의 두 측면은 〈이야기 시공간〉과 〈화자의 시공간〉이며 이 둘의

---

5) 리몬-케넌, 『소설의 시학』, 앞의 책, 73면.

6) 예컨대 『전쟁과 평화』의 화자는 이야기를 서술하는 그 긴 동안 피로함을 나타내거나 휴식을 취하지는 않는다. 한편 1인칭의 경우 변화를 나타내는 것은 화자(서술자아)가 아니라 경험자아(인물)이다.

관계를 살펴 보는 것은 매우 의미가 있다. 그리고 시간적 측면에서는 〈이야기 시간〉과 화자의 〈담론 시간(혹은 텍스트 시간)〉의 관계를 고찰해야 한다. 소설의 그 시간과 공간의 두 측면은 인물·환경·플롯 그리고 시점·서술 등과 긴밀히 연관되어 있다. 이야기(인물·환경·플롯)와 담론(시점·서술)을 각각 고찰하기 이전에 우리가 시간과 공간을 먼저 살펴보는 것은 이 때문이다. 이제 소설의 시공간의 두 측면을 소설 이전에 나타난 다른 서사문학(설화)에서부터 살펴보기로 하자.

2. 서사문학의 시간과 공간

다른 모든 예술과 마찬가지로 서사문학은 시공간의 두 측면을 갖고 있다. 앞서 살폈듯이 특히 소설 등의 서사문학의 경우에는 〈이야기 시공간〉과 〈화자의 시공간〉을 설정할 수 있다. 서사문학의 본질은 그 둘 사이에 〈서사적 거리〉를 지니고 있으며 그로 인해 이야기 시공간이 〈객관적〉 현실로 그려진다는 점이다. 그러나 서사문학이 형상화하는 이른바 〈객관현실〉이란 실상 〈주객 상호작용〉으로 나타나는 우리의 삶 자체라고 할 수 있다. 모든 예술은 과학과는 달리 주객 상호작용으로 된 인간의 삶을 〈주체와의 연관〉 속에서 반영한다.[7] 서사문학의 경우 인간의 삶(주객 상호작용)을 형상화하는 주체(화자-작가)의 태도가 〈객관적〉이며, 그것은 양자 사이의 〈서사적 거리〉에 의해 얻어진다.

이처럼 서사문학이 객관적으로 반영하는 현실은 단순히 객체적인 물리적 시공간이 아니라 주객 상호작용 속에서 나타나는 인간적 삶의 시

---

7) 나병철, 『근대성과 근대문학』, 앞의 책, 74면. M. S. 까간, 『미학강의 I』, 진중권 역(버리, 1989), 93~99면 참조.

공간을 근거로 한다. 즉, 이야기 시공간은 단지 물리적 객체가 아닌 인간적 의미로 채색된 삶의 터전인 것이다. 따라서 인간의 삶의 양상과 인식구조가 변화함에 따라 이야기 시공간 역시 달라지게 된다. 역사적 변화에 따라 달라지는 이야기 시공간은 그것을 근거로 한 인물, 환경, 플롯의 양상을 규정한다.

다른 한편 화자의 시공간 역시 장르의 변화에 따라 달라진다. 예컨대 설화의 화자는 현존하는 시공간을 지닌 반면 소설의 화자는 상상적 시공간 속으로 숨어든다. 또한 설화에서는 화자의 시공간이 가시화되지만 소설에서는 (액자소설 등 외에는) 상상적 차원에서도 구체적으로 명료화되지 않는다.

그밖에 장르를 결정하는 보다 근본적인 요인은 〈화자의 시공간과 이야기 시공간의 관계양상〉이다. 그 둘의 관계양상은 서사담론, 즉 시점과 서술의 양상을 규정한다. 이야기 시공간과 화자의 시공간, 혹은 그 관계의 변화에 따라, 서사적 장르의 변화를 설명한 대표적인 글로는 바흐친의 〈크로노토프〉론을 들 수 있다. 바흐친은 서사문학(소설)의 시공간(크로노토프)이 본질적으로 장르를 규정하고 인간형상을 좌우한다고 논의한다.[8] 또한 이야기와 화자의 관계를 특히 시간의 측면에서 조명한 글로는 이승훈의 논의가 눈에 띈다. 이승훈은 이야기 시간과 기술(담론) 시간의 관계에 따라 다양한 장르가 나타난다고 설명한다.[9] 즉, 양자 사이의 시간적 거리가 무한히 큰 신화, 전설(설화)에서부터 거리가 사라지는 시에 이르기까지 여러 장르들이 배열된다. 그의 흥미로운 도식을 조금 변형시켜 제시하면 다음 페이지와 같다.[10]

이승훈의 논의를 좀 더 명료화시키려면 다음과 같은 장르적 차이의 단계들을 설정해야 할 것이다. 첫 단계는 서사문학(설화, 소설)과 서정

---

8) 바흐친, 『장편소설과 민중언어』, 전승희 외 역(창작과비평사, 1988), 261면.
9) 이승훈, 『문학과 시간』(이우출판사, 1983), 224~27면.
10) 이승훈은 다음 페이지의 도표에서 수직적 축으로 신화, 전설, 민담, 소설, 독백, 시 등을 배열하고 있다.

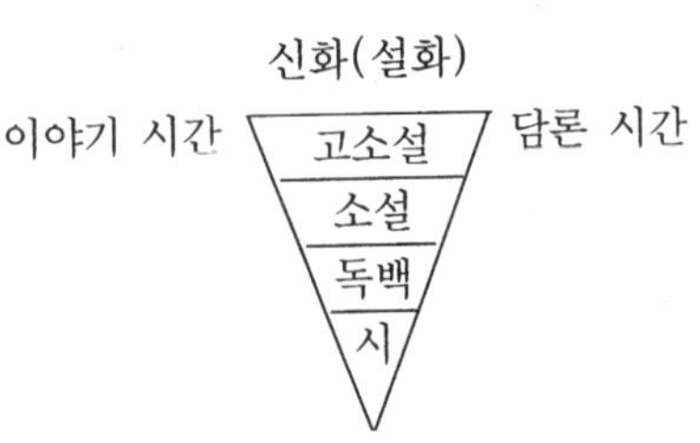

문학(시)의 차이이며, 다음은 서사문학 중 설화와 소설의 차이이다. 또한 소설 중에 고소설과 근대소설(소설)의 차이, 근대소설 중에 리얼리즘과 모더니즘(독백)의 차이를 설정할 수 있다. 이런 여러 단계들의 중층적 차이를 전제할 때 도표의 '독백'에는 모더니즘 소설을 위치시킬 수 있다. 또한 이 이야기와 담론(화자)의 관계는 〈시간〉뿐만 아니라 〈공간〉에 대해서도 적용될 수 있을 것이다.

먼저 서사문학(설화, 소설)과 서정문학(시)의 차이는 이야기 시공간과 화자의 시공간 사이의 〈서사적 거리〉의 유(서사) 무(서정)로 설명된다. 다음으로 설화와 소설(고소설, 근대소설)의 차이는 이야기 세계(시공간)와 화자(시공간) 간의 존재론적 차이와 연관된다. 즉 설화의 경우 (구어로 환기되는) 신성한 이야기 시공간과 현존하는 세속적 화자는 존재론적으로 단절되어 있다. 반면에 소설의 이야기와 화자는 똑같이 언어(문자)를 통해 환기되는 상상적 세계에 속해 있다.

그러나 소설 중에도 고소설에는 관념적인 이야기 시공간과 화자의 현실적 시공간 사이에 단절이 존재한다. 반면에 근대소설의 경우 이야기 시공간과 화자의 시공간 사이의 단절이 해소되고 서사적 과거의 이야기를 화자의 (개인적) 관점(시점)에서 현재화할 수 있게 된다. 또한 근대소설 중에서도 모더니즘은 이야기와 담론(화자) 간의 거리가 매우 좁혀져서 시에 근접한다.

이러한 장르들간의 중층적인 차이는 이야기와 담론의 관계뿐만 아니라 각각의 시공간의 차이로도 설명될 수 있다. 그리고 그 차이들은 서사문학(설화·소설, 고소설·근대소설, 리얼리즘·모더니즘)의 역사적 변화와 연관되어 있다. 이제 역사적 흐름에 따라 서사문학의 시공간이 어떻게 변화되어 왔는가를 살펴보자.

3. 설화 · 고소설 · 근대소설

설화의 〈화자〉와 〈이야기 시공간〉 사이의 존재론적 단절은 역설적으로 설화가 그 단절을 해소하는 세계관에 지배되고 있음을 보여준다. 설화의 화자는 이야기의 신성한 세계관을 즉자적으로(자아의식 없이) 받아들임으로써 그의 세속적 현존을 신성성으로 물들인다. 이 과정에서 화자는 이야기와 삶에 대한 자신의 시점을 비워두고 (즉자적으로) 이야기의 〈과거의 시공간〉을 바라보게 된다. 이야기의 과거는 과거(이야기)-현재(화자)-미래로 이어지는 역사적 시간의 한 지점이기보다는 신성한 과거(이야기)/세속적 현존(화자)의 단절 속에서 화자가 자신의 삶을 위해 자아를 맡겨야 하는 〈(신성한) 근원적 시공간〉이다. 여기서 화자와 이야기 사이에는 미래를 비워두고 과거를 바라보며 살아가는 〈역사적 전도〉[11]가 일어난다. 설화의 이야기 시공간은 전망의 근원으로 존재하며 화자는 그 근원을 향하는 〈과거지향적 전망〉에 지배된다. 이 신성한 과거지향적 전망은 설화시대 사람들의 세계관적 기반이기도 했다.

이야기의 신성한 (근원적) 세계관의 지배를 뜻하는 설화의 신성한 과거(이야기)/세속적 현존(화자) 사이의 단절은, 또한 문학내부 이야기와 문학외부 화자 사이의 단절이기도 하다. 설화의 화자는, 피화자(혹은 내포독자)를 상정함으로써 문학 내적 문맥을 만드는 소설의 화자와는 달리, 직접적으로 청중에게 구연한다. 이처럼 설화의 화자는 공

---

11) 바흐친, 『장편소설과 민중언어』, 앞의 책, 336~40면.

72

동체 의식을 매개로 문학 외적으로 청중들과 대면하고 있다. 그러나 다른 한편 화자는 이야기를 구연하는 순간 설화(문학)의 내부로 들어감으로써 문학내부(이야기)/문학외부(화자) 사이의 단절을 해소한다. 설화의 화자는 청중들과 대면하는 문학(작품) 외적 존재인 동시에 이야기를 중개하는 문학(작품) 내적인 존재이기도 했던 것이다. 이러한 이중성은, 설화의 서술이 상황에 따라 매번 변하는 〈작품 외부 의존성〉을 지니면서도, 그 자체가 이야기를 형상화하는 〈작품 내적인 것〉이기도 한 점과 상응한다. 화자와 청중 사이의 〈공동체 의식〉 역시 문학 외적인 것인 동시에 화자가 공동체의 일원으로 이야기와 관계하는 문학 내적인 것이기도 했다.

〈신성성〉과 〈근원성〉, 그리고 〈과거지향적 전망〉과 〈공동체 의식〉으로 설명되는 설화(신화)의 시공간[12]은 이야기(인물, 환경, 플롯)와 담론(시점, 서술)을 통해 나타나는 특징들과 상응한다. 예컨대 신화의 주인공은 〈신성성〉을 지니며 그의 경험을 통해 나타나는 플롯 역시 신성한 세계관과 〈과거지향적 전망〉에 지배된다. 일반적으로 인물, 플롯, 서술 등은 시공간적 특성과 긴밀한 연관을 이루고 있다. 우리는 뒤에서 양자의 관계를 전제로 인물, 플롯 등을 구체적으로 살펴볼 것이다.

구연설화(신화)의 〈현존〉하는 화자는 문자체의 소설이 등장함으로써 상상세계(허구적 세계)인 작품 내부로 숨어들게 되었다. 문자서사는 화자-독자의 〈부재〉를 전제로, 〈기호적 의미작용〉을 통해 화자의 인상과 이야기 세계를 형상화한다.[13] 이처럼 화자가 물리적 차원(설화)에서 기호적 차원(의미론적 차원)으로 이동함에 따라 문자서사의 이야기와 화

---

12) 이런 특성을 가장 잘 나타내는 것은 특히 신화이며 전설·민담에서는 약간의 변화가 일어난다.

13) 기호학적 의미작용은 화자-독자의 부재를 전제로 이루어진다. Jacques Derrida, *Speech and Phenomena*(Northwestern University Press, 1973). 마이클 라이언, 『해체론과 변증법』, 나병철·이경훈 역(평민사, 1994), 77~78면. 화자-독자가 현존하는 설화에서는 기호학적 의미작용 이상의 초월적인 권위(일종의 아우라)가 작용한다.

자는 똑같이 (인간에 의해 쓰여진) 문자가 암시하는 인간적인 약호(코드, 의미작용의 체계)에 포함된다. 즉, 존재론적 〈단절〉 속에서 신성성에 압도되던 설화의 화자와는 달리, 문자서사의 화자는 이야기 세계와 〈동질적인〉 인간적 관점의 세계에 속하게 된다.

그러나 문자서사(소설) 중에서도 고소설의 경우에는 〈이야기 세계〉와 〈화자-독자〉 사이에 또다른 〈단절〉이 존재한다. 역사적 현실에 위치한 화자-독자와는 달리 고소설의 이야기 세계는 초역사적인 보편적 관념에 지배된다. 예컨대 영웅소설에서 중국의 송대나 명대로 설정된 이야기 세계는 구체적인 역사적 현실의 시공간이기보다는 유교이념을 보편적으로 예증하는 관념적인(추상적인) 과거의 시공간이라고 할 수 있다. 그에 반해 영웅소설의 화자-독자는 조선조의 구체적인 역사적 현실에 존재한다. 따라서 영웅소설의 〈이야기 시공간〉과 〈화자-독자의 시공간〉 사이에는 관념 /현실이라는 단절이 놓여 있다. 문자로 되었음에도 불구하고 고소설(영웅소설)이 빈번히 (현실에 존재하는) 창자에 의해 낭송되었음은 창자(화자) - 청중(독자)의 현실적 시공간과 이야기 세계의 관념적 시공간 간의 단절을 입증한다.

영웅소설에서 관념적인 〈이야기 시공간(중국의 송대, 명대)〉과 현실의 〈화자의 시공간(조선조)〉 사이의 단절은 화자가 관념적인 과거(이야기 시공간)로 시점(時點)이동해 그 관념적 시공간을 지배하는 유교이념을 자신의 관점으로 받아들임으로써 해소된다. 즉, 화자는 구체적인 역사적 현실 속에서 자신의 개인의 관점(시점, 視點)을 갖는 것이 아니라 유교이념이라는 권위적인 보편적 관점에 의존함으로써 관념적 이야기 시공간에서 벌어진 사건들을 진실한 것으로 수용(전달)한다. 고소설의 화자는 신성성의 원리에서 인간적인 관점으로 해방되었지만 이번에는 유교이념이라는 관념적인 논리(관점)에 예속되는 것이다.

이같은 고소설(영웅소설)의 화자의 특징은 '더라'체 서사담론을 통해 잘 나타난다.[14] 즉 영웅소설의 더라체는, 관념적인 이야기 시공간(중국

---

14) 더라체의 담론에 대해서는 나병철, 『한국문학의 근대성과 탈근대성』, 앞의 책,

의 송대, 명대)과 현실의 화자의 시공간(조선조) 사이에 단절이 존재하며, 화자가 개인의 관점이 아닌 이야기 시공간의 권위적 관념에 의존해 그 단절을 해소함을 보여준다. 이점은 었다체(근대소설)의 '었'과 구별되는 더라체(영웅소설)의 '더'의 의미를 살펴보면 분명히 알 수 있다. '었'은 과거의 〈객관적인 사건(상황)〉을 현재의 서술(발화)시점(時點)에서 인식하는 의미를 지닌다. 반면에 '더'는 과거의 사건(상황)에 대한 〈주관적인 지각〉을 현재의 서술(발화)시점에서 인식하는 의미를 갖는다. 즉, '었'의 경우 인식 대상은 과거의 객관적인 사건이며 인식의 주체는 현재의 서술시점의 화자이다. 반면에 '더'의 경우에는 인식 대상이 과거의 객관적 사건이 아니라 그 사건을 과거의 시점에서 인식한 〈주체의 지각내용〉 그 자체이다. 따라서 더라체에서 형식상의 인식의 주체는 서술시점의 화자이지만, 그 화자의 인식은 과거의 시점의 (주관적) 인식을 회상하는 것일 뿐이다. 즉, 더라체의 인식의 주체인 화자는 실상 과거의 인식(지각)내용에 포함된 관점에 의존한다.

다시 말해, 었다체의 경우 과거의 객관적 사건에 대한 화자의 주체적 관점에서의 인식이 가능하지만, 더라체에서는 이미 (주관적으로) 인식된 과거의 사건을 화자가 그 과거의 (주관적) 인식의 관점에 의존해서 서술해야 한다. 핵심은 었다체의 인식의 관점이 화자에게 주어진 반면 더라체의 인식의 관점은 사건에 대한 과거의 관점에 얽매여 있다는 점이다.

'더'에 대해 말해지는 〈의식의 단절〉과 〈시점(時點)의 이동〉의 의미는 그같은 '었'과 '더'의 차이를 잘 입증한다. 과거의 객관적 사건을 현재에 주체적으로 인식할 수 있는 '었'의 경우 과거의 시공간과 현재의 시공간은 〈동질적〉이다. 이 말은 현재의 화자가 과거의 사건을 〈현재의 사건처럼〉 인식할 수 있다는 뜻이다. 반면에 '더'의 경우, 회상되는 것은 사건에 대한 주관적이고 일회적인 과거의 인식내용이며, 그것은 결코 현재의 위치에서 현재의 사건처럼 인식될 수 없다. 왜냐하면 사건

154~63면, 287~92면 참조.

은 과거의 그 위치에서 인식된 내용으로만 회상되기 때문이다. '더'의 경우 과거(사건)의 시공간과 현재(화자)의 시공간 사이에 단절이 존재하는 것은 이에서 연유된 것이다.

'더'에서 화자의 인식이 시점이동을 통해서만 가능한 것 역시 그와 연관이 있다. 즉 이미 과거에 인식된 내용을 회상하는 '더'의 경우 그 과거의 인식지평의 위치로 이동을 해야만 화자의 인식과 서술이 수행될 수 있다. 이는 화자가 자신의 개인적(주체적) 관점을 갖기보다는 과거의 관점(시점, 視點)에 의존해 서술함을 의미한다.

더라체에 포함된 이같은 어법적 특징은 앞에서 논의한 영웅소설의 시공간 및 화자의 관점(시점)의 특징에 상응한다. 즉, 과거(사건) 시공간과 현재(화자) 시공간 간의 단절, 그리고 시점이동을 통해 과거의 관점에 의존하는 점은, 영웅소설의 화자가 추상적인 이야기 시공간으로부터 단절된 채 시점이동으로써 이야기 세계의 유교이념의 관점을 수용하는 것과 일치한다. 영웅소설의 화자가 이야기 세계의 관점(시점)을 수용하는 것은 그 추상적 시공간(중국의 송대, 명대)이 보편적 진리를 포함하기 때문이다. 추상적 시공간의 보편적, 관념적 진리(유교이념)에 예속된 화자는 개인의 현실적 시점을 갖지 못한 채 외재적인 관념적 시점과 그 시점의 권위에 의존하는 더라체의 담론을 구사한다.

〈추상적 보편성〉과 〈관념성〉을 지닌 영웅소설의 시공간[15]은 인물, 환경, 플롯, 전망 등 이야기 요소들과도 연관되어 있다. 영웅소설의 인물은 관념적인 유교이념의 견지에서 규정되며 환경 역시 유교적 세계를 예증하는 인간관계로 설정된다. 그리고 인물과 환경의 상호작용으로 나타나는 플롯의 논리 또한 관념적 보편성을 드러낸다. 영웅소설의 플롯은 유교이념의 견지에서 氣의 대립(충신/간신)이 理(유교이념, 충·효·열)의 실현에 의해 해소되는 양상으로 형상화된다. 이처럼 氣의 대립이 유교이념(理)의 실천에 의해 理가 구현된 태평성대로 회귀하는

---

15) 이는 화자(혹은 화자의 시공간)의 견지에서 본 이야기 세계의 시공간의 특징이다.

점에서 영웅소설은 관념적인 〈순환적 전망〉을 갖는다. 영웅소설의 순환적 전망은 이야기 시공간이 화자-독자(청중)의 시공간에 대해 유교이념 실현의 예증이라는 관념적 보편성을 지니는 점과 연관되어 있다. 영웅소설의 이야기 요소에 대해서는 인물과 플롯을 살피면서 보다 자세히 고찰하기로 하자.

영웅소설에서 근대소설에 이르는 과정은 이야기 시공간과 화자-독자의 시공간이 〈동질성〉을 획득하는 양상을 보여준다. 그처럼 두 시공간 사이의 단절이 해소되는 과정은 서사담론에서 더라체로부터 었다체로 이행되는 양상과 상응한다.

예컨대 판소리계 소설인 『춘향전』은 〈화자-독자의 시공간〉과 동질적인 조선조의 현실을 〈이야기 시공간〉으로 설정하고 있다. 물론 『춘향전』의 시공간 역시 유교이념에 의해 규정되는 관념성을 미처 벗어나지는 못하고 있다. 그러나 영웅소설에 비해 『춘향전』의 이야기 시공간(숙종대의 조선)은 화자-독자의 시공간(조선)과 동질적인 현실성을 지니고 있다. 이처럼 두 시공간 사이의 단절이 해소됨으로써 화자는 유교이념의 관념성에서 벗어나 현실과 연관된 자신의 관점을 얼마간 갖게 된다. 화자가 이야기 시공간의 관점에만 의존하지 않고 다소라도 〈자신의 관점〉을 지닌다는 것은 이 소설이 더라체에서 〈었다체〉로 이행되는 과정에 있음을 입증한다. 실제로 『춘향전』에는 었다체의 변형인 는다체가 주도적으로 사용되고 있다.

이미 밝혔듯이 더라체와 구별되는 었다체의 특징은, 과거의 이야기 시공간의 관점에서 벗어나 현재의 자신의 관점을 지님으로써 〈이야기의 과거〉를 〈현재화〉할 수 있다는 점이다. 즉, 과거의 이야기들을 현재의 화자가 직접 경험하는 것처럼 제시할 수 있게 된다. 었다체의 소설에서 빈번히 는다체가 혼용되는 것은 이 때문이다. 『춘향전』의 는다체역시 이 소설의 과거의 이야기가 〈현재화할 수 있는 과거〉임을 나타낸다.[16] 이는 이야기 시공간과 화자-독자의 시공간이 동질성을 얻었음을

---

16) 물론 『춘향전』의 는다체는 이 소설이 일종의 공연 예술인 판소리로부터 유래한

의미하며 이야기 세계가 관념성에서 벗어나 현실성을 획득하고 있음을 뜻한다.

또다른 이행기 문학인 신소설 역시 〈이야기 시공간〉과 〈화자-독자 시공간〉 간의 동질성을 얻고 있다. 예컨대 이인직의 『혈의 누』는 당대 독자들에게 박진감을 줄 수 있는 청일전쟁 중의 조선을 이야기 시공간 으로 설정하고 있다. 이러한 〈이야기 시공간〉과 〈화자의 시공간〉의 동 질성으로 인해 화자는 자신의 관점으로 이야기 세계를 바라볼 수 있게 된다. 자신의 관점에 의거해 화자가 이야기 내용을 재배열할 수 있게 된 것은 『혈의 누』에서 최초로 이루어졌다.

그러나 다른 한편 『혈의 누』는 추상적 관념성을 지닌 외국(일본과 미국)을 이야기 시공간으로 마련하고 있다. 관념적인 외국의 시공간은 현실의 조선의 시공간에 대해 초월적인 권위를 지니고 있다. 문명이 발 화된 외국의 시공간과 미개한 조선의 시공간 사이에는 단절이 존재하며 그 단절은 외국의 문명을 수용함으로써만 해소될 수 있다. 이처럼 조선 의 현실의 혼란이 외재적이고 초월적인 권위를 지닌 외국 문명에 의해 서만 극복할 수 있다는 논리는, 氣의 혼란(충신/간신의 대립)이 理(유 교이념)에 의해서만 해소될 수 있다는 영웅소설의 논리와 상동성을 지 니고 있다. 다만 영웅소설에서는 理가 초월적 규정성을 갖긴 하지만 氣 자체에 즉해 있는 것으로 나타났었다. 영웅소설에서 氣가 갈등하는 시 공간과 理가 실현된 시공간이 분리되지 않는 것은 이 때문이다. 반면에 『혈의 누』의 경우 신문명(외국 문명)은 조선의 현실 자체로부터 결코 나타날 수가 없다. 혼란한 조선의 현실과 문명화된 외국의 시공간이 단 절되어 존재하는 것은 그로 인한 것이다. 그 두 시공간 사이의 단절을 해소하기 위해 필요한 것이 바로 개화이념이다. 그러나 폐쇄된 조선과 외국의 시공간 사이에 문을 연다는 개화이념은, 조선의 자주성을 몰각

점과도 연관이 있다. 판소리는 공연되는 서사양식으로서, 구비문학이면서도 설화 와 구별되는 소설적 요소를 지니고 있다. 판소리의 양식적 특성에 대해서는 나병 철, 「판소리의 양식적 특성」, 『우리문학연구』(우리문학연구회, 1988) 참조.

한 채 초월적 이상인 외국에 의해 일방적으로 규정되게 할 뿐이다. 따라서 조선은 문명화된 외국에 대해 미개한 시공간으로 전락한다. 당대 조선의 실상을 박진감 있게 그림으로써 얻어졌던 현실성은 외국을 초월적 시공간으로 신봉하는 개화이념에 의해 비현실적인 시공간으로 뒤바뀐다. 초월적 외국의 시공간과 그에 의해 규정되는 조선의 시공간을 포함한 이야기 시공간은, 현실의 화자-독자의 시공간에 대해 권위적 심급으로 단절된다. 개화이념은 조선과 외국의 시공간 사이의 단절을 개방하는 대가로 이야기 시공간과 화자-독자의 시공간 사이를 폐쇄한 셈이다.

『혈의 누』는 처음으로 당대의 현실을 그리기 시작함으로써, 이야기 시공간과 화자-독자 시공간 사이의 동질성을 획득하고, 화자가 자신의 관점으로 이야기를 재배열하는 특권을 갖게 되었다. 이점은 『혈의 누』가 판소리계 소설을 능가하는 근대적인 요소를 지닌 것으로 볼 수 있다. 그러나 『혈의 누』는 조선의 현실 외부에 초월적이고 관념적인 외국의 시공간을 설정함으로써 또다시 이야기 시공간을 현실의(화자-독자의) 시공간으로부터 단절시키고 있다. 『혈의 누』가 근본적으로 더라체에서 벗어나지 못한 것은 그 현실과 단절된 이야기 시공간의 권위적 관점에 의존하고 있기 때문다. 이점에서 『혈의 누』는 오히려 판소리계 소설이 획득한 근대성에도 못미치고 있다. 이야기 시공간과 화자의 시공간 사이의 동질성과 단절성, 그 개방과 폐쇄가 모순되게 착종된 것이 『혈의 누』의 시공간의 본질인 셈이다. 이는 이 소설이 어법적으로 는다(었다)체와 더라체를 혼용하고 있는 점에 상응한다.

신문명에 매료되어 외국을 초월적 시공간으로 설정하는 구성은 이광수의 『무정』에까지 나타난다. 물론 『무정』에서는 관념적인 외국의 시공간을 마련하는 대신에 (외국의) 신문명을 수용한 얼마간 근대화된 주인공(이형식)을 등장시킨다. 근대적 지식인 이형식은, 신문명을 상당 정도 내면화(주체화)시켜 현실을 인식하고 판단하는 자율적 원리로 사용한다. 이 소설이 『혈의 누』에 비해 문체(었다체)와 내면묘사(이형식의 내면심리)에서 뛰어난 현실성을 얻고 있는 것은 그로 인한 것이다. 그러나 이형식 역시 근본적으로는 신문명의 초월적 위력에서 미처 벗어나지 못한 것으로 그려진다. 그것은 비록 이 소설에 외국이 그려지진 않지만 이야기 시공간 외부에 여전히 외국의 시공간이 초월적 심급으로 자리하고 있는 점과 연관된다. 결말부에서 주인공들이 외국의 시공간에 접근(유학)할수록 점점 더 근거없는 낙관주의와 비현실성이 현저해지는 것은 그 때문이다.

『혈의 누』에서 『무정』, 「슬픈 모순」(양건식), 「만세전」(염상섭)까지, 그리고 더 나아가 『삼대』(염상섭), 『고향』(이기영)에 이르기까지, 외국으로 떠나거나 조선으로 돌아온 유학생 주인공 소설들을 살펴보면, 〈조선〉 외부의 〈외국〉의 시공간이 점차로 초월성을 탈피한 (조선과 연관된) 또다른 현실이 됨으로써, 이야기 시공간과 화자-독자의 시공간이 동질성을 얻고 있음을 알 수 있다.[17] 우리 근대소설의 발전은 이처럼 이야기의 현실적 시공간 외부에 존재하는 초월적 시공간을 폐지하는 것으로 진행되어 왔다. 외국이라는 초월적 시공간 뿐만 아니라 천상계(「운수좋은 날」의 팔자소관), 유교이념(「탈출기」에서 착한 사람은 복을 받는다는 관념) 등의 초월적 심급(혹은 시공간)을 철폐함으로써[18], 우리 소설의 이야기 시공간은 화자의 시공간과의 동질성을 획득해 온 것이다. 두 시공간 사이의 동질성을 얻었다는 것은 앞서 밝혔듯이 현재의 화자가 과거의 사건을 〈현재의 사건〉처럼 인식할 수 있음을 의미한다. 화자가 이야기 시공간의 서사적 과거(과거의 사건)를 자신의 관점에서 다양하게 〈재배열〉할 수 있는 특권 역시 그로부터 생겨난다. 어법

---

17) 나병철, 『한국문학의 근대성과 탈근대성』, 앞의 책, 146~68면, 301~21면 참조.

18) 「운수 좋은 날」이나 「탈출기」의 이야기는 그 초월적 심급이 무용지물이 되었음을 알리는 내용을 담고 있다. 물론 「운수 좋은 날」의 김첨지는 끝까지 운명론에서 벗어나지 못하지만 무의식적으로 돈에 의해 지배되는 사회에 대한 울분을 드러낸다. 여기에 대해서는 제3장 3절 (2) 근대소설 인물의 주체적 내면의 발전과정을 참조할 것.

적으로는 〈었다체〉의 서사담론이 그같은 근대소설의 특성을 드러낸다.

우리는 지금까지 서사적 과거로 존재하는 이야기 시공간이 화자-독자(청중)의 현재(현실)의 시공간과 동질성을 얻게 되는 몇 가지 단계들을 살펴보았다. 이제 마지막으로 설화(신화)·고소설·근대소설에 나타난 그 단계들을 간단히 도표로 정리해 보자.

	설화(신화)	고소설	근대소설
이야기 시공간	근원적 과거 신성성	관념적 과거 관념성	서사적 과거 현실성
화자-감상자 시공간	현존하는 화자-청중	부재(현존)하는 화자-독자(청중)	개별적 화자-독자
관계	존재론적 이질성 신성성 즉자적 수용	인간적 관념의 동질성 시공간적 이질성 관념적 결속	현실적 동질성 현재화할 수 있는 과거
서사담론	구연체	더라체	었다체

4. 리얼리즘·모더니즘·포스트모더니즘

(1) 리얼리즘과 객관적 현실의 시공간

전대의 서사문학과 구별되는 근대소설의 중요한 특징 중의 하나는 이야기 시공간과 화자-독자의 시공간 사이의 동질성이 회복되었다는 점이다. 앞서 살폈듯이 설화(신화)에서 이야기 시공간과 화자-청중의 시공간 사이에는 존재론적 단절(부재/현존)이 있었다. 또한 고소설의 경우에는 관념적인 이야기 세계와 현실의 화자-독자 간에 시공간적 단절(중국의 송대·명대/조선)이 내재했다. 이러한 존재론적·시공간적

단절은 역설적으로 당대 사람들에 대한 서사문학의 기능을 암시하는 것
이었다. 즉 신화(설화)의 화자는 즉자적으로 신성한 근원적 과거(이야
기 세계)를 수용-전달하여 청중들과의 공동체적 유대를 형성했다. 고
소설의 화자 역시 전범적인 관념적 과거[19]를 중심으로 이야기 세계(유
교이념)-화자-독자(청중) 간의 결속을 유지했다.

신화의 화자-청중이 신성성과 근원성에 〈압도되어〉 내적 유대를 형
성했다면, 고소설의 경우에는 관념적 이념(유교이념)을 매개로 〈동질
적인 공감대〉를 이룬 셈이다. 즉, 신화의 화자-청중은 신성한 과거를
바라볼 수밖에 없었지만, 고소설의 화자-독자(청중)는 전범적 과거를
현재의 자신의 관념으로 소유할 수 있었다. 그러나 고소설의 화자-독자
(청중)의 관념적 시점(관점)은 역사적 현실을 마주보지 못한 채 관념
적 이야기에 종속됨으로써 얻어질 수 있었다. 이에 반해 근대소설의 화
자-독자는 역사적 현실로서의 과거의 사건을 마주대함으로써 현재(서
술時點)의 개인적인 시점(視點)을 지닐 수 있게 된다. 이는 이야기 시
공간의 서사적 과거가 서술시점의 현재의 시공간과 동질성을 회복했기
에 가능했다.

이야기 시공간(서사적 과거)이 화자-독자의 시공간(현재)과 동질성
을 지닌다는 것은 이야기의 사건들이 과거의 사건인 채로 또한 서술시
점의 현재의 사건이기도 함을 뜻한다. 어떤 면에서 이야기 시공간의 모
든 사건들은 과거의 사건일 수밖에 없다. 단지 그 사건이 과거의 권위
적 관점에 얽매여 있느냐 그렇지 않느냐의 차이가 있을 뿐이다.

더라체의 고소설은 과거(이야기) 시공간의 권위적 관점(유교이념)에
결박되어 현재의 관점(시점, 視點)을 허용하지 않는다. 반면에 었다체
의 근대소설에서는 현재와 동질적인 과거(이야기) 시공간의 이야기를
과거에 일어난 현재의 사건으로 바라볼 수 있다. 그처럼 과거의 사건
(이야기)을 현재의 시점(時點)에서 바라봄으로서, 현재의 화자의 〈개

---

19) 전범적인 과거란 영원한 진리로서 유교이념에 지배되는 초역사적 시공간을 말
    함. 나병철, 『한국문학의 근대성과 탈근대성』, 앞의 책, 285~86면 참조.

82

인적 관점(시점, 視點)〉및 〈과거의 현재화〉, 그리고 〈이야기의 재배열〉 등이 얼마든지 가능해진다. 왜냐하면 과거의 관점에서 해방됨으로써, 과거의 사건(이야기)을 자유롭게 인식하고 전달(서술)하는 권한이 현재의 화자에게 주어지기 때문이다. 다음의 예문은 이야기 시공간내의 (과거의) 사건에 대한 인식 주체로서 근대소설 화자(현재의)의 다양한 권한을 잘 보여준다.

덕기는 전기불이 들어오기 전에 도서관에서 나와서 어디 가 차나 먹을까 하고 진고개로 향하였다. 병화 생각도 나기는 하였지만 병화를 끌면 또 술을 먹게 되고 머릿살도 아파서 혼자 조용히 돌아다니는 편이 좋았다. 우선 책사에 들어가서 책을 뒤지다가 잡지 두어권을 사 들고 나와서 복작대는 거리를 예서 제서 흘러나오는 축음기 소리를 들으며 올라갔다.
(1) 일전에 병화와 갔던 바커스 생각이 났다. (2) 경애가 여전히 잘 있나? 하는 생각도 떠오른다. (3) 그동안 며칠이 퍽 오래된 것 같기도 하고 그날 저녁 일이 먼날 꾸었던 꿈같이 기억에 흐릿하기도 하다.

윗글은 염상섭의 『삼대』의 한 장면으로 이야기 시공간의 과거의 일(사건)들이 서술되고 있다. 인용문의 상황(사건)이 화자-독자의 시간보다 앞선[20] 과거의 일임은 서술시제 '었'으로도 확인된다. 그러나 '었'으로 표시되는 이 소설의 과거는 더라체의 과거형과는 상이한 시간구조를 포함한다. 더라체에서는 화자가 시점이동을 통해 과거의 관념적 관점에 예속되는 양상을 보였었다. 반면에 이 소실의 화자는 시점이동을 하지 않으며 서술 시제 '었'은 과거의 사건을 현재의 화자의 시점(時點)에서 인식함을 의미한다.[21] 이는 이 소설의 화자가 과거의 관념적 관점에서 해방되어 자유로운 인식 주체로서 기능함을 뜻한다.

---

20) 이 소설의 이야기는 현대독자에게 과거일 뿐만 아니라 당대의 화자-독자에게도 과거의 사건으로 되어 있다.
21) 나병철, 『한국문학의 근대성과 탈근대성』, 앞의 책, 291면.

그같은 (반)자율적 화자의 권한에 힘입어 위 소설에서는 화자의 시점(현재)에서 과거의 이야기를 자유롭게 재구성하고 있다. 인용문에서 보듯이 시간을 역전시킬 수 있으며(1) 인물시점으로의 전환이 가능하다(2). 또한 인물의 내면심리에 접근할 수도 있다(3).[22] 특히 현재형으로된 (2), (3)은 이야기 시공간의 과거의 사건(상황)이 현재의 일처럼 제시될 수 있음을 보여준다. 이는 이야기 시공간과 화자-독자 시공간의 동질성을 전제했을 때만 가능한 수법이다.

이야기 시공간과 화자-독자 시공간의 시간적 일치, 즉 이야기 사건(과거)의 현재화는 현대로 올수록 점점 더 증대되어 왔다. 이는 이야기를 보다 생생하게 드러내려는 욕구에 의한 것으로, '극화' 혹은 '영상화'로 불릴 수 있는 제시수법이다. 연극이나 영화는 이야기 시공간(무대 혹은 영상)과 담론-관객의 시공간이 현재형이라는 시간적 일치를 드러낸다(공간적으로는 일치하지 않는다). 현대소설의 이야기의 현재화가 연극이나 영화처럼 화자(중개성)가 사라진 듯한 직접성으로 느껴지는 것도 비슷한 원리로 이해할 수 있다. 그러나 엄밀히 말해 소설에서 이야기의 현재화는 직접성의 환영일 뿐 연극과 똑같은 상황에 이를 수는 없다. 소설의 현재화는 서사적 과거(이야기 시공간)에 직접성의 환영이 겹쳐진다는 점에서 오히려 영화의 〈영상화〉에 가깝다고 할 수 있다.[23]

(2) 모더니즘과 시간의 공간화

영화의 시대인 현대에 이르기까지 소설은 갈수록 직접성의 환영을 증가시켜 왔다.[24] 또한 그와 함께 이야기 시간의 재배열 역시 점차 증대

---

22) 위의 책, 291~92면.

23) 연극과 영화의 차이에 대해서는 조정래·나병철, 『소설이란 무엇인가』(평민사, 1991), 146~47면과 나병철, 「모더니즘과 영화가 소설에 끼친 영향」, 『문학사상』(1997, 9), 55~68면 참조.

24) 이는 반드시 현재형의 사용만을 의미하지는 않는다. 소설에서는 과거형을 사용해서도 생생한 극화(영상화)를 실현할 수 있다. 그것을 위한 대표적인 기법이 반성자(반영자)-인물 양식이다.

되어 왔다. 그러나 그런 서술기법들에 의해 기교화된 플롯은 대부분 이야기 층위에서의 통시적 플롯(즉 1차 서사[25])으로 환원될 수 있는 형식을 지니고 있었다. 즉, 화자의 기교적 서술에 의해 극화(영상화)되고 재배열된 플롯(2차 서사)은 순차적인(선조적인) 시간 순서로 된 통시적인(그리고 환유적인) 서사적 과거의 사건들로 되돌아 갈 수 있는 것이다. 우리가 이야기-플롯에 대해 말할 때는 바로 그 1차 서사(선조적인 서사적 플롯)를 염두에 두는 셈이다. 그처럼 기교화된 2차 서사의 플롯이 선조적이고 통시적인 1차 서사로 쉽게 환원되어 이야기-플롯을 분명히 부각시키는 것은 특히 리얼리즘의 경우일 것이다.

그러나 기교화된 2차 서사가 좀처럼 1차 서사로 되돌아가지 않는 소설들이 차츰 나타나기 시작했다. 이런 소설들에서의 이야기 시간의 재배열은 단순한 기법 이상의 특별한 의미를 지니게 된다. 그것은 단순히 이야기-플롯을 생생하게 구현(전달)하려는 수법이기보다는 (플롯이 아닌) 어떤 다른 내용을 형성하는 기능을 하기 때문이다. 1차 서사로 환원되지 않는 서술기법의 소설에서는 기교화된 2차 서사가 이야기-플롯(1차 서사)의 재배열이기보다는 그밖의 특별한 내용의 형상화인 것이다.

기교화된 2차 서사(텍스트의 표층에 형상화된 것)가 1차 서사(이야기-플롯)로 되돌아가지 않을수록 그만큼 그 소설에서는 플롯(사건의 배열)이 잘 형성되지 않는다. 소설에서 사건(행동)의 인과적 배열로서의 플롯이 잘 성립되지 않는다는 것은 무엇을 의미하는 것일까. 플롯이 인간의 삶의 동적인 측면, 즉 인간과 현실 간의 주객관계의 역동성의 반영이라면, 그것은 인물과 환경의 상호작용으로 설명될 수 있다.[26] 인물과 환경의 역동적인 상호작용이 그려지는 리얼리즘에서는 플롯이 분

---

25) 1차 서사란 담론적 재배열에 의한 텍스트-플롯 이전의 〈이야기-플롯 차원에서의 서사〉를 말한다.

26) 조정래·나병철, 『소설이란 무엇인가』(평민사, 1991), 73면과 뒤의 제4장 참조.

명하게 부각된다. 또한 그만큼 리얼리즘에서는 기교화된 2차 서사가 쉽게 이야기-플롯(1차 서사) 수준으로 환원된다. 그와 달리 1차 서사의 플롯이 잘 성립되지 않는 소설은 인물과 환경의 상호작용이 미약한 경우일 것이다. 인물과 환경의 교호작용이 미흡한 경우는, 인물이 환경에 압도되어 부정적 환경의 논리만 나타나는 〈세태소설〉이나, 인물이 환경과 단절된 채 내면세계에 칩거하는 〈내성소설〉에서 볼 수 있다. 그런데 세태소설에서도 정태적 삽화로나마 1차 서사가 나타날 수 있으며 내성소설도 얼마간의 플롯을 지닐 수 있다. 반면에 기교화된 2차 서사가 그 정도의 플롯으로도 환원되지 않는 경우는 플롯의 객관적인 시간적 계기를 상실한 주관적 의식내용들을 드러낼 때일 것이다. 즉, 내성소설의 극단화된 형태로서 내면세계의 주관적 의식작용을 형상화하는 모더니즘 소설에서 나타날 수 있다. 모더니즘은 본질적으로 환경으로부터 소외된 (단절된) 인물의 내면세계를 그리는 문학으로 볼 수 있다. 복잡한 2차 서사로 배열된 모더니즘의 서술내용은 소외된 인물의 내면세계를 형상화하기 위한 것이다. 모더니즘 소설은 그 주관적 내면세계를 객관화하기 위해 〈직접성의 환영〉에 〈낯설게 하기〉의 중개성을 겹쳐 놓는다.[27]

모더니즘에서처럼 통시적인 플롯(1차 서사)이 잘 형성되지 않는 소설은 대부분 사회환경으로부터 〈폐쇄된 공간〉의 인물을 그릴 때 나타난다. 사회환경으로부터 단절된 공간의 인물들은 환경과 반응하지 않을 뿐더러 〈객관적 시간〉의 감각을 상실하게 된다. 이런 계열의 소설들에서 객관적 시간의 플롯보다는 주관적 내면세계가 그려지는 것은 이 때문이다.

객관적 질서의 세계로부터 분리된 인물을 그리는 이 계열의 소설들은 다양한 유형들로 나타난다. 첫째로 특별한 이유(폐결핵)로 사회(환경)로부터 격리된 공간(요양소)에서 살아가는 사람들의 삶을 그린 토마스 만의 『마의 산』을 들 수 있다. 이 소설의 인물들은 모더니즘에서서럼

---

27) 나병철, 「모더니즘과 영화가 소설에 끼친 영향」, 『문학사상』(1997, 9), 55~68면과 나병철, 『한국문학의 근대성과 탈근대성』, 앞의 책, 202~14면 참조.

소외에 의해 격리된 것은 아니지만 대부분 (소외된 상태처럼) 객관적 시간감각이 무뎌진 상태에 있게 된다. 이 소설이 요양소 사람들의 생활을 그림에도 불구하고 객관적 사건들보다는 인물들의 관념 세계를 몽환적으로 결합하고 있는 것은 그와 연관이 있다.[28] 둘째로 사회환경으로부터 소외되어 폐쇄된 공간에 칩거하고 있는 인물을 그린 이상의 「날개」, 「지주회시」와 박태원의 「딱한 사람들」이 있다. 이들 소설에서 주인공들이 거주하는 밀폐된 공간은 환경으로부터 괴리된 그들의 내면공간과 조응하는 관계에 있다. 이 모더니즘 소설들에서는 통시적 플롯이 미약해진[29] 대신에 폐쇄된 공간에서 살아가는 주인공들의 밀폐된 내면세계가 그려진다. 소설의 내용은 통시적 인과율을 상실한 파편화된 장면(혹은 내면공간)들의 접합으로 채워진다. 그리고 소설이 진행되는 동안 담론 시간(서술시간, 화자의 시간)[30]의 흐름은 바로 그 내면공간의 의식세계를 드러내는 데 사용된다. 여기서 우리는 이른바 시간(이야기 시간과 담론 시간)의 공간화(내면공간을 드러냄)의 일면을 엿볼 수 있다. 물론 「날개」 유형의 소설들에서는 시간의 공간화가 그리 철저히 진행되지는 않으며 얼마간은 통시적 시간(이야기 시간)의 흐름에 따른 변화를 드러낸다.[31]

〈시간의 공간화〉의 대표적인 예는 또다른 유형의 소설에서 찾아 볼 수 있다. 즉, 공간적으로 폐쇄되지 않은 일상적 삶을 살면서도 의식의 방향이 환경과 괴리된 내면세계로 흐르는 인물을 그리는 소설이다. 예컨대 제임스 조이스의 『율리시즈』나 박태원의 「소설가 구보씨의 일일」에서는 일상 속에서의 사회환경으로부터의 소외를 그리고 있다. 이들

---

28) 루카치는 『마의 산』을 현대 리얼리즘의 본보기로 들지만 많은 비평가들이 본격 모더니즘으로 분류한다. A. 아이스테인손, 『모더니즘 문학론』(현대미학사, 1996), 236~39면.

29) 이들 소설에서는 플롯이 완전히 소멸되어 있지는 않다.

30) 화자가 이야기를 서술하는 시간을 말함.

31) 예컨대 「날개」, 「딱한 사람들」에서는 얼마간의 통시적 시간의 흐름에 따른 변화가 나타난다. 나병철, 『한국문학의 근대성과 탈근대성』, 앞의 책, 364~71면 참조.

소설에서는 〈통시적 시간〉의 인과율에 따른 플롯보다 인물들의 〈내면공간〉을 드러내는 장면들이 병치적으로 조직화된다. 이는 삶의 의미가 통시적 질서보다 내면공간의 포착에서 얻어질 수 있음을 뜻하며, 통시적 인과율의 해체, 즉 총체성의 부재를 암시한다. 통시적 인과율이란 플롯을 형성하는 인물과 환경의 상호작용에 의해 형성되는 것이다. 따라서 통시적 질서와 플롯의 해체는 인물이 환경으로부터 소외되어 있음을 의미하며 양자의 연관관계인 총체성의 상실을 드러낸다.

「날개」에서는 (환경으로부터) 소외된 인물이 처한 〈공간적 조건〉 자체가 일상적인 (객관적인) 통시적 시간을 해체하고 내면공간의 (주관적) 순간들을 포착할 수밖에 없도록 되어 있다. 반면에 「소설가 구보씨의 일일」에서는 외견상 〈평범한 일상〉을 살아가는 듯하지만 내면적으로는 「날개」와 동일한 공간적 조건에 처한 인물의 삶을 그리고 있다. 물론 실직자에 가까운 작가의 하루를 그린 「소설가 구보씨의 일일」은, 이미 내적으로 소외의 조건을 포함한다고 볼 수도 있으며, 그점에서 보다 더 평범한 일상인의 삶을 그린 『율리시즈』와 구별된다.

어쨌든 세번째 유형의 소설들은 일상적 삶의 흐름 속의 인물을 그리면서도 객관적 (통시적) 시간의 인과율이 해체된 대신 내면세계에서 삶의 의미를 탐구하는 짜임을 갖고 있다. 이 소설들에서는 〈이야기 시간〉이 해체되어 〈내면공간〉을 드러내는 장면들의 조립으로 뒤바뀌는 양상(즉 시간의 공간화)이 보다 분명히 나타난다. 담론 시간 역시 이야기 시간의 재구성보다는 내면공간을 병치시키는 짜임에 사용된다. 다음의 예문은 그같은 〈시간의 공간화〉를 매우 잘 보여준다.

다료(茶寮)에서 나와, 벗과, 대창옥(大昌屋)으로 향하여, [구보는 문득 대학 노트 틈에 끼어 있었던 한 장의 엽서를 생각하여 본다.] 〈물론 처음에 그는 망설거렸었다. 그러나 여자의 숙소까지를 알 수 있었으면서도 그 한 기회에서 몸을 피할 수는 없었다. 그는 우선 젊었고, 또 그것은 흥미있는 일이었다. 소설가다운 온갖 망상을 즐기며, 이튿날 아침 구보는 이내

이 여자를 찾았다. 우입구 시래정(牛込區 矢來町). 주인집은 그의 신조사(新潮社) 근처에 있었다. 인품 좋은 주인 여편네가 나왔다 들어간 뒤, 현관에서 나온 노트 주인은 분명히〉…… 그들이 걸어가고 있는 쪽에서 미인이 왔다. 그들을 보고 빙그레 웃고, 그리고 지났다. 벗의 다료 옆, 카페 여급. 벗이 돌아보고 구보의 의견을 청하였다. 어때 예쁘지. 사실, 여자는, 이러한 종류의 계집으로서는 드물게 어여뻤다. [그러나 그는 이 여자보다 좀더 아름다웠던 것임에 틀림없었다.]

　어서 옵쇼. 설렁탕 두 그릇만 주. 〈구보가 노트를 내어 놓고, 자기의 실례에 가까운 심방(尋訪)에 대한 변해(辯解)를 하였을 때, 여자는, 순간에 얼굴이 붉어졌었다. 모르는 남자에게 정중한 인사를 받은 까닭만이 아닐 게다.〉 어제 어디 갔었니. 길옥신자(吉屋信子). 〈구보는 문득 그런 것들을 생각해 냈고, 여자 모르게 빙그레 웃었다.〉 맞은 편에 앉아, 벗은 숟가락 든 손을 멈추고, 빠안히 구보를 바라보았다. 그 눈은, 무슨 생각을 하고 있느냐 물었는지도 모른다. 구보는 생각의 비밀을 감추기 위하여 의미없이 웃어 보였다. 〈좀 올러오세요. 여자는 그렇게 말하였다. 말로는 태연하게, 그러면서도 그의 볼은 역시 처녀답게 붉어졌다.〉

—— 박태원, 「소설가 구보씨의 일일」[32]

위에서 주인공 구보를 중심으로 했을 때 [ ]은 현재에 과거를 생각하는 부분이며 〈 〉는 과거의 장면들이다. 그리고 나머지 부분은 구보의 현재의 상황들이다. 여기서는 현재와 과거의 빈번한 교체가 나타나는데 그것은 (화자의) 담론상의 필요에 의한 이야기 시간의 재배열이 아니다. 현재에서 과거로의 역행에 인과적 긴밀성을 주는 [ ]부분이 빠진 채 시간(현재-과거)의 교체가 이루어지는 곳이 많음은 이를 입증한다. 이 점은 리얼리즘 소설의 시간의 교체와 비교하면 보다 확연히 드러난다.

　리얼리즘 소설에서는 현재와 과거의 교체가 담론적 필요에 의해 이루어지며 그 경우 시간적 역행은 순차적인(통시적인) 시간으로 된 1차

---

32) [ ], 〈 〉 인용자.

서사의 플롯으로 되돌아 갈 수 있다. 즉, 담론적 인과율[33]에 의한 시간의 역행은 이야기 시간의 통시적 인과율을 파괴하지 않는다. 우선 다음의 『삼대』의 한 부분을 통해 이 점을 살펴보자.

경애가 제 잘못도 안다는 것은 자기의 허영심이 이렇게 일을 버르져놓은 것이라는 뜻이요 모친도 지금은 큰 소리를 하지만 잘하였을 것은 없다는 말이다. [이태 동안이나 미국 다녀온 사람 그리고 도도한 웅변으로 설교하는 깨끗한 신사 —— 그때는 덕기의 부친도 사십이 아직 차지 못한 한창때의 장년이요 호남자이었다.] 〈게다가 뒤에는 재산이 있으니 교회 안의 인기는 이 한 사람의 독차지였다. 이십 전후의 젊은 여자의 추앙이 일신에 모인 것도 사실이었을 것이다.〉

건넌방에서 조그만 계집애년이 어린애 놋대접에 물을 가지고 건너왔다.

조금 간정하고 코가 막혀서 쌔근쌔근하던 아이는 약과 물그릇을 보더니 불이 붙은 듯이 울어젖힌다.

그래도 어쩐둥해 세 알갱이 약이 어린아이의 입에 들어갔다. 무릎에서 미끄러져 내려와서 발버둥치는 것을 덕기도 거들어서 먹이고 나서는 어린애를 붙들었던 것을 생각하고 덕기는 속으로 웃었다.

[덕기는 지난날의 일이 머리에 어제 일같이 떠올라왔다.]

〈덕기와 경애는 남대문 x소학교에서 한 해에 같이 졸업을 한 것이 벌써 팔구 년 되나보다. 물론 남녀부(男女部)가 다르고 경애는 덕기보다 두 살이 위이지만은 학년은 같았다. 경애는 삼년급에 중간에 들어와서 같은 해에 졸업한 것이다. … (중략)〉

그러던 경애가 지금 덕기 앞에 덕기의 누이동생을 안고 앉아서 자기 부친의 원망을 하고 있다. 덕기는 웃어야 좋을지 울어야 좋을지 그때가 꿈인지 지금이 꿈인지 도무지 알 수가 없다.

["그것도 없는 탓이지만 아버니께서 살아만 계셨어도 이렇게는 아니 되었을 것을 …… 우리 아버니 못 보셨지?"]

---

33) 이 개념에 대해서는 이상진, 「한국 근대소설의 시간배열 기법 연구」, 연세대 석사논문, 1988, 11면 참조.

〈덕기와 경애는 소학교를 마친 뒤에 교제가 없었고 소학교에 다닐 때에는 감옥에 들어앉았던 경애의 부친을 보았을 리가 없다.〉

인용문에서도 현재와 과거의 시간의 교체가 수시로 이루어지고 있다. 그러나 시간적 역행(현재 → 과거)의 부분에는 반드시 담론적 긴밀성을 주는 매개항([ ])[34]이 나타나고 있다. 즉 이야기가 과거로 향하는 것은 현재의 상황을 낳은 과거의 사건을 알 필요가 있기 때문이며(담론상의 필요성), 이때 현재 시점의 인물이 과거를 회상하는 식으로 (자연스러운 담론으로) 과거로 역행한다. 이처럼 이야기 시간의 역행이 담론적 인과율에 지배되는 경우 시간적 재배열은 항상 원래의 이야기 시간의 인과율로 환원될 수 있다. 즉, 위에서 역행으로 나타난 과거의 부분들(〈 〉)은, (재배열에서 벗어나) 경애가 아이를 낳은 현재의 상황에 인과적 내용을 제공하는 보다 앞선 시간의 사건들로 되돌아간다. 경애는 〈과거〉에 덕기의 아버지(조상훈)와의 불미스러운 관계로 인해 〈현재〉혼자서 아이를 기르는 처지가 된 것이다.

그러나 『삼대』와는 달리 「소설가 구보씨…」의 경우에는 시간의 교체가 담론적 인과율에 지배되고 있지 않다. 앞의 예문(「소설가 구보씨의 일일」)에서 인과적 긴밀성을 주는 [ ]부분이 결락된 채 수시로 현재-과거가 교체됨은 이를 보여준다. 이처럼 담론적 인과율에 지배되지 않는 시간의 역행은 좀처럼 원래의 이야기 시간의 인과적 질서로 환원되지 않는다. 즉 구보가 설렁탕을 먹는 현재의 장면과 동경에서 여자와 만났던 과거의 장면은 아무런 인과관계도 없이 병치될 뿐이다. 현재의 장면에 과거의 장면이 수시로 침입하는 것은 주인공이 현재의 상황에 대한 의식의 집중성을 잃고 있음을 반증한다. 여기서 이야기 시간은 인과율의 계기를 상실한 채 흘러가고 있으며 담론 시간 역시 인과율을 잃은 채 주인공의 의식 내용을 병치시키는 데 쓰이고 있다. 이는 이 부분

---

34) 이는 등장인물이 현재에 과거를 생각하는 부분임. 인용문 중 [ ]와 〈 〉는 인용자가 표시한 것임.

에서 〈시간적 계기〉보다는 주인공의 〈내면공간〉을 드러내는 일이 긴요하기 때문일 것이다.[35] 이 〈시간의 공간화〉는 주인공이 환경(상황)과의 역동적인 연관을 상실했음(즉 소외)을 암시하며 그대신 폐쇄된 내면공간에서 삶의 의미를 찾고 있음을 뜻한다. 일상 속의 구보의 삶은 밀폐된 공간에서 살아가는 「날개」의 주인공('나')만큼이나 폐쇄된 내면공간에 갇혀 있는 것이다. 즉, 외견상 자유롭게 보이는 구보는 박제가 된 「날개」의 '나' 못지 않게 소외를 경험하고 있는 것이다. 시간적 계기를 해체한 채 주인공의 의식내용의 병치를 통해 밀폐된 내면공간을 포착하는 수법은 그 소외를 (현실의 시간적 계기의 삶에 대립되게) 대상화하기 위해서이다. 즉, 예문에서는 구보의 소외된 상태가 드러날 뿐 아니라 소외를 경험하는 인물의 내면상태가 현실의 삶에 맞서도록 객관화(공간화)되고 있다. 즉 〈시간적 질서〉로 이루어진 현실에 대립하는 주인공의 밀폐된 〈공간적 질서〉가 형상화된다.

물론 「소설가 구보씨의 일일」은 그런 소외의 대상화를 통한 현실에 대한 부정을 그리 잘 드러내지는 못한다. 우리 모더니즘 소설이 「소설가 구보씨…」 유형보다는 「날개」유형의 소설에서 더 성과를 거두고 있음은 이를 반증한다. 서구와 구별되는 이런 특징은 우리 모더니즘의 특수성으로 볼 수 있다.[36]

이제까지 우리는 화자-독자의 시공간(현재의 현실)과 동질성을 지닌 객관적 이야기 시공간을 그리는 리얼리즘에서 시간의 질서가 해체되고 공간적 질서가 우세해지는 모더니즘으로 이행되는 양상을 살펴 봤다. 후자의 소설들에서는 이야기 시간의 통시적 인과율이 와해됨으로써, 단편적 순간들의 접합이나 다양한 시간적 수준(현재-과거)들의 병치, 동시성의 감각, 그리고 무시간성 등이 나타남을 볼 수 있다. 이런 양상은 모두 이야기 시공간이 사회환경으로부터 괴리됨에 따라 생겨나고 있다.

---

35) 이러한 시간의 공간화는 오버랩, 몽타주 등의 영화기법으로 설명될 수 있다.

36) 이에 대해서는 나병철, 『한국문학의 근대성과 탈근대성』, 앞의 책, 347~71면 참조.

그 결과 인물과 환경의 상호작용과 그에 근거한 통시적 플롯의 객관적 시간질서(인과율) 대신에 개인의 고립된 내면공간의 의식내용이 그려지게 된다.

(3) 포스트모더니즘과 가상적 시공간

모더니즘의 객관적 시공간의 와해는 현실의 총체성의 상실에서 기인된 것이며, 시간의 공간화는 그 소외(총체성의 부재)를 예술적으로 객관화하는 기법이다. 객관적 시공간의 해체로 드러나는 모더니즘적 삶의 형상화는 객관적 현실의 코드(규범)로부터의 일탈로 이해된다. 모더니즘의 낯설게 하기(소원화)란 바로 그 객관적 현실의 코드로부터 벗어나는 장치를 일컫는 셈이다.

그러나 (모더니즘의) 객관적 시공간의 해체[37]와 낯설게 하기는 객관적 현실의 코드를 전제로 한 그로부터의 일탈이었다. 즉, 모더니즘은 객관적 현실의 코드와 구별되는 또다른 코드의 시공간을 만들어낸 것은 아니었다. 그와는 달리 20세기 후반 이후 현실의 코드와는 상이한 또다른 코드의 시공간을 제시하는 소설들이 나타나기 시작했다. 이는 현실을 불확정적으로 이해함으로써, 완전히 코드화되지 않는 미결정성의 구멍에 다른 코드의 시공간을 설정하는 방법이었다. 모더니즘과는 또다른 방식으로 객관적 시공간을 해체하는 이 예술은 오늘날 그토록 논란이 되는 〈포스트모더니즘〉이다.

포스트모더니즘은 이른바 객관적 현실을 불확정성으로 이해함으로써 결코 하나의 코드로 완전히 체계화될 수 없음을 드러낸다.[38] 이처럼 완결된 코드화를 부인하는 것은 또다른 코드에 의한 〈대안적 현실〉이 가능함을 암시한다. 코드(code)라는 것은 인간이 자신의 삶을 이해하고 경험하기 위해 특정한 방식으로 세계를 체계화하는 규범(규약)을 말한

---

37) 이는 다른 코드를 전제로 하지 않는 점에서 실제로는 데리다적 의미의 해체이기보다는 예술적인 부정적 인식(자기인식)을 위한 파괴에 가깝다.

38) 포스트모더니즘이 총체성을 부정한다는 것은 바로 이를 의미하는 셈이다.

다.[39] 역사적으로나 문화적으로 삶의 방식이 다른 것은 각기 상이한 코드를 지니기 때문이라 할 수 있다. 근대 이래로 우리가 객관적 현실이라고 불러 왔던 것은 실상 서구중심적 이성중심주의(합리주의)라는 하나의 코드에 의한 현실의 이해였다. 그러나 그 서구적 이성중심주의는 주변적인 문화적 코드를 억압해 일방적으로 예속해 왔다. 그와 함께 서구적 이성중심주의는 스스로 완전한 체계화(코드화)가 불가능함으로써, 항상 남은 구멍을 채우기 위해 강제적인 폭력을 행사해 왔다. 바로 그 문화적 예속화와 강제적인 체계화에 저항하는 것이 포스트모더니즘이라고 할 수 있다.

따라서 포스트모더니즘은 서구적 이성중심주의의 강제적 체계화를 거부하고 주변화된 문화적 코드를 부활시킴으로써 이른바 객관적 현실을 근본적으로(급진적으로) 해체한다. 포스트모더니즘이 서구와 구별되는 이질적인 문화적 상상력이나 환상, 밀교의식, 가상현실 등을 도입하는 것은 그를 위해서이다. 포스트모더니즘은 서구적 합리주의와는 상이한 코드로 이해되는 대안적 현실을 전면적으로(마르께스의 『백년동안의 고독』), 혹은 부분적으로(윤대녕의 「천지간」) 형상화함으로써, 우리에게 뜻하지 않는 또다른 현실성(reality)을 발견하게 한다. 즉, 피폐화된(서구적 합리주의에 의한) 현실을 불확정성으로 해체하고 대안적 현실의 가능성을 자각시켜 우리의 인식을 변화시키는 것이다. 몇 가지 예문을 통해 이점을 자세히 살펴보자.

그는 방문객이 자기가 옛날에 만난 일은 있어도 지금은 누구인지 기억할 수 없는 어떤 사람일지도 모른다는 생각이 들어서 친한 척하면서 미소를 지었다. 손님은 그의 거짓태도를 눈치챘다. 그는 자기가 망각 속에 잊혀졌으며, 그 망각이 되돌이킬 수 없는 마음의 망각이 아니라 그것보다 훨씬 잔인하고 뼈아픈 죽음의 망각 속에서 버림받았음을 깨달았다. 그는 이름조차 알 수 없는 기묘한 물건들로 가득찬 가방을 열고, 그 안에서 유리병이

---

39) 테렌스 호옥스, 『구조주의와 기호학』, 오원교 역(신아사, 1982), 148면.

여럿 달린 작은 통을 꺼냈다. 그는 그 통에서 맑은 빛깔의 물을 호세 아르카디오 부엔디아에게 주었다. 그것을 마시고 나니 호세의 머릿속에는 다시 기억력이 되살아났다. 그는 종이쪽지가 다닥다닥 달라붙은 물건들로 가득 찬 방안에 있는 자기의 우스운 꼴을 보고 그 쪽지들에 씌어 있는 터무니없는 내용들을 읽고서 부끄러움이나 슬픔을 느끼기 전에, 찾아온 손님을 알아보고 황홀한 기쁨의 눈물을 흘렸다. 그 손님은 멜뀌아데스였다.

마콘도 마을 사람들이 되찾은 기억력을 축하하느라고 잔치를 벌이는 사이에 호세 아르카디오 부엔디아와 멜뀌아데스는 그들의 옛정을 되새기느라고 바빴다. 집시는 마콘도에 머물고 싶다고 말했다. 그는 정말로 죽음을 당했었지만, 죽고 나니 너무 외로워서 다시 돌아왔노라고 말했다. 그는 삶에 너무 충실하다 보니 죽음과 초인간적인 세계를 지배하는 능력을 잃어서 다른 집시들에게 따돌림을 받고 말았으며, 그래서 갈곳이 없게 되자 아직 죽음의 손길이 한 번도 뻗은 일이 없는, 지구의 끝에 있는 이 마을로 와서 은판사진술(銀版寫眞術)에 몸을 바치겠노라고 했다.

메타픽션인 『백년동안의 고독』은 소설의 전체 시공간이 한장의 양피지 원고에 불과함을 보여주고 있다. 그러나 이는 삶의 무의미(허무주의)를 드러내는 것이 아니며, 오히려 그 반대이다. 소설 속의 현실이 양피지 원고라는 것은 그것이 특정한 방식으로 코드화된 시공간임을 암시한다. 이 소설은 그 특이한 방식의 코드화(콜롬비아의 문화)를 주체적으로 사용함으로써, 이제까지의 이른바 객관적 현실이 또다른 방식의 코드화에 불과했음을 드러낸다. 이 소설은 콜롬비아(마콘도 마을)가 미국의 식민지로 무참하게 짓밟힌 역사적 현실을 그리고 있다. 그러나 그 현실의 시공간을 서구적 합리주의에 의해 코드화하지 않고 콜롬비아의 주체적인 문화적 코드를 사용해 형상화하고 있다. 이 소설에 그려지는 사건(상황)들이 (인용문처럼) 환상적이고 신화적임에도 불구하고 부인할 수 없는 또다른 현실로서 부각되는 것은 그 때문이다. 즉, 이제까지 우리가 의존했던 합리주의의 기준에서는 비현실적이지만 콜롬비아의 문화적 주체성의 관점에서는 오히려 더 현실성을 지닌다. 이처럼 대안적 현실성의 가능성을 확인시킴으로써 이 소설은 서구적 합리주의에 결박된 우리의 상상력을 해방시킨다.

그녀는 구석자리 의자에 미동도 없이 앉아 있었다. 핏기라곤 느껴지지 않는 섬뜩한 얼굴이었다. 마치 도화지 위에다 연필로 쓱쓱 스케치를 해 놓은 듯 표정 없는 얼굴, 치마 밑으로 비죽이 나와 있는 마른 맨발만이 그녀가 존재하고 있음을 가까스로 느끼게 했다. 그리하여 그녀와 내가 주고받은 말은 어쩐 비현실적으로만 생각됐다. 나는 그렇게 실재와 비실재 사이에서 간신히 버티고 있었다.

나는 원래 내가 있던 장소로 돌아온 거예요.

스케치북 안에서 다시 그녀의 삭막한 목소리가 울려나왔다. 그 목소리의 집요한 힘에 눌려 나는 괴롭다는 느낌에 시달리고 있었다. 그녀의 그 메마른 표정이 그런 생각을 더 없이 부채질했다. 나는 고개를 떨구고 바닥의 차디찬 어둠을 내려다 보았다.

이제 당신도 돌아오기 시작하는 거예요. 당신은 지금까지 너무 먼 곳에 가 있었던 거예요. 그러다간 돌아오는 길을 영영 잊어버리게 될지도 몰라요.

정말 나는 지금까지 내가 있어야 할 장소가 아닌, 아주 낯선 곳에서 존재하고 있었다는 생각이 차츰 들기 시작했다. 이를테면 삶의 사막에서, 존재의 외곽에서.

지금부터, 돌아가고 싶다고 나는 간신히 그녀에게 말했다.

그러자 촛불 속에서 그녀의 얼굴이 수초처럼 잠깐 흔들렸다. 그 촌음의 순간에 나는 그녀를 처음 만났던 제주 밤바다를 아스라이 떠올리고 있었다. 봄, 유채꽃, 기러기, 은어, 달, 하동…… 이런 것들을. 이런 것들 속에서 만났던 그녀를. 어쨌거나 나는 거기까지 생각이 가 닿아 있었으므로 용기를 내어 그녀에게 말했다. 허위와 속임수와 껍데기뿐인 욕망과 이 불면의 나이를 벗어버리리라고.

아녜요. 더 거슬러와야 해요. 원래 당신이 있던 장소까지 와야만 해요.

윤대녕의 「은어낚시통신」은 마르께스의 소설과는 달리 전적으로 이질적인 코드의 시공간을 제시하지는 않는다. 이 소설에서는 합리주의적 현실의 시공간과 밀교적 의식(儀式)의 시공간이 병치되는 이중코드화를 사용하고 있다. 합리주의적 현실의 시공간이 '나'에게 허무적 탈주체화[40]를 경험하게 한다면 밀교적 시공간은 다시금 주체성을 되찾게 해준다. 인용문에서 '나'는 환상적 시공간에서, 합리주의적 코드로부터 알 수 없는 또다른 코드로 전이되는 내면적 경험을 한다. 처음에 '내'가 그녀의 얼굴을 도화지 속의 비현실로 느낀 것은 아직 합리주의적 현실의 코드에 머물러 있기 때문이었다. 그러나 '나'는 서서히 또다른 암호로 코드화된 시공간을 경험하는 내면적인 여행을 하게 된다. 그것은 메마른 (합리주의적) 현실에서 잃어버린 '나'를 되찾는 모험이기도 하다.

윤대녕의 소설이 빈번히 당혹감을 주는 것은 이처럼 우리에게 익숙한 (합리주의적) 현실과는 다른 코드로 된 시공간을 제시하기 때문이다. 그것은 환상이나 밀교의식으로 경험되기도 하지만 또한 잃어버린 전통사상을 되살리는 코드화로 나타나기도 한다. 그의 소설 중「말발굽 소리를 듣는다」(1993), 「신라의 푸른 길」(1994), 「천지간」(1996) 등은 피폐화된 합리주의적 현실 속에서 전통사상을 새롭게 경험하는 구성으로 되어 있다. 이 소설들은 전통사상의 코드를 이해해야만 전체의 소설의 맥락을 알 수 있도록 짜여져 있다.

> 범피중류, 나는 여자의 몸 위에서 아뜩한 현기증을 느끼며 마치 물 한가운데로 떠가는 듯하다가 뇌가 하얗게 비어 버릴 찰나 용암같은 소용돌이에 휘말리고 말았다. 그런데 그 순간 왜 느닷없이 감성돔 회 빛깔이 떠올랐던 것일까. 그 미묘한 백색이 말이다.
>
> 나는 여자의 배 위에 손을 올려 놓고 잠꼬대라도 하듯이 뭐라 뭐라 웅얼거리고 있었다. 여자는 내 손끝을 쥐고 사이사이 한숨을 내쉬며 내 말에 대꾸하기도 했다. 나는 심청이와 인당수 밑에 누워 두런거리고 있는 것만 같았다. 그러다가 나는 손금에 걸린 달을 보며 잠이 들었다.
>
> —— 윤대녕 「천지간」

---

40) 주체성의 상실을 말함.

　위의 장면은 객관적 현실의 합리주의적 인과율로는 이해할 수 없는 시공간을 제시한다. 그러나 이 부분은 모더니즘처럼 인간관계가 단절된 내면공간을 드러내는 곳도 아니다. 그와는 달리 여기서는 중요한 인간관계가 맺어지는 시공간이 형상화되고 있다. 그러면서도 그 인간관계는 합리주의적 인과율(논리)로는 이해될 수 없는 또다른 논리(전통사상)에 의해 형성되고 있다. 즉, 범피중류라는 판소리의 한의 세계와 불교적 인연설의 코드로써만 이해될 수 있는 시공간이 펼쳐지고 있는 것이다.

　그러면 이처럼 (서구적) 합리주의와는 이질적인 코드의 시공간을 삽입하는 윤대녕 소설(그리고 포스트 모더니즘)의 전략은 무엇을 위한 것일까. 우리는 그의 소설에서 낯선 코드의 시공간(환상, 밀교의식, 전통사상)을 경험하면서 이제까지의 타성화된 합리주의에서 해방되어 새로운 방식으로 현실을 이해하게 된다. 이처럼 상습화된 현실 개념을 해체함으로써 메마른 합리주의적 현실의 구멍을 확인하는 동시에 그 죽은 구멍 속에서 새로운 활력적인 삶이 태동할 수 있음을 확인하는 것이다. 이는 죽어가는 이성중심적 현실을 전복시키고 또다른 현실을 구성하기 위한 출발점이 될 수 있다. 포스트모더니즘의 최대의 목표는, 서구적 이성중심주의와는 다른 코드로 현실을 해석함으로써, 불확정성의 감각 속에서 독자의 현실에 대한 이해를 변화시키는 것이리라.

　지금까지 우리는 리얼리즘, 모더니즘, 포스트모더니즘에 나타난 시공간적 특성들을 살펴보았다. 각각의 특징은 객관적 현실의 시공간, 시간의 공간화, 대안적 현실의 시공간 등으로 요약될 수 있다. 이제 그 시공간적 특성을 사회현실적 요인과 연관시켜 정리하면 다음과 같다.

	리얼리즘	모더니즘	포스트모더니즘
사회적 요인	현실외부의 권위적 심급의 폐지	사회환경과 괴리된 시공간	이성중심적 현실의 시공간 거부
시공간	객관적 현실의 시공간	시간의 공간화	가상현실의 시공간

제 *3* 장
〈이야기〉 – 인물과 환경

1. 이야기의 구성요소

(1) 인물과 플롯

앞에서 우리는 소설의 시공간의 물리적 · 정신적 특성을 살펴 보았다. 이제 그 시공간 속에서 전개되는 이야기의 내용과 형식에 대해 알아보자. 이야기는 한 마디로 〈인간의 삶〉을 객관적으로 형상화한 것이다. 〈인간〉은 삶의 주체로서 필수적인 존재이므로 이야기 속의 인간의 형상인 〈인물〉 역시 핵심적인 요소이다. 또한 인간의 삶은 통시적 시간 속에서 역동적으로 진행된다. 따라서 인물이 경험하는 〈사건〉(혹은 〈행동〉)의 통시적 (역동적) 연쇄인 〈플롯〉 역시 이야기의 필수 요소가 된다.

〈인물〉과 〈플롯(사건, 행동의 연속)〉이 이야기에 핵심적이라는 것은 문법적으로 그 둘이 〈주어〉와 동사적 〈서술어〉에 해당된다는 점에서도 알 수 있다. 주어와 서술어가 없으면 문장이 성립될 수 없듯이, 인물과 플롯이 없으면 이야기가 형성되기 어렵다.[1] 또한 플롯이 특히 〈동사적

---

1) 물론 플롯이 없는 소설이나 인물이 약화된 소설도 있으나 이는 본격적인 서사성의 이야기가 해체되거나 약화된 소설로 볼 수 있다.

인〉 서술어에 상응하는 것은 소설의 이야기란 통시성(객관적 시간) 속에서 역동적으로 연속되는 속성을 지니기 때문이다. 물론 소설에 따라서는 인물과 플롯 중 어느 하나가 더 부각되는 경우를 볼 수 있다. 가령 현진건의 「B사감과 러브레터」가 인물 중심의 소설이라면 이북명의 「암모니아 탱크」는 플롯 중심의 소설이다. 마찬가지로 『죄와 벌』(도스토예프스키)에서 인물이 부각되었다면 「신밧드의 모험」에서는 플롯이 더 두드러지고 있다.[2] 그러나 어느 경우든 인물과 플롯은 긴밀히 연관되고 있으며 어느 하나가 빠져버린 것은 아니다.

그럼에도 불구하고 이론가들에 따라 그 둘(인물과 플롯) 중 어느 한쪽을 더 우위에 두는 경향이 있었다. 예컨대 아리스토텔레스는 인물보다 〈플롯〉을 더 강조한 대표적인 경우로 볼 수 있다. 그는 행동과 플롯을 강조하면서 성격(인물)은 (본질적이 아니라) 부가적인 것으로 설명했다.[3] 그러나 우리는 아리스토텔레스가 연구 대상으로 삼은 것이 소설이 아니라 고대(그리스)의 비극이었음을 유념해야 한다. 고대의 문학과 연극에서는 내면심리가 충분히 그려지지 않아 인물의 성격이 약화되는 경향이 있었던 것이다. 또한 연극은 소설과는 달리 대부분 〈행동〉을 통해 인물을 드러낸다. 따라서 행동과 플롯을 중시하고 인물의 성격을 비본질적인 것(부차적인 것)으로 본 아리스토텔레스의 논의를, 일반 서사문학(소설)의 이론으로 수용할 수는 없을 것이다.

아리스토텔레스뿐만 아니라 현대의 형식주의와 구조주의 역시 〈플롯〉을 강조하는 경향이 있다. 가령 러시아 형식주의자 프로프는, 러시아 민담에서 31가지 기능소를 분류하여, 모든 민담들이 동일한 기능소들의 연쇄로 구성됨을 분석했다. 31가지 기능 중에 간혹 빠지는 것도 있지만 기능소들의 배열 순서는 언제나 일정하다는 것이다. 이는 서사문법(구조) 혹은 플롯의 분석으로서, 여기서 인물은 그 문법적 기능소에 포함되는 것으로만 취급된다. 즉, 인물은 플롯을 구성하는 기능적

---

2) 리몬-케넌, 『소설의 시학』, 최상규 역(문학과지성사, 1985), 59면.
3) 시모어 채트먼, 『영화와 소설의 서사구조』, 김경수 역(민음사, 1990), 130~31면.

단위들에 종속되는 부차적인 요소로 다루어진 셈이다.

그러나 프로프의 분석 방법은 인물의 내면적 성격화가 불충분한 민담을 대상으로 한 데 기인된 것이었다. 기능소의 배열 순서가 동일한 문법적 특징을 발견한 것 역시 플롯 구조가 단순한 민담을 분석했기 때문이다. 만일 현대소설을 분석 대상으로 한다면 결코 인물의 성격을 기능적인 요소로만 볼 수 없으며 플롯에서 동일한 문법구조를 발견할 수도 없을 것이다.

프로프의 방법을 발전시킨 프랑스의 〈구조주의 서사학〉은 대체로 프로프처럼 플롯(사건의 연쇄적 배열)에만 관심을 기울여 인물은 중요시하지 않았다. 그러나 모든 구조주의자들이 〈인물과 플롯의 관계〉를 그런 식으로만 생각한 것은 아니었다. 구조주의 서사학의 대표적 이론가인 토도로프는, 『데카메론』을 분석하면서 프로프와 유사하게 인물을 플롯에 보조적인 요소로만 다루었다. 하지만 토도로프는, 『데카메론』[4]이나 「신밧드의 모험」같은 비심리적인 〈플롯 중심의 서사물〉과 다른, 심리적인 〈인물 중심의 서사물〉이 존재함을 논의했다. 비심리적인 (플롯 중심의) 서사물의 경우 인물의 특성(성격)이 제시되면 항상 그로 인한 행동이나 사건이 뒤따른다. 이 경우 결과적으로 인물은 그 행동(플롯)의 한 부분이 된다. 다시 말해 인물은 스스로 그의 삶의 줄거리(플롯)가 되는 것이다. 그는 목적을 가지고 (주체적으로) 삶의 방향(플롯)을 선택하기보다는 플롯의 자동적인 기능이 된다. 이런 유형의 서사물은 문법적으로 〈자동사적〉이며 〈서술어〉에 초점이 맞춰진다. 비심리적 서사물들이 〈플롯〉 중심의 구조를 지니는 것은 이 때문이다.

반면에 심리적인 서사물의 경우 인물의 내면세계와 성격 요소가 반드시 행동이나 사건으로 연결되지는 않는다. 오히려 그와 반대로 행동과 사건이 인물의 성격의 표현이나 증후로 드러난다. 인물은 플롯의 기능

---

4) 『데카메론』은 「신밧드의 모험」에 비교하면 훨씬 더 심리적이다. 이는 이 소설이 그만큼 더 근대적이고 리얼리즘적인 것과 연관이 있다. R. Scholes · R. Kellogg, *The Nature of Narrative*, (Oxford University Press, 1966), 189~91면 참조.

이 되기보다는 어떤 목적을 가지고 주체적으로 삶의 방향(플롯)을 선택한다. 이같은 서사물은 문법적으로 목적어를 지닌 〈타동사적인〉 유형이 되며 〈주어〉에 초점이 맞춰진다. 심리적 서사물들이 〈인물〉 중심의 구조를 갖는 것은 이와 연관이 있다.[5]

토도로프 외에 롤랑 바르트 역시 인물을 기능으로 보는 관점에서 심리적인 특성을 강조하는 관점으로 전환했다.[6] 두 사람의 논의에서 공통되는 것은 〈심리적 특성(성격)〉의 증가가 인물을 플롯의 기능으로부터 해방시켜 이야기의 주체적 요소가 되게 만든다는 점이다. 우리는 이 논점을 단순히 유형론(비심리적 서사물 /심리적 서사물)으로만 이해하지 않고, 역사적 관점에서 전근대적 서사물과 근대적 서사물의 차이로 해석하려고 한다. 즉, 〈심리적 요소〉의 증가는 근대적인 〈주체적 자기인식〉의 확대에 다름 아니라고 보는 것이다. 이에 대해서는 뒤에서 다시 자세히 살펴보기로 하자.

이와 관련해서 흥미로운 것은 근대 리얼리즘의 논의들이 인물을 중시하는 관점에서 전개된 점이다. 구조주의가 인물을 플롯의 기능으로 환원시킨 반면 리얼리즘론은 〈인물의 전형성〉을 강조하면서 플롯에 대해서는 별다른 논의를 펼치지 않는다. 이는 리얼리즘에서 인물이 결코 플롯의 부속적 요소로 축소될 수 없음을 반증하는 예로 볼 수 있다. 그러나 리얼리즘에서 인물의 전형성만 중요하고 플롯이 부수적인 것은 아니다. 우리는 인물과 환경의 전형성이라는 리얼리즘론에 〈인물과 환경의 상호작용〉과 〈플롯〉이라는 역동적 측면을 덧붙여야 할 것이다. 이 문제는 〈환경〉의 개념과 연관해서 다시 논의하기로 하자.

인물과 플롯의 관계를 어느 한쪽이 우선적이기보다는 상호 분리될 수 없는 것으로 보는 견해로는 채트먼의 논의를 들 수 있다. 채트먼은 헨리 제임스의 주장을 인용하면서 인물과 사건(플롯)은 똑같이 서사에

---

5) 채트먼, 앞의 책, 136~37면.
6) 위의 책, 137~40면.

논리적으로 필수적임을 강조한다.[7] 헨리 제임스는 이렇게 반문한 바 있다. '사건을 결정하는 것이 아니라면 인물이란 무엇인가? 인물을 제시하는 것이 아니라면 사건이란 무엇인가?'

　헨리 제임스와 채트먼의 균형잡힌 논의는 전적으로 올바른 것이다. 하지만 두 사람의 논의가 인물과 플롯의 관계를 이해하는 데 충분한 설명을 제공하는 것은 아니다. 헨리 제임스가 염두에 둔 것은 자신의 소설 같은 현대적인 심리소설이었다. 즉, 그는 역사적으로 특정한 시기(현대)의 서사물만을 주목한 셈이다. 그의 견해가 역사상 나타난 여러 서사물에서 인물-플롯의 다양한 관계를 설명하는 데는 미흡한 것은 그 때문이다. 인물과 플롯은 뗄 수 없는 관계에 있지만 그럼에도 불구하고 둘 중 어느 한쪽이 우세한 소설이 존재한다. 역사적으로 보면 대체로 플롯이 부각된 서사물(근대 이전)에서 인물이 중요시되는 서사물로 발전되어 왔다. 문제는 인물-플롯의 불가분리성을 인정하면서 또한 그런 변화 역시 설명할 수 있어야 한다는 점이다.

　여기서 이제까지의 논의들을 정리하면서 다시 한번 문제점을 살펴보자. 빈번히 (민담 등의) 전근대적 서사물을 모델로 하면서 플롯 중심의 논의를 펴는 구조주의자들은 인물만 남아 있고 플롯이 해체된 모더니즘 소설을 설명하지 못할 것이다. 반대로 인물을 중시하는 논의들은 어떻게 인물이라는 존재적 요소로부터 역동적인 플롯이 나타날 수 있는지 설명해야 한다. 또한 인물과 플롯이 둘 다 부각되는 리얼리즘과, 플롯이 해체되고 인물만 나타나는 모더니즘의 차이를 해명해야 한다. 이와 연관해서 리얼리즘 인물과 모더니즘 인물의 차이는 어떻게 생겨났는지도 답변되어야 한다. 이런 문제들에 해답을 주기 위해, 우리는 다음에서 이야기의 요소에 인물과 플롯뿐만 아니라 〈환경〉이라는 개념이 필수적임을 논의할 것이다.

---

7) 채트먼, 앞의 책, 135면.

(2) 〈환경〉의 개념

앞에서 언급했듯이 이야기는 인간의 삶의 객관적 형상화로 설명할 수 있다. 우리는 인간의 소설적 반영이 〈인물〉이며 삶이라는 역동적 요소는 〈플롯〉으로 나타남을 논의했다. 그러면 삶이라는 역동적 요소는 인간이라는 존재적 요소로부터 어떻게 나타나는 것일까. 삶의 역동성이 나타나려면 인간에게 운동성을 주는 행동이나 사건이 일어나야 한다. 그리고 행동이나 사건의 운동성은 인간 주체가 상호작용할 수 있는 객체로서의 대상을 전제로 한다. 인간 주체와 역동적으로 상호반응하는 그 대상은 바로 〈객관현실〉일 것이다. 인간은 그를 둘러싼 객관현실과의 역동적 상호작용 속에서 사건이나 행동을 경험한다. 인간과 현실의 상호작용, 그 주객관계의 역동성이 다름아닌 인간의 삶일 것이다. 여기서 인간의 소설적 반영이 〈인물〉이라면 현실의 반영은 〈환경〉이다. 그리고 인물과 환경의 상호작용인 인물의 삶은 행동과 사건의 연속으로 된 플롯으로 나타난다.

이렇게 〈환경〉이라는 개념을 설정하면, 인물로부터 역동적인 플롯이 나타나는 원리를 설명할 수 있다. 또한 왜 플롯과 인물이 논리적으로 분리될 수 없는지도 이해할 수 있다. 더 나아가 현실의 반영인 환경의 개념은, 〈역사적〉 현실(환경)이 변화됨에 따라 〈인물과 환경의 상호연관〉이 달라지며, 인물과 플롯의 관계 역시 변화됨을 알려준다. 인물과 환경의 상호연관의 변화를 주목하면, 우리는 왜 전근대적 서사물에서 플롯이 우세하며, 근대소설에서 인물-플롯이 모두 부각되고, 모더니즘에서 플롯이 해체되는지 설명할 수 있을 것이다. 리얼리스트들이 〈인물의 전형성〉 이외에 〈환경의 전형성〉을 강조한 것도, 인물과 환경의 상호연관이 역사적 현실의 반영을 설명하는 데 필수적이었기 때문일 것이다.[8] 우리는 그들의 논의에 인물·환경의 전형성과 함께 양자의 상호작

---

8) 예컨대 〈세부적인 진실 외에도 전형적인 환경(상황)에서의 전형적인 인물의 진실한 재현〉을 강조하는 엥겔스의 전형론이 그 대표적인 예이다. 엥겔스, 「런던의 마가

용의 결과물인 〈플롯〉을 덧붙일 수 있다. 또한 인물과 환경의 상호연관이 변화됨에 따라 리얼리즘 이외의 다른 서사물(전근대적 서사물이나 모더니즘)이 나타날 수 있음을 중시해야 한다.

〈환경〉이란 앞서 살펴본 〈시공간〉의 개념이나 흔히 말하는 〈배경〉이라는 용어와는 구별되는 의미를 지닌다. 소설의 이야기 시공간은 인물과 환경이 자리잡는 물리적 요소인 동시에 역사적·문화적으로 코드화된 정신적인 요소이다. 〈이야기 시공간〉이 〈인물과 환경〉 양자를 규정한다면 〈환경〉은 인물의 삶을 가능하게 하는 〈객체적 요소〉로서 존재한다.

또한 〈환경〉은 인물을 둘러싼 삶의 터전으로 나타나지만 단순히 분위기나 상황을 암시하는 〈배경〉과도 구별된다. 환경은 인물에게 운동성을 주는 객체적 대상이면서, 그와 함께 인물이 그 속에 얽혀 살아가야 하는 일종의 그물망이기도 하다. 환경에는 자연환경과 사회환경이 있는데, 후자(사회환경)의 경우 환경은 인간관계의 그물망으로 존재한다. 인물은 환경 속에 뒤얽혀 살아가면서 또한 그것에 대립해 반작용하기도 한다. 전자의 측면이 강조된 인물이 〈환경에 즉해 있는 인물〉이며 후자가 부각된 인물은 〈환경에 대해 있는 인물〉이다. 환경에 즉해 있는 인물이 주인공으로 등장하는 경우, 플롯은 환경의 논리에 지배되며 인물은 잘 부각되지 않는다. 이는 〈전근대적 서사물〉이나 〈세태소설〉의 경우이다.[9] 반면에 환경에 대해 있는 인물이 등장하면 플롯은 인물과 환경의 역동적 상호작용으로 나타나고 인물의 성격이 뚜렷이 드러난다. 이는 〈리얼리즘〉 소설의 경우일 것이다.

한편 환경에 대해 있는 인물이 주인공으로 등장하고 그가 환경에 즉해 있는 부정적 인물에 반응하는 것으로 나타나면 이는 외견상 인물과

―――――――――

렛 하크니스에게」, 김영기 역, 『마르크스 엥겔스의 문학예술론』(논장, 1989), 88면.
9) 전근대적 서사물(예컨대 영웅소설)의 인물은 사회환경의 모순을 자각하지 못하는 점에서 환경에 즉한 인물이지만, 환경을 규정하는 논리의 사상을 갖고 관념적 이상에서 벗어난 환경의 일시적인 부정적 상태에 저항하므로, 인물과 환경의 상호작용과 플롯이 분명히 드러난다. 반면에 세태소설은 인물과 환경의 상호작용 자체가 역동적이지 못하다.

인물의 상호작용으로 보여진다. 그러나 이 경우 주인공의 상대역(환경에 즉한 부정적 인물)은 부정적 환경의 논리를 대표하는 인물이므로 그에 맞서는 주인공은 실상 부정적 환경에 맞서는 셈이다. 따라서 이 소설에서 주인공과 부정적 인물의 상호작용은 실제로는 인물과 환경의 상호작용으로 드러난다.

한 예로 한설야의 『황혼』을 생각해 보자. 『황혼』에는 노동자 준식, 여순, 형철, 소시민 지식인 경재, 그리고 자본가 안중서가 주요 인물로 등장한다. 이들 중 준식은 환경에 대해 있는 인물이며 안중서는 환경에 즉해 있는 인물이다. 또한 여순은 어중간한 상태에서 점차로 각성되어 부정적 환경에 맞서는 모습으로 나타난다. 반면에 경재는 사상으로는 환경에 맞서지만 실천으로는 우유부단한 모습을 보인다. 이 소설의 환경이란 〈친일 자본가-노동자〉 관계로 설명되는 식민지 자본주의의 모순된 환경이다. 보다 구체적으로는 그 관계(인간관계)가 극명하게 드러나는 공장의 환경이 그려진다. 소설의 전개는 자본가가 노동자를 억압하는 환경에 대한 주요 인물들의 상호작용으로 진행된다. 즉, 준식, 여순, 형철 등의 노동자들(환경에 대한 인물)은 안중서(부정적 환경의 대표)로부터 억압받기도 하고 반대로 저항하기도 한다. 노동자들 중 여순은 (부정적 환경에 대해) 중간적인 상태에서 부정적 환경에 맞서는 인물로 각성되어 간다. 그녀와 대비되어 지식인 경재는 환경에 대해 비판의식을 갖기도 하지만 끝내 고민 속에서 방황하게 된다. 소설 속에 나타나는 이 모든 인물들의 다양한 양상들이 바로 〈인물과 환경의 상호작용〉이라고 할 수 있다.[10]

『황혼』은 인물-환경 간의 역동적 관계가 매우 분명히 드러나는 리얼리즘 소설이다. 그러나 양자의 상호연관이 『황혼』에서와 다르게 나타나면 상이한 종류의 소설이 될 것이다.[11] 어쨌든 환경은 인물과 함께 이야기의 존재적 구성요소로서, 양자(인물-환경)의 상호작용은 이야기의

---

10) 조정래·나병철, 『소설이란 무엇인가』(평민사, 1991), 76~77면.
11) 예컨대 모더니즘 소설에서는 환경으로부터 소외된 주인공이 등장한다.

역동적이고 통시적인 요소인 플롯을 만들어낸다. 따라서 이야기의 구성요소는 다음과 같이 표시될 수 있다.

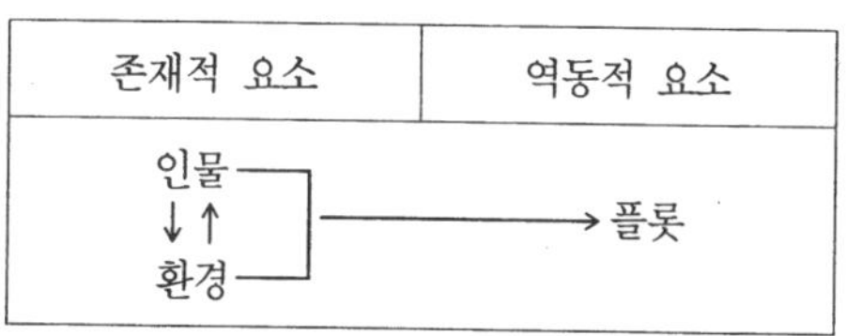

인물과 환경 간의 역동적 관계가 상실되면 이야기의 통시적(역동적) 요소인 플롯 역시 약화된다. 모더니즘 소설이 그 대표적인 예일 것이다. 그밖의 인물과 환경의 상호관계에 의한 복잡한 문제들은 플롯을 다루는 부분에서 다시 살펴보기로 하자. 여기서는 우선 양자(인물과 환경)의 상이한 관계양상을 통해 인물과 플롯의 다양한 관계들을 설명할 수 있다는 점을 강조하기로 한다. 서사이론에 환경의 개념을 도입해야 하는 이유는 여기에 있다. 그럼에도 불구하고 현대 서사이론에서 흔히 〈환경〉의 개념을 간과하는 데는 몇 가지 요인이 있다. 먼저 서사이론가들이 대부분 현실반영의 측면을 소홀히 하는 구조주의자라는 점이다. 구조주의자들은 텍스트 내부에서의 기능과 구조를 중시함으로써 〈현실〉이 소설 속에 반영된 〈환경〉의 요소를 주목하지 못한다. 〈환경〉이라는 개념은 형식논리보다는 변증법적 논리에 의해서 이해할 수 있는 요소인 것이다.

또한 현대소설이 점차로 극화되어 가는 것도 〈환경〉의 요소를 놓치는 요인이 된다. 극장르는 서사장르에 비해 주체적(주관적) 자기인식을 강화하는 특성을 지닌다. 따라서 인물의 행동을 환경과의 관계에서 객관화시키는 서사물과는 달리 극에서는 인물의 행동과 그에 근거한 성격이 부각된다. 즉, 연극의 경우 행동은 인물과 환경의 상호관계보다는 인물의 주체적 자기표현으로 드러나는 경향이 있다. 물론 소설의 극화는 연극에서와는 달리 환경의 요소를 약화시키지는 않는다. 그러나 소설의 극화는 환경의 가시적이고 물리적인 형상화를 약화시키는 방향으로 나아간다. 그 때문에 우리는 인물의 성격이나 심리 속에 숨겨져 있는 환경의 그물망을 자칫 간과하기 쉬운 것이다.

특히 짧은 극적 단편소설의 경우 인물을 둘러 싼 환경은 좀처럼 포착되지 않는다. 예컨대 현진건의 「B사감과 러브레터」에서는 인물의 행동과 그를 통한 심리적 성격화가 두드러질 뿐 환경적 요소는 찾기 어렵다. 이 소설은 인생의 모순을 구체적 사회환경보다는 인물의 성격 속에 집중시키는 방법을 사용한다. 또한 그런 인물의 성격은 연극에서처럼 행동을 통해 형상화된다. 즉, B사감의 표정과 독백, 행동을 통해 그녀의 심리적 성격이 드러난다. 이 소설의 아이러닉한 극적 상황 역시 B사감의 성격의 형상화와 상응하는 관계에 있다. 그러나 이 소설 같은 극적 단편 이외에 상당한 길이를 지닌 근대소설에서는 대부분 인물의 성격을 환경과의 관계에서 드러내게 된다.

현대소설 중에서 환경이 약화된 또다른 예는 유미주의적인 소설에서 찾을 수 있다. 유미주의적 작품들은 예술의 미적 자율성을 지나치게 강조해 현실과 유리된 미학적 공간을 만들어낸다. 우리는 근대문학 초기의 김동인의 소설에서 쉽게 그런 예들을 발견할 수 있다.

　　독자는 이제 내가 쓰려는 이야기를, 유럽의 어떤 곳에 생긴 일이라고 생각하여도 좋다. 혹은 사오십 년 뒤에 조선을 무대로 생겨날 이야기라고 생각하여도 좋다. 다만, 이 지구상의 어떠한 곳에 이러한 일이 있었는지도 모르겠다, 있는지도 모르겠다, 혹은 있을지도 모르겠다, 가능성뿐은 있다 ── 이만치 알아두면 그만이다.

　　그런지라, 내가 여기 쓰려는 이야기의 주인공 되는 백성수(白性洙)를, 혹은 알벨트라 생각하여도 좋을 것이요, 찜이라 생각하여도 좋을 것이요, 또는 호 모(胡某)나 기무라 모(木村某)로 생각하여도 괜찮다. 다만 사람이라는 동물을 주인공 삼아가지고, 사람의 세상에서 생겨난 일인 줄만 알면……

　　이러한 전제로서, 자 그러면 내 이야기를 시작하자.

「광염 소나타」의 서두에 붙인 김동인의 언급은 한마디로 〈환경〉의 요소를 무시하고 소설을 쓰겠다는 말이다. 〈환경〉을 무시하는 소설은 이번에는 그 상대 요소인 〈인물〉의 성격 역시 중화시킨다. 그 결과 자연과학적 실험실에서 만들어낸 것 같은 탐미주의적 소설이 만들어지는 것이다.

유미주의적 소설 이외에 대중소설에서도 환경의 요소가 간과된다. 대중소설은 애정, 질투, 선악의 감정 같은 보편적 주제에 집착하는데, 그로 인해 구체적 현실 속에서의 인생의 문제를 진지하게 천착하지 못하게 된다. 예컨대 채만식의 『탁류』가 후반부에서 통속적이 된 것은 전반부에서 제기된 사회적 문제를 선악의 상투적 주제로 환원시켰기 때문이다. 『탁류』의 후반부는 계봉이나 남승재 같은 사회환경과 연관된 인물 대신에 그런 특성이 불분명한 초봉과 장형보가 플롯을 이끌어 간다. 그들의 선악의 대립구도는 환경과의 연관이 희석됨으로써 이 소설을 멜로드라마화하고 있다.

현대 서사이론에서 〈환경〉이 간과되는 보다 중요한 이유로는 현대소설이 점차로 환경으로부터 소외된 인물을 다루는 점을 들 수 있다. 모더니즘 이후 현대소설은 현실에서 괴리된 인물이나 탈주체화된 허무적 인물을 다루곤 한다. (환경에서) 소외된 인물을 그리는 모더니즘에서는 환경의 설정을 찾아보기 어려우며, 탈주체화된 인물이 등장하는 포스트모더니즘의 경우 무력감과 허무감 속에서 환경의 비가시적 모순이 은폐된다.[12] 그러나 그처럼 인물과 환경의 역동성이 소실된 소설에서도 환경의 개념을 전제로 해야 그 소설의 성격이 올바로 규명될 수 있다. 예컨대 모더니즘의 플롯의 해체와 인물의 내면적 형상화는 〈환경〉과 단절된 인물의 삶의 상태를 전제로 해야 설명될 수 있다. 환경이 그려지

---

12) 포스트모더니즘의 배경인 후기자본주의의 환경은 욕망을 확대시키는 방식으로 인물을 지배함으로서 인물은 탈주체화와 허무감을 경험하며 환경의 모순은 비가시적으로 은폐된다. 이에 대해서는 제4장 10절과 나병철, 『한국문학의 근대성과 탈근대성』, 242~72면 참조.

지 않는 소설에서도 〈잃어버린 환경〉이라는 개념을 도입해야만 그 소설의 본질이 밝혀질 수 있는 것이다. 그리고 더 나아가 왜 그런 소설이 나타났는가를, 〈상실된 환경〉의 모순을 통해, 그리고 그 모순의 근원으로서 〈현실〉의 역사적 변화과정을 통해 설명할 수 있게 된다.

이처럼 환경이 부재한 소설을 포함한 모든 서사물을 이해하기 위해서는, 〈환경〉 개념 설정이 필수적이라는 것이 우리의 핵심적인 입장이다. 그것은 서사문학의 본질이 인물의 삶을 〈객관적〉으로 그리는 것이며, 그를 위해 〈인물과 환경의 상호연관〉을 드러내야 하기 때문이다. 이는 행동과 인물을 중시하는 연극과 구별되는 서사장르의 특성이며, 그 점은 소설이 극화(그리고 내면화)되어가는 오늘날에도 크게 다르지 않을 것이다. 그러면 〈인물과 환경의 상호연관〉에 따라 〈인물〉〈플롯〉의 특성이 어떻게 달라지는지 먼저 인물에 대해 살펴보기로 하자.

2. 텍스트-인물과 이야기-인물

인물과 환경의 상호연관에 따른 인물의 특성을 고찰하기 전에 우선 인물의 형상화에 관련된 두 가지 수준을 살펴보자. 1장 1절에서 밝혔듯이 소설의 인물은 먼저 〈텍스트 차원〉에서 〈언어적·기호학적 의미소들〉로 제시된다. 우리가 〈이야기 차원〉에서 환경과 연관된 인물을 논하는 것은 (독자의 편에서 볼 때) 그 의미소들을 재구성해 〈현실 반영의 측면〉에서 고찰하는 것이다. 반대로 말하면 (작가-화자의 편에서 볼 때) 현실반영(즉 현실 속의 인간의 반영)으로서의 인물은 다양한 담론적 전략에 의해 텍스트 차원의 의미소들로 제시된다고 할 수 있다. 이제 우리는 〈언어적·기호학적 의미소〉들로서의 인물의 제시방식이

〈현실 속의 인간의 삶〉으로서의 인물의 특성과 긴밀한 연관을 지님을 보여주려 한다. 즉, 텍스트에 인물이 제시되는 방식인 직접한정(서술), 간접제시, 유비 등의 특성은 현실(그리고 환경)과의 연관 속에서 다양하게 나타나는 인물의 특성과 상응하는 관계에 있다. 우리는 설화에서 소설, 고소설에서 근대소설, 그리고 리얼리즘에서 모더니즘, 포스트모더니즘에까지, 역사적으로 다르게 나타나는 인물의 특성이 텍스트 속의 제시방식과 어떻게 연관되는지 살펴 볼 것이다. 우선 여기서는 인물에 관련된 두 가지 차원의 특성들이 서로 어떻게 조응하는지 전체적으로 개괄하기로 하자.

　텍스트 차원에서의 인물의 제시방식으로는 〈직접서술〉〈간접제시〉〈유비〉 등을 들 수 있다.[13] 〈직접서술〉은 주석, 일반화, 개념화 등을 사용하여 화자가 직접 인물을 설명하는 방식이다. 반면에 〈간접제시〉는 인물의 행동(사건), 심리, 대화, 외모, 배경 등을 통해 간접적으로 인물을 드러내는 방식이다. 또한 〈유비〉는 이름(명명), 풍경(분위기), 그리고 인물들간의 대조 및 유사성 등으로써 인물의 형상성을 보충하는 방식이다. 직접서술이 화자의 서술에 의존하고 간접제시가 사건, 행동, 플롯 등 통시적 인과율에 기댄다면 유비는 인물에 은유적인 분위기와 암시를 보태는 방법이다. 즉, 간접제시가 (인물 이외에) 이야기의 또다른 필수요소인 통시적·환유적 차원(플롯 등)을 통해 인물과 연관되는 방식인 반면 유비는 이야기의 핵심 요소는 아니지만 인물의 형상성을 높이는 공시적·은유적 차원이다.

　일반적으로 서사문학의 역사는 직접서술에 의존하는 방식에서 간접제시를 선호하는 쪽으로 변화되어 왔다. 예컨대 설화에서는 상투적인 정형구를 통해 인물에 대해 구연해 왔다. 또한 고소설에서는 주석적 관용구를 통해 인물의 특성을 서술하곤 한다. 설화나 고소설에서의 〈직접서술〉은 〈인물〉이 환경과 상호작용하긴 하지만 궁극적으로는 환경을 규정하는 미리 정해진 〈외재적 규범〉에 한정됨을 의미한다. 환경을 지배

---

13) 리몬-케넌, 『소설의 시학』, 92~108면.

하는 동시에 인물을 규정하는 외재적 규범이란 설화의 경우 천상계의 신성성의 원리이다. 또한 고소설에서는 유교이념이 궁극적으로 환경과 인물을 규정한다.

고소설에서 인물이 환경을 지배하는 유교이념에 의해 규정됨은 대화, 심리 등 간접제시에 의해 형상화될 때에도 똑같이 드러난다. 주인공이나 권위 있는 인물의 대화(말)는 흔히 유교이념의 견지에서 제시되며 결국 화자의 서술에 영향받는 〈대리직접화법〉[14]의 형태로 나타난다. 따라서 간접제시 역시 빈번히 화자의 직접서술에 준하는 기능을 하게 된다.

> 웅의 나히 비록 칠셰나 얼굴이 관옥(冠玉) 갓고 읍양진퇴(揖讓進退)난 어론을 압두(壓倒)ᄒ난지라. 명관을 ᄯᅡ라 옥게 하의 다ᄃᆞ라 국궁ᄒ니, 상이 오례 보시고 티찬(大讚) 왈,
>
> "충신지즈(忠臣之子)난 츙신이요, 쇼인지즈(小人之子)난 쇼인이로다. 니 오날날 네 거동을 보미 충효의 벗셔나지 아니ᄒ니, 엇지 알홈답지 아니ᄒ리요. ᄯᅩᄒ 나히 칠세라 ᄒ니 짐의 퇴즈와 동갑이라 더욱 ᄉᆞ랑읍ᄯᅩ다."
>
> ᄒ시고, 인ᄒ야 퇴즈을 인견ᄒ셔 하교ᄒ시되,
>
> ——『조웅전』

인용문에서는 화자의 〈주석적 서술(직접서술)〉로 주인공 조웅의 유교적 범절이 뛰어남을 말하고 있다. 이어지는 황제의 〈대화(말)〉는 화자의 주석적 서술 못지 않은 권위를 가지고 조웅의 충효를 높이 평가하고 있다. 그런 권위는 황제라는 지위와 연관된 것이기도 하지만, 또한 화자가 의존하는 유교이념의 관념(그리고 그에 연관된 말)이 인물의 대화 속에까지 틈입하는 〈대리직접화법〉에 의한 것이기도 하다. 결국 인용문은 유교이념의 〈외재적 규범〉에 의해 〈주인공(조웅)의 성격〉이 규정되고 있

---

14) 직접화법이지만 인물의 언어가 암암리에 화자의 어법, 관념에 의해 지배되는 것을 말함. 보리스 우스펜스키, 『소설구성의 시학』, 김경수 역(현대소설사, 1992), 83~85면. 뒤의 제5장 3절 (2) 참조.

음을 보여준다.

인물에 대한 외재적 규정은 이름 등의 유비를 통해서도 나타난다. 조웅(趙雄)이라는 이름은 주인공이 영웅적 인물임을 분명히 암시하고 있다. 『조웅전』 이외에도 고소설의 인물들의 이름은 대부분 강한 암시를 지니고 있다. 예컨대 유충렬(劉忠烈)은 충성심을, 춘향(春香)은 아름다움을, 그리고 심청(沈淸)과 흥부(興夫)는 착한 성품을 상징한다. 반면에 뺑덕어멈, 놀부 등은 인물의 성격에 결함이 있음을 시사한다.

이에 반해 근대소설 주인공의 이름은 그의 성격과는 대부분 무관한 것으로 드러난다. 예컨대 「운수 좋은 날」(현진건)의 김첨지는 그의 이름이 직업이나 성격과 관련이 없으며, 「감자」(김동인)의 복녀 역시 그녀의 성격이나 운명과는 무관하다. 그밖에 『삼대』의 조덕기, 김병화나 『고향』의 김희준, 안승학 등도 그들의 성격과는 관련이 없는 이름들이다. 그것들은 마치 동네 문패에서 아무나 임의로 끄집어 내어 주인공으로 삼은 듯한 이름들인 것이다.[15] 물론 근대소설 중에서도 알레고리적인 작품에는 특별히 상징적 이름이 등장한다. 그러나 알레고리에서의 그런 특이한 유비는 알레고리라는 독특한 서사구조의 견지에서 이해되어야 할 것이다. 그외에 일반적으로 근대소설의 이름은 될수록 상투적인 유비를 피하는 경향을 지닌다. 간혹 암시적인 유비의 이름을 사용하는 경우에도 대부분 그 인물의 독특한 개성에 연관된다.

명명에 있어서의 이러한 변화는 직접서술에서 간접제시로 이행하는 추세와 관련이 있다. 위에서 살폈듯이 고소설에서는 대개 직접서술에 의한 주인공의 성격 규정이 나타난다. 또한 행동, 대화, 심리를 통해 간접제시를 할 경우에도 화자의 주석적 서술의 영향에서 전적으로 벗어나지는 못한다. 간접제시 중에서는 특히 내면심리가 중요한데 고소설에서는 대부분 행동을 통해 심리를 제시하는 방식을 취한다. 또한 인물의 독백을 드러낼 경우에도 암암리에 화자의 서술이 영향을 미치게 된다. 이는 인물이

---

15) 실제로 염상섭은 등장인물의 이름을 정하기 위해 동네 문패의 이름들을 세심히 살펴보곤 했다.

독자적인 〈심리학〉의 영역을 얻지 못한 채 화자의 외재적 〈수사학(담론)〉에 속박되어 있음을 뜻한다.

화자의 규범적 수사학에서 벗어나 인물이 주체적인 심리학을 얻는 순간 고소설은 근대소설로 이행된다.[16] 그와 함께 대화는 대리직접화법에서 벗어나 인물 자신의 독특한 목소리를 얻게 된다. 인물의 행동 역시 상투적인 플롯 구조에서 이탈해 인물 자신의 선택에 맞겨지는 주체성을 획득한다. 이는 〈외재적〉으로 규정된 판에 박힌 〈플롯〉으로부터 인물 스스로 자신의 〈내면을 실현〉하면서 독립하는 과정을 보여준다. 인물의 플롯으로부터의 독립을 포함한 이 모든 변화들은 근본적으로 인물이 환경을 규정하는 외재적 규범으로부터 벗어남으로써 생겨난 것이다. 인물이 환경을 지배하는 외적 원리에서 해방되어 주체적으로 환경에 맞서는 과정은 〈전근대적 서사〉로부터 〈근대적 서사〉로 이행하는 전개로 볼 수 있다. 이제 그 발전과정을 설화와 고소설에서 근대소설로 나아가는 전개를 통해 자세히 살펴보자.

3. 설화·고소설·근대소설의 인물

(1) 전근대적 서사물의 인물

설화와 고소설의 〈인물〉은 궁극적으로 〈환경〉을 지배하는 외재적 원리에 속박되어 있다. 이 〈전근대적〉 서사물들(설화, 고소설)에서 인물이 자신의 주체적 내면을 갖지 못한 채 플롯에 기능적으로 종속되는 것은

---

16) R. Scholes · R. Kellogg, *The nature of narrative*, 앞의 책, 188~92면 참조. 여기서는 인물의 성격화가 〈수사학적〉이냐 〈심리학적〉이냐를 로만스(Romance, 중세적 소설)와 노블(novel, 근대소설)의 중요한 차이의 하나로 설명하고 있다.

그 때문이다. 이제 이점을 구체적인 예를 통해 상세히 고찰해 보자.

　설화에서 인물을 둘러싼 환경은 천상계와 지상계의 두 가지 요소로 설정되어 있다. 물론 인물이 행동하는(살아가는) 구체적 장소는 지상계이지만 그 곳은 빈번히 천상계의 신성성이 깃든 환경으로 나타난다. 지상계를 지배하는 힘은 왕권이며 천상계의 힘은 신성한 원리로서 드러난다. 설화의 갈등과 플롯의 추진력은 양자(왕권, 신성성)간의 분열과 조화에 의해 생겨난다.

　신화의 경우 왕권과 신성성은 조화의 관계로 귀결된다. 예컨대 동명왕 신화에서 신성한 힘을 지닌 주몽은 왕이 됨으로써 지상계의 질서를 지배한다. 이 신화에서 그런 결말에 이르는 과정에서 나타난 갈등은, 기존의 지상계의 왕권과 새로운 신성성의 힘과의 일시적인 불화이다. 결국 신성성의 힘에서 우위에 있는 주몽이 승리함으로써 다시 왕권(지상계의 원리)과 신성성(천상계의 원리) 간의 조화가 이루어진다.

　이 신화에서 영웅 주인공(주몽)은 신성성의 힘에서 열등한 기존의 지상계에 대해 〈초월적인 인물〉로 나타난다.[17] 그러나 이 소설의 환경은 비단 그 기존의 지상계(동부여)일 뿐만 아니라, 곳곳에서 동부여의 왕권보다 (신성성에서) 우세한 천상계의 힘(신성성)이 깃들인 장소로 나타난다. 환경을 지배하는 이 천상계의 신성성은 동부여의 지상계에 대해 〈초월적인 주몽〉의 비범성을 〈규정〉하는 원리이기도 하다. 이점에서 보자면 주몽은 〈환경〉을 지배하는 신성성의 원리에 〈종속〉되어 있다.

　신화 등의 전근대적 서사에서 환경을 지배하는 원리란 그 원리를 새롭게 확립하거나(신화) 그에서 일시 이탈한 환경의 상태를 다시 평정하는(고소설) 규범이다. 그같은 전근대적 서사에서 환경의 일시적 혼란이 해소되는 과정은 일반적으로 플롯의 전개를 형성한다.[18] 예컨대 동명왕 신

---

17) 동부여의 왕권도 천상계와 연관이 있으나 신성성에 있어서 천제의 혈통을 지닌 주몽보다 열세에 있다. 이는 삼국유사 동부여 편에 암시되고 있다. 일연, 『삼국유사』, 최호 역(홍신문화사, 1991), 25면.

18) 전근대적 서사에서 플롯의 전개가 정형화된(틀에 박힌) 패턴을 지니는 점은 이 때문이다. 제4장 참조.

116

화에서 왕권(동부여)과 신성성(주몽)의 불화는 신성성의 원리(환경을 지배하는 원리)에 의해 다시 조화(고구려 왕권과 주몽의 신성성)를 획득한다. 환경의 지배원리에 의해 새로운 질서를 확립하는 이 과정은 다름 아닌 동명왕 신화의 플롯이다. 그런데 이 예에서 보듯이 그 플롯이 형성되는 과정은 구체적으로는 인물(주몽)과 환경(동부여와 천상계)의 상호작용으로 나타난다. 이처럼 〈환경이 질서를 확립〉하는 전개와 〈인물과 환경의 상호작용〉이 동일한 과정으로 나타나는 것은 〈인물〉이 〈환경을 지배하는 힘과 똑같은 원리〉에 의해 규정되고 있기 때문이다. 환경의 지배원리에 종속된 인물이 플롯의 한 기능 요소가 되는 서사적 특징은 바로 여기에서 나타난다.

인물이 환경의 지배원리에 예속된다는 것은 환경(혹은 그 지배원리)에 맞서는 인물 자신의 〈내면(주체성)〉을 지니지 못함을 뜻한다. 동명왕 신화에서 주몽은 환경에 맞서는 자신의 내면성을 실현하기보다는 환경의 지배원리인 신성성을 실현하는 인물로 나타난다. 즉 주몽은 자율적인 (주체적) 선택의지를 지니지 못한 채 이미 주어진 성격(신성성)을 실현해야 하는 운명을 갖게 된다. 스스로 행동하는 자율적인 선택의지는 〈외부세계(환경)〉와 구분되는 자신의 〈내면〉을 지닐 때 비로소 가능해진다. 그러나 주몽의 행동은 그런 〈내면〉의 표현이기보다는 〈외부〉로 부터 주어진 속성(신성성)의 실현으로만 드러난다. 이처럼 〈주체적 내면〉을 지니지 못할 경우 인물은 외부세계의 원리에 종속되며 그의 성격은 외부세계의 역동적 반영인 플롯의 기능요소가 된다. 반대로 말하면 환경과 맞서는 주체적 내면을 갖는 순간 인물은 외부 세계의 원리에서 해방되며 플롯의 기능요소로부터 독립하게 된다. 우리는 뒤에서 이 과정을 고소설에서 근대소설로 나아가는 전개를 통해 살펴볼 것이다.

환경의 지배원리에 종속된 인물은 환경(세계)의 운동을 보여주는 플롯을 위해 그의 〈주어진 성격〉을 〈반드시〉 행동으로 실현해야 한다. 왜냐하면 인물의 성격은 환경의 운동(플롯)을 추동하는 원리에 종속된 요소이기 때문이다. 가령 동명왕 신화에서 주인공 주몽은 그의 신성성의 특성을 반드시 행동[19]으로 실현해야 한다. 그래야만 플롯을 통해 신화적 세계(환경)의 운동원리가 드러나는 것이다.

이러한 특성은 신성성이 지상계의 질서와 분열되기 시작한 전설에서도 발견된다. 예컨대 해명전설[20]에서 해명이 죽음의 명령을 받은 것은 천상계(신성성)와 지상계(왕권)의 분열을 암시한다. 그러나 해명이 죽음을 피할 수 있었음에도 스스로 자결한 것은 그가 주체적으로 행동을 선택할 수 있는 〈내면〉을 갖지 못한 인물임을 보여준다. 해명의 자결은 그가 자신에게 주어진 비범성(신성성)을 행동으로 실현할 수밖에 없는 〈운명〉을 지님을 시사한다. 이런 그의 죽음은 천상계와 지상계가 분열되었지만 인물과 환경은 여전히 신성성의 원리에 지배됨을 나타낸다. 해명의 비극은 신성성에 속박됨으로써 천상계와 지상계의 분열을 의지적으로(주체적으로) 피할 수 없는 운명에서 생겨난 것이다. 이처럼 해명이 비범성을 행동으로 옮길 수밖에 없다는 점에서 그의 성격은 전설의 비극적 세계를 보여주는 플롯에 기능적으로 종속되어 있다.

신화 및 전설과는 달리 민담의 주인공은 천상계의 원리에 종속되어 있지는 않다. 그러나 민담의 주인공 역시 그의 특성(성격)을 행동(혹은 사건)으로 실현함으로써 설화적 세계를 보여주는 플롯에 종속된다. 예컨대 서동 이야기에서 서동의 지혜는 그가 신성한 주인공처럼 위대한 성취를 얻는 결정적 요인이 된다. 〈미천한〉 서동이 〈신성한〉 주인공 같은 행운(성취)을 얻는 점에서 민담은 전설처럼 천상계와 지상계가 분열된 시대의 이야기이다. 하지만 서동의 특성(지혜)이 행동으로 옮겨져 성취를 이루는 과정(플롯)은 여전히 천상계의 초월적 원리에 의존하고 있다. 여기서 서동의 성격은 민중적 영웅이 초월적 성취를 이루는 (민담의) 세계를 보여주는 플롯에 종속되어 있다.

주인공의 성격이 세계(환경)의 운동을 보여주는 플롯에 종속되는 예는 고소설(특히 영웅소설)에까지 지속된다. 영웅소설은 세계를 신성성 대신

---

19) 혹은 사건으로 나타날 수도 있다.

20) 앞의 제1장 2절 (2) 신화, 설화와 구연서사 참조.

인간적 관점(유교이념)으로 해석함으로써 천상계와 지상계의 분열을 해소한다. 천상계는 아주 사라지지는 않지만 삶의 원리를 제공하는 대신 저편 세계로 물러난다. 따라서 천상계-지상계 대신에 유교적 理-氣의 개념이 영웅소설의 〈환경〉으로 설정된다.

영웅소설의 비범한 주인공은 氣의 세계에 대해 〈초월적 인물〉로 나타난다. 그러나 그의 비범성은 신성성으로 해석되는 대신 理(유교이념)를 실현하기 위한 필요조건으로 이해된다. 이점에서 영웅주인공은 유교적 환경(氣←理)을 지배하는 이념(理)에 원리적으로 종속된 〈보편적 인물〉이다. 이처럼 환경을 지배하는 이념(理)에 예속됨으로써 영웅소설의 주인공은 설화의 주인공처럼 환경의 운동(理→氣→理)을 보여주는 플롯에 기능적으로 종속된다. 또한 영웅주인공은 세계의 운동(理→氣→理)을 제시하기 위해 그의 〈성격(理)〉을 〈반드시〉 행동으로 실현해야 하는 위치에 놓이게 된다. 왜냐하면 理→氣→理로 나타나는 〈세계(환경)의 운동(플롯)〉은 〈인물(理)과 환경(氣←理)의 상호작용(플롯)〉을 통해 형상화되기 때문이다.

예컨대 『조웅전』에서 조웅은 그의 성격(忠)을 반드시 행동으로 옮겨야 할 위치에 놓여 있다. 2절에서 인용한 조웅에 대한 서술과 대화는 그의 일생에 대한 삶의 방향을 암시한다. 즉, 조웅의 성격으로 규정된 충효는 그 삶의 운명인 동시에 그가 살고 있는 세계(氣←理)의 움직임(플롯)을 규정하는 원리(理)인 것이다.

영웅주인공이 이처럼 환경을 지배하는 원리(理)에 〈외재적으로〉 종속된다는 것은 그가 자신의 주체적 〈내면〉을 지니지 못함을 뜻한다. 물론 영웅소설에서도 이따금씩 인물들의 내면심리가 제시된다. 그러나 이 경우에도 빈번히 유교이념에 종속된 화자의 〈수사학(담론)〉에 지배된다. 그 화자의 관념적 수사학에서 벗어나 인물이 자신의 주체적 〈내면공간〉을 얻는 순간 인물은 〈외부환경〉의 지배원리에서도 해방된다. 또한 인물은 환경의 지배원리(신성성이나 理)를 보여주는 플롯에 〈종속되는〉 대신 주체적으로 환경에 〈맞서는〉 플롯을 만들어낸다. 이처럼

〈주체적 내면공간〉을 획득함으로써 인물이 플롯으로부터 독립하는 과정은 전근대적 서사에서 근대적 서사로 나아가는 전개에 상응한다. 이제 근대소설의 인물이 주체적 내면세계를 확립하는 과정을 살펴보자.

(2) 근대소설 인물의 주체적 내면의 발전과정

근대소설의 인물은 고소설의 형이상학적(유교적) 수사학에서 벗어나 근대적 〈사회학〉과 〈심리학〉에 연관됨으로써 나타난다. 그 두 가지 측면(사회학과 심리학)은 불가분의 관계로 연결되면서 근대소설 인물의 성격을 형성한다. 물론 이제까지는 인물에 대한 사회학적 설명이 우세했으나 우리는 심리학적 측면 역시 그에 못지 않게 중요함을 밝힐 것이다.

근대소설의 인물이 사회학적 성격을 갖게 되는 것은 그가 놓인 환경이 사회학적으로 이해됨에 기인한다. 영웅소설의 인물은 형이상학적 원환(동일성)을 이루고 있는 환경에 둘러싸여 있었다. 즉, 영웅소설의 인물은 관념적 화해의 논리(理)로써 현실(氣)의 모순을 해소하는 환경 속에 존재했다. 그 형이상학적 원환의 세계(환경)에서 관념적 논리(理)를 걷어내고 현실(氣) 자체의 모순을 드러낸 것이 근대적 〈사회학〉이라고 할 수 있다. 이처럼 현실 자체의 모순과 차이를 드러내는 환경을 설정하게 되면, 인물과 환경의 관계 역시 판이하게 달라진다. 관념적 화해(동일성)의 원리(理)로 된 환경에 놓인 영웅소설의 인물은 그 화해(태평성대)가 일시적으로 깨졌다 다시 회복되는 원리를 보여주는 기능을 한다. 반면에 현실적 모순(차이)을 드러낸 환경에 놓인 근대소설의 주인공은 그 모순과 대립함으로써 현실의 발전 과정을 보여준다.

영웅소설의 주인공은 관념적 동일성(태평성대)의 현실이 다시 동일성의 상태로 회귀하는 과정을 나타낸다. 반면에 근대소설의 주인공은 현실의 모순(차이)과 대면함으로써 현실의 〈사회학적〉 발전의 전개를 드러낸다. 그런데 이처럼 인물이 사회학적 성격을 갖게 된 것은 그가 〈외부〉 현실의 모순(차이)에 대립하는 자신의 〈내면〉을 지니게 되었음을 뜻한다. 인물의 〈심리학적〉 발전 과정이 중요한 것은 그것이 〈사회학적인〉 근대적 주인공의 〈주체적 내면〉을 드러내는 과정이기 때문이다.

근대적 인물의 〈사회학적〉, 〈심리학적〉 특성은 이미 판소리계 소설에서부터 나타난다. 예컨대 『조웅전』과 구별되는 『춘향전』의 인물의 특성은 바로 그 두 가지 측면에 연관되어 있다. 다음의 예문들은 영웅소설에서 판소리계 소설로의 인물의 〈사회학적 · 심리학적〉 발전 양상을 보여준다.

『조웅전』에서 조웅을 둘러싼 환경은 양반사회의 환경이다. 양반사회의 환경에서 조웅이 경험하는 갈등은 선량한 氣(충신)와 열악한 氣(간신) 사이의 대립이다. 이러한 갈등은 氣를 지배하는 理(유교이념)에 의해 필연적으로 해소(태평성대)된다. 조웅은 그런 세계(환경)의 자기회귀적 운동(플롯)을 보여주는 하나의 기능적 요소로 나타난다. 이는 전술했듯이 조웅이 환경(氣)을 지배하는 원리(理)에 종속되어 있기 때문이다. 또한 같은 이유로 『조웅전』의 주요 인물들은 내면심리를 갖는 경우에도 그 원리(理)에 속박된 화자의 수사학(담론)에 종속된다.

> "이갓치 간절ᄒ오이 엇지 발이오며, ᄯᅩᄒᆞ 조흔 인연을 발이오잇가? 위왕녀즈를 첩이 쳔이 보와 졍ᄒ올이다."ᄒ고, 흔연이 일려나 시비를 달리고 위국 궁즁의 들어가 두 공쥬를 보이 화려흠과 덕힝이 ᄉ남의 지나ᄂᆞᆫ지라. 진지 요죠슉여(窈窕淑女)비라. ᄯᅩᄒᆞ 츙효지긔(忠孝之氣)가 얼골의 낫타나마 니렴(內念)의 칭춘ᄒ고 도라와 두 부인계 그 용모 지덕룰 못너 치ᄒᆞᄒ며, ᄯᅩ 원슈계 치ᄒᆞᄒ여 왈,
> "요조슉녀ᄂᆞᆫ 군즈의 호구(好逑)라. 이ᄂᆞᆫ 원슈 비필이오이 엇지 아음답지 아이ᄒᆞ이요."

인용문은 조웅의 부인 장씨(장소저)가 위왕의 딸을 만나보고 조웅에게 혼인을 권하는 대목이다. 장씨의 말 뒤에 이어지는 화자의 서술에는 위왕의 딸을 만났을 때의 장씨의 내면심리(內念)가 나타나 있다. 그러

나 그녀의 내념(내면심리)은 유교이념에 속박된 화자의 관념적인 담론(수사학)에 지배되어 자신의 독립된 내면공간을 얻지 못하고 있다. 장씨의 개인의 감정(情)을 드러내지 않고 위왕의 딸을 칭찬하는 미덕(性)을 보인 것은 이 때문이다. 이는 『조웅전』의 주요 인물들이 환경을 지배하는 양반사회의 (관념적) 이념(理)에 예속되어 있음을 뜻한다.

이에 반해 『춘향전』에서 춘향을 둘러싼 환경은 양반과 기생의 신분 〈차이(모순)〉를 드러내는 환경이다. 신분사회에서 춘향이 경험하는 갈등은 기생과 양반 사이의 〈사회적〉 모순이다. 물론 이 소설은 그 모순조차도 유교이념(열)에 의해 은폐(태평성대의 동일성)되도록 짜여져 있다. 그러나 실제로는 신분적 차이는 보수적인 환경(氣)을 지배하는 理(유교이념)에 의해 해소될 수 없는 것으로 나타난다. 이는 이 소설의 환경이 단지 형이상학적(관념적) 유교이념에만 지배되지 않고 얼마간 〈사회학적〉으로 규정되기 때문이다. 춘향은 신분적 차이를 드러내는 사회학적 환경에 대면함으로써 그 차이가 보수적 규범으로 해소될 수 없음을 보여준다. 그대신 춘향은 신분적 차이를 극복할 수 있는 새로운 규범을 주장함으로써 환경의 〈사회학적 발전〉을 암시한다. 또한 그를 위해 기존의 규범에 지배되는 환경에 맞섬으로써 자신의 〈독자적인 내면〉을 갖게 된다. 물론 『춘향전』에도 주요인물의 내면심리는 제대로 드러나지 않는다.[21] 그러나 춘향은 영웅소설의 주인공과는 달리 외재적 이념(性)에 속박되지 않은 내면적 감정(情)을 드러낸다.

잇 띠 춘향이 추파(秋波)을 잠간 들어 이 도령을 살펴보니 금셰의 호걸(豪傑)리요, 진(眞) 셰간(世間) 기 남자(奇男子)라. 천정(天庭)니 놉파스니 소년 공명(少年功名) 할 거시요, 오악(五嶽)이 조귀(朝歸)하니 보국(輔國) 충신(忠臣) 될 거시미 마음의 흠모(欽慕)하야 이미(蛾眉)을 수기고 업실단 좌 쏜이로다.

---

21) 이는 판소리계 소설이 공연 예술인 판소리에서 유래되었기 때문이기도 할 것이다.

위에서 춘향이 이도령에 대해 흠모하는 마음을 갖게 된 것은 표면으로는 유교이념의 권위에 종속된 것처럼 보인다. 그러나 춘향은 이도령을 만나기 전에 (이도령이) 그녀를 〈기생〉이라 부른 것이 아니라 글을 잘해서 청한 것임을 확인한다.[22] 즉, 춘향의 감정은 실제로는 자신의 신분을 유교적 권위에 종속시킨 결과가 아닌 셈이다. 춘향은 신분사회의 허위적 동일성(신분질서)에 예속되는 대신에 그 차이(신분적 차이)를 넘어서려는 소망 속에서 사랑의 감정을 싹틔운 것이다. 즉, 춘향은 이도령과 자신의 신분적 〈차이〉를 인식하면서도[23] 내면으로는 그것을 넘어선 사랑을 소망한다. 따라서 예문에서 춘향의 흠모하는 마음은 외재적 이념(性)에 속박된 심리가 아니라 내면으로부터 나온 감정(情)임을 알 수 있다. 앞의 『조웅전』에서 장씨부인의 내념이 외재적인 유교적 미덕(性)의 발현이라면 『춘향전』의 춘향의 감정(情)은 주체적인 내면을 지님으로써 나타나고 있다.[24]

요컨대 『조웅전』의 주요인물들은 유교이념에 지배되는 〈자기회귀적 운동의 세계(환경)〉에 놓임으로써 그 운동(플롯)을 보여주는 기능적인 한 요소가 된다. 반면에 『춘향전』의 춘향은 〈사회학적〉으로 해석되는 (신분적) 차이의 환경(세계)에 대면함으로써 그 차이(모순)를 넘어서야 될 필연성을 얻게 된다. 사회학적(신분적) 차이는 (외재적) 유교이념에 의해 해소될 수 없으며 따라서 〈외재적〉 규범(유교이념)에 지배

---

22) 『춘향전(열녀춘향수절가)』, 이가원 주석(정음사, 1982), 57~59면.

23) 위의 책, 64면. 춘향은 여기서 백년가약을 맺자는 이도령의 말에 그녀와 이도령의 신분적 차이를 환기시킨다.

24) 性情論에서의 性과 情은 서구의 이성／감정의 대립적 개념과는 달리 별도로 분리될 수 있는 것이 아니다. 그러나 본연지성에 충실한 情과 기질지성에 따르는 情은 구분될 수 있다. 『춘향전』 역시 근본적으로는 유교이념의 틀에 묶여 있으므로 본연지성의 발현으로서의 情을 그리게 된다. 그러나 氣를 중시하는 세계관(主氣論)으로 인해 그 性의 발현으로서의 情은 빈번히 기질지성으로 넘쳐 흐르게 되며 마침내는 이념적 속박보다는 情 자체를 중시하는 데까지 나아간다. 여기에서 외재적 이념보다는 주체적 내면에 근거한 情이 나타나기 시작한다. 나병철, 『한국문학의 근대성과 탈근대성』, 앞의 책, 132~40면 참조.

되는 인물과 상호작용할 수 없게 된다. 그와 달리 〈사회학적(신분적)〉
차이가 운동(플롯)하려면 반드시 그 차이의 모순에 대립하는 주체(인
물)의 〈내면〉을 요구한다. 물론 『춘향전』의 춘향은 신분적 차이를 넘
어서기 위해 그 차이(모순)의 환경에 정면으로 대립하지는 않는다. 그
대신 춘향은 결코 벗어날 수 없는 〈외재적〉 유교이념(열)을 자신의
〈내면적〉 요구(사랑)를 정당화하는 원리로 재해석한다. 이 유교이념의
〈내면화〉는, 유교이념의 테두리를 벗어나지 않으면서도 신분적 (사회학
적) 차이의 모순을 극복할 수 있는, 근대적 주체의 〈내면〉을 춘향에게
허용한다.

　이처럼 소설의 환경이 〈사회학적〉으로 해석되는 순간, 동일성(유교
이념)의 자기회귀적 운동 대신 〈차이의 운동(역사적 운동)〉을 발생시
키며, 또한 차이에 대립하는 인물의 〈주체적 내면〉을 성립시킨다. 즉,
환경의 〈사회학적〉 해석은 외재적 이념(유교이념)의 수사학(담론)에서
독립하는 인물의 주체적 내면의 〈심리학〉을 가져온다. 물론 『춘향전』
은 표면으로는 여전히 유교이념에 지배되며 인물의 내면심리 역시 화자
의 유교이념의 수사학(담론)에서 벗어나지 못한다. 형식적으로 인물이
화자의 관념적 수사학(담론)에서 벗어나 그 자신의 내면적 표현을 드
러내는 양상은 신소설에 이르러 비로소 나타난다. 예컨대 이인직의 『혈
의 누』(1906)에서는 인물이 자신의 내면심리를 스스로 제시하는 인물
시점의 요소가 발견된다.

　김씨는 혼자 빈집에 잇셔셔 밤시도록 잠들지 못ᄒ고 별싱국이 ᄃᄂᄃ.
북문밧 너른들에 철환 마저 죽은 송장과 죽으려고 숨너머가는 반송장들은
제ᄀ국 제나라를 위ᄒ야 전장에 나와셔 죽은 장수와 군사들이라. 죽어도
제직분이어니와 업쓰러지고 곱들러져셔 봄바람에 셔러진　ᄭᅩᆺ과 갓치 ᄀᄀ곳
마ᄃ 볼에 볼피고 눈에 걸리ᄂ 피란군들은 나라의 운수런가, 제팔ᄌ 긔박
ᄒ야 평양빅셩되얏던가. 땅도 죠션땅이오 사람도 죠션사람이라 시우싸흠에
고리등 터지드시 우리나라 사람들이 남의 나라 싸흠에 이럿케 참혹ᄒ 일을

124

당ᄒᆞᆫ가. 우리 마누라ᄂᆞᆫ 터문밧게 ᄒᆞᆫ거름 나가보지 못ᄒᆞ던 사ᄅᆞᆷ이오, 내 ᄯᆞᆯ은 일곱살된 어린아ᄒᆡ라 어딘셔 볼펴죽엇ᄂᆞᆫ가 …(중략)…

우리 니외 금슬이 유명이 죠튼 사ᄅᆞᆷ이오, 옥년이를 남달으게 귀이ᄒᆞ던 ᄌᆞ정이라 그러ᄒᆞ누, 셰상에 뜻이 잇ᄂᆞᆫ 남ᄌᆞ 되야 쳐ᄌᆞ만 구구히 싱ᄀᆞᆨᄒᆞ면 누라의 큰일을 못ᄒᆞᄂᆞᆫ지라. ᄂᆞᄂᆞᆫ 이 길로 쳔하 ᄀᆞᆨ국을 단이면셔 남의 누라 구경도 ᄒᆞ고 니 공부 잘ᄒᆞᆫ 후에 니 누라 ᄉᆞ업을 ᄒᆞᆯ이라 ᄒᆞ고 밝기를 기다려셔 평양을 쪄나가니 그 볼셀 가ᄂᆞᆫ 티ᄂᆞᆫ 만리타국이라.

인용문은 청일전쟁으로 가족들을 잃어버린 김관일(옥련의 부친)의 내면의식(일종의 내적 독백[25])을 제시하고 있다. 위에서 김관일은 화자의 담론에서 독립해 자신의 시점('나')으로 내면의 생각을 말하고 있다(인물시점). 이러한 인물의 화자로부터의 독립은 특히 『혈의 누』의 전반부에 빈번히 나타난다. 이 부분에서의 주체적 〈내면('나')〉의 독립은 인물이 대면하는 환경이 〈사회적〉 모순을 내포한 점에 상응한다.

앞에서 밝혔듯이 사회적 모순의 환경에 놓인 인물들은 그 모순에 맞서는 주체적 내면공간을 갖게 된다. 위에서 김관일은 '우리나라 사람들이 남의 나라 싸흠에 이럿케 참혹ᄒᆞᆫ 일을 당ᄒᆞᄂᆞᆫ가'하고 현실의 모순을 한탄한다. 이처럼 개인의 불행이 사회현실의 모순에서 비롯되었다는 (사회학적) 인식은 인물이 환경에 맞서는 (심리학적) 주체적 내면을 갖게 한다. 그러나 김관일의 독백의 후반부에도 나타났듯이 그 모순을 외국 문명의 수용으로 해결하려는 개화사상에 의해 주체적 〈내면〉은 다시 〈외재적〉 관념에 결박당한다. 김관일의 내적 독백이 완전히 독립된 내면심리이기보다는 화자의 수사학(담론)이 틈입한 관념적 목소리로 들려오는 것도 이와 연관이 있다. 『혈의 누』는 환경의 모순(차이)에 대립하는 인물의 내면을 그리는 데 성공했지만 그 모순(차이)을 외국문명이라는 관념적 심급(동일성)으로 해소시킴으로써 인물의 (주체

---

25) 형식적으로는 내적 독백이지만 화자의 관념적 담론과 혼합되어 있어 모더니즘의 내적 독백과는 구분된다.

적) 내면은 또다시 외재적 관념의 수사학에 예속된 것이다. 이점에 관한 한 『혈의 누』는 외재적 이념의 내면화를 성취한 『춘향전』보다 더 진전된 모습을 보이지 못한다.

『혈의 누』와는 달리 화자의 관념적 수사학(담론)에서 독립한 인물의 자율적인 (주체적) 내면의식은 이광수의 『무정』(1917)에서 나타난다. 『무정』은 이형식의 방황하는 심리상태를 통해 근대적 지식인의 자율적인 내면공간을 보여준다. 이형식은 거의 마지막까지 영채와 선형 사이에서 흔들리는 내면심리를 드러낸다.

> 대체 자기는 누구를 사랑하는가. 선형인가, 영채인가, 영채를 대하면 영채를 사랑하는 것 같고, 선형을 대하면 선형을 사랑하는 것 같다. 아까 남대문에서 차를 탈 때까지는 자기는 오직 선형에게 몸과 마음을 다 바친 듯하더니, 지금 또 영채를 보매, 선형은 둘째가 되고 영채가 자기의 사랑의 대상인 듯도 하다. …(중략)…
>
> 자기가 선형을 사랑하는 것도 결코 뿌리 깊은 사랑이 아니다. 자기는 선형의 얼굴이 어여쁜 것과 태도가 얌전한 것과 학교에서 우등한 것과 부자요 양반의 집 딸인 것 밖에 아무 것도 선형에 관하여 아는 것이 없다. 나는 아직도 —— 약혼한 지금까지 선형의 성격을 알지 못한다.
>
> 물론 선형도 자기의 성격을 알지 못한다. 서로 이해함이 없이 참사랑이 성립될 수 있을까? 내 영혼은 과연 선형을 요구하고, 선형의 영혼은 과연 나를 요구하는가?

위에서 형식의 내면심리는 화자의 수사학과 혼합된 김관일의 내적 독백과는 달리 자신의 독립적인 목소리를 얻고 있다. 이는 형식이 진정한 근대인의 자율적 내면공간을 지니고 있음을 뜻한다. 형식의 동요하는 심리는 그가 나약하기 때문이기도 하지만 또한 모든 외적인 관념에서 독립한 때문이기도 한 것이다. 그러나 형식의 내면은 심리적 고민의 해결을 모색하는 과정에서 『혈의 누』에서처럼 화자-작가의 관념적 개화사상에 종속되고 만다.

나는 선형을 어리고 자각 없는 어린애라 하였다.

그러나 이제 보니 선형이나 자기나 다 같은 어린애다. 조상 적부터 전하여 오는 사랑의 계통은 다 잃어버리고 혼돈한 외국 사상 속에서 아직 자기네에게 적당하다고 생각하는 바를 택할 줄 몰라서 어쩔 줄을 모르고 방황하는 오라비와 누이 —— 생활의 표준도 서지 못하고 민족의 이상도 서지 못한, 세상에 인도하는 자도 없이 내어던짐이 된 오라비와 누이 —— 이것이 자기와 선형의 모양인 듯하였다.

그리고 형식은 다시 눈을 떠서 선형을 보매 선형은 잠이 들었는지 입을 반쯤 열고 가슴이 들먹들먹한다.

형식은 참지 못하여 무릎 위에 힘없이 놓인 선형의 손에 입을 대었다. 형식의 생각에 선형은 자기의 아내라고 하는 것보다 같이 손을 끌고 길을 찾아가는 부모 잃은 누이라는 생각이 난다.

옳다, 그러므로 우리들은 배우러 간다. 네나 내나 다 어린애이므로 멀리 멀리 문명한 나라로 배우러 간다. …(중략)…

형식의 생각에 자기와 선형과 또 병욱과 영채와 그 밖에 누군지 모르나 잘 배우려 하는 사람 몇 십명 몇 백명이 조선에 돌아오면 조선은 하루 이틀 동안에 갑자기 새조선이 될 듯이 생각된다.

인용문은 형식의 내면의식이 화자-작가의 개화사상에 종속되는 과정을 보여준다. 이에 따라 형식의 독립적인 내면적 목소리는 화자의 관념적 목소리에 통합되어 사라지고 만다. 형식은 보다 굳건한 신념(문명개화)을 갖게 되지만 그 대가로서 독립된 내면공간과 심리학적 현실성을 잃고 만다. 『혈의 누』처럼 『무정』에서도 환경의 현실적 모순(차이)을 드러내는 〈사회학〉이 사라짐에 따라 주인공의 내면을 보여주는 〈심리학〉도 소멸된다.

소설의 환경을 보다 온전하게 사회학적으로 해석한 소설들은 1920년대에 이르러 나타난다. 예컨대 염상섭의 「만세전」(1924)이나 현진건의 「운수 좋은 날」(1924)은 외재적 관념에 의해 해소될 수 없는 사회적 모순의 환경에 직면한 인물들의 모습을 보여준다. 이 소설의 인물들은 자기 스스로 감당해야 하는 〈사회현실(환경)〉의 모순에 부딪힘으로써 그 모순에 반응하는 독립된 〈내면심리〉를 드러낸다.

「만세전」의 주인공 이인화는 아내의 위독전보를 받고 조선으로 귀국해 여행하는 동안 현실의 충격적인 참상을 목격한다. 이인화는 식민지 모순으로 인한 비참한 현실을 경험하며 어떤 외부로의 출구도 발견할 수 없는 묘지와 같은 현실을 한탄한다. 그가 〈혼자서〉 속으로 〈묘지〉를 외칠 수밖에 없는 것은 아무런 삶의 출구도 존재하지 않는 현실에서 스스로 그 모순을 감당할 수밖에 없음을 뜻한다.

> '이게 산다는 꼴인가? 모두 뒈져버려라.'
> 찻간 안으로 들어오며 나는 〈혼자〉 속으로 외쳤다.
> '무덤이다! 구더기가 끓는 무덤이다!'
> 나는 모자를 벗어서 앉았던 자리 위에 던지고 난로 앞으로 가서 몸을 녹이며 섰었다. 난로는 꽤 달았다. 뱀의 혀 같은 빨간 불길이 난로 문 틈으로 날름날름 먼지로 흐릿하면서도 쌀쌀하다. 우중충한 남포불은 웅크리고 자는 사람들의 머리 위를 지키는 것 같으나 묵직하고도 고요한 압력(壓力)으로 지그시 내리누르는 것 같다. 나는 한번 휘 둘려다보며,
> '공동묘지다! 공동묘지 속에서 살면서 죽어서 공동묘지에 갈까봐 애가 말라하는 갸륵한 백성들이다!'
> 하고 〈혼자〉 코웃음을 쳤다.[26]

이인화의 모멸감은 『무정』의 이형식과는 달리 현실모순을 해결할 어떤 외부의 출구도 존재하지 않음을 암시한다. 이처럼 외재적 관념에 의존(이형식의 경우)하는 대신 현실 자체에서 사회적 모순과 대면하는 점에서, 이인화의 독백은 본격적인 근대인의 내면을 보여준다. 하지만 그는 그런 냉엄한 현실인식을 얻는 대가로 자기 자신의 내부에 또다른 권위적 내면공간을 만들게 된다. 동경 유학생인 그는 엘리트 지식인의

---

26) 〈 〉 인용자.

인식중심주의로 인해, 자신의 인식에 못미치는 조선의 민중들이 그의 내면공간에 들어오는 것을 배제하는 것이다. 그는 〈외부〉의 추상적 관념(개화사상 등)으로부터 해방되었지만, 그대신 〈내부〉에 공고한 인식의 성을 쌓아 자기 스스로 폐쇄되고 있다. 이인화가 무지한 민중들을 폄하하는 것은 바로 그로 인한 것이다. 그는 자신과 말상대가 되지 않는 조선 민중들과 스스로 단절되며 기껏해야 일본인 카페여급 정자(시즈꼬)를 내면의 대화의 상대로 삼을 뿐이다.

「만세전」의 이인화와 정반대에 위치한 인물은 「운수 좋은 날」(현진건)의 김첨지라고 할 수 있다. 무지한 인력거꾼인 김첨지는 자기 스스로 현실의 모순을 올바로 인식할 수 없는 인물이다. 그는 오히려 자신의 불행을 팔자소관으로 돌리는 전근대적 의식을 지니고 있다. 그러나 그는 누구보다도 성실하고 진지하게 〈현실〉의 삶을 살아가고 있다(「만세전」의 이인화의 현실적 경험은 여행 중의 관찰을 통해 이루어진다). 그리고 김첨지는 비록 전근대적 의식을 지니고 있지만 그가 진지하게 경험하는 현실은 전근대적인(외재적인) 관념에 의한 출구를 폐쇄하고 있다. 운명론과 공동체적 관념이 해체된 현실에서 김첨지는 스스로 〈혼자서〉 현실의 모순을 감당해야 하는 위치에 놓여 있는 것이다. 그가 현실의 불행을 (의식적으로) 〈외재적〉 관념('운수')의 탈출구로 해소시키려 함에도 불구하고 자신도 모르게 현실모순에 대응하는 〈내면〉을 지니게 되는 것은 이 때문이다. 즉, 김첨지는 의식적으로는 그의 불행을 체념하지만 〈무의식적〉으로는 알 수 없는 현실모순에 분노하지 않을 수 없는 것이다.

　　노동으로 하여 흐른 땀이 식어지자 굶주린 창자에서, 물 흐르는 옷에서 어슬어슬 한기가 솟아나기 비롯하매 일 원 오십 전이란 돈이 얼마나 괜찮고 괴로운 것인 것인 줄 절절히 느끼었다. 정거장을 떠나는 그의 발길은 힘 하나 없었다. 온몸이 옹송그려지며 당장 그 자리에 엎어져 못 일어날 것 같았다.

"젠장 맞을 것! 이 비를 맞으며 빈 인력거를 털털거리고 돌아를 간담. 이런 빌어먹을, 제 할미를 붙을 비가 왜 남의 상판을 딱딱 때려!"

그는 몹시 화증을 내며 누구에게 반항이나 하는 듯이 게걸거렸다.

…(중략)…

"여보게 돈 떨어졌네, 왜 돈을 막 끼얹나."

이런 말을 하며 일변 돈을 줍는다. 김첨지는 취한 중에도 돈의 거처를 살피는 듯이 눈을 크게 떠서 땅을 내려다보다가 불시에 제 하는 짓이 너무 더럽다는 듯이 고개를 소스라치자 더욱 성을 내며,

"봐라, 봐! 이 더러운 놈들아, 내가 돈이 없나, 다리뼉다구를 꺽어 놓을 놈들 같으니."

하고 치삼의 주워 주는 돈을 받아,

"이 원수엣 돈! 이 육시를 할 돈!"

하면서 팔매질을 친다. 벽에 맞아 떨어진 돈은 다시 술 끓이는 양푼에 떨어지며 정당한 매를 맞는다는 듯이 쨍하고 울었다.

인용문에서 돈에 대한 김첨지의 아이러닉한 심리는 실상 돈이 지배하는 모순된 현실에 대한 그의 무의식적 반응인 셈이다. 의식적인 차원에서 전근대적 관념에 지배되고 있는 김첨지는 현실모순의 실상을 제대로 파악하지 못한다. 그러나 이따금씩 그의 무의식 속에서 일어나는 현실모순에 대한 울분은 그의 운명론적 관념의 폐쇄를 뒤엎고 표면으로 흘러 나온다. 김첨지 자신도 잘 알지 못하는 이 무의식적 심리는 실상 〈외부현실〉에 진지하게 대면하고 있는 김첨지의 〈내면〉인 셈이다.

위에서 인식능력이 부족한 김첨지는, 화자에게 어법적으로 종속되어 자신의 독자적인 시점(그리고 언어)으로 내면을 드러내지 못한다. 그럼에도 〈사회〉현실의 모순에 진지하게 대응하는 김첨지는 무의식적 내면을 지닌 독립적인 〈심리학적〉 주체로 그려진다. 그가 전근대적 의식을 지녔으면서도 전근대적 서사물의 인물과는 달리, 플롯에 종속되지 않는 〈독립적인 내면〉의 인물로 나타나는 것도 같은 이유에서이다.

「운수 좋은 날」의 최대의 성과는 이처럼 〈현실〉과 반응하는 〈주체

〈인물〉〉의 〈무의식적 내면〉의 발견에 있을 것이다. 〈무의식〉이란 단지 알 수 없는 심연이 아니라 진정으로 〈주체〉가 〈현실〉과 반응하는 〈내면적 공간〉이다. 자기중심적 주체가 폐쇄된 내면을 지닌 반면 무의식적 주체는 끊임없이 현실과 반응함으로써 그 폐쇄된 내면을 전복시킨다. 이처럼 자기 폐쇄적인 내면을 전복시키는 점에서 〈무의식적 주체〉는 타자와 상호작용하는 〈타자성〉의 주체이기도 하다.

타자성을 지닌 무의식적 주체를 통해 현실성을 얻고 있는 대표적인 소설은 염상섭의 『삼대』(1931)이다. 『삼대』의 주인공 조덕기는 점진적인 방법으로 사회가 개선되어야 한다는 신념을 갖고 있다. 그는 자신의 생각을 실천하기 위해 돈과 지식에 의존한 화해와 사랑을 추구한다. 하지만 그는 그의 신념이 끊임없이 틈입하는 타자의 말들에 의해 스스로 전복됨을 경험한다.[27]

그걸 생각하면 원삼이가 조상이 급합니까? 돈이 긴하죠! 하던 말이 옳기는 옳다. 필순이 부친이 죽은 뒤의 일을 부탁하는 것도 결국 돈 부탁이었을 것이다. …(중략)…

'아버지의 홍경애에 대한 경우도 그랬을 거라. 돈 없는 아버지였더라면 아버지보다 먼저 부탁을 받을 동지도 많았을 것이 아닌가. 아버지 경우나 내 경우나 돈 있는 집 자손이라는 공통된 일점에 똑같은 처지를 당하였을 뿐이지 무슨 숙명적 암합(暗合)이 있을 리가 있나. 그리고 아버지께서는 아버지답게 그 부탁을 이행하였을 따름이요, 나는 내 성격과 내 사상 내 감정대로 이행해가면 그만 아닌가?……'

덕기는 필순이가 '제이 경애'라고 한 모친의 말을 또 한번 힘있게 부인해 보는 것이다.

'그러나 돈이란 뭐냐? 돈은 어디서 나온 거냐?……'

그는 필순이 부친이 아내나 딸을 자기의 돈에게 부탁한 것이지 돈 없는 덕기였더라면 하필 덕기에게 부탁하였으랴 하는 생각을 할수록, 마치 돈을 시기하고 질투하듯이 반문을 하여 보는 것이다.

---

27) 나병철, 『한국문학의 근대성과 탈근대성』, 앞의 책, 86~88면, 343~45면.

조덕기는 사회주의자의 딸인 필순을 도와주러 가는 길에 여러 타자의 말들에 붙들리게 된다. 그는 부친상을 당한 필순을 돕는 것이 양심과 인륜에 근거한 그의 신념의 실천이라고 생각했다. 그러나 그의 신념은 돈의 논리를 말하는 원삼의 말에 의해 흔들리게 된다. 자신의 인륜의 실천은 결국 돈 있는 부르주아의 선심에 불과한 것으로 스스로 회의되는 것이다. 더욱이 그 선심이 결국 부친 조상훈의 위선과 똑같은 것이라는 또다른 타자의 말이 그를 괴롭힌다. 조상훈은 독립운동가의 딸인 홍경애를 도와준답시고 그녀를 첩으로 만들었었다. 조덕기의 선심을 조상훈의 재연이라고 꼬집는 모친의 '제이 경애'라는 말은 그의 신념을 밑에서부터 뒤흔든다. 아마 그 밖에도 부르주아의 속성을 말하던 김병화와 다른 사람의 말들 역시 조덕기의 내면에 침투했을 것이다. 조덕기는 그 타자의 말들을 힘있게 밀쳐내지만 이번에는 결코 부인할 수 없는 (보다 근본적인) 돈의 논리라는 타자(원삼 등)의 말이 또다시 심중에 파고 든다.[28]

조덕기의 신념을 전복시키는 이 타자의 말들은 그의 신념을 와해시킴으로써 보다 진실하게 현실과 접촉할 수 있는 내면공간을 만들어낸다. 타자의 말들과 대면함으로써 조덕기는 그의 신념에 의존하는 관념의 공간에서 벗어나 진정으로 현실과 만나는 장에 들어서는 것이다. 그 타자의 말과 만나는 현실의 장은 그 자신도 모르고 있던 자기 자신의 내면, 바로 그의 무의식의 공간이라고 할 수 있다. 조덕기는 자신도 모르게 무의식 속에서 〈타자〉들과 대면함으로써 그의 불완전한 의식적 신념을 전복시키고 현실과 만나고 있는 것이다. 〈무의식적 주체〉가 〈타자성의 주체〉라는 것은 이런 의미에서이다.

타자성을 지닌 무의식은 의식적 주체의 불완전함을 드러내고 진정한

---

28) 이 소설(개작본)의 결말은 그 타자의 말에 대한 대답을 일단 덮어두는 것으로 끝난다. 그리고 고생하는 사람들은 당연히 보답을 받아야 한다는 생각으로 결말을 맺고 있다. 그러나 그런 모호한 결말보다는 조덕기의 신념이 전복됨으로써 드러나는 현실성이 더 설득력을 지닌다.

현실성을 제공한다. 의식적 주체가 〈완전함(동일성)〉을 가정하는 한, 그 주체(인물)는 현실을 〈관념〉적으로 이해할 뿐이다. 그와 달리 자신의 의식의 불완전함을 깨닫는 순간 타자를 받아들이고 내면 속에서 현실과 만나게 된다. 여기서 다시 우리는 사회학적 현실성과 심리학적 내면성의 연관을 확인하게 된다. 『삼대』는 소설의 환경을 사회학적으로 현실성있게 설정함으로써, 그에 진지하게 대응하는 주인공(조덕기)이 자신의 신념을 전복시키면서까지 현실(그리고 타자)과 연관된 무의식적 내면을 드러내게 된다.

그런데 한 가지 더 주목되는 것은 조덕기 같은 무의식을 지닌 인물과 인물의 유형론과의 관계이다. 만일 우리가 조덕기의 성격을 그의 신념(점진주의, 동정자, 지식, 사랑, 돈의 특성)으로 환원시킨다면 그는 상대적으로 〈단순한〉 인물에 그칠 것이다. 그러나 그의 성격에 그 자신도 잘 알지 못하는 또다른 자아(즉, 타자성의 무의식)까지 포함시킨다면 그는 미결정적인 성격을 지닌 〈복합적〉 인물이 될 것이다. 완결된 의식을 끊임없이 전복시키는 타자성의 무의식적 주체는 이런 점에서 평면적(단순한) 인물과 구별되는 복합적(다면적, 입체적) 인물의 한 특성으로 볼 수 있다. 미결정성, 불일치, 개방성[29] 등의 〈복합적 인물〉의 특성은 의식의 완결성을 해체하는 〈타자성〉의 무의식적 주체와 일치하는 것이다. 우리는 이점에 대해 뒤에서 다시 자세히 살펴볼 것이다.

(3) 주어로서의 인물

이제까지 근대소설(근대적 서사물)의 인물이 자신의 주체적 내면을 지님으로써 플롯으로부터 독립하는 과정을 살펴봤다. 근대소설의 인물은 관념적 동일성(화해)으로 회귀하는 형이상학적 환경(영웅소설) 대신 현실의 모순(차이)을 드러내는 〈사회학적〉 환경에 대면함으로써 자신의 〈주체적 내면〉을 갖게 된다. 근대소설의 인물이 주체적 〈내면〉을 지닌다는 것은 〈외재적〉 관념의 속박으로부터 해방됨을 의미한다. 설령

---

29) 채트먼, 『영화와 소설의 서사구조』, 앞의 책, 160면.

아직 외재적 관념에 결박되어 있더라도 근대소설의 주인공은 현실과의 진지한 접촉을 드러내는 무의식을 통해 외재적 관념을 전복시킨다(「운수 좋은 날」의 김첨지). 혹은 자기 자신의 관념에 속박되는 경우라도 현실모순을 드러내는 (사회학적) 환경에 대한 진지한 반응 속에서 무의식적 주체는 그 관념을 스스로 해체한다(『삼대』의 조덕기). 이처럼 인물이 개방된 주체적 내면을 얻는다는 것은 그가 처한 현실적 환경에 역동적으로 상호반응하는 독립된 주체가 됨을 뜻한다.

이러한 근대소설 인물의 〈이야기-인물〉 차원의 특성은, 〈텍스트-인물〉 차원에서는 인물이 자신의 주체적 시점을 지니는 특성과 상응한다. 즉, 근대소설의 인물은 어떤 식으로든지 자신의 주체적 시점을 획득한다. 예컨대 「만세전」이나 『삼대』에서처럼 지적인 인물들(이인화, 조덕기, 김병화)은 〈자신의 관점(관념적 차원)〉을 드러내는 (혹은 전복시키는) 의식과 무의식의 시점을 지니고 있다. 그와 달리 자신의 관점이 미흡한 「운수 좋은 날」의 김첨지 역시 〈심리적 차원〉의 인물시점을 얻고 있다. 그보다 더 무력한 인물이 등장하는 김유정의 농민소설의 경우에는 인물과 동질적 언어를 사용하는 해학적 서술을 통해 〈어법적 차원〉에서 인물들의 삶의 내면을 드러낸다.

이처럼 근대소설의 인물들은 화자의 외재적 관념의 수사학(담론)에서 벗어나 인물들 자신의 내면을 드러내는 시점과 어법을 얻고 있다. 이런 근대소설 인물의 특성은 또다른 차원의 어법적(문법적) 특성을 통해 나타나기도 한다. 즉, 주어로서의 인물이 어떤 문법구조와 의미를 얻고 있는가 하는 점이다. 비유적으로 〈주어〉에 해당되는 〈인물〉은 고소설과 근대소설에서 각기 다른 문법적 의미를 지니고 있다.

앞에서 밝혔듯이 문법적으로 〈플롯〉이 〈동사적 서술어〉라면 〈인물〉은 〈주어〉에 해당된다. 이는 이야기를 문장에 대응시키는 비유적인 설명이지만 축자적인 차원에서도 어느 정도 대응되는 구조를 드러낸다. 이를테면 소설의 문장에서 주어로 나오지 않는 주인공은 결코 존재하지 않는다. 인물, 특히 주인공은 반드시 문장의 주어로 등장하며, 그 〈주어>의 위치에서 <(동사적) 서술어>나 문장의 <화자>와 담론적 관계를 갖는다. 그리고 그 주어와 서술어의 관계나 주어와 화자의 관계는, 고소설과 근대소설에서 매우 다르게 나타난다. 그런 상이한 문법적 관계는, 자신의 내면을 지닌 근대소설과 그렇지 못한 고소설의 인물의 차이와 연관되어 있다.

주어로서의 고소설의 인물은 거의 대부분 조사 '이(가)'와 결합되어 나타난다. 반면에 근대소설의 인물은 거의 대부분 '는(은)'으로 연결되어 등장한다. 이같은 '이'와 '는'의 차이는 고소설과 근대소설의 인물의 차이와 어떻게 연관되는 것일까.

'이'와 '는'의 차이에 대해서는 앞으로 더 많은 문법적인 해명이 필요할 것이다. 단지 여기서는 몇 가지 가설을 근거로 우리의 관심사에 관련된 문제만 밝히기로 한다. '이'와 '는'의 관계에서 문제가 복잡한 것은 '는'이 화제어의 기능을 갖는 점과 복문의 종속절에 잘 사용되지 않는 점 등이다. 그러나 우리는 일단 '이'와 '는'이 주어로서 사용되는 경우에만 초점을 맞추기로 한다. 우리의 관심사는 <인물로서의 주어>의 기능과 의미이기 때문이다.

주어로서의 '이'와 '는'에 대한 논의 중에는 '는'이 대조의 의미를 지니는 반면 '이'는 배타성의 의미를 지닌다는 설명이 있다.[30] 우리는 이런 설명을 다음과 같이 변형시켜 보기로 한다. 즉, '~는'이 <다른 주어들과의 관계> 속에 놓인 주어인 반면 '~이'는 어떤 사실에 <대한> 진술 속의 주어라는 것이다. 우리의 궁극적 목적은 인물로서의 주어이므로 여기서 <주어>를 <주체>로 바꾸어 보기로 한다. 즉, '는'은 <다른 주체들(화자를 포함한)과의 관계> 속의 주체를 의미하며 '이'는 사실을 지각-진술하는 화자의 <대상>으로서의 주체를 의미한다. 다시 말을 바꾸면, '는'은 상호주관적인(혹은 타자성의) 주체의 의미를 지니며 '이'는 화자의 시점의 대상으로서 주체의 의미를 지닌다. 우리는 소설 속의 인

---

30) 손호민, Theme-Prominence in Korean, *Korean linguistics* 2(1980), 양정석, 「국어의 기본구조와 θ 자리」, 연세대 석사논문, (1985), 61면.

물주체의 기능과 의미에 관심이 있으므로 주어(인물)와 술어(플롯), 인물과 화자, 그리고 시점의 문제에 연관시켜 이 문제를 고찰해 보자. 먼저 구체적인 소설의 예문을 하나 들어보자.

> 문 열리는 소리가 들려온다. 안방 쪽에서부터 실내화 끄는 소리가 그의 방 앞을 가로질러가는가 했더니 곧 이어 수돗물 소리가 들려온다. 사모님이 아침을 지으러 나오셨구나. 그는 근무 교대를 하고 돌아온 보초병같이 두 다리를 쭉 뻗고 잠을 청한다. 그러나 쌀 치대는 소리가 부드럽게 벽을 흔들고 와 그의 잠을 밀어낸다. 래영이도 저렇게 쌀을 북북 문질러 씻었지. 침대와 개수대가 한 방에 있는 그 7조방에서…….
>
> —— 윤정모, 「님」

이 소설의 주인공(인물)은 '그'(진국)이다. 이 소설은 이른바 인물시점서술[31]로서 빈번히 인물이 〈의식의 주체〉로서 자신의 시점으로 서술을 진행한다. 여기서 인물이 의식의 주체가 되는 것은, 실상 화자가 인물의 내면에 감정이입적으로 틈입함으로 가능해진다. 즉, 인물시점이란 실제는 시점의 주체인 화자가 인물에 동일시됨으로써 인물의 내면을 의식(시점)의 주체로 사용하는 것이다. 이것이 가능하려면 인물의 주체적인 내면이 형성되어야 하며 또한 인물(주체, 주어)과 화자(주체)가 상호주관적인(혹은 타자성의) 관계에 있어야 한다. 이런 조건 때문에 인물시점은 고소설에서는 좀처럼 나타날 수 없다. 이는 고소설에서 인물이 화자와 상호주관적(타자적) 관계에 있는 것이 아니라 종속적 관계에 있기 때문이다.

그와 달리 인물시점서술에서는 인물이 자신의 내면을 지님으로써 화자와 상호주관적 관계에 있게 되며, 화자가 인물의 내면에 틈입하면서 인물을 의식(시점)의 주체로 만든다. 그런데 의식의 주체인 인물과의 상호주관적 관계를 드러내는 인물시점서술에서는, 반드시 주어로서 '는'

---

31) 제 5 장 4 절 참조.

이 사용된다. 반대로 말해 인물시점서술에서의 주어 '는'은, 인물과 화자의 상호주관적 관계와 인물의 의식의 주체를 의미한다.

예문에서 인물(주인공) '그'는 동사적 서술어(플롯)의 주체인 동시에 그것을 지각(인식)하는 시점(의식)의 주체이다. 즉, '그'는 플롯을 만드는 행동의 주체인 동시에 자신의 시점을 지닌 의식의 주체인 것이다. '그'가 '는'과 연결되어 나타난 것은 그에 조응하는 문법적 지표일 것이다. 지각 시점의 주체로서 '그는' 혹은 '그는 느낀다'는 예문의 모든 문장들에서 의식의 중심으로 작용한다. 가령 첫 문장에서 소리를 들은 것은 바로 '그'이다. 그런데 이런 인물시점서술의 상황에서 첫 문장(그리고 둘째 문장)처럼 무생물 주어는 빈번히 '이(가)'로 나타난다. 왜냐하면 무생물은 의식의 주체가 될 수 없으며 단지 시점의 주체(화자나 인물)에게 지각의 대상이 되기 때문이다. 즉, 첫 문장에서 무생물 주어는 상호주관적 관계에 있지 않고 인물시점의 주체인 '그'의 지각 대상일 뿐이다.

그러나 이처럼 상호주관적 관계에 있지 않고 지각 대상이 되는 것은 무생물 주어가 아닌 다른 인물의 주어 역시 마찬가지이다. 가령 세번째 문장에서 사모님은 단지 인물시점 주체 '그'의 대상일 뿐이다. 사모님은 아침을 지으러 나온 행동의 주체이지만 그 행동을 포함한 전체 문장은 '그'(인물시점의 주체)의 지각의 대상인 것이다. 위에서 사모님은 '그'와는 달리 결코 시점(의식)의 주체가 될 수 없다. 사모님이 '이'의 주어로 나타난 것은 (아마도) 그에 상응하는 문법적 특징일 것이다. 다른 예문을 통해 이같은 '는'과 '이'의 차이를 확인해 보자.

그는 어둠 속에서 눈을 부릅뜬다. 벽이 출렁거린다. 그는 천천히 몸을 움직인다. 방 벽면 전기 다리미 꽂는 소케트의 두 구멍 사이에서 소리가 들려온다. 친구여 귀를 좀 대봐요. 내 비밀을 들려줄께. 그는 그의 오른쪽 귀를 소케트에 밀착한다. 그의 귀가 전기 금속 부품들처럼 소케트의 좁은 구멍에 접촉된다. 그러자 그의 온몸이 전기 곤로처럼 달아오르기 시작한다.

그의 몸에 스파크가 일고, 그는 온몸에 충만한 빛을 느낀다.

—— 최인호, 「타인의 방」

위에서도 '그는'이 지각(시점)의 주체로서 의식의 중심으로 작용하고 있다. 둘째 문장 '벽이 출렁거린다'는 실상 '그는 벽이 출렁거린다' 혹은 '그는 느낀다. 벽이 출렁거린다'이다. 그런데 의식(시점)의 주체의 위치에 있는 '그는'을 '그가'로 바꾸면 어색한 문장이 된다. 이는 '는'과는 달리 '가(이)'는 의식의 주체인 주어를 지닐 수 없기 때문일 것이다. 위에서 의식의 주체가 될 수 없는 주어(사물이나 신체의 일부)가 '는'이 아닌 '가(이)'로 나타난 것도 같은 이유에서일 것이다. 그와 달리 의식(시점)의 주체로 작용하는 주어(인물 시점의 인물)는 대부분 '는'으로 등장한다.

이제 우리가 살펴본 바를 토대로 논의를 좀 더 확대해 보자. 소설에서 인물이 〈의식(시점)의 주체〉로 작용하는 경우 그 인물은 '는'의 주어로 나타난다. 인물이 의식의 주체로 기능한다는 것은 그가 주체적 내면을 지녔음을 의미한다. 또한 인물이 화자에 의해 서술되는 상황에서 의식(시점)의 주체가 된다는 것은 인물과 화자가 상호주관적(혹은 타자성의) 관계에 있기 때문이다. 이처럼 인물이 주체적 내면을 지니고 화자와 상호주관적 관계에 있는 것은 (예문들처럼) 인물시점서술에서 특징적으로 발견된다.

그러나 인물시점서술[32]이 나타나기 이전에도 근대소설에는 얼마간 인물시점의 요소가 드러나고 있었다. 즉 근대소설에서는 화자시점서술[33]의 경우에도 수시로 인물시점으로의 전환이 가능한 것이다. 따라서 우리는 인물이 주체적 내면을 갖고 화자와 상호주관적 관계에 있음으로써 인물 자신이 〈의식의 주체〉로 드러나는 특징을 근대소설 인물의 지표로 삼을 수 있을 것이다. 근대소설의 인물이 '는'의 주어로 나타나는 것은 바로 그 때문이다.

---

32) 제5장 4절 참조.
33) 제5장 3절 참조.

그와 달리 소설의 인물이 주체적 내면을 지니지 못하고 화자의 담론 (수사학)에 종속됨으로써 스스로 의식의 주체가 되지 못하는 것은 전근 대적 서사의 지표이다. 가령 고소설에서는 인물이 자율적인 의식의 주체인 인물시점으로 드러나는 경우를 좀처럼 찾아볼 수 없다. 이처럼 고소설의 인물이 의식(시점)의 주체로서 인물시점을 갖지 못하는 점은 그 인물이 '이'의 주어로 등장하는 사실과 상응한다.

> 웅이 답(答) 고왈(告曰),
> "수룸이 일을 당ᄒᆞ야 근심을 집피 ᄒᆞ직 셩말라 빅사(百事) 불이ᄒᆞ오니, 시고(是故)로 함지ᄉᆞ지(陷之死地) 이후녜 싱(生)ᄒᆞ고 치지망지(置之亡地) 이후예 돈(存)ᄒᆞ난이다. 우리들 하날이 혈마 무심ᄒᆞ릿가?"
> 부인이 니렴(內念)의 아희 ᄡᅳ시 활달ᄒᆞᆫ 줄 알고 염예을 덜더라.
> 이적의 왕할임이 왕부인 답셔을 보니 ᄒᆞ여시되,
> "놀납고 놀납도다. 머지 안이ᄒᆞ여셔 쇼장지환(蕭牆之患)이 날 거시니, 너난 부질업시 벼살 탐치 말고 일직 ᄒᆡ관걸귀(解官乞歸)ᄒᆞ라."
> ᄒᆞ엿거눌, 할임이 문득 씨다라 칭병부조(稱病不朝)ᄒᆞ고 고향의 도라ᄀᆞᆫ이라.
>
> ——『조웅전』

인용문에서는 '이'의 주어가 주도적이며 그것은 인물의 내면심리를 드러내는 경우에도 마찬가지이다. 이는 인물이 의식의 주체로서 독립된 내면을 지니지 못함을 암시한다. 의식의 주체가 되지 못하는 인물의 내면심리는 화자의 담론(수사학)에 종속된다. 즉, 위에서 '이'의 주어인 인물은 화자와 상호주관적 관계에 있지 못하며 내면심리조차 화자의 서술의 대상이 될 뿐이다. '이'의 주어(인물)는 자신의 심리와 행동의 주체이지만, 그 주어와 그의 심리·행동을 포함한 전체문장은 화자의 담론의 대상이 될 따름이다. 이는 '이'의 주어의 인물이 인물시점으로서 의식의 주체가 되지 못하며 진정으로 주체적 내면을 지니지 못하기 때문이다.

인물이 주체적 내면을 지니지 못하는 '이'의 주어는 영웅소설과 판소리계 소설에서 일반적으로 나타난다. 또한 신소설에서는 '이'와 '는'의 주어가 혼합되어 드러난다. 반면에 근대소설에서는 대부분 '는'의 주어가 주도적이다.

지금까지 인물이 주체적 내면을 지니는 근대소설과 그렇지 못한 전근대적 서사물의 특징을 '는'과 '이'의 차이로 살펴봤다. 양자의 차이는 인물시점의 요소가 가능하냐 인물이 화자에 종속되느냐의 차이이기도 했다. 이제 그런 어법(문법) 상의 특징을 포함해서 〈전근대적 서사와 근대적 서사〉의 〈인물〉의 차이를 정리해 보자.

(4) 전근대적 서사와 근대적 서사의 인물

이제까지 논의한 전근대적 서사에서 근대적 서사로의 인물의 발전과정은 다음과 같이 요약될 수 있다. 먼저 전근대적 서사(물)에서 인물의 특성은 〈환경을 지배하는 원리〉에 종속되어 있다. 인물이 환경의 지배원리에 예속된다는 것은 그가 환경의 자기회귀적(혹은 질서 확립의) 운동(플롯)[34]을 보여주는 기능적 요소로 작용함을 뜻한다. 환경의 자기회귀적(질서 확립의) 운동이란 환경이 자신의 지배원리에서 이탈했다 다시 그 원리로 복귀하는 움직임을 말한다. 여기서 환경의 지배원리에 종속된 〈인물〉은, 그에서 이탈한 상태의 〈환경〉과 상호작용함으로써 원래의 평정한 상태로 되돌아가도록 기능하는 것이다.

예컨대 『조웅전』에서 조웅은 환경의 지배원리인 유교이념(理)에 종속된 성격(忠)을 지니고 있다. 이 소설의 플롯은 理에서 이탈한 氣의 상태에서 다시 理(그리고 理에 종속된 氣)로 회귀하는 운동을 보여준다. 이러한 자기회귀적 운동에서 理에 종속된 성격(忠)을 지닌 조웅은, 理에서 이탈한 氣의 상태(열악한 氣/선량한 氣 혹은 간신/충신)의 환경과 상호작용함으로써, 원래의 理로 복귀하게 하는 기능을 한다. 영웅

---

34) 신화의 플롯이 환경의 질서 확립운동이라면 고소설의 플롯은 환경의 자기회귀적 운동이다.

140

소설(그리고 전근대적 서사)에서 인물이 플롯의 자기회귀적 운동에 기능적으로 종속되는 것은 이 때문이다.

또한 이처럼 플롯이 기능적 요소가 됨으로써 인물은 외재적으로(환경의 지배원리에 의해) 주어진 성격(특성)을 선택의 여지없이(자동적으로) 반드시 행동(혹은 사건, 플롯)으로 실현해야 하는 특성을 지닌다. 이러한 특성은 앞에서 토도로프가 〈비심리적 서사물〉에 대해 논의한 특징에 상응한다.[35] 비심리적 서사물은 문법적으로 〈자동사적〉이며 〈서술어(플롯)〉에 초점이 맞춰진다. 이와 유사하게 전근대적 서사물은 인물이 플롯의 〈자동적인〉 기능이 되며 플롯의 자기회귀적 운동에 종속된다. 전근대적 서사물이 비심리적 서사물과 유사한 것은, 인물이 설령 내면심리를 지니더라도 (환경과 맞서는) 진정한 주체적 내면을 지니지 못하기 때문이다.

반면에 환경(그리고 그 지배원리)의 모순(차이)에 맞섬으로써 주체적 내면심리를 얻는 과정은 근대적 서사(물)로 나아가는 발전으로 볼 수 있다. 그같은 인물과 환경의 관계는 관념성(그리고 초월성)을 탈피한 사회학적 환경의 설정에서 생겨난다. 〈사회학적〉 환경의 현실적 모순(차이)을 넘어서기 위해 인물은 독립된 〈내면심리〉를 갖게 되는 것이다. 이점에서 〈사회학〉과 〈심리학〉은 근대소설의 인물을 설명하는 두 가지 중요한 요소로 볼 수 있다.

모순된 환경(현실)에 맞서는 주체적 내면을 지님으로써 근대소설(근대적 서사)의 인물은 플롯으로부터 해방된다. 즉 인물은 자동적으로 플롯의 기능이 되는 것이 아니라 자신의 선택의지(혹은 무의식적 선택)로써 행동하는 전개를 지니게 된다. 이는 토도로프가 〈심리적 서사물〉에 대해 말한 타동사적 특징에 상응한다. 근대적 서사물이 토도로프의 심리적 서사물과 유사한 것은 인물이 자신의 주체적(자율적인) 내면을 지니기 때문이다. 그러나 근대적 서사물(근대소설)은 토도로프의 설명과는

---

35) 앞의 1절 (1) 인물과 플롯 참조.

달리 인물만이 아니라 인물과 플롯 양자에 초점이 맞춰진다 할 수 있다.

　근대소설의 인물은 플롯으로부터 해방될 뿐만 아니라 화자의 담론(수사학)으로부터도 독립한다. 즉 근대소설의 인물은 화자의 관념적(초월적) 시점에서 벗어나 자신의 내면과 시점을 갖게 된다. 이처럼 근대소설의 인물이 자기 자신의 시점을 갖는다는 것은 비단 인식적 차원에서 주체적 관점을 지님을 뜻하는 것만은 아니다. 앞서 살폈듯이 김유정 소설의 농민들은 주체적인 인식능력을 갖지는 못했지만 나름대로 독자적인 목소리와 내적 삶을 드러내고 있다. 이 소설의 해학적인 서술은 그들의 숨겨진 내면을 공감적으로 제시하는 수법인 셈이다. 또한 현진건의 「운수 좋은 날」의 김첨지 역시 인식적 차원에서는 외재적 관념에 속박된 의식을 지니고 있다. 그러나 그는 자신도 모르는 무의식적 내면의식에 의해 그 전근대적 의식을 전복시키고 독자적인 심리상태를 드러낸다. 이 소설의 아이러니컬한 서술은 현실모순에 맞서 있는 김첨지의 무의식적 내면심리를 노출시키는 데 적절한 기법이다.

　그와는 달리 인식적 차원에서 현실모순에 대립하는 인물들은 현실(환경)과 인물의 역동적 상호작용을 보다 능동적으로 드러낼 수 있는 위치에 있다. 현실모순에 대한 인식능력을 지닌 인물들이 흔히 장편소설의 주인공으로 선택되는 것은 이 때문이다. 그러나 그런 인식능력이 매번 근대소설 주인공의 최상의 조건이 되는 것은 아니다. 인물의 〈인식능력〉은 그의 〈내적 삶〉과 〈성격〉으로 녹아들지 않는 한 관념적이 되거나 자신의 인식의 성에 폐쇄되는 한계를 지닌다. 인물의 지적 인식력을 내면화시키는 방법은 끊임없이 자기반성과 자기비판을 수행하게 하는 것이다. 어떤 최고의 인식내용을 지녔어도 그것이 완결된 의식 속에 폐쇄되는 한 권위적 관념이 되지 않을 수 없다. 권위적 관념이라는 것은 현실 속의 타자의 틈입을 허용하지 않는 자기중심적 내면을 지님을 말한다. 아무리 올바른 현실인식을 지녔어도 자기중심적(권위적) 관념은 자기 자신(혹은 그 관념의 내용)에 속박되어 진정으로 현실모순에 맞서는 데 실패한다. 따라서 지적 인식력의 인물은 끊임없는 자기전복을 통해 내면 중에서 현실 속의 타자들과 만나야 한다. 이처럼 자신의 의식의 완결성을 깨뜨리고 현실 속의 타자들과 상호작용할 때 지적 인물의 현실인식은 완전히 내면화된 그의 성격이 된다. 자기 자신의 의식의 완결성을 스스로 전복시키는 내면을 찾는 것은 그의 무의식의 공간을 발견하는 일에 상응한다. 우리는 뒤에서 이점을 우리나라 프로소설(경향소설)의 전개를 통해 (관념적 인물에서 내면화된 인물로의 발전과정으로) 살펴 볼 것이다.

이처럼 개성적인 목소리나 내적 삶, 그리고 내면화된(무의식화된) 주체적 성격을 갖는 것이 자기 자신의 시점(내면)을 지닌 근대소설 인물의 특징이다. 자신의 〈주체적 시점(내면)〉을 갖는 그런 이야기-인물의 특징은 텍스트-인물의 차원(혹은 어법적 차원)에서 '이'의 주어 대신 〈'는'의 주어〉를 지니는 점에 상응한다. 플롯에 종속되어 **화자의** 수사학(담론)의 대상이 되는 '이'의 인물(주어)과 달리 (플롯에서 해방된) '는'의 인물은 화자와 〈상호주관적인(혹은 타자성의)〉 관계에 있게 된다. 화자와 상호주관적 관계에 있다는 것은 인물이 자신의 **주체적** 내면(시점)을 지님을 뜻한다. 근대소설의 인물은 주체적 내면을 **지님으로써** 화자와 대등한 상호적 관계에 있게 되고 화자의 감정이입적 틈입을 허용한다. 근대소설에서 비로소 인물시점의 요소가 시작되는 것은 그로 인한 것이다. 우리는 앞에서 그같은 인물시점의 요소가 인물-화자(그리고 독자)의 상호주관적 관계를 전제하는 〈'는'의 주어〉에서 가능함을 살펴봤다.

또한 근대소설의 인물은 대화(말)에서 화자에 종속된 대리직접화법(고소설) 대신 독립된 직접화법을 구사한다. 내면심리 역시 화자의 관념적 수사학에서 벗어나 독자적인 심리, 정서, 독백으로 표현된다. 물론 근대소설에서도 인물은 빈번히 어법적으로 화자의 간섭을 받게 된다. 그러나 그런 경우에도 「운수좋은 날」에서처럼 화자의 (상호주관적) 감정이입으로 인물의 무의식적 내면을 드러냄으로써 인물은 심리학적 주체가 된다. 혹은 김유정 소설에서처럼 내면심리를 드러내지 않는 경우에도 화자가 (상호주관적으로) 공감하는 개성적 목소리와 내적 삶을 통해 독립된 내면을 보여주게 된다.

이제 마지막으로 이야기-인물과 텍스트-인물 차원에서 전근대적 서사와 근대적 서사(근대소설)의 인물의 차이를 도표로 정리해 보자.

	전근대적 서사의 인물	근대적 서사의 인물
환경	형이상학적 환경	〈사회학〉적 환경
인물과 환경	[인물]〈[환경의 지배원리]	[인물]←→[환경의 지배원리]
인물과 플롯	인물〈플롯 (자동사적)	인물 — 플롯 (타동사적)
	플롯의 자동적 기능	인물의 선택의지와 주체적 내면
시점	화자의 관념적 시점에 종속	인물시점 요소 가능
주어	이	는
대화(말)	대리직접화법	독립된 직접화법
내면심리	화자의 수사학에 종속	독립된 〈심리적〉 내면

(5) 평면적 인물과 복합적 인물

전근대적 서사와 근대적 서사의 인물의 차이는 이른바 〈평면적 인물〉과 〈복합적(다면적, 입체적) 인물〉[36]의 차이로 설명될 수도 있다. 예컨대 『조웅전』『유충렬전』『춘향전』 등 고소설의 인물들은 대개 평면적이며, 『삼대』「운수 좋은 날」「감자」 등 근대소설의 주인공들은 복합적 성격을 지닌다. 물론 근대소설에도 평면적 인물이 등장하며 복합적 인물과 평면적 인물 사이에는 무수히 많은 중간정도의 인물이 존재한다. 그러나 근대소설의 평면적 인물은 고소설의 그것과는 조금 상이한 특성을 지니고 있다. 그래서 우리는 먼저 근대소설에서 인물이 복합적으로 되는 이유를 살펴보고 이어서 근대소설의 평면적 인물이 어떻게 형상화되는지 고찰하기로 한다.

고소설의 인물이 평면적인 이유는 인물의 성격이 완결된 외재적 관념

---

36) E. M. 포스터, 『소설의 이해』, 이성호 역(문예출판사, 1989), 76~88면.

(유교이념)[37]에 의해 규정되기 때문이다. 예컨대 『조웅전』의 조웅의 기질, 심리, 감정은 근본적으로 유교이념의 체계에 의해 지배된다. 즉 氣는 理에, 情은 性에 의해 지배됨으로써, 〈복합적인〉 氣와 情이 〈단일한〉 理와 性의 견지에서 형상화된다. 가령 조웅의 활달한 성품, 울분, 용감성 등은 모두 忠을 실현하기 위한 특성으로 수렴된다.

또한 유교이념 같은 관념적 체계는 대개 이항대립의 원리로 가치를 규정한다.[38] 이항대립의 체계는 두 개의 항목 중 하나가 다른 하나보다 우월한 요소로서 체계를 규정하는 원리가 된다. 예컨대 충/불충, 효/불효, 선/악 중 앞의 항목이 뒤의 것을 지배하는 理가 되는 것이다. 이에 따라 고소설의 인물의 특성도 그같은 이항대립의 체계에 의해 형상화된다. 고소설의 인물들이 충신/간신이나 선인/악인 등의 대칭적인 유형으로 드러나는 것은 이 때문이다. 고소설의 플롯이 이념적 가치에서 우월한 전자(충신, 선인)의 인물들이 승리하는 구조로 되는 것도 같은 이유에서이다.

이에 반해 근대소설의 인물은 유교이념같은 외재적 관념체계(즉 환경의 지배원리)에서 해방되어 있다. 외재적 관념에서 해방된다는 것은 氣와 情이 理와 性의 속박에서 벗어나 내면적 주체성의 특성(성격)으로 드러날 수 있음을 뜻한다. 예컨대 「감자」의 복녀는 막연한 저품(유교이념)을 버리고 자신의 기질과 감정을 마음대로 드러낸다. 「운수 좋은 날」의 김첨지 역시 팔자소관의 신세타령에서 벗어나 내면적 울분을 숨김없이 토로한다. 복녀와 김첨지는 관념적 이념의 〈단일한〉 외피에서 탈피해 자신의 내부에 숨겨져 있는 〈복합적인〉 심리와 정서를 발산하는 것이다. 이처럼 근대소설의 인물은 획일적인 관념체계에서 해방됨으로써 자신의 내면적 복합성을 드러낸다. 그들의 내면이 복합적이 되는

---

37) 이는 환경을 지배하는 원리이기도 하다.

38) 물론 유교이념은 서구적, 기독교적 사상과는 달리 존재론과 인식론에서는 근본적으로 일원론적 체계를 지닌다. 예컨대 理와 氣, 性과 情은 서구적인 정신/물질, 이성/감정 개념과는 달리 분리될 수 없는 성격을 지닌다. 그러나 가치적 체계에서는 선/악의 중세적 이항대립에서 벗어나지 못하고 있다.

것은 기질(심리학), 계급(사회학), 나이, 직업, 출신, 시대 등과 다양한 함수 관계 속에 놓이기 때문이다.

또한 고소설의 인물들이 〈이항대립〉 체계에 의해 대칭적(양극화)으로 형상화된 반면 근대소설의 인물들은 그 양극단의 어느 한 지점에 위치해 서로간에 〈차이〉를 지니게 된다. 〈대립적〉 체계(유교적 관념)에 의한 인물들이 단순히 양극화로 나타난다면, 〈차이적〉 인물들은 다양한 요소들의 함수 관계에 의해 복합적 특성을 지니게 된다. 예컨대 『조웅전』의 조웅과 이두병은 충신/간신의 〈양극단〉에 위치하지만, 『삼대』의 조덕기는 진보적 민족주의자와 보수적 부르주아 사이의 어느 한 지점에 〈복합적〉 인물로 위치한다.

근대소설의 인물이 복합적이 되는 또다른 중요한 요소는, 무의식적 내면을 형상화함으로써 자기전복적인 특성을 지니는 점이다. 앞서 밝혔듯이, 외재적 관념에 속박된 전근대적 인물은 평면성을 지니며, 자신의 내면을 지닌 근대소설의 인물은 복합적으로 그려진다. 그러나 근대소설의 인물들도 자기 자신의 신조나 아집에 지배되는 경우 상대적으로 단조로운 인물이 된다. 그와 달리 복합적 인물들은 자신의 신념이나 기질을 뒤집는 무의식적 내면을 지니게 된다. 무의식이란 의식적 신념과는 상관없이 부단히 현실과 상호작용하면서 자신도 모르게 표면적 신념을 와해시키는 내면 작용이다. 따라서 무의식적 내면을 지닌 인물들은 끊임없이 자기 자신(의식)을 전복시키며 〈미결정적인 상태〉에 있게 된다. 이런 인물들에게서 나타나는 불일치, 모순, 아이러니, 미결정성, 의외성(놀라움) 등은 그 인물을 복합적으로 만든다.[39] 그런데 우리는 완결된 신념이나 기질을 지닌 인물보다 이처럼 자기전복성을 지닌 인물이 더 친밀하고 실제적이라고 느낀다.[40] 그것은 폐쇄된 관념이나 아집에 사로잡힌 인물에 비해 자기전복적 인물은 무의식을 통해 부단히 현실 속의 타자들과 접촉하기 때문이다.

---

39) 실상 이것은 포스터와 채트먼이 언급한 복합적 인물의 특성과 일치한다.

40) 채트먼, 『영화와 소설의 서사구조』, 앞의 책, 158면.

예컨대 현진건의 「B사감과 러브레터」에서 B사감은 규칙과 도덕에 지나치게 집착하는 성격을 갖고 있다. 만일 B사감이 표면적 의식상태로만 제시되었다면 그녀는 단조로운 평면적 인물이 되었을 것이다. 또한 그녀는 그 단조로움 때문에 단순히 희화화된 인물로 그려졌을 것이다. 그러나 이 소설은 B사감의 아집을 전복시키는 무의식적 내면을 포착함으로써 그녀를 복합적 인물로 만들고 있다. 러브레터에 몰입하는 B사감의 모습에서 우리는 그녀의 적나라한 무의식을 보게 된다. 그녀의 무의식은 우리에게 놀라움을 주면서 자신의 의식적 신조를 와해시킨다. 여기서 나타나는 불일치, 아이러니, 미결정성이 B사감을 복합적 인물로 만드는 것이다. 또한 이때 우리는 그녀의 모습에 의외의 충격을 느끼면서도 오히려 그녀에게 친밀한 동정심을 느끼게 된다. 그것은 표면적 의식과는 달리 그녀의 무의식적 내면은 끊임없이 현실 속의 생생한 삶(그리고 타자)과 반응했음을 보여주기 때문이다.

「운수 좋은 날」(현진건)의 김첨지 역시 무의식적 내면에 의해 그의 비합리적(그리고 전근대적) 신조가 와해됨으로써 복합성을 얻고 있다. 김첨지는 전근대적 의식에 속박되어 있지만, 진지하게 현실(환경)과 반응하는 중에 무의식을 통해 그 관념적 의식을 전복시킨다. 김첨지와는 달리 『삼대』(염상섭)의 조덕기는 자기 자신의 내면적 신념에 매여 있는 인물이지만 그 역시 현실(환경) 속의 타자와 반응하는 무의식적 자아를 발견함으로써 스스로 그의 신념을 와해시킨다. 조덕기가 복합적 인물로서 현실성을 지니는 것은 이처럼 타자성을 지닌 무의식적 자아를 자각하기 때문일 것이다.

그밖에 『고향』(이기영)의 김희준이 리얼리즘의 주인공으로 성과를 얻은 것도 끊임없는 〈자기반성(자기비판)〉을 가능하게 하는 〈무의식적 내면〉을 지니는 데 기인한다. 똑같은 프로소설 중에서도 「홍수」(이기영)의 박건성이나 「목화와 콩」(권한)의 박대성은 자신의 관념(사상)에 속박된 단조로운 인물로 나타난다. 그들과 달리 김희준이 풍부한 형상성(복합성과 현실성)을 얻고 있는 것은 현실(그리고 민중들)과의 상호작용(그리고 대화)을 통해 무의식 속에서 자신의 관념을 부단히 허물 어뜨리기 때문이다. 흔히 말하는 가면박탈[41]이란 이처럼 〈무의식적 내면〉을 매개로 현실과 반응함으로써 주인공의 사상이 관념의 외피를 깨뜨리는 것을 말한다.

이상에서처럼 〈무의식적 내면〉의 발견은 인물의 복합성과 현실성을 얻는 중요한 요건이 된다. 그와 달리 충만한 의식적 관념에 사로잡힌 인물은 단조로운 평면적 인물이 된다. 고소설의 인물(외재적 관념)이나 초기 경향소설의 인물(내면적 관념)이 그 대표적 예일 것이다. 이처럼 의식적 관념에 속박된 인물들은 그들의 성격(관념과 기질)을 〈자동적으로〉 행동에 옮기는 특성을 지닌다. 따라서 이런 소설에서는 인물들이 플롯에 종속되며 플롯 자체도 단조로워진다.

그러나 근대소설의 경우 평면적 인물은 단지 의식적 관념에 얽매인 인물로만 나타나지 않는다. 근대소설의 평면적 인물은 그외에도 여러가지 이유로서 등장하게 된다. 먼저 어떤 인물이 부차적 인물로 설정됨으로써 평면적으로 그려지는 경우이다. 근대소설의 경우 어떤 소설의 주인공이 되는 지표 중의 하나는 주체적 내면을 밀도 있게 드러내는 점일 것이다. 왜냐하면 내면제시가 풍부한 인물은 독자들의 집중력을 끌어모으게 되기 때문이다. 그에 반해 부차적 인물은 자연히 내면제시가 적어지고 평면적 인물이 되는 경향이 있다. 대신에 평면적 인물은 반복되는 특성으로 인해 적게 제시되더라도 쉽게 눈에 띄는(그리고 기억되는) 형상을 지닌다. 이점 역시 상대적으로 적게 등장하는 부차적 인물이 평면적으로 그려지는 이유의 하나이다.

부차적 인물 중에는 평면적으로 제시되더라도 인물 자체는 평면적이 아닌 경우가 있다. 이 경우 평면적 인물은 성격적 특성이라기보다는 형

---

41) 김남천, 「지식계급 전형의 창조와 『고향』 주인공에 대한 감상」, 『조선중앙일보』(1935. 6. 28~7. 4). 여기서 김남천은 김희준이 생동하는 전형이 될 수 있었던 것은 가면박탈의 자기비판이 있었기 때문이라고 말한다. 최유찬, 「1930년대 한국 리얼리즘론 연구」, 연세대 박사논문(1986), 122~24면 참조.

상화의 〈전략〉이라고 할 수 있다. 예컨대 『삼대』에서 조덕기의 모친은 비교적 평면적으로 그려진다. 그러나 이는 그녀의 성격 자체가 평면적이라기보다는 부차적 인물로 설정됨으로써 자연히 (혹은 전략적으로) 평면적이 된 것이다.

그와 달리 평면적 인물 중에는 인물의 성격 자체가 단조로움을 지니는 경우가 있다. 이처럼 인물의 성격이 원래 평면적일 때에는 빈번히 그는 희화화되어 제시된다. 그것은 근대소설의 복합적인 환경(현실)이 본질적으로 다면적인 성격을 요구하기 때문이다. 복합적인 성격이 현실감 있게 느껴지는 시대에 지나치게 단순한 인물은 결함을 지닌 웃음거리가 되는 것이다. 실제로 그런 평면적 인물들은 성격적인 결함을 지닌 상태로 제시되는 경우가 많다. 예컨대 『잉여인간』(손창섭, 1958)의 천봉우는 성격적인 문제점을 지닌 평면적 인물로 그려진다. 그는 기이한 행동을 반복하는 인물로 나타난다.

봉우는 언제나 그랬다. 거슴츠레한 낯으로 대합실에 나타나면 익준이가 한자 빼지 않고 샅샅이 읽고 놓아둔 신문을 펴들고 건성건성 제목만 되는 대로 주워읽고 마는 것이다. 그리고 나서는 진찰을 받으러 온 환자처럼 말없이 우두커니 앉아서 시간을 보내는 것이다. 그의 시선은 자주 간호원에게로 간다. 그때만은 그의 눈도 노상 황홀하게 빛난다. 그러다가 간호원과 시선이 마주치면 봉우는 당황한 표정으로 외면해버리는 것이다. 빼빼 말라붙은 몸집에 키만 멀쑥하게 큰 그는 언제나 말이 적고 그림자처럼 조용하다. 어딘가 방금 자다 깬 사람모양 정신이 들어 보이지 않는 표정을 하고 있다. 하기는 그는 대합실 구석 자리에 앉은 채 곧잘 낮잠을 즐긴다. 봉우의 낮잠 자는 모양이란 아주 신기하다. 소파에 앉은 대로 허리와 목을 꼿꼿이 펴고 깍지 낀 두손을 얌전히 무릎 위에 얹고는 눈을 감고 있다. 그러고 자는 것이다. 그는 밤에 집에서 잘 때에도 자세를 헝클지를 않는다고 한다. 천장을 향하고 반듯이 누우면 다음날 아침까지 몸을 움직이지 않고 그대로 잔다는 것이다. 그러한 봉우는 언제나 수면 부족을 느끼고 있다고 한다. 그것은 6·25사변을 치르고 나서부터 현저해졌다는 것이다.

위에서 〈언제나〉〈자주〉〈노상〉〈~다는 것이다〉 등은 천봉우의 기이하게 반복되는 행동을 시사한다. 이처럼 〈자동적으로〉 행동에 옮겨지는 성격을 지닌 점에서 그는 대표적인 〈평면적 인물〉이다. 천봉우는 소설 전체를 통해 인용문에 제시된 행동을 단조롭게 되풀이한다. 그의 이런 평면성은 그가 주어진 상황을 고려하지 않고 일방적으로 그의 습성대로만 행동하는 데 따른 것이다. 즉, 그의 문제점을 환경과 상호작용하지 못하고 굳어 버린 성격대로만 움직이는 데 있다. 천봉우의 이같은 자폐성은 실상 그의 무의식적 내면이 비정상적임을 암시한다. 앞서 밝혔듯이 무의식이란 부단히 현실(환경)과 상호작용함으로써 굳어진 습성을 변화시키는 매개적 공간이다. 그러나 천봉우는 무의식이 한 가지 상황에만 반응하도록 고정되어 있다. 인용문 말미에 나타났듯이 그의 무의식에는 언제나 6·25 때의 상황이 고착되어 있다. 천봉우가 현실 상황에서 〈자동〉인형 같은 획일적인 행동을 하는 것은 그의 무의식을 억압하는 전쟁의 상황 때문일 것이다. 그가 희화화되어 제시되면서도 얼마간 동정의 대상이 되는 것은 이런 연유에서이다.

이처럼 평면적 인물은 무의식적 내면이 설정되지 않거나(영웅소설이나 초기 경향소설) 경색되어 있는 경우(『잉여인간』의 천봉우)에 흔히 나타난다. 무의식이 경색되어 있다는 것은 실상 삶에 대한 의욕이 좌절되어 있음을 암시한다. 그러나 천봉우와는 달리 욕망에 탐닉하는 무의식을 지녔으면서도 삶의 단조로움 속에서 허무를 느끼는 인물들이 있다. 이른바 포스트모더니즘의 탈주체화된 인물들이 바로 그들이다.[42] 예컨대『경마장 가는 길』(하일지, 1990)에서 R과 J는 성적 욕망에 탐닉하는 단조로운 행위를 끝없이 반복한다. 그들이 성적 욕망에 몰입하는 것은 무의식적 내면이 활동적으로 움직임을 시사한다. 그러나 그들은 욕망을 허비하면 할수록 삶의 평면성과 허무감에 사로잡힌다. 그것은 그들의 욕망이 현실과 반응하는 순결한 소망을 지니지 못한 탓이며 현실의 소비적 교환원리에 종속되어 있기 때문이다. 즉 R과 J의 욕망

---

42) 이에 대해서는 뒤의 6절 포스트모더니즘과 탈주체화된 인물 참조.

은, 그 둘 사이의 박사학위(그리고 문학비평)의 거래 만큼이나 교환원리로 된 것이며, 또 그와 똑같이 가짜 욕망인 것이다. 병든 욕망에 사로잡힌 무의식을 그리고 있는 『경마장 가는 길』은 인물들의 단조로움만큼이나 지루한 삶의 이야기를 담고 있다.

그러나 포스트모더니즘이 모두 그처럼 단조로운 내면을 지닌 인물들을 그리는 것은 아니다. 인물들의 병리적인 욕망이 권력(교환원리)에 의한 무의식의 지배에 의한 것이라면 그에 대한 무의식적 반발 역시 나타날 수 있는 것이다. 즉, 아무 사랑의 감동도 없는 욕망에 빠져들면서도 자신도 모르는(무의식적인) 한 순간의 환멸 속에서 그 욕망으로부터 거리를 두는 것이다. 예컨대 「푸른 사과가 있는 국도」(배수아, 1994)의 '나'는 단지 우울하기 때문에 남자를 만나지만 또한 느닷없이 자신의 욕망에 환멸을 느낀다.

"나는 그때 푸른 사과를 팔던 여자들이 기억나. 초라한 거리였어. 가을 먼지를 잔뜩 뒤집어쓴 채로 국도를 달려오는 차들만 바라보고 있었어. 거칠게 짠 목도리로 온통 가리고서는."

"너는 이상해. 언제나 그래. 엉뚱한 얘기를 꺼내서 내 말을 막곤 했었어. 조금도 진지하지 않구나."

"나는 그때 그런 생각이 들었거든. 그 거리로 찾아가서 푸른 사과를 파는 여자가 될 것 같았어."

"백화점에서 셔츠를 파는 게 아니고?"

그는 조금 기분이 상한 듯하였다.

"왜 그런가는 나도 몰라. 언젠가는 나도 저렇게 늙고 초라하여져서 먼지투성이 국도에서 사과를 팔게 되리라는 예감이 들었을 뿐이야. 그것도 형편없는 푸른 사과를. 저녁이 되어 아무도 이 푸른 사과를 사러 오지 않으리라는 예감이 확실해질 때까지. 내가 영원히 가지 못할 먼 데로 나 있는 길을 바라보면서 손으로 짠 두꺼운 스카프로 얼굴을 가리고 아주 어두워질 때까지 그렇게 있을 것 같은."

자신도 모르게 불현듯 사로잡히는 푸른 사과의 이미지는 '나'의 병든 욕망에 대한 무의식적 반발이라고 할 수 있다. '나'는 외로움과 혼자 있는 것이 두려워 새 애인을 만나지만 다시 푸른 사과가 있는 국도의 기억에 붙잡힌다.

"데이트하고 섹스하고 전화하고, 이렇게. 가끔은 쉐라톤워커힐 호텔의 라운지에도 가면서. 이렇게 하는 것 네가 싫어하게 될까 봐. 네가 좋아하는 걸 하고 싶어." 디스플레이어는 내 머리칼을 만지고 그리고 그는 잠이 든다. 은박지에 하나하나 예쁘게 포장된 고디바 초콜릿은 테이블과 카펫이 깔린 바닥에 흩어져 있다. 나는 초콜릿 하나를 까서 입에 넣는다. 마른 나뭇잎이나 너무 오래 익힌 양배추처럼 느껴진다. 나는 베란다로 나가 아래로 몸을 굽혀 보았다. 새벽이 오려는 듯하다. 벌써 성미 급한 어느 사람은 조깅을 시작할 준비를 하고 있을지도 모른다.
　나는 공항에서 그에게 푸른 사과가 있던 국도에 대해서 물어 봤어야만 했었다. 그러면 그는 기억을 되살려 대답해 주었을 것이다. 기차를 타고 가다가 다시 버스로 갈아타야만 하는 곳이야. 근처에 강이 있고 호수도 있지. 국도로 접어들면 바다로 가는 길 쪽으로 곧바로 가면 돼. 방 안의 테이블 위에는 여러 가지 주방용품들과 초콜릿 조각과 캔커피 사이에서 헹켈 가위가 변함없이 반짝였다. 위스키 스트레이트를 너무 많이 마셨나봐. 담배에 불을 붙이고 캔에 반쯤 남아 있던 미지근해진 캔커피를 마셨다. 새벽이 이제 오려고 하는 마지막 여름의 어둠을 향해서 나는 속삭인다. 나는 아무것도 모른다. 섹스의 기쁨도 모르고 사랑의 감동도 없다.

먼지 덮인 국도의 초라한 푸른 사과(이미지)는 '나'의 습관적인 섹스의 욕망을 파멸시킨다. '나'는 섹스의 기쁨도 모르고 사랑의 감동도 느끼지 못하는 것이다. 이 순간 '나'는 예쁘게 반짝이는 초콜릿 같은 욕망의 이면에서 형편없이 피폐해질 또다른 자신의 모습을 발견하는 것이다. 「푸른 사과가 있는 국도」는 이처럼 주인공의 내면을 〈복합적〉으로 형상화함으로써 권태로운 현실의 이면을 직시할 수 있는 비판적 공간

152

(그리고 거리)을 얻고 있다.

이제까지 우리는 고소설에서 포스트모더니즘까지 평면적 인물과 복합적 인물이 어떻게 나타나는지 살펴보았다. 일반적으로 고소설에는 평면적 인물이 그려지며 근대소설에는 복합적 인물이 형상화된다. 이처럼 근대소설의 인물이 복합적이 되는 것은 주체적 내면과 자기전복적 무의식을 지닐 수 있기 때문이다. 그러나 근대소설에도 평면적 인물이 등장하며 경우에 따라 다양한 기능과 형태를 지닌다. 또한 근대소설의 인물들은 평면적 인물에서 복합적 인물 사이의 여러 중간정도의 존재로도 나타날 수 있을 것이다. 근대소설의 인물들은 본질적으로 복합성을 요구하는 환경에 처해 있으므로 그들의 평면성은 다소간 상대적인 것이다. 근대소설 인물의 다양한 상대적 차이는 평면성·복합성의 견지에서 보다는 다른 기준의 고찰에 의해 한결 분명하게 밝혀질 수 있을 것이다. 이제 그 인물들의 차이를 포함한 근본적인 특성들을 리얼리즘·모더니즘·포스트모더니즘과 연관해서 살펴보기로 하자.

4. 리얼리즘과 전형적 인물

(1) 전형적 인물의 사회학과 심리학

앞에서 우리는 근대소설의 인물을 〈사회학〉과 〈심리학〉의 견지에서 설명했다. 즉, 〈근대소설〉의 인물은 현실의 모순(차이)을 드러내는 사회학적 환경에 대면함으로써 그에 맞서는 주체적 내면(심리)을 갖게 된다. 우리는 이와 똑같은 설명을 리얼리즘의 인물에 대해 적용시킬 수 있다. 즉, 〈리얼리즘 소설〉의 인물은 사회적 모순의 〈환경에 맞서는(대해 있는)〉 자신의 독립된(개성적인) 내면을 지니고 있다.[43] 리얼리즘 인물에 대한 이런 사회학적·심리학적 설명은 이른바 〈전형적 인물〉의 개념에도 적용될 수 있을 것이다.

〈전형〉은 유형이라는 개념과는 달리 단순히 그 시대의 보편성만을 말하는 것은 아니다. 그와는 달리 전형은 사회의 본질(보편성)을 〈예술적 특수성〉으로 반영한 것을 뜻한다. 사회의 본질은 인간(인물)과 환경의 상호관계로 나타나며 예술적 특수성은 개별성과 보편성의 통일을 말한다. 따라서 전형성은, 〈전형적 환경에서의 전형적 인물〉을 그리는 일과, 〈개별적 현상과 사회적 본질(보편성)을 통일〉시키는 일의 동시적 과정에서 얻어진다. 여기서 중요한 것은 환경과 인물의 관계, 그리고 개별성과 사회적 본질의 통일이 뗄 수 없는 상호연관성을 지닌다는 점이다. 다시 말해, 전형적 인물은 전형적 환경의 설정이 없이는 형상화될 수 없다. 또한 개별성과 보편성(사회적 본질)의 통일 역시 단순히 혼합되거나 부가된 것이 아니라 양자가 상호 규정적인 관계에 있다. 이제 이런 특성들을 앞서 밝힌 리얼리즘(그리고 근대소설) 인물에 대한 사회학적·심리학적 설명에 연관해서 다시 살펴보자.

리얼리즘 인물의 독자적 (개별적) 내면성은 사회적 모순의 환경에 대면한 것으로서만 의미를 지닌다. 즉, 리얼리즘 인물의 내면성이 주체성과 독자성을 갖는 것은 환경의 모순을 넘어서려는 내적 욕구에 의한 것이다. 이점은 〈전형적 인물〉에 대한 설명에 그대로 적용될 수 있다. 전형적 인물 역시 사회적 모순의 〈환경〉에 대면해 있는(상호연관되는) 경우에만 전형성을 지닐 수 있다. 반복하자면, 전형적 인물은 전형적 환경의 설정 속에서만 그려질 수 있다.[44]

한편 개별성과 보편성의 통일은 흔히 개인적 기질과 사회적 성격의

---

43) 임화가 말한 본격소설의 '환경에 대해 있는 인물'이란 바로 이를 말한다. 임화, 「현대소설의 주인공」, 『문학의 논리』(학예사, 1940), 411~27면 참조.

44) 리얼리즘의 요건으로 〈세부적인 진실 외에도 전형적인 환경(상황)에서의 전형적인 인물의 진실한 재현〉을 들고 있는 엥겔스의 전형론은 이와 연관이 있다. 엥겔스, 「런던의 마가렛 하크니스에게」, 김영기 역, 『마르크스 엥겔스의 문학예술론』, 앞의 책, 88면 참조.

통합으로 말해진다. 그러나 이것 역시 단순히 사회적 성격(즉 자본가, 소시민, 노동자 등)에 개별적 기질(편집증, 수전노, 우유부단함 등)을 적당해 혼합해서 이루어지는 것은 아니다. 먼저 사회적 성격은 인물이 사회적(사회학적) 환경에 대면 했을 때 나타난다. 그런데 사회적 환경은 단순히 인물에게 사회적 성격을 부여할 뿐만 아니라 그 환경의 모순에 맞서는 주체적인(개성적인) 내면을 갖게 한다. 따라서 인물의 개성적인 (주체적인) 성격은 단지 사회적 성격에 부가되는 요소가 아니라 사회적 환경에 대면함(상호연관됨)으로써 (사회적 성격과 함께) 필연적으로 얻어지는 것이다.

예컨대 「운수 좋은 날」(1924)에서 김첨지는 사회적 환경 속에서 일용노동자(인력거꾼)의 사회적 성격을 갖게 된다. 그런데 김첨지는 그와 함께 사회적 환경의 모순에 대면함으로써 그 모순에 반응하는 개성적인 (주체적인) 성격을 얻게 된다. 가령 그는 돈이 벌리자 신이 나면서도 불안해 하는 복합적 성격을 드러낸다. 또한 아내를 사랑하면서도 겉으로는 욕을 퍼붓는 것도 그의 특이한 성격이다. 물론 이런 〈개별적 성격〉은 인력거꾼(일용 노동자)으로서의 그의 〈사회적 성격〉과 뗄 수 없는 관계에 있는 개성이다. 그런데 중요한 것은 그같은 개성적 성격이 그가 사회적 모순의 환경에 대면함으로써 얻어진 것이라는 점이다. 즉, 김첨지의 불안(그리고 욕설)은 그를 돈으로부터 소외시킨 모순된 사회에 대한 정직한 반응인 것이다.

만일 반대로 사회적 환경의 모순이 둔화된 채 그려졌다면 (사회적 성격은 어느 정도 나타나겠지만) 김첨지의 개성 역시 소실됐을 것이다. 즉, 김첨지는 아내에게 욕을 퍼붓지도 그렇게 불안해하지도 않았을 것이다. 이처럼 사회적 모순이 잘 그려지지 않게 되면 인물의 생생한 개성 역시 사라지게 된다.

위에서 우리는 전형적 인물의 개성을 보편성(사회적 본질)과 뗄 수 없는 것으로 설명했다. 그러나 박진감있는 현실성을 얻으려면 그런 주체적 개성 이외에 부수적이고 우연적인 개별성을 그리는 것 역시 불가피할 것이다. 가령 「운수 좋은 날」에서 병든 아내에게 약한첩 쓰지 않는 김첨지의 신조는 단지 비합리적인(그리고 전근대적인) 그의 개별적 성격이다. 그러나 이런 부수적인 개별성 역시 사회적 본질과 연관된 개성의 한 부분으로 통합되는 순간 생생한 성격으로 지양된다. 만일 김첨지가 현실에 진지하게 대면함으로써 자신의 전근대적 사고(팔자소관)를 뒤엎는 무의식적 반응(돈에 대한)을 보이지 않았다면 그의 비합리성은 단지 사회적 모순(본질)과 무관한 전근대적 성격으로 그려졌을 것이다. 그러나 사회적 모순에 대면하는 중에 자신의 의식적 관념(전근대성)조차 뒤집는 복합적 성격을 드러냄으로써 그의 비합리성은 당대의 자신의 위치(미각성된 민중)를 알리는 생생한 개성이 된다. 김첨지는 아마도 「만세전」에 나오는 무지한 갓장수와 비슷한 인물일 것이다. 그러나 갓장수는 환경의 모순에 무감각한 〈평균적 인물〉로 그려진 반면[45], 사회적 모순과 대면하고 있는 김첨지는 무지한 성격을 지닌 채로 살아 있는 〈전형적 인물〉이 된다.

〈평균적 인물〉[46]은 당대에 현존했던 사람들의 모습을 실감나게 드러낸다. 그러나 평균적 인물은 사회모순에 대면하지 못한 (환경에 즉한[47]) 상태로 그려짐으로써 그 시대의 객관적 현실성(그리고 사회의 본질)을 보여주는 데는 실패한다. 예컨대 박태원의 『천변풍경』(1937)에 나타난 도시빈민들은 그런 〈평균적인 인물〉의 대표적인 예로 볼 수 있다. 창

---

45) 물론 「만세전」은 세태소설은 아니다. 사회적 모순과 대면한 이인화가 주인공으로 그려지기 때문이다. 그러나 민중적 인물을 평균적 인물로 그린 것은, 이인화 같은 지식인의 인식중심주의에 의존하는 「만세전」의 한계로 볼 수 있다.

46) 평균적 인물은 양적인 보편성, 즉, 그 시대에 가장 흔히 볼 수 있는 인물의 형상으로 나타난다. 그러나 세태에 부합해가는 모습을 보일 뿐 사회모순을 날카롭게 드러내는 데는 실패한다. 루카치, 『미학서설』, 홍승용 역(실천문학사, 1987), 266면.

47) 〈환경에 즉한(즉해 있는) 인물〉이란 부정적 환경의 논리에 무력하게 휩쓸리거나, 혹은 부정적 환경을 대표하는 인물을 말한다. 세태소설의 평균적 인물은 전자의 경우이며, 이는 자기 자신을 객관화시키지 못하는 〈즉자적〉 의식 상태와 일치한다. 그와 달리 〈환경에 대해 있는 인물〉은 부정적 환경에 의식적, 무의식적으로 맞서 있는 인물을 말한다.

156

수, 만돌이네, 금순이, 순동이, 이쁜이네, 점룡이네 등은 그 시대에 청
계천변에 살았음직한 인물들의 모습을 실제처럼 보여준다. 그러나 그들
중 누구도 자신들의 고통의 근원인 사회모순에 대해 어떤 반응을 드러
내지 않는다. 이처럼 사회모순과 대면하지 못하는 평균적 인물만 등장
할 경우, 객관적 현실성 대신 단지 세태의 흐름만을 그릴 수 있을 뿐이
다. 그같이 주체적 내면(심리)을 지니지 못한 평균적 인물들과 세태의
흐름만을 형상화하는 것이 바로 〈세태소설〉이다.

그와 달리 리얼리즘의 전형적 인물은 사회적 모순(차이)에 대면함으
로써 사회적 성격과 통일된 개별적 성격을 갖게 된다. 또한 사회적 모
순에 대면하는 한 부수적인(우연적인) 개별적 성격조차 사회성과 연관
된 생생한 개성으로 지양된다. 여기서 핵심적인 것은 〈전형적 성격〉이
란 〈사회적 모순〉과 대면한(상호연관된) 관계 속에서만 비로소 얻어질
수 있다는 점이다.[48] 즉, 전형적 성격은 인물의 의식의 각성 정도보다
는 얼마나 진지하게 환경(현실)의 사회적 모순에 상호반응하느냐에 따
라 획득된다. 설령 인물의 인식능력이 뒤떨어지더라도 사회모순에 정직
하게 반응하는 경우, 『운수 좋은 날』의 김첨지와 같이 자신의 의식적
한계를 전복시키면서까지 사회적 본질과 개성의 상호연관을 드러낼 수
있는 것이다.

그와 반대로 인식능력이 뛰어난 인물인 경우에도 사회모순과의 진지
한 대면 속에서 그려지지 않는 경우 그 인물은 전형이 될 수 없다. 예
컨대 「목화와 콩」(권환, 1931)의 박대성(그리고 필성)처럼 구체적 현
실에 부딪히기 전에 이미 모든 것을 다 알고 있는 인물은 〈관념적 인
물〉에 그치게 된다. 똑같이 사회주의적 세계관을 지닌 인물이면서도,
『고향』(1934)의 김희준은 그와 달리 미리 갖춘 지식과 식견만으로 현
실에 대응하지는 않는다. 모든 농민들을 단결시키는 김희준의 폭발적인

---

48) 임화가 말한 〈인물과 환경의 조화〉란 바로 이를 뜻하는 것일 터이다. 임화, 「세
태소설론」, 『문학의 논리』, 앞의 책, 348~49면. 「본격소설론」, 『문학의 논리』,
368면 참조.

실천력은 그가 농촌현실의 사회모순에 정면으로 부딪혀 가면서 얻어진 것이다. 그런 중에 김희준은 오히려 지식으로 갖고 있던 세계관의 한계를 넘어서려 애쓰게 된다. 김희준이 박대성과 달리 〈전형적 인물〉로서 형상화된 것은 이 때문이다. 물론 이 경우에도 모순된 〈사회적〉 현실에 진지하게 대면하는 점과, 그로써 내면 속에서 자기 자신의 관념조차 혁파하는 〈심리학적〉 현실성을 얻는 점이 핵심적이다. 즉, 여기서도 〈사회학〉과 〈심리학〉의 상호연관성이 전형성의 관건인 것이다.

　한편 전형적 인물 중에는 사회모순에 맞서기보다는 그 스스로가 사회모순을 대표하는 인물도 있다. 이러한 부정적 인물은 일종의 환경에 즉한 인물이지만 독특한 방법(예컨대 풍자적 방법)을 사용하면 전형적 인물로 형상화될 수 있다. 하지만 이런 부정적 인물 역시 사회모순의 본질적 측면과 〈긴밀히 연관〉될 때 전형적으로 그려진다. 그렇지 않고 환경의 부정성과 무관한 개인적인 악한에 그칠 경우 그는 전형적 인물이 될 수 없다. 이 부정적 전형에 대해서는 뒤에서 다시 고찰하기로 하자.

　이상에서처럼 전형적 인물에는 긍정적 인물에서 어중간한 인물, 그리고 부정적 전형까지 다양한 유형이 존재한다. 의식의 각성정도에 따른 이 인물들은 소설의 종류에 따라 각기 다른 형식 속에서 나타나게 된다. 즉, 비판적 리얼리즘에서는 중도적 주인공을 등장시키며 사회주의 리얼리즘에서는 긍정적 주인공을 내세운다. 또한 부정적 전형은 주로 풍자소설(일종의 비판적 리얼리즘)에서 형상화된다. 이제 이 리얼리즘의 종류에 따른 인물들의 다양한 특성을 보다 자세히 살펴보자.

(2) 비판적 리얼리즘과 중도적 주인공

　전형적 인물이 사회모순과의 대면에서 주체적 내면을 갖는 것은 그 모순을 넘어서는 사회발전을 지향하기 위해서이다. 그러나 전형적 인물은 사회발전을 그리기 위해 반드시 고양된 진보적 의식을 지녀야 하는 것은 아니다. 사회현실을 다양하고 풍부하게 반영하기 위해서는 오히려 〈중간정도의 의식〉을 지닌 인물이 긴요할 수도 있다. 〈중도적 주인공〉

158

이란 이처럼 진보적 세력과 반동적 세력 사이에서 사회발전의 운동과정과 그에 따르는 제반 현상들을 〈세밀하게〉 드러내는 인물을 말한다.[49] 〈중도적 주인공〉이라는 개념은 루카치가 『역사소설론』에서 극과 대비되는 소설의 주인공을 특징짓기 위해 사용한 용어이다. 루카치는 극의 주인공이 〈세계사적 개인〉이라면 소설에서는 세계사적 개인이 부차적 인물이 되고 중도적 주인공이 중심점이 된다고 논의한다.[50] 세계사적 개인이란 〈인물의 개성과 갈등〉이 〈역사적 현실의 운동의 본질(힘)〉과 일치되는 인물을 말한다.[51] 〈운동의 총체성〉을 그리는 극에서 세계사적 개인이 주인공이 되는 것은 그 때문이다. 반면에 〈현실(객체들)의 총체성〉을 그리는 소설에서는 세부적인 현상들을 복합적으로 드러낼 수 있는 〈중도적 주인공〉이 적절한 것이다. 따라서 만일 『리어왕』(셰익스피어)을 소설화한다면 리어보다는 에드가가 주인공으로 필요할 수도 있다. 또한 에드가보다는 『고리오 영감』(발자크)의 라스티냑이 소설의 인물로는 더 없이 적합하다. 라스티냑은 굳건한 세계사적 개인이 아니라 주저주저하는 〈중도적 주인공〉이기 때문이다.[52]

　이러한 중도적 주인공의 개념은 실상 〈비판적 리얼리즘〉의 주인공에 대한 설명으로 합당하다고 할 수 있다. 비판적 리얼리즘의 주인공은 사회모순에 맞선 주체적 내면을 지니면서도 항상 머뭇거리는 성격을 지닐 수밖에 없다. 왜냐하면 그는 자본주의 사회 내부에 속한 인물로서 현실모순에 비판의식을 지니면서도 자본주의적 체계 자체를 벗어날 수는 없기 때문이다. 자본주의의 비정함에 분개하면서도 매혹적인 파리를 선망하는 라스티냑(『고리오 영감』)은 그 대표적인 예라고 할 수 있다.

　그래서 우리는 루카치의 중도적 주인공 개념을 확대해서 〈중간 정도의 의식 상태〉를 지닌 비판적 리얼리즘의 주인공을 지칭하는 용어로

---

49) G. 루카치, 『역사소설론』, 이영욱 역(거름, 1987), 161면.
50) 위의 책, 158~61면, 180~94면.
51) 위의 책, 149면.
52) 위의 책, 183면.

사용하기로 한다. 중도적 주인공에는 소시민, 지식인, 도시빈민, 미각성 상태의 민중(노동자, 농민) 등의 다양한 계층의 인물들이 포괄될 수 있다. 이들은 모두 자본주의 사회 내부에서 그 현실적 모순과 대면하고 있는 인물들이다.

이같은 중도적 주인공의 중요한 한 유형은 〈문제적 개인〉[53]이라고 할 수 있다. 문제적 개인은 자본주의 사회 내부에 속해 있으면서도 자본주의의 논리를 수용할 수 없는 〈미결정적인〉[54] 인물을 말한다. 예컨대 『삼대』의 조덕기는 부르주아 집안의 상속자이면서 또한 부르주아와 싸우는 사회주의자(김병화)에 대해 동정자[55]의 입장을 취한다. 그러면서도 인류와 사랑을 구현한다는 신념을 내세워 사회주의적 급진성에는 동조하지 않는다. 그러나 그는 자신의 사랑의 구현이 결국 부르주아적 추행의 반복이라는 타자의 말에 의해 그의 신념이 전복되는 것을 경험한다. 이처럼 조덕기는 그의 불완전한 신념을 와해시키는 무의식(그리고 타자성)을 통해 현실과 부단히 접촉한다. 여기서 그는 자본주의 체계에 대해 미결정적인 상태에 있으며 그의 신념 역시 완결성이 유보된(지연된) 미결정성을 지니게 된다. 이처럼 어떤 체계나 관념(신념)의 내부도 외부도 아닌 미결정적인 상태에 있는 인물이 바로 문제적 개인이다.

『삼대』의 조덕기는 자본가의 집안에 속한 동시에 양심적인 지식인이라는 이중성을 지니고 있다. 그러나 중도적 주인공의 이중성은 흔히 소시민 주인공을 통해 드러난다. 소시민이란 자본가나 노동자 어느쪽에도 속하지 않는 우리 자신과 유사한 대다수의 사람들을 말한다. 고바우, 야로씨, 왈순 아지매 등 일간신문 만화의 주인공이 바로 넓은 의미의

---

53) G. 루카치, 『소설의 이론』, 반성완 역(심설당, 1985), 103면. 이 책에서 루카치는 소설을 〈문제적 개인의 자기인식으로의 여행〉으로 설명한다. 문제적 개인이란 세계와 일치되지 않는 영혼을 지닌 소설의 주인공을 말한다.

54) 미결정성(undecidability)이란 어떤 체계의 내부에 속한 동시에 또한 외부에 소속되는 것을 말한다. 미결정성의 존재는 어떤 사회가 완전할 수 없으며 미결정적 요인을 내부에 포함하도록 변화되어야 함을 암시한다. 마이클 라이언, 『해체론과 변증법』, 나병철·이경훈 역(평민사, 1994), 58~68면 참조.

55) 심정적으로 동정하는 사람을 말함.

소시민(혹은 중간계급)적 인물들이다. 보통사람으로서의 소시민 주인공은 긍정성과 부정성 사이에서 모호하게 동요하는 태도를 나타낸다. 소시민 주인공은 의식이 각성되어 긍정적인 방향으로 나아가기도 하지만 반대로 부정적인 쪽으로 향해 비판의 대상이 되기도 한다. 그렇지 않으면 우유부단하고 머뭇거리는 상태로 그냥 남아 있는 경우도 있다.

소시민 주인공의 의식이 각성되는 전개는 이른바 〈교양소설〉의 대표적인 플롯을 이룬다. 예컨대 김남천의 「경영」(1940) 「맥」(1941)의 최무경은 애인(오시형)을 잃는 과정 속에서 얼마간 의식의 각성을 보이게 된다. 그러나 이 연작소설은 최무경의 의식이 모호한 상태에 있는 것으로 결말을 맺고 있다.

또한 조해일의 「아메리카」(1972)에도 얼마간 의식의 각성을 보이는 소시민 주인공이 등장한다. 갑작스런 사고로 가족을 잃은 '나'는 제대 후 기지촌(ㄷ읍)의 당숙의 집에 기거한다. '나'는 기지촌 여자들과 상대하면서 처음에는 그곳의 생활을 표면적으로만 경험한다.

"소질이 굉장해요. 첨은 물론 아니죠?"
"여기 와선 처음이지."
"그전엔?"
"종삼이 없어지기 전에 몇번……"
"어머, 그런 델 다 갔어요?"
"그런 데라니?"
"더럽다던데."
"하!"

나는 감탄했다. 이 여자는 자부심을 갖고 있구나! 이 귀여운 무지덩이. —— 그럼 옥화는 깨끗한가?
라고, 그러나 나는 묻지 않았다. 그런 건 내게 실상 하나도 중요하지 않았다. 내게 중요한 것은…… 나는 그녀의 커다란 남자용 잠옷을 벗겼다. 그녀는 말없이 내 하는 짓을 돕고 알몸이 되자 팔을 벌려 나를 안았다. 우리는 다시 저 달콤한 시궁창 속으로 들어갔다.

'나'는 여자들과의 일락에 빠져들며 그곳 여자들이 의외로 윤리적 열등감도 없이 자신의 생활을 즐기고 있다고 생각한다. 그러나 '나'는 곧 그런 생각이 단지 구경꾼이나 외방객의 입장에서 본 것이었음을 깨닫는다. 흑인에게 살해당한 기옥의 죽음을 계기로 '나'는 기지촌 여자들의 비참한 삶을 침통하게 응시하지 않을 수 없게 된다.

그 일 주일 동안 나는 끼니때를 제외하고는 거의 내 방에만 처박혀서 지내다시피 하였다. 견디기 어려운 더위와 그리고 수많은 사람들이 그 속에서 살고 있는 무수한 상자들 사이의 한 상자 속에 혼자 누워 있다는 고절감과 싸우면서 나는 내가 와 있는 곳의 바른 자리와 분명한 의미를 알아보려고 애썼다. 그러나 일 주일 간이나 계속된 내 헛된 노력은, 대학의 경제학과를 2년밖에 다니지 못한 내 어설픈 지식으로 사태를 판단해보려고 할 때, 가진 나라와 못 가진 나라 사이에 일어나는 여러 가지 갈등 내지는 소외관계라는 도식에서 한발짝도 더 나아갈 수 없다는 무력감 때문에 망쳐졌으며, 내가 한국인이라는 종족 감정으로 사태를 바라볼 경우 모멸감과 수치감 같은 구제할 길 없는 혼란된 감정이 끓어 올라 판단을 어둡게 함으로써 망쳐지고 말았다. 그 헛된 노력 끝에 나는 다만, 나는 이곳 사람이며 이곳에 오기 전에도 이곳 사람이었으며, 금후에도 얼마 간은 더 내가 이곳에 있게 되리라는 것을 어렴풋이 알았을 따름이었다.

혼란한 감정 속에서 '내'가 깨달은 것은 기지촌의 문제가 그곳만의 사정은 아니라는 점이었다. 그러나 '나'는 그 사실을 더이상 분명히 깨닫지는 못한다. 그 점에서 이 소설의 후반부는 다소간 세태묘사적인(세태소설적인) 경향을 보인다. 하지만 이 소설은 환경의 선택이 특별하며 '나'의 내면이 그 〈환경의 모순〉에 진지하게 반응하는 점에서 전형성을 얻고 있다. ㄷ읍의 문제가 전체 사회와 연관된다는 생각은 그곳의 환경이 전형적이라는 뜻에 다름 아닌 것이다.

소시민 주인공의 의식의 각성이 보다 적극적으로 나타난 소설들은 80년대 후반에 쓰여졌다. 예컨대 87~88년에 발표된 「태양은 묘지 위에 붉게 타오르고」(양헌석, 88), 「강」(김인숙, 87), 「위기의 사내」(현기영, 88) 등이 그 대표적인 소설들이다. 이 소설들에서 소시민 주인공이 매우 뚜렷한 의식의 각성을 경험하는 것은 진보적 문학(사회주의 리얼리즘)이 성행했던 그 시대의 사회적 조건과 연관되어 있다. 이 소설들에서는 비판적 리얼리즘임에도 불구하고 진보적 인물(운동권 학생이나 노동자)이 부차적 인물로 등장한다. 소시민 주인공은 그 진보적 인물의 영향을 받아 고양된 의식의 각성을 이루게 되는 것이다.

그와는 반대로 소시민 주인공이 부정적인 방향으로 나아가 비판의 대상이 되는 소설들은 80년대 말엽에 특징적으로 나타났다. 가령 「기회주의자」(양귀자, 89), 「부정」(김인숙, 89), 「덧문너머의 헝클어진 숨결」(김향숙, 89) 등이 그런 소설들이다. 이 소설들에서 소시민 주인공의 이중성이 부정적으로 그려진 것은 보수적 방향으로 선회한 당시의 사회적 분위기와 관련이 있다. 사회적 분위기의 변화는 소시민들에게 가장 민감하게 반영되었고 진보적 소망이 좌절된 분노감은 소시민 주인공의 부정적 성향(그리고 이중성)을 비판하는 소설들을 만들어냈던 것이다. 이처럼 보수적인 방향으로 나아가 비판의 표적이 되는 소시민 주인공 역시 중도적 주인공으로 볼 수 있다. 왜냐하면 그들은 아무리 부정적 세력과 결탁한다 해도 (부정적 주인공과는 달리) 늘상 반대 방향(진보성)으로 나아갈 가능성을 열어 두게 되기 때문이다. 이점에서 그런 가능성이 열려 있는 「기회주의자」의 정계장이 그렇지 못한 「덧문너머의 헝클어진 숨결」의 정태보다 더 전형적이다.

비판적 리얼리즘의 중도적 주인공으로는 소시민 이외에도 도시빈민이 빈번히 등장한다. 예컨대 「성탄제」(박태원, 1937)의 두 자매, 「남매」, 「무자리」(김남천, 1938)의 소년주인공, 「설중행」(손창섭, 1959)의 고선생, 「아홉켤레의 구두로 남은 사내」(윤흥길, 1977)의 권씨 등을 들 수 있다. 이들 도시빈민들은 소시민과는 달리 우유부단한 이중성을 지니지는 않는다. 이들이 소극적 태도를 갖는 것은 이중성보다는 무력감이나 인식력의 결핍 때문일 것이다. 따라서 대개 도시빈민 주인공은 무

력한 〈환경에 즉한〉 상태에서 그를 극복한 〈환경에 대한〉 상태로 전환
되는 과정을 통해 〈전형성〉을 드러낸다.

  마지막으로 미각성 상태의 민중적 인물이 중도적 주인공으로 등장하
는 경우도 있다. 노동자, 농민 등 민중적 인물은 흔히 진보적 리얼리즘
(사회주의 리얼리즘등)의 주인공으로 등장한다. 그러나 사회주의적 세
계관 같은 고양된 의식을 갖기보다는 어중간한 미각성 상태에 있는 경
우에는 빈번히 중도적 주인공으로 그려진다. 예컨대 「운수 좋은 날」의
김첨지나 김유정 농민소설의 농민들, 그리고 「삼포가는 길」(황석영,
73)의 영달과 정씨 같은 인물들이다. 이 소설들의 민중적 인물들은 설
혹 부정적 행동을 하더라도 근본적으로는 선량한 내면을 지닌 것으로
그려진다. 그들의 어설픈 탈선은 내면적인 타락에서 기인된 것이 아니
라 극히 열악해진 사회적 환경에서 연유된 것이기 때문이다. 가령 김유
정 소설의 농민 주인공들은 흔히 일탈된 행동을 함으로써 세태의 부정
적 흐름에 이끌려가는 모습을 보인다. 그런 인식과 행동의 차원에서 볼
때 그들은 분명히 〈환경에 즉한 인물들〉이다. 그러나 그것은 표면현상
일 뿐이며 인물들은 자신들의 순수하고 개성적인 내적 삶을 지니고 있
는 것으로 밝혀진다. 농민들의 순수하고 활력적인 내적 삶은 그것을 억
압하는 (그리고 왜곡시키는) 모순된 궁핍한 환경에 대면해 있으며, 이
점에서 그들은 〈환경의 모순과 대립〉해 있다. 표면적으로는 더없이 무
력하지만 (환경에 즉해 있지만) 내면적으로는 활력적으로 환경의 부정
성에 맞서는 점에서 김유정 소설의 농민들은 전형성을 얻고 있다. 예컨
대 「안해」의 '나'와 안해는 농사는 지어도 빚에만 몰리는 모순된 상황
에서 밤낮없이 부부싸움을 한다. 그러나 그들은 '싸우면 싸울수록 정이
착착 붙으며', 생활고 속에서도 자식만 쏟아놓으면 부자가 될 것이라는
낙관적인 활력성을 보여준다. 이같은 농민들의 민중적 낙관주의는 그들
을 억압하는 환경의 모순에 떳떳하게 맞서 있다.

  한편 황석영의 「삼포가는 길」에는 산업화되어가는 각박한 환경에서
고향을 찾아가는 뜨네기 노동자(정씨)가 등장한다. 이 소설에서 두 사

람의 노동자(정씨와 영달)는 순박한 마음을 지녔지만 현실의 부정성에 적극적으로 대항하는 인물들은 아니다. 그러나 마음을 묻어둘 고향을 잃어버리는 순간 주인공 정씨는 어쩔 수 없이 비정한 환경에 맞서게 된다.

"동네는 그대루 있을까요?"
"그대루가 뭐요. 맨 천지에 공사판 사람들에다 장까지 들어섰는걸."
"그럼 나룻배두 없어졌겠네요."
"바다 위로 신작로가 났는데, 나룻배는 뭐에 쓰오. 허허 사람이 많아지니 변고지. 사람이 많아지면 하늘을 잊는 법이거든."
작정하고 벼르다가 찾아가는 고향이었으나, 정씨에게는 풍문마저 낯설었다. 옆에서 잠자코 듣고 있던 영달이가 말했다.
"잘됐군. 우리 거기서 공사판 일이나 잡읍시다."
그때에 기차가 도착했다. 정씨는 발걸음이 내키질 않았다. 그는 마음의 정처를 방금 잃어버렸던 때문이었다. 어느결에 정씨는 영달이와 똑같은 입장이 되어 버렸다.
기차가 눈발이 날리는 어두운 들판을 향해서 달려갔다.

정씨는 고향을 상실함으로써 자신도 모르게(무의식 중에) 비정한 현실에 맞서 있는 자기 자신을 발견하게 된다. 공동체적 이상향인 고향을 빼앗는 각박한 현실에 대응하는 것은 그 뿐만 아니라 우리 모두의 문제일 것이다. 내면의 고향을 상실한 정씨의 심리가 전형적인 것은 이 때문이다.

(3) 사회주의 리얼리즘과 긍정적 주인공

이제까지 우리는 주로 〈무의식적〉 내면이나 내적 삶, 개성적 목소리 등을 근대소설 및 리얼리즘(혹은 비판적 리얼리즘)의 인물의 지표로 논의했다. 근대소설에서 그런 인물의 대표적인 예는, 〈무의식적〉 내면을 통해 사회모순과 대면하는 〈비판적 리얼리즘〉의 주인공에서 찾아볼 수 있다. 그런데 그와는 달리, 조직적이고 〈의식적인〉 의도에 있어 사회모순과 정면으로 대결하는 인물이 등장하는 경우도 있다. 근대소설의 발전과정에서 새롭게 나타난 그 인물이 바로 〈사회주의 리얼리즘〉의 〈긍정적 주인공〉[56]이다.

〈긍정적 주인공〉은 몇 가지 점에서 전통적인 근대소설(혹은 비판적 리얼리즘)의 인물들과 뚜렷이 구별되는 특징을 지닌다. 긍정적 주인공은 단지 긍정적 성향을 지닐 뿐 아니라 〈의식적인 의도〉에 있어 사회모순과 대결하는 인물을 말한다. 우리는 앞에서 근대소설의 인물이 〈사회학적〉 환경의 모순에 맞서 있는 〈내면(심리)〉을 지니는 것으로 논의했다. 그런데 긍정적 주인공은 그런 심리적 내면과 성향을 지닐 뿐 아니라 의식적 의도를 지니고 사회모순에 맞서 싸운다. 긍정적 주인공 역시 〈사회학적〉 환경의 모순에 맞서서 그 모순을 극복하려는 점에서 근대소설의 인물의 특성을 지닌다. 그러나 그는 다만 환경의 모순에 대립한 〈내면〉을 지니는 데 그치지 않고 〈외적인 의식적 의도〉로써 그 모순을 지양하려 행동하는 것이다. 즉, 긍정적 주인공은 전통적 근대소설과는 달리 〈실천적〉으로 사회모순과 대결한다. 또한 그처럼 실천적 행동을 나타내기 위해 〈올바른 (과학적) 관점(세계관)〉에 의해 환경의 사회적 모순을 인식한다. 이처럼 과학적 〈인식력과 실천력〉을 갖춤으로써, 긍정적 주인공은 사회학적 환경에 대면함은 물론 그의 인식과 실천의 특성 역시 사회학과 연관된다.

이점에서 긍정적 주인공은 전통적 근대소설(혹은 비판적 리얼리즘)의 인물과 구분되지만, 그러나 우리는 그에게도 근대소설 인물에게 요구했던 사항을 똑같이 반복할 수 있다. 근대소설의 인물은 외적, 내적 관념의 완결성을 깨뜨리기 위해 부단히 현실과 반응하는 무의식적 내면을 지녀야 한다. 그와 마찬가지로 긍정적 주인공 역시 자신의 인식과 실천의 근거인 사상(세계관)을 완결된 의식으로보다는 내면화된 것으로서 지녀야 한다. 그렇지 않고 자신의 사상(세계관)을 폐쇄된 관념으

---

56) 긍정적 주인공의 개념에 대해서는 쉬체르비나 외, 『소련의 현대문학 비평』, 이강은 역(한겨레, 1986), 126~28면, 274~79면, 314~15면 참조.

로만 갖을 경우(초기 프로소설의 경우) 그는 전근대적 서사의 인물에서 발견했던 것과 유사한 특징을 되풀이하게 된다. 즉, 인물이 플롯에 종속되어 주어진 특성을 자동적으로 실현하는 양상이 나타난다.[57]

물론 긍정적 주인공의 사상은 고소설 인물의 관념과는 달리 환경의 지배원리에 맞서 있으며 형이상학적이기보다는 〈과학적〉이다. 따라서 사회주의 문학의 주인공은 고소설의 주인공과는 달리 과학적 사상에 의거한 미래지향적 전망을 갖는다. 그러나 바로 그 과학적 사상(세계관)에 얽매여 그것을 부단히 수정하는 내면을 지니지 못할 경우 그 인물은 현실 속에 살아 있는 인간이 아닌 (과학적) 〈사상으로 된 인물〉에 그치게 된다. 사상으로 된 인물은 사상 속의 프로그램에 따라 행동함으로써 주체적 내면을 지니지 못한 채 도식적인 플롯에 종속되는 것이다.[58] 이른바 〈사회학 주의〉는 그처럼 과학적 사상에 속박돼 주체적(인간적) 내면을 갖지 못할 때 생겨난다. 리얼리즘 이론가들이 이데(사상)로 된 인물이 아닌 〈인물로 된 이데〉를 요구했던 것은 그를 극복하기 위해서였다.[59] 30년대 후반 구 카프 이론가들이 초기 프로소설을 반성하면서 세계관의 주체화(내면화)를 주장한 것 역시 같은 이유에서였다. 실제로 신경향파 소설에서 30년대 전반 사회주의 리얼리즘(『고향』, 『인간문제』 등)에 이르는 과정은, 사회학에 얽매인 인물에서 심리적, 무의식적 내면을 얻은 인물로 발전하는 과정이었다. 사회학(과학)과 연관된 특성을 지닌 긍정적 주인공의 경우에도 〈사회학과 심리학의 상호연관성〉이 전형성을 얻는 요건이 되는 것이다.

한편 긍정적 주인공의 의식적 의도(인식과 실천)가 제대로 실현되려면 그는 늘상 〈집단적 인물〉의 단결력을 바탕으로 움직여야 한다. 긍정

---

57) 초기 프로소설에서 발견됨.

58) 고소설과의 차이는 고소설의 경우 플롯이 환경의 지배원리(유교이념)에 종속되는 반면, 도식적인 프로소설의 플롯은 환경의 지배원리(자본의 논리)에 저항하는 이념에 종속된다는 점이다. 그러나 인물이 이념에 종속된 도식적 플롯의 기능 요소로 나타나는 점은 동일하다.

59) 김남천, 「현대 조선소설의 이념」, 『조선일보』(1938. 12. 17~23).

적 주인공의 목적이 모순된 환경을 변혁하고 새로운 사회를 지향하는 것이라면 그 목표의 내용이 투쟁의 과정 자체에서 새로운 인간관계로 나타나야 한다. 긍정적 주인공의 행동이 새로운 인간관계로 된 집단적 인물들 속에서 그려져야 하는 것은 이 때문이다. 그와 달리 그가 혼자의 힘으로 모든 것을 해결하는 행동을 할 경우 그는 고소설(혹은 무협지나 로만스)의 주인공 같은 영웅주의적 인물로 변색된다. 이 경우 영웅주의화된 인물은 전근대적 서사에서처럼 인물의 영웅적 특성이 〈자동적〉으로 실현됨으로써 〈플롯에 종속〉되는 양상이 나타난다. 긍정적 주인공은 그런 영웅주의에서 벗어나서 집단적 인물들의 힘을 결집시키는 주인공의 역할을 해야 한다. 그런 역할을 충실히 수행하는 한 그는 영웅주의를 탈피한 민중(집단적 인물들)의 영웅이 될 수 있다.

우리나라 사회주의 문학의 발전 과정은 이상에서 살펴 본 두 가지 문제를 극복하고 〈긍정적 주인공〉을 올바르게 형상화하는 전개였다. 즉, 사상으로 된 인물이 도식적인 플롯에 종속되는 양상을 지양하고 〈주체적 내면〉을 획득하는 과정으로 나타난다. 또한 그것은 실천적 주인공이 영웅주의를 지양하고 〈집단적 인물〉 속에서 행동함으로써 민중성을 얻는 발전이기도 했다.

예컨대 한설야의 「씨름」(1929)에는 아직 영웅주의에서 벗어나지 못한 주인공이 등장한다. 이 소설에서 명호는 타고난 힘과 운동가들에게 배운 지식을 바탕으로, 소작조합을 튼튼히 하고 (씨름을 통해) 노동조합의 위세를 과시한다. 그러나 그런 위세는 순전히 명호 개인의 뛰어난 힘과 인식능력에서 기인되고 있다. 명호와 민중들의 관계는 (사회주의적인) 새로운 인간관계라기보다는 명호의 힘에 감격해 뒤따르는 심리적 복종의 관계이다. 이처럼 주인공 명호가 〈영웅주의화〉됨으로써 「씨름」에서는 초두부터 이미 명호의 힘의 승리가 예정되고 있다.

또한 권환의 「목화와 콩」(1931)에는 사상으로 된 인물이 등장한다. 이 소설에서 필성은 관청에서 목화를 심게 하는 이유를 농민들에게 자세히 설명해준다. 더 나아가 그는 지금의 농촌 현실에서 농민들이 어떻게 행동해야 할 것인가를 이야기한다. 여기서도 농민과 필성의 관계는 모든 것을 다 아는 운동가와 무지한 민중간의 종속적 관계로 나타난다. 필성의 그런 모습은 자신의 사상에 근거한 것이며 바로 그 〈사상〉이 그의 〈성격〉으로 그려진다. 따라서 이 소설의 주인공 필성과 박대성은, 그들의 사상 속의 프로그램에 따라 행동함으로써, 독자적인 내면을 지니지 못한 채 (사상에 의해) 이미 정해진 도식적인 플롯에 종속되고 있다.

이에 반해 『인간문제』(강경애, 1934)에서 첫째와 선비는 내면의식을 통해 자기혁신과 의식의 각성을 이루는 인물로 그려진다. 이 소설에서 주인공이 빈번히 반성자-인물로 나타나는 것은 그같은 두 사람의 풍부한 내면을 포착하기 위한 기법이다. 다음 예문은 주인공들의 그 살아 있는 내면을 잘 보여준다.

그는 숨이 가쁘게 이편 집모퉁이로 와서 한참이나 그곳을 바라보았다. 그때에 그의 머리에 떠오른 것은 낮에 본 여공들의 긴 행렬이었으며, 그 중에 섞여 있던 선비였다. 선비! 그는 자기도 모르게 이렇게 중얼거렸다. 선비가…… 참말 그 선비였던가? 그리고 저 안에서 지금 실을 켜고 있는 가? 혹은 잠을 자고 있는가? 그도 나를 확실히 본 모양인데…… 나를 알아 보았을까?

선비도 자기가 넣어 주는 그 종이를 보고 똑똑한 선비가 되었으면…… 하였다. 과거와 같이 온순하고 예쁘기만 한 선비가 되지 말고 한 보(步) 나아가서 씩씩하고도 지독한 계집이 되었으면…… 하였다. 그때에야말로 자기가 믿을 수 있고 같이 걸어갈 수가 있는 선비일 것이다…… 하였다. …(중략)…

몰라볼이만큼 꺽세인 첫째의 몸집, 그리고 거칠고 거칠어진 그의 얼굴에 그나마 옛날 싱아를 빼앗아 먹으며 빙긋빙긋 웃던 그 눈만이 아직도 혁혁히 빛나고 있는 것을 볼 수가 있었다. 그러나 그 눈 역시 세고에 부대끼어 전과 같은 순진하고 맑은 기운은 약간 보이고, 반면에 무서울이만큼 강하게 빛나는 그의 눈동자! 그래야만 덕호에 대한 자기의 원을 풀어 줄 것 같았다.

그때 그는 간난이가 일상 하던 말을 얼핏 깨달으며, 세상에는 덕호와 같은 우리들의 적이 많은 것이다, 그것을 대항하려면 우리들은 단결하지 않으면 안될 것이라던 그 말을 그는 다시 생각하였다. 선비는 어떤 힘을 불쑥 느꼈다.

위에서처럼 첫째와 선비의 사랑은 환경의 모순에 대항하는 그들의 주체적인 내면의 힘을 활력적으로 만든다. 선비가 첫째를 다시 만난 후 새로운 각성 속에서 내면의 힘을 불쑥 느낀 것은 이 때문이다. 이처럼 『인간문제』의 두 주인공은 고정된 인물이 아니라 예전의 자신의 외피를 탈피하는 역동적 내면을 지닌 긍정적 주인공으로 그려진다.

살아 있는 내면을 지닌 긍정적 주인공의 모습은 훨씬 이후의 노동소설 「쇳물처럼」(정화진, 1987)에서도 발견된다. 이 소설에서는 천씨의 개인사와 나이, 기질 등을 통해 중견 노동자로서의 그의 성격을 제시하고 있다. 천씨는 혈기왕성한 칠성이와는 달리 웬만한 굴욕쯤은 습관적으로 감내하는 성격을 지니고 있다. 그러나 천씨의 그런 표면적 성격과는 달리 그의 내면(혹은 무의식)은 늘상 젊은 노동자들의 활발한 행동을 동경해 오고 있었다. 자신의 성격을 전복시키는 천씨의 그런 내면을 잘 포착함으로써 결정적인 순간의 천씨의 결단력 있는 행동은 설득력과 감동을 제공한다. 천씨의 행동은 어떤 사상에 따른 기계적 행동이 아니라 자신의 내면의 요구에 의한 자발적인 것으로 그려진다. 그의 이런 내면화된 행동은 의식적 의도에 따라 움직이는 젊은 노동자들의 계획에 깊이있는 현실성을 부여한다. 즉, 천씨같은 중견노동자가 투쟁의 전면에 나서는 전개는 환경의 모순이 그만큼 악화되었으며 그 모순에 맞서는 전체 노동자의 투쟁력 또한 고양되었음을 반증하는 것이다. 이처럼 중견노동자로서의 천씨가 긍정적 주인공으로 그려진 사실은 주로 (농민 출신의) 젊은 노동자들이 등장하는 30년대 소설에서는 볼 수 없는 80년대 노동소설의 특징의 하나이다.

이제 지금까지 살펴본 것을 토대로 긍정적 주인공의 특징을 요약해 보자. 긍정적 주인공에는 계급적으로 노동자, 농민, 진보적 지식인 등이 흔히 등장한다. 물론 도시빈민이나 소시민들도 또다른 긍정적 주인공의 영향을 받아 의식이 각성된 긍정적 주인공으로 나타날 수 있다. 그와 달리 『고향』의 김희준처럼 사회주의 지식인으로 등장하는 경우에는 현실의 민중들 속에서 행동하면서 부단히 자기비판을 통해 자신의 세계관을 내면화시키는 인물로 그려져야 한다. 반면에 같은 작품에서 인동, 방개 같은 농민들은 농촌현실 속에서 김희준의 영향을 받아 긍정적 인물로 성장해 간다.

『인간문제』의 선비와 첫째는 지식인의 도움을 받는 한편 농민에서 노동자로 변모하면서 긍정적 의식을 획득한 경우이다. 농민 주인공의 경우에는 대부분 지식인이나 노동자의 도움을 받지만 『농토』(이태준, 1947)의 억쇠처럼 자신이 스스로 긍정적 주인공으로 발전해가기도 한다. 노동자의 경우에는 「쇳물처럼」의 칠성이처럼 흔히 자신의 노동환경 속에서 스스로 긍정적 의식을 드러내게 된다. 물론 천씨같은 중견 노동자의 경우에는 오랜 굴욕의 세월을 떨치고 의식의 각성을 이루는 모습으로 나타나기도 한다.

이런 여러 유형의 긍정적 주인공의 특징은 다음과 같이 요약될 수 있다. 먼저 긍정적 주인공은 중도적 주인공과는 달리 과학적(사회주의적) 세계관을 바탕으로 〈올바른 인식과 실천〉을 행하며 낙관적 신념을 굽히지 않는다. 그러나 긍정적 주인공 역시 〈자기 자신을 혁신〉하는 내면을 지녀야 하는 점에서는 다른 근대소설의 주인공과 구별되지 않는다. 마지막으로 긍정적 주인공은 부정적 현실(환경)의 인간관계와 대립되는 새로운 인간관계를 형성하면서 〈집단적 인물들〉 속에서 행동하는 모습으로 그려져야 한다.

이처럼 새로운 사회로 나아가는 집단적 인물들 속에 통합되는 개인으로서 긍정적 주인공은 흔히 〈서사시적 인물〉에 접근한다. 서사시적 인물은 〈개인〉의 내면이 〈집단적〉 인간관계 속에 통합됨으로써, 사회(집단)와 대립하여 늘상 동요하는 내면을 지닌 (중도적인) 미결정적 인물(문제적 개인)[60]과는 달리, 흔들리지 않는 완결된 내면을 드러낸다. 서사시적 인물은 이점에서 〈완결된 인물〉로 불리기도 한다. 물론 긍정적 주인공은 처음부터 완결된 인물(혹은 서사시적 인물)로 나타나지는 않는다. 그러나 긍정적 주인공이 부정적 환경과 맞서는 과정에서 (자기 비판 속에서) 자신의 내면을 발전시켜 나가는 한편 새로운 사회를 지향하는 집단에 완전히 통합되는 순간 그는 고양된 굳건한 내면성을 지닌 서사시적 인물이 된다.[61] 그와 함께 사회주의 리얼리즘은 교양소설[62]로부터 서사시로 접근하게 된다. 물론 사회주의 리얼리즘의 서사시적 인물은 즉자적으로 집단에 통합되는 고대 서사시와는 달리 〈대자적으로 (자아 의식을 갖고서)〉 새로운 사회적 집단에 융합된다.

서사시적 인물로서의 완결된 인물은 설령 죽음의 운명을 맞더라도 그것이 비극적으로 그려지지는 않는다. 비극은 개인의 내면적 소망(욕망)이 사회적 힘들의 관계 속에서 불가피하게 좌절될 때 나타난다. 그러나 집단과 통합된 내면을 지닌 서사시적 인물은 부정적 사회와의 대결에서 최후를 맞더라도 그 죽음은 개인의 좌절이 아니라 오히려 자신이 속한 집단이 새로운 사회로 나아가는 추진력이 된다. 예컨대 조명희의 「낙동강」에서 박성운의 죽음은 그와 공통체적 운명을 나누고 있는 농민들이 더욱더 전진하는 계기가 된다.

서사시적 인물은 이처럼 고양된 공동체적 의식을 지님으로써 완결된 인물로 나타나지만 반대로 모든 완결된 인물이 서사시적 인물이 되는 것은 아니다. 부정적 환경에 맞서는 개인을 그리는 비판적 리얼리즘의 경우 완결된 인물은 단지 폐쇄적인 경직성을 드러낼 뿐이다. 그같은 단조로운 완결된 인물은 평면적 성격을 지니며 부차적 인물에 적당할 따

---

60) 이 경우 동요하는 미결정성은 사회 속에서 살아가면서 또한 그와 대립하기 때문에 생겨난다.

61) 모든 사회주의 리얼리즘에서 이런 서사시적 인물이 그려지는 것은 아니다.

62) 주인공의 의식의 성장과정이 나타나는 소설 형식을 말함.

172

름이다. 또한 부정적 인물이 완결된 인물로 나타날 경우에는 흔히 풍자적 회화화의 대상이 된다. 그뿐 아니라 비판적 리얼리즘이 아닌 경향소설에서도 완결된 인물은 빈번히 단조로운 평면성을 드러내기가 쉽다. 앞에서 예를 든 「홍수」의 박건성이나 「목화와 콩」의 박대성 같은 전위적 인물이 바로 그런 경우이다.

이들과 달리 서사시적인 완결된 인물은 지적·감성적·도덕적으로 〈내면적인 풍부함〉을 갖춤으로써 단조로운 평면성을 넘어선다.[63] 서사시적 인물의 완결성은 고립된 폐쇄성이 아니라 집단과 통합된 공동체적 의식의 고양을 의미하기 때문이다. 이들은 풍부한 개성을 지니고 있으며 단지 공동체적 삶 속에 융합됨으로써 흔들리지 않는 내면을 드러낼 뿐이다.

이같은 서사시적 인물의 표본적인 예는 숄로호프의 『고요한 돈강』(1928~40)에서 발견된다. 이 소설에 등장하는 서사시적 인물들은 내면의 발전 과정을 지닌 긍정적 주인공은 아니다. 분슈크, 코세보이 등 코사크 출신의 사회주의자들은 이미 완결된 의식을 지니고 등장한다. 이들은 개인적 내면보다는 역사적 긍정성을 지닌 사회주의 집단의 운명을 드러내지만 결코 경직된 평면적 인물들이 아니다. 이 소설에는 그들과 구별되는 또다른 흥미로운 서사시적 인물로서 반혁명에 가담한 그레고리가 등장한다. 그레고리는 반혁명의 대열에 섬으로써 필연적인 죽음의 운명을 맞지만 그의 최후는 결코 개인적으로 비극을 뜻하지는 않는다. 그레고리는 코사크의 전근대성에서 이탈한 인물임에도 방황과 자신의 한계 속에서 혁명의 대열에 끼어들지 못한다. 그의 불가피한 죽음은 그런 자신의 운명적 선택에 따른 것이다.[64] 그러나 그레고리는 죽음으로써 자신의 내면에 녹아 있는 코사크 정신을 후대에 전하게 된다. 이 점에서 그는 반혁명적 행동에도 불구하고 개인적 비극의 주인공이 아니

---

63) G. 루카치, 『변혁기 러시아의 리얼리즘 문학』, 조정환 역(동녘, 1986), 305면.
64) 이점에서 그레고리는 반혁명에 가담하지만 즉자적인(전근대적인) 인물이 아니라 대자적인 인물이다.

라 집단의 정신을 고양시킨 〈서사시적 인물〉로 그려진다.

『고요한 돈강』과는 달리 대부분의 사회주의 리얼리즘에서는 긍정적 주인공이 서사시적 인물에 접근하는 양상이 나타난다. 예컨대 조명희의 「낙동강」(1927)의 첫 장면은 서사시적 인물로서 긍정적인 주인공의 모습을 매우 잘 보여준다.[65] 긍정적 주인공인 박성운은 병보석으로 출감하여 농민들과 배를 타고 낙동강을 건너온다. 병이 위중함에도 그의 내면은 비극적 고통에 젖는 대신 농민들의 젖줄 낙동강의 물결 속에 고양된다. 로사(박성운의 애인)와 합창으로 부르는 굳센 노래는, 실상 박성운의 내면이 낙동강으로 표상되는 농민들의 공동체적 삶과 일체됨을 드러낸다.

　　"노래하라꼬?"
　　"응, '봄마다 봄마다' 해라 의."
　　"봄마다 봄마다
　　　불어 내리는 낙동강물
　　구포벌에 이르러
　　　넘쳐 넘쳐 흐르네 —
　　　　흐르네 — 에 — 헤 — 야.
　　……………………………"

경상도의 독특한 지방색을 띤 민요 '닐리리조'에다가 약간 창가 조를 섞은 그 노래는 강개하고도 굳센 맛이 띠어 있다. 여성의 음색으로서는 팻기가 과하고 음률로서는 선이 좀 굵다고 할 만한, 그러나 맑은 로사의 육성은 바람에 흔들리는 강물결의 소리를 누르고 밤하늘에 구슬프게 떠돌았다. 하늘의 별들도 무엇을 느낀 듯이 눈을 꿈벅꿈벅하는 것 같았다. 지금 이 배에 오른 사람들이 서북간도 이사꾼들은 비록 아니었지마는 새삼스러이 가슴에 울리지 아니할 수는 없었다.

그 노래 제3절을 마칠 때에 박성운은 몹시 히스테리칼하여진 모양으로

---

65) 그러나 이 소설의 한계는 박성운이 긍정적 주인공으로 성장하는 과정이 요약서술로 나타나 얼마간 도식화되어 있는 점이다.

핏대를 올려가지고 합창을 한다.

  "천 년을 산 만 년을 산
      낙동강! 낙동강!
    하늘가에 간들
      꿈에나 잊을소냐 ―
        잊힐소냐 ― 아 ― 하 ― 야"
 노래는 끝났다. 성운은 거진 미친 사람 모양으로 날뛰며, 바른팔 소매를
걷어들고 강물에다 잠그며, 팔에 물을 적셔보기도 하며, 손으로 물을 만지
기도 하고 끼얹어보기도 한다.

 박성운이 한껏 고양되어 낙동강에 팔을 잠그는 것은, 사실은 농민들
의 공동체 의식 속에 젖어 있는 그의 내면을 확인하기 위해서이다. 이
처럼 낙동강 노래에 취하여 농민들의 집단적 삶과 통합되는 박성운은
굳건한 〈서사시적 인물〉로 나타난다. 육신의 병과 모진 탄압은 새로운
공동체를 지향하며 그의 내면으로 넘쳐 흐르는 강물을 거스르지 못하는
것이다.
 물론 박성운은 『고요한 돈강』의 사회주의자들과는 달리 처음부터 서
사시적 인물로 등장하지는 않는다. 그는 내면의 성장과정을 보이는 긍
정적 주인공으로 활동하면서[66] 최후의 순간에 서사시적 인물의 고양된
내면을 드러낸다. 다만 소설의 첫 장면에 박성운의 서사시적 인물의 면
모가 나타난 것은, 시간역전기법에 의해 그의 마지막 순간이 서두를 장
식하고 있기 때문이다. 이 소설에서 박성운의 의식은 로사에게로 이어
지지만, 그 이전에 이미 박성운은 서사시적 인물로서 구포마을 사람들
의 불멸의 정신을 남기고 있다. 사회주의 리얼리즘의 〈긍정적 주인공〉
은 이처럼 집단적 인물들과 굳건히 합체되는 순간 빈번히 〈서사시적
인물〉의 형상으로 고양된다.

─────────────

 66) 이 소설은 그 성장과정이 요약서술로 처리되어 다소 도식화된 것이 미흡한 점
    이다.

(4) 풍자소설과 부정적 주인공

이제까지 우리는 사회환경의 부정성에 맞서 있는 인물들(중도적 주인공, 긍정적 주인공)의 전형성에 대해 살펴봤다. 그러나 전형적 인물 중에는 부정적 환경을 대표하는(환경에 즉해 있는) 역할을 맡은 인물들도 포함될 수 있다. 부정적 전형 역시 사회의 객관적 현실성을 드러내는 데 그 나름대로 중요한 기능을 하기 때문이다.

우리는 부정적 전형에 대해서도 전형적 인물에 대해 논의했던 조건들을 유사하게 요구할 수 있다. 즉, 부정적 전형 역시 개별성과 보편성을 지녀야 하며, 사회학적 환경 속에서 행동해야 한다. 또한 그는 어떤 식으로라도 자기완결성이 와해될 수밖에 없는 상태로 드러나야 한다. 물론 부정적 전형은 대부분 자기전복성이 없는 이데올로기(충만한 의식) 속에 안주하는 인물들이다. 그러나 그들은 긍정적 인물들에 의해 내면적으로라도 (혹은 실제 행동으로) 전복의 대상이 된다.

부정적 전형의 개성(개별성)은 아마도 자기전복성이 없다는 사실 그 자체일 것이다. 그의 무신경하고 뻔뻔스러운 부정성 자체가 독특한 개성이 되는 것이다. 또 바로 그 점이 타자(긍정적 인물이나 화자)에 의해 전복(비판)의 표적이 된다. 한편 부정적 전형의 보편성은 사회의 본질적 모순(부정성)을 반영하는 점일 것이다. 즉, 부정적 전형은 사회학적으로 부정적인 환경 속에서 그 환경을 대표하는 한 요소가 됨으로써 사회적 보편성을 지닌다.

이러한 개성(개별성)과 보편성을 지닌 부정적 전형은 흔히 긍정적 전형(중도적 주인공, 긍정적 주인공)과 맞서 있는 인물로서 형상화된다. 이때는 긍정적 전형과 부정적 전형의 대립관계 자체가 인물과 환경의 상호작용으로 나타나게 된다. 왜냐하면 부정적 전형은 부정적 환경을 대표하는 인물이기 때문이다. 가령 『고향』(이기영)에서 김희준(그리고 농민들)과 맞서 있는 안승학이 그런 역할을 하는 부정적 전형에 해당된다. 또한 『황혼』(한설야, 1936)에서 준식, 여순 등과 대립해 있는 안중서 역시 대표적인 부정적 전형이다.

그러나 부정적 전형은 긍정적 전형과 맞서는 역할 대신 그 스스로 주인공으로 나타나는 경우도 있다. 그런데 이때의 부정적 전형은 대부분 풍자적 희화화의 방법으로 형상화된다. 이처럼 주인공으로서의 부정적 전형이 독특한 풍자적 희화화로써 그려지는 이유는 다음과 같다.

부정적 주인공은 긍정적 인물과의 관계 속에서 그려지지 않음으로써 〈부정적 환경 속의 부정적 인물〉로서 나타난다. 이 경우 소설 속에는 현실의 부정성만 드러나므로 어떤 식으로라도 그에 맞서는 이상에의 지향을 틈입시켜야 한다. 왜냐하면 현실성이란 (부정적) 현실을 이상과의 연관 속에서 그릴 때 얻어지는 것이기 때문이다. 부정적 주인공 소설에서는 긍정적 인물을 통해 직접적으로 이상에의 지향을 드러낼 수 없으므로, 〈우회적으로〉 부정적 주인공을 그리는 방법 자체에 화자 내면의 이상의 힘을 틈입시켜야 한다. 이 우회적인 방법은 부정적 환경-인물로 된 〈현실〉과 화자 내면의 〈이상〉과의 〈직접적인 대조〉의 방법이기도 하다.

한편 부정적 주인공은 자기전복성을 지니지 못할 뿐 아니라 긍정적 인물에 의해 전복(비판)의 대상이 되지도 못한다. 따라서 어떻게든 그의 이데올로기적 의식을 와해시켜야지만 현실성을 드러낼 수 있다. 이때 부정적 주인공의 완결된 의식을 전복시키는 역할을 맡는 것은 바로 그를 형상화하는 화자(혹은 내포작가)이다. 화자는 그의 내면의 이상에 대조시키는 방법으로 부정적 주인공을 그리는 한편, 부정적 이데올로기(완결된 의식)를 깨뜨리는 전략을 선택하게 된다. 이처럼 부정적 주인공을 이상의 빛에 대조되는 현실의 어둠으로 그리는 동시에, 그의 완결된 의식(이데올로기)을 전복시키는 방식이 바로 〈풍자적 희화화〉이다.

부정적 주인공처럼 자기전복성이 없는 단조로움(평면성)을 지닌 인물은 흔히 희화화의 대상이 된다. 앞에서 평면적 인물을 논하면서, 우리는 「잉여인간」의 천봉우처럼 자기전복성이 없는 단순한 인물이 희화화되어 그려짐을 살펴봤다. 풍자소설의 (부정적) 주인공 역시 자기전복(그리고 자기비판) 능력이 없는 평면성을 지닌 점에서 천봉우처럼 희화화의 대상이 된다. 그러나 천봉우가 일종의 피해자로서 동정의 대상이 되는 반면, 부정적 주인공은 부정적 환경을 대표하는 인물로서 비판적 전복의 표적이 될 뿐이다. 풍자적 희화화는 부정적 주인공의 결점을 확대·왜곡시킴으로써, 그와 대비되는 작가 내면의 이상의 지향을 암시한다. 또한 부정적 주인공의 완결된 의식(이데올로기)을 전복시킴으로써 그에 의해 은폐된 현실성을 드러낸다. 소설의 화자-독자가 더 할 수 없는 통쾌감을 느끼게 되는 것은 바로 이 순간이다. 왜냐하면 이때 부정적 주인공의 이데올로기적 (완결된 의식의) 억압이 뒤집히면서 힘의 관계가 내면적으로 역전되기 때문이다.

풍자적 주인공의 개성(개별성)은 자기전복성이 없는 몰염치한 의식(행동) 그 자체이며 바로 그 점이 희화화의 대상이 된다. 그런데 그의 이 뻔뻔스러운 면모 역시 현실의 〈본질적인〉 부정성을 드러내는 사회적 보편성으로 나타나야 한다. 그렇지 않을 경우 부정적 주인공은 전형적 인물이 아닌 단순한 악인이 될 뿐이다.

　이 사람을 목간통에서 보면 더욱 기괴하다.
　고릴라의 뒷다린 듯 싶게 오금이 굽고 발끝이 밖으로 벌어진 두 다리 위에, 그놈 등뒤로 혹이 달린 짧은 동체(胴體)가 붙어 있고, 다시 그 위로 모가지는 있는 둥 마는 둥, 중대가리로 박박 깎은 박통만한 큰 머리가 괴상한 얼굴을 해 가지고는 척 올라앉은 양은, 하릴없이 세계 풍속 사진같은 데 있는 아메리카 인디안의 '토템'이다.

『탁류』(채만식, 1937)의 장형보는 부정적 주인공은 아니지만, 무력한 초봉이를 괴롭히는 그의 이미지는 풍자적으로 희화화되고 있다. 그러나 위에서처럼 장형보의 신체적 결함에 대한 희화화는 사회적 부정성을 연상시키는 이미지로는 연결되지 않고 있다.[67] 장형보의 흉물스러운 모습은 그가 파렴치한 악한으로 인식되도록 기이한 형상으로 풍자된다.

---

67) 나병철, 『전환기의 근대문학』(두레시대, 1995), 193면.

하지만 그 풍자적 희화화의 대상인 신체적 결함이 개인적인 것인 만큼 장형보의 윤리적 결점 역시 개인적인 것에 그치고 있다. 이로 인해 괴이한 악한의 이미지를 지닐 뿐 사회적 부정성을 반영하는 전형이 되지는 못한다.

이웃의 가난한 집으로 어린애가 있는 데를 물색해서 그 어린애들의 아침 자고 일어난 오줌을 받아오기로 특약을 해두었습니다. 그 대금이 매삭 20전…… 저편에서는 30전은 주어야 한다는 것을, 대복이가 10전만 받으라고 낙가(落價)를 시키다 못해, 20전에 절충이 되었던 것입니다.

그렇게 오줌 특약을 해두고는, 새벽이면 삼남이가 빨병을 둘러메고서, 오줌을 걷어오는 것이고, 시방도 바로 그 오줌입니다.

윤직원 영감은 빨병에서 오줌을 따르는 동안, 삼남이는 마침 생을 한 뿌리 껍질을 벗깁니다.

이건 바로 찍찍 들러붙는 약주술로 해장이나 하는 듯이 쪽 소리가 나게 오줌 한 잔을 마시고, 이어서 두 잔, 다시 석 잔, 석 잔을 마시자 삼남이가 생 벗긴 것을 두 손으로 가져다 바칩니다.

"그년의 자식이 엊저녁에 짜게 처먹었넝개비다! 오줌이 이렇게 짠 걸보닝개……"

윤직원 영감은 상을 찌푸리면서 생을 씹습니다.

오줌이란 본시 찝찝한 것이지만 사람의 신경의 세련이란 무서운 것이어서, 삼십 년이나 두고 매일 아침 먹어온 윤직원 영감은 그것이 조금 더 짜고, 덜 짜고 한 것까지도 알아맞힙니다.

"……빌어먹을 년의 자식이 아마 간장을 한 종재기나 처먹었넝가부다!"

『태평천하』(채만식, 1938)의 윤직원은 동변을 건강의 비법으로 이용하는 괴상한 습관을 가지고 있다. 이런 그의 기괴한 건강법을 풍자하는 것은 실상 그의 뻔뻔스러운 성격을 공격하는 것이다. 그러나 윤직원의 기이한 개성(건강법과 뻔뻔스러움)은 (장형보와는 달리) 단지 개인적인 성품의 결함으로만 나타나는 것은 아니다. 윤직원의 건강법은 남을 아랑곳 않고 일신만 건강해져서 오랫동안 부와 영화를 누리려는 심사에서 나온 것이다. 이런 그의 뻔뻔스러움은 타자를 무시하는 자기중심성에서 나온 것이며, 넓게는 많은 사람이 고통받는 식민지 현실을 태평천하로 인식하는 반역사성과 연결되어 있다. 윤직원의 개성적인 건강법에 대한 희화화가 그의 사회적 부정성에 대한 풍자로 이어지는 것은 이 때문이다. 오줌을 먹고 보건체조를 하는 윤직원은, 타자의 고통을 보지 못하고 태평천하를 외치는 반역사적인 부정적 전형으로 형상화되고 있다.

5. 모더니즘과 소외된 인물

리얼리즘의 긍정적 전형(중도적 주인공, 긍정적 주인공)은 환경의 사회적 모순에 맞서 자신의 주체적 내면을 형성한다. 리얼리즘 주인공의 이런 〈환경에 대해 있는〉 주체성은 의식과 무의식의 복합적 차원에서 설명할 수 있다. 즉, 전형적 인물은 의식적 차원에서 환경의 모순에 맞설 뿐 아니라 궁극적으로는 무의식적 수준에서 환경과 상호반응한다. 그래서 설령 의식적 층위에서는 환경에 맞서는 태도가 불분명한 경우(「운수 좋은 날」의 김첨지)에도 무의식 속에서 현실모순과 반응함으로써 자기 자신의 의식을 전복시킨다. 이처럼 현실과의 무의식적 상호작용 속에서 자신의 의식의 완결성을 해체하는 자기전복성 역시 긍정적 전형의 또다른 중요한 특징이다.

리얼리즘 주인공(긍정적 전형)의 이같은 현실비판과 자기비판(자기전복)은 환경(현실)의 모순에 대한 인물의 치열한 상호반응 속에서 나타난다. 그러나 환경의 모순이 점점 더 악화되어 그런 상호작용조차 불가능하게 하는 상황이 발생할 수도 있다. 환경이란 〈인간관계의 총체

성〉으로서 인물과 환경의 상호작용은 인물의 인간관계를 통해 〈총체
성〉을 드러내는 과정이다. 하지만 환경의 모순인 〈사물화〉[68]가 심화되
어 인간관계 자체를 파탄시키는 상황에서는, 인물은 단절된 인간관계
속에서 환경으로부터 〈고립〉된다. 그리고 이같은 단절된 인간관계를 경
험하는 인물을 통해서는 현실(환경)의 총체성도 드러낼 수 없다. 〈총
체성의 와해(상실)〉, 〈파편화된 현실〉, 그리고 〈인물의 소외〉 등은 바
로 그처럼 사물화가 악화된 상황에서 나타난다.

파편화된 현실에서 소외된 인물의 삶을 그리는 소설은 인물과 환경의
상호작용을 그리는 리얼리즘과는 구분되는 〈모더니즘〉으로 나타난다.
모더니즘의 소외된 인물은 리얼리즘의 인물처럼 환경의 모순에 맞서는
주체적 내면을 지니기 어렵게 된다. 설령 모더니즘의 인물이 환경의 모
순에 반항하는 의식을 지닌다해도 그것이 현실(환경)과 단절된 내면의
식을 통해 나타남으로써 리얼리즘처럼 구체성을 얻지는 못한다. 현실로
부터 분리된 내면의식은 추상화되고 병리화된 형태로 나타남으로써 온
전한 인격이 파탄된 형태로 드러나는 것이다. 가령 「날개」(이상, 1936)
의 주인공의 유아적이고 퇴행적인 행동은 〈현실을 잃어버림〉으로써
〈인격이 와해〉된 모습을 보여준다.

이점에 주목한 루카치는 모더니즘에서 〈세계(현실)의 상실〉은 〈인격
의 분열〉에 상응한다고 설명한다. 인간의 성격은 현실과 교섭하는 가운
데 잠재적 의식(추상적 가능성)이 구체적 의식(구체적 가능성)으로 선
발되면서 드러난다. 그러나 모더니즘은 현실과 괴리된 인물을 그림으로
써 구체적 의식으로 발전되지 못한 추상적 주관성(내면세계)을 형상화
한다. 루카치에 의하면 이는 모더니즘이 사회적 소외(현실로부터의 괴
리)를 인간의 보편적 조건인 존재론적 고독으로 환원시키기 때문이다.

하지만 모더니즘이 그처럼 소외(고독)를 인간의 보편적인 존재론적
본질로 보는 것은 아니다. 그와 달리 모더니즘은 소외가 사회적 모순에
의해 불가피하게 발생한 것으로 형상화한다. 모더니즘 주인공의 소외된

---

68) 사물화란 인간관계가 돈이나 물질로 매개되는 것을 말한다.

내면의식이 추상적이고 병리적으로 나타나는 사실 자체가, 이미 그가 건강성을 잃은 사회환경에 놓여 있음을 반증한다. 다만 그런 소외의 주관적인 상태를 즉자적으로(그것에 빠져 있는 것으로) 그리느냐 객관적으로 대상화시키느냐(극복하느냐)가 문제될 것이다.

모더니즘의 인물은 현실(환경)과 단절됨으로써 주관적 (추상적, 병리적) 의식에 빠져 있기도 하지만 또한 바로 그 때문에 현실의 이데올로기적 통일성으로부터 떨어져 나온 위치에 있게 된다. 이데올로기란 파편화된 현실을 현상적인 유기적 통일성으로 은폐하여 현실의 모순을 감추는 작용이다. 모더니즘의 소외된 인물은 현실의 맥락에서 떨어져 나온 위치에서, 현실의 이데올로기로부터도 결락된 위치에 놓이게 된다. 따라서 소외된 인물은 자동화[69](상습화)되고 이데올로기에 포위된 현실의 허위적인 가상(가면)을 깨뜨릴 수 있는 시선을 갖게 된다. 즉, 그의 눈에는 상습화(자동화)되어 무의미해진 현실의 모순이 생생한 긴장감을 주는 것으로 목격된다. 이처럼 자동화와 이데올로기를 파괴하는 눈으로 현실의 단편(파편화된 현실)을 응시하는 과정에서 모더니즘의 인물은 자신의 즉자적 소외 역시 대상화하게 된다.

예컨대 「날개」의 '나'는 소외된 위치에서 아내의 부정을 관찰하면서 이미 상습화(자동화)되어 무의미해진 그 매음 행위를 비상하게 긴장된 지각으로 포착한다. 또한 그 과정에서 아내와 자신의 왜곡된 인간관계를 인식하며 자기 자신의 소외 역시 객관적으로 바라보게 된다. 다음의 예문들은 그같은 두 가지 과정을 잘 형상화하고 있다.

---

69) 자동화란 상투화되고 만성화되어 대상의 본질을 지각하지 못하는 상태를 말한다. 자동화된 지각은 대상의 전체를 보지 못한 채 부분으로만 전부를 다 지각한 것처럼 느끼게 한다. 자동화에서 벗어나서 긴장된 지각력을 되찾고 대상의 전체(혹은 본질)를 다 볼 수 있게 만드는 것이 낯설게 하기(탈자동화)이다. 슈클로프스키, 「기법으로서의 예술」, 『러시아 형식주의 문학이론』, 한기찬 역(월인제, 1980), 32면, 『러시아 형식주의』, 김치수 역(이화여대 출판부, 1981), 85면 참조.

아내에게 직업이 있었던가? 나는 아내의 직업이 무엇인지 알 수 없다. 다만 아내에게 직업이 없었다면, 같이 직업이 없는 나처럼 외출할 필요가 생기지 않을 것인데 —— 아내는 외출한다. 외출할 뿐만 아니라 내객이 많다. 아내에게 내객이 많은 날은 나는 온종일 내 방에서 이불을 쓰고 누워 있어야만 된다. …(중략)…

아내에게 내객이 있는 날은 이불 속으로 암만 깊이 들어가도 비 오는 날만큼 잠이 잘 오지는 않았다. 나는 그런 때 아내에게는 왜 늘 돈이 있나 왜 돈이 많은가를 연구했다.

내객들은 장지 저쪽에 내가 있는 것은 모르나보다. 내 아내와 나도 좀 하기 어려운 농을 아주 서슴지 않고 쉽게 해 던지는 것이다.

인용문에서는 '매음'이라는 말로 이미 상습화(자동화)된 어두운 일상사를 '나'의 소외된 시선으로 포착해 특별한 긴장을 유발하고 있다. 장지 너머로 아내방을 엿보는 '나'의 격리된 위치는 매음이라는 아내의 직업을 흥미로운 연구과제로 부상시킨다. 이처럼 일종의 〈낯설게 하기〉[70]를 통해 자동화된 사회적 모순을 긴장된 시각으로 응시하게 하는 것이 모더니즘 인물의 독특한 기능일 것이다.

「날개」에서 아내의 모순(아내-손님의 관계)이 적나라하게 폭로된 이후 아내는 더이상 '나'의 연구과제가 되지 못한다. 그러나 '나'는 아내와 자신의 왜곡된 관계에 대한 인식으로부터 이제 소외된 자기 자신에 대한 인식으로 전환된다. 즉, 그는 즉자적 소외에서 벗어나 현실과 괴리된 자신의 위치를 대상화하게 된다.

나는 거기 아무데나 주저앉아서 내 자라 온 스물여섯 해를 회고하여 보았다. 몽롱한 기억 속에서는 이렇다는 아무 제목도 불그러져 나오지 않았다.

나는 또 내 자신에게 물어 보았다. 너는 인생에 무슨 욕심이 있느냐고.

---

70) 『러시아 형식주의 문학이론』, 35~41면, 『러시아 형식주의』, 88~94면 참조.

그러나 있다고도 없다고도, 그런 대답은 하기가 싫었다. 나는 거의 나 자신의 존재를 인식하기조차도 어려웠다.

이처럼 자신의 존재를 객관적으로 바라보면서도 모더니즘의 주인공은 무기력한 소외에서 스스로 벗어나오지는 못한다. 그러나 그는 자신의 소외가 단지 개인의 병리적인 현상이 아님을 보여줌으로써 그를 고립시킨 사회에 대한 〈부정적 인식〉을 드러낸다. 모더니즘 주인공의 소외가 개인적인 병리 현상만은 아님은 그의 무의식 속에 여전히 건강한 소망이 남아 있는 사실에서 더욱 분명히 밝혀진다.

이때 뚜우하고 정오 사이렌이 울었다. 사람들은 모두 네 활개를 펴고 닭처럼 푸드덕거리는 것 같고 온갖 유리와 강철과 대리석과 지폐와 잉크가 부글부글 끓고 수선을 떨고 하는 것 같은 찰나, 그야말로 현란을 극한 정오다.

나는 불현듯이 겨드랑이 가렵다. 아하, 그것은 내 인공의 날개가 돋았던 자국이다. 오늘은 없는 이 날개, 머릿속에서는 희망과 야심의 말소된 페이지가 딕셔내리 넘어가듯 번뜩였다.

나는 걷던 걸음을 멈추고 그리고 어디 한 번 이렇게 외쳐보고 싶었다.

날개야 다시 돋아라.

날자. 날자. 날자. 한번만 더 날자꾸나.

한번만 더 날아 보잤꾸나.

머릿속의 희망과 야심이 말소된 페이지는 ‘나’의 소외를 이미지화 시킨 것이다. ‘나’의 고립은 들끓는 군중의 이미지와 대비됨으로써 더욱 선명히 부각된다. 그러나 그럴수록 그 소외를 벗어나려는 ‘나’의 소망(날개) 역시 한결 더 간절해진다.

여기서 우리는 모더니즘 인물의 의식(무의식)이 병리적이고 유아론적이라는 루카치 지적이 타당하지 않음을 발견할 수 있다. 모더니즘 인물의 내면의식(그리고 무의식)은 한편으로 병리적이기도 하지만 다른 한편으로 잃어버린 총체성을 회복하려는 열망을 드러낸다. 그것은 모더니즘이 소외(고독)를 인간의 보편적 조건으로 보는 것이 아니라 사회의 모순에 의해 강요된 현상으로 그리기 때문이다. 즉, 모더니즘 인물의 소외는 사회(현실)와 〈단절〉된 결과인 동시에 〈그 단절을 강요하는 사회모순〉과 〈연관〉되어 있는 것이다. 물론 모더니즘 인물의 총체성(건강한 삶)의 열망은 (소외에서 벗어나지 않은 한) 좌절될 수밖에 없는 소망이다. 그러나 그 실패할 수밖에 없는 내면적(그리고 무의식적) 열망을 통해 모더니즘(그리고 인물)은 〈실패(소외)를 강요하는〉 사회에 대한 부정적 인식(자기인식)[71]을 드러낸다.

이제까지 「날개」를 중심으로 살펴 본 모더니즘 인물의 특성은 서구 모더니즘에도 유사하게 적용될 수 있다. 물론 서구 모더니즘에서는 「날개」처럼 공간적으로 소외되어 있는 인물보다는 일상을 살아가는 인물이 등장한다. 그러나 그들 역시 내면적으로는 「날개」의 '나'처럼 고립된 공간 속에서 살아가고 있다. 단지 서구 모더니즘의 인물에게는 사회적 소외가 한결 더 일상화되고 상습화(자동화)되어 있을 뿐이다. 따라서 인물의 소외를 객관화하는 데는 인물 자신의 의식(눈)보다는 작가-화자의 시선이 사용된다. 서구 모더니즘이 「날개」와는 달리 화자의 중개성의 영역(시점과 서술)에서 낯설게 하기(소원화 기법)[72]를 사용하는 것은 이 때문이다. 의식의 흐름, 제한적 이동, 다수의식의 반영 등은 중개성 영역에서의 낯설게 하기(혁신)의 대표적인 예들이다.

제임스 조이스의 『율리시즈』나 버지니아 울프의 『댈러웨이 부인』 등은 이처럼 중개성(시점과 서술)의 영역에서 혁신된 기법을 사용함으로써 일상 속의 인물들의 숨겨진 소외를 드러낸다. 그들 작품의 인물들은 내면의 즉자적인 소외의 상태에서 추상적이고 병리적인 의식을 드러내

---

71) 이는 〈자기인식적〉 인식이다. 이점에서 리얼리즘의 비판적 〈현실인식〉과는 성격이 다르다.

72) 중개성의 영역에서 낯설게 하기가 현저하게 나타나는 것은 우리 모더니즘과 구분되는 서구 모더니즘의 특징 중의 하나이다. 나병철, 『한국문학의 근대성과 탈근대성』, 앞의 책, 202~17면 참조.

기도 하지만 또한 잠재적으로 내면적 총체성을 지향하기도 한다. 이 소설들의 다양한 혁신적인 기법들은 (낯설게 하기 방식으로) 그 두 가지 숨겨진 의식 상태를 적절히 노출시킨다. 즉, 인물들의 소외의 징표인 추상적인 의식상태와 그런 속에서 내면적으로나마 총체성을 추구하는 양상을 드러낸다. 그것은 다양한 의식상태의 병치와 동시성, 그리고 신화적인 패턴으로 나타나기도 한다. 그러나 이들 소설에서 새로운 기법을 통해 나타난 내면적인 총체성은 결국 새로운 삶의 총체성으로는 실패한 것일 수밖에 없다. 다만 그런 내면적인 지향은 인물들이 소외에도 불구하고 총체성을 열망하고 있다는 사실과 그것을 좌절시키는 총체성이 부재한 사회에 대한 〈부정적 인식〉을 드러낸다.

총체성의 지향이란 한마디로 인간관계(그리고 인물과 환경의 관계) 속에서의 의미있는 공통적인 요소의 발견을 뜻한다. 모더니즘에서는 현실적인 삶에서 그것을 발견할 수 없으므로 인물들은 내면적인 총체성을 추구하는 것이다. 즉, 「날개」의 '나'는 군중 속에 뒤섞여 날고 싶은 열망을 드러내며, 『율리시즈』의 인물들은 의식 내부에 숨겨진 신화적인 패턴을 보여준다. 의미있는 공통의 요소를 발견하려는 이런 내면적인 지향은, 우리나라 60년대 모더니즘에서 보다 구체적인 경험요소로 제시되기도 한다. 예컨대 김승옥의 「서울 1964년 겨울」(1965)에서 주인공들은 공통의 의미있는 화제를 찾기 위해 노력하며, 그것이 실패했을 때는 부득이 침묵 속에 빠져든다. 인물들의 대화가 단속적으로 침묵에 잠기는 것은 그들이 내면적으로 소외되어 있음을 뜻한다. 그들의 대화의 노력은 그 단절감을 극복하려는 내면적 열망인 것이다. 주인공들의 대화를 활기있게 만든 화제는 '꿈틀거리는 것'에 대한 욕망이나 우연하고 사소한 것에 대한 집착이다. 꿈틀거리는 것에 대한 욕망은 사물화된 사회에서 생기있는 것을 열망함을 뜻하며, 우연성에 대한 집착은 합리적으로 조직화된 사회에서는 우연적인 것만이 의미있는 것이 되었음을 암시한다.

　"평화시장 앞에 줄지어 선 가로등들 중에서 동쪽으로부터 여덟번째 등은 불이 켜 있지 않습니다……" 나는 그가 좀 어리둥절해 하는 것을 보자 더욱 신이 나서 얘기를 계속했다.

　"그리고 화신백화점 육 층의 창들 중에서는 그 중 세 개에서만 불빛이 나오고 있었읍니다……"

　그러자 이번엔 내가 어리둥절해질 사태가 벌어졌다. 안의 얼굴에 놀라운 기쁨이 빛나기 시작했기 때문이다.

　그가 빠른 말씨로 얘기하기 시작했다.

　"서대문 버스 정거장에는 사람이 서른 두 명 있는데 그 중 여자가 열일곱 명이었고, 어린애는 다섯 명, 젊은이는 스물 한 명, 노인이 여섯 명입니다."

　"그건 언제 일이지요?"

　"오늘 저녁 일곱 시 십오 분 현재입니다."

　'아' 하고 나는 잠깐 절망적인 기분이었다가 그 반작용인 듯 굉장히 기분이 좋아져서 털어놓기 시작했다.

　"단성사 옆골목의 첫번째 쓰레기통에는 쵸콜렛 포장지가 두 장 있읍니다."

　…(중략)…

　"그건 얘기가 됩니다. 그 사실은 완전히 김형의 소유입니다."

　합리적으로 조직된 사회에서는 모든 것이 등가적인 교환원리(화폐 등)에 의해 계량되므로 '나'만이 소유할 수 있는 것은 남아 있지 않다. 왜냐하면 사람들이 관심을 갖는 대상은 모두 합리적인 교환원리에 의해 계산되어 고유한 특성이 무화되기 때문이다. 인용문에서 두 사람이 자신만이 갖을 수 있는 대상을 말하면서 대화가 활기를 띤 것은 그런 합리적인 사회에서 벗어날 수 있는 영역을 발견한 때문이다. 즉, 합리적인 조직화에서 벗어난 자신만의 소유는 두 사람의 의미있는 공통의 화제인 셈이다. 그러나 그런 고유한 소유가 우연적이고 사소한 영역에서만 가능하다는 점은 두 사람의 의미있는 화제를 다시 무의미하게 만든다. 두 주인공의 경우에도 의미있는 공통의 요소(총체성)를 발견하려는 노력은 결국 실패할 수밖에 없는 열망인 셈이다.

이처럼 모더니즘의 주인공은 합리화와 사물화로 인해 무의미한 인간관계 속에서 현실(환경)과 단절된 상태에 놓여 있다. 의식의 층위에서 인간관계를 통해 현실과 상호작용할 수 없는 그들은 무의식을 통해서나마 공통의 요소(날개의 열망, 신화적 패턴, 우연성의 소유)를 찾으려고 하지만 소외(현실과의 단절)로 인해 그런 열망은 부득이 좌절된다. 그러나 그 좌절과 실패를 통해 그들의 소외가 단지 개인적인 병리현상이 아니라 인간관계를 단절시킨 사회의 요인에서 비롯되었다는 〈부정적 인식(자기인식)〉을 드러낸다. 그런 부정적 인식이 가능한 것은 인물들이 무의식 속에서나마 총체성에 대한 열망을 지닐 수 있기 때문이다. 하지만 그같은 내면적 열망을 제공하는 무의식의 영역마저 합리적 조직화(그리고 권력)에 지배되는 순간 모더니즘의 인물은 포스트모던적 탈주자가 될 수밖에 없다. 이제 합리적인 조직화와 그 권력으로부터 달아나는 욕망의 탈주자를 그리는 포스트모더니즘에 대해 살펴보자.

6. 포스트모더니즘과 탈주체화된 인물

리얼리즘에서 인물의 무의식은 현실(실재계, 역사적 장)[73]과 상호작용하면서 자신의 의식의 완결성과 현실(상징계)[74]의 이데올로기를 전

---

73) 실재계(라캉의 개념)로서의 현실(제임슨의 역사 개념)은 상징계 이면의 보이지 않는 힘들의 관계로 되어 있다. 실재계(역사, 현실)는 그 자체로는 드러나지 않으며 항상 상징계를 통해서 감지된다. 흔히 상징계 자체를 현실로 생각하는 것은 이 때문이다. 실재계로서의 역사가 표면에 드러나는 시점은 바로 혁명의 시기이다. 나병철, 『한국문학의 근대성과 탈근대성』, 앞의 책, 117~18면 참조.
74) 상징계는 실재계(역사)와 상호작용하면서 그것을 표상하는 체계이다. 우리가

188

복시키는 장소이다. 모더니즘의 경우 현실(상징계)과 단절된 인물(주체)은 의식의 차원에서 무력화되지만 무의식을 통해서나마 총체성(본질적 연관관계)을 되찾으려는 열망을 드러낸다. 그러나 포스트모더니즘에 이르면 최후의 보루인 무의식마저도 권력(자본의 논리)에 지배되는 양상이 나타난다. 권력에 의한 주체의 무의식의 비가시적이고 미시적인 지배야말로 포스트모더니즘의 핵심적인 주제일 것이다.

포스트모더니즘은 권력(자본의 논리)의 지배가 무의식, 욕망, 문화, 지식의 영역에까지 침투하는 후기자본주의를 배경으로 한다. 무의식과 욕망의 지배는 주체를 비가시적으로 완전히 예속화하는 전략이며, 이에 따라 포스트모더니즘에는 〈탈주체화된 인물들〉이 등장한다. 포스트모더니즘의 탈주체화된 인물이란 현실세계에서는 무의식 속에서조차 총체성을 꿈꿀 수 없는 사람들이다. 그들이 허무주의에 빠지거나 대안적 세계를 찾아 탈출을 시도하는 것은 그 때문이다. 포스트모더니즘은 대개 구체적인 정치학을 지니지 못하므로 인물이 탈출(욕망의 탈주)을 하는 곳은 밀교, 환상, 가상역사, 주변화된 문화적 세계(동양사상이나 남미문화) 등이다. 그러나 어쨌든 포스트모더니즘은 현실(상징계)이 고정불변의 세계가 아니며 대안적 세계(상징계)가 얼마든지 가능함을 보여준다.[75] 이러한 포스트모더니즘적 현실이해의 의미와 한계, 그리고 새로운 전망에 대해서는 뒤(플롯 부분)에서 다시 살펴보기로 하자.

포스트모더니즘에서 인물을 탈주체화시키는 권력의 대표적인 전략으로는 〈감시장치〉와 〈성적 욕망의 장치〉를 들 수 있다. 감시장치[76]는 인물의 무의식을 통제해 그를 탈주체화시키고 권력에 예속시키는 기제

실재계를 볼 수 있는 것은 상징계를 통해서일 뿐이다. 일상생활에서 우리가 〈현실〉이라고 느끼는 것은 실상 상징계를 통해 숨겨진 역사를 감지하는 것이다. 그러나 다른 한편 상징계는 권력의 억압과 은폐로 실재계를 올바로 보지 못하게 하기도 한다.

75) 포스트모더니즘의 탈중심·다원론·해체론은 이런 측면에서 이해되어야 하며 그것은 결코 역사 허무주의로 이해되어서는 안 된다.

76) 미셸 푸코, 『감시와 처벌』, 오생근 역(나남, 1994), 295면, 327~29면.

이다. 감시장치의 특징은 권력의 정체를 은폐한 채 주체(인물)를 권력의 논리(자본의 논리나 이성 중심적 규율)에 종속시킨다는 점이다. 푸코가 말한 파놉티콘(원형감옥)은 감시장치의 상징적인 예로 볼 수 있다. 파놉티콘은 역광을 이용해 죄수들의 거동을 감시하면서 감시자(간수) 자신은 어둠 속에 모습을 숨기는 감옥장치이다. 이처럼 보이지 않는 권력의 감시장치에 의해 주체의 무의식은 권력의 규율에 예속되지 않을 수 없게 된다.

이같은 감시장치의 구체적인 예들은 이청준[77]의 「소문의 벽」(1971)에 매우 잘 나타난다. 「소문의 벽」에서 박준과 그의 어머니는 6·25때 전짓불 뒤에 얼굴을 감추고 어느편(경찰대편 혹은 공비편)인지 진술할 것을 강요하는 세력에 부딪힌다. 이처럼 자신의 정체를 숨긴 채 일방적으로 내리비추는 전짓불은, 주체(인물)의 무의식의 내용을 검색하려는 〈감시장치〉라고 할 수 있다. 박준은 작가가 된 이후에도 담론(소문)의 옷을 입고(정체를 감춘 채) 작가의 무의식과 자기진술을 감시하는 전짓불(감시장치)을 경험한다. 자신의 정체를 감춘 감시장치의 공포를 견디지 못한 그는 마침내 정신병원으로 탈출을 시도한다. 그러나 정신병원이야말로 박준같은 사회적 이탈자들의 무의식을 조사하는 또다른 감시장치였을 뿐이다. 박준은 이제 아무 곳에도 안주할 곳이 없는 상황에서 어디론가 달아나지 않을 수 없게 된다.

"형씨, 미안하지만 절 좀 도와주시오."

사내의 갑작스런 행동에 나도 어리둥절해질 수밖에 없었다. 잠시 어떻게 할 바를 모르고 어둠 속에서 찬찬히 사내를 들여다보고 있었다. 그러자 사내는 안타까운 듯 한층 더 다급한 어조로 매달려왔다.

"제발 형씨, 그렇게 노려보지만 말고 날 좀 도와달란 말이오. 난 지금 쫓기고 있는 몸이오."

---

77) 이청준은 본격적인 포스트모더니스트는 아니지만 그의 소설에는 이미 근대이성 비판과 탈근대적 문제의식이 나타나고 있다.

어서 자기를 어떻게 해달라는 듯 나의 팔을 끌어대기까지 했다. 그러나 나는 아직도 사정을 알아차릴 수 없었다. 정신없이 숨을 헐떡거리며 허둥대는 꼴로 보아 사내가 지금 누구에겐가 다급하게 쫓기고 있는 것만은 틀림이 없는 듯싶었다.

박준을 뒤쫓고 있는 것은 정체를 은폐한 채 박준의 무의식을 감시하는 세력(권력)일 것이다. 박준의 내면(무의식)에 전짓불을 내리비추는 권력은 결국 그의 주체성을 박탈하려 하고 있다. 이에 따라 자기진술(주체화)의 욕망을 지닌 박준은 탈주체화(거세)를 강요하는 권력의 감시장치(전짓불)를 피해 탈출하지 않을 수 없게 된다.

주체성을 박탈하는 권력으로부터 달아나는 탈주자는 이청준의 『당신들의 천국』(1976)에서도 등장한다. 미감아 출신인 이상욱은 나환자를 문둥이로 분류해 '보이지 않는 철조망'[78]으로 가두는 권력으로부터 탈출을 시도한다. 물론 이제는 정상인이 나환자를 물리적인 강제력으로 수용소에 감금하는 것은 아니다. 그러나 정상인(건강인)이 나환자를 온전한 인격이 아닌 문둥이로 보는 한 실상은 비가시적인 힘으로 그들을 격리시키는 셈이었다.

말하자면 이 섬에 삶을 의지하고 있는 사람들은 누구나 환자로서의 남다른 처지와 인간으로서의 보편적인 생존 조건들을 두 겹으로 동시에 살아나가고 있는 셈이며, '환자'로서의 특수한 처지를 지나치게 강요당할 때, 이들은 오히려 그 환자이기를 거부하고 자신의 인간을 향한 자각과 모험에 이르게 된다는 말씀입니다. 그래서 이들은 환자로서 두려운 땅으로 섬을 쫓겨나가는 추방의 길이 아니라, 섬의 지배자들이 저들에게 버릇들여온 공포를 박차고 자신의 선택과 용기에 의지한 희망찬 인간에의 모험을 택하게 된다는 것입니다.

하고 보면 그 동기야 어느 쪽에 있었든, 그리고 그 무모한 기도들이 성

---

78) 이청준, 『당신들의 천국』(문학과지성사, 1976), 389~90면.

공을 거두었든 실패했든, 이 섬 사람들의 탈출극은 이를테면 섬에 못박힌 자신의 운명에 스스로 새로운 돌파구를 만들어보려는 치열하고도 눈물겨운 몸부림의 표현이 아닐 수 없는 것입니다.

이상욱의 말에서 암시되듯이 소록도를 탈출하는 사람들은 더이상 강제적 권력에 대한 탈출이 아니다. 그들의 탈출극은 문둥이(환자)에게 들씌워진 보이지 않는 억압을 벗어나서 자기 자신을 되찾으려는 '인간에의 모험'인 것이다. 즉, 그것은 인간으로서의 주체성을 거세당한 문둥이에서 해방되어 다시 인간의 삶을 누리려는 욕망인 셈이다.

이와 관련해서 권력에 의한 무의식의 지배는 감시장치 이외에도 〈거세된(탈주체화된) 욕망의 장치〉를 통해서도 작용함을 볼 수 있다. 문둥이들이 낳은 미감아는 정상인의 보이지 않는 시선에 의해 감시당한다. 이는 문둥이들의 인간적 욕망을 거세시켜 탈주체화시키는 권력의 작용이다. 물론 문둥이들은 더 나아가 아이를 낳지 못하게 실제로 거세당하기도 한다. 그런데 비가시적인 감시의 눈이 작용하는 한 문둥이들의 삶의 욕망은 실제로 거세되지 않았어도 상징적으로 거세된 욕망일 수밖에 없다. 〈문둥이〉로서의 삶의 욕망을 충족시키는 낙원이 실제로는 〈인간〉으로서의 주체성을 상실한 낙원이 될 수밖에 없는 것은 그 때문이다. 즉, 낙원의 계획 자체가 문둥이의 탈주체화된 욕망을 대가로 인간적 욕망을 거세시키는 전략인 것이다. 권력은 감시장치로 피지배자를 종속시킬 뿐만 아니라 이처럼 〈거세된 욕망〉을 통해 탈주체화시키기도 한다.

탈주체화된 욕망을 통해 피지배자를 예속화하는 보다 정교한 권력은 〈성적 욕망의 장치〉[79]이다. 90년대 이후 본격화된 우리나라 포스트모더니즘은 대부분 이 성적 욕망의 장치에 의한 탈주체화와 허무의식을 그리고 있다. 성적 욕망의 장치란 권력(자본의 논리)에 예속된 성적 욕망의 확대를 통해 피지배자를 통제하는 방식을 말한다.

---

79) 미셸 푸코, 『성의 역사』 1권, 이규현 역(나남, 1990), 117~20면, 139~41면.

　성적 욕망은 인간의 물질적 근거인 육체에서 나온 것이지만 또한 그만큼 사회적인 것이기도 하다. 예컨대 근대 초기에는 신분질서(그리고 혈통)의 표시인 복색으로 육체를 감추는 지배계층에 저항하여, 성적 욕망은 육체를 드러냄으로써 권력에 반항할 수 있었다. 또한 모더니즘 시대에도 건강한 성적 욕망은 합리주의적으로 조직화된 사회에 대항하는 무기로 사용되었다. 그러나 후기자본주의 시대에 이르러 권력이 성적 욕망마저 예속화하는 전략(성적 욕망의 장치)을 행사함에 따라 탈주체화된 성적 욕망이 만연되기에 이른다. 권력(그리고 자본의 논리)에 예속된 성적 욕망이란 한마디로 교환원리에 지배되는 상품화된 성의 욕구를 말한다. 교환가치를 지닌 상품이 고유한 인간적 가치를 상실한 채 거래되듯이 이제 성적 욕망 역시 인간관계가 배제된 채 상품처럼 소비되고 매매되는 것이다. 성적 욕망은 어떤 시기에는 인간의 삶을 증진시키는 힘을 부여했지만 후기자본주의 시대의 상품화된 성적 욕망은 오히려 주체적 욕망을 거세하고 인간을 탈주체화시킨다.

　90년대 이후의 우리 포스트모더니즘 소설들에는 그런 〈가짜 성적 욕망〉에 예속되어 탈주체화된 인물들이 등장하고 있다. 예컨대 하일지의 『경마장 가는 길』(1990)에는 박사논문과 문학평론을 대가로 성적 욕망을 교환하는 인물들이 그려진다. 이 소설의 두 주인공은 교환가치화된 소비적 성적 욕망에 탐닉함으로써 허무주의에 빠지는 모습을 보여준다. 장정일의 『아담이 눈뜰 때』(1990)에도 교환원리에 종속된 성적 욕망이 인물들을 탈주체화시키는 과정이 나타난다. 이 소설의 주인공 '나'는 성적 욕망을 제공한 대가로 갖고 싶던 뭉크 화집과 턴테이블을 얻는다. 그러나 섹스의 교환원리의 정체가 드러나는 순간 '나'와 현재(여주인공)는 절망과 허무의식에 함몰된다. 현재의 죽음을 계기로 '나'는 가짜 낙원에서 탈출하기 위해 글쓰기에 매달린다. 그러나 '나'의 글쓰기가 바로 그 소설(『아담이 눈뜰 때』)이 되는 자기회귀적 결말은 다만 전망을 유보하는 데 그친다.

　『아담이 눈뜰 때』가 가짜 낙원에서 눈을 뜨는 성장소설이라면 장정일의 또다른 소설 『너에게 나를 보낸다』(1992)는 성인이 된 주인공들이 사회화를 경험하면서 주체를 거세당하는 내용을 담고 있다. 『너에게 나를 보낸다』에서 주인공 '내'가 창작에 몰두하는 초반에는 '나'와 〈바지 입은 여자〉는 아직 내면의 타락되지 않은 〈꿈〉을 지니고 있었다. 그리고 그때까지 두 사람의 성적 관계는 건강한 '가치'를 지닌 인간관계 속에서 이루어질 수 있었다.

"잠깐만요. 전 당신이 꾼 꿈과 똑같은 꿈을 꿨어요."
  내가 그 말을 듣고 얼마나 아연했을 줄 짐작해 보라. 멈칫거리며 대문을 활짝 열었을 때 미니 스커트를 입은 〈바지 입은 여자〉가 내 앞에 방긋 웃고 서 있었다.
  …(중략)…
  한 시간이 넘는 몰두 끝에 우리는 네 허벅지가 흥건히 젖은 채 떨어졌다.
  "어때요, 조니보단 내가 훨씬 상으로서 가치가 높지 않아요?"
  "그래, 그런데 아까 대문 앞에서 했던 말을 설명해 줘야겠어."
  "말했던 그대로예요."
  "좀 더 솔직하게 있는 그대로 말해 줘. 사실이 아니래도 이젠 탓하고 싶지 않으니."
  "어느날 꿈을 꿨어요. 아주 생생한 꿈. 내가 겪기라도 한 것 같이 두 손에 쥐어지는 꿈을. 그래서 나는 그것을 원고지에 옮기기만 해도 그럴듯한 작품이 되리라고 생각했어요. 기분이 묘했지요 …(중략)… 그러던 어느날 우연히 신문을 들여다 보다가 신춘문예 당선작으로 실린 당신 작품을 보게 되었어요."

위에서 두 주인공의 성적 관계가 건강성을 지니는 것은 창조적 가치를 내포한 '꿈'을 매개로 행해지기 때문이다. 그러나 그 꿈을 글로 옮긴 '나'의 소설은 영문도 모르게 표절이라는 낙인이 찍힌다. 그 후 '내'가 진짜로 표절작가가 되어 자아를 잃어버리는 동안 〈바지입은 여자〉의 섹스는 교환원리에 종속되어 상업적 가치로 전락된다.

194

320) "아가씨를 부를 수 있어?"

"그럼요."

〈바지 입은 여자〉는 물주전자와 휴지 등을 담은 쟁반을 방 한구석에 놓으며 생긋 웃었다.

"따로 부를 것 없이 자네와 자면 좋겠는데."

"그렇게 하죠. 하지만 오해하시면 안돼요. 저는 몸 파는 여자가 아니니까요."

"그럼 가격을 어떻게 정하지?"

"선생님이 가지신 현금의 반을 저에게 주시면 되지요."

그렇게 말하며 〈바지 입은 여자〉는 치마를 벗었고, 맨살을 드러내 보였다.

321) 광고영화 감독은 십여 년 동안 광고계에 종사하면서 숱한 여배우와 모델을 보아왔고 그들과 사귀기도 하였지만, 여태 이렇게 아름다운 엉덩이를 본 적은 없었다.

"나이가 몇 살이야?"

"스물하나예요."

"너 나하고 지금 당장 서울로 올라가자."

…(중략)…

325) 〈바지 입은 여자〉는 드디어 자기 정체성을 찾았다. 그녀가 모델이 되어 찍은 올해의 신상품은 좋은 반응을 보였고, 특히 그녀의 엉덩이가 강조된 팬티와 팬티스타킹, 수영복 등은 불티나게 팔려나갔다. 그리고 그녀의 엉덩이가 유명해지자 일류 청바지 회사들이 자기 광고에 그녀를 출연시키기 위해 앞을 다투어 달려왔다.

〈바지 입은 여자〉가 몸파는 여자가 아니라고 말한 것은 실상은 보다 고액의 매매를 위한 전략에 불과하다. 이제 그녀는 몸을 상품화하는 데 성공하여 비로소 자기 정체성을 찾은 것처럼 보인다. 그러나 성적 욕망을 상품화하여 이룬 그녀의 사회적 성공은 실제로는 탈주체화된 가짜 자기정체성을 얻은 과정일 따름이다. 그것은 그녀의 꿈이기도 한 '나'의 꿈이 박탈됨으로써 그 내용의 기록인 『너에게 나를 보낸다』라는 소설이 쓰레기통에 던져진 사실에서 알 수 있다.

가짜 욕망에 대한 환멸은 배수아와 윤대녕의 소설에서도 발견된다. 배수아의 「푸른 사과가 있는 국도」에서는 병적인 섹스의 욕망에 빠져 있는 여주인공이 아무도 사지 않는 형편없는 푸른 사과를 파는 늙은 여자가 될 거라는 상상에 사로잡힌다. 이러한 성적 욕망에 대한 환멸은 그녀의 무감동하고 습관적인 섹스의 정체를 단적으로 폭로한다. 윤대녕의 「은어낚시통신」에서도 수차례 기계적인 메마른 섹스에 열중하면서도 끝내 타인 같은 눈빛을 나눌 수밖에 없는 인물들이 등장한다. '나'는 '상처 중독된' 사람이었고 그녀 역시 '삶으로부터 거부된' 사람 중의 하나였기 때문이다. 두 사람의 진정한 만남이 가능했던 것은 탈주체화된 현실로부터 탈출한 밀교적 공간에서였다. 밀교의식 속에서 그들은 회유하듯이 지느러미를 끌고 현실을 거슬러 올라가는 것이다.

이상에서처럼 포스트모더니즘의 인물들은 자신을 탈주체화시키는 미시권력의 현실로부터 어디론가 탈출을 시도한다. 그러나 그들의 탈주체화를 벗어나기 위한 시도가 어떤 뚜렷한 목표점은 지닌 것은 아니다. 기껏해야 소설쓰기에 전념하거나(『아담이 눈뜰 때』), 가짜 욕망에 대해 환멸하는 정도(「푸른 사과가 있는 국도」)에 그친다. 그렇지 않으면 밀교나 환상(「은어낚시통신」), 동양사상(「천지간」), 가상적 역사 이해(움베르토 에코의 『장미의 이름』) 등이다. 물론 그런 현실과는 상이한 코드의 공간은 현실의 코드를 해체하는 비판적 기능을 수행할 수 있다. 그러나 탈주체화에서 벗어나려는 그 정도의 시도로는 권력이 지배하는 사회에서 또다른 사회로 나아가는 데는 미흡할 수밖에 없다. 포스트모더니즘이 한결 뚜렷한 전망을 얻기 위해 보다 〈거시적인 정치학(혹은 대서사)〉의 도움이 필요한 것은 이 때문이다. 포스트모더니즘은 대서사를 비판하며 등장했지만 이제는 자신이 비판한 (그 비판을 넘어선) 대서사의 협력을 요구하는 위치에 놓여 있다. 이러한 연계와 접합의 문제에 대해서는 플롯과 전망을 살펴보면서 다시 논의하기로 하자.

제 4 장
〈이야기〉－플롯과 전망

1. 플롯과 전망

(1) 플롯의 인과율과 인물·환경의 상호작용

인물과 환경이 이야기의 존재적 요소라면 플롯은 이야기의 역동적이고 통시적인 측면이다. 인물의 의식과 행동이 시간의 흐름에 따라 연속적이 되면 그 연쇄물은 자연히 〈플롯〉이 된다. 물론 시간적 연속으로 나타난 사건과 행동이 반대로 〈인물의 성격〉을 부각시키는 기능을 할 수도 있다. 이처럼 인물과 플롯은 상호연관 되어 있으며 존재적 측면이냐 시간적 연쇄의 측면이냐의 차이가 있을 뿐이다.

시간적 연쇄물로 나타난다는 점에서 〈이야기〉〈플롯〉〈사건(행동)〉은 동일한 맥락의 개념들이다. 그러나 이 소설의 구성요소들은 아주 똑같은 내용을 지니고 있지는 않다. 반복해서 말했듯이 〈이야기〉는 인물과 환경(존재적 요소), 그리고 플롯(통시적, 역동적 요소)으로 구성된다. 반면에 〈플롯〉은 이야기의 시간적 연쇄의 측면만을 의미한다. 또한 〈사건(행동)〉은 시간적으로 연속되어 플롯이 되기도 하지만 인물의 성격과 존재를 뚜렷하게 만들기도 한다.

198

흔히 이야기와 플롯의 차이를 사건(행동)의 단순한 연대기적 배열(이야기)이냐 인과관계가 부가된 것(플롯)이냐로 구분하기도 한다.[1] 예컨대 〈왕이 죽고 왕비도 죽었다〉는 이야기이며, 〈왕이 죽자 슬픔을 못이겨 왕비가 죽었다〉는 플롯이라는 것이다. 그러나 이런 구분은 그리 정확한 것은 아니다. 표면상 단순한 연대기적 배열로 나타난 앞의 예 역시 일종의 플롯으로 볼 수 있기 때문이다. 설령 인과관계가 겉으로 드러나지 않았어도 소설의 이야기로 서술된 이상 〈심층구조〉에서는 인과율이 존재하는 것이다. 독자는 단순히 나열식으로 된 이야기를 읽으면서 표면상 결여된 인과율을 〈채워넣으면서〉 독서를 하게 된다.[2] 따라서 위의 두 개의 예문은 동일한 플롯(심층구조)의 두 가지 변이형(표면구조)일 뿐이다.

이처럼 〈이야기〉라는 개념에는 이미 인과율이 포함되어 있으며 그것은 (인과율을 지닌) 플롯이 이야기의 하위 개념이기 때문이기도 하다. 만일 〈왕이 죽고 왕비도 죽었다〉라는 연대기적 배열이 인과율을 지니지 않는다면 그것은 이야기가 아니라 (이야기가 되기 이전의) 이야기의 소재(재료)일 것이다. 〈이야기의 소재〉가 한편의 〈이야기〉로 되면 이미 그 속에 〈플롯〉이 생겨나며 또한 〈인물의 성격〉도 부각된다. 예컨대 〈왕이 죽자 슬픔을 못이겨 왕비가 죽었다〉라는 〈이야기〉에는 인과율을 지닌 〈플롯〉과 함께 왕비의 〈성격〉이 형상화되고 있는 것이다.

이처럼 이야기와 플롯의 차이는 인과율의 존재 여부에 있지는 않다. 그보다도 이야기는 플롯 이외에 인물(그리고 환경)의 요소까지 포함하며 플롯은 이야기 이외에 담론의 요소를 내포함을 지적해야 할 것이다. 이야기가 플롯과 함께 인물·환경을 포괄함은 이미 여러 차례 논의했다. 한편 플롯이 담론의 요소를 내포한다는 것은 이야기(그 플롯의 측면)가 담론의 전략에 따라 다양하게 재배열될 수 있음을 말한다. 즉, 플롯은 〈이야기의 인과율〉에 따라 배열되기도 하지만 다른 한편 〈담론

---

1) E. M. 포스터, 『소설의 이해』(문예출판사, 1975), 96~98면.
2) 시모어 채트먼, 『영화와 소설의 서사구조』, 김경수 역(민음사, 1990), 53면.

의 인과율〉에 따라 재배열되기도 하는 것이다. 예컨대 위의 예문은 담론적 인과율에 따라 〈왕비가 죽었다. 사인을 아는 사람이 하나도 없더니 왕이 죽은 슬픔 때문임이 밝혀졌다〉로 사건의 순서가 역전될 수 있다. 이는 고도로 세련된 플롯이다. 그리고 이야기 차원뿐만 아니라 텍스트(그리고 담론) 차원에서 형성된 플롯이다.

따라서 우리는 포스터의 예문을 다음의 세 가지 차원으로 정리할 수 있다. ① 〈왕이 죽고 왕비가 죽었다. 〉 만일 이 예문에 인과율이 존재하지 않는다면 그것은 이야기가 되기 이전 상태인 〈이야기의 소재〉이다.[3] ② 〈왕이 죽자 슬픔을 못이겨 왕비가 죽었다. 〉 이 예문처럼 사건의 연속과 그 인과관계로 나타난 것은 〈이야기 차원의 플롯〉이다. ③ 〈왕비가 죽었다. 사인을 아는 사람이 하나도 없더니 왕이 죽은 슬픔 때문임이 밝혀졌다. 〉 이처럼 이야기(사건)의 인과율과 함께 담론의 인과율에 의해 사건의 순서가 재배열된 것은 텍스트 차원의 플롯이다. 이 텍스트-플롯은 서술(narration)을 통해 최종적으로 나타난 텍스트적 산물이다. 이상의 세 가지 차원은 다음의 도표로 설명될 수 있다.[4]

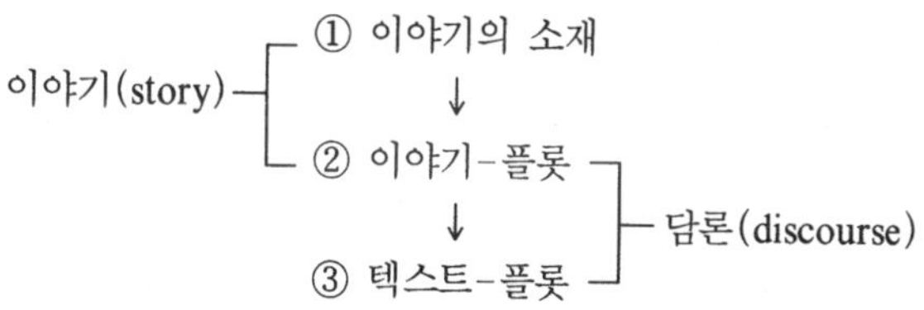

플롯에 대한 우리의 관심은 ②와 ③의 차원에 주어질 것이다. 그 둘 중 보다 구체적인 텍스트의 결과물인 ③에 대해서는 뒤에서 다시 논의하기로 하자. 여기서는 우선 ②의 차원에 초점을 맞추기로 한다.

이야기로서의 플롯은 인물·환경 등의 존재적 요소가 (통시적 맥락에서) 〈역동적〉으로 된 것이며, 그것은 또한 (인물의) 사건(행동)들이

---

3) 만일 심층구조에 인과율이 존재한다면 이 예문 자체가 이야기이며 또한 플롯이다.
4) 조정래·나병철, 『소설이란 무엇인가』(평민사, 1991), 78면.

특정한 〈인과관계〉로 연결된 것이기도 하다. 이러한 플롯의 정의는 다음의 두 가지 질문을 낳는다. 즉, 인물·환경 등의 존재적 요소는 (시간의 맥락에서) 어떻게 〈역동적〉이 되는가. 또한 인물의 사건(행동)들의 〈인과율〉은 어떻게 생겨나는가.

이 두 가지 질문은 상호연관된 채 플롯의 본질을 조명한다. 먼저 인물·환경 등의 존재적 요소가 역동적이 되는 원리는 이미 앞에서 양자의 (역동적) 상호작용으로 설명한 바 있다. 이야기를 인간(인물)의 삶(플롯)의 객관적 형상화라고 할 때 삶이라는 역동적 측면은 인간(인물)과 그를 둘러 싼 환경과의 역동적 상호작용으로 나타난다. 환경이란 인간관계의 총체성으로서 (소설에서) 인물(인간)과 환경의 상호작용은 인물들간의 상호관계(인간관계)로 나타나기도 한다. 〈인물과 환경의 상호작용〉은 인물의 측면에서는 〈행동〉을 발생시키며 환경의 측면에서는 〈사건〉을 생겨나게 한다. 인물-환경 간의 상호반응이 역동적이 됨에 따라 사건(행동)들의 연쇄 또한 역동적인 플롯이 된다. 흥미로운 것은 플롯에 대한 형식주의적 이론 역시 암암리에 플롯을 인물과 환경의 상호작용으로 설명하는 점이다. 예컨대 프리드먼은 플롯이 짜여지는 원리로 성격(character), 사상(사고, thought), 운명(fortune)의 세 가지 요소를 들고 있다. 그는 이 세 가지 요소들의 상호관계에 따라 다양한 유형의 플롯들이 생겨나는 것으로 설명한다.[5] 그런데 그 셋 중에서 성격과 사상은 〈인물〉의 요소이며 운명은 인물이 처한 외부적 상황, 즉 〈환경〉이라고 할 수 있다. 따라서 플롯은 인물의 조건과 환경의 조건에 의해 성립되며 양자의 상호관계에 따라 여러 종류의 플롯이 발생하게 된다.

그러면 플롯이 연결되는 원리인 〈인과관계〉는 어떻게 만들어지는 것일까. 플롯의 인과율이란 인간(인물)이 〈어떤〉 삶을 〈어떻게〉 사느냐의 문제일 것이다. 이는 물론 〈인물〉과 〈환경〉 양자의 조건에 따라 결

---

5) Norman Friedman, *Form and Meaning in Fiction*(University of Georgia Press, 1975), 63~68면.

정된다고 볼 수 있다. 이 문제를 단순한 사건(행동)들의 연쇄와 플롯의
차이를 통해 구체적으로 살펴보자.

인물-환경의 상호관계 혹은 사건(행동)이 단순히 연대기적으로 기록
된 것을 우리는 플롯이라고 부르지 않는다. 단순히 연대기적으로 나열
된 것은 인물-환경 간의 역동성과 사건(행동)들 간의 인과율을 지니지
못하기 때문이다. 단순한 연대기적 나열과 플롯의 차이는 아마도 인물-
환경, 사건(행동)의 특정한 〈선택〉과 그 배열의 원리에 있을 것이다.
즉 선택과 배열의 원리는 인물-환경의 상호작용을 역동적으로 만들며
사건들 간의 인과율을 발생시킨다.

단순한 연대기적 나열에는 플롯의 기획이 존재하지 않는다. 반면에
플롯의 기획자의 관점은 인물과 환경, 그리고 사건(행동)들을 선택하여
특정한 이야기(플롯)로 배열시킨다. 따라서 플롯의 역동성과 인과율은
그 기획자의 〈관점(세계관)〉에서 생겨나며 이야기 내부에서는 〈선택과
배열의 원리〉로 작동된다. 플롯의 기획자, 즉 작가의 세계관이 작품(혹
은 이야기) 내적으로 선택과 배열(구성)의 원리로 나타난 것을 우리는
〈전망(perspective)〉이라고 부른다. 이제 플롯의 인과율을 제공하는 이
전망에 대해 보다 자세히 살펴보자.

(2) 〈전망〉의 개념

앞에서 논의했듯이 단순한 〈연대기적 기록〉과 인과율을 지닌 〈플롯〉
의 차이는 선택과 구성(배열)의 원리에 있다. 〈선택과 구성의 원리〉는
객관현실을 반영하는 과정에서 〈세계관〉의 작용에 의해 생겨나며, 플롯
을 구성하는 형식 원리로는 〈전망〉이라고 부른다. 따라서 연대기적 기록
과 플롯의 차이는 후자가 선택원리로서 전망을 지닌다는 점에 있을 것이
다. 플롯의 인과율 역시 선택과 구성의 원리인 전망에 의해 생겨난다.

한 예로 문학사를 쓰는 과정을 생각해 보자. 만일 주어진 기간에 매
해 발표된 작품들을 그냥 나열한다면 그것은 〈연대기적 기록〉이 될 것
이다. 문학사를 구성하려면 우선 그 연대기적 기록에서 중요한 작품을

선별하는 과정을 거쳐야 한다. 이러한 선별(선택)은 물론 문학사를 쓰는 사람의 〈관점〉에 의거한 것이다. 올바른 관점에 의해 선택된 작품들은 이제 다른 작품들과 〈인과적 관계〉로 연결되어 〈배열〉된다. 이처럼 선택과 배열(구성)의 원리에 의해 특정한 인과관계로 연결되어 기술된 문학사는 단순한 연대기적 기록이 아니라 하나의 〈플롯〉이 된다. 또한 그것이 올바른 〈선택과 배열의 원리〉에 의해 구성된 플롯이라면 그 문학사는 앞으로 나아갈 바를 〈전망〉하게 된다.

이처럼 전망(perspective)은 앞으로 나아갈 바를 미리 보여주는 것이 아니라 현재(현실)의 실상을 올바로 투시함으로써 얻어진다. 그 점에서 〈전망〉은 선택과 배열(구성)의 원리로 현실의 실상을 투시하는 〈원근법(perspective의 또다른 번역)〉으로 불리기도 한다. 올바른 원근법으로 현실을 투시하면 앞으로 나아가는 방향감각으로서 전망이 얻어지는 것이다.

전망에 대한 가장 상세한 논의는 루카치에 의해 전개되었다. 루카치에 의하면 선택원리로서의 〈전망〉은 본질적인 것과 비본질적인 것, 핵심적인 것과 주변적인 것을 선별하면서, 이야기의 실마리를 정리해 주고 인물들의 발전방향을 결정한다. 즉 전망은 현실의 반영(내용)이나 소설 형식 양자에 있어 방향성을 결정함으로써 소설의 내용에 인과감과 형식적 질서를 부여한다.[6] 전망은 이처럼 현실내용을 이야기로 형식화하는 원리인 동시에 형식 자체의 질서의 원리이기도 하다. 즉, 전망은 현실을 이야기로 반영하는 작가의 세계관의 작용이면서 작품 내적으로는 선택과 구성의 형식적 원리인 것이다.

소설의 경우 전망은 인물과 환경의 상호작용을 그리면서 본질적인 연관을 선별하고 구성하는 원리로 작용한다. 루카치에 의하면 올바른 전망을 통해 현실의 본질적 연관관계와 발전 방향을 드러낸 것이 바로 리얼리즘 작품이다. 그와 달리 전망을 상실한 경우 본질적 연관이 배제된 잡다한 표면 현상들만 그리는 자연주의(혹은 세태소설)에 빠지게 된다.

6) G. 루카치, 『현대 리얼리즘론』, 황석천 역(열음사, 1986), 34면, 53~57면.

자연주의는 환경에 의해 인물이 파괴되는 것으로 그림으로써 플롯의 〈인과율〉 자체가 객관주의적으로 잘못 설정되어 있다. 또한 인물과 환경의 관계에서도 일방적으로 환경결정론에 의거함으로써 양자간의 〈역동성〉도 상실된다. 선택원리가 부재한 잡다한 표면현상, 잘못된 객관주의적 인과율, 인물과 환경 간의 역동성의 상실 등, 이 모든 것은 피상적인 〈세계관(현실인식)〉에 의한 것이며 작품 내적으로는 올바른 〈전망〉의 부재에서 기인된 것이다.

이상에서처럼 루카치의 전망의 이론은 주로 리얼리즘을 중심으로 전개된다. 그러나 엄밀히 말해 그것은 우리시대의 문학에 대한 전망의 이론일 뿐이다. 즉, 다른 시대에는 얼마든지 다른 전망이 있을 수 있는 것이다. 루카치가 말한 전망에 의해 선택된 본질적 연관이란 근대 현실주의(리얼리즘)의 〈본질〉일 것이며, 우리시대 사회과학에 의해 선별된 〈핵심〉일 것이다. 우리시대의 현실주의와 사회과학은 영원불변의 진리이기보다는 진리에 대한 근대적 인식구조에 근거한 것일 터이다. 따라서 다른 시대에는 다른 본질과 핵심이 있을 수 있으며 상이한 전망이 작용할 수도 있을 것이다.

이점에서 우리는 리얼리즘의 전망을 포함한 보다 포괄적인 전망이론을 구성할 필요를 지니게 된다. 단순한 연대기적 기록과 구별되는 (특정한 인과율을 지닌) 플롯이 형성되어 있는 한, 거기에는 어떤 종류의 것이든 전망(세계관이자 선택원리)이 작용한다. 예컨대 고소설에는 리얼리즘과 상이한 그 시대의 전망이 내포되어 있으며 설화 역시 마찬가지일 것이다. 심지어 루카치가 전망의 부재로 설명한 모더니즘에도 실상은 다른 방식으로 전망이 작용하고 있다고 볼 수 있다. 우리는 리얼리즘 이전(설화, 고소설)뿐만 아니라 그 이후(모더니즘, 포스트모더니즘)의 문학의 전망 역시 생각해 볼 수 있다. 이제 우리는 이런 포괄적인 의미에서 플롯(그리고 인물과 환경의 상호작용)과 전망의 관계를 살펴 볼 것이다. 그 이전에 우선 〈세계관〉과 〈전망〉, 〈인물·환경의 상호작용〉, 〈플롯〉의 관계를 도표로 정리해 보자.

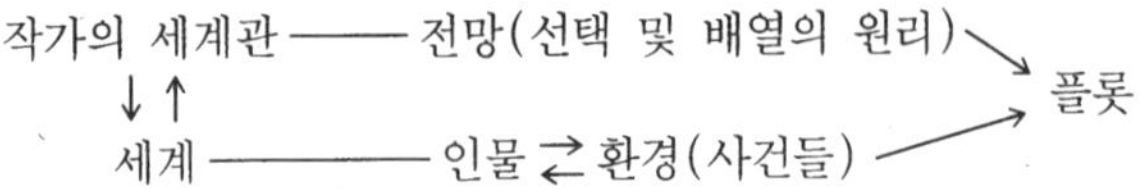

위에서 세계관의 변화에 따라 인물과 환경의 선택 및 설정이 달라지며 양자(인물·환경)의 상호작용의 구성원리인 전망과 플롯이 변화된다. 예컨대 신화적 세계관이 세계를 지배하는 신화시대에는 신성성에 지배되는 인물과 환경이 그 시대의 본질을 드러내기 위해 설정(선택)된다. 신화시대의 본질이란 신성성의 진리이며 신화적 전망은 그 신성성을 보여주는 인물과 환경을 선택하는 것이다. 신화의 인물과 환경의 상호작용은 신성성이 천상계에서 지상계로 이동하면서 신성성의 승리를 드러낸다. 이처럼 신성성이 지상계의 근원성으로 자리잡는 과정을 통해 그 과거의 근원이 지상계의 삶에 대한 〈과거지향적 전망〉으로 작용하는 플롯이 만들어진다.

고소설에 이르면 그 시대의 본질인 유교이념을 드러내기 위해 유교이념에 지배되는 인물과 환경이 선택(설정)된다. 고소설에서 인물과 환경의 상호작용은 유교이념이 원래의 이상적 상태(理)를 회복하는 전개이며 그 과정에서 〈순환적 전망〉의 플롯이 형성된다. 이에 반해 근대 리얼리즘은 현실주의의 원리(본질)를 드러내기 위해 사회학적 환경과 그에 맞서는 인물이 설정(선택)된다. 그리고 인물과 환경의 상호작용은 사회적 모순을 드러내게 되며 그 모순의 극복을 지향하는 과정에서 〈미래지향적 전망〉의 플롯이 만들어진다.

한편 소외의 시대의 문학인 모더니즘에서는 소외된 인물과 파편화된 사회환경이 설정된다. 모더니즘은 소외된 인물의 〈내면적 자기인식의 전망〉을 드러내며 인물과 환경의 단절로 인해 플롯이 해체된다. 마지막으로 후기자본주의 시대의 포스트모더니즘은 탈주체화된 인물과 미시권력이 작용하는 사회환경을 선택한다. 포스트모더니즘에서는 복수성(다원성)의 세계관에 의거해 탈주체화된 세계를 해체하면서 〈대안적 세계〉로 나아가는 전망과 플롯이 나타난다.

이처럼 인간의 삶(세계)과 세계관의 변화에 따라 인물과 환경의 선택과 그 상호작용의 구성(배열)이 달라지며 전망과 플롯도 변화된다. 플롯을 이해하기 위해서는 이처럼 세계-세계관-〈전망〉 그리고 그것과 〈인물과 환경의 상호작용〉의 관계를 이해해야 한다. 다음에서 우리는 설화, 고소설, 근대소설, 그리고 리얼리즘, 모더니즘, 포스트모더니즘에 이르기까지 전망과 플롯이 어떻게 달라지는지 자세히 살펴볼 것이다. 그전에 먼저 플롯에 관계된 영역을 분명히 하기 위해 텍스트-플롯과 이야기-플롯의 두 차원을 고찰하기로 하자.

2. 텍스트-플롯과 이야기-플롯

텍스트-플롯은 사건들(혹은 인물과 환경의 상호작용)이 텍스트의 표면에 최종적으로 배열(재배열)된 상태를 말한다. 반면에 이야기-플롯은 텍스트-플롯을 (독자의 머리 속에서) 재구성해 이야기 차원의 인과율에 따라 배열한 것이다. 이야기-플롯은 담론적 전략 및 인과율에 따라 (화자-작가에 의해) 텍스트-플롯으로 재배열된다.

텍스트-플롯을 형성하는 담론적 전략(인과율)에는 주네트가 논의한 순서(ordre), 지속(durée), 빈도(fréquence)의 범주가 있다.[7] 이 세 범주에 의거한 다양한 텍스트-플롯은 현대소설의 세련된 기법을 보여주는 예로 꼽힌다. 그러나 실상 순서, 지속, 빈도 등에 의한 텍스트-플롯의 특성은 역사적 현실을 반영하는 이야기-플롯의 특성과 긴밀히 연관되어 있다. 즉, 이야기-플롯이 역사적으로 변화됨에 따라 텍스트-플롯

---

7) 제라르 주네트, 『서사담론』, 권택영 역(교보문고, 1992), 23~148면. 채트먼, 『영화와 소설의 서사담론』, 앞의 책, 74~94면.

도 달라지게 된다.

이런 측면에서 텍스트-플롯의 변화를 수반하는 이야기-플롯의 역사적 단계는 크게 세 가지로 설정할 수 있다. 먼저 과거지향적 전망(설화)이나 순환적 전망(고소설)을 지닌 〈전근대적 서사〉와 미래지향적 전망을 내포한 〈근대적 서사(근대소설)〉로 나눠진다. 또한 근대소설 중에는 역동적 플롯을 지닌 〈리얼리즘〉과 플롯이 해체된 〈모더니즘〉으로 구분된다. 이같은 전근대적 서사(설화, 고소설)/근대 리얼리즘/모더니즘의 이야기-플롯의 세 단계는 텍스트-플롯의 세 단계와 중요한 상응관계를 보여준다. 이 세 단계 중 먼저 전근대적 서사와 근대 리얼리즘(근대소설)의 차이를 살펴보자.

전근대적 서사의 특징은 전망의 근거지가 현실(현재)과 단절된 과거에 있다는 점이다. 이 경우 역사적 현실에 위치한 화자는 그 과거 이야기 시공간의 전망과 관점(세계관)에 속박되어 자신의 관점(시점)을 지니지 못한다. 반면에 역사적 현실에 전망의 근거를 두는 근대소설에서는, 현재(현실)화할 수 있는 과거인 이야기 시공간과, 역사적 현실의 화자 사이에 단절이 존재하지 않는다. 이 경우 화자는 역사적 현실에 의거한 자신의 주체적 시점(관점)을 지닐 수 있는 위치에 놓여 있다.

이야기-플롯의 이런 차이는 순서, 지속, 빈도 등의 텍스트-플롯의 특성을 통해서도 나타난다. 전근대적 서사의 플롯은 (화자와 단절된) 과거의 이야기 시공간의 관점(전망)에 얽매여 화자의 담론적 전략에 의한 재배열을 좀처럼 용인하지 않는다. 〈순서〉의 측면에서 설화나 고소설이 대부분 〈순행적 전개〉를 지니는 것은 이 때문이다. 고소설에서 시간적 역행은 사건이 두 갈래로 나눠지는 부득이한 경우에만 일어난다. 예컨대 『춘향전』에서 춘향과 이도령이 이별한 후 두 사람의 플롯(사건) 역시 갈라지게 된다. 따라서 춘향의 사건이 일어나는 동안 이도령의 사건 또한 동시적으로 진행된다. 이때 화자는 두 가지 사건을 한꺼번에 이야기할 수 없으므로 춘향의 사건(플롯)을 먼저 말하고 다시 이도령에 대해 얘기하기 위해 부분적으로 역행한다. 이런 경우의 역행은, 담론 시간(discourse-time)이 선조적인 반면 이야기 시간(story-time)이 복수적 맥락을 지니는 데 따른 불가피한 결과이다.[8] 물론 여기에도 동시적으로 진행되는 두 가지 이야기의 선후를 정하는 담론적 인과율이 작용하고 있다. 그러나 이는 서사양식의 본질적인 시간모순(담론 시간과 이야기 시간 진행의 불일치)을 해결하기 위한 것이지 결코 화자의 능동적인 주체적 담론 전략에 의한 재배열이 아니다.

이에 반해 근대소설에서는 담론적 긴밀성과 긴장감을 유지하기 위해 수시로 이야기의 순서를 재배열할 수 있다. 이런 담론적 전략(그리고 인과율)에 의한 역행이 가능한 것은, (근대소설의 경우) 이야기의 과거 시공간과 화자의 현재(역사적 현실) 시공간 사이에 단절이 존재하지 않으며, 근본적으로 현재화할 수 있는 과거의 이야기를 전달하기 때문이다. 즉, 이야기의 과거는 순차적인 시간배열을 지니지만 그 순차성과 무관하게 각 사건들은 동등하게 현재화될 수 있는 것이다. 뿐만 아니라 근대소설의 화자는, 이야기의 과거 시공간의 전망에 얽매인 고소설의 화자와는 달리, 자신의 담론적 시점과 논리(인과율)에 의거해 자유롭게 이야기를 바라볼 수 있다. 근대소설에서 이야기 시간의 순차성이 잠정적으로 유보된 채 담론적 전략에 따라 재배열될 수 있는 것은 이 때문이다.

근대소설의 이야기 순서의 재배열에는 회상(소급제시)과 예시(사전제시), 이종제시와 동종제시 등이 있다.[9] 〈회상〉은 흔히 〈역행〉이라고 말하는 것으로 보다 더 과거의 이야기로 되돌아가는 것이다. 이야기 순서의 재배열은 대부분 이 〈소급제시〉인 역행으로 나타난다. 반면에 〈예시〉는 앞으로 일어날 이야기를 미리 제시하는 재배열 기법이다. 예컨대 「운수 좋은 날」에서 '얼다가 만 비가 추적추적 내리'는 그 날이 '운수 좋은 날'이었다고 말하는 서두는 그 하루에 일어날 일을 〈사전제

---

8) T. 토도로프, 『구조시학』, 곽광수 역(문학과지성사, 1980), 64~65면. 이상진, 「한국 근대소설의 시간배열 기법 연구」, 연세대 석사논문(1988), 11면.

9) 채트먼, 『영화와 소설의 서사구조』, 앞의 책, 75~77면.

시(예시)〉한 것이다. 한편 〈이종제시〉는 다른 이야기 줄거리로 역행하는 것이며 〈동종제시〉는 같은 줄거리 내에서 역행하는 것이다. 동종제시의 경우에는 재배열된 사건들 간에 긴장감이 있게 된다.

그밖에 이야기의 역행에는, 서술시점에 근접한 현재의 상황에서 본이야기인 과거로 역행하는 것과, 과거의 이야기 시간 중에 수시로 시간을 재배열하는 것이 있다. 앞의 예는 〈완전역행〉이며 뒤의 예는 〈부분역행〉이다. 완전역행 중에는 역행된 이야기가 내화가 되는 액자소설 유형과, 서술자아가 경험자아를 반성적으로 매개하는 1인칭 주인공 소설 유형이 있다.[10] 전자의 예는 「배따라기」(김동인) 「무녀도」(김동리) 등에서 볼 수 있다. 후자는 『추락하는 것은 날개가 있다』(이문열)에서처럼 서술자아가 역행으로 나타난 경험자아의 이야기에 수시로 틈입하는 경우이다.[11] 물론 3인칭 경우에도 선우휘의 「불꽃」에서처럼 마지막에 도입부의 장면으로 되돌아오는 완전역행은 얼마든지 나타난다.

한편 부분역행 중에서 〈복합적 역행〉은 특히 단편소설에서 긴밀감과 긴장성을 유지하는 수법으로 쓰인다.[12] 김유정의 「안해」, 이범선의 「오발탄」, 윤정모의 「님」, 박태순의 「밤길의 사람들」 등 중단편 소설의 묘미를 살리는 기법으로 복합적 부분역행이 나타남을 볼 수 있다.

〈순서〉의 재배열 기법이 이야기 시간과 담론 시간의 순서의 불일치에서 나타난 것이라면, 〈지속〉은 양자의 시간 길이 및 비율의 불일치(혹은 일치)에 근거한 것이다. 지속의 대표적 기법으로는 긴 이야기 시간이 짧은 담론 시간으로 축약되는 〈요약서술〉과 두 시간이 거의 일치하는 〈장면제시〉가 있다. 요약서술은 화자의 개입을 느끼게 하며 장면제시는 이야기를 직접 보는 듯한 환영을 형성한다. 물론 이 두 가지 기법은 고소설(그리고 전근대적 서사)에서도 얼마든지 나타난다. 그러나

---

10) 서술자아(화자로서의 '나')와 경험자아(인물로서의 '나')에 대해서는 제5장 5절 1인칭 서술상황 참조.

11) 뒤의 제5장 5절 참조.

12) 이상진, 「한국 근대소설의 시간배열 기법 연구」, 앞의 논문, 50~58면.

고소설의 경우 요약서술과 장면제시는 흔히 경계가 불분명한 상태로 모호하게 뒤섞인다. 이는 고소설의 서술방식이 이야기 시공간의 관점에 종속된 화자의 수사학에서 완전히 벗어날 수 없기 때문이다. 즉, 고소설에서는 장면제시의 부분에서도 암암리에 화자의 수사학이 틈입하는 것이다. 앞서 살폈듯이, 대화의 부분에서조차 화자의 수사학이 개입하는 대리직접화법으로 나타난다.[13] 이는 고소설의 경우 화자뿐만 아니라 인물과 플롯도 과거의 이야기 시공간의 관점, 즉 환경을 지배하는 원리(유교이념)에 예속되어 있음을 암시한다. 고소설의 이야기(인물, 플롯)는 근본적으로 현재화할 수 없는 과거에 속해 있는 것이다.

반면에 근대소설에서는 화자의 능동적인 담론적 전략에 따라 요약서술과 장면제시가 반복되는 리듬이 나타난다. 이는 근대소설의 인물(그리고 플롯)과 화자가 관념적인 이야기 시공간 및 환경의 지배원리에서 벗어나 객관성과 주체성을 얻고 있음을 의미한다. 근대소설에서 객관성의 요구는 점점 더 증가되어 화자의 요약서술마저 소멸되고 (인물시점서술[14]에 의해) 장면과 장면의 리듬이 반복되는 정도까지 나아간다. 이러한 장면들의 반복은 이야기 시간과 담론 시간이 일치되는 듯한 효과로 직접성(현재성)의 환영을 불러일으킨다. 이는 근대소설의 이야기가 근본적으로 현재화할 수 있는 과거로 진행됨을 암시한다.

마지막으로 〈빈도〉는 유사하거나 동일한 사건(상황)이 반복되는 것을 말한다. 여기에는 다른 시간에 일어난 사건(사태)이지만 유사한 특성을 지님으로써 같은(유사한) 언어로 서술하는 것과, 동일한 사건을 전략적으로 반복해서 서술하는 것이 있다. 전자는 유사한 이야기의 반복인 동시에 담론의 반복이며, 후자는 단지 담론상의 반복이다.

고소설에서는 두 가지의 반복 중에서 어떤 것도 좀처럼 나타나지 않는다. 그것은 고소설의 플롯과 담론이 본질적으로 〈일회성〉을 지니기 때문이다. 고소설의 서사적 과거(더)는 〈(이야기 시공간의) 과거의 사

---

13) 앞의 제3장 2절 참조.
14) 제5장 4절 인물시점서술 참조.

210

건(상황)에 대한 지각)의 회상(혹은 발화, 서술)이며 그 과거의 관점(유교이념)에 얽매인 사건의 지각은 일회적이다. 즉, 고소설의 화자는 이미 과거의 이야기 시공간에서 지각된 것을 (시점이동을 통해) 단순히 회상해서 서술할 뿐이므로, 과거에 일회적으로 지각된 플롯을 반복할 수 없다. 이야기 시공간에서의 사건의 지각이 반복될 수 없듯이 그 사건의 지각(그리고 이야기 시공간의 관점)에 종속된 화자의 서술 역시 반복될 수 없는 것이다.

반면에 근대소설의 서사적 과거(었)는 과거의 객관적 사건에 대한 회상이며, 화자는 자신의 담론과 시점으로 그 객관적 사건을 서술할 수 있다. 즉, 과거의 이야기 시공간의 관점과 그에 얽매인 지각에서 해방됨으로써 자신의 시점에 의거해 자유롭게 서술할 수 있는 것이다. 화자는 자신의 담론적 전략에 따라 (자신의 처분에 맡겨진) 객관적 사실의 연속인 플롯을 재배열하면서 특별한 경우에는 반복할 수도 있게 된다.

예컨대 윤흥길의 「아홉켤레의 구두로 남은 사내」에서는 마치 나체화 같은 적나라한 장면이 두번 반복된다. 한번은 광주단지 입주민들이 시위 도중 리어카에서 쏟아진 참외를 어적어적 깨물어 먹는 장면이고, 다른 한번은 권씨가 '나'에게 아내의 수술비용을 거절당한 후 휘청거리며 걸어가는 뒷모습 장면이다. 이 두 장면은 다른 종류의 사건이지만 권씨와 '나'의 의식(그리고 말)을 빌려 '나체화'라는 동일한 담론으로 반복된다. 이러한 담론적 반복은 하층민의 삶의 적나라하고 뭉클한 모습을 노출시키기 위해 전략적으로 플롯을 재배열한 결과이다.

또한 이범선의 「오발탄」에는 실향민인 어머니가 '가자!' 하고 외치는 장면이 여러번 반복된다. 더욱이 결말부에 이르러서는 주인공 철호의 혼수상태의 의식 속에서 다시 한번 반복된다. 이 '가자!' 라는 되풀이되는 외침은 가야 된다는 것과 갈 수 없다는 것을 동시에 일깨워주는 반복이다. 화자(작가)는 의도적으로 '가자!'를 반복적으로 배치함으로써 통일의 소망과 분단현실, 그리고 자유의 갈망과 (자유로운 남한의) 부자유스러운 삶이 교차되는 순간들을 포착한다.

앞의 두 예가 삶에 대한 독자의 시선을 긴장시키는 강조기능의 반복이라면, 하일지의 『경마장 가는 길』에 나타난 반복은 오히려 삶의 권태를 드러내는 지루한 반복이다. J는 프랑스에서 동거생활을 했던 R을 거절하면서 '프랑스와 한국은 다르다'고 반복해서 말한다. 그러나 여기서의 반복은 두 사람의 인간관계가 단조롭고 권태로운 것임을 드러낼 뿐이다. 그밖에도 이 소설에서는 삶의 우울한 단조로움을 암시하는 반복이 여러번 되풀이된다.

이제까지 우리는 전근대적 서사(설화, 고소설) 및 근대소설에서 이야기-플롯과 텍스트-플롯의 상응관계를 살펴보았다. 이야기-플롯이 과거 이야기 시공간의 관점에 얽매여 있는 전근대적 서사에서는 텍스트-플롯의 재배열이 좀처럼 이루어지지 않는다. 반면에 이야기-플롯이 현재화할 수 있는 과거가 되고 화자의 시점 역시 권위적 과거에서 풀려난 근대소설에서는, 텍스트-플롯의 차원에서 다양한 재배열(순서, 지속, 빈도)이 일어난다.

그런데 근대소설 중에서도 리얼리즘과 모더니즘의 차이는 이야기-플롯과 텍스트-플롯에 있어 또다른 차이를 보여준다. 즉, 역동적 플롯(이야기-플롯)을 지닌 리얼리즘에서는 위에서 살펴본 바와 같은 다양한 텍스트-플롯의 재배열이 나타난다. 반면에 플롯이 해체되는 모더니즘에서는 텍스트-플롯 역시 리얼리즘과는 다른 새로운 양상을 보여준다.

먼저 〈순서〉의 측면에서 모더니즘의 텍스트-플롯은 단순한 역행을 넘어서서 병치와 동시성을 보여준다. 리얼리즘의 역행은 1차 서사(이야기-플롯)의 통시적(시간적) 인과율로 환원될 수 있는 담론적 역행의 성격을 지닌다. 반면에 모더니즘의 복합적인 역행은 1차 서사의 통시성(이야기의 시간적 인과율)으로 되돌아가지 않는 과거-현재의 병치성을 보여준다. 예컨대 「소설가 구보씨의 일일」에서 구보가 설렁탕을 먹으면서(현재) 동경에서의 로맨스를 생각하는(과거) 복합적인 역행은 이야기-플롯(1차 서사)으로 환원되지 않는 텍스트-플롯의 현재-과거의 병치를 드러낸다. 이 부분에서 실상 이야기-플롯의 통시적 인과율은 해체되어 있으며 파편화된 통시적 구조의 틈새를 과거의 회상이 채우고 있다. 이는 이야기-플롯의 〈시간적 인과율〉 대신 현재-과거가 병치된 텍스트-플롯의 〈내면의식의 공간적(무의식적) 논리〉를 드러내는 셈이다. 모더니즘의 이같은 텍스트-플롯의 배열을 우리는 흔히 〈시간의 공간화〉라고 부른다.

〈지속〉의 측면에서도 모더니즘은 리얼리즘과 구별되는 새로운 양상을 보여준다. 위에서 우리는 근대소설이 점차로 장면제시가 많아지면서 직접성(현재성)의 환영을 제공해 왔음을 살펴봤다. 이는 이야기 시간과 담론 시간이 비율적으로 거의 대등해짐을 의미한다. 모더니즘은 여기에서 한발 더 나아가 이야기 시간 보다 담론 시간이 오히려 더 길어지는 일종의 〈지연〉을 드러낸다. 모더니즘에서는 이야기-플롯이 해체됨에 따라 이야기 시간이 양적, 질적으로 적어지거나 거의 정지된다. 반면에 담론 시간은 다양한 기법(내적 독백, 의식의 흐름, 몽타주 등)을 사용하면서 도리어 더 늘어난다. 따라서 양자의 양적, 비율적 차이에 의해 일종의 지연효과가 나타나며 텍스트-플롯은 그 효과를 위해 봉사한다. 예컨대 제임스 조이스의 『율리시즈』는 단 하루의 일(이야기 시간)을 수일 동안의 독서가 필요한 분량(담론 시간)으로 지연시켜 보여준다. 버지니아 울프의 『댈러웨이 부인』 역시 12시간 동안의 일(이야기 시간)을 훨씬 많은 시간이 필요한 텍스트-플롯으로 지연시킨다. 마찬가지로 이상의 「날개」의 초반부에서도 이야기 시간은 정지된 대신 화자의 내면의식을 드러내는 담론이 연속적으로 이어진다. 이는 모더니즘이 이야기-플롯의 시간적 인과율 대신 텍스트-플롯의 다양한 기법의 효과와 논리에 의존함을 암시한다. 이에 대해서는 모더니즘을 살펴보는 곳에서 다시 논의하기로 한다.

한편 〈빈도〉의 측면에서 모더니즘의 반복은 리얼리즘과는 달리 이야기-플롯의 논리를 강화하는 기능을 하지 않는다. 오히려 모더니즘의 반복은 이야기-플롯의 논리(인과율)가 약화된 대신 내면의식의 공간적 논리가 강화되었음을 보여준다. 예컨대 이상의 「지주회시」에서는 아내가 층계에서 굴러떨어진 사건이 반복해서 서술된다. 그러나 이 반복은 「아홉켤레의 구두로 남은 사내」나 「오발탄」의 반복과는 달리, 삶의 반영으로서 이야기-사건들이 연결되는 논리를 강화하는 기능을 하지 않는다. 그보다는 그 사건에 대한 주인공(그)의 내면 속의 심리적 파문을 증폭시키는 효과에 기여한다. 이는 모더니즘의 반복이 이야기-플롯의 시간적 논리보다는 내면의식의 공간적 (무시간적) 논리를 강화함을 의미한다.

이상에서 우리는 〈전근대적 서사 /근대 리얼리즘 /모더니즘〉에서 이야기-플롯과 텍스트-플롯의 상응관계를 살펴보았다. 각각의 서사적 방법의 차이에 따른 두 가지 플롯의 연관성은 다음과 같이 정리될 수 있다.

플롯과 전망	서사적 방법	순서	지속	빈도
과거적 · 순환적 전망의 플롯	전근대적 서사	순행	요약 · 장면의 경계 모호	일회성
미래적 전망의 플롯	근대 리얼리즘	순행, 역행, 예시	요약(장면) /장면의 리듬	(반복) 이야기 논리강화 기능
플롯의 해체	모더니즘	병치, 시간의 공간화	장면 /장면, 지연	(반복) 내면 논리강화 기능

〔이야기-플롯〕   〔텍스트-플롯〕

3. 설화 · 고소설 · 근대소설의 플롯

(1) 설화의 플롯과 과거지향적 전망

앞에서 살폈듯이 설화와 고소설의 인물은 환경을 지배하는 원리(신성성이나 유교이념)에 속박되어 있다. 이처럼 인물이 주체적 내면을 지니지 못하고 환경의 지배원리에 얽매이게 되면 다음의 두 가지 서사적 특징이 나타난다. 하나는 인물이 자율성을 지니지 못한 채 플롯의 전개에 기능적으로 종속된다는 점이다. 다른 하나는 인물과 환경의 상호작용이 주어진 세계관(전망)에 의거한 환경의 운동(플롯)으로 나타남으로써 〈규범화된 플롯 구조〉가 형성된다는 점이다. 여기서는 플롯에 연관된 두번째 사항을 자세히 살펴보자.

만일 인물이 환경의 질서에 맞서서 그것이 해체될 필요성을 드러낸다면 그 과정을 드러내는 플롯은 정해진 규범이 없는 다양한 형태로 나타날 것이다. 왜냐하면 세계는 기존의 질서로 유지될 수 없음을 노정하지만 그 질서를 대신할 새로운 원리는 확립되지 않았기 때문이다. 이 경우 플롯은 기존질서의 모순을 드러내면서 또한 어떤 새로운 원리에도 종속되지 않는 〈무규정적인 상태〉를 보여준다. 이것이 바로 다양한 플롯으로 나타나는 〈근대소설〉의 경우이다.

그와 달리 〈설화〉와 〈고소설〉에는 환경의 질서에 맞서는 인물이 등장하지 않으며 인물과 환경의 상호작용(플롯)은 환경의 질서가 확립되거나 반복되는 과정으로 나타난다. 환경의 질서는 그것을 규정하는 세계관(신성성이나 유교이념)에 의해 주어지며, 질서의 확립이나 반복을 보여주는 플롯은 그 세계관에 지배되는 규범화된 구조를 지닌다. 설화와 고소설(전근대적 서사)에서 근대소설과는 달리 〈양식화된(규범화된) 플롯〉의 문법구조가 나타나는 것은 이 때문이다.

고소설이 환경의 질서를 반복하는 플롯을 지닌다면 신화의 플롯은 환경의 질서가 확립되는 과정을 보여준다. 신화의 환경은 천상계와 지상계로 이루어지며 신화적 환경의 질서는 천상계의 신성성이 지상계의 왕권과 조화된 상태로 나타난다. 신화의 플롯은 천상계의 신성성이 지상계로 이동하면서 그런 질서가 자리잡는 과정이다. 예컨대 동명왕 신화에서는 신성성을 지닌 주몽이 지상계에서 박해를 받다가 자신의 신성성을 발휘해 새로운 왕권을 확립한다. 여기서 신성성과 왕권이 조화된 신화적 환경의 질서가 만들어진다.

이처럼 환경의 질서를 확립하는 플롯은 그 질서에 의해 살아가는 사람들(화자-청중)에게 근원적 과거의 이야기로 위치한다. 여기서 근원적 과거로서의 신화적 플롯은 삶의 가치의 근거를 그 과거에 두는 〈과거지향적 전망〉을 지니게 된다. 신화적 플롯을 구조하는 〈신성성의 세계관〉 자체가 지상계의 왕권에 합당성을 부여함으로써 그 왕권의 확립을 시조(근원적 과거)로 삼는 과거지향적 전망이 된다. 반대로 말하면 신성성의 세계관과 과거지향적 전망은 기존질서가 획립되는 과정으로서의 규범화된 신화적 플롯을 만들어낸다. 신화적 플롯의 규범성은 그것을 만들어낸 세계관(신성성)의 원리 만큼이나 확고한 규칙성(문법)을 지닌다. 정해진 틀을 지닌 신화적 플롯의 규범적 구조는 다음과 같이 표시될 수 있다.

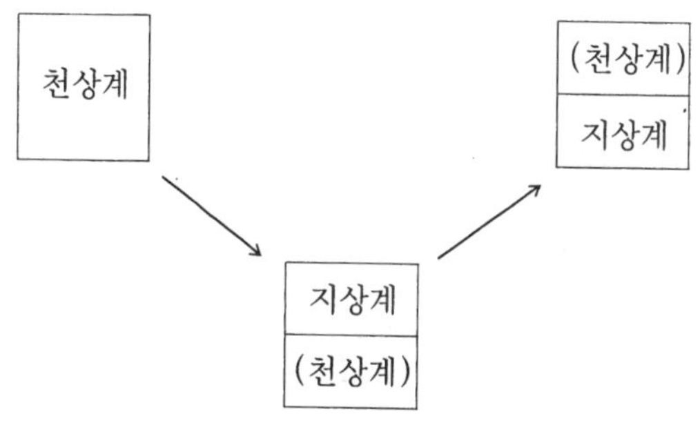

전설은 천상계와 지상계가 분열되기 시작한 환경에서 기인된 비극적 플롯을 지닌다. 신성성의 원리는 왕권을 중심으로 지상계의 질서를 확립하게 했지만 그 질서가 점차 공고화되어감에 따라 지상계의 질서는 자신을 확립시킨 신성성의 원리와 분열되는 비극을 맞는다. 왕권은 신성성에 힘입어 합당성을 부여받았지만 자신의 왕권을 유지하기 위해 신성성이 깃든 또다른 영웅의 탄생을 용인할 수 없는 모순을 드러낸다. 여기에서 비롯된 천상계와 지상계가 분열되는 비극을 상징적으로 질서

화한 플롯이 바로 전설이다.

　전설은 비록 천상계와 지상계의 분열을 그리지만 여전히 신성성의 원리에 의거해 비극을 해소하는 방식을 취한다. 전설의 비극성은 신화적 전망의 포기가 아니라 신화적 플롯(전망)의 부재를 인식함으로써 생겨난다. 또한 그 신화적 전망의 부재를 상징적으로 보상함으로써 비극의 극복을 지향하는 방식을 취한다. 이런 전설의 서사적 방법으로부터 다음과 같은 이중적인 과거(근원)지향적 전망이 나타난다. 즉, 전설은 부재하는 신화적 전망(천상·지상의 조화)을 여전히 갈망하는 점에서 〈과거지향적〉이다. 또한 전설은 신화적 전망의 좌절로 인한 근원적 상처를 일종의 원형적 증거물로서 지상계에 남긴다. 지상계에 남은 비극의 흔적인 그 증거물(지명 등)은 천상계를 잃은 지상계의 삶의 원형으로서 이후의 지상계의 삶의 내력을 알리는 〈과거지향적 전망〉을 내포한다.

　예컨대 아기장수전설[15]에서 비범한 아기 장수의 죽음이 비극적인 것은 그 아기가 영웅이 될 수 있는 신화적 전망을 아직도 버릴 수 없기 때문이다. 신화적 전망(천상·지상의 조화)에 대한 〈과거지향적 갈망〉은 아기가 죽은 후 용마가 승천하고 불개미 떼가 군사훈련을 하고 있었다는 표현에서 확인된다. 그러나 이미 지상계의 삶은 천상계와 분열되기 시작했으며 말무덤과 청룡거리는 그 비극을 알리는 원형적 증거물로 남게 된다. 말무덤이나 청룡거리라는 지명은 이후 신화적 전망을 상실한 지상계의 삶에 대해 〈근원적 과거〉를 표상한다. 이처럼 이중적인 과거지향성을 지닌 전설의 비극적 플롯 구조는 다음과 같이 표시된다.

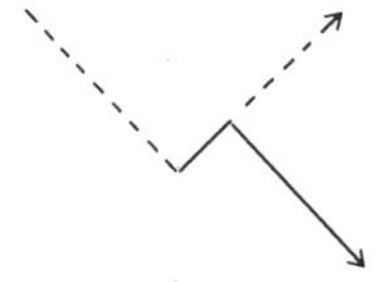

（점선 : 신화적 플롯　　실선 : 전설의 플롯）

---

15) 앞의 제1장 2절 (2) 신화, 설화와 구연서사 참조.

도표에서처럼 전설의 비극성은 신화적 플롯과의 관계에서 그 전망과는 반대 방향으로 플롯이 분열되는 데 기인한다. 즉, ＼．／과 ／＼의 분열관계에서 전설의 비극이 생긴다. 이는 전설의 시대에 이미 지상계의 삶이 천상계에서 분열되기 시작했지만 여전히 신화적 전망을 포기할 수 없음을 뜻한다.

이처럼 신화가 불가능한 시대에 신화를 갈망하는 플롯구조는 민담에서도 발견된다. 민담은 미천한 혈통의 주인공이 신화적 영웅처럼 성취를 이루는 이야기(플롯)이다. 이같은 민담의 플롯은 신화적 원리 외부(미천한 주인공)에서 여전히 신화적 원리(영웅적 성취)가 작용함을 보여준다.

물론 민담에서도 주인공이 비범성을 발휘하게 되는 근거로서 천상계와 연관된 흔적이 여전히 나타난다. 예컨대 서동의 이야기[16]에서 주인공 서동(마퉁이)은 과부인 어머니가 연못의 용과 사통해서 태어나게 된다. 그러나 서동은 신화의 주인공과는 달리 마를 팔아 살아가는 미천한 삶을 보여준다. 이처럼 민중적 삶을 살던 인물[17]이 영웅이나 왕이 되는 플롯은 신화가 불가능한 시대에 그 질서 외부에 있던 계층(민중)의 편에서 신화적 성취가 소망되고 있었음을 나타낸다. 민담에서 민중적 소망이 표현되고 있음은 신화시대로부터의 역사적 발전을 암시하지만 그 플롯의 방식은 여전히 신화적인 과거적 전망[18]에 의존하고 있다.

(점선 : 신화적 플롯   실선 : 민담의 플롯)

도표에서 민담의 플롯이 하층에서 시작됨은 민담의 주인공이 미천한

---

16) 앞의 1장 2절 (2) 참조.
17) 혹은 민중의 호응을 받는 인물.
18) 신화적인 과거지향적 전망이란, 신성성이 지상으로 이동해 지상계에 확립한 〈근원적〉 질서를 지향하는 전망을 말한다.

생활에서 출발했음을 보여준다. 그러나 민담의 플롯구조는 이미 상실된 신화적 전망을 반복하는 방식으로 전개된다. 그 부재하는 신화적 전망을 버리고 지상계와 천상계의 분열을 〈인간적 이념(유교이념)〉으로 재통합하는 순간 다음 시대의 로만스적 고소설이 나타나게 된다.

(2) 고소설의 플롯과 순환적 전망

신화적 전망은 왕권 중심의 지상계의 질서가 공고해져 갈수록 더이상 천상계와 지상계를 통합하는 원리로 작용할 수 없게 된다. 이 천상계와 지상계의 분열에 처하여, 신화적 전망 대신 지상계적 이념(유교이념)으로 그 분열을 재통합한 것이 로만스적 고소설이다. 로만스적 고소설에서는 천상계와 인연이 있는 영웅이 재출현하지만, 그와 연관된 신이한 일들은 꿈이나 도술 등 특별한 장치를 통해서만 가시화된다.

새로 나타난 영웅은 (신성성보다는) 지상계적 〈유교이념(충·효·열)〉에 의해 규정되는 왕의 〈충신〉으로서, 왕권 중심의 세계(환경)의 질서를 더욱 확고하게 하는 역할을 맡게 된다. 즉, 영웅 주인공은 유교이념(理)의 실천자로서, 그 이념의 덕목(충·효·열)을 발휘함으로써 영웅성을 인정받는 동시에, 이미 확립된 왕권 중심의 질서(유교이념)를 다시 확인하게 된다. 따라서 로만스적 고소설에서 인물(영웅)과 환경(왕권중심의 세계)의 상호작용은 기존의 환경의 질서(유교이념)를 반복하는 과정으로 나타난다. 즉 고소설의 영웅 주인공은, 환경의 질서가 잠시 혼탁해진 세계에서 그 질서의 원리인 충(효·열)을 발휘해, 다시 원래의 환경의 질서(태평성대)로 돌아오는 과정을 거친다.

이점에서 고소설에서 〈인물과 환경의 상호작용〉은 실상 환경의 질서의 〈자기회귀적 운동과정〉이라고 할 수 있다.[19] 이미 밝혔듯이 고소설에서 인물이 환경의 운동(플롯)의 한 기능적 요소가 되는 것은 이 때문이다.[20] 또한 환경(그 질서)의 자기회귀적 운동(혹은 인물과 환경의

---

19) 고소설의 순환적 전망은 이 자기회귀적 운동성을 말한다.
20) 앞의 제3장 3절 (1) 전근대적 서사물의 인물 참조.

상호작용)으로서의 플롯은 이미 주어진 그 질서(체계)를 규정하는 원리(유교이념 혹은 理)에 의해 형성되므로 〈규범적인 문법구조〉를 갖게 된다. 이는 주어진 완결된 언어체계에 의해 그 체계의 원리를 반복하는 문법구조(랑그)가 만들어지는 것과 마찬가지이다. 로만스적 고소설이 비교적 단순하게 규칙화된 플롯구조를 갖는 것은 이와 연관이 있다.

로만스적 고소설의 자기회귀적 운동과정은 理氣論의 견지에서 설명될 수 있다. 흔히 태평성대로 나타나는 원래의 환경의 질서는 理가 실현된 세계이며, 잠시 혼탁해진 세계와 그것이 극복되는 과정은 氣의 대립(선량한 氣/열악한 氣)의 세계이다. 氣의 대립은 理의 실현(영웅주인공)에 의해 다시 원래의 理가 실현된 세계(태평성대)로 돌아온다.

여기서 氣의 대립(혼탁해진 세계)이 理에 의해 해소되는 과정은 본래부터 理氣論 자체에 포함된 원리에 따른 것이다. 理氣論에서는 존재하는 모든 만물(事와 物)이 氣로 이루어져 있는 것으로 설명한다.[21] 氣로 이루어진 만물은 어떤 이치를 갖고 있는데 그것이 바로 理이다. 理는 공중에 매달려 있거나 인간의 정신 속에만 있는 것이 아니라 모든 사물에 즉해 있다. 다시 말해 理는 氣 자체에 내재해 있는 것이다. 존재하는 모든 사물이 氣인 동시에 理라고 말하는 것은 이를 뜻한다. 따라서 理와 氣의 개념은 주체(인간)와 객체(물질)에 대응하는 것이 아니며, 인간이나 인간관계, 그리고 모든 사물은 氣이면서 또한 理인 것이다. 다만 理는 氣의 상태를 규정하는 원리이며 氣 자체가 그 원리에 따르도록 되어 있다.

이렇게 볼 때 고소설에서 인물과 환경의 상호작용은 氣(인물)와 氣(환경)의 상호반응이며 단지 다른 종류의 氣의 대립인 것이다. 氣가 운동성을 갖는 것은 선량한 氣뿐만 아니라 열악한 氣도 존재하기 때문이다. 고소설의 영웅주인공은 선량한 氣를 대표하며 환경은 선량한 氣/열악한 氣가 대립해 있는 인간관계로 나타난다. 선량한 氣가 열악한 氣를 평정하는 동안은 태평성대가 유지된다(고소설의 서두). 그러나 일시

---

21) 유인희, 『주자철학과 중국철학』(범학사, 1980), 146~201면 참조.

적으로 열악한 氣가 선량한 氣를 억누르게 되면 고소설의 플롯의 운동이 시작된다. 즉, 열악한 氣/선량한 氣로 전도된 환경에 대해 선량한 氣인 영웅주인공의 행동이 시작되는 것이다. 그런 중에 氣의 대립이 理(선량한 氣의 이치)에 의해 해소되는 理氣論의 원리에 따라, 환경은 선량한 氣가 열악한 氣를 제압하는 원래의 상태(태평성대)로 회귀한다. 여기서도 고소설의 인물과 환경의 상호작용이 환경(그리고 그 질서)의 자기회귀적 운동이며, 그 원리는 환경의 질서(理) 자체에 포함되어 있음을 알 수 있다. 규범적 문법의 플롯을 생산하는 이 〈순환적 전망〉은, 실상 기존의 지배 체계를 옹호하는 〈관념적 (이상주의적) 세계관〉을 내포한다. 반대로 말하면, 지배체계를 지지하는 세계관(유교이념)에 의해 그 체계를 재생산하는 (반복하는) 규범적 문법(플롯)과 이데올로기(태평성대)가 만들어진다.

理氣論으로 설명되는 이같은 규범적 문법은 『조웅전』『유충렬전』『소대성전』등의 영웅소설에서 가장 분명하게 나타난다. 이 소설들의 플롯은 약간의 변이는 있지만 기본적인 문법구조를 반복하고 있다. 영웅소설에서 공통적으로 나타나는 플롯의 전개는 다음과 같이 요약될 수 있다.

理 ——— (태평성대)

氣
1. 충신/간신 대립
2. 〈간신〉의 위해, 외적 침입
3. 비범한 능력으로 〈충성심〉 발휘
4. 나라(황제, 태자)를 구하고 고귀한 지위에 오름

理 ——— (태평성대)

1,2 : 氣의 대립(환경)과 일시적 위기
3,4 : 理(영웅주인공)의 발휘로 평정을 되찾음

영웅소설은 흔히 첫머리에 태평성대(理의 실현)로 시작되는데 이는

실제의 현실이기보다는 理氣論에 의해 작동되는 플롯의 문법적 요소라
고 할 수 있다. 마찬가지로 영웅소설의 결말로서의 태평성대 역시 유교
이념의 체계가 생산해낸 서사문법의 종결법이다. 영웅소설의 플롯은 그
추상적 理(理의 실현)와 理 사이의 氣의 운동으로 구성된다.

　　(가) 숑문졔(宋文帝) 즉위 이십삼년이라. 이찌 시졀이 틱평ᄒ야 ᄉ방에
일이 업고 빅셩이 평안ᄒ야 격양(擊壤)을 일숩더니,

──『조웅전』 서두

　　(가)′ 혈혈단신 죠원슈ᄂᆞᆫ 일월 갓치 빗난 츙를 기닌각(麒麟閣) 졔일층이
졔명ᄒ고, 셩은를 ᄒ직ᄒ고 변국으로 도라가 왕화(王化)를 펴니여 민졍를
술피니, 만민니 틱평가를 불으며 셩덕를 다 일칼으며 ‘쳔셰 만셰 ᄒ옵소셔’
ᄒ더라.

──『조웅전』 결말

영웅소설 중에는 (가)와 같은 대립 이전의 이상적인 상태가 서술되
지 않는 경우도 있다. 그러나 그때에도 원래의 이상적인 세계(理의 실
현)는 (생략된 형태로) 전제되어 있는 것으로 볼 수 있다. 왜냐하면 理
의 실현으로서의 태평성대는 理氣論에 근거한 플롯의 서두를 장식하는
〈문법적 요소〉이기 때문이다.

영웅소설(『조웅전』 등)은 (가)에서 (가)′로 회귀하는 氣의 운동(플
롯)을 형상화한다. 물론 氣의 운동 역시 理에 의해 규정되며 그만큼 규
범적인 문법구조로 발현된다. 그러나 우리의 흥미는 氣를 규정하는 理
보다는 氣 자체의 운동에 주어진다. 영웅소설의 이런 장르적 특성은 한
시와 좋은 대조를 이룬다. 똑같이 성리학(理氣論)과 연관되지만 한시에
서는 理(혹은 性)가 전면에 부각되며 氣의 형상화는 理에 종속된다. 이
에 반해 영웅소설에서는 氣의 운동이 전면에 부각되며 그것의 형상화를
통해 理를 깨닫도록 되어 있다.[22] 氣는 원래 理에서 벗어날 수 없는 것

---

22) 이런 차이는 조동일의 주장과는 달리 主理論과 主氣論의 차이가 아니라 시와
　　소설의 장르적인 차이라고 할 수 있다.

222

이지만, 氣를 형상화하는 중에 영웅소설은 종종(부지불식간에) 理에서
이탈된다. 이는 물론 한시의 작가층이 사대부인 반면 영웅소설은 몰락
양반 계층(그렇게 추정됨[23])인 점과도 연관된다. 어쨌든 영웅소설의 몸
체인 氣의 운동 부분은 서두와 말미의 추상적인 理의 실현(태평성대)
보다 〈상대적으로〉 더 현실성을 지닌다. 물론 근본적으로는 영웅소설의
플롯(理→氣의 운동→理)은 관념적 논리(인과율)를 지니며 근대소설
과는 달리 고정된 규범적인 문법을 유지한다. 영웅소설의 규범적인 플
롯구조는 다음의 도식으로 표시될 수 있다.

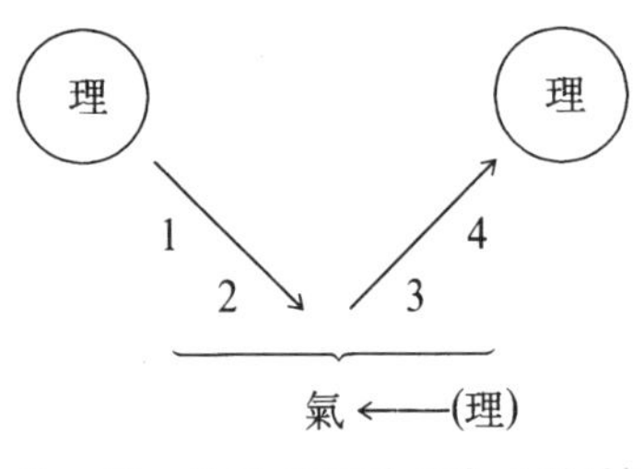

(1~4는 앞의 플롯전개의 요약임)

　이같은 영웅소설의 플롯은 보다 보편적인 서사문법으로 보면 〈로만
스〉[24]적 구조로 되어 있다고 할 수 있다. 로만스는 여러 면에서 중세적
인 서사물에 합당한 구조를 지닌다. 로만스적 서사의 특징으로는 먼저
〈양극화된 인물〉을 들 수 있다. 양극화된 인물은 근본적으로 선/악의
대립관계를 이루는 중세적 가치관에 상응한다. 예컨대 조웅(충신)과 이
두병(간신), 유충렬과 정한담, 그리고 흥부(선)/놀부(악), 심청/뺑덕
어멈 등이다. 이같은 도덕적 단순화는 근대 이후 로만스가 대중소설에
서 다시 출몰하게 되는 요인으로 볼 수 있다.

---

23) 서대석, 「『유충렬전』의 종합적 고찰」, 『한국 고전소설 연구』, 이상택·성현경
　　편(새문사, 1983), 344면.
24) 로만스적 서사의 특징은 N. Frye, *The Secular Scripture*(Harvard University
　　Press, 1976), 49~57면, 79~80면, 123~38면 참조.

둘째로 로만스는 〈하강-상승의 수직적 운동〉과 〈행복한 결말〉의 플롯을 지닌다. 하강-상승의 수직적 운동은 인물의 양극화에 상응하는 플롯의 양극단(하강·상승) 운동으로 볼 수 있다. 또한 행복한 결말은 중세의 〈이상옹호적인 관념론〉과 〈공동체의 꿈〉을 표상한다.

로만스의 또다른 특징으로는 〈모험적인 플롯〉을 들 수 있다. 로만스적인 모험은 천상계가 현실 저편으로 물러난 시대에 아직 천상계와 연관된 탐험과 무용이 가능한 (중세적) 조건과 관련이 있다. 신성성을 지닌 신화의 주인공은 두려움을 모르는 초인적인 세계의 전사로 나타난다. 반면에 로만스적 주인공의 앞에는 항상 미지의 모험이 놓여 있으며 그의 운명을 결정하는 것은 신성성이 아니라 중세적 도덕관(유교이념)이다.

마지막으로 로만스는 처음의 상태를 결말에 반복하는 〈자기회귀적 구조〉로 되어 있다. 앞에서 이미 우리는 理氣論과 연관된 영웅소설이 자기회귀적 구조와 순환적 전망을 지님을 살펴봤다. 그러나 모든 로만스적 고소설이 『조웅전』이나 『유충렬전』처럼 지배이념(유교이념)의 단순한 반복으로 나타나는 것은 아니다. 비록 로만스적인 자기회귀적 구조를 지니지만 이미 변화된 상태로 회귀하는 소설들도 있다. 이런 소설들은 대부분 중세적 理氣論과는 다른 주제를 지니고 있다.

예컨대 『구운몽』(김만중, 숙종대)은 유교이념이 아닌 불교사상을 주제로 한 특이한 영웅소설이다. 이 소설은 선계에서 불도를 닦던 성진이 유교적인 현세적 삶(양소유)을 거쳐 다시 선계로 회귀하는 구조를 갖고 있다. 이 소설에서 성진은 선계의 불도로 되돌아오지만 처음과는 달라진 의식을 지니게 된다. 이처럼 자기회귀적 구조 속에 변화와 자각의 계기를 포함시킨 것은, 이 소설이 단순히 지배이념을 반복하는 주제를 지니지 않기 때문일 것이다. 즉, 이 소설은 유교이념을 반복(재생산)하고 옹호하는 『조웅전』과는 달리 유교이념의 빈틈을 극복하려는 주제를 내포한다.

물론 이 소설의 불교적 극복방식은 유교의 관념성을 현실주의적 방법으로 무너뜨리고 있는 것은 아니다. 그렇기는커녕 이 소설의 불교사상은 현세적인 유교이념에 비해 오히려 더 초월적이다. 남악 형산의 선계가 주인공 성진이 거주하는 시공간으로 나타난 것은 이와 연관이 있다. 그러나 이 소설의 선계의 시공간은 이미 신화와 같은 신성성의 장소가 아닌 인간적인 의미의 정신의 자각에 이르는 곳이다. 선계의 설정의 의미는, (신성성보다는) 그와 대비되는 현세적 유교의 세계가 다른 영웅소설에서와는 〈구별되게〉 그려지게 한 점에 있을 것이다. 즉, 『조웅전』같은 영웅소설에서는 유교적인 현세가 충·효·열 등의 〈도덕적 이념〉에 의해 닫혀지도록 되어 있다. 그러나 『구운몽』에서는 유교적 현세를 불도의 선계와 대비시켜 그림으로써 도덕적 폐쇄가 아닌 열려진 〈욕망의 세계〉로 그리고 있다.[25] 물론 이 열려진 욕망의 세계는 불도의 선계에 의해 다시 닫혀진다. 『조웅전』이 욕망의 세계를 도덕적 유교이념으로 폐쇄시킨 반면 『구운몽』은 초월적 불교사상으로 욕망을 다시 폐쇄시킨다. 그러나 그 과정에서 『조웅전』이 현실세계를 도덕적 관념에 예속시켰다면 『구운몽』은 현세를 선계와 대비되는 욕망의 세계로 그리고 있다. 『구운몽』에서 현세는 선계에 이르는 부정의 계기이지만 어쨌든 (『조웅전』과는 달리) 현실 차원에서의 욕망이 긍정되고 있다. 즉, 부정의 계기로서의 욕망이 역설적으로 긍정되고 있는 것이다.

만일 『구운몽』을 성진의 입장에서 읽는다면 이 소설은 불교적 자각을 내세워 현세적 욕망을 부정(혹은 초월)하는 소설이다. 그러나 양소유의 입장에 서게 되면 반대로 현실적 욕망이 긍정되고 성진의 자각은 부차적이 된다. 『구운몽』은 이 두 가지 관점의 이중성을 모호하게 내포하고 있는 소설이다.

중세적 이념에 닫혀 있는 『조웅전』류에서 벗어난 소설은 비단 『구

---

25) 그것이 기득권 세력인 사대부의 욕망으로 드러난 점은 이 소설의 욕망 표현의 전제이자 한계이기도 할 것이다. 우리는 이 소설의 욕망이 유교적 담론을 매개로 표현됨을 읽을 수 있으며, 그 반대로 그 욕망의 계급적 모순이 유교적 이데올로기에 의해 은폐됨을 볼 수도 있다. 어쨌든 현세 부분에서 욕망이 주제로 설정된 점은 다른 영웅소설과 크게 구별되는 요소이다.

운몽』뿐만 아니라 (『조웅전』처럼) 유교이념을 주제로 한 소설에서도 발견된다. 이런 소설들은『조웅전』처럼 理氣論에 근거하지만 또한 그와 달리 〈主氣論〉적 입장을 드러낸다. 예컨대『홍길동전』은 理에 의해 해소될 수 없는 氣의 대립을 다룸으로써 지배체계의 단순한 반복이 불가능함을 드러낸다.

『홍길동전』(허균, 광해군대)은『조웅전』유형보다 훨씬 앞서 쓰여졌지만 후자와는 달리 사회(체제) 비판적이며 한결 더 근대적이다. 물론 이 소설에서도 유교이념이 전면적으로 부인되고 있는 것은 아니다.『홍길동전』역시 氣의 대립을 理로써 해소하려 시도하며 理가 실현된 이상적 상태(태평성대)로 회귀하려 한다. 그러나 그런 시도가 지배체계의 자기모순에 의해 벽에 부딪힘을 드러낸다.

홍길동은 다른 영웅소설의 주인공처럼 理(충)의 실현을 소망하지만 그런 소망은 처음부터 좌절될 수밖에 없다. 영웅적 인물인 그는 왕의 충신이 되는 운명을 타고 났지만 지배체계의 신분질서에 의해 그 길로 나아가지 못한다. 이처럼 지배체계에 의해 (출세가) 배제된 주인공을 영웅적 인물로 설정(선택)한 사실 자체가 이 소설이 유교체계의 모순을 드러내는 소설임을 보여준다.

> "대쟝뷔 셰샹의 나미 공밍(孔孟)을 본밧지 못ᄒ면 찰아리 병법(兵法)을 외와 대쟝인(大張印)을 요하(腰下)의 빗기 ᄎ고 동정(東征) 셔벌(西伐)ᄒ여 국가의 티공(大攻)을 셰우고 일홈을 만티(萬代)의 빗너미 쟝부의 쾌ᄉ(快事이)라. 나는 엇지ᄒ여 일신(一身)이 적막(寂寞)티고 부형이 이시되 호부(呼父) 호형(呼兄)을 못ᄒ니 심쟝(心腸)이 터질지라 엇지 통한치 아니리오."

인용문에서처럼 홍길동의 갈등(氣의 대립)은 충을 소망하지만 그 소망(충)을 실현할 수 없는 신분체제의 모순에서 기인된다. 그런 모순을 지닌 사회에서 홍길동은 (영웅성의 실현을 위해) 체제의 일탈자가 되면서까지 理(충)를 추구할 수밖에 없게 된다. 따라서 이 소설에서 氣의

226

대립은 단순히 선한 氣와 악한 氣의 대치가 아니라 체제로부터 일탈하는 힘과 체제 내부로 끌어들이는 힘의 대립이다. 문제가 심각한 것은 체제 일탈적 氣(홍길동)가 理를 추구하는 선한 氣라는 점이다. 그에 맞서는 체제 내부의 理는 이면적으로는 오히려 악한 氣(탐관오리)를 내포하고 있다. 홍길동은 악한 氣와 대결하고 체제 내부로 끌어들이려는 힘(氣)과 맞서지만 여전히 理(충)를 추구하면서 왕에게 충성을 바치려 한다. 이런 모순된 상황에서 홍길동의 理(충·효)가 실현될 수 있는 것은 근본적으로 체제 외부의 시공간(율도국)일 수밖에 없다. 그가 병조판서[26]에 제수됐지만 숨겨진 음모[27]를 피해 율도국으로 향한 것은 이 때문이다.

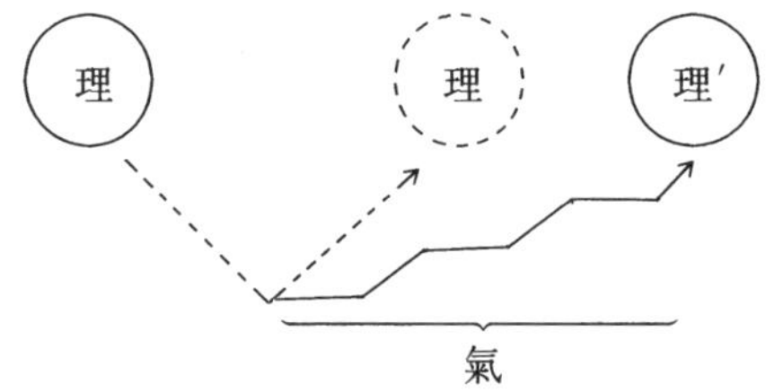

위에서 ＼∨↗은 영웅 주인공으로서의 홍길동의 소망이다. 그러나 그는 신분체제의 모순에 의해 애초부터 그런 길(점선)에 들어설 수 없는 위치에 놓인다(실선의 출발점). 그러면서도 그는 영웅성의 실현을 위해 理를 추구해야 하므로 체제(＼∨↗)로부터 일탈된 방향(→)으로 나갈 수밖에 없다. 체제 일탈적 힘(氣)과 理를 추구하는 힘(氣)이 실현될 수 있는 것은 결국 체제 외부의 이상향인 율도국(理′)이다. 홍길동이 율도국에서 理를 실현했다는 것은 체제 내부적 힘에 대한 체제 비판적(일탈적) 힘의 승리로 볼 수 있다. 또한 소설의 플롯은 理에서 理로 회귀하는 듯이 보이지만, 理의 회복(태평성대)이 체제 외부의 시공간(율

---

26) 병조판서는 忠을 실현하려는 홍길동의 소망이기도 하다.
27) 홍길동을 죽이려는 음모.

도국)에서 가능했던 사실은, 실상 氣의 대립이 理에 의해 해소될 수 없음을 보여주는 셈이다.

『홍길동전』은 자기회귀적인 로만스적 플롯을 지니면서도 유교체제의 단순한 동일성의 반복은 불가능함을 보여준다. 이는 이 소설이 理에 의해 해소될 수 없는 氣의 대립을 다루는 〈主氣論〉적 소설이기 때문이다. 主氣論적 전망에 의거함으로써, 『홍길동전』이 체제 외부로 일탈할 수밖에 없는 주인공을 보여준다면, 판소리계 소설은 氣의 대립의 해소를 위해 체제 내부에서 理의 개념 자체를 수정한다. 예컨대 『춘향전』은 기존의 理에 의해서는 해결될 수 없는 氣의 대립을 형상화함으로써 보다 근대화된 理´로 나아가는 방향을 보여준다.

『춘향전』에서의 氣의 대립 역시 단순히 선한 氣와 악한 氣의 대립이 아니라 자기실현의 氣(춘향)와 (그것을 억누르는) 보수적 규범에 얽매인 氣(변사또)의 갈등이다. 춘향은 〈理(열)〉를 추구하도록 되어 있는 로만스적 고소설의 주인공이다. 그러나 (양반의 딸이 아니라) 기생의 딸인 그녀는 〈신분질서에 입각한 理〉를 추종할 수는 없는 위치에 있다. 더욱이 당대의 〈경직된 규범〉에 근거한 유교질서에 그대로 따를 수는 없게 된다. 왜냐하면 보수적 규범의 유교질서에 따른다면 그녀는 〈理(열)〉의 실현 대신에 변사또에게 〈수청〉을 들어야 하기 때문이다.

理를 추구해야 하는 로만스적 주인공이면서 또한 신분질서에 얽매여 그것이 짓밟히는 모순된 상황에서 춘향은 理(열)의 개념을 새롭게 해석하는 방법을 선택한다. 즉, 춘향은 理(충·효·열)란 인격을 지닌 인간의 도리이지 양반만의 계급적 특권은 아니라는 것이다. 특히 〈열녀〉란 사랑하는 사람을 따르는 것이지 양반만의 형식적 예절은 아님을 주장한다. 다음의 예문들은 춘향의 열녀(理)의 맹세가 어떤 의미를 지니는지 잘 보여준다.

네 아무리 수절한들 열녀포양(烈女褒揚) 뉘가 하랴. (가)

—— 변사또

충효열여(忠孝烈女) 상하(上下)잇소. 자상이 듯조시요. 기싱으로 말합시다. '충효열여 없다' ᄒ니 낫낫치 알외리다. 히셔(海西)기싱 농션(弄仙)이는 동셜영(洞仙嶺)으 죽어 잇고, …(중략)… 기싱히폐(害幣) 마옵소셔. (나)
—— 춘향

당초의 이수지(李秀才) 만날 ᄯᅴ의 튀산(泰山) 구든 마음 소첩(小妾)의 일심 졍졀(一心貞節) 밍분(孟賁)인들 ᄲᅡ여ᄂᆞ지 못 할 터요, 소진(蘇秦)·장의(張儀) 구변(口辯)인들 첩(妾)의 마음 옴계가지 못 할 터요, 공명션싱(孔明先生) 놉푼 지조(才操) 동남풍(東南風)은 비러씨되 일편 단심(一片丹心) 소여(小女) 마음 굴북(屈服)지 못 하리다. …(중략)…

사람의 첩이 되야 븨부 기가(背夫棄家)ᄒ는 법(法)이 베살하난 관장(官長)임네 망국 부쥬(亡國負主) 갓싸오니 쳐분(處分)디로 ᄒ옵소셔. (나)′
—— 춘향

춘향의 논지는 설령 기생일지라도 인간적 품성에서 유교적 덕목을 지녔으면 그에 합당한 대우를 해줘야 한다는 것이다(나). 또한 여자가 사랑하는 남자를 배반하는 것은 사대부가 국가를 버리는 것과 똑같다고 말한다(나)′. 춘향이 내세우는 이 이상적인 유교이념(理)은 이도령과의 사랑을 성취하려는 그녀의 내면적 (주체적) 의지와 결합되고 있다. 따라서 춘향의 항변은 유교이념(理)을 인간적 사상으로 〈내면화〉[28] 하는 동시에, 유교이념을 보수적으로 규범화하는 억압적 세력에서 해방되려는 〈자기주장〉을 포함한다. 『춘향전』에서의 氣의 대립이란 바로 이 인간적인 자아의 氣(힘)와 비인간적인 억압적 氣(권력)의 대립이다. 변사또로 대표되는 후자가 당대의 보수적 규범에 근거한다면, 양자간의 대립은 주체적 〈자아〉의 氣와 억압적 〈세계(환경)〉의 氣의 갈등인 셈이다.

기존의 理에 의해서는 풀릴 수 없는 이 氣의 대립은 춘향의 내면화된

---

28) 유교이념은 원래 내면화의 특성을 지니고 있다. 그러나 중세적 신분질서 속에서 모순을 지니고 있었으며, 더욱이 조선조 말기에는 형식주의적으로 경직되어 갔다.

유교이념(理′)에 의해서만 해소될 수 있다. 『춘향전』은 〈억압적 권력〉(氣)에 연결된 理(신분질서-변사또)에 대해 내면의 인간적 氣의 理′(열녀-춘향)가 승리함을 보여줌으로써 유교이념의 개혁을 암시한다. 즉, 여기서 열녀(理′)의 이념은 억압적 관념의 외피를 벗고 인간적인 내면성의 주장을 허용함으로써 근대의 문턱이라는 역사적 장으로 진입하고 있다.

『춘향전』은 理에서 理로 회귀하는 로만스적 플롯을 지니지만 이런 순환은 단지 원래의 제자리로 돌아오는 것이 아니다. 왜냐하면 『춘향전』이 다시 理로 회귀하기 위해서는 기존의 理로는 해소될 수 없는 氣의 대립(인간적 자아의 氣와 억압적 권력의 氣)을 해결해야 하기 때문이다. 이 딜레마를 풀기 위해 『춘향전』은 〈권력과 연계된〉理대신에 〈인간 해방적 氣〉의 理′를 선택함으로써, 유교체계를 반복하는 동시에 근대적 의미의 역사적 장에 들어선다. 즉, 『춘향전』은 〈순환적(중세적)〉이면서도 그 자기회귀적 과정에서 〈미래로 나아가는 (근대적) 전망〉을 지니게 된다.

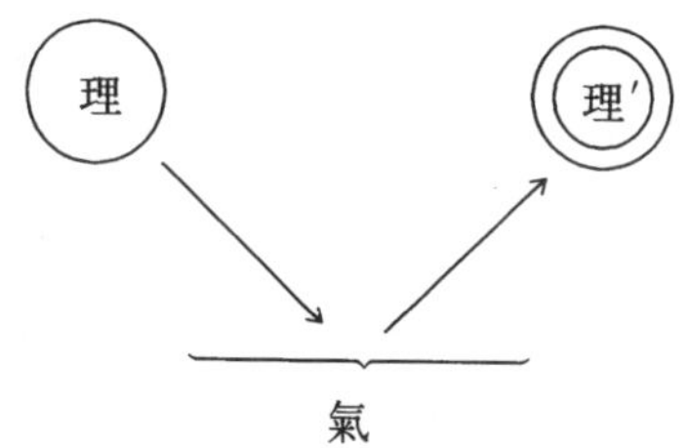

위에서처럼 『춘향전』은 순환하는(중세) 동시에 진보하는(근대) 전망과 플롯을 갖고 있다. 여기서 핵심적인 것은 유교이념(理) 자체가 중세적 관념체계(외적 속박)에서 벗어나 (근대적 역사의 장에서) 인간적인 내적 요구 (인간해방적 氣)로 드러나고 있는 점이다. 이런 主氣論적 전망은 로만스적 소설들 뿐만 아니라 박지원의 한문단편에서도 나타나고 있다. 이제 그 근대문학의 단초로부터 본격적인 근대소설로 나아가는 과정을 살펴보자.

(3) 근대적 플롯의 발전과 미래지향적 전망

판소리계 소설과 박지원의 한문단편에 나타난 主氣論적 전망은, 단순히 중세적인 理氣論에 근거하는 관념적이고 순환적인 전망에서 벗어나는 길을 보여준다. 판소리계 소설이 민중적인 물질적 욕망(사랑이나 부)의 氣를 포용하도록 理를 재해석했다면, 박지원의 소설은 억압적 권력(氣)의 현실에는 理가 부재함을 드러내는 풍자, 패러디, 탈이분법적 전략 등을 사용했다.

박지원의 전략은 권력의 중심에는 진정한 理가 부재하며 그 중심에서 소외된 (주변부의) 사람들에게서 오히려 의리(義理)가 실현됨을 보여주는 것이었다. 중심/주변부를 전복시키는 이 〈탈이분법적 전략〉은 중심의 권력(氣)이 허세이며 소외된 사람들에게서 도리어 생생하고 건강한 氣를 찾을 수 있음을 드러낸다. 그런 건강한 氣를 드러내는 소설로는 「예덕선생전」「민옹전」「김신선전」「광문자전」 등을 들 수 있다. 이 소설들은 전(傳)양식[29]의 로만스적 고소설을 패러디한 플롯을 지니고 있다. 〈패러디〉는 현실을 반영하면서 〈세계관적 배경의 문맥〉을 교체시키는 순간에 생겨난다. 傳양식의 영웅소설은 〈관념적인 유교이념〉으로 세계를 조명하여 중심부의 양반들이 〈유교이념〉을 실현함을 보여준다. 반면에 박지원의 소설들은 〈主氣論〉에 근거함으로써 중심에서 소외된 인물들에게서 오히려 자아(性) 실현의 호방한 〈氣〉가 나타남을 보여준다. 만일 명목뿐인 (관념적인) 理에 의거했다면 예덕선생이나 민옹, 광문자 등은 결코 傳양식의 주인공의 될 수 없었을 것이다. 그러나 主氣論으로 현실을 바라봄으로써 실제로 생생한 氣를 지닌 인물들의 傳이 쓰여진 것이다.

예컨대 「예덕선생전」은 똥을 나르는 엄항수라는 사람을 예덕선생이

---

29) 傳양식은 원래 역사적 기록물이었으나 로만스적 고소설에서 차용되어 쓰여져 왔다.

라고 칭송한다. 왜냐하면 엄항수의 삶은 정의롭고 떳떳하며 모든 사람을 유익하게 하기 때문이다. 그가 져나르는 똥은 더럽지만(穢, 예) 그것의 쓰임새나 엄항수의 행실은 덕성스러운 것이다.

이처럼 천하고 더러워 보이는 삶 속에 떳떳함(氣)과 덕성스러움(理)이 있다는 논리에는 은연중에 그렇지 못한 양반들을 비판하는 뜻이 내포되어 있다. 즉, 로만스적 고소설의 패러디에는 소외된 인물들에 대한 칭송뿐만 아니라 중심부의 양반에 대한 비판이 깃들어 있다. 「예덕선생전」 유형의 패러디가 「마장전」 「양반전」 등의 또다른 패러디와 연관된 맥락을 지니는 것은 이 때문이다. 가령 「마장전」에서는 양반들의 친교가 말거간꾼의 술수와 같다고 풍자하는 한편, 그들과 달리 진정한 우정을 나누는 것은 저잣거리의 광인들이라는 논리를 펴고 있다.

양반에 대한 풍자가 가장 신랄하게 나타난 것은 바로 「양반전」이다. 「양반전」은 양반의 권력(氣)과 이념(理)이 허세임을 패러디할 뿐만 아니라 양반의 부정적 행실을 비판적으로 풍자한다. 〈풍자〉[30]란 권력을 지닌 인물의 반사회적이고 비윤리적인 결함을 공격하여 웃음거리로 만드는 방법이다. 양반은 현실에서는 권력의 중심에서 유교이념을 외치지만 소설에서는 농부만도 못한 파렴치한 도둑놈으로 희화화된다.

정선 고을에 상민인 부자와 가난한 양반이 살고 있었는데, 양반은 환자를 갚기 위해 부자에게 양반을 팔게 된다. 이 애기를 들은 군수는 부자에게 양반증서를 만들어주겠다며, 양반이 지켜야할 어려운 몸가짐을 나열한다. 증서내용을 듣고 있던 부자는 공허함을 느끼며 증서를 좀더 이롭게 고쳐주길 청한다. 그러자 군수는 증서를 고치면서 이번에는 양반의 각종 횡포를 나열하기 시작한다.

"이 세상에서 양반보다 더 큰 이문은 없다. 그들은 농사 짓지도 않고, 장사하지도 않는다. 옛글이나 역사를 대략만 알면 과거를 치르는데, 크게 되면 문과(文科)요, 작게 이루더라도 진사(進士)다. …(중략)…

---

30) 풍자에 대해서는 제4장 6절 참조.

궁한 선비로 시골에 살더라도, 마음대로 행동할 수 있다. 이웃집 소를 몰아다가 내 밭을 먼저 갈고, 동네 농민을 잡아내어 내 밭을 김매게 하더라도, 어느놈이 감히 나를 괄시하랴. 네 놈의 코에 잿물을 따르고, 상투를 범벅이며 수염을 뽑더라도 원망조차 못하리라."

부자가 그 증서 만들기를 중지시키고, 혀를 빼면서 말하였다.

"그만두시우. 제발 그만두시우. 참으로 맹랑합니다그려. 당신네들이 나를 도둑놈이 되라 하시는군요."

하고는 머리채를 흔들면서 달아났다. 그 뒤부터는 죽을 때까지 '양반'이란 소리를 입에 담지도 않았다.

이같은 양반에 대한 풍자는 양반의 권력이 전도된 억압적 氣이며 그들의 이념(理) 또한 공허한 것임을 폭로하는 것이다. 박지원은 그 대신 권력에서 소외된 인물들에게서 생생한 氣(삶의 의욕)와 의리(義理)의 실현을 볼 수 있음을 말한다. 그러나 그들의 氣와 理는 세계의 중심에서 배제되고 있으므로 실상 현실에서는 理를 찾아보기 어려운 것이다. 이점에서 박지원의 主氣論은, 理가 부재하는 현실을 비판하는 〈부정적 전망〉[31]으로서의 〈미래지향적 전망〉을 포함한다. 또한 그의 主氣論적 전망은 공허한 (기존의) 理의 〈관념성〉을 전복시킴으로써 〈현실주의 (리얼리즘)적 전망〉에 접근한다. 물론 그의 소설이 한문으로 쓰여진 점과 근본적으로 주자학풍의 성리학에서 벗어나지 못한 점은 완전한 근대 소설로는 미흡한 한계이다.

의도적으로 근대화의 기획을 소설화함으로써 〈미래지향적 전망〉을 추구했던 것은 구한말의 신소설이었다. 신소설은 이제까지 〈성리학〉에 의존했던 전망을 완전히 폐지한 대신 서구 수용을 주장하는 〈개화〉의 전망을 선택한다. 예컨대 『혈의 누』[32](1906)는 청일전쟁 등의 〈현실〉의 혼란을 보여주면서 그 고통에서 벗어나기 위해 개화를 해야한다고

---

31) 부정적 전망에 대해서는 4절 비판적 리얼리즘과 부정적 전망 참조.
32) 신소설 중에는 『혈의 누』 이외에도 다양한 종류의 소설들이 있다. 그러나 여기
서는 일단 『혈의 누』를 중심으로 살펴보기로 하자.

주장한다. 이런 플롯의 논리는 〈현실〉의 고난에서 벗어나 개화된 〈미래〉로 나아가는 전망을 담고 있는 것으로 보인다. 그러나 이처럼 외견상 미래지향적 전망으로 보이는 『혈의 누』의 플롯은 실제로는 미래로 나아가는 추동력을 지니지 못한다. 〈미래지향적 전망〉은 현실의 모순을 그리면서 그 모순을 극복하려는 힘을 포착함으로써 얻어진다. 하지만 그 모순을 지양하려는 방향과 힘 역시 현실의 외부가 아니라 〈현실〉 그 자체로부터 나와야 한다. 고소설에서 현실 고난의 극복을 理(관념)가 아니라 氣(세상) 자체로부터 모색하는 소설들(主氣論적 소설들)이 얼마간 미래적 전망을 지닐 수 있었던 것도 그 때문이었다.

그러나 『혈의 누』에서는 현실의 혼란을 극복하려는 힘은 (현실과는 무관한) 현실 외부의 시공간(외국)으로부터 나오고 있다. 개화와 신문명의 힘을 얻을 수 있는 〈외국〉이라는 시공간은 조선의 〈현실〉과 대립(문명 /미개)하는 동시에 조선의 〈미래〉를 결정한다(미개 → 문명). 이처럼 현실의 고난에서 미래의 극복으로 나아가는 힘을 제공하는 외국의 시공간은 현실 외부에 모든 것을 해결할 수 있는 초월적 층위(심급)로 자리잡고 있다. 이점에서 외국이라는 시공간은 천상계나 중국의 송대(명대)와 다름없는 초월성과 추상성을 지닌다. 단지 후자가 과거에 위치한 반면 외국은 현재의 시공간이라는 점이 다를 뿐이다.

『혈의 누』의 플롯은 신화나 영웅소설처럼 고난을 극복하기 위해 반드시 그 추상적(초월적) 시공간을 거쳐야 한다(유학). 왜냐하면 환경(현실)의 질서를 회복할 수 있는 힘과 규범은 오직 그 초월적 시공간에 존재하기 때문이다. 이것이 바로 〈개화이념〉이다. 그러나 이처럼 환경(현실)의 질서를 부여하는 원리를 초월적(추상적) 시공간에 두는 플롯은 설화나 고소설처럼 규범적 문법에 종속된다. 완결된 언어체계에 의해 규범적이고 추상적인 언어문법이 만들어지듯이, 이미 주어진 추상적 질서체계에 의존하는 전망은 규범적 플롯의 문법을 만드는 것이다. 규범적 플롯의 문법은 닫혀진 공시적 질서체계(신문명)로부터 부여되므로 결코 통시적인 미래지향적 전망을 지닐 수 없다. 『혈의 누』의 플롯이 신화나 영웅소설처럼 도식성을 지니는 것은 이 때문이다.

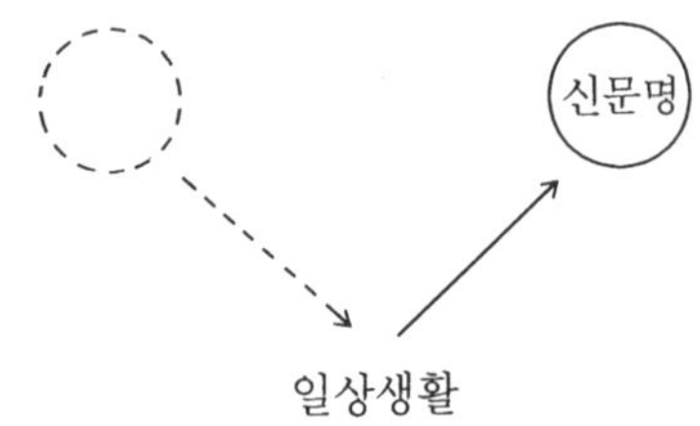

『혈의 누』는 영웅소설과는 달리 일상생활을 다루며 외견상 미래적 전망을 추구한다. 그러나 미래로 나아가는 과정에서 초월적 시공간(외국)을 거치는 순간, 그 추상적 질서체계(신문명)에 종속되어 도식적(규범적) 문법 구조에 폐쇄된다. 『혈의 누』의 미래는 바로 그 규범적 문법을 제공하는 추상적 시공간에 예속됨(개화)으로써만 실현될 수 있다.

『혈의 누』는 영웅소설처럼 자기회귀적인 순환적 전망을 지니지는 않는다. 그보다는 유교이념의 문법을 잃어버린 상황(◌)에서 그 공백을 신문명(○)의 문법으로 대체하는 구조를 지닌다. 신문명의 문법은 유교이념과는 달리 과거가 아닌 현재에 존재하는 것이지만, 고난 극복의 플롯을 추상적 (관념적) 질서체계에 의해서만 실현할 수 있는 것은 마찬가지이다. 〈추상적 질서체계〉 속에서 실현되는 미래는 실상 〈현실〉의 미래를 포기함으로써만 얻어진다.

한편 이광수의 『무정』(1917)은 『혈의 누』와는 달리 외국의 시공간을 이야기 속에 등장시키지는 않고 있다.[33] 이는 『무정』의 이야기가 『혈의 누』 유형의 신소설보다 훨씬 현실감있게 느껴지게 하는 한 요인이 된다. 그러나 『무정』의 현실적 시공간 외부에는 여전히 초월적 시공간으로서 외국이 자리잡고 있다. 마치 영웅소설에서 천상계는 사라졌지만 여전히 천상계에 영향을 받는 시공간이 펼쳐지듯이, 『무정』의 경우 외국은 없어졌지만 여전히 외국의 시공간에 영향을 받고 있다. 재미있는

---

33) 마지막에 후기처럼 잠시 언급될 뿐이다.

것은 『무정』의 인물과 환경이 외국으로부터 떨어져 있는 동안 훨씬 더 현실적으로 그려진다는 점이다. 반면에 주인공들이 모두 외국으로 향하는(유학) 후반부에는 점점 더 현실성이 없어진다. 『무정』은 (외국으로 향하면서) 그 현실성을 포기한 대가로 관념적인 공동체 의식과 행복한 결말을 획득한다.

> "그러면 어떻게 해야 저들을…… 저들이 아니라 우리들이외다…… 저들을 구제할까요?"
> 하고 형식은 병욱을 본다. 영채와 선형은, 형식과 병욱의 얼굴을 번갈아 본다.
> 　병욱은 자신이 있는 듯이,
> "힘을 주어야지요! 문명을 주어야지요."
> …(중략)…
> "옳습니다. 우리가 해야지요! 우리가 공부하러 가는 뜻이 여기 있읍니다. 우리가 지금 차를 타고가는 돈이며 가서 공부할 학비를 누가 주나요? 조선이 주는 것입니다. 왜? 가서 힘을 얻어오리고, 지식을 얻어오라고, 문명을 얻어오라고…… 그리해서 새로운 문명 위에 튼튼한 생활의 기초를 세워 달라고…… 이러한 뜻이 아닙니까."

위에서 '우리'라는 의식은 근대적 주체성을 앞세운 올바른 민족주의라기보다는 일종의 전근대성의 잔재인 관념적인 공동체 의식에 가깝다.[34] 그런 관념적인 결속감과 추상적인 미래적 전망은 (힘과 지식의 근원인) 외국이라는 초월적 (추상적) 시공간에 의지해(종속되어) 현실성을 포기한 대가로 얻어진다. 무정의 플롯이 진정한 (현실에 대한) 미래적 전망을 상실한 규범적 문법에 종속되는 것도 같은 이유에서이다.

본격적인 근대소설은 그같은 규범적 문법과 그것의 근거인 현실 외부의 초월적인 시공간을 폐기함으로써 나타난다. 천상계와 중국의 송대·

---

34) 진정한 민족주의나 현실성에 근거한 공동체 의식은 오히려 현진건의 「고향」이나 이기영의 『고향』에 나타난 '우리'에서 찾아볼 수 있다.

명대, 그리고 외국이라는 초월적(추상적) 시공간이 철폐됨으로써, 비로소 현실을 현실 그 자체로서 그리는 소설이 출현할 수 있게 된 것이다. 모든 것을 해결할 수 있는 초월적 시공간(크로노토프)[35]이 사라짐으로써, 그에 근거한 환경(현실)의 지배원리(신성성, 유교이념, 신문명) 역시 없어졌으며, 환경의 운동(플롯)을 종결시키는 규범적 문법 또한 해체된다. 그리고 이처럼 환경의 운동(혹은 인물과 환경의 상호작용), 즉 플롯을 종결시키는 원리(신성성, 유교이념, 신문명)가 해체되는 순간, 근대소설의 플롯은 진정한 미래지향적 전망을 획득한다.

미래지향적 전망이란 미래를 미리 보여주는 것이 아니라 현실을 올바로 투시함으로써 현실의 모순을 극복하는 힘과 방향성을 보여주는 것이다. 1920년대의 본격적인 근대소설들은 미래를 보여주지 않은 채 현실의 모순을 비판적으로 드러냄으로써 미래적 전망을 얻는다. 또한 관념적인 공동체 의식과 종결된 플롯의 (규범적) 문법을 해체함으로써 개인(인물) 각자가 현실(환경)의 모순과 끝없이 맞서는 열려진 플롯이 나타난다(비판적 리얼리즘). 물론 이후로는 새로운 공동체 의식을 추구하는 뚜렷한 미래적 전망을 지닌 소설들(프로소설)이 나타나기도 한다. 그러면 플롯의 규범적 문법이 해체되면서 나타난 이 근대소설의 전개과정을 보다 상세히 살펴보자.

(4) 플롯의 규범적 문법의 해체

이미 여러번 언급했듯이 설화와 고소설(그리고 신소설)처럼 환경의 질서원리를 〈초역사적(초월적) 시공간〉에 두는 서사물은 규범적 문법의 플롯을 갖는다. 규범적 문법이란 어떤 체계의 규칙(코드)에 종속되는 〈보편적 구조〉를 말한다. 이같은 보편적 문법구조는 고정된 〈초역사적 체계〉를 전제로 했을 때 나타날 수 있다. 예컨대 모든 언어에 적용되는 보편적인 언어적 문법구조는 〈역사적 변화를 배제한 공시적 체계〉에서 만들어진다. 그와 유사하게 모든 플롯에 적용되는 보편적인 규

---

35) 여기서 시공간은 바흐친의 크로노토프와 같은 개념임. 앞의 제2장 참조.

범적 문법(구조)은 플롯(환경의 운동)을 지배하는 원리체계(신화체계, 理氣論, 신문명)를 〈초역사적〉 시공간(천상계, 중국의 송대·명대, 외국)에 두는 서사물(설화, 고소설, 신소설)에서 쉽게 추출된다.

물론 설화나 고소설(그리고 신소설)의 플롯 역시 규범적 문법구조 그 자체로만 나타나는 것은 아니다. 이들 서사물에서도 플롯은 규범적 문법(랑그)이 역사 속에서 실현된 담론(빠롤)으로 드러나게 마련이다. 가령 규범적 양식을 지닌 로만스적 고소설 중에도 실제로는 다양한 변이형(『조웅전』『홍길동전』 판소리계 소설 등)이 나타나게 된다. 어떤 점에서 이는 환경의 질서를 규정하는 원리체계의 변화이기도 하다. 즉 『조웅전』과 판소리계 소설의 차이는 중세적 理氣論에서 主氣論으로의 변화로부터 생겨난 것이다. 그러나 『조웅전』『유충렬전』『소대성전』 등 동일 유형의 영웅소설 간에도 약간의 차이가 있으며, 또한 각각의 개별성이 존중되는 점은, 이들 작품이 특수성[36]의 담론(빠롤)의 성격을 지님을 보여준다.

그럼에도 불구하고 고소설의 플롯은 근대소설에 비해 규범적 문법(랑그)의 측면을 매우 현저하게 나타낸다. 플롯의 구조 자체가 그럴 뿐만 아니라 독자의 관심 또한 (근대소설에 비해) 랑그의 측면에 기울어지게 된다. 당대 독자들이 유사한 플롯구조를 지닌 소설들을 똑같이 재미있게 읽을 수 있었던 것은 그 때문이다. 이는 당대의 삶의 양상 자체가 그 같은 보편적 문법체계(理氣論)에 종속되어 있었음을 반증한다.

흥미로운 것은 플롯의 문법을 언어학적으로 연구하는 〈구조주의 서사학〉이 실상은 〈설화나 고소설(전근대적 서사물)〉에 훨씬 잘 적용된다는 점이다. 이런 사실은 구조주의 서사학의 특징과 한계를 잘 드러낸다. 구조주의 서사학[37]은 언어학적 연구방법을 서사물의 분석에 직접적

---

36) 특수성은 개별성과 보편성의 통일임.

37) 구조주의 서사학은 주로 서사물의 플롯을 구조주의 언어학의 방법에 의거해 일련의 기능소들의 결합으로 분석한다. 나병철, 『문학의 이해』(문예출판사, 1994), 59~64면 참조.

으로 적용시키려 시도한다. 모든 언어(빠롤)의 심층에 보편적 문법(랑그)이 내재하듯이 모든 이야기(플롯)의 심층에는 서사적 〈문법〉이 존재한다는 것이다. 이런 식의 연구는 이야기-플롯의 빠롤(혹은 특수성)적 측면을 밝히지 못하는 근본적인 한계를 지닌다. 문학작품이란 본질적으로 랑그(보편 문법)이기보다는 빠롤(특수성)인 것이다. 그러나 상대적으로 랑그의 측면이 부각되어 있는 설화나 고소설의 경우에는 서사적 〈문법(랑그)〉의 연구가 잘 적용되며 또한 그 나름대로 의미를 지닌다.

서사적 문법의 연구에는 통사론과 의미론의 두 가지 방법이 있다. 통사론적 연구는 플롯을 명사(인물), 형용사(속성), 동사(행동), 혹은 주어(인물)와 서술어(플롯)의 결합으로 보는 것이다. 가령 〈이야기〉 전체를 문장에 비유하여 〈주어(인물)〉와 〈서술어(플롯)〉의 결합으로 본 우리의 논의는 일종의 통사론인 셈이다. 이런 견지에서 전근대적 서사물(설화, 고소설, 신소설)은 인물(주어)이 플롯(서술어)의 기능적 요소가 되며 자동사적인 서술어에 강조가 주어진다.[38] 이처럼 인물이 플롯에 기능적으로 종속됨으로써 설화나 고소설의 〈이야기 문법〉은 〈플롯의 문법〉과 일치한다.

이에 반해 인물이 플롯으로부터 독립해서 주체적 내면과 자율성을 지니는 근대소설에서는 이야기의 문법(주어와 서술어의 결합원리)을 말하기가 어려워진다. 뿐만 아니라 사건(행동)의 연쇄(플롯)의 논리를 초역사적 체계(시공간)에 두지 않음으로써 플롯의 문법 또한 아주 복잡해진다.

통사론적 연구를 구조주의적으로 더욱 세밀하게 진행시킨 예로는 프로프와 토도로프의 논의를 들 수 있다. 예컨대 토도로프는 이야기-플롯의 기본 단위를 명제(proposition)라고 부르고 하나의 명제는 인물(명사)이 속성(형용사)이나 행동(동사)과 결합된 형태라고 규정했다. 한 편의 이야기는 명제들의 연쇄(sequence)로 이뤄지며 명제들의 결합방

---

38) 앞의 제3장 3절 (1) 전근대적 서사물의 인물 참조.

식 역시 문법의 논리(시간적 연결, 논리적 연결, 공간적 연결)로 설명된다.[39] 이런 연구는 이야기(인물, 플롯)의 통사론이지만 인물이 문법의 기능적 요소로만 다뤄지므로 실상은 플롯의 통사론과 일치한다. 따라서 인물이 문법적 요소로 다뤄질 수 있는 설화나 고소설에서는 이야기와 플롯의 통사론으로 적용될 수 있다. 그러나 위에서 밝혔듯이 근대소설의 경우에는 이야기와 플롯의 어느 측면에도 적용되기 어렵다.

또한 토도로프의 서사학은 부득이 문장(명제) 단위를 넘어서는 담론(연쇄)의 영역으로 나아간다. 따라서 언어학적 연구와는 달리 엄밀한 통사론적 연구가 시도될 수는 없다. 명제들의 결합방식에는 이미 의미론의 문제가 개입되기 때문이다.

서사적 문법의 연구는 언어학적 문법과는 달리 불가피하게 의미론의 영역으로 나아가게 된다. 그런데 의미론의 측면에서도 구조주의 서사학은 설화나 고소설에 잘 적용되는 경향을 지닌다. 구조주의는 흔히 이항대립(남자/여자)에 근거해 의미(남자)를 규정하는데, 설화·고소설 역시 가치 대립쌍[40](선/악)의 의미론적 운동을 통해 플롯을 형성하기 때문이다.

예컨대 신성성/세속성, 선/악, 문명/미개 등의 대립에서 앞의 항목이 환경의 일시적 혼란(세속성/신성성, 악/선, 미개/문명)을 해소하고 질서를 확립(혹은 회복)하는 전개가 신화, 고소설, 신소설의 의미론인 셈이다. 고소설에서 선한 氣 혹은 理의 주제(의미)를 보여주는 플롯은 악한 氣에 의해 전도된 질서를 극복하는 과정을 드러낸다. 그것은 선한 氣나 理가 악한 氣라는 대립항을 통해 매우 분명히 의미를 나타내기 때문이다. 이런 논리는 남자의 의미가 여자가 아닌 것, 즉 여자와의 대립(남자/여자)을 통해 드러난다는 구조주의적 의미론과 유사성을 지

---

39) T. 토도로프, 『산문의 시학』, 신동욱 역(문예출판사, 1992), 138면.
40) 동양사상은 존재론이나 인식론에서는 서구적 철학개념과는 달리 정신/물질, 인간/자연 등의 대립을 허용하지 않지만(理·氣의 관계처럼), 전근대적 가치 체계는 역시 이항대립에 의존한다.

닌다. 그러나 근대소설의 이야기-플롯은 이항대립으로 설명하기 어려운 의미의 운동으로 전개된다. 이항대립의 의미의 운동(선→악/선→선)은 원래의 의미의 항목으로 회귀하는 종결성과 폐쇄성을 지닌다. 반면에 근대소설에서는 이항대립(선/악)을 해체하는 복잡한 의미의 관계들을 만들어낸다. 근대소설의 이야기-플롯의 분석에 그레마스의 사각형[41]이 적절한 이유는 여기에 있다. 그레마스의 사각형은 의미론적인 구조주의 서사학이지만, 단순한 이항대립을 넘어서는 의미의 관계쌍들을 만들어냄으로써, 구조주의를 넘어서서 탈구조주의로 이행되는 과정을 보여준다.

이와 연관해서 설화·고소설(신소설)과 근대소설의 차이는 〈종결된 플롯〉과 〈열려진 플롯〉의 차이라고도 할 수 있다. 전자는 이항대립의 의미의 운동을 통해 종결된 플롯을 만들어낸다. 반면에 후자는 복잡한 의미의 관계들의 운동으로써 의미의 폐쇄회로를 넘어서는 열려진 플롯을 형성한다. 설화·고소설의 플롯이 종결된 결말을 갖는 것은 가치의 이항대립(선/악)에서 공동체의 가치를 결정하는 우월한 항목(선)이 승리하기 때문이다. 이점에서 설화·고소설의 종결된 플롯은 〈관념적인 공동체 의식〉[42]으로 끝을 맺는다. 설령 전설에서처럼 비극적 결말을 맞더라도 그 비극을 해소하는 상징적인 방식으로 공동체의 소망을 드러낸다.

이에 반해 근대소설의 열려진 플롯은 공동체 의식(인류적 총체성)이 분열된 환경에서 (총체성을 향한) 내면적 소망을 지닌 〈개인〉이 끝없이 동요하는 모습을 보여준다. 이 동요하는 개인의 내면적 소망은 환경의 모순에 맞서서 미래로 향하므로, 열려진 플롯은 〈미래지향적 전망〉을 드러낸다. 물론 근대소설의 미래지향적 전망은 관념이 아닌 현실에 근거한 새로운 공동체적 삶을 지향하기도 한다(사회주의 리얼리즘). 그

---

41) 그레마스의 사각형에 대해서는 A. J. Greimas, *On Meaning*(University of Minnesota Press, 1987)과 나병철, 『문학의 이해』, 앞의 책, 61~64면 참조.
42) 이런 특징은 신화나 영웅소설뿐만 아니라 『혈의 누』와 『무정』에까지 나타난다.

러나 이 경우에도 그런 목표는 〈역사적 현실〉을 통해 암시되는 〈미래의 역사〉로서 설정된다. 어떤 경우이든 근대소설의 열려진 플롯(그리고 미래지향적 전망)은, 관념적 체계와 그것이 각인된 〈초역사적 시공간〉을 폐지해야만 나타날 수 있는 것이다.

근대소설의 열려진 플롯은 초역사적 체계에 의존하는 언어학적 의미의 엄밀한 문법은 불가능함을 암시한다. 물론 근대소설에서도 플롯의 〈문법〉이라고 말할 수 있는 것이 아주 없는 것은 아니다. 그것은 근대소설의 경우에도 환경의 질서를 확립하려는 세계관이 플롯을 구성하는 전망으로 작용하는 점과도 연관된다. 그러나 근대소설의 세계관-전망은 설화·고소설에서와는 달리 단일한 지배이념으로 통일되어 있지 않다. 오히려 근대소설의 세계관은 지배이념에 저항하여 미래를 지향하는 전망으로 나타난다. 또한 그 미래지향적 세계관 자체가 〈복수적인〉 다양한 전망으로 공존하게 된다. 예컨대 1920년대에는 부르주아 개량주의, 자주적 실력양성론, 마르크스 레닌주의 등이 같은 시기에 함께 존재할 수 있었다.

뿐만 아니라 이 복수적인 세계관들은 소설에서 〈초역사적 시공간〉에 존재하는 관념적 〈목표〉가 아니라 〈역사적 현실(시공간)〉의 〈과정〉 자체에서 현실을 투시하는 전망으로 작용한다. 이 현실을 투시하는 전망은 구체적으로 인물과 환경을 〈선택〉하고 〈구성〉하는 원리로서 나타난다. 따라서 어떤 인물과 환경이 선택되고 양자의 상호작용이 구성되느냐에 따라 근대소설 플롯의 문법, 패턴, 양식이 만들어진다. 물론 전망이 선택원리로 작용하는 것은 설화와 고소설에서도 마찬가지일 것이다. 그러나 설화·고소설에서는 인물과 환경의 질서가 동일한 체계에 의해 지배되므로 그 선택원리 역시 단일한 규범성을 지닌다. 또한 양자의 상호작용은 규범적 원리에 지배되는 종결된 문법을 지닌다. 반면에 근대소설에서는 지배체계에 종속된 환경과 그에 맞서는 인물의 관계가 그려지므로 양자의 선택원리는 복수적인 다양성을 지닌다. 또한 인물과 환경의 상호작용 역시 규범적 원리에서 벗어난 열려진 문법을 갖는다. 더욱이 근대소설의 인물과 환경은 역사적 변화에 따라 끊임없이 달라지므로 그 선택과 구성의 원리 또한 부단히 변화된다. 근대소설에도 문법과 패턴이 있지만 그 문법이 (규범성이 아니라) 항상 파괴와 해체를 전제로 한 느슨한 비유적 의미를 지니는 것은 이런 점들 때문이다.

근대소설 중에도 비판적 리얼리즘은 인물과 환경을 선택하는 세계관-전망의 원리가 엄격하지 않으므로 한결 더 다양한 패턴으로 나타난다. 반면에 사회주의 리얼리즘의 세계관-전망의 원리는 확고한 목표에 근거하므로 상대적으로 단일한 패턴의 플롯을 만든다. 그리고 더 나아가 초기 프로소설에서처럼 빈번히 도식적인 플롯을 구성하기도 한다. 이런 도식적인 초기 프로소설들은 설화·고소설·신소설에서처럼 관념적인 세계관적 체계에 의존한 결과이다.

설화·고소설이 〈과거〉에 존재했던 초역사적 시공간과 관념체계에 의거했고, 신소설이 〈현재〉의 초월적 (초역사적) 시공간에 의존했다면, 도식적인 프로소설들은 〈미래〉의 초역사적 시공간과 관념체계에 근거했던 셈이다. 그러나 사회주의 리얼리즘의 경우에도, 사회주의적 세계관(전망)은 미래의 초월적 시공간의 목표에 종속된 것이 아니라, 현실을 투시하는 전망으로서, 즉 원근법과 선택원리로 작용해야 할 것이다. 또한 인물과 환경이 부단히 변화되는 한, 그 선택원리 역시 기존의 문법을 해체하면서 끊임없이 변화되어야 한다. 따라서 근대소설의 문법은 항상 종결된 문법을 해체하는 미결정적 문법으로 나타나야 한다. 근대소설 중에 규범적 문법을 깨뜨리는 원리로서의 문법(패러디)을 플롯의 구성원리로 삼는 소설이 그렇게 많은 것은 이와 연관이 있다. 규범적 문법으로 반영된 삶의 양상은 그 자체가 억압(혹은 모순의 은폐)이며 그 억압에서 벗어나는 것이 근대소설의 전망이기 때문이다.

규범적 문법을 해체한 것으로서의 근대소설의 문법은 특히 근대초기 소설에서 많이 발견된다. 예컨대 박지원의 「예덕선생전」「마장전」「양반전」 등은 〈傳양식의 로만스〉의 규범적 문법을 해체한 패러디로 구성되어 있다. 〈패러디〉는 『흥부전』과 『놀부전』에서처럼 원작의 소재를 재구성하는 방식이지만, 원작의 문법(구성원리)을 해체해 재조립하는 방식 또한 폭넓은 의미의 패러디로 볼 수 있다. 이런 광의의 패러디의 개념은 박지원 소설뿐만 아니라 1920년대의 초기 근대소설에도 적용시킬 수 있다. 가령 「운수 좋은 날」(현진건)은 선/악의 세계관에 의거한 『흥부전』의 규범적 문법을 뒤집은 패러디이다. 「탈출기」(최서해) 역시 '착한 사람은 복을 받는다'는 논리로 모순된 체제를 옹호한 로만스적 문법에서 〈탈출〉한 소설이다. 또한 「만세전」(염상섭)은 바로 전 시기의 『무정』이 지닌 규범적 문법을 전복(패러디)시킴으로써 새로운 구성원리로 얻은 작품이다.

규범적 문법의 해체로서의 〈패러디〉는 빈번히 〈아이러니〉라는 새로운 근대적 문법으로 나타난다. 전시대(중세)의 규범적 문법이 〈로만스〉라는 〈종결된 플롯〉으로 되어 있다면 〈근대소설〉의 아이러니는 (문제가 해결되지 않는) 〈열려진 플롯〉으로 구성된다. 로만스의 종결된 플롯을 해체해 패러디하면 열려진 플롯이 나타나는데 이때 로만스의 흔적은 아주 사라지지 않고 주인공의 내면에 남게 된다. 그러나 현실의 모순은 그 내면의 소망(로만스)을 좌절시킴으로써 내면과 현실(외면)이 분리되는 〈아이러니〉가 나타난다.

원작(규범적 문법)을 재구성하는 방식인 패러디에는 여전히 원작의 문법의 요소가 흔적으로 남게 마련이다. 그런데 그 흔적으로 남은 원작의 문법(이상주의)과 현실의 실상이 괴리되어 아이러니를 만드는 것이다. 예컨대 **傳**양식의 로만스를 패러디한 「양반전」은 다음과 같은 아이러니로 되어 있다.

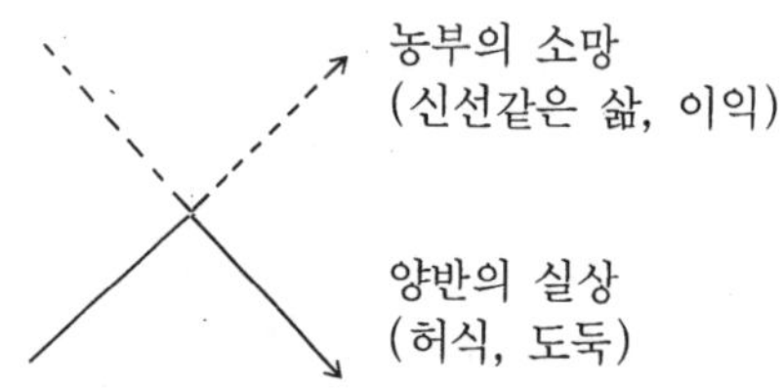

「양반전」은 ＼∨↗의 규범적 문법을 지닌 로만스를 뒤집은(패러디한) 작품이다. 여기서 로만스의 구조(＼∨↗)는 거꾸로 뒤집혀져(∧＼) 양반의 실상이 폭로된다. 그러나 「양반전」에서도 로만스적 이상은 아주 없어지지 않고 흔적으로 남게 된다. 로만스의 잔재로 남은 그 이상이 바로 농부의 내면적 소망이다. 농부는 양반처럼 신선같이 살면서 부귀영화를 누리고자 했던 것이다. 그러나 현실의 실상은, 신선같은 삶이란 허례허식이며 부귀영화는 도둑질로 얻어진 것으로 밝혀진다. 여기서 잔여분으로 남아 있는 로만스적 소망과 그것을 좌절시키는 현실의 실상이 대조되면서 패러디가 성립된다. 또한 그런 패러디는 〈양반의 표면〉만 보고 꿈꾸었던 농부의 소망과 〈양반의 이면〉의 실상이 분열되면서 아이러니의 효과를 나타낸다. 아이러니는 이상과 소망이 내면에서만 가능함을 보여줌으로써 현실의 모순을 드러낸다. 또한 아이러니는 아무것도 해결된 것이 없으며 문제해결은 이제부터 시작되어야 함을 알리는 열려진 플롯을 보여준다.

　『흥부전』의 구성원리를 패러디한 「운수 좋은 날」(1924)에서도 유사한 아이러니가 나타난다. 「운수 좋은 날」에서 김첨지의 소망은 그날 하루가 정말로 운수 좋은 날이 되는 것이다. 그러나 현실의 실상은 오히려 가장 운수 나쁜 날인 것으로 드러난다.

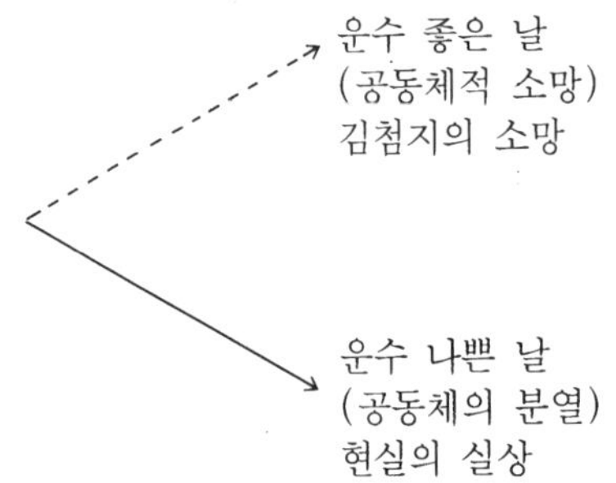

　『흥부전』은 착한 흥부가 운수 좋은 행운을 맞는 것(↗)으로 구성

된다. 이는 실상 흥부뿐만 아니라 모든 공동체 구성원들의 소망이기도 하다. 그러나 「운수 좋은 날」은 그런 공동체적 소망은 관념적인 것이며 더이상 가능하지 않음을 보여준다(↘). 『흥부전』에서는 공동체의 소망으로 실현될 수 있었던 행복이 이제는 김첨지의 내면의 소망으로만 간직될 수 있는 것이다. 여기서 잔여분으로 남아 있는 『흥부전』의 공동체적 소망(운수 좋은 날)과 현실의 실상인 공동체의 분열이 대조되면서 패러디가 나타난다. 또한 김첨지의 내면의 소망(운수 좋은 날)과 현실의 불행(운수 나쁜 날), 그리고 표면(운수 좋은 날)과 이면(운수 나쁜 날)이 분리되는 효과에 의해 아이러니가 성립된다. 여기서도 김첨지의 하루는 문제의 소재지를 알리는 완결된 플롯[43]인 동시에 그 해결을 위한 출발점을 보여주는 〈열려진 플롯〉으로 드러난다.[44]

이와 유사한 패러디와 아이러니는 「만세전」(1924)에서도 발견된다. 「만세전」은 『무정』의 결말부에 나타난 관념적인 공동체의 소망이 완전히 분열되었음을 보여주는 패러디의 요소를 지닌다. 그와 함께 공동체의 행복이라는 이형식의 소망은 이인화 개인의 내면에서만 가능하며 현실은 암담한 어둠을 드러낸다. 이인화는 이형식과는 달리 묘지 같은 현실을 경험함으로써 비로소 공동체의 행복을 위한 출발점을 모색할 수 있게 된다. 현실의 패배가 내면의 승리를 향한 출발점을 알려주는 아이러니는 이 작품에서도 핵심적인 문법이다. 여행은 끝났지만 길은 이제 시작되는 것이다.[45]

아이러니는 규범적 문법을 해체(패러디)하는 작품뿐만 아니라 일반적으로 근대소설(특히 비판적 리얼리즘)의 본질적 원리(문법)로 나타난다. 즉, 전대소설과의 패러디적 관계가 없는 소설에서도 아이러니는 중요한 소설적 문법으로 위치한다. 현실의 패배와 내면의 승리, 혹은

---

43) 여기서 완결된 플롯이란 문제의 소재지를 알리는 현실적 경험의 총체성으로서 내용적·형식적 완결성을 말하며 삶의 종결점을 보여주는 종결된 플롯과는 구분된다.

44) 즉, 여행은 끝났지만 길은 시작되는 형식이다.

45) G. 루카치, 『소설의 이론』, 반성완 역(심설당, 1985), 94면.

현실경험(여행)의 완결과 내면행로(길)의 새로운 출발은, 현실모순과 맞서 있는 근대소설 주인공의 필연적인 여로인 셈이다. 만일 현실에서 공동체적 소망이 실현된 질서가 회복될 수 있다면(그렇게 인식한다면), 그 고소설은 로만스적 원리를 갖게 될 것이다. 이것이 바로 『흥부전』의 문법이다. 그러나 분열된 현실의 모순에 맞서 있다면, 공동체적 소망은 개인의 내면에서만 가능하며, 주인공은 현실에 패배해야만 내면의 소망을 간직할 수 있다. 그가 패배하지 않고 현실에 적응한다는 것(개인으로는 현실의 모순된 체제에 승리할 수는 없다)은 다름아닌 내면의 소망을 포기하는 것이기 때문이다. 즉, 그는 타락한 삶을 살아가게 된다. 그와 달리 타락하지 않고 현실과 맞서려면 (모순된 체제에 대한 승리를 지향하는 사회주의 리얼리즘 외에는) 현실에 패배하면서 내면의 소망을 보존하는 것이다. 이것이 바로 「운수 좋은 날」의 아이러니적 문법이다.

아이러니는 근대소설의 중요한 문법의 하나이지만 모든 근대소설이 아이러니로 되어 있는 것은 아니다. 한결 더 적극적인 세계관-전망으로 현실을 투시할 때 아이러니보다는 새로운 삶을 지향하는 또다른 문법이 나타난다. 이런 방향에서 가장 능동적으로 현실의 모순에 대응하는 것이 사회주의 리얼리즘일 것이다. 사회주의 리얼리즘은 〈아이러니〉를 넘어서 〈서사시〉라는 또다른 문법으로 이행하는 과정을 보여준다. 사회주의 리얼리즘을 포함해 다양한 근대소설의 문법에 대해서는 뒤에서 다시 살펴보기로 하자.

(5) 서술어로서의 플롯

이제까지 설화·고소설·근대소설의 플롯이 각각 어떤 전망에 의해 구성되는가를 살펴보았다. 우리는 설화와 고소설이 과거지향적, 순환적 전망을 지니며 근대소설은 미래지향적 전망을 지님을 알 수 있었다. 이는 설화·고소설의 플롯이 과거의 이야기 시공간에 내포된 관점(세계관-전망)에 폐쇄되는 반면 근대소설의 플롯은 과거의 이야기 시공간을 넘어서서 현재-미래로 이어지는 원근법(전망)에 의해 구성됨을 의미한다. 즉, 설화·고소설의 플롯은 어디까지나 과거 이야기 시공간의 사건들이지만 근대소설의 플롯은 과거의 사건들인 동시에 현재와 미래를 바라보게 하는 사건들인 것이다. 우리는 이런 양자의 차이를 〈종결된 플롯〉과 〈열려진 플롯〉으로 불러왔다.

흥미로운 것은 종결된 플롯과 열려진 플롯의 차이가 구체적인 어법적(담론적) 특징을 통해 나타난다는 점이다. 이제까지 우리는 느슨한 의미로 플롯을 서술어에 비유해 왔다. 그런데 인물-주어의 관계가 그랬듯이 플롯-서술어의 관계 역시 축자적인 의미에서 어느 정도 상응하는 양상을 드러낸다. 즉, 서술어로서의 플롯은 주어(인물)와 결합한 서술어들의 축적으로 이뤄지는데, 서술어의 시제(시상)와 종결 어미의 어법적(담론적) 특징은 플롯의 전망의 종류를 표시한다. 가령 더라체로 종결되는 고소설의 서술어는 과거의 이야기 시공간에 폐쇄되는 〈종결된 플롯〉을 나타낸다. 반면에 었다체로 끝나는 근대소설의 서술어는 과거의 이야기 시공간을 넘어서서 현재-미래로 나아가는 〈열려진 플롯〉을 드러낸다.[46] 더라체와 었다체의 차이는 이미 소설의 시공간을 논의하면서 밝혔었지만 여기서는 플롯-전망에 연관해서 다시 살펴보기로 하자. 고소설의 '더라'는 일종의 규범적인 문어체로서 오늘날 구어체의 '더라'와 아주 동일한 의미를 지니는 것은 아니다. 그러나 우리는 오늘날의 (었다와 다른) 더라(구어체)의 의미를 근거로 었다와 구별되는 고소설의 더라(문어체)의 의미를 추정할 수는 있다. 이는 고소설과 근대소설의 시대에 똑같이 더라와 었다가 모두 나타나기 때문이다.

더와 었의 차이는 단순히 과거의 어법과 현재의 어법의 차이는 아니다. 더라체가 문어로 사용되던 시대(고소설)에도 었다체는 구어로 얼마든지 쓰일 수 있었다. 반대로 었다체가 문어체로 사용되는 오늘날(근대소설)에는 더라체가 구어로 얼마든지 쓰이고 있다. 따라서 더라와 었다

---

46) 물론 미래가 관념적으로 설정되는 경우에는 었다체이면서도 종결된 플롯을 갖는 경우도 있다. 『무정』이나 근대의 대중소설이 그런 대표적인 예이다.

248

의 차이는 그것이 왜 그 시대에 〈문어체〉로 설정되었는가의 문제와 연
관되어 있다.

문어체는 그 시대의 〈삶의 문법〉, 즉 세계관과 관련되며, 특히 소설
의 문체는 그런 맥락에서 중요한 의미를 지닌다. 더라체에서 었다체로
의 (문어체의) 변화 역시 세계관의 변화를 암시하며, 소설의 경우에는
플롯-전망의 방식의 변화를 뜻한다. 이런 맥락에서 더에서 었으로의 변
화는 어떤 세계관 및 플롯-전망의 변화를 나타내는 것일까.

이미 논의했듯이 더는 의식의 단절과 시점(時點)이동의 의미를 포함
한다.[47] 의식의 단절과 시점이동은 더가 화자의 서술(발화) 시점(時點)
보다 앞선 과거의 이야기 시점의 지각(관점)에 종속됨을 의미한다. 더
로 말해진 경우 서술(발화) 시점에서 과거의 지각 시점으로 시점이동
이 일어나는 것은 이 때문이다. 또한 현재의 서술(발화)시점에서 화자
가 자신의 (자율적인) 지각의 눈(관점)을 지니지 못하고 과거의 지각
(관점)에 종속되므로 의식의 단절이 일어난다.

    철수는 학교에 갔다 (1)
    철수는 학교에 가더라 (2)
    조웅이 서당에 가더라 (2)′

(2)의 경우 지각의 눈(관점)은 〈과거〉의 (이야기) 〈시공간〉에 존재
한다. 따라서 현재의 서술시점과 의식의 〈단절〉이 있게 된다. 반면에
(1)의 경우 과거의 사실이 현재까지 〈지속〉되며 그 과거의 사실에 대
한 지각의 눈(관점)은 〈현재의 화자〉에게 존재한다.

이런 (2)와 (1)의 차이는 더라체의 고소설과 었다체의 근대소설의
차이에 대부분 상응한다. 즉, 더라체의 고소설의 플롯(사건들)은 과거
의 이야기 시공간의 관점에 얽매여 있다. 따라서 과거의 이야기 시공간

---

47) 이전경, 「던의 통사제약과 의미」, 연세대 석사논문(1988), 623면, 이정택 외,
「'더'에 대한 연구」, 세미나 발표문(1988) 참조.

과 현재의 서술시점 사이에 단절이 있게 된다. 반면에 었다체의 근대소설의 플롯(사건들)은 과거의 이야기 시공간을 넘어서서 현재(미래)까지 지속된다. 또한 현재의 화자는 이야기-플롯을 바라보는 자율적인 시점(視點, 관점)을 지닐 수 있게 된다.

다만 한 가지 더 강조할 것은 현대어의 더에 비해 고소설의 더에 포함된 과거의 (이야기 시공간의) 관점이 보다 더 권위적이고 관념적이라는 사실이다. 현대 구어체의 더(2)에는 과거의 〈개인〉의 지각이 포함되어 있다. 반면에 고소설의 문어체 더(2)′에는 과거 이야기 시공간의 〈공동체적〉 관점이 내포되어 있다. 고소설의 이야기 시공간을 지배하는 공동체적 관점은 관념적이고 권위적이다. 그것은 현대 구어체의 과거의 시공간이 일상성을 갖는 반면 고소설의 과거 이야기 시공간은 초월적이고 추상적인 점과도 연관된다.

여기서 우리는 고소설의 문어체가 왜 더라로 나타났는지 짐작할 수 있다. 관념적이고 권위적인 유교이념(이야기 시공간의 관점)에 종속된 플롯을 전달하기 위해서는 과거 이야기 시공간에 지각의 눈을 폐쇄시키는 더라체가 적절했던 것이다. 과거 이야기 시공간의 유교이념에 종속된 더라체의 플롯은 현재의 서술시점과 단절된 〈종결된 플롯〉으로 나타난다. 또한 플롯의 논리도 理 → 氣 → 理로 순환하면서 역사적 현실의 현재-미래로 나아가지 못하는 〈순환적 전망〉에 지배된다.

이에 반해 근대소설의 었다체의 플롯은 과거의 이야기 시공간을 넘어서서 현재-미래로 이어지는 〈열려진〉 플롯으로 나타난다.[48] 또한 플롯의 논리도 권위적 관점에서 해방된 화자-작가가 현실주의적 관점으로 사건들을 투시할 수 있게 되며, 현실을 통해 미래를 바라보는 〈미래지향적 전망〉으로 드러난다. 소설의 문어체의 변화는 이처럼 플롯의 논리 및 세계관-전망의 변화와 연관되어 있다.

위에서 우리는 더라체와 었다체의 차이를 두 가지(고소설 /근대소설)

---

48) 물론 었다체 중에서도 『무정』이나 근대의 대중소설들은 관념적 미래지향적 전망을 지님으로써 종결된 플롯으로 나타난다.

플롯의 차이로 대비시켰지만 그 중간에 위치하는 플롯들이 없는 것은 아니다. 예컨대 더라체의 문어체를 사용하지만 영웅소설과는 달리 관념적인 공동체적 관점(시점)이 아니라 개인의 관점(시점)에 의존하는 플롯도 발견된다. 예컨대 『계축일기』(궁녀, 광해군 5년~인조반정) 『한중록』(혜경궁 홍씨, 정조 19년) 등은 규범적 문법에서 벗어난 시선으로 사건들(플롯)을 기록하는 방법을 사용한다. 규범적 문법에 종속된 영웅소설들(『조웅전』 유형)은 초역사적 시공간에서 플롯이 전개되며 그 이야기 시공간에 얽매인 규범적인 공동체적 관점으로 사건들을 바라본다. 반면에 『계축일기』 『한중록』 등은 화자의 시공간과 동질적인 역사적 시공간에서 플롯이 전개되며 규범에서 벗어난 개인의 관점으로 사건들을 지각한다. 물론 후자(『계축일기』 『한중록』) 역시 형식상 당대의 문어체인 더라체를 사용하며, 과거 이야기 시공간에 지각의 눈(관점)이 폐쇄되어 현재의 화자의 자율적인 관점(시점)을 지니지 못한다. 그러나 그 〈과거 이야기 시공간〉의 지각의 눈(관점)은 영웅소설과는 달리 〈관념적인 공동체적 관점〉이 아니라 〈개인의 시점〉에 의존한다. 이 경험적 서사들에서 개인의 시점이 가능했던 것은, 허구적 서사와 영웅소설이 〈관념적 총체성〉과 〈공동체 의식〉을 지향한 반면, 개인적인 〈단편적 경험〉과 경험에 대한 〈개인적인 진실성〉을 지향했기 때문일 것이다. 또한 경험적 서사의 화자들은 당대의 삶의 체계에서 주변적 위치에 있는 여성으로 되어 있다. 더욱이 『한중록』의 화자는 당사자의 사건을 기록하는 입장에서 〈1인칭 서술〉을 사용하고 있다. 물론 이 여성 화자들은 궁녀이거나 왕(정조)의 어머니로서 법도에 맞는 글을 쓰기 위해 문어체인 더라체에 충실하고 있다. 그로 인해 대부분 이야기 시공간의 관점에 폐쇄될 뿐 글을 쓰는 현재의 화자의 시점(그리고 심정)은 좀처럼 삽입되지 않는다. 그러나 이야기 시공간에 폐쇄된 지각의 눈(관점)은 관념적인 공동체적 관점이 아니라 〈개인의 시점〉이다. 다음에서처럼 심리동사가 가능한 사실은 사건을 지각하는 눈이 개인의 시점임을 보여준다.

"이름이 거울 감자(鑑字)와 도울 보자(輔字)니 들으신 후 생각하소서."
하오시니 그 대부를 상시에 뵈온 일도 없으되, 그 말씀을 들으니 절로 슬
프더라.

삼간(三揀)이 동짓달 열사흗날이니 남은 날이 점점 적으니 갑갑히 슬프
고 서러워, 밤이면 선비 품에서 자고 두 고모와 중모께서 어루만져 떠나기
를 슬퍼하시고 부모께서 주야에 어루만져 어여삐 하오시고 잔잉히 여기오
셔 여러 날 잠을 못 자오시니 이제라도 생각하면 흉금이 막히더라.

밖으로 차대(次對) 때나, 병환 때나 대리(代理) 한 가지로 입대(入對)하
오셔 계시지, 사사로운 말씀을 여러 해 하지 못하고 계시더니, 그날 만나
셔 우러러 반갑사오심과, 묘년에 자부를 얻으시고 양궁이 당신을 보시는
것이 귀엽고 기쁘와, 선친이 하례하오시니 소조께서도 전같이 환대하오셔
조금도 병환증이 나타나지 않으시던 것이니 이상하고 섧더라.[49]

3인칭 더라체의 공동체적 관점을 사용하는 영웅소설에서는 심리동사
의 사용이 불가능하다. 영웅소설에서 주인공의 심리상태를 드러낼 때
대부분 외관이나 행동으로 표현하는 것은 이 때문이다. 반면에 더라체
이지만 〈1인칭 개인의 시점〉이 가능한 『한중록』에서는 심리동사가 얼
마든지 나타난다. 인용문에서의 슬픔은 현재와 단절된 과거의 슬픔이지
만 공동체적 슬픔이 아니라 혜경궁 홍씨 개인의 슬픔이다. 이점에서
『한중록』의 더라체는 상대적으로 현대 구어체의 더라체에 많이 접근해
있다. 물론 「한중록」의 더라는 문어체이므로 당대의 규범에서 완전히
이탈할 수는 없으며 그점에서 현대 구어체와는 근본적인 차이를 지니고
있다. 어쨌든 이처럼 개인적 시점을 사용함으로써, 『한중록』의 플롯은
(더라체로 인해) 과거 이야기 시공간에 폐쇄되어 있긴 하지만, 규범에
얽매인 종결된 문법에서는 벗어나고 있다.

한편 었다체의 변형인 는다체를 사용하는 판소리계 소설은 관념적인
규범적 문법을 탈피할 수 있는 잠재력을 지니고 있다. 그와 함께 판소

---

49) 현대어 표기 인용자.

리계 소설은 구연체(구어체)를 사용하여[50] 줄곧 공동체 의식의 관점을 유지하고 있다. 판소리계 소설에서 규범에 구속되지 않은 〈민중적인 공동체 의식〉이 특징적인 관점으로 부각되는 것은 이에서 연유한다. 물론 판소리계 소설 역시 규범적 문법(유교이념)에서 근본적으로 벗어나지는 못하고 있는데 이는 마지막 문장이 대부분 더라체로 끝나는 점에서도 확인된다.

역설적인 것은 유교이념의 규범적 문법을 완전히 폐지한 신소설에서 오히려 더라체가 자주 쓰이는 점이다. 신소설의 〈더라체〉는 개화의 관점(세계관)의 자기모순을 드러내는 대표적인 징표이다. 신소설은 문을 연다는 개화의 관점을 여전히 폐쇄적인 더라체의 담론을 통해 사용하고 있다. 앞서 살폈듯이, 신소설은 외국에 문을 여는 대가로, 개화 엘리트들을 그 초월적, 추상적 시공간(외국)에 폐쇄시키고 있다.[51] 『혈의 누』 유형의 신소설이 〈관념적인 개화의 문법〉에 예속된 종결된 플롯을 지니는 것은 이 때문이다.

근대소설의 었다체는 초월적 시공간에 폐쇄된 관점을 해체하고 화자에게 자율적인 시점을 부여함으로써 미래지향적인 열려진 플롯을 가능하게 했다. 그러나 이처럼 관념적 문법을 와해시킨 대가로서 었다체는 〈공동체적 관점〉 역시 상실하게 된다. 었다체는 근본적으로 개인의 시점이며 비판적 리얼리즘의 경우 그 자체 속에 공동체의식을 담지는 못한다. 이는 이야기 세계가 이미 공동체적 결속(인륜적 총체성)이 파괴된 삶인 점과도 연관이 있다. 그대신 었다체는 열려진 플롯을 통해 상실된 공동체적 삶의 회복을 지향하는 미래지향적 과정을 형상화한다.

흥미로운 것은 이런 공동체적 의식에 대한 열망이 담론과 서술방식 자체를 통해 나타나기도 하는 점이다. 즉, 었다체를 통해 이따금씩 나타나는 〈구연체〉 역시 〈공동체적 삶〉을 되찾으려는 시도의 하나로 볼

---

50) 구연체와 공동체 의식과의 관계는 앞의 제1장 2절 (2) 신화, 설화와 구연서사와 뒤의 제5장 3절 (4) 구어체와 인물의 개인언어 참조.

51) 모든 신소설이 그런 것은 아니다.

수 있다.[52] 물론 담론의 차원이 아닌 플롯을 통해 공동체 의식의 열망을 드러내기 위해서는 새로운 근대소설의 문법(형식)이 필요할 것이다. 즉, 플롯의 차원에서 었다체를 통해 다시 공동체 의식의 표현이 가능해진 것은 〈개인적인〉 동시에 〈공동체적인〉 관점(시점)을 사용하는 사회주의 리얼리즘에 이르러서였다.

(6) 전근대적 서사와 근대적 서사의 플롯

이제까지 살펴 본 전근대적 서사(설화, 고소설, 신소설)와 근대적 서사(근대소설)의 플롯의 특징은 다음과 같이 요약된다. 먼저 전근대적 서사의 플롯은 초역사적 시공간을 지니는 반면 근대적 서사는 그 초월적 심급(수준)을 폐지한 역사적 시공간에서 전개된다. 예컨대 신화는 이야기 시공간 내부에 천상계를 지니며, 고소설은 (이야기 시공간) 외부에 천상계를, 내부에 중국의 송대·명대 등 추상적 시공간을 설정한다. 또한 『혈의 누』는 이야기 시공간 내부에 외국을 포함하며, 『무정』은 이야기 시공간 외부에 외국을 위치시킨다. 이에 반해 근대소설은 이야기 시공간 내부, 외부 어느 곳에도 초월적(추상적) 시공간을 갖고 있지 않다.

둘째로 전근대적 서사의 플롯은 초역사적(초월적) 시공간에 내재한 질서 체계의 원리에 따라 환경의 질서를 확립하거나 반복하는 운동으로 나타난다. 가령 신화는 신성성에, 고소설은 유교이념에 의거해, 그리고 신소설과 『무정』은 신문명의 원리에 따라 인물과 환경이 운동한다. 반면에 근대소설에는 그런 추상적 질서 체계의 원리가 없으며 현실주의적으로 파악된 환경의 모순에 맞서서 그 분열을 지양하려는 운동(플롯)이 나타난다.

셋째로 환경의 질서를 확립하거나 반복하는 전근대적 서사의 플롯의 운동은 초월적·관념적 공동체 의식을 확인하는 과정이기도 하다. 예컨

---

52) 이런 시도가 성공하려면 소설의 소재 자체를 아직 공동체적 의사소통이 가능한 영역에서 취해야 할 것이다.

254

대 신화는 초월성에 근거한 공동체 의식의 확인과정이며 고소설은 관념적인 공동체 의식을 재생산하는 과정이다. 또한 신소설과 『무정』은 분열된 현실의 질서를 회복하기 위해 신문명을 통해 관념적인 공동체 의식을 재확립하려 한다. 이에 반해 근대소설은 분열된 현실의 모순을 그대로 드러내어 그 모순을 극복할 필연성을 암시하거나(비판적 리얼리즘), 현실주의에 입각한 새로운 공동체적 삶을 지향한다(사회주의 리얼리즘).

넷째로 이와 연관해서 전근대적 서사의 플롯은 이야기 시공간 내부의 초월적·관념적인 공동체적 관점에 지배된다. 화자 역시 그 공동체적 관점에 종속되며 자신의 주체적 시점을 지니지 못함으로써 플롯을 재배열할 수 없게 된다. 반면에 근대소설의 플롯은 화자의 주체적인 개인의 시점에 의거하며 얼마든지 재배열될 수 있다. 또한 근대소설 화자의 개인의 시점은 공동체적 시점으로 발전되기도 한다(사회주의 리얼리즘).

다섯째로 초월적·관념적 공동체 의식의 확인으로 끝나는 전근대적 서사는, 그로써 삶의 전체를 모두 보여주는 종결된 플롯을 지닌다. 이에 반해 분열된 현실의 모순을 드러내는 근대소설은, 삶의 전체를 보여주는 동시에 그 결말에서 새로운 공동체적 삶을 위한 출발을 시작하는 열려진 플롯을 갖는다.

여섯째로 이와 연관해서 전근대적 서사의 플롯은 초월적인 공동체적 질서의 근원을 바라보는 과거지향적 전망이나 관념적인 공동체적 질서를 반복하는 순환적 전망을 지닌다. 반면에 현실의 모순을 극복하기 위해 미래로 향하는 근대소설은 미래지향적 전망을 갖는다.

마지막으로 전근대적 서사의 서술어(플롯)의 종결법은 구연체이거나 이야기 시공간(과거) 내부의 관념에 종속되는 더라체로 나타난다. 이에 반해 근대소설의 서술어(플롯)의 종결법은 과거 이야기 시공간을 넘어서서 현재-미래로 이어지는 었다체로 진행된다. 이제 전근대적 서사와 근대적 서사의 플롯의 차이를 간단히 도표로 정리해 보자.

	전근대적 서사	근대적 서사
시공간	초역사적 시공간	역사적 시공간
플롯의 운동	환경의 질서 확립, 반복	환경의 모순 지양
공동체적 삶	초월적·관념적 공동체 의식	분열 → (새로운 공동체)
시점	초월적·관념적 공동체적 관점	개인시점 → (공동체적 시점)
폐쇄·개방	종결된 플롯	열려진 플롯
전망	과거지향적, 순환적 전망	미래지향적 전망
서술어	더라체	었다체
텍스트–플롯	재배열 불가능	재배열 가능

4. 비판적 리얼리즘과 부정적 전망

(1) 자연주의와 리얼리즘

근대소설의 열려진 플롯은 유교이념이나 신문명같은 관념적인 가치체계를 와해시킴으로써 얻어질 수 있는 것이었다. 근대소설이 본격화된 1920년대 초에 인생을 있는 그대로 그리자는 주장이 나타난 것[53]은 그 때문이었다. 그러나 관념적(이상주의적) 가치체계를 해체하고 인생 그 자체를 그린다는 것은 주어진 환경(현실)에 가치중립적으로 반응하는 인간(인물)을 묘사함을 뜻하는 것일 수는 없었다. 근대소설의 열려진 플롯은 현실(환경)의 모순을 드러내는 동시에 그로부터 이상(미래)으로 나아가는 힘을 포착해야 한다. 하지만 전통(유교이념)이나 개화(신

---

53) 전영택, 「편집여언」, 『창조』 창간호(1919. 2).

문명) 어느 쪽에서도 현실을 극복할 가치관을 찾기 어려웠던 시대에 그런 미래지향적 전망(열려진 플롯)을 발견하는 것은 쉽지 않은 일이었다.

일종의 가치관의 공황을 경험하기 쉬웠던 그 시기에 '인생 그 자체'[54]를 그린다는 것을 관념적인 가치체계를 무너뜨리는 쪽에서만 이해한 것이 바로 김동인의 문학이었다. 김동인은 「명문」(1925), 「감자」(1925)에서처럼 유교이념이나 신문명(기독교)의 관념적 가치관이 현실의 질서회복에 전혀 무용한 것으로 이해했다. 그대신 그는 현실모순에 반응하는 인간의 모습을 가치중립적으로 그리는 것이 근대소설의 과제라고 생각했다. 그는 이처럼 닫힌 상황 안에서의 인간의 고통과 욕망을 그리는 것이 인생의 참모습을 드러내는 것으로 이해한 것이다.

그러나 그와 같은 모순된 환경 속에 놓인 인간(인물)을 중립적으로 그리는 것은 실제로는 이상적 가치로 나아가는 방향을 패쇄시킨 셈이다. 이는 인간을 〈사회학적〉으로 발전하는 모습으로가 아니라 〈중립적이고 자연적인(생리적인)〉 존재로 묘사하는 것이기도 했다. 이처럼 〈자연과학적〉인 구도 아래 인간을 생리적 존재로 그리게 되면, 인간의 삶은 〈환경결정론〉에 종속되며, 이상적 가치로 나아가는 소망이 좌절된 〈비관주의〉가 나타난다. 가치중립적 실험실과 자연과학적 관찰태도, 그리고 환경결정론과 비관주의 등은 〈자연주의〉의 대표적인 특징이다. 자연주의는 환경(현실)의 모순에 중립적으로(생리적으로) 반응하는 인간을 그림으로써 실제로는 내면적 소망(내면성)이 붕괴되는 과정을 드러낸다. 이처럼 환경의 모순에 의해 내면성이 와해되는 전개는, 열려진 플롯 대신 비관주의에 폐쇄된 플롯을 구성한다. 또한 그로 인해 미래지향적 전망 대신 염세주의적 인생관을 갖게 된다.

자연주의는 서구의 경우 근대화를 주도하던 시민계급이 스스로 자기모순을 드러내면서 나타난다. 즉 플로베르의 『보바리 부인』에서처럼 시

---

54) 김동인은 이 시기에 교화적 태도를 버리고 인생문제와 살아가는 고통을 그리려 했다고 말한다. 김동인, 「조선 근대소설고」, 『조선일보』(1929. 7. 28~8. 16).

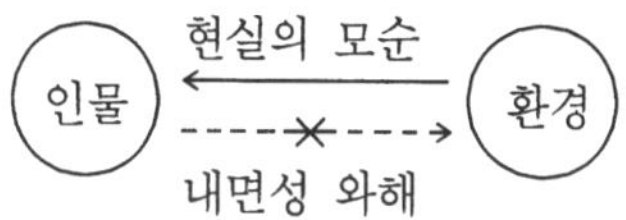

민계급이 진보적 전망을 상실함에 따라 환멸을 낳는 개인적 욕망에만 탐닉하게 된다. 그렇지 않으면 졸라의 『제르미날』에서처럼 노동자들의 참혹한 삶을 비관적으로 그릴 수밖에 없었던 것이다.

이에 반해 우리의 자연주의는 진정한 리얼리즘적 전망을 찾기 이전에 잠정적인 가치관의 공백상태에서 나타났다. 즉, 김동인의 「태형」(1923), 「감자」(1925) 등에서처럼 비인간적인 모순된 상황에서 인간의 내면적 가치지향이 무력하게 파멸되는 과정으로 드러난다. 이는 현실모순을 은폐하는 관념적인 가치관들(유교이념, 신문명 등)을 와해시킨 대가로 인간을 가치중립적인 생물학적 존재로 전락시킨 셈이었다.

　　그러나 지금의 그들의 머리에는 독립도 없고, 민족자결도 없고, 자유도 없고, 사랑스러운 아내나 아들이며 부모도 없고, 또는 더위를 깨달을 만한 새로운 신경도 없다. 무거운 공기와 더위에 괴로움 받고 학대 받아서, 조그맣게 두개골 속에 웅크리고 있는 그들의 피곤한 뇌에 다만 한 가지의 바램이 있다 하면, 그것은 냉수 한 모금이었었다. 나라를 팔고 고향을 팔고 친척을 팔고 또는 뒤에 이를 모든 행복을 희생하여서라도 바꿀 값이 있는 것은 냉수 한 모금밖에는 없었다.

　　　　　　　　　　　　　　　　　　　　　　——「태형」전반부

　　뜨거운 해에 쪼인 시멘트 길은 석 달 동안을 쉰 우리의 발에는 무섭게 뜨거웠다. 그러나 그것은 우리의 즐거움의 하나였었다. 우리는 그 길을 건너서 목욕통 있는 데로 가서 옷을 벗어던지고, 반고형(半固型)이라 하여도 좋을 꺼룩한 목욕물에 뛰어들었다.

　　무엇이라고 형용할 수 없는 즐거움이었었다. 곧 곁에는 수도가 있다. 거기서는 언제든 맑은 물이 나온다. 그것은 우리들의 머리에서 한때도 떠나

보지 못한 〈달콤한 냉수〉이었었다. 잠깐 목욕통에서 덤빈 나는 수도로 나와서 코끼리와 같이 물을 먹었다.

——「태형」 후반부

반고형의 꺼룩한 목욕물에서 즐거움을 느끼며 인간이 동물이 되어가는 이 이야기는 비관적인 인간관을 내포하고 있다. 비관적인 인간관(그리고 인생관)을 지닌 자연주의에서는 인간의 욕망(소망)이 단지 생물학적인 쾌락적 충동으로 나타난다. 태형의 수인(囚人)들 뿐만 아니라 「감자」의 인물들 역시 이면에 그런 쾌락주의를 지니고 있다. 「감자」는 표면상 당대 사회의 모순인 농민의 몰락을 그리고 있지만 그것이 농민인 복녀 남편의 게으름 때문으로 생겨난 것으로 서술한다. 열악한 환경 속에서도 일신의 안위를 추구하는 남편은 근대의 전도된 윤리인 물화된 사고를 지닌 것으로 나타난다. 이점에서 남편, 왕서방, 한방의는 모두 타락된 환경에 즉해 있는 인물들이다. 어떤 면에서 그에 맞서 있는 복녀는 쾌락주의에 젖기도 하지만 일말의 인간적 삶에 대한 소망을 지니고 있었다. 그러나 복녀가 그것을 발견하게 되는 것은 이미 그녀의 내면성(인륜적 가치지향)이 붕괴되고 난 이후였다. 결말부의 복녀의 저항이 신경증적인 형태로 나타날 수밖에 없었던 것은 그로 인해서였다.

「감자」와 같은 자연주의적 소설이 나타난 것은, 〈근대화〉의 시기에 이미 〈근대의 자기모순〉으로 나타난 부정적 현실(식민지 현실)에 부딪힘으로써 그것을 극복할 전망을 쉽게 발견할 수 없었기 때문이었다. 이는 우리의 파행적인 근대화 과정에 연관된 것으로 이미 밝혔듯이 서구 자연주의의 배경과는 상이한 조건이었던 셈이다. 그러나 모순된 현실을 극복할 전망은 어떤 뚜렷한 이념(예컨대 사회주의)의 형태로 나타나야만 하는 것은 아니었다. 리얼리즘적 창작방법은 현실모순에 맞서 있는 개인의 내면을 발견함으로써 모순된 현실을 부정하는 방식으로 전망을 얻을 수 있었다. 이것이 바로 비판적 리얼리즘의 〈부정적 전망〉이다.

관념적인 공동체 의식(유교이념, 개화이념)의 와해로 인해 김동인의 자연주의에서처럼 개인들은 가치중립적인 생리적 욕망만을 갖게 된 것은 아니었다. 관념적 화해(그리고 결속)로 고통을 해소하는 이념은 불가능해졌지만, 이제는 개인 각자가 공동체적 관념이 떠맡았던 현실모순의 짐을 해결해야 했던 것이다. 그리고 어떻게든 현실모순에 대응해야 했기 때문에, 공동체적 관념이 무너진 후에도 분열된 개인의 의식 속에 그 관념의 흔적이 남아 있기도 했다. 가령 「운수 좋은 날」의 김첨지가 여전히 팔자소관이라는 운명론을 갖고 있는 것은 그 좋은 예이다. 또한 현실모순에 대응하는 관념은 현실의 변화(자본주의 사회)에 맞춰 새로운 형태로 변화되기도 한다. 예컨대 『삼대』의 조덕기가 고집하는 인륜성(혹은 사랑)이라는 관념은 예전의 공동체적 관념이 분열된 흔적인 동시에 부르주아로서의 자신의 이데올로기이기도 하다.

그러나 팔자소관이든 인륜성의 이데올로기든, 삶이 개인화된 시대에 그 개인적 관념은 더이상 현실모순을 감당하는 안전판이 되지 못한다. 따라서 「운수 좋은 날」과 『삼대』의 주인공들은 그들의 관념이 전복되는 순간 자신도 모르게(무의식중에) 내면 속의 진정한 소망을 드러내면서 현실 모순에 맞서게 된다. 즉, 김첨지는 자신의 운수 나쁜 날을 확인하는 순간 '운수 좋은 날'에 대한 소망을 절감하며, 조덕기는 자신이 부르주아임을 자각하면서 '돈 없는 조덕기'를 열망하게 된다. 이처럼 주인공들이 무의식 중에 내면적 소망을 드러냄으로써 그들은 현실의 모순에 대립하는 부정적 전망을 보여준다.

현실의 모순

인물 ←————— 환경
    —————→

내면적 소망

비판적 리얼리즘의 〈중도적 주인공〉은 흔히 의식적인 차원에서는 현실모순에 맞서는 올바른 가치관(이념)을 지니지 못한다. 그러나 그는 현실에 진지하게 반응하는 동안 개인적 의식의 한계를 스스로 무너뜨리는 내면적 (무의식적) 소망을 드러낸다. 그 내면적 소망의 내용은 행복 (「운수 좋은 날」), 공동체적 삶(현진건의 「고향」), 차별없는 사회(「삼대」) 등이다.

그는 답답한 제 신세를 생각했던지 찡그려 보였다. 그때, 나는 그의 얼굴이 웃기보다 찡그리기에 가장 적당한 얼굴임을 발견하였다. 군데군데 찢어진 경성드뭇한 눈썹이 올올이 일어서며, 아래로 축 처지는 서슬에 양미간에는 여러 가닥 주름이 잡히고, 광대뼈 위로 뺨 살이 실룩실룩 보이자 두 볼은 쭉 빨아 든다. 입은 소태나 먹은 것처럼 왼편으로 삐뚤어지게 찢어 올라가고, 죄던 눈엔 눈물이 괸 듯 삼십 세 밖에 되어 안 보이는 그 얼굴이 십년 가량은 늙어진 듯하였다.

—— 현진건, 「고향」 전반부

우리는 주거니 받거니 한 되 병을 다 말리고 말았다. 그는 취흥에 겨워서 우리가 어릴 때 멋모르고 부르던 노래를 읊조렸다.

볏섬이나 나는 전토는
신작로가 되고요 ——
말마디나 하는 친구는
감옥소로 가고요 ——
담뱃대나 떠는 노인은
공동묘지 가고요 ——
인물이나 좋은 계집은
유곽으로 가고요 ——

——「고향」 결말부

위에서 고통스러운 '그'의 표정은 현실의 모순을 혼자서 감당해야 하는 분열된 사회의 개인의식이 나타난 것이다. 그러나 '그'와 '나'는 대화를 나누는 중에 모순된 환경(현실)에 맞서 있는 자신들의 모습을 공감함으로써 내면 속의 공동체 의식을 드러낸다. 이처럼 공동체 의식을 확인함으로써 '그'와 '나'는 '우리'로서 현실모순에 맞서게 된다.

리얼리즘(특히 비판적 리얼리즘)은 이처럼 현실모순을 내면적으로 부정하는 전망을 지님으로써 비관적인(전망이 부재한) 자연주의와 구분된다. 이제 위에서 살펴 본 자연주의와 리얼리즘의 차이점을 요약해 보자. 자연주의는 현실에 패배할 뿐만 아니라 주인공의 내면성까지도 붕괴됨으로써 〈전망을 상실〉한다. 이것이 바로 〈환경 결정론〉이다. 환경 결정론은 인간과 환경(현실)의 주객관계에서 인간주체가 객관현실(환경)에 지배됨으로써 〈객관주의 편향〉을 드러낸다. 이런 객관주의의 편향은 이른바 세태소설에서도 발견된다. 그러나 세태소설의 객관주의가 주인공의 무력함에서 기인된 것이라면 자연주의는 내면성이 붕괴되는 도덕적 파탄과 연관된다. 물론 주인공이 부정적 현실에 맞서지 못함으로써 현실을 역동성이 상실된 〈정물화〉로서 제시하는 점에서는 양자가 일치된다.

그와 달리 리얼리즘(특히 비판적 리얼리즘)은 부정적 현실에 내면적으로 반응하는 인물을 그림으로써 〈역동성〉과 〈(부정적) 전망〉을 획득한다. 리얼리즘에서 인물과 환경의 역동적 반응은 플롯의 역동성과 열려진 플롯으로 나타난다. 리얼리즘의 열려진 플롯은 현실의 발전 원리인 〈본질적 연관관계〉를 포착한 결과이기도 하다. 이는 본질적 연관을 놓친 채 현실 표면의 세부묘사에만 집착하는 자연주의와 상이한 또다른 중요 요소이다.

자연주의	리얼리즘
전망상실 (비관주의)	전망획득 (내면성 승리)
환경결정론 (정물화)	환경과 상호작용 (역동적 구성)
현실의 표면 반영 (세부묘사 집착)	현실의 본질 반영 (서사적 구성)

(2) 부정적 전망과 아이러니

비판적 리얼리즘의 〈부정적 전망〉은 흔히 〈아이러니적 플롯〉을 통해 나타난다. 〈부정적 전망〉이란 부정적 현실을 부정함으로써 미래지향적 전망을 얻는 것을 말한다. 그러나 부정적 현실에 대한 부정(비판)은 의식적인 의지로서보다는 무의식적인 내면의 소망을 확인하는 과정에서 드러난다. 주인공은 의식적인 차원에서는 모순된 현실(환경)과의 상호작용에서 대부분 비극적 파탄을 맞게 된다. 하지만 그처럼 외면적으로 와해되는 과정 속에서 주인공은 내면 속에 숨어 있던 새로운 삶에 대한 소망을 드러낸다. 이처럼 〈외면적〉 삶의 붕괴와 〈내면적〉 소망의 확인 과정을 동시적으로 그려내는 것이 아이러니적 플롯이다.

〈아이러니〉는 표면과 이면에서 상반되는 요소가 동시적으로 드러날 때 성립된다. 예컨대 「운수 좋은 날」의 김첨지는, 겉보기에 운수 좋은 날(표면)이지만 실제로는 운수 나쁜 날(이면)인 아이러닉한 하루를 경험한다. 이런 아이러니는 우연히 일어날 수도 있지만 어떤 모순(사회적 모순이나 인생의 모순)에 기초해서 필연적으로 일어나기도 한다. 예컨대 도둑(표면)이 도둑질을 하기 위해 집을 비운 사이에 도둑을 맞았다(이면)는 것은 우연적인 아이러니이다. 이런 우연히 일어난 아이러니는 희극적인 어조로 전달된다. 그러나 「운수 좋은 날」에서 김첨지가 갑자기 돈이 많이 벌리자 기뻐하면서도(표면) 동시에 불안해지는 것(이면)은 모순된 사회에서 나타나는 필연적 아이러니이다. 모순된 사회에서는 김첨지와 같은 하층민은 언제나 불행에서 벗어날 수 없으므로 갑작스런 행운이 더 큰 불행의 전조로 느껴진 것이다. 이런 아이러니의 논리는 『흥부전』의 로만스적 원리의 패러디인 셈이다. 로만스의 패러디로서의 필연적 아이러니는 독특한 희비극적 효과를 나타낸다.

아이러니는 기법적으로는 상황의 아이러니(극적 아이러니)와 언어적 아이러니(말의 아이러니)로 나눠진다. 「운수 좋은 날」의 플롯을 이루는 김첨지가 겪은 하루는 상황의 아이러니이다. 반면에 「운수 좋은 날」

(운수 나쁜 날)이라는 표제 자체는 언어적 아이러니이다. 아내를 사랑하는(이면) 김첨지가 겉으로 퍼부어 대는 욕설(표면) 역시 말의 아이러니이다.

비판적 리얼리즘에는 여러 차원에서 아이러니가 나타나며 특히 플롯의 과정이 〈아이러니〉를 이루는 경우가 많다. 이는 앞서 밝혔듯이, 현실과의 대결에서 패배해야만 내면의 소망을 드러낼 수 있는 모순된 사회에 인물이 놓이기 때문이다. 이 경우 주인공은, 비극적 파탄을 맞는 과정에서 자신을 패배시킨 현실을 부정하는 내면적 소망을 확인함으로써, 〈부정적 전망〉을 드러낸다.

예컨대 현진건의 「고향」에서 주인공은 자신들의 참혹한 삶을 인식하면서 그와 함께 내면의 소망을 확인한다. 그들은 공동체적 삶이 분열된 내용을 담은 노래(아리랑)을 부르는 동안 역설적으로(그리고 아이러닉하게) 내면의 공동체 의식을 공감하는 것이다. 이와 유사한 아이러니적 플롯은 이범선의 「오발탄」(1959)에서도 나타난다. 이 소설의 플롯은 주인공 철호가 결국 어떤 방향으로든 자유롭게 살아갈 수 없음을 깨닫는 과정이다. 이처럼 철호가 어디로든 갈 수 없음을 인식하는 과정은 또한 내면의 자유롭고 싶은 소망('가자!')을 확인하는 과정이기도 하다.

윤흥길의 「아홉켤레의 구두로 남은 사내」(1977)에서 현실과의 싸움은 주인공의 자존심을 둘러싸고 벌어진다. 도시빈민인 권씨는 가난한 삶 속에서도 항상 당당한 자세로 살고 싶어 한다. 언제나 빛나는 권씨의 구두는 그의 숨겨진 자존심의 상징이다. 그러나 이 소설의 플롯은 권씨의 자존심이 여지없이 무너지는 과정을 담고 있다.

그는 현관에 벗어놓은 구두를 신고 있었다. 그 구두를 보기 위해 전등을 켜고 싶은 충동이 불현듯 일었으나 나는 꾹 눌러 참았다. 현관문을 열고 마당으로 내려선 다음 부주의하게도 그는 식칼을 들고 왔던 자기 본분을 망각하고 엉겹결에 문간방으로 들어가려 했다. 그의 실수를 지적하는 일은 훗날을 위해 나로서는 부득이한 조처였다.

“대문은 저쪽입니다.”

문간방 부엌 앞에서 한동안 망연해 있다가 이윽고 그는 대문 쪽을 향해 느릿느릿 걷기 시작했다. 비틀비틀 걷기 시작했다. 대문에 다다르자 그는 상체를 뒤틀어 이쪽을 보았다.

“이래뵈도 나 대학까지 나온 사람이오.”

누가 뭐라고 그랬나. 느닷없이 그는 자기 학력을 밝히더니만 대문을 열고는 보안등 하나 없는 칠흑의 어둠 저편으로 자진해서 삼켜져버렸다.

‘나’의 집에 세든 권씨는 아내의 수술비를 위해 ‘나’의 방에 도둑으로 들어온다. 그러나 권씨는 방을 나오면서 도둑으로서의 ‘본분을 망각하고’ 엉겁결에 세든 방쪽으로 향한다. ‘내’가 ‘대문을 저쪽’이라고 일깨워 주는 순간 권씨의 자존심은 여지없이 구겨진다. 하지만 그럴수록 권씨는 자신의 자존심을 지키기 위해 안간힘을 쓴다(‘이래뵈도 나 대학까지 나온 사람이오’). 결국 권씨는 실종되고(현실적 패배) 그의 자존심의 상징인 광발 선 구두(내면의 소망)만이 남게 된다.

비판적 리얼리즘에서 주인공의 현실적 패배는 위에서처럼 비극적 파탄으로 나타나기도 하지만 또한 삶의 불합리한 (모순된) 조건으로 드러나기도 한다. 가령 윤정모의 「님」(1987)에서 진국은 분단모순으로 인해 5년만에 찾은 모국에서 내내 숨어지내게 된다. 진국은 유학 중에 조총련계 래영과 사귀었는데, 이로 인해 영문도 모르게 수사당국에 쫓기게 된 것이다. 결국 그는 밀항으로 모국을 떠나 다시 일본으로 향한다. 진국의 모국에서의 은신과 밀항은 그가 모순된 삶의 조건에 지배될 수밖에 없음을 드러낸다. 그러나 그런 현실적 수모를 대가로, 그는 우리에게 내면의 소망인 님(래영)과, 그녀(조총련계)와의 사이에서 잉태된 아기의 의미를 확인하게 한다.

이창동의 「녹천에는 똥이 많다」(1991) 역시 오욕의 삶과 숨겨진 소망과의 관계를 조명한 소설이다. 이 소설의 플롯은 주인공 준식이 자신의 소시민적 삶의 지저분함을 깨닫는 과정으로 되어 있다. 준식은 순결

한 삶을 소망하면서도 또한 오욕의 소시민적 삶을 놓치지 않으려는 이
중성을 지닌다. 그는 사회운동가인 동생 민우에 의해 자신의 (소시민
적) 삶의 성이 모조품으로 드러나는 것이 두려워 그를 신고한다. 그러
나 이처럼 그가 부정성 쪽으로 치우치는 순간, 다른 한편에 숨어 있던
순수함에 대한 소망 또한 간절해진다.

  비록 똥구덩이에서 쳐다보는 것이라 할지라도 밤하늘의 별은 참 예쁘게
도 반짝이고 있었다. 문득 그의 눈에서 까닭모르게 물기가 흘러내리기 시
작했다. 솔직하게 말하자면 죄의식 같은 것은 들지 않았다. 지금이 아니더
라도 어차피 그가 언제든 치러야 할 일이니까. 그리고 마누라의 말대로 녀
석이 순수한 인간이라면, 녀석은 그저 자신의 순수함에 대한 대가를 치르
는 것일 뿐이니까.
  …(중략)…
  물론 민우 녀석은 이제 오랫동안 이 사회와 격리될 것이다. 하지만 생을
압류당한 채 살아가야만 하는 것이 어찌 민우 녀석뿐이겠는가. 이 거대한
오욕의 세상, 이미 모든 순결함과 품위를 잃어버린 이 곳에서 나 또한 살
아야 하는 것이다.

위에서 똥구덩이에 앉아 있는 준식의 모습은 그의 오욕의 소시민적
삶을 표상한다. 준식은 동생 민우가 순수한 행동(실천)을 대가로 생을
압류당하는 고통을 치르고 있다고 생각한다. 하지만 그 역시 내면의 순
결한 소망을 깨닫는 대가로 자신의 오물같은 삶이 순결을 압류하는 고
통을 절감한다. 반대로 말하면, 그가 더러운 오물더미(삶)에 묻힌 결과
로 내면의 순수한 소망을 확인할 수 있었다고 볼 수도 있다.
그러나 준식의 경우에는 앞의 주인공들과는 달리 자신이 지저분함을
깨닫는 소시민적 삶을 버리지 못하는 한계를 지니고 있다. 준식에게서
나타나는 이중성은 대부분의 중도적 주인공이나 소시민 주인공에게서
찾아 볼 수 있다. 하지만 중도적 주인공(혹은 소시민 주인공)이 모두
준식처럼 이중성의 한계 내에서 동요하고 있는 것만은 아니다. 이제 그
와는 다른 유형의 주인공이 나타나는 소설들을 살펴보자.

(3) 중도적 주인공 및 소시민 주인공 소설

비판적 리얼리즘은 주인공이 부정적 환경(현실)에 내면적으로 맞서면서도 그의 삶은 현실 모순에 의해 억압당함으로써 그 모순의 정체를 명확히 드러내지는 못한다. 흔히 비판적 리얼리즘은, 「오발탄」이 자유주의의 모순(그리고 외세에의 종속과 분단모순)을 드러내고 「님」이 분단모순을 노정하듯이, 현실모순을 그 정도로 암시하는 데 그친다. 이런 측면에서 조선작의 「성벽」(1973)은 비교적 현실모순의 근원을 상징적으로 선명하게 드러낸 경우이다. 이 소설은 소년의 1인칭 시점으로 둑방동네의 비참한 삶을 생생하게 묘사하고 있다. 개서방으로 불리는 아버지는 도망간 어머니에 대한 원한을 풀듯이 개를 잡아 팔며 난폭하게 살아간다. 누나는 그런 아버지에게 이제는 정신을 차리라며 집을 나간다. '나'는 동네 건달을 통해 누나가 부둣가의 창녀가 되었음을 알게 되며 그 와중에 아버지마저 시체로 발견된다. '나'의 불행이 극에 달한 이 순간에 둑방동네에는 상상도 못했던 갑작스런 공사가 시작된다. 더러운 빈민촌을 간막이로 가리는 그 공사는 둑방동네 사람들의 불행의 근원인 사회모순을 상징적으로 잘 드러낸다.

> …(전략) 마치 제트기처럼 빠른 전기기관차가 달리게 되는데, 그 개통식 (開通式)에는 누군가가 아주 높은 어른이 타고서 우리 둑방동네의 건널목을 지나가게 된다는 것이었다. 그래서 우리 둑방동네 같은 더럽고 추잡하며, 헐벗은 인간들로 우글거리는 동네가 그런 어른의 눈에 띄어서는 곤란하다는 것이었고, 그리하여 우리 둑방동네가 그 전철의 전망창을 통해 내려다 보이지 않도록 가려져야 한다는 것이었다.
>
> …(중략)…
>
> 구린네를 풍기며 언제나 도도하게 고여 있던 냇물에도, 썩은 널빤지와 녹슨 함석이나 찢어진 루핑 따위로 연이어진 판자집의 그림자가 아니라, 줄지어진 전등불이 밝히고 있는, 아주 아름다운 색깔로 말끔히 도장된 아스라한 성벽이 영롱하게 떠 있었다.

시궁창같은 둑방동네와 부유한 권력층 사람 사이에 간막이가 필요하다는 사실은, 역설적으로 그 '성벽'에 의해 빈민들의 비참한 삶이 배태되고 은폐됨을 암시한다. 이처럼 비판적 리얼리즘은 어두운 삶의 모습은 생생히 묘사하지만 그 모순의 근원은 대개 〈상징적으로 암시〉하는 방법을 선택한다.[55] 이는 부정적 환경(현실)에 반응하는 비판적 리얼리즘의 인물들이 중간 정도의 의식을 지닌 〈중도적 주인공〉이기 때문이기도 하다.

그러나 비판적 리얼리즘 중에도 중도적 주인공(미각성된 노동자·농민, 도시빈민, 소시민)이 점차로 〈의식이 각성〉되어 가면서 현실모순을 보다 극명히 드러내는 유형도 있다. 예컨대 「밤길의 사람들」에서는 미각성된 노동자인 서춘환과 조애실이 점차로 의식이 각성되어 6월 항쟁에 능동적으로 참여하는 과정을 그리고 있다. 그런데 이처럼 중도적 주인공의 〈의식의 각성〉을 그리는 소설들은 특히 소시민 주인공 소설에서 많이 찾아볼 수 있다. 소시민 주인공은 노동자나 도시빈민에 비해 부정(보수)과 긍정(진보)의 이중성이 보다 뚜렷이 나타난다. 소시민적 이중성은 기회주의적이고 우유부단한 약점이기도 하지만 또한 늘상 긍정적 방향으로 각성될 수 있는 가능성을 지니고 있다.[56] 예컨대 「태양은 묘지 위에 붉게 타오르고」(양헌석, 88), 「강」(김인숙, 87), 「인간에 대한 예의」(공지영, 93) 등은 소시민적 이중성을 지닌 주인공들이 긍정적인 방향으로 나아가는 플롯을 지니고 있다. 이미 인물론에서 밝혔듯이 앞의 두 소설에서는 6월 항쟁이나 대통령 선거를 배경으로 주인공들이 진보적 인물에 영향을 받아 의식이 깨어가는 과정이 나타난다. 반면에 「인간에 대한 예의」는 일종의 후일담 소설로 90년대의 답답한 현실에서 과거 사회 운동의 의미를 되돌아 보는 작품이다. '나'는 80년대

---

55) 비판적 리얼리즘의 이런 방식은 현실모순을 명료하게 드러내지는 못하지만 그 대신 그것을 내면 속에 자기인식화된 형상으로 보여준다.

56) 이처럼 의식의 각성을 드러내는 플롯을 지닌 소설은 흔히 말하는 교양소설 유형에 속한다.

에 안이한 소시민적 삶이 싫어 학생운동에 가담하지만 또한 왠지 그 살벌한 분위기를 못 참고 도망쳐 나온다. '나'의 이중성은 90년대에 자신이 여성잡지 기자로서 소시민적 삶을 살게 되면서 더욱 분명해진다. '나'는 70년대의 운동가인 장기수 출신 권오규 대신 매력적인 명상가 이민자가 기사거리로서 적절하다고 솔깃해 한다.

사실 권오규라는 사람을 취재하고 삼양동 구불구불한 골목길을 내려올 때, 나는 막막했었다. 그저 막막했다고 밖에는 할 수 없는 것이, 스물여덟의 나이로 무기수가 되었던 그가 이제 출옥한 지 이년 만에 그동안 감옥에서 쓴 편지들을 묶은 책을 펴냈다고 해서 그것을 대체 무슨 말로, 어떻게 기사를 쓰기 시작해야 하는지 대책이 서지 않았기 때문이었다. 제목은 물론 앞글도 본문도 도무지 캄캄이었다. 이민자를 취재하러 선뜻 나섰던 것은 잘한 일 같았다.

그러나 '나'는 이민자를 취재하고 나오면서 왠지 '열무싹같은 슬픔'을 느낀다. 이는 나의 무의식 속에 소시민적 흥미(명상가 이민자)와는 상이한 또 다른 삶(운동가 권오규)에 대한 애정이 남아 있음을 뜻한다. 이런 이중적 의식 속에서 '나'는 80년대의 운동가(강선배)가 노동자 아내를 버리고 아버지 회사의 사장이 된 변화된 현실을 경험한다. 하지만 바로 그 막막한 현실이 '나'의 내면 속에 따분하게 잠들어 있던 지난 시대에 대한 애정을 일깨운다.

슬픈 거면 슬픈 거고 열무싹이면 싹이지 열무싹 같은 슬픔같은 건 애초부터 없었다는 말이다. 나는 이민자를 결코 권오규만큼 사랑할 수 없다는 걸 처음부터 알고 있었다. 그녀가 사실은 더 매력있고 더 재미있는 시간을 내게 내주었지만, 권오규의 동생은 지루했고, 권오규는 내가 다 이미 알고 있다고 생각하는 고리타분한 이야기만 한 것도 사실이었지만 나는, 미안하다, 나는 그들의 지나온 삶을 생각할 수밖에 없었다. 내가 80년대에 이십대를 고스란히 보냈듯 그들이 보냈던 이십대를 생각했던 것이다. …(중략)…

그저 막막하기만 하던 권오규의 기사 첫머리가 그제서야 내 머리에 떠올라왔다.

여기, 시대와 역사와 인간에 대한 예의를 지켰던 한 사람이 있다.

위에서 권오규에 대한 사랑을 알고 있었다는 것은 실상 무의식 속에서만 일어났던 일이다. 텃밭의 열무싹(권오규)이 막연한 슬픔으로 느껴졌던 것은 그 때문이다. 그러나 이제 그 무의식 속의 애정이 자각된 의식 속에 떠오른 이상 희망의 열무싹만 남고 슬픔은 사라진 것이다. 이 소설에서 그런 자각과 선택이 설득력을 갖는 것은 '나'의 열무싹(희망)의 상징이 단지 과거에 대한 집착에서 나온 것이 아니기 때문이다. '나'는 막막한 현실에서 희망을 얻기 위해 과거에 집착하는 대신 과거의 사건에 당대의 역사에 대해 제몫을 했다는 의미(인간에 대한 예의)를 부여한다. 이처럼 그 시대에 대한 의미를 할당함으로써 과거의 사건은 과거인 그 자체로서 막막한 현재-미래의 희망(전망)이 될 수 있는 것이다.

한편 「인간에 대한 예의」와는 달리 소시민적 이중성이 부정적 방향으로 나아간 소설로는 「기회주의자」(양귀자, 89), 「덧문너머의 헝클어진 숨결」(김향숙, 89), 「당신」(김인숙, 92) 등이 있다. 이들 소설 중에 특히 김인숙의 「당신」이 관심을 끄는 것은 주인공이 소시민적 일상에서 벗어나지 못하면서도 그 한계를 극복할 가능성을 열어두기 때문이다. 소시민 주인공은 부정적 주인공(자본가, 독재정권 등)과는 달리 항상 우리 자신과 연루된 관계에 있으며, 설령 부정적 방향으로 나아가더라도 그 반대의 가능성을 포기할 수 없는 것이다. 만일 그렇지 못하다면 우리는 소시민 주인공과 (감정적으로) 연루된 상태에서 비관적 회의주의에 빠지게 될 것이다.

이처럼 소시민 주인공은 우리 자신에게 감정이입적 대상이 되므로 흔히 〈인물시점서술〉로 그려진다. 「당신」 역시 인물시점서술을 이용함으로써 소시민 주인공 소설의 특성을 잘 살리고 있다(인물시점서술은 뒤에서 다시 논의할 것임). 이 소설에서 우리는 주인공 윤영의 생활에 대한 집착이 잘못되었다고 인식하면서도 또한 그녀의 고통에 공감하지 않을 수 없다. 왜냐하면 윤영의 고민과 슬픔은 바로 우리 자신이 겪는 자기모순과 동일한 것이기 때문이다. 그녀와 우리의 자기모순은, 순수함을 바라면서도 순수하게 살아가는 것을 허용하지 않는 현실의 모순에서 기인된 것일 터이다. 윤영과 남편의 갈등 역시 순수한 이상과 위선적인 현실의 생활간의 모순에서 생겨나고 있다.

―― 올바른 세상이란 게 뭐야? 당신은…… 반체제야?
―― 올바른 선생이 되고 싶다는 게 반체제인가.
남편의 목소리는 사뭇 쓸쓸했다. 그러나 윤영은 독이 오른 것처럼 닦달을 멈추지 않았다.
―― 올바르다, 올바르다! 제발 그따위 말로 날 우습게 만들지 말란 말이야! 내가 묻고 있는 건, 당신이 그 대단한 올바름을 위해서 뭘 어쩌겠다는 거냐는 거야!

위에서 문제는 윤영이 올바른 세상을 부인하지 않고 있다는 점에 있다. 올바른 세상을 소망하면서도 그녀는 소시민적 삶을 버릴 수 없어 자신의 남편이 그 대열(전교조)에 끼어 들 수는 없다고 생각하는 것이다. 가정의 생활을 파괴하면서 올바른 대열에 참여하는 일은 윤영에게 너무 '낯선' 일(반체제)이었기 때문이다. 이점에서 우리는 윤영을 비판적으로 인식하면서도 또한 그녀의 고통에 얼마간 공감한다(이는 인물시점의 효과와도 연관이 있다). 또 그렇기 때문에 우리는 나중에라도 윤영이 자신의 (그리고 우리의) 소시민적 한계를 극복하기를 바라게 되는 것이다. 이 소설은 그런 변화의 가능성을 남편과의 사랑에서 찾고 있다. 유치장에 다녀온 후 남편은 아내에게 소홀했던 자신을 반성한다. 애정을 드러내는 남편에 대해 윤영 역시 낯설어진 남편과의 사이에서 공통분모를 찾으려고 노력한다.

다만 오늘 이 순간, 바로 이 자리에서 남편과 함께 부대끼며 문대낼 수 있는 공통분모의 고통이 필요한 것일지도 몰랐다. 아니, 아직은 아무것도 알 수 없었다.

윤영은 결국 자신이 집착했던 것이 단순히 소시민적 안위가 아니라 남편과의 일체감이었음을 깨닫는다. 일방적으로 일상을 버린 남편에게 치사한 배신감을 느꼈던 것은 이 때문이다. 남편과의 공통분모라는 해결점을 찾은 그녀는 이제 소시민적 일상을 희생해서라도 '올바른 세상' 쪽으로 나아갈 가능성을 얻고 있는 것이다. 이 소설은 윤영이 자신의 자기모순을 극복할 가능성을 열어둠으로써 비판적 리얼리즘의 부정적 전망을 얻고 있다.

5. 사회주의 리얼리즘과 낙관적 전망

(1) 선택과 구성의 원리로서의 낙관적 전망

사회주의 리얼리즘은 비판적 리얼리즘과는 달리 사회주의적인 세계관을 지닌 작가에 의해 쓰여진다. 그러나 사회주의적 세계관은 사상 그 자체로서가 아니라 인물과 환경을 선택하고 구성하는 원리(즉 전망)로서 작용한다. 즉, 사회주의 리얼리즘이 부정적 전망의 비판적 리얼리즘과는 상이한 플롯을 지니는 것은 인물과 환경의 선택·구성의 원리가 사회주의적 낙관적 전망에 의거하기 때문이다.

가령 비판적 리얼리즘은 중도적 의식을 지닌 민중이나 소시민을 주인공으로 선택하고 그들이 부딪히는 (일상적, 소시민적) 인간관계로 된 환경을 설정한다. 이런 인물과 환경의 선택으로부터 내면적 소망을 통해 현실의 억압에 맞서는 부정적 전망이 나타난다. 이에 반해 사회주의 리얼리즘은 각성된 (혹은 각성해 가는) 노동자, 농민, 진보적 지식인 등을 주인공으로 선택하고 노동자-자본가, 소작인-지주 등 본질적 인간관계로 된 환경을 설정한다. 이같은 인물과 환경의 선택은 (비판적 리얼리즘과는 달리) 사회적 모순의 본질적 관계를 명확히 드러내는 플롯을 구성한다. 이 경우 인물과 환경의 상호반응은, (예컨대) 노동자라는 〈인물〉과 자본가가 노동자를 억압하는 〈환경〉의 교호작용으로 나타나므로, 결국 노동자-자본가라는 사회의 〈본질적 모순관계〉를 드러내는 플롯이 전개된다. 예컨대 「내딛는 첫발은」(방현석, 1988)에서 용호, 강범, 정형(그리고 정식) 등은 사장, 공장장, 구사대 등 자본가 측이 노동자를 억압하는 〈환경〉에 부딪힌다. 이런 관계에서 인물과 환경의 상호작용은 용호, 강범 등과 공장장, 구사대 등이 노-자 관계의 모순을 드러내는 플롯으로 나타난다. 이처럼 사회적 모순의 본질적 관계[57]가 분명히 그려지는 것은 인물·환경의 선택(구성) 원리를 사회주의적 전망에 의거한 때문이다.

그런데 이런 인물과 환경의 선택은 현실에서 이상을 투시하는 방법 역시 달라지게 한다. 비판적 리얼리즘의 경우 이상으로 나아가는 힘은 내면적, 무의식적 차원에서 나타나며 억압적 현실에 직접적으로 작용하지는 못한다. 비판적 리얼리즘에서 억압적 현실을 내면적으로 부정하는 방식으로 전망이 나타나는 것은 이 때문이다. 반면에 사회주의 리얼리즘에서 이상에의 추동력은 무의식(내면)의 표면을 뚫고 의식의 층위로 분출되어 억압적 현실과 직접 대결한다. 이처럼 이상을 지향하는 힘이 현실의 층위에서 행동으로 나타남으로써 그 힘의 방향은 매우 구체적이고 뚜렷해진다. 사회주의 리얼리즘에서 미래의 승리에 대한 신념에 근거한 〈낙관적 전망〉이 나타나는 것은 이 때문이다.

---

57) 이는 인물이 살아가는 사회의 구조와 성격에 따라 달리 나타난다. 예컨대 자본주의 사회에서는 자본가-노동자 관계로, (자본주의 사회 구성체의) 식민지 반봉건 사회에서는 지주-소작인 관계로 나타난다.

　　얼마나 오랫동안 응어리져 왔던 한이었던가! 그리고 얼마나 긴 세월 제대로 펼쳐 볼 엄두를 못냈던 못난 의식이란 말인가! 그것은 얼마를 더 받고 덜 받고의 문제가 아니라 뼈를 깎는 노동을 하면서도 사람다운 대우를 받아 보지 못한 자신들의 과거에 대한, 또한 그 동안 자신들을 기만해 온 당사자에 대한 쇳물 같은 분노였다. 그들 하나하나가 가슴 속에 수천 도의 분노를 안고 있는 용광로와도 같은 것이었다. 천씨는 격하게 치솟는 감정을 애써 참아내고 있었다. 분노에 얽힌 감격이 핏줄을 타고 살갗을 뚫고 나올 듯했기 때문이다.

—— 정화진, 「쇳물처럼」

　　위에서 여러 노동자들 중에 특히 천씨는 오랫동안 응어리진 한을 가슴 속(내면)에만 안고서 살아왔다. 만일 이 소설에서 칠성, 근욱 등이 그 내면 속의 분노를 현실의 층위로 분출시키는 역할을 하지 않았다면 이 소설은 비판적 리얼리즘 유형의 소설이 되었을 것이다. 그와 달리 「쇳물처럼」(1987)에서는, 칠성, 근욱 등에 의해 무의식 속의 분노가 뚜렷한 방향성을 지닌 의식의 층위로 솟아올라 억압적 환경에 저항하는 플롯이 나타난다. 하지만 중요한 것은 여기서 명확한 방향을 지닌 낙관적 전망의 플롯을 형성한 것은 비단 칠성, 근욱 등만은 아니라는 점이다. 그에 앞서 오랜 세월 동안 내면 속에 억눌렀던 천씨의 분노가 표면으로 솟구침으로써 낙관적 전망으로 나아가는 폭발력을 제공한 것이다. 천씨와 칠성, 근욱의 결합은 거대한 내면 속의 힘을 올바른 방향의 추진력으로 드러내는 플롯을 만들고 있다.

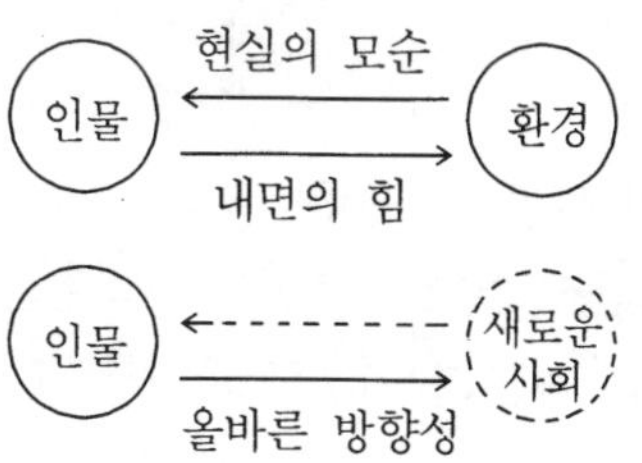

낙관적 전망은 당장의 투쟁의 성패보다는 현실모순에 맞선 내면(무의식)의 힘(천씨)이 의식적 방향성(칠성, 근욱)으로 이어지는 폭발력에 근거한다. 내면에서 현실로 흘러넘치는 그 힘은 집단적 인물의 실천적 행동으로 이어지면서 새로운 사회에 대한 확고한 신념을 낳는다. 낙관적 전망에 의거한 플롯의 결말이 대개 미래의 승리에 대한 상징적 암시로 끝나는 것은 이 때문이다.

> 아들의 손을 잡고 밥집을 들어서려던 천씨는 문득 무슨 생각이 들었는지 손을 풀고 한걸음 뒤로 물러섰다.
> "니가 열그라."
> 석환이는 천씨를 빠끔히 올려다 보면서 한번 씨익 웃더니 성큼 발을 내디디고 두 손을 모아 밥집 문을 개선장군처럼 열어젖혔다.
> 핏대높은 노래 가락이 형광등 불빛보다 현란하게 부딪쳐 왔다.

아이가 문을 연다든지 현란한 불빛 속에 핏대 높은 노래가락이 쏟아지는 장면은 미래의 승리에 대한 신념을 암시한다. 「쇳물처럼」뿐만 아니라 낙관적 전망에 의거한 (사회주의 리얼리즘의) 플롯들은 대부분 승리의 신념을 상징하는 결말을 갖는다. 예컨대 『고향』은 밝아오는 여명으로 끝나며, 「깃발」(홍희담, 88)과 「새벽출정」(방현석, 89)은 깃발의 펄럭임으로 마지막을 장식한다. 그리고 『파업』(안재성, 89)은 비상하는 비둘기떼로, 『사랑의 조건』(안재성, 91)은 아이의 잉태로 결말을 맺는다. 이는 새로운 사회를 지향하는 낙관적 전망의 추진력이 소설이 끝난 후에도 열려진 플롯을 통해 지속됨을 암시한다.

(2) 의식의 각성과 사상의 내면화 과정

위에서 우리는 낙관적 전망의 플롯이 사회주의적 전망(세계관)에 의거한 인물과 환경의 선택(그리고 구성)에서 비롯됨을 살펴봤다. 노동자, 농민, 진보적 지식인 등 사회주의 리얼리즘의 인물들은 본질적 모순을 노정하는 환경(자본가 /노동자, 지주 /소작인)에 맞서 〈내면적 저항력〉을 갖게 된다. 그리고 그 내면의 힘이 〈올바른 방향〉을 지향하는 힘에 의해 의식의 장벽을 뚫고 현실의 층위로 폭발할 때 집단적 인물들의 실천적 행동이 나타난다. 이처럼 내면의 저항력이 올바른 방향과 결합해서 실천적 행동으로 나아가는 인물을 우리는 〈긍정적 주인공〉[58]이라고 부른다.

긍정적 주인공은 내면의 반항력과 올바른 방향이라는 두 가지 요소를 갖춰야 하며 그로부터 낙관적 전망이 나타난다.[59] 따라서 낙관적 전망의 플롯은 그 둘이 한데 합쳐지는 과정으로 짜여진다. 여기에는 다시 두 종류의 과정이 나타나며 양자가 하나의 이야기 속에 합쳐지기도 한다. 즉, 미자각된 민중적 인물들(노동자, 농민, 도시빈민)이 〈각성되는 과정〉과 진보적 지식인이 자신의 〈사상을 내면화하는 과정〉이 플롯을 구성한다. 전자는 내면의 반항력이 올바른 방향으로 분출되는 과정이며 후자는 옳은 방향의 사상이 내면의 저항력으로 구체화(내면화)되는 과정이다. 그리고 이 두 가지 플롯은 하나의 소설(이야기) 속에 뒤섞여서 나타나기도 한다.

〈의식의 각성〉과 〈사상의 내면화〉는 모두 모순된 환경(자본가 /노동자, 지주 /소작인)과의 상호작용 속에서 이루어진다. 또한 그런 교호작용 속에서, 환경에 맞서는 인물들 상호간(민중들과 지식인)의 관계에 의해 나타나기도 한다. 예컨대 『고향』에서는 농민들(소작인들)이 모순된 농촌 환경(지주 /소작인 관계)에 반응하면서 점차로 의식이 각성되어 간다. 물론 농민들의 의식의 각성은 환경에 맞서 있는 또다른 인물인 (농민출신의 지식인) 김희준의 영향에 의한 것이기도 하다. 그러나 김희준 자신도 (농촌의 환경 속에서) 농민들과 어울리면서 자신의 사

---

58) 앞의 제3장 4절 (3) 사회주의 리얼리즘과 긍정적 주인공 참조.
59) 만일 그들 중 어느 하나가 결여되면 낙관적 전망의 플롯은 형성되지 않는다.
    〈올바른 방향〉이 결여되면 최서해 식의 자연주의 소설이 되며 〈내면의 힘〉이 미흡하면 박영희 식의 관념편향 소설이 된다.

상을 살아있는 힘으로 내면화하게 된다. 이처럼 『고향』에서는 의식의 각성과 사상의 내면화라는 두 가지 플롯이 모순된 환경에 반응하는 보다 큰 플롯의 줄기 속에 혼합되어 나타난다.

『고향』에 나타난 이같은 〈각성〉과 〈내면화〉의 두 가지 동시적인 과정은 다른 소설에서도 쉽게 발견된다. 가령 『고향』에서처럼 분명하지는 않지만 안재성의 『파업』에서도 〈사상의 내면화〉와 〈의식의 각성〉이 뒤섞여서 나타난다. 『파업』에서 지식인 출신 노동운동가 홍기는, 진정한 단결력과 끈끈한 애정은 대부분 노동자 출신 활동가들에게서 찾을 수 있었음을 자각한다.[60] 반면에 상섭 등의 노동자들은 대학 출신 운동가들의 논쟁 속에 올바른 방향을 찾으려는 고민이 포함되어 있었음을 인정한다.[61]

그밖에 「쇳물처럼」에서 천씨와 칠성, 근욱의 결합 역시 의식의 각성과 사상의 내면화가 뒤섞인 대표적인 예일 것이다. 어떤 면에서 그 두 과정은 본질적으로 구별할 수 없는 성격을 지닌다고도 볼 수 있다. 가령 「새벽출정」에서 여자 노동자들은 장기간의 파업(농성)에서 이탈자가 속출하는 위기를 경험한다. 그런 시련을 딛고 승리를 다짐하는 과정은 그들의 신념이 보다 더 〈내면화〉되는 과정인 동시에 한결 높은 단계의 〈각성〉을 성취하는 전개이기도 하다.

「내딛는 첫발은」에서 정식의 변모 역시 정식 개인이 〈각성〉되는 과정인 동시에 전체 노동자들의 투쟁력이 한결 〈내면〉 깊은 곳으로부터 솟아나게 하는 원동력이 되기도 한다. 정식은 어려운 집안 생활을 도맡아야 하는 책임 때문에 노조원들의 집단 행동에서 슬그머니 빠지게 된다. 그러나 그의 내면적 갈등은 누구보다도 심각한 것이었다. 연극대사를 빌려 발설되는 그의 다음과 같은 말이 그것을 암시한다.

"난 이 공장에 목을 맬 수밖에 없다. 그렇다면 눈이 시려워도 어쩔 수

---

60) 안재성, 『파업』(세계, 1989), 141 면.
61) 위의 책, 261 면.

없다. 전 대리한테 얻어터졌을 때도 참았어. 난 밸이 없어서가 아냐. 출근할 때마다, 방문을 나설 때마다 다짐했었어. 내 자존심은 여기 두고 간다고 말야.”

정식은 울분을 삼키면서도 끝내 노조원이 모이기로 한 옥상에 모습을 드러내지 않는다. 그의 이런 소극적 태도는 단지 우유부단함 때문이 아니라 그를 억누르는 생활고가 그만큼 컸기 때문이었다. 옥상에서 강범 등이 끌려내려오고 현장에 남은 전주 아주머니와 순옥이 구사대의 폭력에 짓밟힐 때까지 정식은 거꾸로 솟는 피를 눌러 참을 뿐이었다. 진희가 이주임에게 멱살을 나꿔채이는 순간 비로소 정식은 앞으로 나선다. 이 장면이 뭉클한 감동을 주는 것은 정식의 돌연한 변모가 노동자들의 폭발적인 단결력을 예고하기 때문이다.

“기집애가 뭘 안다고 지랄이야. 가서 앉지 못해.”
이 주임이 진희의 멱살을 나꿔챈다.
“나둬. 이 새끼야.”
소리친 것은 정식이었다. 순식간에 현장은 긴장 속에 술렁거렸다.
“놓으란 말이야, 이 새끼야.”
갑작스런 상황에 공장장과 상무는 어쩔 줄 모르고 당황했다. 현장의 모든 눈들이 정식에게 모아졌다.
“야이, 씨팔 새끼들아. 기계 못 꺼!”
정식이 던진 스패너가 공중을 날았다. 유리창을 박살내고 밖으로 떨어졌다. 정식의 옆 6호기가 꺼졌다. 그 뒤 4호기가 꺼졌다. 그리고 9호기가, 8호기가 꺼졌다.
“언제까지 이렇게 개처럼 살거야, 언제까지.”
정식은 금형 받침목을 들고 내달렸다. 이 주임과 순옥을 잡았던 구사대가 도망쳤다. 밖의 정형은 런닝 샤쓰까지 갈갈이 찢긴 채 얻어맞고 있었다.
15호기, 16호기가 꺼졌다. 11호기, 21호기, 2호기, 13호기……가 차례로 꺼졌다. 스패너가 유리창을 향해 날기 시작했다. 기계소리 대신 유리창 깨지는 소리가 잇따랐다.

"나가자."

누군가 외쳤다. 나가자. 가자. 나가자. 한 순간이었다. 눈물이 분노로 불타올랐다. 모두의 눈에서 불꽃이 튀었다. 달려나가는 사람들의 손에 금형 받침목이 하나씩 들려 있었다.

위에서 정식의 출현은 다만 그의 개인적인 변화를 뜻하는 것은 아니다. 그의 행동은 자신처럼 분노를 삭이며 절망 속에서 머뭇거리던 모든 노동자들의 반항력에 불을 붙힘을 의미한다. 망설임이 컸던 만큼 의식의 장벽을 뚫고 솟구치는 저항력 역시 걷잡을 수 없는 힘을 떨치는 것이다. 이처럼 정식의 〈각성과정〉은 올바른 방향으로 나아가는 투쟁의 대열에 〈내면〉 깊은 곳에서 흘러넘친 힘을 제공하고 있다.

(3) 집단적 인물과 서사시적 지향

사회주의 리얼리즘의 긍정적 주인공은 모순에 맞서는 내면적 힘을 올바른 방향성의 행동으로 옮기면서 새로운 사회로 나아간다. 올바른 방향성의 행동은 현실의 본질적 모순을 해체하면서 새로운 사회로 나아가는 실천인 것이다. 그러면 과연 현실의 본질적 모순이란 무엇이며, 또 올바른 방향성과 새로운 사회의 내용은 무엇인가.

현실의 본질적 모순이란 자본가가 노동자를 억압(자본주의 사회구성체)하거나 지주가 소작인을 수탈(식민지 반봉건 사회)하는 모순된 관계를 말한다. 이 모순된 관계는 비단 자본가/노동자나 지주/소작인 간에만 작용하는 것이 아니라, 사회 전체를 지배하는 인간관계의 원리라고 할 수 있다. 다만 사회 전체의 모순된 관계가 자본가/노동자(혹은 지주/소작인) 간에서 핵심적으로 나타나므로, 사회주의 리얼리즘은 그 〈본질적〉 모순관계를 형상화하는 것이다. 이처럼 자본가/노동자 혹은 사회 전체 속에서 나타나는 본질적 모순의 내용은 자본의 논리, 교환(가치) 원리, 사물화된 인간관계라고 할 수 있다. 그것은 또한 공동체적 삶의 분열 혹은 총체성의 상실로 말해질 수 있다.

그같은 분열되고 비인간화된 모순 관계를 해체하는 올바른 방향성은 당연히 인간적인 관계를 통해 공동체적 삶과 총체성을 회복하는 내용을 지닐 것이다. 또한 새로운 사회란 그 공동체적 삶과 총체성이 실현된 사회일 것이다. 그러면 모순된 인간관계(자본가/노동자)에 대한 투쟁으로부터 어떻게 새로운 사회의 내용(공동체적 삶, 총체성)이 나타날 수 있을까.

새로운 사회의 내용은 억압적 인간관계(자본가/노동자)에서 단지 힘의 관계를 뒤바꾸는 것(노동자/자본가)만으로는 생성되지 않는다. 자본가가 노동자를 억압하는(자본가/노동자) 모순된 인간관계를 〈해체〉하려면 그것을 대신할 새로운 인간관계가 구체적으로 나타나야 한다. 새로운 사회(목표)로 나아가는(방향) 〈과정〉에서 드러나야 할 이 새로운 인간관계는, 자본의 억압에서 벗어난 주체적인 노동자들 사이에서 나타날 수밖에 없다. 바로 그것을 보여주기 위해서, 사회주의 리얼리즘은 반드시 〈집단적인〉 민중들(혹은 노동자들) 간의 인간관계를 형상화해야 한다.

〈집단적 인물들〉 사이의 새로운 인간관계는 모순된 환경의 관계(자본가/노동자)에 저항하는 과정에서 나타난다. 모순된 환경을 해체하는 집단적 인물들의 행동이 설득력을 지니려면 그 새로운 인간관계가 투쟁의 과정에서 자연스럽게 드러나야 한다. 따라서 모순된 환경을 전복하는 행동을 담는 사회주의 리얼리즘의 관건은 투쟁의 전략이나 노선보다는 새로운 인간관계의 모습을 생생하게 그리는 데 있을 것이다. 모순된 환경을 해체시키는 힘과 논리는 바로 그 새로운 인간관계로부터 나타나기 때문이다.

집단적 인물들의 인간관계를 그리는 데 있어 주의할 점은 그것이 선악의 도식을 보여주는 항목으로 제시되어서는 안 된다는 점이다. 그보다는 인물들의 삶 속에서 모순된 환경에 저항하는 과정을 통해 자연스럽게 형성되야 한다. 또한 그것은 인물들 자신의 내면의 분열된 의식을 극복하는 과정으로서 나타나야 한다. 왜냐하면 현실의 모순은 외부에만 있는 것이 아니라 현실 속을 살아가는 인물들 내부에도 얼마간 존재하기 때문이다. 단지 민중적 인물들은 그 내부의 모순을 극복하고 투쟁의 주체가 될 수 있는 가장 유리한 위치에 있을 뿐이다. 이 점에서 〈내부의 분열〉의 위기를 극복하는 과정은 새로운 인간관계로 단결하여 외부의 모순에 맞서는 플롯에서 중요한 계기가 될 수 있다. 예컨대 「새벽출정」(방현석, 1989)에서 여자 노동자들이 내부적 분열의 위기를 넘기고 한결 굳세게 단결하는 전개는 그들의 투쟁의 행동에 깊은 설득력을 제공한다.

"이걸 처먹으라고 내놓은거야."
경자는 받아 든 식빵을 고스란히 잔반통에 던져 넣었다. 시위였다.
장기 농성으로 지칠 대로 지친 조합원들의 감정은 송곳처럼 날카로웠다. 이 싸움 과정에서 그들을 따뜻하게 받아 주는 곳은 어느 곳에도 없었다.
적개심. 가는 곳마다 자리잡은 가진 자들의 튼튼한 장벽 앞에서 조합원들의 가슴 속에는 분노를 넘어선 적대감이 고스란히 쌓여 갔다. 본사는 물론 노동청과 노동부, 정당, 그 어느 곳 하나 사장의 편이 되어 장벽을 치고 있지 않은 곳은 없었다. 그리고 경찰은 그때마다 빠지지 않았다. 감당하기 어려운 분노와 적개심은 때로 동료들을 그 표적으로 삼기까지 했다. 힘겨운 싸움 속에서 여유와 너그러움을 잃어 가는 조합원들의 가슴 속은 동료 하나를 받아들일 공간조차 남아 있지 않았다. 승리에 대한 확신이 흐려져 감에 따라 강화되어 오던 단결력도 질시와 반목으로 변해 갔다.
"야이 쌍년아. 처먹기 싫음 말지, 왜 처버리니?"

장기 농성에 지친 조합원들은 날카로워진 신경으로 서로 반목하기까지 한다. 이런 노동자들의 일시적 분열은 처음부터 굳센 단결만을 보여 주는 경우보다 훨씬 더 실감나게 느껴진다. 분노의 출구가 막힌 극한적인 상황에서 질시의 표적은 어느 곳으로나 향할 수 있는 것이다. 물론

적개심의 근원은 외부 현실에 있는 것으로 잠시의 흔들림은 노동자들 내부의 인간적인 약점을 극복하는 과정으로 나타난다.

조합원 동지들, 사랑합니다, 하며 미정이 말을 맺었다.

어두운 죽음의 시대 내 친구는 멀리 갔어도, 어깨를 걸고 나지막히 함께 노래를 불렀다. 토막초가 하나씩 나누어지고 불이 꺼졌다. 굵은 눈물 흘리며, 역사가 부른다.

미정부터 촛불과 함께 결단의 마음을 밝혔다.

"노동자의 눈물 없는 해방의 새날을 위해 온몸을 던져 싸우겠습니다."

민영이 촛불을 이어받았다.

"우리로부터 웃음을 빼앗아 간 자들로부터 다시 웃음을 빼앗기 위해 싸웁시다."

"정상가동이 되어 나도 친구들 앞에 월급 봉투를 내밀고 싶다……."

"그 동안 동료들을 사랑하지 못했습니다. 용서를 바랍니다."

65개의 촛불이 어둠 속에서 빛을 발했다.

위에서처럼 투쟁의 새로운 결의는 노동자들 상호간의 신뢰와 사랑의 회복을 전제로 하고 있다. 노동자들의 단결력은 목표를 이루기 위해 조직에 복종함으로써가 아니라 내부의 사랑으로부터 스스로 흘러넘쳐야 하는 것이다. 「새벽출정」은 이런 결말에 이르는 과정을 그리 치밀하게 제시하지는 못하고 있다. 그러나 노동자들의 단결과 투쟁이, 목표의 성취를 위한 또다른 내적 억압이 아니라 상호간의 인간관계를 바탕으로 힘을 얻을 수 있음을 보여준다. 이는 〈목표〉로 하는 공동체적 삶의 인간관계가 투쟁의 〈과정〉 자체에서 나타나야 함을 암시한다.

이처럼 개인이 집단 속에 통합되는 과정을 그리는 소설은 이제까지의 근대소설 형식(비판적 리얼리즘이나 교양소설)을 넘어서서 〈서사시〉의 플롯에 접근한다. 서사시적 플롯은 공동체적 인간관계에 통합된 개인의 행동을 그리는 것으로 나타난다. 물론 여기서 공동체에 대한 개인의 통합은 (인물론에서 밝혔듯이) 고대 서사시(즉자적 통합)와는 다른 대자

282

적인(자아각성된) 통합이다.

사회주의 리얼리즘에서 단합된 공동체적 인간관계가 노동자 등의 민중적 인물들에게서 나타나는 것은 그들이 사회적 분열의 가장 본질적인 피해자이기 때문이다. 단합된 새로운 인간관계는 사회적 모순을 전복시키는 힘으로 작용하게 되며, 그 모순의 본질에 연관된 인물이 바로 노동자 등의 민중들인 것이다. 그러나 사회 상황의 변화로 인해 모순의 본질은 한 곳(자본가/노동자의 환경)에 집중되기보다 사회 전체로 확산되기에 이른다. 즉, 사회의 본질적 모순은 노동자들뿐만 아니라 서비스업 종사자, 반취업자, 실업자, 여성, 학생 등에게도 똑같이 중요하게 연관되고 있다. 따라서 이전에는 자본가/노동자 문제를 해결하는 것이 사회 전체의 모순을 해소하는 길이었지만 이제는 사정이 달라지게 되었다. 지금은 생산 노동자들의 공장뿐만 아니라 〈사회적 공장(공장화된 사회환경)〉 전역에서 여러 〈사회적 노동자들(서비스업 종사자, 반취업자, 여성 등)〉의 단결과 투쟁이 요구되는 것이다.[62]

그와 함께 저항적 실천 역시 파업 등의 물리적 반항뿐만 아니라 삶의 예속화를 와해시킬 수 있는 다양한 주체적 〈욕망〉의 확인(실천) 과정으로 나타나야 한다. 그런 주체적 욕망을 근거로 한 새로운 공동체가 아마도 목표로 하는 이상적인 삶일 것이다. 여러 번 언급했듯이 〈목표〉로 하는 공동체적 삶과 욕망은 억압적 환경에 투쟁하는 〈과정〉 자체에서 드러나야 한다. 목표에 대한 목적론적 종속에서 벗어나는 실천 과정의 중요성은 이제 더욱 더 중요한 요건이 되었다. 이와 연관해서 새로운 삶과 욕망의 성취는 궁극적 목표인 정치, 경제적 영역뿐만 아니라 문화, 의식주, 성, 지식 등 모든 일상생활의 영역에서 시도되어야 한다. 90년대 이후 벽에 부딪힌 진보적 문학(사회주의 리얼리즘)은 이처럼 투쟁 주체(인물), 과정(플롯), 영역(소재)에서 다양성과 복수성을 얻는 것이 선결과제일 것이다. 그같은 유연한 새로운 문학을 성취하기

---

62) 나병철, 『한국문학의 근대성과 탈근대성』(문예출판사, 1996), 195면. 마이클 라이언, 『해체론과 변증법』, 나병철·이경훈 역(평민사, 1994), 370면.

위해서는 어떻게든 탈근대적 문제의식(해체론적 마르크스주의, 탈구조
주의, 페미니즘 등)을 간과해서는 안 될 것이다. 이 문제에 대해서는
진보적 문학과 정반대되는 의의와 한계를 지닌 포스트모더니즘을 논하
면서 다시 살펴보기로 한다. 그에 앞서 이제까지 고찰한 사회주의 리얼
리즘의 특성을 비판적 리얼리즘과 대비해서 정리해 보자.

	비판적 리얼리즘	사회주의 리얼리즘
주인공	중도적 주인공	긍정적 주인공
플롯의 과정	환경의 모순과 개인의 내면적 소망	환경의 본질적 모순과 집단적 인물들의 저항
전망	부정적 전망	낙관적 전망

6. 풍자소설과 직접적 대조의 전망

(1) 현실과 이상의 직접적 대조

앞에서 살펴본 두 가지 근대소설(비판적 리얼리즘, 사회주의 리얼리
즘)은 〈인물과 환경의 역동적 상호작용〉을 통해 열려진 플롯과 미래지
향적 전망을 얻고 있다. 〈환경에 대해 있는 인물〉이 〈모순된 환경〉에
반응하는 이런 소설들에서는, 양자의 상호작용에 의해 플롯의 추진력이
얻어지며, 그 힘은 사회역사적 발전의 추동력에 상응한다. 이처럼 역동
적 플롯을 통해 사회발전의 추동력을 드러내는 소설을 우리는 흔히
〈본격소설〉[63]이라고 부른다.

---

63) 임화, 「본격소설론」, 『문학의 논리』(학예사, 1940), 365~86면.

그와 달리 〈환경에 즉해 있는 인물〉이 〈모순된 환경〉에 반응하는 소설에서는 양자의 상호작용은 정태적 삽화에 그치게 된다. 환경에 즉해 있는 인물은 모순된 환경에 대한 반발력을 지니지 못하므로 그 둘의 상호반응은 역동적 플롯을 만들지 못하는 것이다. 이처럼 플롯의 추진력이 미약해지면 사회발전의 추동력 역시 제대로 드러나지 않는다. 정태적 플롯을 지님으로써 사회발전의 힘을 잘 보여주지 못하는 이런 소설은 보통 〈세태소설〉[64]이라고 불려진다.

세태소설처럼 정태적 플롯을 지닌 소설은 플롯의 논리만으로는 삶의 역동성과 사회 발전의 힘을 드러내지 못한다. 그러나 정태적 플롯을 지니면서도 또다른 미학적 방법에 의해 플롯의 정태성을 보완하는 소설들이 있다. 플롯의 추진력보다는 인물 및 환경(상황)을 형상화하는 독특한 방법에 의해 사회발전의 힘(그리고 삶의 역동성)을 보여주는 이 소설들이 바로 〈풍자〉, 〈해학〉소설이다. 여기서는 그 둘 중 먼저 풍자소설에 대해 살펴보기로 하자.

풍자소설은 인물과 환경의 상호작용(플롯)만으로는 이상으로 나아가는 (사회 발전의) 힘과 전망을 보여주지 못한다. 환경에 대해 있는 인물이 등장하는 본격소설에서는 인물-환경의 상호반응(플롯) 자체에서 이상을 지향하는 발전의 힘이 드러난다. 반면에 흔히 부정적 주인공을 그리는 풍자소설에서는 인물·환경이 반응하는 논리(플롯) 속에 이상에의 추동력을 틈입시키지 못한다. 부정적 환경에서의 부정적 주인공의 행동은 정태적 삽화를 만들 뿐 미래(이상)로 나아가는 발전의 추동력을 담지 못하는 것이다. 그러면 풍자소설은 정태적 플롯 속에 어떻게 사회발전의 힘을 담을 수 있을까.

본격소설이 플롯(인물과 환경의 상호작용)의 전개 속에 이상에의 힘이 틈입된 현실의 형상을 담는다면, 풍자소설은 이상이 배제된 현실, 혹은 본질이 배제된 현상을 그리게 된다. 풍자소설이 역동성이 소멸된 정태적 플롯을 갖게 되는 것도 그 때문이다. 그러나 풍자소설은 플롯

---

64) 임화, 「세태소설론」, 위의 책, 341~64면.

(인물·환경의 상호작용)의 전개 속에 역동적 〈이상에의 추동력〉을 담지 못하는 대신, 인물·환경을 형상화하는 방법 자체 속에 그 힘을 드리우게 된다. 즉, 풍자소설은 부정적 인물·환경(현실)을 그리면서 작가 내면의 이상에의 추동력에 〈직접적으로 대조〉시켜 형상화한다. 본격소설에서처럼 플롯의 과정에서 이상이 틈입된 현실이 형상화되는 것이 아니라 이상이 배제된 부정적 〈현실〉이 작가 내면의 〈이상〉에 대조되면서 그려지는 것이다.

〈현실과 이상의 직접적인 대조〉라는 이 풍자의 원리는 〈현상과 본질의 직접적인 대조〉[65]로도 설명될 수 있다. 본격소설에서는 플롯의 과정에서 본질(사회발전의 법칙과 힘)에 매개된 현상들이 형상화된다. 반면에 풍자소설에서는 본질이 배제된 부정적 〈현상〉들이 작가 내면의 〈본질〉의 추동력에 대조되면서 그려진다.

그러면 현실과 이상, 혹은 현상과 본질의 직접적 대조는 구체적으로 어떻게 풍자소설을 형상화하는 것일까. 작가 내면의 이상에의 힘에 대조시켜 부정적 현실(인물·환경)을 그린다는 것은 부정적 현실의 정태성과 폐쇄성이 이상에의 추동력에 비추어 터무니없이 모순된 것으로 제시됨을 뜻한다. 자기반성과 발전성이 없는 경직된 인물이 우스꽝스럽게 비춰지듯이 어이없이 막힌 상황(환경)에 갇힌 현실은 희화화되어 그려지는 것이다. 자기 자신을 전복시킬 수 없는 부정적 인물·환경(현실)은 이상과 본질의 힘을 지닌 작가 내면에 (직접적으로) 대조시켜 제시됨으로써 희화화된 형상으로 전복된다.

이처럼 현실과 이상의 직접적 대조는 부정적 인물·환경을 〈회화화〉시켜 무너뜨리는 방법으로 나타난다. 부정적 인물과 환경은 현실에서는 권위와 권력을 갖고 있지만 그 권력의 근거인 부정성이 작가 내면의 이상에 대비됨으로써 터무니없이 왜곡된 것으로 희화화된다. 풍자적 회화화에 의해 권위와 권력의 근거가 우스꽝스럽게 무너짐으로써 현실의 권력 자체도 전복된다. 이처럼 부정적 현실의 권력을 전복시킴으로써, 작

---

65) G. 루카치, 「풍자의 문제」, 『루카치 문학이론』(세계, 1990), 48~61면 참조.

가 내면에서는 이상에의 승리감이 고취되며, 부정적 현실에 억압되었던 삶의 정태성으로부터 역동적인 추동력이 살아나게 된다.

부정적 현실을 희화화하는 구체적 방법은 부정적 인물·환경(상황)의 은폐된 결함을 보다 잘 보이게 확대시키는 것이다. 이같은 부정적 결함의 확대는 그 부정성을 이상에 대비시켜 그림으로써 나타난 것이기도 하다. 풍자적 희화화는 왜곡과 과장의 방법으로 확대된 현실의 부정성을 분명히 인식시키면서 그것을 이상의 기준에 비추어 조롱하고 공격한다.

예컨대 「양반전」에서는 양반의 부정성을 확대해서 제시하면서 농부의 이상에 대조시켜 우스꽝스럽게 희화화한다. 「호질」 역시 도학자의 외도를 호랑이의 눈으로 비판하게 만듦으로써 그의 부정성을 더욱 더 일그러뜨린다. 즉, 동물이 인간을 공격하게 설정함으로써 그 대조(동물-이상/인간-부정성)의 효과에 의해 인간인 도학자의 행동은 한층 더 터무니없는 것으로 희화화된다. 이와 유사하게 『흥부전』에서 놀부는 흥부의 이상적 행동에 대조됨으로써 더욱 탐욕스런 인물로 풍자된다. 『태평천하』의 윤직원의 경우에는 작가 내면의 역사적 전망에 대조됨으로써 그의 반역사적인 행동과 태도들이 실감나게 비판된다.

이처럼 풍자소설은 주로 〈부정적〉 인물과 환경(상황)을 작가 내면의 이상에 대조시켜 희화화하는 방법을 사용한다. 물론 풍자소설에도 긍정적 인물이 등장할 수 있으나 이 때에도 긍정적 인물은 부정적 인물·상황에 역동적으로 반응하기보다는 현실의 부정성을 이상(혹은 긍정성)에 대조시키는 역할을 한다. 그렇지 않으면 긍정적 인물 자신이 대조의 시점(눈)을 제공하기도 하는데 이 경우에 작가 내면의 이상은 그 긍정적 인물에 투사된다.

어느 경우이든 풍자소설은 부정적 현실(인물·환경)과 긍정적 인물의 역동적 상호작용(플롯)을 통해 현실을 반영하지는 않는다. 따라서 부정적 현실에 대해 긍정적 인물이 직접적으로 저항하는 양상은 담겨지지 않는다. 풍자에서는 그보다도 부정적 인물·환경을 비꼬고 희화화하는 과정 자체 속에 비판의 힘을 틈입시킨다. 이점에서 풍자소설의 비판은 직접적이기보다 〈우회적인 전략〉을 사용한다. 그러나 그 우회적 전략은, 부정적 현실을 작가 내면의 이상에 대조시켜 〈직접〉 공격하는 점에서, 긍정적 인물을 통해 저항하는 방법보다 보기에 따라서는 오히려 직접적이다.

또한 풍자소설은 현실을 직접 반영하기보다는 과장·왜곡·비꼼 등으로 〈변형〉시키는 방법을 사용한다. 이는 어떤 점에서 현실을 액면 그대로 (직접적으로) 반영하는 것이 아니라고 여겨질 수도 있다. 그러나 풍자에서는 그런 방법이 오히려 억압적 삶의 역동성을 살려내게 되므로 현실의 올바른 〈반영〉이 이루어진다.

한편 플롯의 논리보다는 인물·환경의 형상화 방법에 의존하는 풍자소설에서는 특히 언어적 서술방식이 중요하다. 이는 희화화라는 독특한 형상화 방법 자체가 담론적으로 매개되어 이뤄지기 때문이다. 풍자적 담론의 또다른 특징은 흔히 구어체적인 서술방식을 이용한다는 점이다. 풍자의 구어적인 서술방식은 화자(작가)와 독자의 유대관계를 튼튼히 하기 위한 전략이다.[66] 본격소설에서는 독자가 긍정적 인물에 감정이입하여 이야기 세계에 참여하지만 풍자소설에서는 그런 방식이 힘들어진다. 따라서 풍자는 독자가 인물 대신에 화자(작가)와 제휴하여 이야기 세계에 참여하도록 빈번히 구어적 서술방식을 사용한다. 구어체는 화자-독자 간의 (공동체적인) 유대를 공고히 하는 담론상황을 만들기 때문이다. 구어체에 대해서는 시점과 서술을 논의하면서 다시 살펴보자.

(2) 풍자만화와 풍자소설

지금까지 살펴본 풍자소설의 특징은 풍자만화에도 그대로 적용할 수 있다. 만화는 그림을 이용하는 매체적 특성상 희화화(과장·왜곡·비꼼)의 방법을 사용하기에 매우 적절한 장르이다. 풍자만화가 풍자의 원리를 한눈에 보여주는 특성을 드러내는 것은 이 때문이다. 특히 일간신

---

66) 이에 대해서는 뒤의 제5장 3절 (4) 구어체와 인물의 개인언어 참조.

문의 만화들은 모두 풍자적 희화화의 독특한 전략을 한껏 이용하고 있
다. 일간신문의 만화는 네 칸이나 한 칸으로 되어 있는데, 이 자체가
긴 플롯(이야기 줄거리)에 의존하기보다 풍자나 해학의 희화화를 긴요
하게 사용할 수 있는 조건을 보여준다.

  위에서 보듯이 풍자는 단 한 칸의 삽화로 최대의 효과를 발휘할 수
있다. 한 칸의 삽화로는 플롯의 연결이 불가능하며 다만 정태적인 상황
을 제시할 수 있을 뿐이다. 그러나 풍자적 희화화는 그 〈정태적인 삽
화〉만으로도 충분히 역동적인 삶을 반영할 수 있게 한다. 이처럼 풍자
는 플롯의 논리보다는 희화화라는 인물과 환경(상황)의 독특한 형상화
방법에 의존한다.
  특히 풍자적 희화화의 방법은 주로 〈부정적 인물과 상황(환경)〉에
적용된다. 위에서도 풍자의 초점은 왼쪽의 부정적 인물(선진국)과 그가

놓인 상황에 맞춰져 있다. 결코 부정적 인물로 볼 수 없는 오른쪽의 인물들(개발 도상국)은 선진국의 부정성을 희화화하기 위한 대조의 역할로서 설정된 것이다. 이는 개도국의 인물들이 평범하게 그려진 반면 선진국은 세밀하게 특징이 부각된 점으로도 알 수 있다.

위의 상황에서 권력과 권위를 행사하고 있는 것은 분명히 선진국이다. 그가 점잖게 '제발 식구 좀 줄이라니까'라고 말하고 있는 위세가 그것을 암시한다. 그러나 이런 선진국의 권력은 그 자신(인물)과 그가 놓인 상황(환경)의 부정성에 근거한 것이다. '식구 좀 줄이라'는 선진국의 말은 외견상 훨씬 인구가 많은 개도국에 대해 권위를 지니는 것처럼 보인다. 하지만 선진국의 권위와 권력은 그가 음식(부)을 독점하고 있는 상황을 몰각한 뻔뻔스러운 것이다. 자신이 〈혼자〉임을 강조하여 내세운 선진국의 말(식구를 줄이라는 말)은 바로 그 자체가 자신의 〈독점〉을 드러내는 모순을 포함하고 있다. 위의 풍자는 이런 선진국 자신의 모순과 부정성을 확대하여 제시함으로써 그의 권위를 무너뜨리는 전략을 쓰고 있다. 즉 그의 모순인 부의 독점은 개도국의 인물과 대조됨으로써, 그리고 더 나아가 부의 균등이라는 작가 내면의 이상과 대조됨으로써, 여지없이 〈희화화〉된다. 선진국의 불룩 나온 배와 (그의) 개마저 포만으로 늘어진 모습은 부의 독점이라는 모순을 확대(과장)함으로써 선진국을 희화화시킨다. 또한 이런 희화화에 의해 선진국의 권위와 권력은 허물어지며, 그에 의해 억압되었던 삶의 역동성과 전망이 되살아난다. 위의 만화가 실감나게 느껴지는 것은 이처럼 부정적 인물·상황(환경)을 작가 내면의 이상과 대조시켜 그림으로써, 현실을 역동적으로 반영하고 있기 때문이다.

이상과 같은 풍자만화의 특징은 풍자소설에서도 똑같이 찾아 볼 수 있다. 예컨대 「마장전」「양반전」「호질」 등 박지원의 풍자소설들은 플롯의 논리보다는 부정적 인물·상황(환경)을 희화화시키는 방법으로 현실을 비판한다. 또한 채만식의 『태평천하』는 장편소설임에도 불구하고 뚜렷한 플롯을 결한 채 〈삽화(에피소드)〉 나열식 구성으로 되어 있다. 이 소설의 15개의 삽화들은 플롯의 인과율로 연결되기보다는 윤직 원과 그의 일가를 풍자하는 힘에 의해 결합된다. 특히 이 소설은 삽화들로 된 풍자가 분산되는 것을 막기 위해 판소리적인 구어적 서술방식을 도입하고 있다. 판소리적인 구어적 서술방식은 화자(작가)와 독자의 유대관계를 공고히함으로써 이야기 세계에 대한 독자의 주의력이 오래동안 유지되게 한다. 즉, 구어적 서술방식은 플롯의 인과율이 미약함으로써 자칫 느슨해지기 쉬운 삽화들의 결합력을 보완하고 있는 것이다.

박지원의 소설이나 『태평천하』가 역동적 플롯보다는 정태적 삽화로 된 것은 주로 부정적 인물·상황(환경)을 그리는 풍자적 방식에서 연원된 특징이다. 풍자소설은 인물과 환경의 상호작용 대신에 〈부정적 인물·환경〉의 정태적 상황을 〈희화화〉시키는 방법을 사용하는 것이다. 긍정적 인물이 등장하는 경우(「양반전」의 농부나 『태평천하』의 종학)에도 대개 대비되는 역할이나 대조의 시점이 할당될 뿐이다.

풍자소설의 희화화의 방법은 현실에서는 권력(그리고 권위)을 지닌 인물을 그 권력의 근원의 부정성을 공격함으로써 전복시키는 것이다. 예컨대 「양반전」에서는 양반의 각종 이익이 실상 도둑질 같은 부정성에 근거한 것임을 폭로함으로써 양반이 지닌 권위를 여지없이 허물어뜨린다. 『태평천하』(채만식, 1938)에서도 친일 지주·자본가인 윤직원은 현실에서 권력을 지닌 인물로 나타난다. 그는 부와 영화를 누리면서 권세를 무궁토록 지키도록 애쓰고 있다. 그의 이런 모습은 다음처럼 진시황에 비유되고 있다.

만리의 장성을 높이 쌓아, 나라를 천지로 더불어 길이길이 지키고, 나는 불사약을 먹어 이 나라의 주재자로 이 영광을 무궁토록 누리고……하자던 진시황과, 만석꾼의 가산을 더욱 늘려가면서 천지로 더불어 길이길이 지키고, 양반을 만들어 가문을 빛내되, 나는 오줌을 먹고 보건체조를 하고 보약을 먹고 하여, 이 집안의 가장(家長)으로 이 영광을 무궁토록 누리고 하자는 윤직원 영감과, 그 둘은 조금도 서로 다를 바가 없는 것입니다.

그러나 윤직원이 누리는 각종 영화는 비정상적인 방법에 의해 위태롭게 유지되고 있으며 그 근원에는 부정적 모순이 놓여 있음이 밝혀진다. 먼저 돈을 중심으로 이루어지는 그의 인간관계로 인해 실상 가족간에조차 싸움이 계속될 수밖에 없음이 드러난다(5, 6장). 윤직원이 총애하는 식구가 비정상적인 태식임은 그(윤직원)의 가족간의 불화를 반증한다. 열다섯살의 태식은 콩나물 같은 모습에 아직도 콧물이 피스톤처럼 들락날락한다. 믿을 식구가 없는 윤직원은 술어미를 상관하여 낳은 그 아이를 유일하게 귀여워 할 수 있을 뿐이다.

윤직원은 공허한 마음을 채우기 위해 비윤리적인 여자관계를 맺는데 그의 왜곡된 행동은 동기 춘심을 탐하는 대목에서 극적으로 희화화된다. 즉, 증손자 경손이 동갑인 춘심과 연애를 하게 됨으로써 여자애 하나를 두고 증조부와 증손자가 함께 즐기는 관계가 된 것이다. 그 밖에도 윤직원의 오래도록 권세를 지키려는 열망은 오줌까지 먹어가며 건강법에 유의하는 모습으로 희화화된다.

윤직원의 생활이 이처럼 비정상성으로 가득차 있을 뿐 아니라 보다 근본적으로는 그가 누리는 권세가 왜곡된 가치관에 근거한 것임이 풍자된다. 윤직원은 소작인들에게 땅을 부치게 하는 것을 자신의 큰 자선사업이라고 엄숙하게 말한다. 그는 이재민 구제사업가의 방문을 받고 다음같이 선언한다.

"예에……내가 시방 한 만 석 가량 추수를 허우. 그러구 작인이 천명 가까이 되지요. 그러닝개 천 명 가까운 작인덜한티다가 논을 주어서, 농사를 히여먹구 살게 허닝게 구제허구넌 큰 구제 아니요?"

이 말에 웬만한 사람은 속으로 웃고 진작 말머리를 돌리겠지만, 좀 귀가 무딘 패는 더욱 탄복을 하여 묻습니다.

"네에! 그러면 근 천 명 되는 소작인들한테 소작료를 받지 않으시구, 논을 무료루 내주시는군요? 네에! 허어!"

"아니, 안 받으면 나넌 어떻게 허구?…… 원 참…… 여보 글씨, 제 논각구 앉어서 도지(小作料)두 안 받구, 그냥 지여먹으라구 내주넌 그런 빙신 천치두 있다우?"

윤직원 영감은 이렇게 당당히 나무랍니다.

듣는 사람은 분반(噴飯)할 넌센스나 또는 농담으로 돌리겠지만, 윤직원 영감 당자는 절대로 엄숙합니다. …(중략)…

김서방이나 혹은 이서방이나 또는 채서방이 나에게로 줄 수 있는 논을 최서방 너를 준 것은 지주 된 내 뜻이니까, 더우기나 내가 네게 적선을 한 것이 아니냐? …… 이것이 윤직원 영감의 소작권(小作權)에 의(依)한 자선사업(慈善事業)의 방법론(方法論)입니다.

윤직원의 어조가 당당하고 엄숙한 것은 그가 권세있는 지주임을 암시한다. 그러나 바로 그 '엄숙'한 어조가 윤직원의 권세를 스스로 무너뜨리는 약점이 되고 있다. 윤직원은 그의 자선사업(지주 / 소작인 제도)이 실상 수많은 이재민을 발생시키는 착취의 장본인임을 보지 못하고 있다. 문제는 윤직원의 부와 권세가 그의 이런 맹목성에 의해 지켜지고 있다는 점에 있다. 바로 그 때문에 윤직원이 엄숙한 어조로 자선사업을 외치면 외칠수록, 그보다 훨씬 더 전체를 볼 수 있는 많은 사람들에 의해 그의 주장은 희화화되며, 그의 권세 또한 전복된다. 자신의 맹목성(반역사성)에 의해 스스로 희화화되고 전복되는 양상은 윤직원이 태평천하를 외치는 장면에서 가장 극적으로 드러난다.

"……오죽이나 좋은 세상이여? 오죽이나……"

윤직원 영감은 팔을 부르걷은 주먹으로 방바닥을 땅 치면서 성난 황소가 영각을 하듯 고함을 지릅니다.

"화적패가 있너냐아? 부랑당 같은 수령(守令)들이 있너냐?…… 재산이 있대야 도적놈의 것이요, 목숨은 파리 목숨 같던 말세(末世)넌 다 지내가고오…… 자 부아라, 거리거리 순사요, 골골마다 공명헌 정사(政事), 오죽이나 좋은 세상이여…… 남은 수십만 명 동병(動兵)을 히여서, 우리 조선놈 보호히여 주니, 오죽이나 고마운 세상이여? 으응?…… 제것 지니고 앉어서

편안하게 살 태평세상, 이걸 태평천하라구 허는 것이여 태평천하!

윤직원이 가장 믿었던 종학(손자)이 사회운동에 가담함으로써 윤직원의 만리장성에는 구멍이 뚫리기 시작한다. 그러나 그에 앞서 윤직원의 반역사적 인식이 스스로 희화화되면서 무너지게 된다. 윤직원의 권세는 식민지 현실을 태평천하로 보는 그의 인식에 근거해 유지되고 있다. 하지만 바로 그 좁은 시야로 인해 윤직원은 더 전체를 볼 수 있는 사람들(종학이나 화자, 독자)에 의해 희화화되고 전복된다. 이 소설은 이처럼 윤직원의 인식적 결함을 확대(과장)해서 희화화함으로써 그의 권세를 허물어뜨린다. 또한 윤직원의 권세를 풍자적으로 무너뜨림으로써 그에 의해 억압되었던 삶의 역동성과 전망을 드러낸다.

지금까지 우리는 만화와 소설을 통해 정태적 플롯의 풍자가 삶의 역동성과 전망을 얻는 방법을 살펴봤다. 이제 마지막으로 이런 풍자의 방법이 성공하기 위한 요건을 생각해 보자. 첫째로 풍자는 현실을 억압하는(정태적으로 만드는) 부정적 인물·환경(상황)을 전복시켜 삶을 다시 역동적으로 만드는 방법이므로, 그 역동성을 생생하게 살리려면 전복(희화화)의 대상으로 가장 〈본질적인〉 모순을 지닌 인물·환경을 선택해야 한다. 그렇지 않고 부수적인 모순을 지닌 대상을 아무리 풍자로 무너뜨려도 삶의 역동성은 제대로 살아나지 않는다. 예컨대 위의 풍자만화의 선진국(제국주의 국가)이나 『태평천하』의 윤직원(친일 지주·자본가)은 가장 본질적인 모순으로써 삶을 억압하는 인물(그리고 환경)들이다. 따라서 그들에 대한 풍자는 정태적 삽화를 통해 삶의 역동성과 전망을 얻는 데 매우 효과적이다. 반면에 채만식의 해방기 풍자소설들(「논이야기」「맹순사」「미스터 방」)은 풍자의 대상이 어정쩡하게 설정됨으로써 풍자적 공격(전복)의 효과 역시 무뎌지고 있다.

둘째로 풍자적 희화화(그리고 전복)가 성공을 거두려면 본질적 모순에 대비되는 작가 내면의 이상이 자신감과 당당함을 지녀야 한다. 작가의 내면에서 이상(혹은 사회발전의 힘)에 대한 자신감을 잃게 되면 풍자는 허무주의적인 냉소로 전락한다. 가령 위의 풍자만화와 『태평천하』가 풍자적 전복에 성공한 것은 작가(혹은 화자) 내면에서 이상에의 자신감을 지님을 뜻한다. 반면에 채만식의 「레디 메이드 인생」은 풍자적 대조의 시점을 지닌 인물(즉 풍자의 주체)의 신념이 불분명함으로써 그의 사회에 대한 풍자 역시 냉소에 그치고 만다. 이는 주인공 P에 투사된 작가 내면의 사회발전의 전망이 모호함을 의미한다. 마찬가지로 김동인의 「김연실전」에서 김연실과 유학생 세태에 대한 풍자 역시 작가의 내면적 전망이 불투명함으로써 냉소적 비판에 머물고 있다.

이상의 두 가지 요건, 즉 현실의 〈본질적 모순〉과 작가 내면의 〈이상에의 자신감〉은, 풍자가 후자를 근거로 현실의 부정성을 공격하는 방법임을 나타낸다. 따라서 풍자 역시 〈부정적 전망〉을 지닌 비판적 리얼리즘의 일종임을 알 수 있다. 물론 작가 내면의 이상이 구체적인 진보적 전망(사회주의적 전망)으로 나아갈 경우 풍자는 보다 파괴적인 공격력을 지닌 진보적 (사회주의) 리얼리즘에 이를 수도 있을 것이다. 예컨대 남정현의 「너는 뭐냐」「분지」「허허선생」 등은 채만식의 소설보다 훨씬 더 정치적 비판의 서슬이 날카로워진 풍자를 보여주고 있다.

(3) 풍자와 아이러니 · 패러디 · 알레고리

풍자는 희극적 방법의 일종으로서 부정적 대상을 비판하는 〈공격적인 웃음〉이라고 할 수 있다. 이런 풍자의 서사적 방법은 유사한 특성을 지닌 아이러니, 패러디, 알레고리 등과 비교될 수 있다. 또한 풍자는 후자의 방법들과 빈번히 결합되어 나타나기도 한다. 특히 풍자가 길어질 경우 삽화 나열식으로 되는 약점을 보완하기 위해 흔히 아이러니, 패러디 등 다른 서사적 방법과 혼합되게 마련이다. 이제 풍자를 다른 유사한 서사적 방법들과 비교하면서 아울러 혼합의 양상을 살펴보자.

아이러니는 표면과 이면이 대조되는 점에서 풍자와 유사한 원리를 포함하고 있다. 그러나 아이러니는 객관적인 재현의 방법이며 풍자처럼 회화화의 전략을 사용하지 않는다. 가령 『태평천하』에서 윤직원(부정성)이 가장 믿던 손자 종학이 사회운동(긍정성)에 참여한 사건은 일종의 〈아이러니〉이다. 윤직원이 가장 신뢰하는(표면) 인물이 실상은 그 자신을 무너뜨리는(이면) 사회주의적 사상을 지니고 있었기 때문이다. 그러나 『태평천하』는 종학의 사건을 아이러니로서보다는 윤직원을 풍자하기 위한 근거로서 사용한다. 아이러니에서는 〈경험적인 상호작용〉과 플롯의 논리를 통해 부정성과 긍정성이 상호접촉하는 것으로 나타난다. 반면에 풍자는 부정성(현실)과 긍정성(이상)을 분리시켜 이상(긍정성, 종학)의 견지에서 부정적 현실(윤직원)을 대조해 보여준다. 따라서 풍자는 〈이상〉과 〈현실〉을 플롯의 맥락 속에서 뒤섞지 않는 대신 부정적 현실을 보다 더 공격적으로 희화화시킨다. 요컨대 아이러니는 (부정성과 긍정성이 혼재하는) 〈경험적 재현〉인 반면, 풍자는 이상과 분리된 부정적 현실을 (이상의 견지에서) 〈변형〉시켜 희화화한다.

한편 풍자는 〈대조〉의 원리를 지닌 점에서 패러디와 유사한 요소를 포함하고 있다. 패러디에서는 항상 원작과의 대조나 상반되는 세계관(이상주의/현실주의)의 대조가 일어난다. 예컨대 기사소설의 패러디인 『돈키호테』에서는 기사소설과의 대조나 현실주의/이상주의의 대조가 나타난다. 『돈키호테』의 풍자적 요소 역시 더 이상 이상(기사소설)이 현실화되지 않는 상황에서 형성된다. 따라서 『돈키호테』는 기사소설의 패러디인 동시에 풍자라고 할 수 있다. 이와 유사하게 「김연실전」(김동인, 1939)은, 『이형식전』으로 불릴 수 있는 『무정』(이광수, 1917)을 패러디한 구성을 지니고 있다. 「김연실전」의 김연실은, 서구의 연애소설들을 읽고 신문명과 연애를 동일시하며 선각자의 꿈에 부풀게 된다. 그녀는 이광수의 『무정』을 읽은 후 연애와 신문학이 불가분의 것이라는 신념을 더욱 굳힌다.

연실이가 장차 돌아가면 건설하려던 조선 신문학(新文學)은 연실이가 돌아올 때까지 기다리지 못하고 아직 동경 유학할 동안에 싹이 트기 시작하였다. 이고주(李古周)라는 청년 문학도가 혜성과 같이 나타났다. 이 청년

문학도가 문학이라는 무기를 이용하여 처음 부르짖은 것이 자유연애였다.
　이 현상은 연실이로 하여금 더욱 더 연애와 문학은 불가분의 것이라는
신념을 굳게 하였다.

　그러나 실상 김연실의 방종한 생활은 『무정』을 쓴 이고주(이광수)의
이상주의에 〈대조〉되는 패러디라고 할 수 있다. 그와 함께 김연실의 행
실은 『무정』의 〈이상〉에 대조되는 〈부정적 현실〉로 풍자(희화화)된다.
그런데 「김연실전」은 작가 내면의 이상에 비추어 김연실의 이상인 『무
정』 역시 풍자하고 있다.[67] 「김연실전」은 김연실의 적나라한 방종을 풍
자하고 있을 뿐만 아니라 (신문명의) 겉물만 핥은 그녀의 행실을 망각
하게 하는 『무정』의 관념적인 이상 또한 풍자한다.
　마치 돈키호테가 기사소설을 흉내내려고 하지만 실제로는 엉뚱한 기
행에 그치듯이, 김연실은 『무정』을 모방하려고 하지만 타락한 행실을
드러내는 데 머문다. 이 과정에서 『무정』의 덧없는 이상주의와 김연실
의 방종이 동시에 풍자되는 것이다. 따라서 「김연실전」 같은 패러디에
서는 두 가지 종류의 풍자가 이루어질 수 있다. 즉, 원작을 흉내내는
패러디 소설의 주인공과 원작 자체의 관념적 이상에 대한 풍자가 동시
에 나타난다. 물론 모든 패러디에서 「김연실전」처럼 이중적인 풍자가
성립되는 것은 아니다.
　〈대조〉의 원리를 공유함으로써 풍자와 패러디가 겹쳐지는 영역이 형성
된다면, 서사적 〈변형〉의 원리는 풍자와 알레고리가 중첩되게 한다.[68]
풍자는 재현의 원칙에 충실하기보다는 부정적 대상을 특수하게 가공해
서 변형시킨다. 이와 유사하게 알레고리 역시 현실의 대상들에 특별한
의미를 틈입시켜 변형된 형상으로 제시한다. 물론 알레고리는 풍자 이

---

67) 물론 이런 풍자는 상당히 냉소적이다. 이는 작가 내면의 이상이 확고하지 못하
　기 때문이다.
68) 알레고리와 풍자의 공통점과 차이에 대해서는 R. Scholes · R. Kellogg, *The
　Nature of narrative*(Oxford University Press, 1966), 107~17면과 존 맥퀸, 『알
　레고리』, 송낙헌 역(서울대출판부, 1980) 참조.

외의 다른 의미를 드러내기 위해 사용될 수도 있다. 그러나 풍자와 알레고리는 빈번히 구분될 수 없게 결합되어 나타난다.

예컨대 위에서 예를 든 만화의 경우 선진국과 개도국의 인물들은 실제 회의에 참석한 사람들이기보다는 풍자적 의미를 위해 알레고리적으로 설정된 것이다. 또한 바닥에 누워있는 개나 중간에 사회를 맡은 인물(지구본), 그리고 음식과 밥그릇, 개가 먹고 남긴 뼈에 이르기까지 모두가 알레고리적으로 제시된 형상들이다.

박지원의 풍자소설 「호질」에서 호랑이의 설정 역시 풍자적 대조의 효과를 위해 특별히 의도된 것이다. 즉, 북곽선생과 호랑이의 대면은 재현의 원리에 의한 것이기보다는 풍자적 의미를 전달하기 위해 알레고리적으로 조작(변형)된 것이다. 그밖에 알레고리와 풍자가 결합된 대표적인 예로는 『걸리버 여행기』(스위프트)와 『동물농장』(오웰)을 들 수 있다. 소인국, 거인국, 날아다니는 섬나라, 이성적인 말의 나라 등을 통해 『걸리버 여행기』는 인간의 여러 측면을 다양하게 풍자한다. 『동물농장』 역시 동물들의 알레고리적인 이미지를 통해 인간을 풍자하고 있다.

알레고리와 풍자의 차이는 전자가 이미지들을 통해 강력한 의미를 전달하는 양식인 반면, 후자는 희화화라는 변형의 방법을 사용하지만 여전히 재현적 요소를 지니는 점이다. 알레고리는 상징의 창고에 보관된 이미지들을 조작하는 자기인식적 방법[69]이지만 풍자는 대상을 재현적으로 인식하면서 의도에 따라 변형시키는 방법이다. 또한 알레고리는 풍자적인 희극적 의미를 전달할 수도 있으나, 진지한 교훈적 우화로도 쓰이며, 보다 심각한 주제의 모더니즘에도 사용된다.

---

69) 자기인식이란 대상을 주체 내면의 가치적인 것(이상)과의 관계 속에서 인식하는 것을 말한다. 따라서 자기인식적 방법은 대상을 재현하는 데 치중하는 인식적 방법과는 달리 대상의 재현을 내면의 표현과 통합시켜 드러낸다. 이점에서 알레고리적 형상 속에는 주체의 내면적 표현의 요소가 포함되어 있다. 반면에 풍자는 대상을 주체 내면의 이상과 대조시켜 그리는 특수한 재현의 방법이다.

한편 풍자는 희화화의 방법을 사용함으로써 해학과 유사한 특징을 드러낸다. 풍자와 해학은 흔히 겹쳐져서 나타나기도 하며 그 둘을 합쳐 〈골계〉라고 부르기도 한다. 그러나 풍자가 부정적 인물·환경을 공격하는 웃음이라면 해학은 부정적 환경에 놓인 순박한 인물을 동정하는 웃음이다. 양자의 차이에 대해서는 다음 절에서 다시 살펴보자.

풍자는 길이가 길어지면 아이러니, 패러디, 알레고리, 해학 등은 물론 그밖의 다른 서사적 방법과도 결합된다. 예컨대『홍부전』은 중세적 로만스에 근대적 풍자와 해학이 곁들여진 양식이며,『돈키호테』는 로만스의 패러디와 풍자가 혼합된 소설이다. 앞서 예를 든『걸리버 여행기』와『동물농장』은 풍자와 알레고리가 한데 뒤섞인 양식을 지닌다. 또한 장편소설은 아니지만 채만식의 「치숙」에는 풍자와 아이러니가 결합되어 나타난다.

풍자는 리얼리즘에서 특징적으로 나타나지만 부분적으로는 (혹은 암시적으로는) 모더니즘 소설에서도 발견된다.[70] 가령 『율리시즈』(조이스)는 호머의『오디세이아』를 알레고리적으로 패러디한 거대한 인간희극으로 볼 수 있다. 이 소설에서는 신화적 영웅성을 상실한 현대의 소외된 소시민의 모습이 혼란한 모티프들 속에서 풍자적으로 묘사되고 있다.『율리시즈』는 냉소와 조롱, 유머로 가득찬 난해한 상징적 모티프들로 뒤덮여 있다.

우리 모더니즘 소설 중에도 이상의 「날개」에는 신랄한 지적 풍자가 나타난다. 이 소설의 중요한 주제 중의 하나는 인간관계를 사물화시키는 돈에 대한 모독과 풍자이다. 「날개」의 '나'는 은화로 가득찬 저금통을 화장실에 갖다 버리며, 아내와 한방에서 같이 자기 위해 아내의 손에 돈을 쥐어 주기도 한다. 이같은 돈에 연관된 풍자는 실상 사물화된 인간관계에 대한 부정의 정신을 포함하고 있다.

---

70) 나병철, 「풍자소설의 본질과 역사」, 『문학사상』(1997. 2), 49~59면.

(4) 풍자소설의 역사적 전개

역사적으로 보면 풍자는 〈이상주의적〉 세계관에서 〈현실주의적〉 세계관으로 이행하는 시기에 성행함을 볼 수 있다. 근대 이전에 풍자가 없는 것은 아니지만 풍자는 특히 근대 리얼리즘의 선두주자로 모습을 드러냈다. 〈이상과 현실의 직접적인 대조〉라는 특성으로 인해, 근대적 풍자는 이상주의와 현실주의가 교차되는 근대 맹아기에 발아되었던 것이다. 예컨대 『돈키호테』는 무력해진 중세적 이상을 현실주의적으로 풍자한 근대적 풍자소설이다. 라블레의 풍자소설 역시, 중세적 권위를 탈관시키는 카니발적 요소[71]를 지닌 근대 맹아기의 소설이다.

우리 소설 중에도 『춘향전』『홍부전』『심청전』 등 판소리계 소설들은 로만스적 서사구조를 지니면서도 또한 풍자적 요소를 통해 리얼리즘의 단초를 보이고 있다. 『춘향전』은 민중적인 원초적 욕설, 조롱으로 양반을 풍자하며, 『홍부전』은 유교적 견지에서 놀부의 천부의 속성을 희화화한다. 또한 「양반전」「호질」 등 박지원의 소설은 새로운 사상의 이상의 견지에서 위선적인 양반을 공격한다. 유교적 이상이든 새로운 사상의 이상이든, 판소리계 소설과 박지원의 소설들은 작가 내면의 이상과 부정적 현실을 직접적으로 대조하는 방식으로 전망을 얻고 있다.

풍자는 또한 긍정적 인물을 등장시키기 어려운 어두운 시기에 그 어둠을 극복하는 전략으로 긴요하게 사용된다. 예컨대 1930년대 후반은 현실의 모순이 악화되어간 반면 그에 맞서는 긍정적 인물을 내세우기 힘든 시기였다. 이 시기에 풍자소설이 성행한 것은 긍정적 인물 대신 부정적 인물을 전면에 내세워 공격하는 전략이 효과적이었기 때문이다. 풍자는 긍정

---

71) 라블레의 풍자소설에는 해학과 알레고리의 요소도 함께 나타난다. 미하일 바흐친, 『장편소설과 민중언어』, 전승희 외 역(창작과비평사, 1988), 306~408면 참조. 카니발적 요소란 권위적인 권력이나 자기중심성을 전복시켜 기존의 질서를 해체하는 것을 말한다. 미하일 바흐친, 『도스토예프스키 시학』(정음사, 1988), 179~200면과 M. Bakhtin, *Rabelais and His World*(Indiana University Press, 1984) 참조.

적 인물과 부정적 환경의 상호작용(역동적 플롯)보다는 부정적 인물·환
경을 작가 내면의 이상(긍정성)에 대조시켜 비판하는 방식인 것이다. 풍
자는 부정적 현실을 희화화해 전복시키는 방식으로 어둠 속에 숨겨진 작
가의 이상과 전망을 드러낸다. 이처럼 희화화의 방식을 통해 절망적인 어
둠을 극복하는 전략은 풍자 이외에 해학소설에서도 발견된다. 이제 풍자
와 구별되는 해학소설의 또다른 서사적 방법을 살펴보기로 하자.

7. 해학소설과 동정적 웃음의 전망

(1) 해학과 풍자의 차이

해학소설은 풍자와 마찬가지로 플롯의 논리보다는 희화화의 방법에 의
존하는 서사적 양식이다. 풍자와 해학의 희화화는 작가(화자)의 이상의
기준에서 볼 때 현실의 상황이 너무 터무니없음을 나타낸다. 그러나 풍
자가 어이없는 현실이 부정적 인물·환경에 의한 것임을 폭로하는 반면,
해학은 오히려 왜곡된 환경에서 고통받는 인물을 동정한다. 즉, 풍자적
희화화는 부정적 인물·환경(상황)에 대한 공격이지만, 해학은 잘못된
환경(상황)을 희화화하면서 근본적인 잘못이 없는 인물에게 공감한다.

풍자와 해학에서는 똑같이 인물과 환경의 역동적 반응(즉 플롯)이
잘 형성되지 않으며 인물은 환경의 왜곡된 논리에 정면으로 맞서지 못
한다. 풍자와 해학이 역동적 플롯보다는 희화화의 방법을 사용하는 것
은 이 때문이다. 그러나 풍자의 주인공은 부정적 환경(친일지주/소작
인)의 관계를 대표하는 인물(친일지주-윤직원)로서 환경과 마찬가지로
공격(희화화)의 대상이 된다. 반면에 해학의 주인공은 부정적 환경(친
일지주/소작인)에 의해 고통받는 인물(소작인-김유정 소설의 농민)로

서 근본적으로는 동정의 대상이 된다. 즉, 해학소설의 주인공은 비록 부정적 환경의 논리(친일지주/소작인)에 맞서지 못하지만 그 스스로가 모순된 환경의 피해자이며 내면에는 타락되지 않은 순박함을 지니고 있다. 따라서 해학소설에서는 부정적 환경(지주-소작인 관계)에서 벌어지는 터무니 없는 상황을 희화화하면서도 그 상황에 놓인 인물은 오히려 동정한다. 해학소설은 여기서 한발 더 나아가 순박한 주인공의 내면적 잠재력에 공감하면서 고통스러운 상황을 견뎌내는 활력을 발견한다. 이때 작가 내면의 이상에의 추동력은 주인공의 순박성 및 활력과 결합하여 부정적 환경(상황)을 희화화하고 전복시킨다.

플롯의 논리보다 희화화에 의존하는 점에서 해학은 풍자처럼 만화를 통해 그 방법적 원리를 잘 살펴볼 수 있다. 해학은 신문만화에서처럼 복잡한 플롯이 아닌 정태적 삽화만으로도 충분히 효과를 발휘할 수 있다. 또한 인물이 놓인 상황을 익살스럽게(만화적으로) 과장해서 희화화하는 방법을 사용한다.

위의 만화는 알레고리의 방법으로 현실 상황을 과장해서 희화화하고 있다. 만화 위쪽의 감나무와 만월은 명절(추석)이라는 시간적 배경을 나타낸다. 또한 그 아래의 인물들의 대면은 오른쪽 인물들이 명절을 지내러 고향을 찾은 상황을 보여준다. 오른쪽 인물들이 아버님으로 불리는 사람(왼쪽 인물)보다 더 늙어버렸음은 고향에 이르는 동안의 교통 체증을 과장한 것이다. 심지어 어린아이마저 백발이 된 상황은 터무니없는 시간의 지체(교통체증)를 희화화하고 있다.

여기서 알레고리적으로 변형되어 그려진 것은 오른쪽의 인물들이지만 이 만화는 그들을 희화화한 것은 아니다. 즉, 이 만화의 희화화는 인물 자신보다는 인물들이 놓인 〈상황〉에 대한 것이라고 할 수 있다. 그것은 인물들의 과장과 변형(노인)이 그들 자신의 결함을 확대한 것이 아니라 그들이 놓인 상황의 문제점(시간의 지체)을 보여주기 위한 것임에서 알 수 있다. 인물들의 지쳐 있는 모습은 그들이 잘못된 현실(교통체증)의 피해자이지 그들의 잘못으로 왜곡된 상황이 벌어진 것이 아님을 분명히 나타낸다. 이는 이 만화의 희화화의 표적이 인물이 놓인 〈상황(그리고 환경)〉에 있으며 인물들은 오히려 동정의 대상임을 암시한다. 이처럼 인물이 경험하는 상황을 비판하면서 인물 자신은 동정하는 것이 바로 해학의 특징이다.

해학과는 달리 풍자는 6절의 만화에서처럼 인물 자신의 결함을 과장해서 희화화한다. 6절 만화의 희화화는 인물이 놓인 상황에 대한 것이기도 하지만 그 왜곡된 상황은 바로 인물 자신의 문제점에서 생겨난 것이다. 즉, 이 만화의 주인공(선진국)은 왜곡된 상황(선진국/개도국)을 대표하는 부정적 인물이며 희화화의 표적 역시 〈그와 그가 놓인 상황〉에 겨누어진다.

반면에 해학의 주인공은 왜곡된 상황의 피해자이며, 외견상 그가 변형되어 그려진다 하더라도, 이는 그 자신이 아니라 그가 놓인 〈상황〉에 대한 희화화이다. 해학과 풍자의 이런 차이는 그 둘이 함께 나타나는 『흥부전』을 보면 분명히 알 수 있다. 『흥부전』의 해학은 주로 흥부에게 적용되며 풍자는 놀부에게 해당된다. 흥부에 대한 해학은 열악한 상황에 처한 흥부를 동정함을 의미한다. 반면에 놀부에 대한 풍자는 부정적 상황(환경)을 대표하는 부정적 인물 놀부를 비판함을 뜻한다.

　　이러틋 보친들 무엇 먹여 살려낼고. 집안의 먹을 거시 잇던지 업던지, 소반이 네 발노 하늘세 축슈ㅎ고, 솥이 목을 미여 달녓고, 조리가 턱거리를 ㅎ고, 밥을 지어 먹으려면 최녁을 보와 갑즈일이면 훈 써식 먹고, 싀양뒤가 쑬알을 어드려고 밤낫 보름을 다니다가, 다리의 가린톳시 셔셔 파종(破腫)ㅎ고 알는 소리, 동니 스롬이 잠을 못즈니, 엇지 아니 설울손가.

위에서는 흥부가 처한 터무니 없는 상황을 희화화하고 있다. 여기서 흥부는 열악한 상황의 피해자이며 동정의 대상이 된다. 해학은 이처럼 어이없는 〈상황〉을 희화화하면서 그 상황에 놓인 인물을 오히려 동정한다. 이점에서 해학은 〈동정적 웃음〉이라고 불릴 수 있다.

　　놀부 심소를 볼작시면, 초상난딕 춤츄기, 불붓는딕 부치질ㅎ기, 히산훈딕 기닭잡기, 장의가면 억미(抑買) 흥정ㅎ기, 집의셔 못쓸 노룻ㅎ기, 우는 ㅇ히 볼기치기, 갓난 ㅇ히 똥먹이기, 무죄훈 놈 뺨치기, 빗갑시 계집씻기, 늘근 영감 덜미집기, ㅇ히빈 계집 배차기, 우물밋틱 똥누기, 오려 논의 물터 놋키, 잣친 밥의 돌퍼붓기, 픠는 곡식 이삭 즈르기, 논두렁의 구멍뚤기, 호박의 말쑥박기, 곱사장이 업허 놋코 발꿈치로 탕탕치기, 심소가 모과(木瓜) 나무의 아들이라. 이 놈의 심술은 이러ㅎ되, 집은 부자라 호의호식 ㅎ는고나

인용문에서는 놀부의 심술과 그로 인한 상황을 희화화하고 있다. 여기서 놀부는 부정적 상황을 만든 장본인이며 비판의 대상이 된다. 풍자는 이같이 터무니 없는 부정적 인물과 상황을 희화화하면서 그 인물과 상황을 공격한다. 풍자가 해학과는 달리 〈공격적 웃음〉으로 불리는 것은 이 때문이다.

풍자와 해학은 이런 차이를 지니지만 또한 서로 뒤섞여서 나타나기도 한다. 예컨대『흥부전』에서 놀부는 풍자적으로 그려지지만 간혹 해학적 요소가 곁들여지기도 한다. 이는 부정적 인물인 놀부에게도 일말의 긍정적 요소(그리고 동정적 요소)가 있음을 의미하는 것이다.

"이 박은 농 닉어 썩어진 박이로다."
호고, 십분의 칠팔분을 투니, 홀연 박 속으로셔 광풍이 티작호며, 똥둘기 ᄂᆞ오는 소리 산쳔이 진동호는지라 왼집이 혼이 셔셔 터문 밧그로 나와, 문 틈으로 엿보니, 되똥, 물지똥, 진똥, 마른똥, 여러 가지 똥이 합호여 ᄂᆞ와 집 우가지 싸히는지라, 놀뷔 어이업셔 가슴을 치며 ᄒᆞ는 말이,
"이런 일도 ᄯᅩ 잇는가? 이러홀 듈 아르시면 동냥홀 박ᄋᆞ지나 가지고 나오려면 조흘번 ᄒᆞ다."
호고 쌘쌘호 놈이 쳐ᄌᆞ를 잇글고 흥부를 ᄎᆞᆺ차가니라.

위에서는 놀부의 집이 똥에 잠기는 상황을 통해 놀부의 탐욕이 비판적으로 희화화되고 있다. 또한 집을 잃은 놀부가 자신이 괄시하던 흥부를 찾는 뻔뻔스러움 역시 풍자되고 있다. 그러나 그와 함께, 몇번씩 실패하면서도 좌절하지 않고 다시 일어서는 놀부의 모습은 해학적으로 보이기도 한다. 놀부에게 해학적인 일면이 있다는 것은 우리가 그를 얼마간은 동정함을 뜻한다. 이는 놀부의 적극적인 모습에 일말의 긍정적인 요소가 내포되어 있는 데 기인한 것이다. 놀부에 대한 풍자는 그의 부에 대한 집착이 유교적 이상의 견지에서 너무 몰염치한 것임을 나타낸다. 하지만 근대적 현실주의에서 보면 놀부의 역경을 이기는 적극성은 오히려 수긍할 만한 요소인 것이다. 동냥박을 아쉬워하며 흥부를 찾아 나서는 놀부의 모습이 해학적으로 느껴지는 것은 이 때문이다. 해학과 풍자는 흥부/놀부로 대비되어 나타나지만, 놀부의 경우 이처럼 그 둘이 뒤범벅되어 드러나기도 하는 것이다.

(2) 순박한 인물과 내면적 활력

앞에서 살폈듯이 해학소설은 풍자와는 달리 부정적 주인공(풍자)이 아니라 부정적 환경의 피해자를 주인공으로 설정한다. 그러나 다른 한편 해학소설의 주인공은 부정적 환경에 적극적으로 맞서서 역동적으로 상호작용하는 인물은 아니다. 해학소설의 주인공이 본격소설처럼 인물과 환경의 상호작용(플롯)보다는 인물이 놓인 환경(상황)을 희화화하는 방법을 사용하는 것도 이 때문이다.

해학소설의 주인공은 외견상으로는 오히려 바람직하지 못한 행동을 하기까지 한다. 예컨대 김유정의 「떡」에서 옥이는 배고픔을 견디지 못해 이웃집 살림을 뒤지고 다닌다. 「안해」의 남편과 아내 역시 생활고에 시달리며 줄곧 싸움을 일삼는다. 또한 이무영의 「ㄷ씨 행장기」의 ㄷ씨는 술을 마시고 라디오 방송을 하다가 마이크에 코고는 소리를 내보내기도 한다. 이문구의 「우리동네 김씨」의 김씨 역시 가뭄 끝에 양수기로 물을 혼자 빼내고 전기를 도전(盜電)하다 한전 직원에게 문책을 당한다.

그러나 이 주인공들은 원래 순박한 사람들이며 근본적으로는 큰 잘못이 없는 인물들이다. 주인공이 적극적으로 모순된 환경에 맞서지 못함으로써 그의 부정적 환경 속의 경험 자체가 희화화되지만, (이미 밝혔듯이) 공격의 화살은 상황(환경)에 겨누어지며 인물 자신은 오히려 동정을 받는다. 이런 효과를 위해 해학소설은 은연중에 주인공이 타락되지 않는 순진한 인물임을 암시한다. 가령 「떡」(1935)의 옥이는 그 나이에는 먹는 것에 집착할 수밖에 없는 어린아이임이 강조되고 있다. 옥이의 걸신들린 행동은 오히려 그가 극한적인 궁핍의 피해자임을 드러낸다.

이밥, 이밥. 그 분량은 어른이 한때 먹어도 양은 좋이 차리라. 이것을 옥이가 뱃속에 집어 넣은 시간을 본다면 고작 십칠팔 분밖에는 더 허비치 않았다. 고기 우러난 국맛은 입에 달았다. 잘 먹는다, 잘 먹는다, 하고 옆에서들 추어 주는 칭찬은 또한 귀에 달았다. 양쪽으로 신바람이 올라서 곁도 안 돌아보고 막 퍼넣은 것이다. 계집들은 깔깔거리고 소곤거리고 하였다. …(중략)…

이때 옥이의 배는 최대한도로 거반 바람 넣은 풋볼만큼이나 가죽이 텡텡하였다. 그것이 앞으로 늘다 못하여 마침내 옆구리로 퍼져서 잘 움직이지도 못하고 숨도 어깨를 치올려 식식하는 것이다. 아마 음식은 목구멍까지 꽉 찼으리라. 여기서 이상한 것이 하나 있다. 역시 떡이 나오는데 본즉 이것은 팥떡이 아니라 밤 대추가 여기저기 삐져나온 백설기. 한번 덥썩 물어떼면 입안에서 그대로 스르르 녹을 듯싶다.

위에서는 옥이가 한없이 먹어치우는 기적같은 상황이 희화화되고 있다. 구경꾼들은 옥이의 행동을 보고 깔깔거리지만, 그러나 여기서 희화화되고 있는 것은 결코 옥이 자신이 아니다. 비판의 화살은 옥이가 놓인 궁핍한 환경을 향해 있으며 옥이는 오히려 그 환경의 희생자로 그려지고 있다. 죽음을 무릅쓰고 떡을 먹는 옥이가 우스꽝스러우면서도 또한 연민을 느끼게 하는 것은 이 때문이다. 이런 웃음과 연민의 이중적 요소는 「안해」(1935)의 경우에도 유사하게 나타난다.

방에 들어서는 길로 우선 넓적한 년의 궁둥이를 발길로 퍽 들여지른다.
"이년아! 일어나서 밥차려!"
"이놈이 왜 이래? 대릴 꺾어 놀라."하고 년이 고개를 겨우 돌리면
"나무 판 돈 뭐 했어, 또 술 처먹었지?"
이렇게 제법 탕탕 호령하였다. 사실이지 우리는 이래야 정이 보째 쏟아지고 또한 계집을 데리고 사는 멋이 있다. 손자새끼 낯을 해 가지고 마누라 어쩌구 하고 어리광으로 덤비는 건 보기만 해도 눈허리가 시질 않겠나. 계집 좋다는 건 욕하고 치고 차고, 다 이러는 멋에 그렇게 치고 보면 혹 궁한 살림에 쪼들리어 악에 받친 놈의 말일지는 모른다. 마는 누구나 다 일반이겠지. 가다가 속이 맥맥하고 부화가 끓어오를 적이 있지 않냐. 농사

는 지어도 남는 것이 없고 빚에는 몰리고. 게다가 집에 들어서면 자식놈 킹킹거려, 년은 옷이 없으니 떨고 있어, 이러한 때 그냥 배길 수야 있느냐. 트죽태죽 꼬집어 가지고 년의 비녀쪽을 턱 잡고는 한바탕 홀두들겨대는구나.

인용문에서는 두 부부가 서로 싸우는 상황이 희화화되어 제시된다. 그러나 여기서도 두 사람은 모순된 환경에 의한 생활고의 희생자임이 밝혀지고 있다. '농사는 지어도 남는 것이 없고 빚에는 몰리고' 라는 말이 그 사실을 암시한다. 따라서 우리는 두 부부의 싸움에 웃음을 웃으면서도 내심으로는 그들의 처지를 동정하게 된다. 이같은 해학적 희화화의 특징을 보여주는 또다른 예를 하나 더 들어 보자.

김은 남의 눈이 수백이라 구새먹은 삭정이 부러지듯 싱겁게 들어가기도 우습고, 그렇다고 졸가리 없이 함부로 말대답하기도 그렇겠고 하여 어쩔 줄 모르다가 마음에 없던 말을 엉겁결에 내뱉았다.
  "알면 지랄헌다구 물으유? 평(坪)두 있구 마지기두 있구 백미두 있는디, 해필이면 알어듣기 그북허게 핵타르라구 헐 건 뭐냐 이게유."
  "천동면이 이렇게 촌인가…… 저런 딱헌 사람두 다 있으니. 나 보슈. 국가 시책으루, 미터법에 의하야 도량형 명칭 바뀐 지가 원젠디 연태까장 그것두 모르는 겨? 당신이 시방 나를 놀려보겠다 —— 이게여?"
  부면장은 당장 잡도리 할 듯이 눈을 부라리며 언성을 높였다.
  …(중략)…
  부면장은 무슨 말이 나오는 것을 참는지 한참동안 입술만 들먹거리더니 겨우 말머리를 찾은 것 같았다.
  "도대체 당신 워디 사는 누구여? 뭣 허는 사람여?"
  그러자 누군가가 뒤에서 큰 소리로 대답했다.
  "그 사람두 높어유."
  그 말이 떨어지기 전에 또 다른 목소리가 곁들여졌다.
  "놀미부락 개발위원이구, 마을문고 후원회원이구……"

그러자 여기 저기서 우루루 하고 아무나 한 마디씩 뒵들이를 했다.
"부랄 조심(가족 계획) 추진위원이구……"
"부녀회 회원 남편이여."
"연료림 조성 대책위원이구."
"단위조합 회원이여."
"이장허구 친구여."

—— 이문구, 「우리동네 김씨」

위에서는 정부의 시책을 전하는 부면장에게 마을사람들이 도전하는 상황이 희화화되고 있다. 물론 여기서 농민들의 부면장에 대한 대꾸는 합리적인 논리와 힘으로써 그에 대항하는 것은 아니다. 농민들은 일방적으로 정부시책을 전하는 부면장에게 대들 힘이 없는 사람들이며 김씨를 높은 사람으로 올려세우는 논리 역시 웃음거리에 불과하다. 그러나 이런 희화화는 김씨와 농민들을 비웃으려는 것은 결코 아니다. 위의 상황에서 농민들은 상명하달식 (정부의) 근대화 정책(헥타르 도량법)의 피해자이며 농민들의 농담은 그런 상황을 희화화시키기 위한 것이다. 농민들의 주체성을 무시한 근대화 정책의 모순을 알고 있는 독자는, 그들을 동정하는 입장에 있게 된다. 더욱이 위에서는 그런 모순에 대항하는 농민들의 숨겨진 힘이 암시된다. 헥타르 사용을 강권하는 부면장의 합리적 논리에 대항하여, 농민들은 비합리적인 우스개 소리를 통해 그들 자신의 힘과 논리를 드러낸다. 즉, 별다른 권력을 지니지 않은 직위를 나열하는 농민들의 말 속에는 공동체의 일원인 김씨가 관직 못지 않게 당당한 지위에 있음을 암시하는 셈이다. 따라서 위의 해학적 희화화는 순박한 공동체 의식의 힘을 통해 부면장의 관직과 합리적인 근대화 논리를 전복시킨다.

이처럼 해학적 희화화는, 모순된 상황(환경)의 피해자인 주인공의 순박함과 숨겨진 내면의 힘에 의지해, 부정적 상황의 억압을 전복시키는 전략이다. 이를 위해 해학소설은 주인공의 순박함을 드러낼 뿐 아니라 더 나아가 그의 내면의 숨겨진 활력을 찾아낸다. 위의 예문에서 농민들의 공동체 의식은 합리적인 근대화 정책을 희화화시키는 그런 힘을 포함한다.

김유정의 「안해」역시 주인공들 내면의 민중적 활력을 통해 생활고의 억압을 전복시키는 전략을 사용한다. 앞서 살폈듯이 「안해」에서의 부부싸움은 터무니 없는 생활고에 의한 것으로 두 사람은 실상 모순된 환경의 피해자인 셈이다. 아내와 남편의 싸움이 희화화되고 있지만 우리가 그들의 처지를 동정적으로 이해하는 것은 그 때문이다. 이때 작가 내면의 이상은 순박한 인물들에게 공감하면서 비참한 생활고의 억압적 상황을 전복시킨다. 이 소설이 두 주인공의 싸움을 주로 그리면서도 비관에 빠지지 않는 것은 그런 해학적 희화화에 의한 것이다. 그런데 「안해」에서는 한 발 더 나아가 인물들의 내면에 숨겨진 잠재력을 드러내는 데까지 이른다.

그러나 우리가 원수같이 늘 싸운다고 정이 없느냐 하면 그건 잘못이다. 말이 났으니 말이지 정분치고 우리 것만치 찰떡처럼 끈끈한 놈은 다시 없으리라. 미우면 미울수록 싸우면 싸울수록 잠시를 떨어지기가 아깝도록 정이 착착 붙는다. 부부의 정이란 이런겐지 모르나 하여튼 영문모를 찰거머리 정이다. 나뿐 아니라 년도 매를 한참 뚜들겨 맞고 나서 같이 자리에 누으면

"내 얼굴이 그래두 그렇게 숭업진 않지?" 하고 정말 잘난 듯이 바짝바짝 대든다. 그러면 나는 이때 뭐라고 대답해야 옳겠느냐. 하 기가 막혀서 천장을 쳐다보고 피익 내어버린다.

"이년아! 그게 얼굴이야?"

"얼굴 아니면 가주 다닐까."

"내니깐 이년아! 데리고 살지 누가 근다리니 그 낯짝을?"

"뭐 네 얼굴은 얼굴인 줄 아니? 불밤송이 같은 거, 참 내니깐 데리구 살지!"

이러면 또 일어나서 땀을 한 번 흘리고 다시 드러눌 수밖에 없다.

310

위에서 '싸우면 싸울수록 정이 착착 붙는다'는 것은 실상 인물들의 내면의 활력이 비참한 억압적 상황을 이겨냄을 뜻한다. 두 부부는 환경의 모순을 올바르게 인식하고 그에 맞서서 싸울 만한 능력을 지니고 있지는 못하다. 따라서 그들이 부정적 환경의 힘에 억눌려 있는 모습은 외면으로만 보면 비관적인 상황일 수밖에 없다. 그러나 인용문에서는 두 사람의 내면의 잠재력을 포착함으로써 그 비관적 상황을 활력이 발산되는 모습으로 뒤집어 놓는다. 이로써 생활고의 억압적 힘은 인물들의 활기에 의해 내면적으로 전복되는 것이다. 「안해」는 그런 인물의 내면적 힘을 근거로 민중적 낙관성을 드러내는 데까지 나아간다.

　이년하고 들병이로 나갔다가는 넉넉히 한 옆에 재워 놓고 딴 서방 차고 달아날 년이다. 너는 들병이로 돈 벌 생각도 말고 그저 집안에 가만히 앉았는 것이 옳겠다. 구구루 주는 밥이나 얻어먹고 몸성히 있다가 연해 자식이나 쏟아라. 뭐 많이도 말고 굴대 같은 아들로만 한 열 다섯이면 족하지. 가만 있자, 한 놈이 일년에 벼 열 섬씩만 번다면 열 다섯 섬이니까 일백오십 섬, 한 섬에 더도 말고 십원 한 장씩만 받는다면 죄다 일천 오백 원이지. 일천 오백 원, 일천 오백 원, 사실 일천 오백 원이면 어이구 이건 참 많구나. 그런 줄 몰랐더니 이년이 뱃속에 일천 오백 원을 지니고 있으니까 아무렇게 따져도 나보담은 낫지 않은가.

위에서 '자식만 쏟아라'라는 '나'의 말에는 합리성, 경제력, 여자의 외모 등이 지배하는 억압적 현실에 내면적으로 맞서는 힘이 내포되어 있다. 아내는 장삿속이나 외모에서 별 볼 것 없지만 연해 자식을 쏟는 생산성을 지닌 점에서 남자인 '나'보다도 더 낫다는 것이다. 여기에는 경제력, 외모, 남성으로 상징되는 현실의 권력을 민중적 잠재력으로 탈관(무력화)시키는 카니발적 요소가 나타나 있다.[72] 이처럼 해학은 작가 내면의 이상이 (순박한) 인물들의 내면의 잠재력에 공감함으로써 비관

---

72) 이에 대해서는 김미현, 「김유정 소설의 카니발적 구조 연구」, 이화여대 석사논문(1990) 참조. 카니발적 요소는 풍자뿐만 아니라 해학에서도 나타난다.

적인 상황의 억압을 무너뜨린다.

이상에서 살펴 본 것처럼 해학은 〈인물이 처해 있는 열악한 상황〉을 희화화하면서도 〈인물〉 자신은 공감적으로 이해하게 한다. 순박한 인물에게는 별다른 잘못이 없으며 그가 벌이는 터무니없는 상황은 실상 〈외부 현실의 모순〉에 의한 것임이 암시된다. 그리고 더 나아가 인물의 〈잠재적 활력〉에 공감함으로써 비판적 상황을 이겨내는 힘을 드러낸다. 해학의 이런 특징들, 즉 왜곡된 상황을 만드는 〈외부 현실의 모순〉을 암시하고 〈절망에 빠지지 않는 힘〉을 내보이는 점은 실제로 비판적 리얼리즘의 두 가지 요소에 상응한다.[73] 이점에서 해학은 풍자와 함께 리얼리즘의 독특한 방법의 하나로 볼 수 있다.

(3) 공감적 서술과 구어적 문체

부정적 주인공과 환경을 그리는 풍자소설에서는 독자가 감정이입할 만한 인물이 잘 등장하지 않는다. 풍자소설에서 독자가 이야기 세계에 참여하기 위해 인물에 감정이입하기보다 부정적 인물·환경을 공격하는 화자(작가)와 제휴하는 것은 이 때문이다. 앞에서 밝혔듯이 그처럼 독자-화자의 유대관계를 튼튼히 하기 위해 풍자소설에서는 빈번히 구어적 문체를 사용한다.

해학소설에서는 풍자와 달리 독자가 공감하는 순박한 주인공이 등장한다. 그러나 해학소설에서도 순박한 주인공에 대한 감정이입은 잘 이루어지지 않는다.[74] 해학 역시 인물과 환경의 상호작용(플롯)에 의존하기보다는 인물이 놓인 상황을 희화화하는 방법이기 때문이다. 인물이 경험하는 상황을 희화화할 경우 (설령 그 인물을 동정하더라도) 불가피하게 인물 자신에 대해서도 거리가 생겨난다. 그러면 이처럼 인물에

---

73) G. 루카치, 『현대 리얼리즘론』(열음사, 1986), 60~72면. 여기서 루카치는 비판적 리얼리즘의 특징으로 당시대에 대한 충실한 묘사와 절망에 빠지지 않는 것을 들고 있다.

74) 감정이입과 공감의 차이는, 전자가 동일한 심리적 상태를 경험하는 반면 후자는 그것이 없이 대상을 동정하고 염려한다는 점이다.

대해 거리를 두면서 어떻게 동시에 그에 대해 공감(동정)할 수 있을까.

해학소설에서는 희화화의 방법에 의해 순박한 주인공에 대해 〈심리적 거리〉를 두게 된다. 해학소설의 주인공에 대해 심리적으로 감정이입이 잘 일어나지 않는 것은 그 때문이다. 그러나 화자가 순박한 주인공에 공감하듯이 독자 역시 그 주인공의 내면적 삶을 이해하게 된다. 이처럼 주인공의 내면적 삶을 이해(공감)하기 위해 해학소설에서는 (감정이입을 위한) 심리적인 내부시점보다는 어법적(언어적) 내부시점을 사용한다. 즉, 해학소설의 경우 주인공에 대해 심리적으로는 거리를 두면서도 어법적인 내부시점에 의해 그를 내부로부터 이해하게 된다. 어법적 수준의 내부시점[75]이란 인물의 삶(생활)을 내부로부터 이해할 수 있는 그 자신의 개인언어를 사용하는 것을 말한다. 즉, 화자는 인물의 개인언어로 서술함으로써 그에 대해 심리적 거리를 두는 경우에도 그의 삶을 내부로부터 이해하게 된다.

> "그지 말구 밤마다 짚신짝이라두 삼어서 호포를 갔다 대게유." 하다가 좀 사이를 두곤 들릴 듯 말 듯한 혼잣소리가
> "기집이 좋다기로 그래 집안 물건을 다 들어낸담!" 하고 여무지게 종알거린다.
> "뭐! 집안 물건을 누가 들어내?"
> 그는 시치미를 딱 떼고 제법 천연스리 펄쩍 뛰었다. 그러나 속으로는 떡메로 복장이나 얻어맞은 듯 찌인하였다. 입때까지 까맣게 모르는 줄만 알았더니 안해는 귀신같이 옛날에 다 안 눈치다. 어젯밤 안해의 속곳과 그제밤 맷돌짝을 후므려낸 것이 죄다 탄로가 되었구나, 생각하니 불쾌하기가 짝이 없다.

—— 김유정, 「솥」

인용문에서는 인물의 심리를 얼마간 드러내는 서술(묘사)이 나타난

---

75) 보리스 우스펜스키, 『소설구성의 시학』, 김경수 역(현대소설사, 1992), 94~ 101면.

다. 즉, '안해의 속곳과 맷돌짝을 후므려낸 것이 죄다 탄로가 되었구나'
라는 구절은 실상 주인공 근식(그)의 내면심리를 옮겨 놓은 것이다. 그
러나 심리를 드러내는 이 부분조차도 심리적 내부시점이 아닌 외부시점
에 의존하고 있다. (심리적) 내부시점이란 화자의 중개성이 사라진 듯
이 생생하게 인물의 심리를 제시하는 기법을 말한다. 그와 달리 위에서
는 심리를 드러내는 부분조차 화자가 개입한 외부시점을 사용한다.

　일반적으로 희화화의 방법을 사용하는 풍자와 해학소설은 심리적 수
준에서 외부시점을 이용한다. 왜냐하면 희화화의 방법이란 심리적으로
거리를 두는 기법으로만 가능하기 때문이다. 그러면서도 해학소설은 인
물을 공감적으로 제시하기 위해 어법적 내부시점을 사용한다. 위에서도
화자는 근식(그)의 개인언어와 동질적인 언어를 구사함으로써 그의 삶
을 내부로부터 드러내 보인다. 이처럼 인물의 생활을 내부로부터 제시
하게 되면 그 인물을 공감적으로 이해하게 된다. 설령 희화화된 상황이
연출되어 〈심리적 거리〉가 생기더라도 우리는 그 인물의 삶을 〈내부로
부터 이해〉하게 되는 것이다.[76]

　"날이 워낙 이러닝께 흐르는 물두 밍근헌 개, 홀랑 벗구 뒤집어쓰면 때는
　잘 밀리겄다."

　참이랍시고 불어터진 수제비 한 양재기만 호박잎 덮어 달랑 들고 온 아
내가 물길 뚝셍이, 뺑쑥 덤불에 굴축스럽게 쭈그리고 앉아, 물을 빨아올리
는 호스 끝에 허벅지를 감기고 나서 들으란 사람 없이 중얼거렸다.

　"원래 논바닥에 들앉아서 게즘 벅벅 닦구 가. 암만 더워두 슬 때는 문
닫구 쓰야 개운헌디, 나오기 전버텀 찐덕거리니 워디 쉰내 나서 허겄더
라."

　젓가락 끝에서만 헤엄치는 멸치 서너 마리를 이리 돌리고 저리 떠다밀며
국물만 뒤적대던 서방이 덜미를 조이며 말했다.

　"논물이 들어가두 상관 않구?"

---

76) 이는 감정이입(empathy)에 의한 동정과는 다른 공감적 동정(sympathy)이다.
　제임스 그리블, 『문학교육론』, 나병철 역(문예출판사, 1987), 214면 참조.

아내는 고개를 저리 조아리며 볼때기로 웃었다.
"날이 가물면 사람두 가무니께 거기루 물대면 더 좋지."
—— 이문구, 「우리동네 김씨」

인용문에서도 화자는 아내나 김씨('서방')의 토속어와 근본적으로 동질적인 언어를 사용하고 있다. 이처럼 어법적 수준에서 내부시점을 사용하게 되면 독자는 심리적 거리를 둔 채 인물들의 내면에 공감하는 경험을 하게 된다. 인물이 놓인 상황을 희화화하면서 인물 자신에게는 공감하는 해학의 효과는 그런 언어적 기법에 의해 얻어진다. 해학소설의 구어체는 화자(작가)-독자의 유대감은 물론 인물에 대한 공감(동정)까지 유발한다. 이점에서 해학은 풍자소설의 구어체보다 한결 더 생생한 언어를 구사하는 셈이다.

또한 해학소설의 공감적 서술은 직접 인물에 대해 애정과 공감을 표시하는 식으로 나타나기도 한다. 예컨대 '우리의 ~는' 하고 인물을 지칭함으로써 그가 화자 및 독자('우리')와 같은 편의 인물임을 알려주는 것이다.

채광이 좋건 나쁘건 아궁이에서 끄수가 나건 말건 스물여섯해 동안 우리의 ㄷ씨가 몸을 담아 있던 연화봉의 함석집은 세계정신의 상징인 유엔 감시 하에 역사적인 남한만의 5·10선거가 거행되던 5월 중순에 날아 갔다.
—— 이무영, 「ㄷ씨의 행장기」

인용문의 '우리'와 관련해서 해학과 풍자에서 특징적인 구어적 서술은 의미심장한 암시를 지닌다. 위에서 '우리'는 구체적으로 누구를 지칭하는 것일까. '우리'는 화자 및 다수의 독자를 뜻하며 더 나아가 ㄷ씨 자신까지 포함할 것이다. 특히 '우리'는 독자 개인보다는 다수의 독자를 포괄함을 주목할 필요가 있다. 다수의 독자를 끌어들이는 '우리'의 개념은 불가피하게 〈공동체 의식〉을 전제로 한다. 해학소설의 주인공으로 빈번히 공동체 의식이 잔존하는 인물들이 선택되는 것은 이 때문이다. 위의 소설뿐만 아니라, 더 나아가 근본적으로 해학과 풍자소설의 구어체는 공동체 의식으로서의 '우리'를 전제로 한 서술방식으로 볼 수 있다.

이같은 풍자와 해학의 구어체는 근대소설의 발전 맥락에서 일종의 반역인 셈이다. 왜냐하면 근대소설은 개인의 독자(혹은 피화자)를 상정하는 문어체로 발전했으며 서술방식 역시 그 방향으로 나아갔기 때문이다. 즉, 화자와 독자 간의 직접적 소통이 사라졌을 뿐만 아니라 중개성의 극소화로 인해 화자-독자의 유대 역시 소멸되어 갔던 것이다. 이런 경향의 극단에 있는 것이 내적독백, 의식의 흐름 유형의 모더니즘이나 누보로망의 직사법(카메라 기법)[77]일 것이다. 구어체의 부활은 그런 미적 근대성에 반역하는 점에서 서술적 수준에서의 탈근대성이라고 할 수 있다. 이런 탈근대적 서술이 성공하려면 아직 공동체 의식이 잔존하는 영역이 전제로 되어야 한다. 그리고 더 나아가 전근대적 (관념적) 공동체 의식 대신에 새로운 (현실주의와 개인의식을 전제로 한) 공동체 의식이 필요할 것이다. 이점에 대해서는 서술과 시점을 논하면서 다시 살펴보기로 하자. 이제 지금까지 살펴본 바를 토대로 풍자와 해학을 비교해 보자.

	풍자	해학
희화화	인물·상황 희화화	상황 희화화
인물	부정적 주인공 외부로부터 묘사 (비판적 거리)	순박한 주인공 내부로부터 묘사 (내적 삶 공감)
현실인식	부정의 부정 (공격적 웃음)	외부 현실모순 암시 (동정적 웃음)

---

77) 카메라 기법은 슈탄첼이 논의한 〈카메라의 눈〉을 말한다. 카메라의 눈은 주체적 매개가 극단적으로 배제된 누보로망적인 기법이다. F. K. 슈탄첼, 『소설의 이론』, 김정신 역(문학과비평사, 1990), 333~39면 참조.

8. 서정소설과 서정적 전망

(1) 서정시와 서정소설

이제까지 우리는 인물과 환경의 상호 관계에 따라 두 가지 상이한 유형의 소설들을 살펴봤다. 첫째는 인물과 환경이 역동적으로 상호작용하여 플롯의 윤곽이 분명히 부각되는 유형으로 이른바 〈본격소설〉이 여기에 해당된다. 둘째는 인물과 환경의 상호작용이 역동성을 상실함으로써 정태적 플롯에 그치는 소설로서 풍자와 해학이 여기에 속한다. 풍자와 해학은 플롯의 논리보다는 독특한 희화화의 방법으로 전망을 획득한다.

그러나 풍자와 해학에서도 인물과 환경, 그리고 화자와 이야기 세계는 서사적 주객관계를 유지하고 있다. 여기서 한발 더 나아가 인물-환경, 화자-이야기 세계 간의 주객상면이 무너지고 합일을 지향하는 이미지들이 나타날 때 〈서정소설〉이 출현한다. 즉, 서정소설은 플롯이 정태적이 된 대신 인물·환경(그리고 화자·이야기 세계) 간의 주객합일의 〈서정적 경험〉이 중요한 요소가 되는 셈이다.

서정소설의 서정적 경험은 서정시의 그것과 완전히 동일한 것은 아니다. 1장(1절 (1)소설의 장르적 특성)에서 살폈듯이 서정시는 〈주객합일〉과 〈무시간성〉이라는 특성을 지니고 있다. 〈주객합일〉이란 객관세계의 내용이 시적(서정적) 화자의 내면에 용해된 것으로 드러남을 뜻한다. 또한 〈무시간성〉은 주객합일된 시적 내용이 (객관적 시공간이 아니라) 화자 내면의 무시간성 속에서 나타남을 의미한다.

주객합일과 무시간성은 서정시(혹은 시)가 소설과는 달리 객관적 인식보다는 화자의 〈자기인식〉을 형상화하는 장르임을 암시한다. 〈자기인식〉이란 인간의 삶을 객관적 거리를 두고 인식하는 것이 아니라 인간주체 내면의 이상과의 연관 속에서 의식하는 것을 말한다. 예컨대 식민지 시대에 농민들이 친일지주에게 수탈당하는 삶을 그린 소설에서는 현실에 대한 〈인식〉이 드러난다. 반면에 동일한 상황을 '빼앗긴 들(현실)에도 봄(이상)은 오는가' 라고 노래한 시에서는 〈자기인식〉이 형상화되고 있다. 자기인식 속에는 〈객관현실 속의 인간의 삶〉과 〈인식주체의 정서, 심리, 가치지향(이상)〉이 불가분하게 용해되어 있다. 자기인식은 시에서 분명하게 드러나지만 실상 모든 예술(문학)은 자기인식을 지향한다고 할 수 있다. 인간의 삶을 객관적으로 그리는 소설에서도 실제는 그 객관적 형상화 과정 전체(인물, 플롯, 풍자·해학의 희화화)를 통해 〈예술적 자기인식〉에 이르게 된다. 이제까지 우리가 〈현실〉이란 〈이상〉과의 연관 속에서 그려져야 전망을 얻는다고 말한 것 역시 예술적 자기인식의 다른 측면인 셈이다.

요컨대 소설에서는 〈객관적 시공간〉 속의 인간의 삶에 대한 〈통시적 인식〉 과정을 매개로 자기인식에 이르게 된다. 반면에 서정시에서는 주객합일된 화자 내면의 〈무시간성〉 속에서 자기인식을 직접적으로 형상화한다. 앞에서 살폈듯이 서정시에서 자기인식의 직접적 형상화는 〈운율〉 〈이미지〉 〈은유〉 〈상징〉 등으로 나타난다. (1장 1절 (1)소설의 장르적 특성을 보라!)

서정소설의 서정적 경험 역시 (서정시처럼) 주객합일과 무시간성의 특성을 드러낸다. 서정소설에서 주인공의 경험이 무시간적(혹은 공간적) 이미지들로 변화될 때 서정성이 나타남은 그를 뜻한다. 그러나 서정성이 한껏 고조되는 순간에도 서정소설은 서정시와는 달리 소설의 객관적 시공간(크로노토프)의 골격을 그대로 지니게 된다.

무시간적 크로노토프(시공간)를 전제로 하는 서정시에서는 설령 사건적인 요소(인물과 환경)가 그려지더라도 그것을 〈화자 내면〉의 무시간성 속에 용해된 것으로 드러낸다. 무시간적 크로노토프와 화자 내면에 용해된 내용(자기인식)의 결정적 지표는 아마도 시적인 운율일 것이다. 반면에 객관적 시공간(크로노토프)을 전제로 하는 서정소설에서는 주객합일된 무시간적 이미지들이 나타나는 순간에도 인물과 환경의 객관적 존재는 소멸되지 않는다. 즉, 서정성의 순간에도 인물과 환경은

318

여전히 소설의 객관적 시공간에 존재하며, 다만 〈인물의 내면〉에 초점을 맞춤으로써 주객합일과 무시간성을 지닌 서정적 경험이 전면에 형상화될 뿐이다. 이때 그 객관적 시공간의 결정적 지표는 소설적인 산문 문장이다.

예컨대 「메밀꽃 필 무렵」에서 허생원(인물)이 메밀밭(환경)을 지나가는 장면은 아주 서정적으로 그려진다. 이 장면에서 허생원은 메밀밭 풍경에 동화되는 〈무시간적〉 경험을 한다. 허생원이 이처럼 〈주객합일〉의 경험을 하는 동안 소설의 객관적 시간은 무시간적으로 〈공간화〉된다. 그러나 그 동안에도 허생원(인물)이 메밀밭(환경)을 지나간다 (행동)는 서사적 맥락이나 그것의 전제인 소설적인 객관적 시공간(크로노토프)이 완전히 소멸되는 것은 아니다. 단지 허생원의 내면에 초점을 맞춤으로써 주객합일과 무시간성을 지닌 그의 서정적 경험이 집중적으로 그려질 뿐이다. 서정적 경험이 전면에 형상화되는 장면에서도 다른 한편 서사적 맥락과 객관적 시공간이 지속된다는 중요한 지표는 이 부분의 문장이 여전히 운율(내재율)보다는 산문성에 지배된다는 점이다. 이처럼 서정소설에서 서정성이 고조되는 부분에서는, 주객합일과 무시간성이라는 서정적 경험과 객관적 시공간의 서사적 맥락이 접합되는 양상이 나타난다.

서정시와는 달리 여전히 객관적 시공간이 잔존하지만, 서정소설에서는 또한 본격소설과도 다르게 사건이나 배경(환경)의 〈이미지화〉가 현저해진다. 〈이미지〉는 서정적 경험의 주객합일과 무시간성을 드러내는 중요한 표지의 하나이다. 이미지란 객관적 대상의 주관화인 동시에 주관적 정서의 객관화라고 할 수 있다.[78] 위에서 예를 든 메밀밭 장면에서 달밤의 메밀꽃밭(객관적 대상)은 허생원의 정서에 용해된 것으로 그려지고 있다. 혹은 그 반대로 허생원의 아름다움에 대한 동경(주관적 정서)이 달빛 젖은 메밀꽃밭으로 형상화되고 있다고도 볼 수 있다. 어

---

78) 나병철, 『문학의 이해』(문예출판사, 1994), 179면.

쨌든 이 장면은 허생원의 내면(그리고 그 무시간성)이 드러나면서 주객이 합일된 〈이미지들〉로 채색되고 있다. 이처럼 이미지화된 장면들이 소설의 전개에 핵심적인 부분으로 그려지는 것이 서정소설의 특징이다.

이미지와 연관해서 한 가지 중요한 것은, 서정시의 경우 주객합일의 이미지가 반드시 주체와 객체가 내용적으로 화해된 상태(유토피아적 상태)를 나타내는 것은 아니라는 점이다. 예컨대 다음 시에서는 형식적으로 주객합일된 이미지들이 그려진다. 하지만 그 이미지들이 모두 내용적으로 주체와 객체가 화해되었음을 드러내지는 않는다.

모질고 모진 세상에 살아도
분꽃이 잊힐까 밀 냄새가 잊힐까
사뭇 사뭇 못 잊을 것을
꿈꾸다 눈물 젖어 돌아올 것을
밤이면 별빛 따라 돌아올 것을

간다
울지마라 간다
하늘도 시름겨운 목마른 고개 넘어
팍팍한 서울길
몸팔러 간다

—— 김지하, 「서울길」 2, 3연

위에서 '분꽃'과 '밀냄새'의 이미지는 고향의 유토피아적인(이상적인) 삶의 상태를 표상한다. 이는 주체(화자)와 객체(고향)가 갈등없이 화합하는 행복한 이미지이다. 그러나 '목마른 고개'와 '팍팍한 서울길'의 이미지나 '몸팔러 간다'의 은유적 이미지는 현실과 시적 주체와의 갈등을 담고 있다. 후자의 이미지들은 형식적으로는 주객화해와 서정성을 지니지만 내용적으로는 주객분열의 비정성을 담고 있다. 근대 이후의 시들은 이처럼 주객갈등의 현실적 경험('팍팍한 서울길')을 주객화해의 이상('분꽃', '밀냄새')과의 연관 속에서 형상화한다. '팍팍한 서울길'의 분열된 경험이 서정화되는 것은 그 이면에 '분꽃'과 '밀냄새'라는 유토피아(이상)에 대한 동경이 간절히 스며있기 때문이다. 이처럼 객관현실의 경험을 주체내면의 이상과의 연관 속에서 드러내는 것이 바로 서정시의 〈자기인식〉이다.

주객합일(이미지) 속의 주객갈등(현실경험)이라는 이런 서정시의 이중성은 서정소설에도 유사하게 적용된다. 서정소설은 비단 유토피아적인 주객화합의 경험만을 형상화하는 소설이 아니다. 서정소설은 서정시처럼 주객갈등의 현실적 경험을 주객화합된 이상과의 연관 속에서 그려내야 된다. 서정시에서는 그 양자(현실과 이상)의 관계가 이미지들의 연결이나 이미지 자체로서 나타나지만 서정소설에서는 두 종류의 삶의 경험으로 그려진다. 하나는 현실 속에서의 갈등의 경험이며 다른 하나는 내면 속에서의 유토피아적 경험이다. 서정시와는 달리 이 두 가지 경험은 전체적으로 서사적 맥락 속에서 연결된다. 그러나 다른 한편 서정시와 마찬가지로 그 두 경험이 연관되는 또다른 맥락에서 서정성이 나타난다.

이런 측면에서 서정소설의 서정성은 크게 두 가지 양상으로 나타난다. 하나는 현실의 갈등의 경험을 극복하는 서정적 전망으로서 내면의 유토피아적 경험을 형상화하는 경우이다. 이처럼 내면의 주객화합의 (서정적) 경험 속에서 서정적 전망을 드러내는 소설로는 이효석의 「메밀꽃 필 무렵」과 윤후명의 「모든 별들은 음악소리를 낸다」를 들 수 있다.

다른 하나는 내면의 유토피아적 경험이 현실 속에서는 이뤄질 수 없다는 비극적 전망으로서 서정성을 드러내는 경우이다. 이런 소설에서는 상실된 내면의 주객화합의 경험뿐만 아니라 그것을 동경하는 현실 속의 비극적 경험 역시 서정적으로 그려진다. 내면 속의 유토피아를 갈망함으로써 그것을 상실한 현실의 삶을 비극적 서정성으로 드러내는 이런 소설에는 윤후명의 「누란의 사랑」과 오정희의 「옛우물」이 있다. 뒤에서 우리는 그 두 유형의 서정소설에 대해 자세히 살펴볼 것이다. 그에 앞서 서정소설의 장르적 특성을 한결 분명히 하기 위해, 서정소설과 현실도피적 소설의 차이를 알아보자.

(2) 서정소설과 현실도피적 전원소설

일반적으로 근대소설은 인물과 사회환경과의 상호연관을 형상화한다. 인물의 활동무대로서의 사회환경은 인물과 갈등 관계에 있는 부정성을 드러낸다. 〈인물〉과 〈사회환경〉은 형식적으로 주객상면의 서사적 맥락을 만들뿐만 아니라 내용적으로 주객갈등의 관계를 이루는 것이다.

그와 달리 서정소설에서는 여전히 주객상면의 서사적 맥락이 유지되는 가운데 내용적으로 주객화합의 서정적 (무시간적, 내면적) 경험이 그려진다. 이처럼 주객 화합의 서정적 경험이 그려지기 위해서는 인물의 내면(그리고 이상)과 화합할 수 있는 환경이나 대상이 설정되어야 한다. 서정소설에서 내면적 화합의 대상으로는 흔히 꽃이나 별 같은 〈자연환경〉이나 혹은 우물 같은 〈원형적 이미지〉의 객체가 설정된다. 이런 환경이나 대상은 인물과 주객상면의 관계에 있는 서사적 맥락을 이루는 동시에, 내용적으로는 주객화합의 서정적 경험을 제공한다. 예컨대 「모든 별들은 음악소리를 낸다」에서, '나'는 밤하늘을 보며 가족들의 소외된 삶을 생각하는 서사적 장면 중에 별과 화합하는 서정적 경험을 한다. 「옛우물」에서도 '나'는 어린 시절의 이야기의 한 장면에서 우물 속의 신화적(그리고 서정적) 경험에 빠져든다.

이처럼 서정소설은 일반소설과는 다르게 서정적 경험을 중요하게 형상화하면서 다른 한편 그 경험을 서사적 맥락과 연관된 것으로서 그려낸다. 서사적 맥락은 서정적 경험 부분에서도 지속되며, 그 장면을 벗어난 서사적 경험의 근본상황은 일반소설과 똑같이 인물과 사회환경이 갈등하는 상태이다. 따라서 서정소설은 서정적 경험과 서사적 경험을 서사적 맥락으로 연결시키면서 그 둘을 내면의 이상과 현실의 삶으로 연관되게 형상화한다. 이때 그 두 가지 경험의 의미 깊은 관계 속에서 현실의 모순을 극복하려는 〈서정적 전망〉이 나타난다.

이와 같이 서정소설의 주인공은 분열된 삶(현실의 삶, 서사적 경험)을 살아가는 가운데 내면적으로 주객화합의 서정적 경험을 한다. 서정적 경험이 내면적으로만 그려지고 현실의 삶이 분열된 것으로 나타나는 것은 근대소설의 본질적 상황이다. 다만 서정소설은 그 내면적인 서정적 경험을 서사적 경험과 대등하게 중요한 요소로 형상화한다.

그런데 실상 서사적 삶의 분열은 신화시대 이후부터 진행되어 왔다고 할 수 있다. 인간이 근본적으로 시적 사고를 지녔던 신화시대에는 인간의 내면성과 외부세계(자연과 사회)가 즉자적으로 통합될 수 있었다.[79] 이 시기의 자연에는 인간의 삶에 질서를 부여하는 신화적 힘이 틈입된 것으로 여겨졌었다. 인간은 행동을 하면서도 내면성을 느낄 수 있었고 또 자연에 숨어 있는 신화적 힘을 통해 삶의 방향을 가늠하곤 했다. 다시 말해 별들(자연)의 운행은 여행자들(행동하는 인간)의 지도로 사용되었던 것이다.[80] 이처럼 자연 속의 신화적 힘에 종속되면서 〈즉자적인 통합〉의 경험 속에서 〈행동하는 인간〉을 그린 것이 바로 신화와 서사시이다.

그러나 인간의 삶의 중심이 사회환경으로 옮겨지면서 그와 함께 내면성과 외부세계(사회와 자연)의 분열이 생겨나게 되었다. 그 서사적 삶의 분열을 관념적 이념(유교이념)으로 재통합한 것이 로만스적 고소설이다. 하지만 근대 이후에는 그런 관념적 통합마저 어려워지며 개인과 사회환경과의 갈등을 그리는 근대소설이 나타난다. 그리고 근대소설에서 신화적 자연은 더이상 서사적 삶의 맥락에서 나타날 수 없게 되었다.

그러나 사회환경으로부터 분열된 인간(개인)도 아직 내면 속에서는 자연과 교감하는 것이 가능했다. 이제 별빛(자연)은 여행자의 지도가 아니라 고독한 사람이 홀로 쳐다보는 상징물이 된 것이다. 내면 속에서

---

79) 나병철, 『문학의 이해』, 앞의 책, 341~42면.
80) G. 루카치, 『소설의 이론』, 반성완 역(심설당, 1985), 29면, 45면.

별(자연)을 바라보며 순간적인 교감 속에 분열된 삶을 이미지로 반추(자기인식)하는 것이 〈서정시〉이다.

서정소설은 서정시의 중요 영역인 자연과 신화를 서사문학에 끌어들여 독특한 형식을 구성한다. 서정시에서 내면 속의 자기인식을 형상화하는 이상(자연과의 교감)과 현실(분열된 삶)의 관계는 서정소설에서는 서정적 경험과 서사적 경험으로 분리된다. 그 분리된 두 가지 경험은 소설의 형식(서사적 맥락)을 통해 다시 하나로 연결되며, 여기서 서정과 서사가 결합된 서정소설이라는 혼합장르가 나타난다.

그런데 주의할 것은 서정소설의 서정적 경험은 어디까지나 서사적 갈등을 전제로 그려져야 한다는 점이다. 서정적 경험은 자연과의 교감이나 신화적 경험으로 나타난다. 그러나 그것은 서사적 갈등과 연관되는 한에서 우리의 삶에서 중요한 의미를 지닌다. 서정시에서는 서사적 갈등(현실의 삶)과 화합의 경험(자연적, 신화적 경험)과의 연관을 〈화자 내면〉 속의 자기인식을 통해 형상화한다. 반면에 서정소설에서는 그 둘을 〈주인공〉의 서사적 삶과 서정적 경험과의 접합 관계를 통해 그려낸다.

그와 달리 서사적 갈등을 무화시키고 서정적 화합만을 형상화하는 소설은 현실의 삶(분열된 삶)을 외면한 작품이 될 수밖에 없다. 왜냐하면 근대 이후의 인간의 삶은 모순된 사회환경의 그물망에서 벗어날 수 없기 때문이다. 이 점을 몰각한 채 행복한 전원적 화합만을 그리는 소설은 삶의 문제의식을 외면한 현실도피적인 소설이 될 뿐이다.

예컨대 이효석의 「산」「들」 등은 그런 현실도피적인 전원소설의 모습을 잘 보여준다. 「산」(1936)에서 중실은 쫓겨난 머슴이라는 현실적 배경에서 그려지지만 그런 현실적 배경은 전원적 행복을 보여주기 위한 부속물의 기능을 할 뿐이다.[81] 자연 속에 동화된 중실은 현실을 부정하고 있으며 그의 행복은 이처럼 현실을 부정한 대가로 얻어진다. 그러나 우리의 삶은 전원적 합일이 보장되지 않은 현실 속에서 이뤄지므로 현

---

81) 나병철, 『문학의 이해』, 앞의 책, 344면.

실을 배제하고 얻어진 중실의 전원적 삶은 도피적인 것이 될 수밖에 없다.

「들」(1936)에서는 현실의 문제가 아주 배제되지는 않는다. 그러나 들(자연)의 삶과 현실의 삶은 주인공에 의해 연결되지 않고 대립적으로 분리된 것으로 제시된다. 따라서 들의 정열과 현실의 정열이 똑같이 중요함에도 불구하고 주인공은 둘 중 어느 하나를 선택해야 하는 입장에 놓인다. 다시 말해, 들의 삶은 현실의 삶을 포기했을 때만 얻어질 수 있는 셈이다. 이처럼 현실을 포기한 대가로 얻어진 전원적 삶은 현실도피적인 성격을 갖게 된다.

「산」과 「들」의 또다른 문제점은 현실을 그리는 서사적 갈등을 무화시킴으로써 소설 장르로서의 성립여부가 의문시되는 점이다. 즉, 두 소설에서는 〈서사적 갈등을 지닌 현실의 삶이 자율적으로 운동하는〉 서사성 자체가 무효화된다. 내면 속에서만 가능한 서정적 화합의 경험을 인간의 삶의 양상으로 제시하게 되면 그 삶의 내용은 불가피하게 주관에 종속된다. 「산」이나 「들」은 인간의 삶을 주관적 화합에 종속시킴으로써 수필 장르에 접근하게 된다(1장 1절 (1)소설의 장르적 특성 참조).

이에 반해 「메밀꽃 필 무렵」(1936)에서는 현실적 삶과 자연적 삶이 허생원에게 매개되어 의미 깊은 연관관계를 맺는 것으로 나타난다. 허생원은 현실의 삶을 포기하고 자연의 경험에 몰입하는 것이 아니라 자연의 경험을 고달픈 삶을 버텨나가는 힘으로 이용한다. 이처럼 서사적 경험(현실의 삶)과 서정적 경험(자연적 삶)을 서로 매개시키는 점에서 「메밀꽃 필 무렵」은 서정소설의 대표적 형식 중의 하나를 보여준다. 이제 「메밀꽃 필 무렵」처럼 현실 극복의 서정적 전망을 지닌 소설들을 살펴보자.

(3) 현실 극복의 서정적 전망

서정소설의 중요한 유형 중의 하나는 현실적 삶의 고통을 서정적 경

험 속의 신화적 힘을 통해 극복하는 전망을 지닌 소설이다. 이런 소설
의 서정적 전망은 얼마간 신비적 색채를 지니면서도 상징적 차원에서
내면의 이상(서정적 경험)이 현실의 모순에 맞서는 과정을 보여준다.
여기서 현실에 맞서는 서정적 경험 속의 신화적 힘은, 현실적 삶이 분
열된 후에도 우리 모두의 심층에 남아 있는 원형적 화합력에 근거한다.
이런 현실 극복의 서정적 전망을 지닌 소설은 다음과 같은 인물-환경
(자연, 사회)의 관계로 표시될 수 있다.

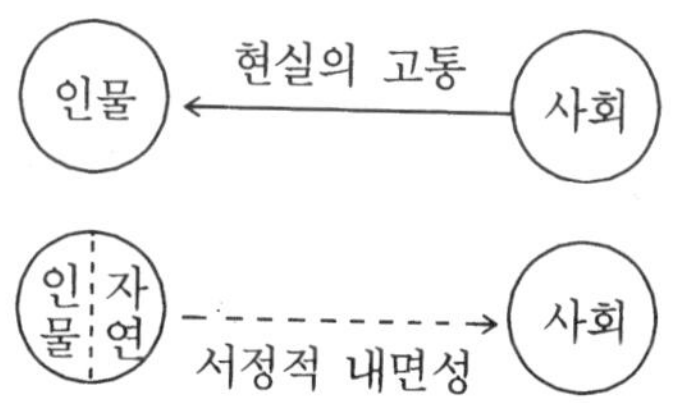

이같은 유형의 서정소설의 대표적인 예는 이효석의 「메밀꽃 필 무
렵」이다. 「메밀꽃 필 무렵」은 주인공 허생원의 삶이 당대의 사회현실
을 반영하지 못하는 점에서 전형성을 지니지는 못한다. 또한 허생원
에게 지워진 현실적 삶의 고통이 다분히 개인적인 운명의 요소를 지
님으로써 그것에서 벗어나지 못하는 그의 삶은 운명론적으로 느껴지기
도 한다.

그러나 다른 한편 이 소설은 현실적 삶의 고통에 대해 내면적인 서정
적 경험으로써 맞서는 서정소설의 구성적 특성(위의 도표)을 잘 보여
준다. 이 소설에서 얼금뱅이에 왼손잡이인 허생원은 현실에서는 장돌뱅
이의 소외된 삶을 살아간다.[82] 그러나 달밤의 메밀밭에서의 서정적 경
험은 그에게 황홀한 순간을 제공해준다. 여기서 허생원은 (「산」 「들」
에서처럼) 현실의 고달픈 삶에서 자연의 행복한 경험으로 도피하는 것
이 아니다. 그와 달리 그는 외로운 장돌뱅이의 삶일 망정 성실하게 살

---

82) 나병철, 「이효석의 서정소설 연구」, 『연세어문학』(1987), 101~21면.

아가려고 애쓴다. 허생원의 서정적 경험은 바로 그 '뒤틀린 반생'을 지탱해온 내재적 동력이었다고 할 수 있다.

서정적 경험을 통한 내면적 힘은 그 경험이 신화적(혹은 원형적) 이미지를 형성해내는 힘에 근거한다. 우리 모두의 심층에 남아 있는 신화적 이미지(원형)는 분열된 삶을 결속시키는 강력한 화합력을 지니고 있다. 서정소설의 주인공은 바로 그 힘에 근거해 분열된 (소외된) 현실에 맞서게 된다.

그러나 이러한 신화적 힘은 저절로 얻어지는 것이 아니라 현실의 삶을 견뎌나가는 주인공의 의지에 의해 획득되는 것이다. 고달픈 현실을 버리고 자연 속에 심취하는 인물은 단지 비현실적인 은둔적 행복을 맛볼 뿐이다. 또한 그런 전원적 행복 속에서는 분열된 삶을 화합시키는 신화적 힘도 생성되지 않는다.

신화적 행복이 불가능한 시대(근대)에, 신화적 화합의 힘을 부활시키기 위해서는, 그 힘이 현실의 분열에 맞서는 〈주인공 내면의 의지〉에 담겨져야만 한다. 그래야만 신화적 힘은 현실의 분열에 상징적으로 저항하는 화합력이 될 수 있다. 「메밀꽃 필 무렵」은 그런 과정을 플롯을 통해 아주 잘 보여주지는 못한다. 왜냐하면 장돌뱅이에 연연하는 허생원의 태도에는 얼마간 운명론이 포함되어 있으며, 그의 새로운 삶을 암시하는 결말 역시 (그의 의지보다는) 운명의 힘에 의한 것으로 비쳐지기 때문이다. 그럼에도 불구하고 '난 꺼꾸러질 때까지 이길 걷고 저달볼 테야'라는 허생원의 말 속에는, 서정적 경험의 신화적 힘을 생활 속에 용해시키려는 내면적 의지가 얼마간 담겨 있다. 적어도 그는 현실을 포기하고 자연 속에 몰입하는 인물은 아니기 때문이다.

"달밤에는 그런 이야기가 격에 맞거든."

조선달 편을 바라는 보았으나 물론 미안해서가 아니라 달빛에 감동하여서였다. 이지러는 졌으나 보름을 갓 지난 달은 부드러운 빛을 흐뭇이 흘리고 있었다.

대화까지는 팔십리의 밤길, 고개를 둘이나 넘고 개울을 하나 건너고 벌판과 산길을 걸어야 된다. 길은 지금 긴 산허리에 걸려 있다. 밤중을 지난 무렵인지 죽은 듯이 고요한 속에서 짐승 같은 달의 숨소리가 손에 잡힐듯이 들리며 콩포기와 옥수수 잎새가 한층 달에 푸르게 젖었다.

산허리는 온통 메밀밭이어서 피기 시작한 꽃이 소금을 뿌린듯이 흐뭇한 달빛에 숨이 막힐 지경이다. 붉은 대궁이 향기같이 애잔하고 나귀들의 걸음도 시원하다.

길이 좁은 까닭에 세 사람은 나귀를 타고 외줄로 늘어섰다. 방울소리가 시원스럽게 딸랑딸랑 메밀밭께로 흘러간다.

위에서 허생원의 서정적 경험은 연속되는 〈은유적 이미지〉들로 형상화되고 있다. 그와 함께 이 장면에서는 〈시간이 공간화〉되면서 〈무시간적인〉〈주객화합〉의 순간이 그려진다. 이미지의 연속이나 시간의 공간화는 모두 허생원 내면의 서정적 경험에 초점이 맞춰진 데 기인된 것이다. 하지만 이 서정적 순간에도 허생원은 여전히 서사적 이야기의 주인공 역할을 벗어나지는 않고 있다. 즉, 허생원은 지금 외로운 장돌뱅이의 삶을 위해 다른 장으로 이동하는 중인 것이다. 허생원의 황홀한 서정적 경험은 그의 전원적 행복을 의미하는 것이 아니라 고달픈 서사적 삶을 배경으로 한 순간적인 내면의 환희일 뿐이다. 이처럼 소외된 서사적 삶의 맥락을 배경으로 함으로써 인용문의 서정적 경험은 한층 살아 있는 신화적 힘의 역동성을 부여받게 된다.

분열된 현실에 대응하는 신화적 힘으로서의 서정적 경험은 윤후명의 「모든 별들은 음악소리를 낸다」(1982)에서 보다 뚜렷이 드러난다. 이 소설은 「메밀꽃 필 무렵」과는 달리 인물들이 경험하는 사회환경의 모순을 분명히 암시한다. 이 소설의 인물들이 겪는 고통은 허생원과는 달리 개인적 운명이 아니라 사회 모순에 의해 불가피하게 주어진 것이다. 그와 함께 주인공의 서정적 경험은, 소외된 현실에 맞서는 내면적 의지로써 신화적 힘을 끌어내는 과정으로 나타난다.

이 소설의 인물들은 모두 자본주의 사회 및 분단 현실에서 행복을 찾는 데 실패한 사람들이다. 변호사 출신 아버지는 사기를 당하는 등 거듭된 실패 끝에 빚더미 속에 세상을 떠난다. 또한 월남 후 불안정한 삶을 쓸쓸히 살아가는 큰 아버지, 외로움으로 계간(鷄姦)까지 하는 떠돌이 청년, 시를 쓰지만 결국 패배자의 넋두리만 기록하게 된 주인공, 게다가 돼지치기를 위해 사들인 폐마[83]까지, 하나같이 소외된 삶을 살아가는 인물들이다. 이들은 자본주의 사회(그리고 분단현실)의 불행한 낙오자들로서 스스로 사회모순을 분명히 인식하지는 못한다. 그러나 그들은 누구보다도 아름다운 내면을 갖고 있어서, 1인칭 주인공('나')은 별을 바라보는 서정적 경험 속에서 그들 내면의 '음악소리'를 듣게 된다.

나는 말을 잡아 죽여 하늘에 바침으로써 인간의 기원(祈願)을 천신(天神)에게 전달케 한다는 고대설화가 떠올랐다.

폐마는 그렇게 나의, 우리 집 사람들의 기원을 천신에게 전달하기 위해 천마로서 사라져간 것이었다. 나는 나도 모르게 눈물이 그렁그렁해졌다. 천신에게 어떤 기원이 전해짐과 함께, 나는 하나의 별이었다. 아버지도, 어머니도, 큰아버지도, 동생들도, 떠돌이 청년도 제가끔 하나의 별이었다. 절집 딸도 하나의 별이었다. 모든 사람들은 하나의 별이었다. 우리는 영원히 서로 만날 수 없어서 어둠 속에서 눈빛을 반짝이며 알 수 없는 소리로 노래하고 있는 것이었다. 개도, 닭도, 토끼도, 돼지도 모두들 하나의 별이었다. 그리고 그 모든 별들은 견딜 수 없는 절대고독에 시달려 노래하고 있는 것이었다.

나는 천마가 달려간 허공의 말발굽 자국에 눈길을 던지고 깊어가는 밤하늘을 오래도록 바라보고 있었다. 모든 별들이 내는 음악소리를 들을 수 있을까 해서였다.

위에서 인물들의 '절대고독'은 실상 자본주의 사회의 소외된 삶의 조건과 연관된 것이다. 그것을 명료히 드러내는 대신 운명적인 인간의 고

---

83) 이 소설에서는 폐마까지 하나의 인물처럼 그려지고 있다.

독을 말하는 점에서 이 소설은 인식론적 수준에서 신비적 색채를 띠고 있다. 그러나 '모든 별들은 음악소리를 낸다'는 서정적 전망은, 고독한 인물들의 내면에서 신화적 화합력을 끌어냄으로써, 분열된 현실을 내면 적으로 극복하고 있다. 여기서 서정적 전망으로서의 신화적 화합력('음 악소리')은 소외된 현실을 (도피하지 않고) 정면으로 응시하는 '나'의 내면적 의지에 의해 획득된 것이다. 즉, 별들의 아름다운 화음은 분열 된 현실의 모순에 굴복하지 않는 '나'의 내면적 소망 속에서 울려나오고 있다. 이처럼 현실의 불행에 맞서는 내면 속의 신화적 경험을 통해 '패 배자의 넋두리'를 아름다운 서정의 음악으로 뒤바꾸는 것이 서정소설의 묘미이다.

(4) 서정적인 비극적 전망

「메밀꽃 필 무렵」과 「모든 별들은 음악 소리를 낸다」는 서정적 전망 (그리고 신화적 화합력)을 통해 현실의 패배를 내면적으로 극복하는 형 식을 지니고 있다. 이들 소설에서는 서정적 전망이 비록 구체적인 인식 론적 비전이 되지는 못하지만 신화적 힘을 통해 내면적으로는 직접 현 실을 넘어서는 전망이 되고 있다. 그러나 그와 달리 신화적 유토피아가 이제는 현실에서 불가능함을 서정적 동경의 형식으로 드러내는 소설들 도 있다. 이런 소설들에서는 서정적 동경과 함께 신화적 삶(유토피아) 을 잃어버린 비극적 현실에 대한 부정적 전망이 나타난다. 내면의 서정 적 동경은 자연이나 원형적 이미지로 나타나며 비극적 현실은 유토피아 를 상실한 부정적 현실의 이미지로 그려진다. 따라서 내면적 동경과 비 극적 현실은 과거(신화)와 현재(현실)의 서정적 이미지들의 병치로 형 상화된다. 그런 이미지들의 병치를 구체적 작품을 통해 살피기 전에, 먼저 이 두번째 서정소설에서의 인물과 환경의 관계를 표시하면 다음 페이지의 도표와 같다.

서정적인 비극적 전망을 형상화한 대표적인 소설로는 윤후명의 「누 란의 사랑」(1984)과 오정희의 「옛우물」(1994)을 들 수 있다. 「누란의

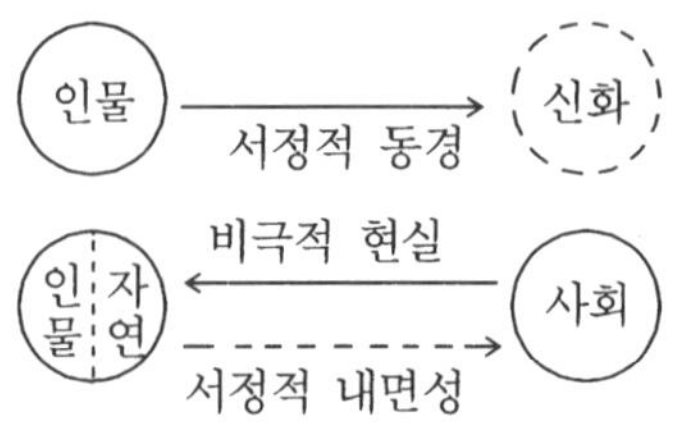

사랑」은 1인칭 주인공의 비극적 삶과 잃어버린 신화에 대한 동경이 이미지들의 병치로 형상화된 소설이다. ‘나’의 아버지는 중국에서 활동하던 광복군 밀정이었는데 위독한 상태에서 돌연 누란이라는 낯선 서역으로 떠난다. 아버지를 잃은 후 어머니는 마치 ‘순장물(殉葬物)’같은 꿈틀거리는 어둠의 삶을 살아간다. 아버지와 어머니의 사랑을 상실한 ‘나’는 부랑생활을 하며 ‘개밥의 도토리’같이 천대받는 생을 이어 왔다. 그리고 ‘나’와 그녀(‘나’의 애인)는 낡아서 헐리게 된 여관에서 마지막 폐허가 된 사랑을 나눈다.

이런 ‘나’의 비극적 삶의 이야기는, 아버지를 잃었듯이 폐허가 된 오아시스 나라(누란)와 ‘순장물’ 같은 어머니의 ‘의족’의 이미지, 그리고 개밥의 도토리 같은 ‘나’의 삶과 낡은 여관처럼 허물어져간 사랑의 이미지로 그려진다. 그와 함께 ‘내’가 동경하는 신화적 심상으로서, 아버지가 떠난 신비의 누란과 파꽃의 이미지, 누란에서 발굴된 미라와 ‘천세불변(千世不變)’이란 글자의 이미지, 그리고 자유의 날개를 달게 된 소라새의 이미지가 병치된다. 신화와 같은 영원불변을 상실한 비극적 현실과 천세불변의 신화에 대한 동경은, ‘나’의 삶의 이야기인 전체 소설의 (서사적) 맥락에서 두 가지 서정적 이미지로 병치되고 있는 것이다. ‘나’는 내면 속에서 신화의 신비스런 영원성(이상)을 그리워하면서 그것을 잃어버린 폐허 같은 삶(현실)을 반추(자기인식)하고 있다. 이 소설의 결말에서는 그 두 가지 이미지가 구분할 수 없게 혼합되어 나타나고 있다.

아버지가 꼭 그곳으로 갔으리라는 보장도 없었다. 그러나 나는 서역 땅 그곳으로 가는 한 사내를 머릿속에 그렸다. 아울러, 양파꽃과 파꽃이 어떻게 다른지는 알 수 없어도 파를 그렇게 만지기 힘들어하던 그녀를 생각했고 또 파꽃이 피어 있던 그 여관을 생각했다. 누란은 폐허가 된 오아시스 나라였다. 그 여관도 지금쯤 흔적 없이 뜯겼을 것이다. 그 사랑은 끝났다. 그리고 누란에서 옛 여자 미이라가 발견된 것은 다시 얼마가 지나서였다. 그 미이라를 덮고 있는 붉은 비단 조각에는 〈천세불변(天世不變)〉이라는 글자가 씌어 있었다. 언제까지나 변치 말자는 그 글자에 나는 가슴이 아팠다. 그러나 미이라는 미이라에 다름이 아닌 것이었다. 미이라와 그리고 언제 시들지도 모르는 양파의 하얀 꽃이 피는 나라, 그것은 바로 우리의 만남인가. 세상 모든 만남이 그런 것인가. 아니, 폐허와 같은 사랑도 어떤 섭리의 밀명(密命)을 띠고 있는 것인가.

위에서 '나'의 신화에 대한 동경은 신화의 영원성이 미라 같은 유물로 남을 수밖에 없다는 생각으로 이어진다. 그리고 폐허 같은 사랑에도 신화적 영원성의 밀명이 깃들 수 있느냐는 질문으로 끝을 맺는다. 이처럼 이 소설은 폐허가 된 허무한 현실적 삶에 대한 자기인식을 통해 부정의 방식으로 전망을 얻고 있다. 즉, 허물어진 사랑은 그 폐허의 운명적 조건(부정적 현실)을 부정(혹은 자기인식)함으로써 내면적으로 신화적 밀명을 띨 수 있는 것이다.

허무한 현실과 신화에 대한 동경이 병치되는 또다른 소설에는 오정희의 「옛우물」이 있다. 이 소설에서는 어린 시절과 현재의 이야기가 두 개의 서사적 맥락으로 교차되면서, 또한 서정적 동경의 세계와 권태로운 현실의 세계가 두 가지 이미지로 병치된다. 즉, 어린시절의 고향과 옛우물, 금빛잉어의 이야기가 잃어버린 신화적 이미지로서 펼쳐지면서, 그와 함께 아버지의 죽음의 기억, 옛 남자의 죽음, 권태로운 여성의 일상이 제시된다.

이 소설에서는 특히 우물이 이중적인 의미에서 원형적인(신화적인) 이미지로 그려진다. 우물은 어두운 통로를 통해 현실 저편의 자신의 모습을 비춰보는 이미지로서, 이 소설에서의 회상 부분은 상징적 의미에서 우물의 이미지를 통로로 한다. 그런데 특히 어린 시절의 회상은 아직 통시적인(서사적인) 시간의 그물에 걸려들기 이전의 이미지들(옛우물, 흰 봉투 등)로서 그려진다. 따라서 옛우물은 과거를 회상하는 통로일 뿐 아니라 그 자체가 어릴 때의 고향을 상징하는 이미지이기도 하다.

우물의 또다른 상징성은 여성성의 이미지와 연관되어 있다. 우물은 여성성의 거울의 심상인 동시에 그것을 통로로 해서 성구분 이전의 유토피아의 세계로 들어갈 수 있는 이미지이다. 우물 밖에 서 있는 여자는 이미 그 유토피아의 밖에서 신화가 된 세계를 들여다보고 있는 셈이다. 여기서 금빛잉어가 살고 있는 우물 속 유토피아로 들어가려면 여성의 죽음을 전제로 해야 한다. 각시가 죽고 빠뜨린 금비녀가 금빛잉어가 됐다는 설화는 그것을 잘 상징하고 있다. 그렇지 않으면 금빛잉어의 신화[84]의 세계는 우물을 들여다보는 여자의 동경의 대상이 될 뿐이다.

금빛잉어의 유토피아의 세계가 운명적인 동경의 대상이 되었다는 것은 여성으로의 성구분이 시작되면서부터 그 유토피아가 상실되었음을 뜻한다. 즉, 여자는 현실의 상징적 질서(상징계[85])에 적응해 여성이 되는 순간 억압의 그물에 걸려들면서 성구분 이전의 유토피아(금빛잉어)를 상실한다. 여성으로 분류된 여자는 우물(여성성의 거울)을 통해 그 유토피아를 동경(금비녀)하지만 단지 여성(각시)의 죽음을 대가로 신화적 세계를 되찾을 뿐이다.

「옛우물」의 '나' 역시 증조할머니의 이야기를 듣고 우물 속의 신화적 세계를 동경하지만 (이미 현실 속의 여성이 되었으므로) 실제로 금빛잉어를 보지는 못한다. 우물에 빠져 죽은 정옥이처럼 여성의 삶을 일찍 포기했을 때만 금빛잉어를 볼 수 있을지도 모른다. 그러나 정옥이 죽은

---

84) 이 신화는 전설에 가까워진 성격을 지니고 있다.

85) 상징계란 현실을 지배하는 질서체계를 말한다. 우리는 유아기에 상상계에 있다가 오이디푸스화 과정을 거치면서 (그리고 언어를 배우면서) 상징계로 진입하게 된다. 이때의 상징계는 남성중심적인 가부장제적 체계이다. 자크 라캉, 『욕망이론』, 권택영 편(문예출판사, 1994), 38~49면 참조.

후 그 우물마저 메워지고 '나'의 그리움은 이제 회상 속에서만 가능하게 되었다. 그와 함께 '나'는 점점 더 권태롭고 허무한 여성의 일상 속으로 빠져 들어 간다.

그러나 추억 속의 옛 남자마저 죽어버렸지만 금빛잉어에 대한 동경이 완전히 사라진 것은 아니다. 아직도 남아 있는 신화의 흔적들이 별과 꽃과 나무에서 느껴지는 것이다. 그리고 '나'의 회상 속에도 증조할머니의 이야기가 뚜렷이 각인되어 있다.

> 오동의 보랏빛 꽃이 어둠 속에서 나울나울 피고 있었다. 별과 꽃이 난만한 밤에 그는 죽었다. 내가 존재하지 않을 어느 시간대에도 이 나무에는 꽃이 피고 잎이 피고 새가 깃들겠다.
>
> 나는 나의 생보다 오랠 산과 나무, 별들을 바라보았다. 비로소 먼 옛날 증조할머니가 내게 해준 말을 정확히 기억해 내었다. 옛날 어느 각시가 옛 우물에 금비녀를 빠뜨렸는데 각시는 상심해서 죽고 금비녀는 금빛잉어로 변해……

이처럼 금빛잉어에 대한 동경을 버리지 않음으로써 이 소설에서는 권태와 억압의 현실에서 벗어나려는 소망(전망) 역시 사라지지 않고 있다. 물론 「옛우물」에는 여성의 억압적 삶에 대한 인식이 그리 잘 드러나 있지는 않다. 그러나 답답한 여성의 일상과 신화적 세계의 동경이 서정적 이미지들로 병치됨으로써 허무적 현실에서 벗어나려는 자기인식을 분명히 드러낸다.

이상에서 살펴본 것처럼, 서정소설에서는 현실적 삶이 통시적인 억압적 시간으로 드러나며, 그 억압에서 벗어나려는 싸움은 서정적 이미지를 통한 〈시간의 공간화〉로 나타난다. 이처럼 시간의 공간화를 통해 현실적 삶의 억압과 싸우는 점에서 서정소설은 모더니즘과 유사한 방법을 사용한다. 그래서 간혹 〈모더니즘〉을 넓은 범위의 〈서정소설〉에 포함시키기도 한다.[86]

---

86) R. 프리드먼의 입장이 여기에 속한다. 물론 그도 모더니즘과 서정소설을 동일시

그러나 서정소설은 현실적 억압에도 불구하고 아직 내면의 유토피아(이상)를 현실의 구체적 대상(꽃, 별, 우물)을 매개로 이미지화시킬 수 있음을 보여준다. 여기서 억압이 더욱 폭력화되어 내면의 이상(유토피아)을 구체적으로 이미지화시키는 것마저 방해당할 때 모더니즘이 나타난다. 서정소설은 아름다운 이미지의 소설이지만 모더니즘에서는 주객단절로 인해 내면의 이상이 아름다운 이미지로 대상화되는 것마저 억압당한다.

서정소설에서 모더니즘으로 이행되는 그런 과정은 황순원의 『나무들 비탈에 서다』에서 잘 나타난다. 이 소설 1부의 전반부는 서정적 동경과 전쟁 현실의 시적 묘사가 병치되는 서정소설(두번째 유형)의 형식이 얼마간 나타난다. 이는 주인공 동호가 내면 속에 숙이와의 사랑을 이상으로 간직하고 있는 데 기인된 것이다.[87] 그러나 동호를 〈의식의 중심〉[88]으로 한 이런 서정소설적 형식은 전쟁의 폭압적인 상황을 견디기 어려운 것이었다. 또다른 주인공 현태가 동호를 '시인'이라고 조롱한 이유는 거기에 있었다. 실제로 동호 역시 1부 후반부에서 더이상 내면 속에 숙이와의 사랑을 간직하기 어려움을 느끼게 된다. 그런 어려움이 구체화된 것은 술집여자 옥주와 관계를 맺으면서부터였다. 동호는 옥주의 비밀을 들으며 그녀와 인간관계(그리고 성적 관계)를 나누는 순간 그녀처럼 희망을 잃은 채 비인간적으로 살아가는 사람들 대열에 끼게 된다. 그러나 동호는 아직 숙이를 완전히 지우지 못하고 그 미련을 옥주와의 인간관계에 전이시키고 있었다. 동호가 옥주에 그토록 집착했던 것은 그 때문이었다. 그러나 그는 예전처럼 내면에 숙이와의 순결한 사랑을 간직할 수도 없게 되었다. 그리고 그와 달리 근본적으로 인간관계에 신뢰를 갖지 않는 옥주의 매음을 목격하는 순간 그는 의식의 분열을

하지는 않는다. R. 프리드먼, 『서정소설론』, 신동욱 역(새문사, 1989) 참조.

87) 숙이와의 사랑은 숙이의 짝짝이눈이나 복숭아 이미지 등으로 서정화되어 나타난다.

88) 의식의 중심이란 지속적으로 시점(초점화)의 주체로 되는 인물을 말한다.

일으킨다. 동호가 죽은 후 2부에서는 그를 잃은 숙이의 이야기와 희망 없이 사는 방식에 잘 적응했던 현태의 이야기가 전개된다. 이들의 삶의 이야기에는 부분적으로 시적 묘사와 시간의 공간화가 나타나지만 더이 상 아름다운 서정적 이미지는 형상화되지 않는다. 내면의 이상을 이미지화시키는 것마저 억압당하는 현실에서는 아름다운 서정 역시 말소되며, 희망없이 살아가는 사람들의 기록인 모더니즘이 나타나는 것이다.

9. 모더니즘과 병렬적 구성

(1) 주객단절과 플롯의 와해

지금까지 우리는 이야기-플롯의 논리가 점차로 약화되는 순서로 여러 소설적 방법들을 살펴봤다. 먼저 본격소설은 플롯(이야기-플롯)의 논리 및 인물과 환경의 상호작용이 가장 역동적인 소설적 방법이었다. 다음으로 풍자·해학·서정소설은 플롯의 논리가 약화된 대신 다양한 방법으로 그것을 보완하는 형식을 지니고 있었다. 그 다양한 방법들은 모두 내면의 이상과 연관해서 부정적 현실을 그리는 전략을 구사한다. 풍자·해학의 희화화나 서정소설의 서정적 이미지(혹은 시간의 공간화)는 내면의 이상을 정태적 플롯으로 형상화된 부정적 현실에 틈입시키는 방법들이다. 풍자·해학·서정소설은 그런 독특한 전략을 통해 플롯(인물과 환경의 상호작용) 이외의 방식으로 주체의 이상과 객관현실을 역동적으로 연관시킨다.

여기서 한 발 더 나아가 현실적 억압으로 더이상 주체 내면의 이상과 부정적인 객관현실을 연관시키기 어려워질 때 모더니즘이 나타난다. 물론 모더니즘에서도 주체 내면의 이상에의 지향이 아주 소멸되는 것은 아니다. 그러나 주체의 이상은 객관현실에서 유리되어 단지 내면에 폐쇄된 것으로 나타난다. 그리고 객관현실은 주체의 이상의 틈입을 허용하지 않는 사물화된 견고한(그리고 폭력적인) 세계로 드러난다. 따라서 모더니즘은 풍자처럼 부정적 현실을 희화화하는 과정 자체에 주체의 이상을 틈입시키거나, 서정소설처럼 내면의 이상을 구체적 대상으로 이미지화시키지 못한다. 모더니즘에서 현실을 공격하는 쾌감(풍자)이나 서정적 이미지의 아름다움(서정소설)이 더이상 나타날 수 없는 것은 이 때문이다. 설령 모더니즘에서 내면의 이상을 이미지화하는 경우에도 그것은 서정적 아름다움을 상실한 〈낯선〉 모습으로 그려질 뿐이다.

> 나는 햇살 속에서 꿈을 꾸었다. 영희가 팬지꽃 두 송이를 공장 폐수 속에 던져 넣고 있었다.
>
> —— 조세희, 「난장이가 쏘아올린 작은 공」

팬지꽃은 난장이 아들(영호)의 꿈(이상)을 표상하는 이미지이다. 이 이미지는 시적이긴 하지만 서정적이지 않으며 기이한 느낌마저 준다. 팬지꽃의 알레고리적 이미지는 주체의 이상이 현실의 구체적 대상에 연관되지 못한 채 내면에 폐쇄되어 있음을 암시한다. 반면에 공장 폐수의 이미지는 주체의 이상의 틈입을 허용하지 않는 부정적 현실을 나타낸다. 현실을 상실한 주체의 이상(팬지꽃)과 이상의 침투를 거부하는 견고한 현실(공장 폐수)은 연관성을 상실한 채 파편화된 알레고리적 이미지로서 병치되고 있다.

이처럼 〈주객단절〉로 인해 더이상 아름다운 서정성이 나타나지 않는 것이 모더니즘의 특징이다. 이 점에서 모더니즘은 아름답지 않은 미학이며, 아름다움의 상실을 부정적으로 인식(자기인식)함으로써 전망을 얻는 방법이다. 아름다움이 〈현실과 이상의 연관〉 속에서 얻어지는 것이라면 이제까지 살펴 본 모든 소설들은 그런 방법에 의존한 셈이다. 반면에 모더니즘은 객관현실과 주체의 이상의 단절을 통해 아름다움의 상실을 드러낸다. 모더니즘은 오히려 현실과 이상의 분리와 주객단절, 그리고 그로 인한 파편화된 삶과 소외 자체에 초점을 맞춘다. 주객단절과 소외는 먼저 인물과 환경의 차원에서 그 둘의 단절 관계로 나타난다. 본격소설에서는 인물과 환경이 역동적으로 반응했으며 풍자·해학·서정소설에서도 미약하나마 양자의 상호반응이 드러났었다. 그러나 모더니즘에서는 환경으로부터 단절되어 소외된 인물의 삶이 그려진다.

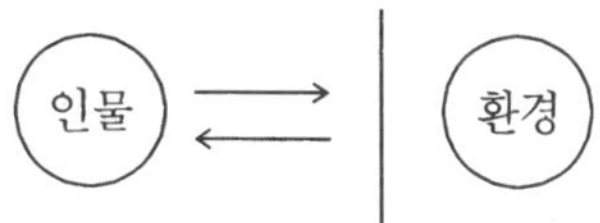

이같은 인물과 환경의 분리는 「날개」나 「딱한 사람들」 같은 소설에서는 인물이 거주하는 〈폐쇄된 공간〉 자체로서 나타난다. 이 경우 〈폐쇄된 공간〉은 환경으로부터 유리된 인물의 〈내면공간〉과 조응하는 관계에 있다. 반면에 『율리시즈』나 『댈러웨이 부인』 등의 소설에서는 외견상 일상적인 삶을 살아가는 인물들이 그려진다. 그러나 그들 역시 내면적으로는 「날개」의 주인공처럼 환경으로부터 분리된 〈소외〉의 삶을 살아간다.

인물과 환경의 단절은 플롯을 와해시키며 그로 인해 통시적인 서사적 인과율이 해체된다. 플롯의 약화는 풍자·해학·서정소설에서도 나타났으며 이 소설들은 그런 약점을 보완하는 방법을 사용했다. 즉, 인물과 환경의 상호작용이 약화된 대신 다른 방법으로 주체의 이상과 객관현실을 상호연관시키는 전략을 구사했던 셈이다. 따라서 이들 소설에서는 주객 상호연관으로 인한 유기적인 서사적 구조물이 형성된다.

반면에 모더니즘은 인물과 환경의 단절을 보완하는 대신 오히려 주객단절과 파편화된 삶 자체에 초점을 맞춘다. 따라서 현실의 파편화된 삶처럼 유기적인 서사적 구조가 와해된 파편적 구성물이 나타난다. 모더니즘의 새로운 기법들은 주객단절을 보완하기는커녕 오히려 그 파편성을 드러내는 전략을 사용한다. 즉, 모더니즘 이전의 소설에서는 모든 기법(그리고 방법)들이 〈유기적인 서사적 구성〉을 형성하는 데 쓰인 반면, 모더니즘의 기법은 〈비유기적인 파편성〉을 부각시키는 데 사용된다.

주객단절의 파편성은 내용 자체를 통해 직접 드러나기도 한다. 예컨대 「날개」의 주인공은, '나는 참 세상의 아무것과도 교섭을 가지지 않는다' 라거나, '머릿속에서는 희망과 야심의 말소된 페이지가 딕셔내리 넘어가듯 번뜩였다' 라고 말한다. 또한 「딱한 사람들」의 진수는, '궁핍한 생활은 (그들에게서) 이야기를 빼앗고 이야기를 빼앗긴 그들의 사이는 나날이 멀어가는 듯 싶었다'고 생각한다.

인간관계의 단절(그리고 이야기와 플롯의 상실)과 삶의 파편화는 이처럼 내용 자체로 드러나기도 하지만, 또한 모더니즘의 독특한 기법을 통해 특징적으로 나타난다. 주객단절의 파편성을 드러내는 대표적인 기법으로는 의식의 흐름, 내적 독백, 제한적 이동이나, 알레고리, 콜라주, 몽타주, 시간의 공간화 등을 들 수 있다. 그 밖에 모더니즘에서 이야기-플롯은 해체되지만 (순서, 지속, 빈도 등의) 텍스트-플롯은 오히려 밀접하게 짜여지며 이 역시 주객단절의 파편성을 드러내는 기법으로 사용된다.

일반적으로 모더니즘에서는 인물과 환경의 단절(즉 소외)로 인해 플롯의 통시적 인과율이 와해된 대신, 여러 기법들로써 장면이나 삽화들을 병치시키는 비유기적인 〈병렬식 구성〉을 형성한다. 시간의 논리가 해체되면서 공간화되는 이 병렬식 구성은 실상 소외된 인물의 내면공간과 의식내용을 드러내는 수법이다. 모더니즘은 병렬적 구성으로 소외된 인물의 내면공간을 객관화함으로써 그를 소외시킨 사물화된 통시적 현실세계에 저항한다. 이제 이 병렬적 구성을 이용한 통시적 현실세계에 대한 저항을 구체적 작품을 예로 살펴보자.

(2) 통시적 인과율의 와해와 병렬적 구성

모더니즘의 병렬적 구성[89]은 주객단절의 파편성과 인물의 소외를 형식 자체로서 보여준다. 병렬적 구성은 인물이 환경으로부터 소외됨으로서 인물과 환경의 상호작용, 즉 플롯을 이룰 수 있는 사건(행동)들의 연쇄가 나타나지 않는 데 기인된 것이다. 의미있는 사건들의 연쇄가 소멸됨으로써 시간의 흐름에 따른(통시적인) 인과관계가 와해되며 (플롯의 인과율을 상실한) 파편화된 장면, 삽화, 내면의식 등이 병치적으로 나열된다. 모더니즘은 그 단편들의 병치적 나열을 특별한 방식으로 〈구성〉[90]하여 독특한 〈병렬적 구성〉을 만들어낸다.

이같은 병렬식 구성은 〈구문적(syntagmatic) 관계〉와 〈계열적(paradigmatic) 관계〉라는 문학적 구성의 두 가지 방법[91] 중 후자에 따른 것이다. 구문적 관계는 〈결합적〉〈통합적〉 관계로도 불리며 〈인접성〉의 원리에 의존한다. 또한 계열적 관계는 〈선택적〉〈연상적〉 관계로도 불리며 〈유사성〉의 원리를 이용한다.

이 두 가지 관계는 언어에 의해 문장이 만들어지는 두 가지 측면에 의거한 것이다. 하나의 문장은 선택의(paradigmatic) 축과 결합의(syntagmatic) 축이라는 두 과정이 배합되어 만들어진다. 예컨대 '김첨지가 돈을 집어 던졌다' 라는 문장을 생각해 보자. 여기서 주어＋목적어＋동사가 문법적으로 결합되는 관계가 인접성의 원리에 의한 〈구문적〉〈통합적〉 관계이다. 반면에 '집어 던졌다'는 '내던졌다', '끼얹었다' …… 등의 유사한 여러 단어들 가운데 하나가 선택된 것이다. 이처럼 유사한 병렬적 단어 중에서 선택되는 관계가 유사성의 원리에 의한

---

89) 페터 뷔르거, 『전위예술의 새로운 이해』, 최성만 역(심설당, 1986), 136면.

90) T. W. 아도르노, 『미학이론』, 48면, 99~101면. 이 책에서 아도르노가 논의하는 구성은 리얼리즘적 플롯 같은 통시적 구성보다는 모더니즘적인 병렬적 구성에 가깝다.

91) 이에 대해서는 야콥슨, 「언어의 두 양상과 실어증의 두 유형」, 『문학 속의 언어학』, 신문수 편역(문학과지성사, 1989), 92~116면 참조.

〈계열적〉〈연상적〉 관계이다.

문학적 방법들은 이 두 가지 관계 중 어느 하나에 집중적으로 의존한다. 예컨대 소설이 주로 구문적 관계에 의거한다면 서정시는 계열적 관계를 이용한다. 또한 리얼리즘이 전자라면 낭만주의는 후자일 것이다. 구문적 관계는 시간의 흐름에 따라 문법적 요소들이 결합되어 나아가는 전개이다. 반면에 계열적(병렬적) 관계는 무시간성 속에서 유사한 단어들이 선택되거나 병치되는 전개이다.

소설의 플롯이 구문적 관계를 이용한다는 것은 〈통시적 맥락〉에서 구성 요소들을 〈인과적〉으로 결합하는 양상에서 알 수 있다. 또한 시가 계열적 관계에 의존함은 이미지, 은유, 상징 등을 통해 〈유사한〉 언어들을 〈무시간적〉으로 선택하거나 병치시키는 전개에서 암시된다. 그러나 모더니즘 〈소설〉이 계열적(병렬적) 관계에 의거한다는 것은 특별한 의미를 지닌다.

모더니즘 소설의 병렬적 관계는 시 장르에서처럼 자연스러운 원리에 의해 드러난 것이 아니다. 소설은 어떤 식으로든 구문적 관계에 의한 이야기-플롯을 전제로 한다. 즉, '김첨지가 돈을 집어 던졌다'에서처럼 주어(인물)＋서술어(플롯)의 (구문적) 결합관계가 소설의 본질적 양상이다. 모더니즘 소설의 병렬성은 특수한 상황에서 바로 그 구문적 관계가 파괴된 양상으로 볼 수 있다. 구문적 관계의 파괴는 인물과 환경의 단절로 인한 것이며, 모더니즘은 그 파괴된 형식 자체로서 주객단절, 즉 소외를 보여준다. 구문적 관계의 파괴로 인한 파편들을 병렬적으로 구성하여 소외(주객단절)를 객관적으로 드러내는 것은 모더니즘 미학의 본질이다.

그러면 플롯의 통시적 인과율(구문적 관계)의 파괴와 병렬적 구성은 구체적으로 어떻게 나타나는 것일까. 예컨대 「소설가 구보씨의 일일」(박태원, 1934)에서 구보는 하루종일 거리를 배회하지만 인과적 관계를 지닌 어떤 사건(행동)도 경험하지 못한다. 이는 그가 환경으로부터 단절된 소외(고독)의 상태에 있기 때문이다. 즉, 인물과 환경의 상호작용의 부재로 인해 구보의 시간들은 플롯의 인과적 관계를 상실한다. 이처럼 통시적 인과율(구문적 관계)이 파괴된 대신 그의 단편화된 의식 내용이나 그가 관찰한 장면들이 병치적으로 나열된다. 이 소설의 모더니즘 형식은 통시적 인과율의 파괴와 그로 인한 파편화된 장면·의식 내용들의 병치에 의해 구성된 것이다.

「날개」(이상, 1936)에서는 통시적 인과관계가 완전히 사라지지는 않고 있다. 그러나 이 소설의 삽화들은 근본적으로 (한줄을 띄어 나눠진) 작은 단락들을 단위로 병치적으로 나열되고 있다. 특히 초반부의 단락들에서는 (텍스트-플롯에서 논의했듯이) 지속의 측면에서 〈이야기 시간〉은 정지된 대신 1인칭 화자('나')의 내면을 드러내는 〈담론〉이 연속적으로 이어진다. 이같은 지연의 기법은 일종의 〈낯설게 하기〉[92]를 통해 '내'가 처한 소외된 상황을 객관적으로 드러내기 위한 것이다. 또한 통시적 관계로 연결된 삽화들도 '나'의 주객단절(소외)된 상태를 반복적으로 드러내는 점에서 사건적 인과율보다는 병렬적 관계에 따르고 있다. 즉, '나는 그들의 아무와도 놀지 않는다'/'나에게는 인간사회가 스스로 왔다'/'나는 이렇게 부지런한 지구 위에서는…한시바삐 내려버리고 싶었다'/'나는 참 세상의 아무것과도 교섭을 가지지 않는다.'/'머릿 속에서는 희망과 야심의 말소된 페이지가 딕셔내리 넘어가듯 번뜩였다' 등, 마지막에 이르기까지 '나'의 소외된 상태가 반복적으로 제시된다. 이는 시간적 인과율에 따르는 삽화들과는 달리 각 단락들이 (외견상의 통시적 연결에도 불구하고) 근본적으로 병렬적 구성을 이루고 있음을 암시한다.

박태원의 「딱한 사람들」(1934)이나 김승옥의 「무진기행」(1964)에서도 통시적 관계에 의한 연결이 얼마간 나타나고 있다. 그러나 이 소설들에서 소제목을 단위로 분리된 각 삽화들은 특정한 목적을 위해 병렬적 관계로 구성된 것이기도 하다. 즉 「딱한 사람들」은 진수와 순구의

---

92) 낯설게 하기는 개념적 언어로 자동적으로 인식시키기보다는 낯선 언어들로 인식 시간을 〈지연〉시켜 대상의 본질을 드러내는 기법이다.

단절된 인간관계를 드러내기 위해, 「무진기행」은 합리적 현실에 대립되는 비합리적 무진을 그리기 위해, 각각 병렬적 구성을 사용하고 있다.

　김승옥의 「서울 1964년 겨울」(1965)에서는 인물들의 대화가 부단히 단절되는 양상이 나타난다. 이는 그들이 공통 화제를 발견하기 어려운 소외된 인물들이기 때문이다. 인물들의 대화는 그 단절된 인간관계를 극복하려는 노력이지만 그것은 오래 지속되지 못한다.

　　“서울은 모든 욕망의 집결지입니다. 아시겠읍니까?”
　　“모르겠읍니다” 라고 나는 할 수 있는 한 깨끗한 음성을 지어서 대답했다.
　　그때 우리의 대화는 또 끊어졌다. 이번엔 침묵이 오래 지속되었다.

　이처럼 이 소설에서는 각 삽화들이 사건적 인과율에 의해 연결되지 못할 뿐만 아니라 별 의미없는 대화들마저 계속 이어지지 못한다. 소설의 이야기를 문장에 비유한다면 이 소설은 구문적 연결이 파괴된 이야기인 셈이다. 구문적 관계의 파괴는 물론 인물들의 소외에서 기인된 것이다. 이처럼 형식 자체의 파괴로 나타나는 인간관계의 단절은 현실적 삶에서의 주객단절, 즉 삶의 구문적·통합적 관계의 파괴에 상응한다. 이 소설은 구문적 관계에 의한 구성(플롯) 대신, 그것의 와해로 인해 파편화된 삽화들을 병렬적으로 구성하여, 주객단절과 소외를 객관화한다.

　이상에서처럼 모더니즘은, 통시적 인과율(구문적 관계)의 파괴로 인해 파편화된 단편들을 병렬적으로 구성하여, 현실의 사물화된(그리고 소외된) 삶에 대립한다. 통시적 인과율의 와해와 병렬적 구성은 일종의 〈시간의 공간화〉라고 할 수 있다. 모더니즘은 병렬적 구성과 시간의 공간화를 통해 사물화된 〈통시적 현실의 질서〉에 저항하는 것이다.

(3) 모더니즘의 다양한 기법과 부정적 인식

　시간의 공간화를 통해 타락한 현실의 시간의 질서에 저항하는 것은 앞서 살펴본 서정소설에서도 나타났었다. 그러나 서정소설의 현실의 삶(통시적 질서)에 대한 저항은 주객화해의 서정적 경험(신화적 경험)을 근거로 가능한 것이었다. 서정적인 유토피아적 경험은 주인공의 무시간적인 내면적 경험이며 현실적 삶에서 실제로 성취될 수 있는 것은 아니다. 하지만 서정소설의 주인공은 현실에서 상징적으로나마 주객화합의 서정적 경험에 몰입할 수 있으며 그 유토피아적 경험에 근거해 부정적 현실에 저항한다. 반면에 모더니즘의 주인공은 주객단절의 소외된 상태에 있으므로 서정적 경험 같은 주객화합의 유토피아적 체험이 불가능하다. 따라서 모더니즘의 주인공은 주객화합의 유토피아적 체험에 근거해 부정적 현실에 저항하기보다는 주객단절의 소외를 객관화해 현실에 대립(저항)한다.

이처럼 근본적으로 아름다운 서정적(그리고 유토피아적) 경험이 불가능한 점에서 모더니즘은 유토피아적 체험을 형상화하는 서정소설과 구별된다. 서정소설뿐만 아니라 리얼리즘에서도 어떻게든 현실에 대립하는 주인공의 이상에의 지향이 그려지게 된다. 따라서 서정소설이나 리얼리즘에서는 주인공에 감정이입함으로써 부정적 현실에 저항하는 경험을 할 수 있다. 반면에 모더니즘에서는 주객단절로 소외된 주인공이 등장하므로 감정이입만으로는 부정적 현실에 저항하는 경험을 할 수 없다. 모더니즘은 오히려 감정이입을 일시적으로 차단하는 장치들, 즉 낯설게 하기 등의 소원화 기법(일종의 소격효과)을 사용한다. 낯설게 하기를 비롯한 여러 모더니즘적 기법들은 주인공의 소외를 객관화함으로써 사물화된 부정적 현실에 저항한다.

그러면 어떻게 모더니즘 기법이 주객단절(소외)의 경험을 객관화하고 부정적 현실에 저항할 수 있는 것일까. 모더니즘의 주인공은 소외로 인해 근본적으로 환경과 역동적으로 반응할 수 없는 상태에 놓여 있다. 그러나 그는 소외된 내면 속에서나마 단절된 상태에서 벗어나려고 노력한다. 예컨대 「날개」의 '나'는 끝까지 아내와의 관계를 신뢰하려 하며 「무진기행」의 주인공('나')은 인숙과의 사랑에 연연해 한다. 또한 「서

344

울 1964년 겨울」의 인물들은 공통의 화제를 발견하려 애쓰며 「타인의 방」의 '그'는 아내의 체취에 집착한다. 그러나 그들의 내면적 (화해의) 시도는 외부로부터 강요된 근본적인 소외로 인해 실패할 수밖에 없다. 이처럼 내면적 화해의 실패를 드러내는 과정에서 인물들의 소외가 객관화되는 동시에 그 주객단절을 강요하는 사물화된 현실에 대한 부정적 인식(자기인식)이 나타난다.

그런데 이같은 주객단절의 객관화와 사물화된 현실에 대한 비판은 리얼리즘처럼 현실을 반영하는 방법으로 이루어지지는 않는다. 내면 속의 단절(소외)를 객관화하기 위해서는 거짓화해를 제공하는 현실의 이데올로기를 제거해야 하며, 따라서 현실의 반영보다는 이데올로기를 파괴하는 특수한 기법(낯설게 하기나 병렬적 구성)을 사용해야 한다. 예컨대 「날개」의 경우 내면경험을 그리면서도 얼마간 현실의 단편들이 나타나지만, 이 소설에서의 현실의 단편들은 현실의 반영으로서보다는 파편성과 단절을 객관화하는 낯설게 하기 등의 기법을 통해 제시된다.

가령 「날개」의 초반부에서 주인공이 처한 환경(유곽)이나 아내의 직업(매음)은 내가 인식할 수 있는 현실의 단편들이다. 그러나 이 현실의 파편들은 리얼리즘에서처럼 단순히 현실의 반영으로 제시되지는 않고 있다. 만일 그 삶의 단편들이 현실의 반영으로 제시되었다면 그 단편을 지시하는 자동화된[93] (그리고 이데올로기화된) 개념들, 즉 유곽이나 매음 등의 상습적인 개념들로 인식되는 데 그쳤을 것이다. 그러나 이 부분은 이야기 시간을 정지시킨 대신 담론 시간은 연장시키는 〈지연〉의 방식으로 제시됨으로써 상투화된 개념(유곽, 매음)을 해체하는 낯설게 하기 기법으로 형상화된다. 우리는 여기서 일상생활에서와는 달리 그 현실의 단편을 통해 병리적인 인간관계에 대해 비상하게 긴장된 지각을 갖게 된다(이는 물론 이데올로기적 현실로부터 소외된 위치에 있는 '나'의 눈으로 제시되기 때문이기도 하다).[94] 이처럼 삶의 단편들을 자연스러

---

93) 상투화되고 만성화되어 긴장을 잃어버린 지각의 상태를 말함.
94) 앞의 제3장 5절 참조.

운 현실의 반영으로서보다는 특수한 기법(낯설게 하기 등)으로 처리해 그에 포함된 인간관계의 단절을 첨예하게 객관화하는 것이 모더니즘의 특징이다.

「날개」의 중반 이후에 나타나는 얼마간의 통시적 전개 역시 사실은 현실의 자연스러운 반영으로 나타난 것이 아니다. 즉, 여기서의 '나'의 행동이나 반응은 통시적인 사건적 인과율에 의한 것이기보다는 특별한 의도에 의해 삽화들을 병렬적으로 구성한 것이다. 즉, 이 부분에서는 아내와 내객, '나'와 아내의 왜곡된 관계에 초점을 맞추기 위해 그 관계의 병리성이 점차 증폭되는 순서로 장면들을 배열하고 있다.

(가) 나는 내 방으로 가려면 아내 방을 통과하지 아니하면 안 될 것을 알고 아내에게 내객이 있나 없나를 걱정하면서 미닫이 앞에서 좀 거북살스럽게 기침을 한 번 했더니 이것은 참 또 너무 암상스럽게 미닫이가 열리면서 아내의 얼굴과 그 등뒤에 낯설은 남자의 얼굴이 이 쪽을 내다보는 것이다. 나는 별안간 내어쏟아지는 불빛에 눈이 부셔서 좀 머뭇머뭇했다!

(나) 경성역 시계가 확실히 자정을 지난 것을 본 뒤에 나는 집을 향하였다. 그날은 그 일각대문에서 아내와 아내의 남자가 이야기하고 섰는 것을 만났다. 나는 모른 체하고 두 사람 곁을 지나서 내 방으로 들어갔다.

(다) 부리나케 와 보니까 그러나 아내에게는 내객이 있었다. 나는 그만 너무 춥고 척척해서 얼떨김에 노크하는 것을 잊었다. 그래서 나는 보면 아내가 좀 덜 좋아할 것을 그만 보았다. 나는 갑발자국 같은 발자국을 내이면서 덤벙덤벙 아내방을 디디고 그리고 내 방으로 가서 쭉 빠진 옷을 활활 벗어버리고 이불을 뒤썼다.

(라) 나는 너무 급해서 그만 또 말을 잊어버렸다.

그랬더니 이건 참 너무 큰일 났다. 나는 내 눈으로는 절대로 보아서 안 될 것을 그만 딱 보아 버리고 만 것이다. 나는 얼떨결에 그만 냉큼 미닫이를 닫고 그리고 현기증이 나는 것을 진정시키느라고 잠깐 고개를 숙이고 눈을 감고 기둥을 짚고 섰자니까 일초 여유도 없이 홱 미닫이가 다시 열리더니 매무새를 풀어헤친 아내가 불쑥 내밀면서 내 멱살을 잡는 것이다. 나는 그만 어지러워서 게가 그냥 나둥그러졌다. 그랬더니 아내는 넘어진 내 위에 덮치면서 내 살을 함부로 물어뜯는 것이다. 아파 죽겠다. 나는 사실 반항할 의사도 힘도 없어서 그냥 넙죽 엎더 있으면서 어떻게 되나 보고 있자니까 뒤이어 남자가 나오는 것 같더니 아내를 한아름에 덤썩 안아가지고 방으로 들어가는 것이다. 아내는 아무 말없이 다소곳이 그렇게 안겨 들어가는 것이 내 눈에 여간 미운 것이 아니다. 밉다.

위에서처럼 「날개」에서는 아내-내객-'나'의 왜곡된 관계가 차츰 노골적으로 폭로되는 순서로 삽화들이 배열된다. 그러나 이런 삽화들의 연결은 통시적인 사건적 인과율에 의한 배열이 아니다. 즉, '나'는 아내와 내객의 관계를 모르고 있다가 마지막 장면에 이르러 비로소 알게 된 것이 아니다. 또한 아내의 행동이 점차로 노골적으로 발전한 것도 아니다. '나'나 독자나 일상적 의식으로는 처음부터 아내와 내객의 관계를 뻔히 다 알고 있는 것이다. 그러나 위에서는 ('나'의 소외된 의식을 매개로) 소원화 기법(낯설게 하기)을 통해 그 뻔한 사실을 〈지연〉시켜 드러내고 있다. 이는 우리의 상습화된 의식을 탈자동화시켜 아내-내객-'나'의 병리적인 인간관계에 대해 긴장된 지각을 유발하려는 수법이다. 따라서 통시적 관계를 통해 배열되고 있는 위의 장면들은, 실상 병리적인 인간관계에 초점을 맞추기 위한 의도된 병렬적 구성인 셈이다. 즉, 첫 장면에서 마지막 장면까지의 과정은 통시적 인과율에 의한 것이 아니라 흐릿했던 실상을 점차로 명료화하는 수법으로 유사한 장면들을 병치시키는 수법인 것이다. 이는 위의 장면들이 단순한 현실의 반영이 아니라 왜곡된 인간관계에 주의를 집중시키려는 전략에 의한 배열임을 암시한다. 이처럼 모더니즘은 인간관계의 단절과 파편성에 초점을 맞춤으로써 그것을 강요하는 부정적 현실을 비판한다.

김승옥의 「무진기행」 역시 단순한 현실반영이기보다는 현실의 이데올로기가 제거된 공간에서의 내면경험을 그린 소설이다. 이 소설의 주인공('나')은 「날개」에서처럼 환경과 단절된 소외를 경험하는 인물은 아니다. 그와 달리 '나'는 세속적 욕망의 현실에 영합하여 살아가고 있다. 그러나 '나'의 이런 현실과의 타협은 내면 밑바닥의 소외의 상처를 은폐하는 거짓화해(이데올로기)에 불과하다. '빽이 좋고 돈 많은 과부를 만난 것'에 만족하는 '나'는 무진에 와서 그 내면의 외로움의 상처를 다시 경험한다.

이 소설에서 무진은 숨겨진 소외의 상처를 지닌 '나'의 내면 공간에 상응한다. 〈화해〉로 위장된 합리적 현실(서울)에 대비되는 무진의 공간은 비합리와 무책임 속에서 '나'의 은폐된 〈소외(단절감)〉를 드러내는 것이다. 리얼리즘이나 서정소설에서라면 무진은 삭막한 서울에 대비되는 (상징적인) 유토피아적 고향으로 형상화되었을 것이다. 그러나 내면의 상처(소외)로 인해 상징적인 유토피아마저 상실한 '나'에게, 무진은 서울(현실)에서의 위선적인 행복감(이데올로기)이 제거된 내면의 상처를 드러내는 공간일 뿐이다.

이처럼 「무진기행」에서의 무진은 '나'의 숨겨진 소외를 드러내기 위해 의도적으로 설정된 공간이다. 이 소설의 앞뒤를 장식하는 무진의 이정표는 실상 '나'의 안개 속의 내면공간을 여행하기 위한 상징적 표지판의 기능을 한다. 또한 소제목이 붙은 삽화들은, 현실(서울)의 이데올로기적 행복감이 제거된 무진의 〈비합적인 공간〉 속에서 '나'의 소외의 〈내면공간〉을 드러내기 위한 병렬적 구성을 이루고 있다. 즉, 삽화들의 연결은 통시적인 사건적 인과율보다는 무진의 비합리적 공간과 그에 상응하는 '나'의 내면공간을 형상화하는 배열을 지닌다.

'나'와 인숙과의 사랑은 소외에서 벗어나기 위한 두 사람의 내면적 화합의 시도였다. 그러나 그런 화합의 시도는 현실성을 상실한 비합리적 공간(무진)에서 부득이 실패할 수밖에 없다. 음습한 무진의 공간에서의 사랑은 어색하고 낯선(소외된) 소망으로 남을 수밖에 없는 것이다.

"선생님, 저 서울에 가고 싶지 않아요." 나는 여자의 손을 달라고 하여 잡았다. 나는 그 손을 힘을 주어 쥐면서 말했다. "우리 서로 거짓말은 하지 말기로 해." "거짓말이 아니예요." 여자는 빙긋 웃으며 말했다. 〈어떤 개인 날〉 불러 드릴께요." "그렇지만 오늘은 흐린걸." 나는 〈어떤 개인 날〉의 그 이별을 생각하며 말했다. 흐린 날엔 사람들은 헤어지지 말기로 하자. 손을 내밀고 그 손을 잡는 사람이 있으면 그 사람을 가까이 가까이 좀더 가까이 끌어당겨 주기로 하자. 나는 그 여자에게 〈사랑한다〉고 말하고 싶었다. 그러나 〈사랑한다〉라는 그 국어의 어색함이 그렇게 말하고 싶은 나의 충동을 쫓아버렸다.

인숙의 서울행의 포기는 세속적인 욕망의 현실을 단념함을 뜻한다. 이처럼 세속적 욕망을 포기함으로써 인숙과 '나'는 진정한 화합의 가능성을 지닌다. 그러나 현실을 포기한 사랑은 실패할 수밖에 없으며 '나'의 소외('국어의 어색함')를 극복하는 화합이 될 수 없다. 세속적 현실을 버린 사랑은 비현실적이 될 수밖에 없으며, 사랑을 포기한 현실은 위선적인 타협(화해)이 되고 마는 것이다. 이처럼 이 소설은 사랑과 현실이 화해될 수 없음을 드러냄으로써, 그 양자의 단절 즉 소외(주객단절)를 강요하는 현실을 비판한다.

일상적 삶을 살아가는 인물의 내면적 소외를 폐쇄된 공간을 통해 형상화하는 수법은 최인호의 「타인의 방」(1971)에서도 나타난다. 「타인의 방」에서 폐쇄된 아파트의 공간은 주인공('그')의 소외된 내면공간에 상응한다. 그는 사물화된 현실의 거리로부터 아내와의 따뜻한 인간관계로 채색된 자신의 아파트 방으로 돌아온다. 그러나 아내의 외출은 그와 아내의 방을 타인의 방으로 만들어버린다. 아내가 없는 아파트 공간의 사물들은 인간적인 체취가 말라버린 단지 사물 그 자체일 뿐이었다. 사물들이 사물에서 벗어나서 인간적인 온기를 갖게 되는 것은 그것이 인간의 체취를 담고 있을 때일 것이다. '내'가 아내의 씹던 껌에서 유일하게 위안을 느낄 수 있었던 것은 그 때문이다.

그것은 껌이었다. 아내는 늘 껌을 씹고 있었는데, 그것은 아내의 버릇 중의 하나였다. 밥을 먹을 때나 목욕을 할 때면 밥상 위 혹은 거울 위에 껌을, 후에 송두리째 뜯어 내려는 치밀한 계산 하에 진득한 타액으로 충분히 적신 후에 붙여 놓는 것이었다. 그는 잠시 낄낄거렸다. 그는 그 껌을 입안에 털어 넣었다. 껌은 응고하고 수축이 되어 마치 건포도 알 같았다. 향기가 빠져 야릇하고 비릿한 느낌이었지만 좀 후엔 말랑말랑 해졌다. 아내의 껌이 그를 유일하게 위안해 주었다.

그러나 아내의 메모가 거짓임을 확인한 그는 더욱 엄청난 고독감에 휩싸인다. 그는 이제 인간적인 것이 아무것도 남지 않은 사물들의 방에 갇혀 있는 것이다. 사물들로 둘러싸인 공간은, 사물화된 현실에서 소외된 그의 내면 공간과 동질적인 것이 되어 버린다.

물건들은 놀라웁게도 뻔뻔스런 낯짝으로 제자리에 가라앉아 있었다. 그는 비애를 느낀다. 무사무사(無事無事)의 안이 속에서 그러나 비웃으며 물건들은 정좌해 있다. 그는 투덜거리면서 스위치를 내린다. 그리고 소파에 앉아 단 설탕물을 마시기 시작한다. 방안 어두운 구석구석에서 수근거리는 소리가 들려온다. 어둠과 어둠이 결탁하고 역적모의를 논의한다. 친구여, 우리 같이 얘기합시다. 방 모퉁이 각각의 앵글 속에서 한 놈이 용감하게 말을 걸어온다. 벽면을 기는 다족류 벌레의 발자국 소리가 들려온다. 옷장의 거울과 화장대의 거울이 투명한 교미를 하는 소리도 들려온다.

그는 비애에 가까운 고독감에서 벗어나기 위해 사물들과의 교감을 시도한다. 그가 이처럼 사물들과 인간들처럼 대화를 나누는 것은, 현실 속 인간들과의 사물화된 대화의 음화인 셈이다. 즉, 그는 현실에서 사물화된 타인들과 관계를 갖듯이 폐쇄된 공간의 사물들과 교감을 나누려 한다. 그러나 그의 화해의 시도는 (현실에서처럼) 그 자신이 사물(물건)이 됨으로써만 이루어질 수 있었다. 그는 결국 소외에서 벗어나는 데 실패하지만 그 실패를 통해 자신의 소외를 객관화하게 된다. 또한

그 과정에서 사물이 되어야만 환경과 교감을 나눌 수 있는 사물화된 현
실을 비판한다.

「타인의 방」은 시간의 공간화 기법을 통해, 무시간성 속에서 주인공의
소외된 〈내면공간〉이, 〈폐쇄된 아파트 공간〉을 매개로 객관화되게 하고
있다. 즉, 〈폐쇄된 아파트 공간〉에서 벌어진 일들은 실상 닫힌 주인공의
〈내면공간〉에서 일어난 사건인 셈이다. 이처럼 주인공의 소외된 내면공
간을 제시하는 기법으로는 내적 독백, 의식의 흐름, 제한적 이동, 몽타주
등을 들 수 있다. 예컨대 「지주회시」에서 의식의 흐름 기법은 주인공
('그')이 사물화된 환경으로부터 소외되어 있음을 나타낸다. 「소설가 구
보씨의 일일」의 몽타주 기법 역시 구보의 소외를 객관화하는 기법으로
볼 수 있다. 또한 버지니아 울프의 『댈러웨이 부인』은 〈제한적 이동〉[95]
기법을 사용해 여러 인물들의 의식이 단절된 채 동시적으로 병존하는 양
상을 보여준다. 〈다수의식의 반영〉[96]으로 불리는 이 소설의 제시 방식은
소외된 인물들의 의식을 통시적 시간의 질서에서 벗어나 병렬적으로 공
존하는 것으로 드러낸다.[97] 주객단절과 소외를 객관화하는 이 여러 기법
들 중에 서술방식에 연관된 기법들(내적 독백, 의식의 흐름, 제한적 이
동)은 5장에서 다시 고찰하기로 한다. 그에 앞서 다음에서는 형상화 방
식에 관련된 콜라주, 몽타주, 알레고리 등에 대해 살펴보기로 하자.

(4) 콜라주 · 몽타주 · 알레고리

콜라주, 몽타주, 알레고리 등은 주객단절(소외)을 형식 자체로서 객
관적으로 드러내는 기법들이다. 이 기법들이 모더니즘에서 새로이 나타
난 것은 모더니즘이란 그 이전 소설들과는 달리 주객단절을 객관화하는
독특한 방법이기 때문이다. 주객단절의 파편성을 드러내는 이 기법들
중에서 먼저 콜라주에 대해 살펴보자.

---

95) 채트먼, 『영화와 소설의 서사구조』, 앞의 책, 264~67면.
96) 에리히 아우얼바흐, 『미메시스』, 김우창 · 유종호 역(민음사, 1979), 253면, 270면.
97) 여기서도 시간의 공간화와 병렬적 구성이 나타난다.

〈콜라주〉란 현실의 소재(대상)들을 변형없이 작품 속에 오려붙이는 기법을 말한다. 콜라주는 전통적인 반영론 미학에 대한 반역인 셈인데, 왜냐하면 이 기법은 현실을 모방하는 것이 아니라 작품 속에 현실의 단편을 삽입시키는 것이기 때문이다. 현실의 모방(반영)과는 달리 콜라주에는 항상 현실의 단편과 작품 사이에 단절된 자국이 남게 된다. 미적 〈주체〉가 형상화하는 작품과 그 속에 삽입된 〈현실〉의 단편 사이의 단절 자체가, 콜라주의 〈주객단절〉의 특성을 보여준다.

이런 콜라주 기법의 효과는 두 가지 측면에서 살펴볼 수 있다. 하나는 콜라주 단편의 기록적 신뢰성에 의해 직접성의 환영이 강화된다는 점이다. 다음에서처럼 콜라주는 직접 현실을 대면하는 듯한 충격을 제공한다.

어머니는 식사를 중단했다. 나는 어머니의 밥상을 내려다보았다. 보리밥에 까만 된장, 그리고 시든 고추 두어 개와 조린 감자.

나는 어머니를 위해 철거 계고장을 천천히 읽었다.

낙 원 구

주택 : 444, 1 ——   197x. 9. 10

수신 : 서울특별시 낙원구 행복동 46번지의 1839 김불이 귀하

제목 : 재개발 사업 구역 및 고지대 건물 철거 지시

귀하 소유 아래 표시 건물은 주택 개량 촉진에 관한 임시 조치법에 따라 행복 3구역 재개발 지구로 지정되어 서울특별시 주택 개량 재개발 사업 시행 조례 제15조, 건축법 제5조 및 동법 제42조의 규정에 의하여 197x. 9. 30까지 자진 철거할 것을 명합니다. 만일 위 기일까지 자진 철거하지 않을 경우에는 행정 대집행법의 정하는 바에 의하여 강제 철거하고 그 비용은 귀하로부터 징수하겠읍니다.

철거 대상 건물 표시

서울특별시 낙원구 행복동 46번지의 1839

구조   건평   평

끝

낙 원 구 청 장

어머니는 조각마루 끝에 앉아 말이 없었다. 벽돌 공장의 높은 그림자가
시멘트담에서 꺽어지며 좁은 마당을 덮었다.
　　　　　　　　　　　—— 조세희, 「난장이가 쏘아올린 작은 공」

직접성의 느낌을 강화하는 콜라주의 효과는 위에서처럼 작품과 현실
의 단편(계고장)을 접합시키는 수법에 의존한다. 말일 이런 문맥의 충
돌이 없다면 현실의 단편은 단지 진부한 (자동화된) 자료에 불과한 것
이 된다. 그러나 인용문처럼 작품과 현실의 조각이 접합되는 순간에는
복잡한 기호학적 상황이 벌어진다. 먼저 콜라주된 계고장은 앞뒤 소설
의 문맥에서 벗어나 현실의 문맥에 놓여 있다. 물론 인용문의 계고장은
알레고리화된 지명을 사용한 점에서 완전히 현실의 단편만은 아니라고
생각된다.[98] 그러나 소설 중간의 앞뒤 문맥을 절단하고 삽입됨으로써
소설과 대비되는 직접적 현실감을 갖게 된다. 계고장의 기록을 변형없
이 옮겨온 듯한 수법도 그런 효과를 드러낸다.

　그런데 계고장이 현실의 단편이라 하더라도 소설 속에 오려붙여진 순
간 그것은 부득이 전체 소설의 관습 속에 편입된다(물론 그것은 콜라
주라는 새로운 관습이다). 따라서 콜라주된 계고장은 현실의 문맥과 소
설의 문맥이 중첩되는 이중성 속에 위치한다. 그 중첩된 문맥에서 콜라
주는 기록적 신뢰성(계고장)을 허구의 관습 속에 끌어들임으로써 소설
의 현실성을 확대한다.

　이 점에서 콜라주는 특별한 방식으로 현실성을 증폭시키는 리얼리즘
에도 사용될 수 있다.[99] 그러나 다른 한편 위의 콜라주에서는 주객단절
을 형식 자체로서 드러내는 모더니즘의 독특한 효과가 나타난다. 즉,
철거 계고장을 받은 난장이 가족의 절망을 그린 위의 장면에서, 콜라주

---

98) 인용문의 계고장은 주소가 알레고리화('행복동')되어 있는 점에서 단순한 현실
　　의 단편은 아니다. 계고장 내부에서도 현실의 단편과 알레고리와의 문맥의 충돌
　　이 일어나는 셈이다.

99) 실제로 「난장이가 쏘아올린 작은 공」은 모더니즘 기법을 사용한 리얼리즘으로
　　볼 수 있다.

는 희망없는 그들과 억압적 현실 사이의 단절을 보여준다. 난장이 가족들은 계고장의 억압적 권력 앞에 어떻게도 손을 쓸 수 없는 소외된 상태에 있는 것이다. 말 없이 앉아 있는 어머니(주체)와 그녀 앞에 놓여 있는 계고장(객관현실) 사이의 형식적 단절감은 내용적으로 그녀의 주객단절의 삶을 직접 보여준다.[100]

콜라주처럼 매끄러운 유기적 표면을 깨뜨리고 단편들이 접합된 자국을 그대로 드러내는 기법으로서 보다 포괄적인 개념이 〈몽타주〉이다. 몽타주란 단편들을 조립하여 종합적인 이미지(의미)나 제3의 이미지(의미)를 만들어내는 기법을 말한다.[101] 몽타주는 통시적인(혹은 구문적인) 인과적 관계보다는 단편들이 병치되는 효과에 의존하는 점에서 일종의 〈병렬적 구성〉으로 볼 수 있다. 또한 통시적 인과율을 해체하고 무시간적인 병렬적 관계를 드러내는 〈시간의 공간화〉 기법의 하나이다.

몽타주는 어떤 대상을 객관적으로 제시하기보다는, 다양한 대상들이나 한 대상의 여러 측면을 보여주는 단편들을 조립하여, 단순한 객관적 제시만으로는 얻을 수 없는 이미지나 인상, 의미를 만들어낸다. 따라서 근본적으로 대상을 사진으로 기록하는 방식인 영화에서는 단순한 객관적 제시를 넘어서기 위해 몽타주를 기본 기법으로 필요로 하게 된다. 영화에서 몽타주가 중요하게 논의되는 것은 이 때문이다. 영화의 몽타주 이론으로는, 단편들의 연결로써 조화된 이미지(의미)를 만든다는 푸도프킨의 이론과, 이질적인 단편들로써 이미지들을 충돌시켜 제3의 이미지(의미)를 생성시키는 에이젠슈테인의 이론이 있다.[102]

영화에서 몽타주가 기본 기법인 반면 모더니즘 소설의 몽타주는 일반소설기법과는 다른 특별한 수법으로 나타난다. 모더니즘적 몽타주의 특징은 단편들의 접합이 주객단절로 인한 통시적 인과율(혹은 플롯)의

---

100) 「난장이가 쏘아올린 작은공」 연작의 모더니즘적 특성에 대해서는 나병철, 『한국문학의 근대성과 탈근대성』, 앞의 책, 231~41면 참조.

101) 몽타주에 대해서는 앞의 제2장 2절 (3) 소설과 영화, 전자매체 참조.

102) 김용수, 『영화에서 몽타주 이론』(열화당, 1996) 참조.

파괴와 연관된다는 점이다. 즉, 모더니즘의 몽타주는 잘린 단편들의 병치라는 형식 자체가 주객단절과 파편화된 삶의 내용을 직접 드러낸다. 한 예로 「소설가 구보씨의 일일」에서 구보가 설렁탕을 먹는 잘 알려진 장면을 생각해 보자(앞의 제2장 4절 참조). 이 장면에서 구보의 의식은 현재와 과거를 넘나들며 서울의 설렁탕집(현재)과 동경의 여자의 집(과거)에서의 장면들을 조립해서 보여준다. 이 부분은 1차 서사(통시적 인과율의 플롯)로 환원되지 않는 과거-현재가, 텍스트-플롯(순서)의 차원에서 동시적인 병치적 의식내용으로 제시된다. 이처럼 1차 서사의 통시적 인과율이 파괴되는 것은 구보가 소외(주객단절)된 인물이기 때문이며, 그대신 구보의 의식내용(서울의 설렁탕집과 동경의 여자의 집)이 동시적으로 병치되는 몽타주가 만들어진다.

이처럼 모더니즘의 몽타주는 인물이 환경과 상호작용하지 못함으로써 단절된 의식내용(설렁탕집)의 틈새로 다른 의식내용(여자의 집)이 틈입하여 형성된다. 이 경우에는 몽타주된 의식내용 자체가 인물이 환경으로부터 단절된 소외를 드러낸다. 여기서 한발 더 나아가 인물의 의식의 분열뿐만 아니라 몽타주된 단편들(인물의 의식내용)이 파편화된 현실의 삶을 드러내는 경우도 있다. 예컨대 「난장이가 쏘아올린 작은 공」 연작(조세희)에 나타나는 몽타주들은 조각난 단편들이 파편화된 현실의 삶을 암시한다.

은희는 권총을 든 채 외투의 단추를 풀었다. 그리고, 그 안 원피스의 지퍼를 내렸다. 권총을 책상 위에 놓고 팔을 내리자 알몸이 되었다. 그녀는 어머니처럼 다가가 눈물로 범벅이 된 윤호의 얼굴을 가슴과 두 팔로 감싸 안았다. 지섭이 그날 난장이네 집에 가서 무슨 일을 했는지 윤호는 몰랐다. 난장이와 그의 식구들은 조각마루에 앉아서 저녁식사를 했다. 그들은 말 한 마디 없었다.

──「우주여행」

인용문에는 권총의 이미지와 은희가 알몸이 되는 장면, 그리고 난장이 가족의 모습이 몽타주 되어 있다. 이 세 개의 단편들은 이질적이고 상충되는 이미지를 포함하고 있다. 즉, 권총과 은희의 알몸, 말없는 난장이 식구들 사이에는 이질감과 단절이 존재한다. 몽타주에 의한 이런 형식적 단절은 윤호의 의식의 분열을 통해 나타나는 두 세계 사이의 내용적 단절에 상응한다. 즉, 은희의 알몸은 성적 욕망으로 표상되는 자본가 세계의 이미지이며, 말없는 난장이 식구들은 억압당한 노동자 세계의 이미지이다. 그 두 개의 세계는 현재(은희의 알몸)와 과거(난장이 가족)로 분열된 윤호의 의식내용과 그 몽타주 단편처럼 단절되어 있다. 단절되고 파편화된 현실에서 윤호의 의식의 분열은 두 장면(은희의 알몸과 난장이 식구)의 단편들과 함께 자살을 암시하는 권총의 이미지에 압축되어 있다. 이처럼 이질적인 세 개의 몽타주 단편들은 파편화된 현실(두 개의 세계)과 분열된 윤호의 의식을 객관화하고 있다.

「난장이가 쏘아올린 작은 공」 연작에는 문맥이 단절된 몽타주를 통해 두 세계의 단절을 암시하는 장면들이 수없이 반복된다. 가령 다음의 인용문들은 모두 이질적 단편들(이미지들)을 접합시켜 자본가와 노동자 세계 사이의 단절을 형식 자체로서 드러낸다.

> 여자아이는 윤호의 몸에 자기 몸을 찰싹 대었다. 윤호는 그날 밤 그 아이와 잤다. 지섭이 있었다면 이야기를 했을 것이다. 난장이의 딸은 팬지꽃이 피어 있는 두어 뼘 꽃밭가에서 줄 끊어진 기타를 쳤었다.
>
> ——「우주여행」

> 나는 부서진 대문 한 짝을 끌어내 그 위에 엎드렸다. 햇살을 등에 느끼며 나는 서서히 잠에 빠져들었다. 우리 식구와 지섭을 제외하고 세계는 모두 이상했다. 아니다. 아버지와 지섭이마저 좀 이상했다. 나는 햇살 속에서 꿈을 꾸었다. 영희가 팬지꽃 두 송이를 공장 폐수 속에 던져 넣고 있었다.
>
> ——「난장이가 쏘아올린 작은 공」

앞의 예문에서는 여자아이와 지섭, 난장이 딸의 모습을 통해, 각각 자본가, 지식인, 노동자의 세계를 암시한다. 특히 여자아이와 난장이 딸의 대비를 통해 두 세계(자본가/노동자) 사이의 단절을 드러내고 있다. 뒤의 예문에서는 철거된 집(부서진 대문)과 햇살, 그리고 팬지꽃과 공장폐수의 이미지가 충돌하고 있다. 여기서도 노동자의 꿈과 자본가의 억압이 단절된 단편적 이미지들을 통해 대비되고 있다.

문맥의 충돌에 의거해 비유기적인 파편화된 이미지를 만드는 또다른 기법으로는 알레고리가 있다. 이질적인 단편들을 조립하여 문맥의 충돌을 일으키는 기법이 몽타주라면 알레고리는 축자적 문맥과는 다른 의미를 만들기 위해, 이미지들(단편들)을 조작하는 기법이다. 축자적 문맥을 넘어서는 의미를 지니는 점에서 알레고리는 상징과 유사한 구조를 포함하고 있다. 그러나 상징의 매재(매개 이미지)가 축자성을 넘어서는 의미를 내포하면서도 그 자체가 축자적 문맥과 유기적으로 조화되는 반면, 알레고리에서는 매재와 축자적 문맥이 부조화를 이루고 있다. 가령 「국화옆에서」(서정주)에서 국화의 상징적 이미지는 축자성을 넘어서는 의미(동양적 여인상)를 지니는 동시에 축자적 문맥에서도 자연스러운 이미지(국화꽃)로 드러나고 있다. 반면에 「호질」(박지원)에서 호랑이의 알레고리는 축자성을 넘어서는 이미지(인간과 대비되는 존재)로서는 의미가 있지만 축자적 문맥에서는 이야기 맥락과 자연스럽게 연결되지 않는다. 즉, 호랑이와 사람의 대면은 실제 현실의 단순한 재현으로서 자연스럽게 형상화된 것이 아니다.

그러나 알레고리가 풍자로서 사용될 때(「호질」처럼)는 축자적 문맥을 넘어선 차원에서 의미의 조화가 이뤄지므로 단절감과 파편성이 부각되지는 않는다. 그와 달리 모더니즘에서는 축자성을 넘어선 차원에서도 단절이 지워지지 않기 때문에 알레고리는 근본적인 파편성을 드러낸다. 모더니즘의 알레고리는 오히려 형식적 파편성과 의미(내용) 차원의 파편성이 상응하는 관계를 보여준다. 즉, 모더니즘의 알레고리는 매재와 축자적 문맥의 단절을 통해 내용적으로 주객단절과 파편화된 현실을 드러낸다.

　　윤호에게 지섭은 의미 없는 말은 한 마디도 안 하는 사람이었다. 그는
　윤호가 학교에 간 동안 개천 건너 빈민촌에 가 살다시피 했다. 윤호네 집
　삼층 다락방에서는 방죽가에 다닥다닥 붙어 있는 무허가 건물들이 보였다.
　벽돌 공장의 굴뚝도 보였다. 그 동네에서 지섭은 우주인을 만났다고 나중
　에 말했다. 윤호는 웃었다. 지섭은 끈질긴 사람이었다. 그는 우주인과 그
　가족을 만나게 해 주겠다면서 윤호를 끌고 나갔다.

──「우주여행」

　　위에서 '우주인'은 글자 그대로의 의미로는 웃음거리(윤호의 웃음)에
지나지 않는다. 우주인이라는 알레고리적 이미지와 소설의 축자적 문맥
사이에 단절이 있기 때문이다. 그러나 이 소설은 오히려 그 단절을 부
각시킴으로써 빈민촌 사람들의 삶의 단절감(즉 소외)을 드러낸다. 위에
서 우주인은 빈민촌에 사는 사람들의 꿈을 표상한다. 만일 그들이 소외
(주객단절)된 사람들이 아니었다면 그들의 꿈은 축자적 문맥과 조화된
아름다운 상징적 이미지로 나타났을 것이다. 그러나 억압적 〈현실에서
소외(단절)된〉 빈민들의 꿈은 〈축자적 문맥과 단절된〉 기이한 (그리고
환상적인) 알레고리적 이미지(우주인)로 나타날 수밖에 없다. 이 소설
에서 빈민들의 꿈을 표상하는 도도새, 팬지꽃, 우주인 등의 이미지가
유기적인 상징이 아닌 파편화된 알레고리로 나타난 것은 바로 그 단절
성(현실과 축자적 문맥으로부터의 단절)에 기인한다. 이 알레고리적 이
미지들은 시적이고 환상적이면서도 상징과는 달리 기이한 형상으로 드
러난다. 그것은 형식적으로는 〈축자적 문맥과 단절된〉 알레고리이기 때
문이며, 내용적으로는 빈민들의 〈현실적 문맥과 단절된〉 꿈을 표상하기
때문이다. 도도새, 팬지꽃, 우주인 등은 빈민들(노동자들)의 꿈의 표현
인 동시에 그 꿈이 현실 속에서는 불가능함을 암시하기도 하는 것이다.
　축자적 문맥과 충돌하는 단편들(이미지들)을 통해 내용적으로 주객

단절을 드러내는 알레고리는 부정적 이미지의 경우에도 동일하게 나타
난다. 예컨대 카프카의 「변신」에서 벌레의 혐오스러운 이미지는 사랑이
소멸된 현실의 단절된 인간관계를 표상한다. 이 기이한 이미지는, 일상
현실을 그리는 축자적 문맥에서 분리된 파편으로 삽입됨으로써, 더욱
충격적으로 제시된다.

　　어머니는 옆으로 비켜 서더니, 꽃무늬의 벽지 위에서 커다랗고 누런 반
　점을 발견하고 그것이 그레고르라는 것을 확실히 깨닫기도 전에 거칠고 날
　카로운 소리로 외쳤다. "아이구머니! 아이구머니!" 두 팔을 짝 벌리고 절
　망한 듯이 소파 위에 쓰러지더니 그만 꼼짝달싹도 못했다. "어머나, 오
　빠!" 누이동생은 주먹을 휘두르고 날카로운 눈초리로 쏘아 보면서 이렇게
　외쳤다. 이 말은 자기가 변신한 이래, 누이동생이 직접 자기에게 말한 첫
　마디였다.

　위에서 벌레가 된 그레고르는 일상현실의 축자적 문맥과 충돌하는 파
편으로 나타난다. 이런 알레고리의 파편성은 벌레의 이미지를 더욱 충
격적으로 만들 뿐만 아니라 단절된 인간관계를 형식 자체로서 객관화해
보여준다. 만일 그레고르가 일상현실의 축자적 문맥과 조화된 (유기적
인) 상징적 이미지로 그려졌다면 알레고리적 파편성의 충격은 훨씬 완
화되었을 것이다. 뿐만 아니라 플롯이 와해된 모더니즘에서 그레고르의
소외는 단순한 삽화 속의 즉자적인 고독으로 그려졌을 것이다. 그와 달
리 모더니즘의 알레고리는 일상적 문맥과 단절됨으로써 소외를 객관화
시키며, 소외된 주체를 일상 속에 유기적으로 조화시키려는 현실의 거
짓 총체성에 저항한다.
　이상에서처럼 콜라주 · 몽타주 · 알레고리 등 유기적 조화를 깨뜨리는
파편적인 기법들은 형식 그 자체로서 파편화된 삶을 객관화한다. 이 모
더니즘적 기법들은, 통시적 인과율 대신 파편들을 병치시키는 수법을
쓰는 점에서, 넓은 의미의 시간의 공간화와 연관된다. 말하자면 여기서

도 일종의 병렬적 구성이 발견되는 것이다. 이처럼 플롯의 인과율보다는 병렬적 구성을 통해 현실의 통시적 시간의 질서에 저항하는 것이 모더니즘의 본질적인 특성이다.

10. 포스트모더니즘과 해체적 전망

(1) 포스트모더니즘의 플롯

모더니즘의 무시간적인(공간적인) 병렬적 구성은 환경과 단절된 인물의 내면공간을 객관화하는 방법으로 볼 수 있다. 병렬적 구성의 공간성과 파편성은 소외된 인물의 내면적 주객단절에 형식적·내용적으로 상응한다. 이같은 모더니즘의 형식적·내용적 특성은 밀폐된 내면공간에 칩거하는 (소외된) 인물이 억압적 (그리고 거짓화해의) 현실에 조화됨을 거부함으로써 생겨난다. 이점에서 모더니즘의 인물은 소외된 내면공간에 근거해 (사물화된) 부정적 현실에 저항하는 셈이다. 모더니즘의 〈재현의 거부〉와 〈파편화된 형식〉역시 그로부터 생겨난다.

폭력과 사물화에 의거한 모더니즘 시대(독점 자본주의)의 현실적 억압은 20세기 후반(후기자본주의) 이후[103] 비가시적이고 미시적인 방법으로 바뀌게 된다. 비가시적이고 미시적인 권력작용은 감시장치나 성적 욕망의 장치 등에 의존하므로 소설의 주인공은 더이상 모더니즘 시대처럼 밀폐된 내면공간에 칩거할 필요가 없게 되었다. 왜냐하면 감시장치는 보이지 않는 기제를 이용하며 성적 욕망의 장치는 욕망을 증대시키는 방식을 사용하기 때문이다. 내면공간에 폐쇄되었던 인물들이 리얼리즘에서처럼 다시 외부 환경 속에서 활동하게 된 것은 이와 연관이 있다.

---

103) 우리나라에서는 8, 90년대에 보다 분명해진다.

그러나 미시적인 권력 작용은 무의식이나 욕망을 지배하므로 모더니즘 시대의 폭력보다 오히려 더 내밀하게 (그리고 완전하게) 주체를 지배하는 셈이다. 이제 권력작용이 편재성이나 그물망 등을 통해 설명되는 것은 그만큼 주체를 빈틈없이 예속시킴을 암시한다. 이같은 후기자본주의 시대의 탈주체화에 대항하여, 포스트모더니즘은 리얼리즘처럼 행동으로 (그리고 내면적으로) 저항하거나 모더니즘처럼 재현의 거부로 저항할 수 없게 되었다. 그대신 포스트모더니즘은 억압적 권력에 의해 고착화된(사물화된) 현실을 탈출(욕망의 탈주)하거나 해체한다. 두 방법 모두 현실을 고정불변의 환경으로 보는 것이 아니라 불확정적인 상징계, 즉 일종의 가변적인 재현으로 보는 셈이다. 모더니즘이 현실의 〈재현을 거부〉했다면 포스트모더니즘은 현실 자체를 〈불확정적인(미결정적인) 재현〉으로 해체한다.

현실을 미결정적인 (가변적인) 재현으로 해체한다는 것은 지금의 현실(재현) 이외의 또다른 재현이 가능함을 전제로 하는 것이다. 또한 현실을 여러 이본 중의 하나인 재현물로 봄으로써 기존의 현실을 완전한 판본으로 고정시키려는 억압적 권력에 저항한다. 이처럼 억압적 권력의 현실을 해체함으로써, 부정적 현실을 변화시킬 수 있는 가시적 현실 이면의 미시적 힘들의 관계[104]를 탐구하는 것이 포스트모더니즘의 목적이다. 그것은 권력의 미시적 작용과 그에 대항하는 힘들과의 역학관계를 밝히는 것이기도 할 것이다. 억압적 현실을 불확정적인 재현으로 해체함으로써, 인물과 현실(재현) 간의 미시적 힘들의 관계를 드러내는 포스트모더니즘의 플롯은, 다음과 같이 표시될 수 있다.

---

104) 가시적 현실이 상징계라면 미시적 힘들의 관계가 작용하는 곳은 실재계일 것이다. 이처럼 상징계를 실재계와의 연관속에서 가변적인 것으로 해체하는 것이 포스트모더니즘이다. 한편 힘과 권력의 차이는 다음과 같이 설명될 수 있다. 권력(power)이 지배의 안정화를 위해 행사되는 (상징계적) 작용력이라면, 힘(force)은 사회적 형식을 만드는 서로 다른 에너지들 간의 상호관계(실재계)에서 나타난다. 마이클 라이언, 『포스트모더니즘 이후의 정치와 문화』, 나병철·이경훈 역 (갈무리, 1996), 30~31면 참조.

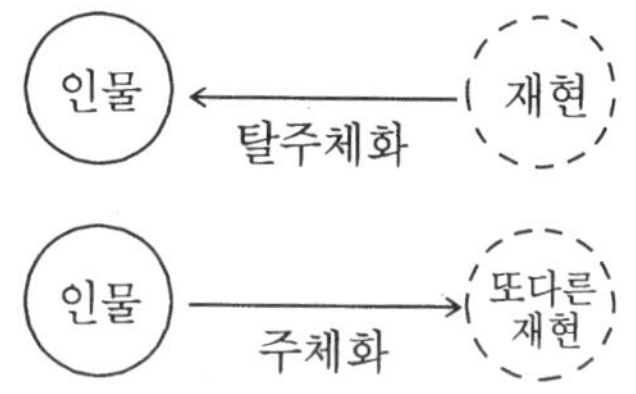

　위에서 점선은 현실이 확고한 〈환경〉이 아닌 불확정적인 〈재현〉으로 해체된 것을 말한다. 포스트모더니즘에 의하면, 권력의 미시적 작용은 실상 잘못된 재현과 연관되어 기능한다. 즉, 권력은 인물을 탈주체화시켜 거짓된 재현에 종속시키고, 그 재현을 확고한 현실의 환경으로 고정시키려 한다. 예컨대 「소문의 벽」(1971)에서 박준을 탈주체화시키는 감시장치의 미시적 권력은 〈소문〉이라는 잘못된 재현으로부터 나오고 있다. 비가시적 권력은 박준을 탈주체화시켜 소문의 벽에 가두고 그 잘못된 재현인 소문을 인물이 살아가는 환경으로 고정시키려 한다. 이에 대해 박준은 감시장치(전짓불)의 탈주체화를 거부하고 진술의 욕망(주체화)을 통해 또다른 재현인 자신의 소설을 쓰려고 한다. 이 소설에서는 박준이 진실한 재현인 소설을 씀으로써, 그 주체화(진술의 욕망)를 실현하려는 시도와 그것을 좌절시키는 소문(잘못된 재현)속의 권력의 미시적 감시장치와의 대립이 부각된다.

　또한 『당신들의 천국』(1976)에서는 '우리들의 천국'이 아닌 '당신들의 천국'이 문둥이들을 탈주체화(예속)시키는 잘못된 재현으로 설정되고 있다. 이상욱은 그 천국에 '보이지 않는 철조망'이 쳐져 있음을 간파하고, 권력의 예속에서 벗어나 주체화를 실현하기 위해 탈출을 시도한다. 이상욱이 '당신들의 천국'에서 벗어나서 가고자 하는 곳은 현실에는 존재하지 않는 '우리들의 천국'이라는 또다른 재현일 것이다.[105]

　장정일의 『아담이 눈뜰 때』(1990)에서는 성적 욕망의 장치로 인물들을

---

105) 이청준의 소설에는 해체론적 전망 이외의 다른 관점도 포함되어 있으므로 순전히 포스트모더니즘적 요소만 있는 것은 아니다.

탈주체화시키는 '가짜 낙원'이 잘못된 재현으로 드러나고 있다. 가짜 낙원을 인물들이 욕망을 즐기면서 살아가야 할 현실로서 고착시키려는 것이 바로 권력의 작용이다. 그러나 인물들은 욕망을 허비하면 할수록 허무에 빠지며 권력에 예속되어 탈주체화된다.『아담이 눈뜰 때』의 주인공 '나'는 교환원리로 꾸며진 가짜 낙원(잘못된 재현)에서 탈출하기 위해 (즉 자신을 주체화시키기 위해), 진정한 재현인 소설을 쓰는 데 매달린다.

이처럼 포스트모더니즘에서는 주인공이 자신을 주체화시키기 위해 지향하는 공간이, 새로운 인간관계로 된 〈또다른 환경〉이기보다는, 소설이나 동양사상 등의 문화적 코드로 이해된 공간으로서 〈또다른 재현〉으로 나타난다. 소설공간이나 동양사상으로 해석된 공간은 서구적 합리주의의 현실(잘못된 재현)에서 벗어나는 또다른 재현이지만 아직 우리가 나아가야 할 새로운 사회의 환경은 아닌 것이다. 이 때문에 포스트모더니즘은 그 지향하는 방향성(전망)이 모호하다고 비판 받기도 한다. 이는 포스트모더니즘이 가시적인 현실로 드러나는 거시적 차원보다는 비가시적인 미시적 차원을 주로 다루기 때문일 것이다.[106]

포스트모더니즘의 전망의 모호성은『아담이 눈뜰 때』처럼 주인공을 주체화시키는 진정한 재현이 자신의 소설 그 자체인 메타픽션의 경우 더욱 짙어진다. 메타픽션의 근본적 한계는 바로 그 전망의 모호성에 있을 것이다. 그러나 메타픽션은 〈현실〉을 〈소설〉과 똑같은 〈재현〉의 차원에서 이해함으로써 그 자체로도 현실을 고착시키려는 억압적 권력에 대한 저항이 될 수 있다. 그러면 현실이 소설이 되고 소설이 현실이 되며, 소설과 현실의 관계 자체가 소설이 되는, 메타픽션의 해체의 전략을 살펴보자.

(2) 메타픽션의 해체의 전략

메타픽션이란 소설이 자신의 몸체를 되비춤으로써 완결된 형식을 해

---

106) 거시적 대서사와의 접합이 요구되는 것은 이 때문이다. 이에 대해서는 뒤에서 다시 살펴보겠음.

체하는 소설을 말한다. 흔히 〈반소설〉〈초소설〉〈자기 회귀적 소설〉 〈자기 반사적 소설〉로 불리는 실험적 작품들은 모두 메타픽션과 연관 되어 있다. 메타픽션이 완결된 형식을 해체하는 방법으로는, 그 소설이 다르게 쓰여질 수도 있었음을 드러내거나(『프랑스 중위의 여자』, 존 파 울스), 소설 속의 주인공이 바로 그 소설을 쓰게 하는 수법(『아담이 눈 뜰 때』), 혹은 소설 속에 그 소설을 포함한 여러 가지 소설들을 삽입하 는 방법(「복어 요리사」, 구광본) 등이 있다. 어떤 방법이든 메타픽션은 현실의 환영을 제시하는 대신 그 소설이 일종의 글쓰기에 불과함을 드 러낸다.

전통적인 소설은 소설의 창작과정이나 소설 자신에 대한 자기반사적 언급을 회피해왔다. 그것은 독자가 소설을 글쓰기가 아닌 현실의 환영 으로 받아들여 직접 현실을 경험하는 듯이 느끼게 하기 위해서였다. 그 러나 메타픽션은 오히려 현실의 환영을 파괴하고 그 소설이 결국 글쓰 기일 뿐임을 드러내 보인다.

그런데 이처럼 소설 형식의 완결성을 파괴하면 결과적으로 현실의 완 결성 역시 해체된다. 전통적인 소설은 현실의 환영인 소설의 지시대상 으로서 고정된 현실을 가정해왔다. 그러나 글쓰기에 대한 자기반사성을 지닌 메타픽션에서는 현실의 환영이 깨짐과 동시에 지시대상으로서의 고정된 현실 역시 나타나지 않는다. 왜냐하면 글쓰기에 대한 자기반사 성이란 메타픽션이 바로 자기 자신인 글쓰기(소설 그 자신)를 지시함 을 의미하기 때문이다.

$$\text{소설} \longrightarrow \text{현실}$$
재현　　　　지시대상

전통적인 소설

$$\text{소설} \longrightarrow \text{글쓰기}(\text{현실의 재현})$$
재현　　　　지시대상

메타픽션

메타픽션을 통해서도 현실의 재현을 볼 수 있지만 그것은 어디까지나 그 재현이 글쓰기(재현)임을 인정하는 한에서이다. 즉, 메타픽션에서는 글쓰기에 담겨진 재현만이 나타날 뿐 현실 그 자체가 지시대상으로 드러나지는 않는다. 결과적으로 메타픽션은 재현(글쓰기)된 현실을 반영할 수는 있지만 현실 그 자체를 반영의 대상으로 삼을 수는 없다.

전통적인 개념에서 소설이 현실의 반영이었다면 메타픽션은 소설이 재현의 반영임을 보여준다. 즉, 반영의 대상으로서의 고정된 현실 대신에 언제나 재현된 현실만이 있을 뿐이다. 메타픽션의 경우 반영의 대상으로서의 현실 그 자체는 끝까지 나타나지 않는 것이다. 이런 메타픽션의 가정은 현실 그 자체를 직접 볼 수 없으며 현실은 항상 재현의 형태로만 드러남을 암시한다. 완결된 형식으로서의 소설이 해체됨으로써 반영의 대상으로서의 현실 역시 재현으로 해체된 것이다.

만일 현실이 불변의 실체가 아닌 재현일 뿐이라면 우리는 구태여 소설에서 현실의 환영을 유지하려 애쓸 필요가 없을 것이다. 아무리 현실을 그대로 복제한다 해도 그것은 결국 재현의 반영일 뿐이기 때문이다. 메타픽션이 일부러 그 자신이 재현물(글쓰기)임을 드러내는 것은 바로 그와 연관이 있다. 메타픽션은 형식적으로 〈현실의 재현〉(우리가 현실이라고 믿는 것)의 재현(혹은 다시 그것의 재현)이지만 실제적으로는 〈현실의 재현〉과는 구별되는 또다른 〈글쓰기로 된 재현〉일 것이다. 왜냐하면 현실이란 어차피 그 자체로써 드러날 수 없으며 〈현실의 재현〉(우리가 현실이라고 믿는 것)이나 〈글쓰기로 된 재현〉으로 나타나기 때문이다. 따라서 메타픽션은 잘못된 〈현실의 재현〉에 저항하는 또다른 〈글쓰기로 된 재현〉을 제시할 수 있다.

예컨대 『아담이 눈뜰 때』(장정일)에서 소설 전체는 현실을 반영한 것인 동시에 또한 주인공 '내'가 쓴 소설 그 자체이다. 따라서 이 소설 전체의 일차적인 지시대상은 타자기로 찍은 '나'의 소설 원고이다. 즉 이 소설에서 지시대상으로서의 현실 그 자체는 부재하는데, 왜냐하면 소설 속의 주인공 '내'가 쓴 소설 외부에는 아무것도 존재하지 않기 때

문이다.[107]

내 나이 열아홉살, 그때 내가 가장 가지고 싶었던 것은 타자기와 뭉크화집과 카세트 라디오에 연결하여 레코드를 들을 수 있게 하는 턴테이블이었다. 단지, 그것들만이 열아홉살 때 내가 이 세상으로부터 얻고자 원하는, 전부의 것이었다.

——『아담이 눈뜰 때』 서두

나는 늘 타자기가 필요하다고 생각해 왔고, 스무살이 되어서야 그것을 갖게 되었다. 나는 이것으로 무엇을 쓸 수 있을 것이다. 편지나, 일기, 아니 어쩌면 진짜 창작을 말이다. 그리고 만약, 내가 소설을 쓰게 된다면 제일 먼저, 이렇게 시작되는 내 열아홉살의 초상을 그릴 것이었다.

내 나이 열아홉살, 그때 내가 가장 가지고 싶었던 것은 타자기와 뭉크화집과 카세트 라디오에 연결하여 레코드를 들을 수 있게 하는 턴테이블이었다. 단지, 그것들만이 열아홉살 때 내가 이 세상으로부터 얻고자 하는 전부의 것이었다.

——『아담이 눈뜰 때』 결말

이처럼 소설 자체를 재현된 주인공의 소설 속에 집어넣는 수법은 은연중에 재현(글쓰기)의 외부에는 아무것도 없음을 암시한다. 물론 이 소설은 현실을 반영하기 위해 쓰여진 것이지만 그것은 반영의 내용이 재현(소설)임을 인정하는 한에서만 가능하다. 따라서 우리는 재현(소설)을 통해서만 현실을 볼 수 있으며 현실 그 자체는 나타나지 않는다. 이처럼 이 소설의 메타픽션 수법은 우리가 실제로 보고 있다고 느끼는 현실이 실상은 재현임을 시사한다.

이런 맥락에서 이 소설에는 두 가지 종류의 재현이 나타난다. 하나는 권력이 현실로 위장하는 가짜 낙원이라는 잘못된 재현이며, 다른 하나

---

107) 데리다의 텍스트 외부에는 아무것도 존재하지 않는다는 말은 이와 같은 의미를 지닌다. 마이클 라이언, 『해체론과 변증법』, 나병철·이경훈 역(평민사, 1994), 6면 참조.

는 권력에 의해 꾸며진 현실의 가상(가짜 낙원)을 재현으로 해체하는 '나'의 진짜 창작(올바른 재현)[108]이다. 권력이 조작한 가짜 낙원의 재현은 '나'를 탈주체화시키는 반면 '나'의 진짜 창작(재현)은 '나'를 올바른 주체로 일으켜 세운다.

그러나 이 소설의 역설은 '나'의 진짜 창작 속에 가짜 낙원의 재현이 너무 생생하게 그려지는 점이다. 진짜 창작의 이미지(재현)에 비해 가짜 낙원의 이미지(재현)가 훨씬 압도적이 됨으로써 실상 가짜 낙원을 해체하는 힘(주체화)보다는 그 잘못된 재현 속에 예속되는 과정(탈주체화)이 우세해지는 것이다. 이 소설에서 올바른 재현으로서의 진짜 창작이 가짜 낙원을 극복하는 전망이 되지 못하는 것은 이 때문이다.

이에 반해 마르께스의 『백년동안의 고독』은 메타픽션의 수법을 통해 현실을 해체하는 데 상당한 성공을 거두고 있다. 『백년동안의 고독』에서 소설 전체는 아우렐리아노에 의해 해독된 양피지 사본에 해당된다. 양피지 사본이란 썼다 지운 글씨 위에 다시 글을 쓴 것을 말하며 글쓰기의 본성인 〈간텍스트성〉[109]을 암시하는 개념을 지닌다. 간텍스트성은 글쓰기가 본래 백지 위에 쓰는 것이 아니라 이미 쓰여진 흔적 위에 다시 쓰는 행위임을 뜻한다.

이런 맥락에서 소설 전체에 해당하는 양피지 사본이란 마콘도(혹은 콜롬비아)의 주체적 역사를 의미한다. 마콘도의 역사는 대대로 쓰여져 내려 온 간텍스트성의 글쓰기이며 구체적으로는 이 소설에 형상화된 환상적인(마술적인) 사건들의 내용이다. 마콘도 사람들의 주체적 상상력에 의해 쓰여진 자신들의 역사(양피지 사본 혹은 소설 자체)는 서구 합리주의의 기준에서 보면 환상적이지만 마콘도 사람들 자신에게는 주체적인 삶의 내용이다. 이 소설은 그 주체적 삶의 내용을 담은 양피지

---

108) 물론 인용문의 진짜 창작이라는 말은 '내'가 진짜로 쓴 창작이라는 뜻을 지닌다. 그러나 우리는 그것을 가짜 낙원과 대비되는 진짜 재현으로 볼 수도 있을 것이다.

109) 간텍스트성이란 어떤 글쓰기가 외부와 독립된 자신의 내부를 갖는 것이 아니라 다른 글쓰기들과의 무수히 중첩된 관계들 속에서 나타남을 의미한다.

사본(주체적 역사 혹은 소설 자체)이 마을과 함께 바람에 날려 사라짐으로써 마콘도의 주체적 역사 역시 소멸되었음을 보여준다. 그대신 마콘도를 짓밟은 서구(미국) 합리주의에 의해 쓰여진 왜곡된 역사만이 살아남아 있는 것이다.

　…마지막 페이지에서 자기가 그 양피지 원고를 해석하게 되리라는 예언을 읽으면서 마치 거울을 들여다 보는 기분을 느끼는 순간에 마콘도는 이미 무서운 회오리 바람에 휩싸여서, 성경에서 얘기하는 태풍처럼 먼지와 돌조각들을 하늘로 뿜어올렸다. 그러자 그는 다시 앞으로 뛰어넘어서 자기가 언제 어떻게 죽으리라는 날짜와 상황을 예언하는 대목을 찾으려고 했다. 그러나 미처 아우렐리아노가 마지막 줄을 다 읽어 내기도 전에, 그는 자기가 결코 이 방에서 나갈 수 없다는 사실을 알게 되었으니, 그것은 이 거울의 도시, 아니 신기루의 도시가, 바람에 날려 없어질 터이며, 아우렐리아노 부엔디아가 이 원고를 해독하게 되는 순간부터 마콘도는 인간의 기억에서 영원히 사라질 것이며, 여기에 적힌 글들은 영원히 어느 때에도 되풀이 될 수 없을 것이니, 그것은 백년 동안의 고독에 시달린 종족은 이 세상에서 다시 태어날 수 없다고 적혀 있었기 때문이었다.

위에서 마콘도가 인간의 기억에서 사라질 것이라는 양피지 사본의 예언은 바나나 노동자 학살 사건이 침묵에 의해 강제로 지워져간 소설(양피지 사본)의 내용에 상응한다. 열악한 노동조건에 반항하는 마콘도 노동자들의 죽음이 서구 제국주의의 식민지배 속에 묻혀 버렸듯이 마콘도의 주체적 삶의 역사 역시 잊혀져 간 것이다.

이처럼 이 소설은 콜롬비아(마콘도)의 주체적 역사의 소멸을 보여줌으로써, 그것을 대체한 서구적 근대화의 역사란 타민족(콜롬비아 민족)을 예속시키는(탈주체화시키는) 권력에 의해 쓰여진 것임을 암시한다. 즉, 잃어버린 마콘도의 역사가 일종의 양피지 사본인 것처럼 남아 있는 서구적 근대화의 역사 역시 재현된 글쓰기인 것이다. 전자가 마콘도의 주체성을 드러내는 재현이라면 후자는 마콘도 사람들을 예속화(탈주체화)시키는 왜곡된 재현이다. 『백년동안의 고독』은 마콘도의 주체적 역사의 사라짐을 보여주는 동시에, 메타픽션의 수법으로 그 소멸된 글쓰기(양피지 사본 혹은 주체적 역사)를 소설화함으로써, 사라진 역사적 주체성을 부활시킨다. 이는 해체적 전망을 통해 서구적 근대화의 역사적 현실을 일종의 왜곡된 글쓰기(재현)로 해체하는 포스트모더니즘의 방법에 의거한 것이다.

(3) 이미지 · 정보 · 동양사상

포스트모더니즘에서 인물들이 반응하는 객체(대상)가 인간관계로 된 환경이기보다는 권력에 의해 꾸며진 환경의 가상(재현)이라는 점은 인물들이 흔히 이미지에 둘러싸이는 양상에서 잘 드러낸다. 인물들이 이미지에 반응한다는 것은 그들의 내면의 욕망과 대상에 대한 감각적 체험이 합치되거나 분열됨을 의미한다. 포스트모더니즘에서는 특히 욕망을 자극하는 감각적 대상들이 인물의 내면의 욕망과 화합하는 이미지들로 나타난다.

그런데 이런 포스트모더니즘의 이미지는 서정소설의 내면적 화해의 이미지와는 구별되는 특성을 지닌다. 서정소설의 주객화해의 이미지는 유토피아에 대한 내면적 동경이 자연 등의 대상과 화합함으로써 나타난다. 즉, 서정소설의 이미지는 현실에서는 가능하지 않은 유토피아에 대한 동경을 뜻하는 내면적 화합의 경험으로 제시된다.

반면에 포스트모더니즘의 이미지는 현실에서 실제로 성취할 수 있는 행복의 욕망에 화합하는 감각적 대상으로 나타난다. 그러나 이런 욕망의 대상들과의 행복한 화합은 내면적으로는 슬픔과 우울을 수반한다. 이는 욕망의 대상들과의 화합이 내면의 진정한 유토피아적 소망과는 배치되는 거짓 화해임을 암시한다. 욕망의 대상들과 행복하게 화합하면 할수록 오히려 내면의 진정한 소망은 소멸되며 그로 인해 인물들은 탈주체화된다. 포스트모더니즘의 이미지들은 인물들의 거짓 욕망과 화합하는 감각적 대상으로 나타나며, 이때 그들을 탈주체화시켜 행복한 화합 이면에 슬픔과 우울을 남긴다. 예컨대 배수아 소설의 이미지들은 매력적이면서도 그 이면에 우울과 권태를 포함하고 있다.

> 여고를 갓 졸업한 백화점의 엘리베이터 걸들이 아침의 구내식당에서 양상추 샐러드를 그릇에 담으면서 끈적끈적해지는 파운데이션과 녹아내리는 마스카라를 불평하고 있었다. 어느 남자가 옆에서 샤넬을 써 보라고 권하고 있다. 방수처리된 마스카라는 어때요, 하고 커피와 토스트를 먹고 있던 또 한 명의 남자가 거들었다. 우울한 날은 쇼핑을 더 잘하거든. 이건 훌륭한 기분전환이지. 인도어 골프장에서 흐린 오후를 죽이는 것보다 더 좋아. 이 년 동안 별로 변한 것이 없는 풍경이었다. 엘리베이터 걸들의 핑크 재킷에 검은 플리츠 스커트 하며 직원들에게 디스카운트해 주는 그녀들의 리리코스 향수 냄새와 낮게 가라앉은 회색빛 하늘조차도 조금도 변한 것이 없는 듯 생각되었다.
>
> —— 배수아, 「푸른 사과가 있는 국도」

배수아 소설의 이미지들은 행복의 욕망을 자극하는 감각적 대상들로 번뜩인다. 특히 현란한 외래어 속에는 서구적이고 현대적인 물질적 욕망의 재료가 녹아들어 있다. 그러나 그 매력적인 이미지들은 일상화된 내면의 권태를 은폐하는 가상적인 화합의 경험을 제공할 뿐이다. 위에서 우울할수록 욕망(쇼핑)이 더 자극된다는 말은 실상 그런 암시를 내포한다.

배수아의 소설들이 아름다우면서도 슬픈 이미지들로 가득차 있는 것은 그와 연관이 있다. 배수아는 그 우울한 거짓 화해의 정체를 밝히기 위해 흔히 가상적인 행복의 이미지와 가상이 깨진 환멸의 이미지를 병치시킨다. 가령 「푸른 사과가 있는 국도」에서는 욕망을 자극하는 현란한 이미지들과 함께 그 이미지들을 무너뜨리는 푸른 사과의 초라한 이미지를 제시한다. 사러오지 않는 푸른 사과를 파는 늙고 초라한 여자의 이미지는 화사한 욕망의 이미지 속에 숨어 있는 환멸스러운 교환원리를 암시한다.

욕망의 이미지와 환멸의 이미지의 병치는 「갤러리 환타에서의 마지막 여름」에서도 비슷하게 나타난다. '나'는 일년동안 번 거의 모든 돈을 갤러리 환타에서 여름 휴가 열흘 동안 다 써 버린다. 어느 한적한 여름 '나'는 그 곳에서 잘 생긴 군인과 사랑에 빠진다. 결혼 후 많은 시간이 지난 후에도 갤러리 환타는 여전히 '나'의 꿈과 욕망의 대상이 된다. 그러나 '나'의 사랑과 욕망은 달콤하면서도 슬픔이 배어 있는 이미지로 나타난다. 그것은 '나'의 꿈이 담겨 있는 이미지들이 위험한 모순에 의해 지탱되는 현실의 함정을 지니고 있기 때문이다.

그때의 꿈을 가끔 꾼다.
나는 갤러리 환타의 베란다에 서 있고 한낮의 태양과 군인들의 바다가, 텅빈 휴가철의 도시가 펼쳐진다. 나는 사랑에 빠지는 슬픔을 알았다. 그 한낮으로 다시 달려가 푸른 지붕이 있는 갤러리 환타의 풀에 둥실 떠 있는 모습의 꿈이다. 나는 새벽에 들어와 술을 마시고 잠이 든 남편에 대해서도 생각한다. 꿈속에서 그는 여전히 아름답다. 가슴이 터질 것 같은 팔월의 사랑이다. 남편은 아무 말도 없이 잠든 나를 칼로 찔렀다. 오랜 시간의 술과 실업과 패배감이 남편을 그렇게 만든 것이다. 상처에 붕대를 감고 나는 기차를 타러 역으로 나갔다. 역의 벤치에는 기차를 기다리는 노인들이 앉아 있었다. 그들은 나에게 어디 몸이 불편하냐고 물어왔다. 나는 그렇지 않다고, 아무도 나를 해치지 않았다고 대답한다. …(중략)…
기차는 연착되는지 좀처럼 올 생각을 하지 않는다. 나는 점점 몽롱해져 갔다. 햇빛 속에서 아련하게 피 냄새가 떠다녔다. 검은 파리가 잉잉거렸다.

갤러리 환타, 한가한 휴가, 그리고 아름다운 남자의 이미지는 아직도 '나'의 꿈으로 남아 있다. 하지만 그 이미지의 이면에는 방사능 제거 작업의 후유증으로 실직당한 후 정신분열을 일으키는 남편이 놓여 있다. 그럼에도 칼에 찔린 '나'의 상처는 누구의 잘못에 의한 것인지 여전히 알 수 없다. '나'를 해친 것은 욕망의 이미지에 은폐되어 얼굴을 드러내지 않는 어떤 세력일 것이기 때문이다. 여전히 아무도 '나'를 해치지 않았고 아무일도 일어나지 않았다. 다만 아직도 버릴 수 없는 욕망의 이미지와 함께 그와 다른 환멸의 이미지('피냄새', '검은파리')가 병치될 뿐이다.

이처럼 배수아 소설은 두 가지 이미지를 병치시킴으로써 매력적이면서도 위험한 이미지 속에 숨어 있는 보이지 않는 힘(권력)의 작용을 암시한다. 배수아 소설의 이미지는 현실이 인간관계로 된 환경보다는 일종의 재현으로서의 이미지로 되어 있음을 보여준다. 재현으로서의 이미지는 권력에 의해 주어진 가상(거짓 욕망과의 화해)으로 나타나기도 하지만 그 가상을 깨뜨리는 또다른 이미지(재현)로 드러나기도 한다.

이같이 현실을 권력에 의해 조작된 재현인 동시에 그로부터 탈출할 수 있는 재현으로 보게 하는 또다른 요소는 바로 〈정보〉이다. 후기자본주의 시대는 총체적으로 파악된 현실인식(지식)보다는 총체성이 해체된 정보들, 즉 지식(인식)의 원자료들에 대한 욕망이 증가된 시기이기도 하다. 이는 현실이 총체적 인식(지식)보다는 지식의 원자료인 정보의 조작에 의해 꾸며진 재현이며, 그 잘못된 재현에서 벗어나기 위해서는 다른 방식으로 정보를 처리한 재현이 요구됨을 암시한다. 소설 속에서 지식이 작가의 인식이나 작품의 형상 속에 용해되지 않고 물량화된 정보로 생경하게 나열되는 것은 이와 연관이 있다. 즉 권력에 의해 조작된 것이든 혹은 그로부터 벗어난 것이든 재현(꾸며진 것)으로서의 현실을 이해하기 위해서는 그 원자료인 정보에 대한 파악이 필요한 것이다.

73) …(전략) "우리 세계에서 바라는 것은 이런 글이 아니야. 좀더 정치적 입장이 분명하게 드러나도록, 반상회 회보처럼 간단 명료하게, 좋은 건 자유민주주의고 나쁜 건 공산주의다라는 식으로, 말하자면 좀 더 흑백논리적으로 써줘."

74) 내가 건네준 타자지는 프랜시스 후쿠야마가 쓴 『역사의 종언』이라는 얇은 책자에 대한 독후감이었다. 정확히 말하자면 나의 독후감이 아니라

〈바지 입은 여자〉의 독후감이고, 이것은 다시 〈색안경〉의 독후감으로 둔갑되어 그가 일하는 화사에 제출될 것이다. 〈바지 입은 여자〉가 쓴 독후감에 의하면,

75) 후쿠야마는 세 가지 중요한 논지에 기대어 '역사의 종언'이 갖는 역사적 의미를 되새기는데, 먼저 그는 의식 세계의 절대 독립성을 주장하는 것으로 이상/현실, 정신/물질, 상부/하부 구조 등으로 세계를 이분한 다음 후자가 전자를 규정한다거나 전자는 후자의 단순한 반영에 불과하다는 마르크스주의자들의 유물변증법을 공박한다. 이는 헤겔의 이성주의를 마르크스주의자의 오염으로부터 구해내려는 분명한 시도이자 근본주의적 헤겔로 복귀하려는 시도로써 (후략)…

—— 장정일, 「너에게 나를 보낸다」

위에서 〈바지 입은 여자〉의 독후감은 실상 『역사의 종언』을 간략히 요약한 원자료로서의 정보에 가깝다(물론 엄격히 말하면 이 역시 일종의 재현이다). 독후감 대필을 요구한 〈색안경〉은 원자료로서의 정보보다는 그것을 왜곡되게 〈재현〉할 것을 강요하고 있다. 그러나 작가는 『역사의 종언』에 대한 자신의 독후감(재현)보다는 그것의 정보를 제공함으로써, 〈색안경〉의 왜곡된 재현방식을 해체하는 한편, 독자 스스로 정보를 재구성할 수 있는 재현의 자유를 부여하고 있다.

현실을 권력에 의한 재현으로 해체하는 또다른 방식은 권력에 의해 주변화된 문화적 코드를 부활시키는 것이다. 가령 서구적 합리주의(그리고 그 권력)에 의해 주변화된 동양사상(문화적 코드)을 복권시켜 그 문화적 코드에 의해 합리주의적 재현과는 또다른 재현을 만들어낼 수 있을 것이다. 이는 이제까지 우리가 불변의 현실로 생각해온 서구적 근대사회가 실상은 합리주의적 코드에 의거한 하나의 판본(재현)일 뿐임을 드러내는 셈이 된다. 즉, 서구적 합리주의와는 구별되는 또다른 문화적 코드에 의한 재현을 제시함으로써, 서구적 근대사회를 여러 재현(판본)중 하나로 해체하는 한편, 그것(재현)을 불변의 현실로 강요하

는 합리주의 속에 권력이 내재해 있음을 폭로한다.

이처럼 합리주의적 현실을 해체하기 위해서는 그에 의해 주변화된 동양사상을 전근대적 맥락으로부터 해체해야 할 것이다. 동양사상이 전근대성에서 벗어나지 못하는 한 그것은 근대적 합리주의에 의해 배척당할 수밖에 없기 때문이다. 그와 달리 동양사상이 새로운 재현의 코드가 되기 위해서는 전근대적인 비합리적 초월성에서 벗어나 합리주의에 의한 탈주체화를 극복하는 새로운 인간관계의 원리가 되어야 한다. 예컨대 불교적 인연설은 전생이라는 비합리적인 초월성에 집착하는 한 근대사회를 이해하는 새로운 재현의 원리가 될 수 없을 것이다. 그러나 우연성 속의 인간관계마저 존중하는 인간적 원리로 이해될 때, 합리주의적 필연의 인간관계가 모두 죽어버린 후기자본주의 시대에, 합리주의적 재현의 원리를 대신하는 또다른 재현 방식이 될 수 있다. 가령 윤대녕의 「천지간」에서는 모든 필연의 인간관계의 매듭을 놓쳐버린 한 여자가 우연성 속에서 발견한 내면의 인간관계의 끈에 의해 새로운 삶을 얻는 과정이 전개된다.

그녀의 무표정한 얼굴에서 나는 9개월 전 암 선고를 받은 뒤 외숙모의 얼굴에 드리워져 있던 차디찬 죽음의 그림자를 엿보고 있었던 것이다. 크나큰 당혹감이 천둥처럼 지나가고 나서 그리 길지도 않은 사이에 그녀의 얼굴에 뒤덮이던 적막한 체념의 그림자. 그것은 이미 죽음을 받아들인 자의 모습이라고 해도 좋았다.

이 소설에는 '그녀'가 허무와 죽음에 이르게 된 합리주의적 사회의 구조적 원리가 잘 드러나 있지는 않다. 그러나 한 남자와의 필연적 관계에 집착했던 그녀는 그가 떠난 후 합리주의화된 사회에서 모든 인간관계의 끈을 놓쳐버리고 만다. 인간관계의 죽음이라는 정신적인 종양을 앓고 있는 그녀는 암선고를 받은 사람처럼 어쩔 수 없는 필연적인 죽음의 그림자에 붙잡히게 된다.

　그게 나와의 거리를 좁히고자 한 짓은 아니었다 하더라도 내가 제 둘레를 떠나지 못하게 느슨해진 줄을 슬쩍 끌어당겨 놓은 것은 아니었을까. 그렇다면 이 서먹할 리밖에 없는 우연 혹은 인연의 끈을 여자는 왜 이토록 질기게 틀어쥐고 있는 것일까.

　여자는 자신의 전생을 지우기 위해 나와의 관계를 원했고 그리하여 아이는 살리되 아이의 아비에게서는 놓여 날 수 있었다고 중얼거리며 내 팔 안에서 깊이 잠이 들었다.

　위의 두 인용문에서는 합리주의적 코드와는 다른 원리(불교적 인연설)에 의존하는 담론이 전개된다. 그러나 여기서 '인연'이나 '전생'의 개념은, 비합리적인 (그리고 전근대적인) 초월성이 아니라, 죽어버린 합리주의적 사회의 구멍 속에 틈입하는 살아있는 언어가 되고 있다. 즉, 무의식과 욕망마저 교환원리에 지배되어 모든 인간관계가 죽어버린 시대(후기자본주의)에는, 우연성('인연')이 죽은 합리주의적 관계망에 대항하는 반격의 거점이 될 수 있다. 사소한 우연마저 존중하는 불교적 인연설은 합리주의적 원리(그리고 그 권력)의 그물망에서 벗어난 내면의 인간관계의 끈을 보여준다. 「천지간」은 합리주의적 사회에서 버림받은 한 여인이, 우연성 속에 숨겨진 그 내면의 인간관계를 발견함으로써 정신적인 죽음을 넘어서는 과정을 그리고 있다. 위의 인용문들에서처럼, 불교적 인연설은 운명론적인 신비주의 대신 인간의 의지로써 인간관계의 끈을 발견하는 원리로 재해석되고 있다. 여자는 합리주의적 사회에서 어색할 수밖에 없는 인연의 끈을 질기게 틀어쥐고 있다. 이는 그 우연성이 죽어버린 인간관계의 망에서 탈출할 수 있는 빈 틈새라고 생각했기 때문이다. 또한 그녀는 자신의 의지로써 (우연성 속에) 아직 살아 있는 그 인간관계에 의미를 부여함으로써 죽은 인간관계를 의미하는 '전생'을 지울 수 있게 된다.

　이처럼 「천지간」은 합리주의적 재현을 대신하는 또다른 재현(인연설) 방식을 보여주고 있다. 전자가 인간을 탈주체화시키는 허무와 죽음

의 재현이라면 후자는 그로부터 탈출해 주체성을 되찾는 재생의 재현이
라고 할 수 있다. 이는 우리가 살고 있는 후기자본주의 사회가 유일한
삶의 방식은 아니며 그와 다른 방식의 삶의 이해가 가능함을 보여준다.
그러나 합리주의와 구별되는 그 또다른 삶의 이해(그리고 재현) 방식
은 어떤 면에서 개인적인 구원을 제시할 뿐이다. 즉, 인연설의 재해석
은 합리주의적 허무에서 벗어나는 빈틈을 제시하지만 그것이 후기자본
주의 사회 전체를 뒤바꾸는 방향을 지시하는 것은 아니다. 거시적 차원
에서의 새로운 전망의 부재는「천지간」뿐만 아니라 모든 포스트모더니
즘이 지닌 한계를 암시한다. 이제 그 비좁은 한계를 돌파하기 위해 내
일의 소설의 전망을 가늠해 보자.

(4) 포스트모던 리얼리즘의 가능성

포스트모더니즘의 해체적 전망은 거시적 전망이 간과하기 쉬운 새로
운 사실들을 알려준다. 즉, 포스트모더니즘은 현실이 실체가 아닌 구성
된 재현임을 말하여 현실을 변화시키기 위해서는 재현의 방식을 바꾸어
야 함을 주장한다. 새로운 사회는 현실 외부에 존재하는 것이 아니라
현실을 해체하고 다른 방식의 재현을 만들어감으로써 얻어질 수 있는
것이다. 이러한 해체적 전망은 현실 외부에 새로운 사회의 목표를 설정
하고 그 목표를 위해 현실 자체를 파괴하는 목적론적 기획의 덫을 피하
게 해준다. 목적론적 기획은 새로운 사회의 건설을 위해 그 과정에서
파괴와 억압을 불가피한 것으로 전제한다. 반면에 해체적 전망은 목표
로 하는 사회가 현실을 해체하고 새로운 재현을 만들어가는 과정 자체
에서 나타나야 함을 보여준다. 새로운 재현은 현실(잘못된 재현) 이면
의 미시적 힘들의 역동성을 권력의 억압에서 해방시킴으로써 새로운 사
회로 나아가는 올바른 과정이 된다. 그러나 포스트모더니즘의 해체적
전망은 권력에 의해 억압된 현실(잘못된 재현)을 해체하고 미시적 힘
들의 역동성에 조응하는 또다른 재현을 모색하지만, 미시적 힘들이 지
향해야 할 올바른 방향성을 뚜렷이 제시하는 것은 아니다. 대부분의 포

스트모더니즘에서 합리주의적 재현을 대신하는 재현으로서 밀교, 환상, 동양사상 등이 나타나는 것은 이 때문이다. 하지만 밀교, 환상, 동양사상 등은 권력에 의해 억압된 현실을 해체하는 힘을 지니긴 하지만 그 자체가 새로운 사회를 지향하는 또다른 재현이 될 수는 없다.

따라서 포스트모더니즘이 개인적인 구원이나 회의주의에서 벗어나기 위해서는 거시이론과의 접합이 불가피하다. 실상 포스트모더니즘은 이제까지 우리가 믿어왔던 합리주의의 코드를 부인하는 점에서 잘못된 현실(재현)을 근본적으로 해체하는 급진성을 지닌다. 그러나 그 급진성은 또다른 대안을 마련하지 못하는 한 회의주의나 무정부주의로 흐를 위험도 지니고 있다. 그런 회의주의에서 벗어나 거시적 정치학(마르크스주의 등)과 결합할 때 포스트모더니즘은 진정으로 후기자본주의 시대의 진보적 문학이 될 수 있을 것이다. 그같은 미시-거시 전략의 접합이 이뤄질 경우 우리는 어쩌면 〈포스트모던 리얼리즘〉이라는 이름을 사용할 수 있을지도 모른다.

포스트모던 리얼리즘은 오늘날의 미시/거시 담론의 분열을 극복한 내일의 소설이 될 수 있을 것이다. 이로써 리얼리즘에서 시작한 우리의 논의는 포스트모더니즘의 종착역에서 다시 출발점과 해후하게 된다. 그러나 이런 경로는 내일의 소설의 얼굴을 보여주는 단지 한 가지 통로일 뿐이다. 근대 이후의 여러 소설(문학)적 방법들은 근본적으로 중첩·병존·결합이 가능한 위치에 있기 때문이다. 더욱이 서구와는 달리 근대 내부의 여러 요소들이 중층적으로 공존하는 우리 사회에서는 그같은 중첩성이 중요시되고 있다. 우리 사회의 특수성에 유념한 미래의 소설에 대해서는 이 책의 마지막 장에서 다시 살펴보기로 하자. 그에 앞서 이제까지 논의했던 여러 소설들을 다시 언어적 전달방식의 수준에서 고찰하기로 하자. 여기서는 이야기를 전달하는 언어적 담론의 영역, 즉 시점과 서술 문제가 널리 논의될 것이다.

제 5 장
시점과 서술, 의사소통의 구조

1. 소설적 담론의 세 가지 특성

　소설의 담론은 이야기를 중개(전달)하는 언어적 매체의 측면을 말한다. 담론이 이야기를 〈중개〉한다는 것은 〈이야기〉-〈화자의 담론〉-〈독자〉 간의 의사소통의 과정을 의미한다. 또한 〈언어적 매체〉로서의 담론은 소설의 내용이 언어에 의해 〈최종적인 형식〉으로 고정되는 단계를 뜻한다. 소설의 내용은 이야기라는 내적 형식으로 전화되며, 또한 그 이야기(내적 형식)가 담론(외적 형식)에 의해 중개됨으로써, 이야기와 담론이 담겨진 〈텍스트〉로 고정되는 것이다. 이제 이 〈의사소통 과정〉으로서의 담론과 〈언어적 매체〉의 측면에서의 담론을 다시 면밀히 검토해보자.

　먼저 이야기를 중개하는 〈의사소통 과정〉으로서의 담론은 소설 장르(서사장르)에 특유한 〈중개성〉의 특성을 드러낸다. 작품내용과 표현주체가 통일되어 있는 서정장르나 극장르에서는 소설적 담론 같은 중개성이 잘 나타나지 않는다.[1] 반면에 소설에서는 상대적 자율성을 지닌 이

─────────────────

1) 앞의 제1장 1절 (2) 소설의 장르적 특성 참조.

야기 내용이 화자(담론)에 의해 독자에게 중개되는 과정이 나타난다. 즉, 이야기-화자-독자의 관계에서 화자의 담론은 이야기를 독자에게 중개(매개)하는 것이다. 이때 화자는, 이야기 세계의 외부에서 이야기 내용을 바라보는(인식하는) 과정과, 그것을 독자에게 전달하는 과정을 동시에 수행한다. 여기서 이야기 내용을 지각하고 인식하는 측면이 〈시점〉이며, 시점을 통해 지각(인식)된 내용을 독자에게 전달하는 측면이 〈서술〉이다. 담론의 과정에서 〈시점〉과 〈서술〉이 나타나는 것은 중개성의 장르인 소설이 지닌 독특한 특성이다.

다른 한편 〈언어적 매체〉의 측면에서의 담론은 언어예술이 지닌 특수한 성격을 드러낸다. 가령 똑같이 중개성을 지닌 서사장르 중에서도 영화의 담론은 소설의 담론과는 상이성을 갖는다. 중개성을 지닌 서사 장르의 특성으로 인해 영화에서도 시점은 중요한 담론의 요소가 된다. 그러나 영화에서 〈시점〉은 수시로 바뀌며 소설과는 달리 일정한 양식(예컨대 화자시점이나 인물시점)으로 통일되어 있지 않다. 그것은 영화의 경우 화자의 존재가 필수적이지 않아서 일관된 시점을 유지할 존재론적 근거(화자의 눈)가 없기 때문이다. 화자보다 영상 매체에 의존하는 영화에서는 〈서술〉역시 부분적이며 화자의 언어가 필수적인 요소가 되지 않는다. 같은 이유로 화자의 존재로 인한 〈의사소통 과정〉의 복잡한 양상들이 영화의 경우 나타나지 않게 된다.

이에 반해 언어 매체를 사용하는 소설에서는 화자의 존재가 담론의 필수적 요소가 된다. 그리고 그로 인해 영화와는 상이한 담론적 특성들이 나타나게 된다. 먼저 소설에서는 화자의 존재가 어느 정도 부각되느냐에 따라 〈시점의 양식화〉가 이루어진다. 즉, 화자의 존재가 분명히 드러나는 화자시점과 화자가 사라진 듯한 인물시점이 나타난다. 또한 화자의 〈다양한 서술〉에 의해 담론의 특성이 결정되는 것도 언어 예술인 소설의 고유한 특징이다. 여기서도 서술의 언어가 화자의 목소리를 부각시키느냐, 혹은 인물의 목소리를 닮느냐에 따라, 다양한 담론이 나타난다. 마지막으로 화자의 존재 자체가 〈의사소통 구조〉의 복잡한 상황을 만들어낸다. 먼저 화자가 인물과 동일인이냐 아니냐에 따라 1인칭과 3인칭으로 나누어진다. 또한 화자가 내포작가[2]와 구별되는 정도에 따라 복합적인 의사소통의 구조가 만들어진다.

이처럼 화자의 존재로 인한 〈시점의 양식화〉〈다양한 서술〉〈복합적인 의사소통의 구조〉 등이 소설적 담론의 고유한 특성이다. 이 세 가지 측면은 슈탄첼이 『소설의 이론』에서 제시한 서술상황의 세 가지 구성 요소에 얼마간 상응한다.[3] 슈탄첼은 시점·양식·인칭의 세 축을 설정하고 있는데 이는 우리가 논의한 화자시점(외부시점)/인물시점(내부시점), 화자서술(화자-인물)/인물서술(반성자-인물), 1인칭/3인칭의 구분과 연관된다. 여기에 덧붙여 우리는 시점과 서술이 모호하게 중첩되는 영역을 지니는 점과, 서술 분류항에 화자나 인물의 개인언어를 사용하는 구어체가 있음을 말할 수 있다. 또한 화자의 존재 자체로 인한 의사소통 구조의 차이는 1인칭/3인칭 외에도 화자-내포작가 간의 관계에 의한 다양한 서술상황으로 나타남을 논의할 수 있다.

이제 우리는 소설적 담론의 고유한 세 가지 측면에 유념하면서 시점·서술·의사소통 구조에 대해 살펴볼 것이다. 시점과 서술에서는 화자시점/인물시점, 화자-인물/반성자-인물/개인언어적 서술, 3인칭/1인칭 등이 다뤄질 것이다. 또한 의사소통의 구조에서는 소설의 틀과 액자소설, 화자-내포작가 간의 관계 등이 설명될 것이다. 그러면 먼저 시점과 서술의 개념을 다시 명확히 정의하면서 논의를 시작하기로 하자.

---

2) 내포작가는 작품의 규범을 관장하는 존재자로서 작품 내적 개념인 점에서 실제 작가와 구분된다. 웨인 C. 부드, 『소설의 수사학』, 최상규 역(새문사, 1985), 95~102면. 시모어 채트먼, 『영화와 소설의 서사구조』, 김경수 역(민음사, 1990), 178~83면, 284~87면.

3) F. K. 슈탄첼, 『소설의 이론』, 김정신 역(문학과비평사, 1990), 80~122면.

2. 시점과 서술

(1) 소설적 담론으로서의 시점과 서술

시점은 시공간적 재현의 요소를 지니는 모든 예술장르에서 발견되는 개념이다. 〈서정시〉처럼 무시간적 내면세계를 그리는 예술에서는 시점이 틈입할 여지가 거의 없다. 그와 달리 객관현실의 시공간을 재현하는 〈연극〉에서는 어떻게든 시점의 요소가 나타난다. 하지만 현실의 재현과 주체적 표현이 통합되어 있는 연극에서는 직접성이라는 장르적 특성[4]에 의해 중개성의 시점이 잘 형성되지 않는다. 즉, 연극은 대개 관객들 앞에 직접 제시되는 것이지 누군가의 시점에 의해 중개되는 것은 아니다. 이런 연극의 직접성의 시점은 바로 관객 자신의 시점과 일치하게 된다. 연극은 중개자(카메라나 화자)의 시점에 의해 매개되는 것이 아니라 관객 자신의 시점으로 직접 보도록 되어 있는 것이다.

물론 현대연극에서는 극중 인물의 시점으로 장면을 제시하는 경우가 빈번히 나타난다.[5] 이처럼 인물의 시점으로 극중 상황을 드러내는 예는 실상 서사적인 중개성의 요소가 틈입한 것으로 볼 수 있다. 현대연극에서는 서사적 요소가 얼마든지 혼합되도록 용인되는 것이다. 그러나 그런 중개적 시점의 개입은 영화나 소설 같은 서사장르에 비교하면 매우 제한적이다.

회화의 경우에는 다양한 시점들이 비교적 분명하게 발견된다. 예컨대 그림 내부의 신의 눈으로 보여진 추상적 시점[6]에서부터, 외부의 화가의 눈으로 투시한 원근법에 이르기까지, 여러 시점들이 나타날 수 있다.

---

4) 앞의 1장 1절 (2) 소설의 장르적 특성 참조.
5) 보리스 우스펜스키, 『소설구성의 시학』, 김경수 역(현대소설사, 1992), 24~
   25면.
6) 위의 책, 170면.

회화 역시 서사장르처럼 누군가의 시점에 의해 보여진 그림이 우리에게 보여지는 셈이다.

다양한 시점의 조합이 장르적 필수요소로 나타나는 것은 바로 영화이다. 몽타주에서처럼, 영화는 빈번히 각기 다른 시점으로 보여진 장면들을 조립해서 제시한다. 이런 다양한 시점의 장면을 조립하는 기법(몽타주 등)은, 영화가 기계적(자동적) 반영에서 벗어나 은유적인 자기인식적 표현을 하도록 허용한다. 예컨대 『초록 물고기』(이창동 감독)의 첫 장면에서는, 기차 난간에 매달린 주인공 막동(한석규)의 뒷 모습과, 그의 시점으로 바라보는 달리는 기차의 전경이 교차된다. 막동의 눈앞에는 앞 칸 난간에 매달린 낯선 여자(미애, 심혜진)의 모습이 나타나며, 이어 막동의 뒷모습과 그의 시점으로 보는 여자의 모습이 다시 교차된다. 여자의 목에서 진홍색 스카프가 풀려 날리기 시작하고 이때 그 스카프를 바라보는 여자의 얼굴이 나타난다(막동의 시점). 그 다음 막동의 얼굴이 클로즈업되는데, 이는 스카프가 바람에 날리는 다음 장면이 그의 시점임을 강조하기 위한 것이다. 공중을 날라온 스카프가 막동의 얼굴을 휘덮는 다음 쇼트[7]는, 앞 칸 여자의 시점으로 보여진 것이기도 하다.

여러 시점들이 교차되는 『초록 물고기』의 첫 장면에서는 서정적 음악과 함께 막동의 내면의 은밀한 감정이 표현된다. 또한 그와 함께 미애와 막동 간의 운명적 만남의 끈이 암시되기도 한다. 만일 이 장면을 단일한 시점으로 처리했다면 무미한 사실들의 전달에 그쳤을 것이다. 그러나 여러 시점들을 미묘하게 조립시킴으로써, 내밀한 정서적 표현과 더불어 두 주인공의 운명적 만남에 대한 은유적인 암시가 드러난다.

이처럼 영화의 다양한 시점은, 서사적 사건을 전달하는 중개성의 기법인 동시에, 기계적 (사진적) 반영을 벗어나 서사성에 정서와 이미지를 부가시키는 영화언어의 기본 기법이다. 물론 이 강렬한 인상을 만드는 수법은 긴 쇼트의 고정된 시점 속에서 배우의 연기 등을 통해 드러

---

7) 한번의 연속적인 카메라 촬영으로 만들어진 단편적인 장면을 말함.

날 수도 있다. 그러나 다양한 시점을 연결하는 수법은 메마른 기록적 전달을 넘어서는 영화의 기본적인 예술적 관습이다.

다양한 시점의 접합은 소설에서도 얼마든지 나타날 수 있다. 하지만 영화에 비하면 소설은 양식화시킬 수 있는 일관된 시점을 사용하는 경향이 있다. 그것은 소설이 다양한 표현적 잠재력을 지닌 화자의 〈언어〉를 매체로 하기 때문이다. 영화는 사진적 기록을 넘어선 〈영상언어〉를 얻기 위해 여러 시점들의 접합이 필요하지만 소설은 굳이 그럴 필요가 없는 것이다. 또한 소설은 영화보다 시각적 감각성이 미약해 잦은 시점의 변환에 의한 효과가 떨어질 수밖에 없다. 따라서 소설은 일관되게 양식화된 시점을 사용하면서, 그 내부에서 미세한 차원의 시점의 변화와 언어적 표현에 의존한다.

소설에서 시점론이 대부분 큰 단위의 유형의 분류로 되는 것은 그 때문이다. 즉, 전지적 시점, 인물적 시점, 1인칭, 3인칭 등은 개별적 소설 작품 전체에 대해 부여되는 소설의 유형적 분류인 것이다. 그러나 실상은 어느 한 시점 유형의 작품 속에서도 미시적 차원의 시점의 변화가 있을 수 있다. 즉, 전지적 시점을 선택한 소설 속에서도 외부시점과 내부시점, 전지적 시점과 인물적 시점 등이 얼마든지 반복적으로 변환되어 나타날 수 있다.[8]

〈시점〉이 모든 서사장르에서 특정적으로 나타나는 반면 〈서술〉은 소설에서 특히 중요시되는 담론의 기법이다. 소설에서 시점과 서술은 서로 뒤섞여질 수도 있지만 개념상으로는 분명히 구분되어야 한다. 서술을 도입한 영화의 경우 카메라에 의한 시점과 목소리나 자막으로 나타나는 서술은 명백히 분리된다. 그와 달리 소설에서는 시점의 주체와 서술의 주체가 일치될 수도 있기 때문에 그 둘의 구분이 불분명해지기도 한다. 하지만 소설에서도 일단 시점과 서술을 분리해서 이해하는 것이

---

8) 어떤 작품에 나타난 특정한 유형의 시점이 랑그의 측면이라면, 그 시점 유형 내부의 다양한 시점의 변이와 결합은 빠롤의 측면이라고 할 수 있다. 우스펜스키, 『소설 구성의 시학』, 앞의 책, 78면.

다양한 담론의 방식을 파악하는 데 도움이 된다.

시점과 서술은 〈누가 보느냐(시점)〉와 〈누가 말하느냐(서술)〉의 차이이다. 이 둘의 결정적인 구분점은 전자가 〈이야기 세계를 향한〉 인식(지각) 행위인 반면 후자가 〈독자를 향한〉 언어적 행위라는 점이다. 다음의 도표는 양자의 차이를 잘 보여준다.

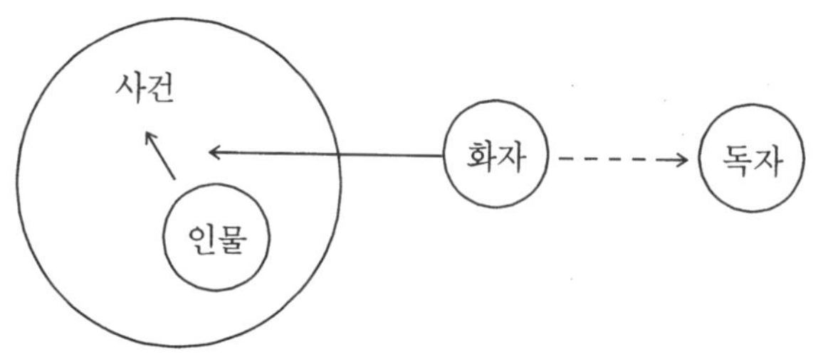

근본적으로 소설의 모든 중개성의 담론은 화자에 의해서 이루어진다. 화자는 서사적 거리를 두고 이야기 세계를 바라보면서(시점, 위의 실선), 독자에게 언어를 통해 이야기를 전달(서술, 위의 점선)한다. 그러나 실상 화자가 이야기 세계를 바라본다는 것은 그의 눈으로 직접 보기보다는 머리 속에서 지각(인식)하는 행위일 것이다. 이때 화자는 이야기 세계 속으로 자신을 이동시켜 현장(이야기 세계)에서 사건을 보는 위치에 있을 수도 있고 또 인물의 내면에 틈입할 수도 있다. 화자가 인물의 내면에 침투하는 것은 실상 인물의 시점을 빌리는 셈이 된다. 따라서 소설의 시점은 이야기 세계 〈외부의 화자〉와 〈내부의 화자〉, 그리고 〈인물〉에 의해 수행된다. 화자의 존재가 분명히 부각되는 〈화자시점서술〉에서는 이 세 가지 시점이 모두 사용된다. 반면에 화자의 개입이 극소화된 〈인물시점서술〉에서는 이야기 외부·내부의 화자시점이 거의 사라지고 주로 인물시점에 의존한다.

우리는 서술의 경우에도 비슷한 양상을 살펴볼 수 있다. 근본적으로 서술은 언어를 사용하는 화자에 의해 이뤄지며 어떤 경우이든 화자의 목소리(voice)가 소멸될 수는 없다. 그러나 화자시점서술 내부에서 인물시점이 길어지는 경우 점차 인물의 목소리가 들려오게 된다. 이처럼 인물의 목소리가 부각되는 기법을 〈반성자-인물〉[9]이라고 부른다. 〈반성자-인물〉은 화자의 개입이 극소화된 〈인물시점서술〉에서 보다 분명히 드러난다. 즉, 〈인물시점서술〉은 인물의 시점(인물시점)과 목소리(인물서술, 반성자-인물)가 현저해지는 서술방식이다(물론 이때에도 화자의 존재가 완전히 소멸되지는 않는다).

〈반성자-인물〉이라는 개념에서는 시점과 서술(혹은 목소리)의 구분이 불분명해지는 지점이 나타난다. 실제로 인물의 시점을 지속적으로 사용하다 보면 자연히 인물의 목소리가 들려오게 마련이다. 이는 시점이라는 개념 속에 어법적(목소리적) 수준이 포함되기 때문이다. 시점은 눈으로 보는 시공간적 지각의 수준 이외에 어법적 수준[10], 심리적·정서적 수준, 그리고 세계관적·관념적 인식행위까지 포함한다. 물론 서술 역시 단순한 언어화 작용에서부터 주석, 해설, 평가까지 나타날 수 있다.

〈반성자-인물〉이란 지각적·심리적·관념적 수준에서 인물시점이 지속된 반면 서술의 차원에서 화자가 단순한 언어화 수준에서만 개입한 결과이다. 즉, 시점의 수준에서 인물이 부각되고 화자의 서술이 단순화되다 보니 마치 화자의 개입이 사라지고 인물의 목소리(서술)로 진행되는 듯이 들려오는 것이다. 이 점에서 반성자-인물은 인물이 실제적인 화자로 느껴지는 〈내적 초점화〉[11]와 일치하며 〈인물시점서술〉의 모든 양상을 포함한다. 그러나 화자시점서술에서도 〈반성자-인물〉과 〈내적 초점화〉가 나타날 수 있는 점에서 〈인물시점서술〉과 아주 동일한 것은 아니다.

---

9) F. K. 슈탄첼, 『소설의 이론』, 앞의 책, 83면, 211면~69면. 그 반대로 화자의 목소리가 부각되는 기법은 〈화자-인물〉이다.

10) 우스펜스키, 『소설구성의 시학』, 앞의 책, 45~101면.

11) 주네트, 『서사담론』, 권택영 역(교보문고, 1992), 177~82면. 리몬-케넌, 『소설의 시학』, 최상규 역(문학과지성사, 1985), 109~28면.

일반적으로 화자의 개입이 점차 극소화되는 순서에 따라 〈반성자-인물〉〈내적 초점화〉〈인물시점서술(혹은 슈탄첼이 분류한 내부시점)〉을 배열할 수 있다. 예컨대 최인훈의 『광장』은 화자시점서술이면서 〈반성자-인물〉 양식으로 되어 있다. 또한 박태원의 「소설가 구보씨의 일일」은 화자의 개입이 거의 없는 〈내적 초점화〉 기법이다(물론 이는 반성자-인물이기도 하다). 마지막으로 최인호의 「타인의 방」은 화자가 소멸된 듯한 〈인물시점서술〉이며, 이는 또한 내적초점화이고 반성자-인물이기도 하다. 여기에 프리드먼[12]의 분류법을 추가하자면 한 인물의 내면에 지속적으로 밀착하는 〈선택적 전지〉는 화자시점서술 중의 반성자-인물에 가깝다. 헨리 제임스가 〈의식의 중심〉이라고 부른 기법 역시 느슨한 개념으로 반성자-인물과 내적 초점화에 일치한다.

시점과 서술의 경계가 불분명해지는 또다른 예는 화자가 〈인물의 개인언어〉를 사용하는 경우이다. 반성자-인물과는 달리 지각·심리·관념적 수준에서 인물시점이 사용되진 않지만 어법적(언어적) 수준에서 인물의 언어를 빌려쓰는 것이다. 이는 엄밀히 말해 화자시점서술이며 외부시점에 속한다. 그러나 〈어법적 수준〉에서는 내부시점[13]이며 일종의 인물적 서술인 셈이다. 예컨대 김유정의 농민소설은 3인칭인 경우에도 인물과 동질적인 언어로 서술이 진행된다. 이는 화자시점서술·외부시점인 동시에 어법적 수준에서의 내부시점이다. 여기서 내부시점이라는 말을 사용하는 것은 화자가 인물들의 삶을 내부로부터 바라보며 그려내는 것이기 때문이다. 그러나 〈어법적 수준에서의 내부시점〉이란 실상 화자가 인물의 언어를 빌려쓰는 〈서술〉의 문제이기도 하다. 이 지점에서 시점과 서술의 구분은 실제로 불분명해진다.

〈초점화(focalization)〉[14]라는 개념이 사용되는 것은 바로 그런 모호

---

12) N. Friedman, *Form and Meaning in Fiction*(University of Georia Press, 1975). 노먼 프리드먼, 「소설의 시점」, 최상규 역, 김병욱 편, 『현대소설의 이론』(대방출판사, 1983), 355~97면.

13) 여기서 내부시점은 슈탄첼의 개념과 구분되는 우스펜스키의 개념이다.

14) 주네트, 『서사담론』, 앞의 책, 177~82면. 주네트와 리몬-케넌이 '초점화'를 사

성을 피하기 위해서이다. 초점화 역시 시점처럼 지각·심리·관념적 수준을 내포하지만 어법적 차원은 포함하지 않는다. 초점화의 개념을 사용하면 초점화(시점)와 서술(목소리)의 구분이 비교적 명료해진다. 초점화의 주체는 초점화자(focalizer)이며 서술의 주체는 화자(narrator)인 것이다. 그러나 이 경우에도 내적 초점화가 지속되면 초점화자가 실제상의 화자의 기능을 하는 현상이 나타난다. 여기서 다시 시점과 서술의 구분이 불분명해지는 차원이 나타나는 것이다.

이제까지 우리는 시점과 서술의 개념상의 차이와 그 둘이 혼합되는 지점을 살펴보았다. 시점과 서술 이외에 또다른 담론상의 중요한 문제는 〈인칭〉의 개념이다. 인칭의 구분은 화자의 존재론적 위치와 연관되어 있다. 즉, 화자가 이야기 내부의 인물과 동일인이면 〈1인칭〉 서술이 되며 이야기 외부의 존재자이면 〈3인칭〉 서술이 된다. 1인칭의 경우 앞의 도표에서 화자와 인물이 모두 동일한 '나'로 나타난다. 그러나 그 두 개의 '나' 중에서 이야기 내부에서 체험하는 '나'(인물)와 외부에서 서술하는 '나'(화자)는 시공간적으로 다른 층위에 위치한다. 즉 〈화자〉로서의 '나'는 과거 〈인물〉로서의 '내'가 경험한 사건들을 서술하는 셈이다. 따라서 우리는 서술하는 '나'를 〈서술자아〉로 부르고 경험하는 '나'는 〈경험자아〉로 부른다.[15] 1인칭의 경우 서술자아(화자)와 경험자아(인물)의 관계에 따라 앞서 살핀 시점과 서술의 문제가 유사하게 나타난다.[16] 이처럼 인칭의 개념 역시 시점과 서술의 문제와 복합적으로 뒤얽혀 있다. 시점·서술·인칭[17]은 서로 구분되는 동시에 혼합되는 소설적 담론을 결정하는 세 가지 축이다. 다음 절부터 우리는 이 세 가지 축을 중심으로 소설적 담론의 종류와 역사적 전개를 살펴볼 것이다. 그

용하는 이유는 각기 다르다. 주네트는 시각적인 느낌을 주는 시점과 구분하기 위해서이지만 리몬-케넌은 서술과의 차이를 분명히 하기 위해서이다.

15) 슈탄첼, 『소설의 이론』, 앞의 책, 125~69면. 슈탄첼, 『소설형식의 기본유형』, 안삼환 역(탐구당, 1982), 49~76면.

16) 이 문제와 1인칭/3인칭의 차이에 대해서는 뒤의 5절에서 설명하기로 한다.

17) 이는 슈탄첼이 설정한 시점·양식·인칭의 3가지 체계에 얼마간 상응한다.

에 앞서 화자시점서술에서 인물시점서술에 이르는 스펙트럼과 1인칭의 경우를 정리해 보기로 하자.

	주네트	슈탄첼		프리드먼	작품
		(1인칭 주인공 서술)			
서술〉경험 1인칭	비초점화	화자 -인물	1인칭	1인칭	『한중록』
					『춘향전』
화자 시점 서술	외적 초점화		외부 시점	편집자적 전지	『무정』 「감자」 (김유정 소설)
		(어법적 내부 시점)		중립적 전지	『광장』 「소설가 구보씨의 일일」
인물 시점 서술	내적 초점화	반성자 -인물	내부 시점	선택적 전지	「타인의 방」 「지주회시」
1인칭 경험〉서술		1인칭		1인칭	「거리」(박태원) 「장마」
경험 -서술		1인칭 주인공 서술			『추락하는 것은 날개가 있다』

(어법적 내부시점은 우스펜스키의 분류임)

(2) 소설적 담론의 역사적 전개

소설적 담론은 어떤 양식을 선택하느냐에 따라 이야기가 전달되는 영역과 효과가 달라진다. 예컨대 반성자-인물은 화자-인물[18]과는 달리 인물의 내면세계를 투명하게 보여줄 수 있다. 이는 반성자-인물에 적절

---

18) 반성자-인물이 인물의 목소리가 부각되는 기법이라면 화자-인물은 화자의 목소리가 부각되는 기법이다. 화자-인물에는 서술자아가 우세한 1인칭과 편집자적 전지에 가까운 3인칭이 포함된다.

한 소설이 따로 있으며 만일 그 소설에 다른 기법을 사용할 경우 이야기 내용 자체가 달라질 수 있음을 암시한다. 가령 최인호의 「타인의 방」을 화자-인물로 그렸다면 모더니즘 소설의 독특한 내면경험을 드러낼 수 없었을 것이다. 이는 담론이 단지 이야기를 전달하는 기능을 할 뿐만 아니라 그 자체가 소설 내용의 한 부분이 될 수 있음을 시사한다.

마찬가지로 인물의 개인언어를 빌려쓰는 김유정 소설의 담론에서 어법적 내부시점을 다른 방식을 바꾸는 것은 생각하기 어려운 일이다. 왜냐하면 김유정 소설을 어법적 외부시점으로 그릴 경우 해학의 독특한 효과가 사라진 따분한 세태소설이 될 것이기 때문이다. 유사한 줄거리를 지녔어도 어법적 외부시점으로 그려진 세태소설과 어법적 내부시점으로 형상화된 해학소설 간에는 엄청난 차이가 있는 것이다. 따라서 김유정 소설의 담론형식(어법적 내부시점)은 그 자체가 이야기 내용의 한 부분이라고 볼 수 있다.

풍자·해학소설이나 모더니즘처럼 담론 기법에 크게 의존하는 소설의 경우 이처럼 어디까지가 이야기이고 어디부터가 담론인지 구분이 불분명해진다. 그런데 이 담론형식의 내용으로의 역류현상은 비단 담론 기법이 강화된 소설에서만 발견되는 것은 아니다. 일반적으로 소설의 담론은 이야기-화자(담론)-독자 간의 의사소통과정에서 다양한 효과들을 만들면서 일종의 내용적 요소를 발생시킨다. 동일한 줄거리라도 어떤 방식으로 전달하느냐에 따라 실제적인 이야기 내용이 달라지는 것이다. 따라서 이야기 내용을 잘 살리려면 이야기에 포함된 삶의 내용에 따라 담론의 방식을 적절히 선택해야 한다.

실제로 이야기에 담긴 삶의 내용이 달라짐에 따라 담론방식은 부단히 변화되어 왔다. 이야기가 〈인간주체와 현실의 상호작용(인간의 삶)〉의 반영이라면, 담론방식(시점과 서술)은 〈인간의 삶과 인식주체와의 관계〉의 반영이라고 볼 수 있다.[19] 소설의 담론이란 인간의 삶의 내용인

---

19) 앞의 제1장 1절 (3) 소설의 내용과 형식 참조.

이야기를 어떤 방식으로 바라보며(인식하며) 전달하느냐의 문제인 것이다. 따라서 인간의 삶의 변화에 따라 이야기가 변화되듯이 또한 그것을 전달하는 담론방식 역시 달라지게 된다. 이 과정에서 인간의 삶과 인식주체와의 관계를 반영하는 담론 형식은 그 자체가 소설 내용의 한 요소가 될 수 있다.

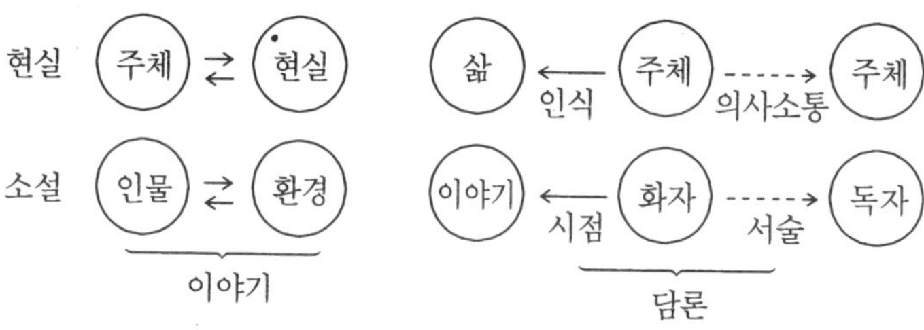

물론 소설의 담론이 인간의 삶과 인식주체와의 관계를 반영한다는 것은 특정한 형식적 효과들을 전제로 한 복합적 관계 속에서 나타나는 것이다. 예컨대 〈소시민의 이중성〉을 그린 이야기는 〈인물시점서술〉에 의해 적절히 전달될 수 있는데, 이는 〈감정이입〉과 〈거리두기〉를 반복할 수 있는 인물시점서술의 독특한 효과를 전제로 한 것이다. 그런 효과를 전제로 인물시점서술은, 이야기를 효과적으로 전달하는 가운데 소시민적 삶과 그런 삶을 바라보는 인식주체와의 관계를 반영할 수 있다. 마찬가지로 〈공동체적 삶〉은 〈구어체〉의 화자에 의해 적절히 그려질 수 있으며, 이는 구어체 화자가 〈인물-화자-독자의 유대관계〉를 공고히하는 효과에 의존한 것이다. 구어체의 담론은 공동체 의식을 지닌 인물들의 삶을 전달하면서 공동체적 삶과 그 삶에 대한 인식주체와의 관계를 반영한다.

따라서 소설에서 어떤 삶의 내용이 선택되느냐에 따라 소설의 담론이 달라지며 삶의 내용이 변화되면 담론의 방식도 변화된다. 그러한 변화는 한 작품 내에서 나타날 수도 있고, 또 역사적 전개에 따른 소설내용의 변화에 따라 드러날 수도 있다. 예컨대 박경리의 『토지』에서는 폐쇄된 공동체적 삶을 살던 인물들이 차츰 독립된 자아의식을 갖게 되는 과정이 나타난다. 1부 2권까지는 평사리의 닫혀진 원환적 세계에서 〈공동체 의식〉을 지닌 농민들의 삶이 전개된다. 이 부분은 〈구어체〉의 어조를 지닌 화자시점서술로 진행되며 내적 초점화는 거의 나타나지 않는다. 이는 이때까지 아직 개인적 자아의식을 지닌 인물이 나타나지 않았으며 주인공인 길상과 서희도 유년에 머물러 있기 때문이다. 평사리의 공동체적 삶은 구어체의 공동체 의식을 지닌 화자에 의해 인식되고 전달되는 것이다. 그러나 평온한 원환적 세계가 파괴되고 인물들이 삶의 평형을 상실하면서부터 분열된 삶 속에서 개인의 의식을 그리는 내적 초점화가 나타나기 시작한다. 내적 초점화는 특히 서희와 길상이 내면의 반상의 폐쇄된 의식을 깨뜨리는 순간 내적 독백을 통해 특징적으로 나타난다.

특정한 삶의 양식과 인식주체와의 관계를 반영하는 소설적 담론의 변화는 역사적 변화 속에서 더욱 뚜렷이 발견된다. 즉, 중세적인 관념적 공동체의 삶에서 근대적인 개인적 삶으로의 변화는 이야기뿐만 아니라 담론방식의 변화를 통해서도 반영된다. 그런 변화는 앞의 도표에서 화자시점서술에서 인물시점서술로, 1인칭의 경우 서술자아〉경험자아에서 경험자아〉서술자아로의 변화로 나타난다. 즉, 중세적인 관념적 공동체에서 개인적 삶으로의 변화는, 비초점화[20]에서 외적 초점화·내적 초점화로, 화자-인물에서 반성자-인물로, 그리고 외부시점에서 내부시점으로 변화되는 과정에 상응한다. 이는 편집자적 전지에서 중립적 전지·선택적 전지로 이행되는 과정이기도 하다.

물론 이런 과정은 단순히 도식적인 스펙트럼으로 나타나는 것은 아니다. 근대소설에서도 화자-인물이나 화자시점서술은 얼마든지 나타나는 것이다. 그러나 화자시점서술 내부에서도 점차 인물시점이 우세해지는 쪽으로 전개되어 온 것이 일반적인 경향으로 볼 수 있다. 즉, 『무정』,

---

20) 비초점화란 고소설에서처럼 초점화가 불분명한 경우를 말한다. 이는 근대적 원근법 이전의 시점 방식의 특성으로 볼 수 있다.

「감자」에서 『광장』에 이르는 과정은 화자시점서술 내부에서의 인물시점의 강화를 보여준다. 또한 김유정 소설은 인물시점은 아니지만 어법적 내부시점의 우세를 드러낸다. 전체적으로 한쪽 극단에 고소설이 있으며 다른 쪽 극단에 모더니즘이 위치한다. 즉 『춘향전』에서 「타인의 방」, 「지주회시」까지, 1인칭의 경우 『한중록』에서 「거리」에 이르기까지이다. 물론 근대소설에서도 리얼리즘과 모더니즘(그리고 포스트모더니즘)이 병존할 수 있기 때문에 이런 측면에서도 담론방식의 변화는 단순한 도식적 띠의 배열에서 벗어난다. 그러나 우리는 각각의 담론 기법들의 독특한 특성과 함께 삶의 양상의 변화에 따른 담론방식의 변화를 대략적으로 추적할 수 있다. 다음에서는 그 두 가지 측면에 유념하면서 구체적인 서술방식(담론방식)들을 살펴보기로 하자.

3. 화자시점서술

(1) 화자시점서술의 세 가지 스펙트럼

화자시점서술은 소설의 근원적인 전달상황을 나타내는 서술방식이다. 이야기 세계 외부의 화자가 자신의 시점(관점)에 의거해 서술함으로써 이야기-화자-독자의 중개성의 상황을 분명히 드러내는 것이다. 고소설에서 근대소설까지, 소설의 발흥기에 화자시점서술이 나타난 것은 그 때문이다.

그러나 화자의 시점으로 이야기 세계를 바라본다는 말은 실상 모호한 의미를 지닌다. 인물시점의 경우에는 인물이 실제로 사건(상황)을 응시한다는 축자적인 의미를 갖는다. 하지만 이야기 시공간 외부의 화자시점이란 화자가 직접 사건을 보기보다는 머리 속으로 그려보는 행위에 가깝다. 화자는 사건이 일어나는 이야기 세계와 시공간적으로 분리된 위치에 존재하기 때문이다.

화자시점서술은 이야기 외부에서 서건들을 머리 속으로 그려보는 그 총괄적인 시점 행위로 인해 전지적 특권을 갖게 된다. 만일 인물시점처럼 이야기 시공간 내부에서 시점 행위가 일어난다면 그로부터 얻어지는 정보는 제한될 수밖에 없다. 반면에 이야기 외부의 초월적 위치는 사건들을 총체적으로 볼 수 있는 〈전지적 시점〉을 제공한다. 또한 바로 그 총체화가 가능한 위치로 인해 화자는 주석·해설·평가를 부가하는 〈주석적 서술〉의 특권을 갖는다.

그러나 화자시점서술이 자신의 목소리로 된 주석적인 서술로만 일관하는 것은 아니다. 화자시점서술은 사건들을 머리 속으로 그려보는 전지적 특권에 힘입어 특정한 장면을 구체화하기 위해 그 장면 속의 존재자에게 자신의 의식을 틈입시킬 수 있다. 즉, 화자는 존재론적 투사를 통해 이야기 시공간 내부의 〈가상적인 존재자(시점 제공자)〉나 〈인물〉 속에 침투할 수 있는 것이다. 이처럼 화자가 특정한 장면 내부의 가상적 시점 제공자나 어떤 인물 속에 틈입하는 경우 그 부분은 장면제시로 나타난다.

"아아니, 요새, 웬 비웃이 그리 비싸우?"

죽은깨 투성이 얼굴에, 눈 코 입이 그의 몸매나 한 가지로 모다 조그맣게 생긴 이쁜이 어머니가, 왜목 요잇을 물에 흔들며, 옆에 앉은 빨래꾼들을 둘러보았다.

「아아니, 을말 주셨게요?」

그보다는 한 십년이나 젊은 듯, 갓 설흔이나 그 밖에는 더 안되어 보이는 한약국집 귀돌어멈이 빨래돌 우에 놓인 자회색바지를 기운차게 방망이로 두둘이며 되물었다. …(중략)…

점룡이 어머니는 허리를 굽히고, 그의 옆에 놓인 빨래 광주리를 내려다본다.

"이거어?"

이쁜이 어머니는 일부로 몸을 돌려, 광주리에서 점룡어머니의 주의를 이
끈 빨래감을 집어들고,

"글쎄, 한번 입구, 오늘 첨 빤게 이꼴이구료? 모두 왼통 째지구. 내 기가
맥혀……"

"그러기에 나 먹은 사람은 호살 말라는게지. 딸은 안해주구, 저만 해입
으니 그럴 밖에…… 그거, 인조야?"

"인존, 웨에? 이 꼴에 이게 한자 사십전짜리 교직이라우. "

"그게 사십전예요오?"

귀돌어멈은 새삼스러이 그의 편을 돌아보고,

"질기긴 외레 인조가 낫죠. 교직은 볼품은 있어두, 그저 첨 입을 그때
뿐이지, 한번 입으면 그만이니……"

그리고 다음은 상반신을 외로 틀어 흐응하고 코를 푼다.

—— 박태원, 『천변풍경』

인용문에서 빨래터의 장면을 포착하는 시점은 분명히 이야기 시공간
내부에 존재한다. 그러나 그 시점은 특정한 인물의 것은 아니며 화자의
분신인 익명의 가상적인 존재자의 눈임을 알 수 있다. 인물의 시점에
의존하지 않기 때문에 이 부분은 내부시점(인물시점)이 아닌 외부시점
이지만 시점 제공자는 이야기 외부의 화자가 아니라 내부의 익명의 존
재자(가상적 시점 제공자)인 것이다. 이처럼 화자 자신의 눈이 아닌 이
야기 내부의 가상적 존재자의 시점을 사용하면 그 부분은 장면제시로
지속되며 3인칭 목격자 시점이 된다. 3인칭 목격자 시점은 인용문보다
묘사가 더 단순하고 건조해져서 흡사 연극의 대본처럼 되어 버릴 수도
있다. 연극의 대본에 접근하는 목격자 시점은 화자시점서술의 스펙트럼
에서 전지적 시점(주석적 서술)의 반대극단에 위치한다.

시점	전지적 시점	목격자 시점
	●———————————————●————————————————●	
서술	주석적 서술	중립적 묘사

394

그러나 화자시점서술의 장면제시가 반드시 3인칭 목격자 시점으로만
나타나는 것은 아니다. 화자의 의식이 인물의 내면에 틈입할 때에는 전
지적 시점의 특권으로서 인물시점을 이용하는 장면제시가 나타난다. 대
부분의 화자시점서술은 화자 자신의 시점으로 서술하는 요약서술과 인
물시점을 이용하는 장면제시를 반복적으로 드러내게 된다.

　　정사장은 아들이 좌익에 미친 것은 악귀가 씌운 탓이라며 굿을 요구해
왔었다. 소화는 오랜 정리 때문에 차마 거절하지는 못하고 굿을 하기는 했
지만 그 굿이 제대로 되었을 리가 없었다. 그때 굿을 했다기보다는 자신은
정하섭이란 남자를 그리워하고, 무사하기만을 빌었던 것이다. 자신의 머리
속에는 몇 년 전 통학열차에서 만났던 기억만이 그리움의 눈물과 체념의
아픔으로 가득차 있었다. (가)
　<u>무당이 되고 얼마 지나지 않아 순천에서 넘어오다가 정하섭과 마주치게
되었던 것이다.</u> 검은 학생복을 단정하게 입은 정하섭은 눈길이 마주친 순
간 멈칫하는 것 같다가 이내 똑바로 다가왔다. 자신은 금방 숨이 막히는
것만 같아 고개를 숙였다. 얼굴이 뜨겁게 달아오르고 가슴이 쿵쿵 울리고
있었다.
　"이렇게 만나다니 반갑소. 일행이 있소?"
　굵은 듯하면서도 밝은 소리였다. 자신은 고개만 저었다.
　"잘됐소. 저쪽으로 갑시다."
　끌리기라도 하듯 정하섭의 뒤를 따라갔다. (나)
—— 조정래, 『태백산맥』

　　위에서 첫 문단과 밑줄친 문장은 화자가 머리 속으로 소화의 일들을
되돌아보는 〈화자시점〉으로 된 〈요약서술〉이다. 그러나 화자는 소화의
내면을 (전지적으로) 서술하는 순간 그녀의 머리 속에 떠오른 기억의
장면에 침투하게 된다. 그리고 그 이후부터 소화의 〈인물시점〉을 이용
하는 〈장면제시〉가 나타나게 된다. 밑줄친 문장은 화자의 머리 속으로
바라본 소화의 내면의 내용(요약서술)인 동시에 소화 자신의 머리 속

으로 그려보는 그녀의 사건(장면제시)인 셈이다.

이처럼 화자시점이 수시로 인물시점으로 이동함으로써 요약서술(말하기, telling)과 장면제시(보여주기, showing)가 리듬감있게 반복되는 것이 화자시점서술의 특징이다. 그런데 화자시점서술 중에서도 현대소설로 올수록 점차 인물시점이 많아져서 장면제시 역시 확대되는 경향을 보여준다. 따라서 인물시점과 장면제시의 비율이 많아지는 정도에 따라 화자시점서술은 또다른 스펙트럼을 드러낸다.

화자 · 인물	화자시점 > 인물시점	화자시점 < 인물시점
서술 · 장면	요약서술 > 장면제시	요약서술 < 장면제시

화자시점서술에서는 장면제시에서 인물시점을 이용하는 경우에도 화자의 서술이 완전히 사라지지는 않는다. 즉, 반성자-인물의 기능이 부각되는 때에도 넓은 범위에서 화자의 서술(목소리)의 외피에 둘러싸이게 된다. 일반적으로 화자시점서술은 화자시점, 가상적 존재자의 시점, 인물시점 등 다양한 시점들을 화자의 서술 속에 포괄하는 서술방식인 것이다.

그러나 화자서술 역시 현대소설에 이를수록 점차로 자신의 목소리를 낮추는 대신 인물의 개인언어를 빌려쓰는 경향을 보여준다. 아마도 김유정의 농민소설이 그 대표적인 경우일 것이다. 인물의 개인언어를 사용하는 화자시점서술은 외부시점이면서 어법적 차원에서는 내부시점인 셈이다. 이런 측면에서 화자시점서술은 다음과 같은 제 3의 스펙트럼을 보여준다.

시점	화자시점 > 가상적 존재자 시점	화자시점 < 가상적 존재자 시점
서술	화자언어	화자언어 = 인물언어 (어법적 내부시점)

화자시점서술에 포함되는 담론방식에는 주네트의 비초점화(일부)와 외적 초점화(전체), 그리고 소수의 내적초점화를 들 수 있다(1절의 담론방식 비교 도표 참조). 슈탄첼의 분류로는 화자-인물의 일부(화자-인물은 1인칭이 더 많음)와 외부시점(대다수), 그리고 반성자-인물의 일부가 포함된다. 프리드먼의 체계에서는 편집자적 전지, 중립적 전지, 선택적 전지, 복수 선택적 전지의 일부가 해당될 수 있다. 또한 우스펜스키가 분류한 어법적 수준의 내부시점(김유정의 농민소설) 역시 화자시점서술에 포함된다.

이제 이 다양한 차원의 분류에 유념하면서 화자시점서술의 역사적 발전을 살펴보기로 한다. 우리는 특히 화자시점서술의 두번째, 세번째 스펙트럼을 주목하면서 역사적 변화에 따른 담론방식의 변화를 고찰할 것이다. 그리고 그 과정에서 여러 시점이론가들이 제시한 다양한 개념들이 구체적으로 어떤 차원에 소속되는지 살펴 볼 것이다.

(2) 비초점화에서 외적-내적 초점화로

서사적 중개성의 방식인 시점과 서술은 소설 이전의 설화에서부터 살펴볼 수 있다. 설화의 화자는 이야기-화자-청중의 전달상황에서 이중적인 존재론적 위치에 있었다.[21] 즉, 설화의 화자는 청중들과 직접 대면하는 작품 외적 존재인 동시에 이야기를 구연하는 순간 서사적 화자로서 작품 내적 존재이기도 했다. 청중들과 〈공동체적 관계〉로 결속되어 있는 화자는 〈작품 외적 상황〉에 의존하여 자신의 서술을 매번 변화시키게 된다. 이처럼 작품 외적 상황에 매여 있는 점에서 설화의 서술은 미토스(뼈대가 되는 이야기)를 전달하는 기능을 할 뿐 작품 내적 문맥을 이루지 못한다. 설화의 서술이 유동적인 구어로 되어 고정된 작품의 맥락으로 확정되지 못함은 이를 반증한다. 설화 화자의 언어가 작품 내적 문맥을 이루지 못함은 그가 자신의 〈시점(관점)〉으로 미토스(이야기)에 관여하지 못함을 의미한다.

---

21) 앞의 제2장 2절과 3절 참조.

　그러나 다른 한편 설화를 구연하는 순간 화자는 어쨌든 이야기의 전달자로서 〈작품 내적 존재〉가 된다. 화자는 즉자적인 상태에서 이야기(미토스)의 신성한 관점을 받아들여 청중에게 전달하는 것이다. 이 순간 화자는 비어 있는 그의 내부(시점)를 신성한 관점(시점)으로 채우게 된다. 이처럼 시점이 없는 작품 외적 존재인 동시에 신성한 관점(세계관)으로 텅빈 시점을 채워 작품 내적 존재가 되는 것이 설화 화자의 이중성이다.

　문자언어로 서술하는 고소설의 화자는 설화적 이중성에서 벗어나 작품 내적 존재가 된다. 비록 여러 이본들로 존재하지만 고소설의 화자는 독자와 직접 대면하지는 않으며 매번 서술을 바꾸지도 않는 것이다. 이처럼 화자의 언어가 고정된 작품 내적 문맥을 이룸은 언어의 주체인 화자가 〈시점〉을 갖고 이야기 세계와 관계함을 의미한다. 그러나 〈형식적으로〉 화자가 시점을 지니긴 하지만 그 시점은 화자 자신의 주체적 관점을 포함하지 못한다. 고소설의 이야기 세계는 유교이념의 권위적 관념에 예속되어 있어서, 화자는 자신의 관점으로 이야기 세계를 바라보지 못하고, 시점(時點)이동을 통해 그 권위적 관념을 받아들이게 된다. 이런 서술상황에서는 화자가 작품 내적 존재임에도 불구하고 현실의 화자-독자와 관념적인 이야기 시공간 사이에는 보이지 않는 단절이 있게 된다. 화자는 이야기에 내포된 권위적 관점(유교이념)을 받아들임으로써 그 단절을 해소하며, 이 순간 이야기-화자-독자 사이에 유교이념을 매개로 한 〈관념적인 공동체 의식〉이 형성된다.

　고소설의 〈더라체〉는 그같은 서술상황에 상응하는 담론임을 알 수 있다.[22] 또한 화자가 자신의 언어보다는 〈유교적 원전〉에서 빌려 온 언어들(공식적인 정형구)로 주석적 서술을 하는 것도 이 때문이다. 즉, 화자는 시점과 서술에서 이미 확립되어 있는 유교이념의 관념 세계에 의존하게 된다.

---

22) 앞의 4장 3절 (5) 서술어로서의 플롯 참조.

398

닛더예 송황제 직위ᄒ신 후로 연년니 풍년ᄒ니 도불십유(道不拾遺)ᄒ고 산무도적(山無盜賊)ᄒ니 빅셩니 젹양가를 부르며 강구연월의 요지닐월(堯之日月)니요 슌지건곤(舜之乾坤)니라 ᄒ더라. 쳔ᄒ 태평ᄒ미 변방니 고욕히이 반심(反心)룰 두지 안니ᄒ니 송 황졔 셩덕니 졔국의 가득ᄒ니 빅셩니 노릭ᄒ되,

"우리 황상은 만만셰지무궁(萬萬歲至無窮)ᄒ옵쇼셔."

ᄒ며 다 셩덕를 닐칼으며,

"울니도 권ᄒ강무(勸學講文)ᄒ야 갈츙보국(竭忠報國) ᄒ올셔라. 요슌 갓턴 울니 황상 쳔쳔만만셰나 무긍ᄒ옵소셔."

헐헐단신 죠원슈는 일월 갓치 빗난 츙를 기닌각(麒麟閣) 졔일칭(第一層)이 졔명(揭名)ᄒ고 셩은를 ᄒ직ᄒ고 변국으로 도라가 왕화(王化)를 펴니여 민졍룰 술핀니 만민니 틱평가(太平歌)를 불으며 셩덕룰 다 일칼으며 '쳔셰만셰ᄒ옵소셔' ᄒ더라.

——『조웅전』 결말부

인용문에서 화자는 분명히 동시대적인 과거를 회상하고 있지는 않다. 중국의 송대라는 시공간적 배경이 명시되고 있기 때문이다. 그러나 화자는 그 중국의 송대라는 〈역사적 과거〉를 (머리 속으로) 보고 있는 것도 아니다. 화자가 바라보는 것은 현실적 과거도, 중국의 송대라는 역사적 과거도 아닌, 어떤 추상적 시공간의 세계일 것이다. 위의 소설에서 중요한 것은 특정한 시대의 역사적 사실이 아니라 유교이념에 의해 화해를 되찾는 자기회귀적 운동(그리고 순환적 전망)의 형상화 그 자체이다. 화자는 다만 중국 송대의 이름을 빌려 그 유교이념의 순환적 운동이 나타나는 〈막연한 과거〉를 보고 있는 것이다.

또한 화자는 유교이념의 추상적 세계를 자신의 〈개인의 눈〉으로 보고 있는 것도 아니다. 더라체에서 알 수 있듯이 화자는 서술하는 순간 추상적 시공간으로 시점(時點)이동해 그 세계에 내재한 관념(유교이념)의 눈으로 사건을 보고 있다. 유교이념과 연관된 한문성어가 화자의 서술언어를 지배하는 것은 그를 의미한다. 유교이념의 한문성어는 화자의

서술뿐만 아니라 인물의 언어까지 지배하고 있다. 그로 인해 인물(들)의 언어는 대리직접화법[23]의 형태로서 실제로 화자의 목소리와 크게 구별되지 않는다. 이는 서술과 장면의 구분이 불분명함을 뜻하며 대화부분에서도 장면의 〈원근법〉이 확립되지 않음을 나타낸다. 서술이든 장면이든 모두 추상적 이야기 시공간에 내재된 〈관념의 눈〉으로 지각되어 전달되고 있는 것이다. 유교이념의 관념의 눈에 의존하는 화자의 시점은 인물의 대화부분에서도 장면의 원근법을 이용할 수 없으며 관념으로 뭉뚱그려진 불명료한 초점화, 즉 〈비초점화(제로 초점화)〉의 방식을 사용하게 된다.

이처럼 비초점화를 드러내는 고소설에서는 화자의 주체적 시점이 아닌 유교이념의 관념(시점)으로 보여진 추상적 시공간의 세계가 그려진다. 여기서 관념적 시점은 어떤 개인의 눈이 아니라 추상적 시공간을 질서화하는 원리 그 자체이다. 그 때문에 관념의 눈으로 보여진 고소설의 추상적 세계에서는 화자나 인물의 개성적 목소리 대신에 유교이념의 관념의 목소리가 들려온다. 독자는 유교이념의 〈관념의 눈〉으로 이야기 세계를 보는 동시에 또한 똑같은 원리를 담은 〈관념의 목소리〉를 듣는 것이다. 이때 고소설의 이야기-화자-독자의 의사소통과정에서는 〈관념을 매개로 한 공동체 의식〉이 형성된다.

근대소설은 유교이념의 관념에서 해방된 화자가 자신의 주체적 시점을 지님으로써 성립된다. 화자의 주체적 시점으로 보여진 이야기 세계에서는 〈명료한 (근대적) 원근법〉[24]으로 된 초점화가 나타난다. 또한 이야기 시공간 내부에서도 관념적 이념이 사라짐으로써 〈화자와 인물 자신의 목소리〉가 들려온다.

먼저 들어와서 난로 앞에 섰던 덕기는 반색을 하면서 자리를 비켜 선다.

---

23) 우스펜스키, 『소설구성의 시학』, 앞의 책, 83~86면. 앞의 제3장 2절 참조.
24) 여기서 원근법이란 엄밀히 말해 근대적 원근법이다. 원근법이 불명료한 고소설 역시 어떤 또다른 (중세적) 원근법의 결과로 볼 수 있기 때문이다.

세 사람은 난로를 옹위해 섰다.

"자, 이 친구는 조덕기라는 모던 뽀이. 이 아가씨는 고무 공장에 다니시는 이필순양——조군이 불량소년 같으면 이렇게 소개를 할 리가 없지만 그래도 불량은 아니니까 이런 영광을 베푸는 걸세. "

병화는 아까 불뚝심사를 부리던 것은 잊어버린 듯이 너털웃음을 내놓았다.

두 남녀는 웃으면서 고개를 숙여 보였으나 필순이는 얼굴이 발개지며 난로 연통 뒤로 얼굴을 감추어버렸다.

덕기의 눈에는 필순이가 미인으로 보였다. 아직 자세히 뜯어볼 수는 없으나 밝은 데서 보니 나이는 들어 보이면서도 상글상글한 앳된 티가 귀여운 인상을 주었다.

옷 입은 것도 얄팍한 옥양목 저고리 하나만 입은 것이 추워보이기는 하나 깨끗하고 깜장 세루치마 밑에 내다보이는 버선등도 더럽지는 않다. 공장에 다니는 계집애들이 구두 모양을 내고 인조견으로 울긋불긋하게 차린 것에 비하면 얼마나 조촐하고도 수수한지 몰랐다.

—— 염상섭,『삼대』

인용문은 과거의 상황('었다')이지만 화자-독자의 현실과 동질적인 동시대적 과거가 그려지고 있다. 동시대적 과거는 고소설의 추상적 과거와 달리 얼마든지 현재의 상황처럼 장면화될 수 있다. 첫문장과 같은 현재형이 빈번히 나타날 수 있는 것은 그 때문이다.

또한 었다체[25]에서 알 수 있듯이 화자는 객관적인 과거의 상황을 자신의 주체적 시점으로 바라볼 수 있다. 즉, 더라체에서처럼 시점이동하는 대신 화자 자신의 위치에서 객관적 상황을 얼마든지 (머리 속으로) 그려 볼 수 있는 것이다. 이처럼 화자의 주체적 시점이 가능해졌다는 것은 그의 머리 속으로 상황을 정리하거나(요약서술), 어떤 장면을 설정해 자신의 시점이나 인물의 시점으로 초점화할 수 있음을 의미한다. 즉, 고소설과 구분되는 근대소설 화자의 주체적 시점이란 서술과 장면

---

25) 었다체에 대해서는 제4장 3절 (5) 서술어로서의 플롯 참조.

의 분리[26], 외적-내적 초점화의 사용 등을 의미한다.

위에서 중간부분까지는 화자의 분신인 (장면 내부에 존재하는) 가상적 존재자의 눈을 이용한 외적 초점화의 원근법이 나타나고 있다. 또한 '덕기의 눈에는……' 이후부터는 덕기의 시점을 이용한 내적 초점화(전체적으로는 외적 초점화)[27]의 원근법이 드러난다. 즉, 인용문은 가상적 존재자(화자의 분신)와 덕기의 눈에 근거한 두 개의 원근법이 조립된 장면인 셈이다. 이처럼 다양한 초점화와 원근법을 사용할 수 있는 것은 화자의 주체적 시점이 가능해졌음을 의미한다.

화자의 개인적 시점을 사용한 근대소설의 경우 독자는 화자시점이나 인물시점을 매개로 이야기 세계를 구체적으로 볼 수 있다. 비초점화로 된 고소설과는 달리 위에서 우리는 구체적이고 생생한 이야기 세계의 장면을 바라보게 된다. 그와 함께 우리는 시점의 매체인 화자와 인물(덕기)의 개인적 목소리를 듣게 된다. 이는 관념적 결속에서 벗어나 자신의 〈내면(주체성)〉을 지닌 개인(화자와 덕기)의 눈으로 장면을 바라보기 때문이다. 초점화의 주체인 화자와 덕기의 시점은 그들의 〈내면(의식)의 목소리〉를 시각화 한 것[28]에 다름 아닌 것이다. 따라서 덕기의 시점으로 된 내적(외적) 초점화(후반부)에서는 화자와 덕기의 내면의 목소리가 뒤섞인다.

그러나 여기서 한 가지 간과할 수 없는 것은 이처럼 개인의 시점(내면의 눈)에 의한 명료한 원근법(초점화)을 얻는 대가로 인물-화자-독자나 인물들 각자 간의 유대(즉 공동체 의식)가 희석된다는 점이다. 관념(유교이념)에 의한 공동체적 유대가 가능했던 고소설과는 달리 위에

---

26) 물론 근대소설에서도 서술과 장면이 매번 선명히 분리되는 것은 아니다. 서술 속에 장면적 요소가 있을 수 있고 장면 속에 서술적 요소가 있을 수 있다. 그러나 그런 혼합은 분명한 초점화를 전제로 한 것으로 비초점화로 인한 서술-장면의 혼합과는 성격이 다르다.

27) 이 부분 역시 엄밀히 말하면 외적 초점화이지만, 덕기의 시점이 사용되고 내면의 목소리가 들리기 시작하므로, 내적 초점화의 요소가 나타나기 시작한다.

28) 물론 그 반대도 가능하다. 즉, 시점을 내면의 목소리로 바꿀 수 있다.

서는 덕기-병화-필순, 그리고 그들과 화자-독자 간의 분리된 관점들을 드러낸다. 필순에 대한 병화와 덕기의 시선이 다를 뿐 아니라 시점의 매체(후반)인 덕기가 필순을 보는 눈을 독자가 그대로 공감할 수는 없는 것이다. 근대소설에서는 이러한 분열을 극복하기 위해 내용적 차원과 담론적 차원에서의 이중적 시도가 나타난다. 내용적 차원의 시도란 이야기-플롯을 통해 분열과 갈등을 극복하는 전망을 제시하는 것이다. 또한 담론적 차원의 시도는 인물의 폐쇄된 내면을 해체하는 타자성을 드러내는 방법과 공동체적 유대를 강화하는 구어체를 부활시키는 것이다. 우리는 이 두 가지 방법을 다시 살펴보게 될 것이다.

분리된 다양한 관점을 근거로 화자시점이 화자의 내면의 목소리를 드러낸다면 인물시점은 인물의 내면의 목소리를 들려준다. 물론 화자시점 서술의 경우 인물의 목소리는 화자의 목소리에 뒤섞이며 독립된 어조로 들려오지는 않는다. 그러나 화자시점서술에서도 점차 반성자-인물이나 내적 초점화에 접근하는 양상이 나타날 수 있으며 이 경우 인물의 목소리는 점점 분명해진다. 이런 방향으로 더 진행되면 인물의 목소리는 화자를 매개로 독자에게 들릴 뿐 아니라 인물 자신에게도 들리게 되는 상황이 나타난다. 이는 인물 스스로가 자신의 내면을 〈반성〉하는 경우이다.

> 자기의 이때까지의 노력이나 생각이 조금도 자기 마음에 부끄러울 것 없는 정당한 일이었다. 그러나 거기에 조금치도 허위가 없었던가? 진심으로 그 두 사람의 행복을 똑같이 축복하는 것이었던가? 필순이의 장래를 염려하듯이 병화의 행복도 조금도 못지 않게 염려를 하여줄 성의가 있는가? 만일 그 두 사람이 기뻐서 약혼을 하였더면 자기의 마음은 어떠하였을까? 일생의 처음이요 마지막일지도 모르는 마음의 상처를 고이 덮어서, 가슴 속에 넣어두고 평생을 살아갈 용기가 있을까? ……

인용문은 여전히 외적 초점화(화자시점서술)의 일부이지만, 자유간접문체(서술된 독백)를 사용해 거의 내적 초점화에 접근하고 있다. 이는 인물이 자신을 반성하는 경우 내적 초점화에 의한 원근법이 필요하기 때문이다. 즉, 위에서는 화자의 시점으로 외부세계(혹은 내부세계)를 그리는 외적 초점화 대신, 인물의 시점으로 자신의 내면세계를 비추는 내적 초점화의 원근법이 사용된다. 이때 인물시점을 담은 내면의 목소리는 독자뿐만 아니라 〈인물 자신〉의 귀에도 들리게 된다. 위와 같은 독백체(서술된 독백) 자체가 인물 스스로 자신의 목소리를 듣는 〈반성적 상황〉을 의미하는 것이다. 이러한 반성은 인물(덕기) 자신이 타자와 분리된 내면을 지님으로써 가능해지고 있다. 그러나 그것은 또한 그 내면의 경계선을 지키기 위해 자기중심적 의식을 지니는 모순에 따른 것이기도 하다. 즉, 위에서 덕기는 자신의 윤리적 내면을 지키기 위해 필순에게 짐짓 담담한 척하려 노력한다. 하지만 그러면 그럴수록 덕기의 윤리적 내면의 경계선은 더 흔들리게 된다. 자기 목소리를 스스로 듣는 덕기의 내면적 반성은 그 경계선이 동요하는 자기모순을 해결하려는 시도인 셈이다. 그러나 덕기가 〈자신의 내면의 목소리〉를 듣는 데 그치는 한 그는 흔들리는 경계선을 확인하는 고통스러운 반성에 머물게 된다. 여기서 한발 더 나아가 내면의 해체와 함께 자신도 모르는 또다른 내면(무의식)을 발견하게 되는 것은 〈타자의 목소리〉를 듣는 순간에 이르러서이다.

그걸 생각하면 원삼이가 조상이 급합니까? 돈이 긴하죠! 하던 말이 옳기는 옳다. 필순이 부친이 죽은 뒤의 일을 부탁하는 것도 결국 돈 부탁이었을 것이다. 당자는 그런 생각이 아니라도 하다못해 장비 한푼이라도 부조해 달라는 말이었을 것이요, 처가속 밥 한끼라도 걱정해 달라는 부탁이지, 설마 네 인물이 얌전하고 사윗감으로 쩍말없으니 딸자식을 맡으라는 부탁은 아닐 거라. 원삼이의 말이 평범하면서도 정통을 맞힌 말이다.

‘아버지의 홍경애에 대한 경우도 그랬을 거라. 돈 없는 아버지였더면 아버지보다 먼저 부탁을 받을 동지도 많았을 것이 아닌가. 아버지 경우나 내 경우나 돈 있는 집 자손이라는 공통한 일점에 똑같은 처지를 당하였을 뿐이지 무슨 숙명적 암합(暗合)이 있을 리가 있나. 그리고 아버지께서는 아버지답게 그 부탁을 이행하였을 따름이요, 나는 내 성격과 내 사상 내 감정대로 이행해가면 그만 아닌가?……'

덕기는 필순이가 '제이 경애'라고 한 모친의 말을 또 한번 힘있게 부인해 보는 것이다.

'그러나 돈이란 뭐냐? 돈은 어디서 나온 거냐?……'

그는 필순이 부친이 아내나 딸을 자기의 돈에게 부탁한 것이지 돈 없는 덕기였더라면 하필 덕기에게 부탁하였으랴 하는 생각을 할수록, 마치 돈을 시기하고 질투하듯이 반문을 하여 보는 것이다.

위에서 덕기는 그의 내면에 침투한 타자의 목소리('돈이 긴하죠!', '제이 홍경애')에 반응하면서 윤리적 내면의 해체와 함께 숨겨진 또다른 내면을 발견하게 된다. 즉, 그는 자신의 윤리적 내면을 파괴하는 타자의 말들과 싸우는 동안 자신도 모르게 부르주아의 상속자라는 또다른 자아와 마주치게 된다. 이로써 덕기는 위선적인 윤리적 내면 대신에 그것을 해체하는 무의식적 내면을 통한 반성에 이르게 되며 그 순간 허위적 경계선이 해체된 역사적 현실의 장에 서게 된다.[29]

지금까지 우리는 고소설의 〈비초점화〉에서 근대소설의 〈외적-내적 초점화〉에 이르는 과정을 살펴보았다. 이 역사적 과정은 유교이념의 〈관념적 시점〉에서 개인적 내면(주체성)을 지닌 〈화자-인물의 시점〉으로 변화되는 전개였다. 또한 그런 시점의 변화는 〈관념적 목소리〉에서 화자-인물의 〈개인적 목소리〉로의 변화에 상응하며, 더 나아가 인물 스스로 〈자신의 목소리〉를 듣는 반성에서 〈타자의 목소리〉에 반응하는 무의식적 반성에 이르는 과정이었다. 이제 또다른 측면에서 역사적 변화에 따른 화자시점서술의 다양한 기능의 변화를 살펴보자.

---

29) 나병철, 『한국문학의 근대성과 탈근대성』(문예출판사, 1996), 344면 참조.

(3) 편집자적 전지에서 선택적 전지로

화자시점서술은 화자의 시점이나 서술(목소리)이 어떤 경우에도 소멸되지 않는 서술방식이다. 그러나 이 서술방식 역시 역사적으로 볼 때 화자의 개입이 점차로 적어지는 방향으로 발전되어 왔다. 즉 화자의 개입이 극대화된 편집자적 전지에서 차츰 중립적 전지, 선택적 전지로 변화되어 왔으며, 중개성(화자의 개입)이 극소화된 선택적 전지에 이르면 인물시점서술과 겹쳐지게 된다.

〈편집자적 전지〉는 화자가 하나의 인물처럼 드러나는 점에서 〈화자-인물〉[30]의 3인칭 영역과 중첩된다. 편집자적 전지 혹은 3인칭 화자-인물은 화자가 자신을 '나'나 '우리'로 부르면서 서술상황 자체를 숨김없이 드러낸다. 즉, 이야기 전달자로서의 화자의 모습이 적나라하게 드러나는 것이 편집자적 전지의 가장 중요한 징표이다.

관념적 시점과 서술에 의존하는 고소설의 화자는 비록 개인적 인물의 특성은 미발달 상태에 있지만 늘상 이야기꾼으로서의 편집자적 전지의 흔적을 보여준다. 즉, 고소설의 화자는 자신의 개인적 시점(그리고 목소리)보다는 추상적 이야기 세계의 관념적 시점에 의존하면서도 어쨌든 이야기 전달자로서의 편집자의 특성을 드러내고 있다.

> 각설, 죠원수 잠을 세여 안젼던이 문 외여 천병만마 요란ᄒ며 고각 함성이 진동ᄒ거늘 원슈 괴히여겨 즁균장 원츙툴 불너 문왈,
> "군즁이 요란ᄒ요?"

——『조웅전』

이야기의 대목이 바뀜을 알리는 각설, 차설 등은 편집자적 전지의 대표적인 특성을 보여준다. '각설'이란 '자, 이제 그 얘기는 그만하고 다른 얘기를 시작한다'는 편집자의 태도에 다름 아니다. 이런 편집자적 전지

---

30) 슈탄첼의 분류에서 〈화자-인물〉은 〈반성자-인물〉의 반대 지점에 위치한다. 화자-인물에는 〈서술자아가 강화된 1인칭〉과 〈편집자적 전지의 3인칭〉이 포함된다.

는 근대소설 이후에도 빈번히 나타난다. 근대소설의 편집자적 전지는
하나의 인격적 존재로서의 화자의 모습을 보여준다.

　이제는 영채의 말을 좀 하자. 영채는 과연 대동강의 푸른 물결을 헤치고
용궁의 객이 되었는가.
　독자 여러분 중에는 아마 영채의 죽은 것을 슬퍼하여 눈물을 흘리신 이
도 있을지요. 고래로 무슨 이야기책에나 나오듯, 늦도록 일점 혈육이 없던
사람이 아들 아니 낳은 자 없고, 아들을 낳으면 귀남자 아니 되는 법 없
고, 물에 빠지면 살아나지 않는 법 없는 모양으로, 영채도 아마 대동강에
빠지려 할 때에 어떤 귀인에게 건짐이 되어 어느 암자의 승이 되어 있다가
장차 형식과 서로 만나 즐겁게 백년가약을 맺어, 수부귀다남자하려니 하고,
소설 짓는 사람의 좀된 솜씨를 넘겨보고 혼자 웃의신 이도 있으리라.
　혹 영채가 빠져 죽는 것이 마땅하다 하여 영채가 평양으로 간 것을 칭찬
하신 이도 있을지요, 빠져 죽을 까닭이 없다 하여 영채의 행동을 아깝게
여기실 이도 있으리라. 이렇게 여러 가지로 독자 여러분의 생각하시는 바
와 내가 쓰려 하는 영채의 소식이 어떻게 합하며 어떻게 틀릴지는 모르지
마는, 여러분의 하신 생각과 내가 한 생각이 다른 것을 비교해 보는 것도
매우 흥미있는 일일 듯하다.

『무정』(1917)은 전체적으로 중립적 전지가 주도적이지만 부분적으로
위와 같은 편집자적 전지의 특성을 드러낸다. 위에서 소설을 쓰는 작가
의 모습을 여과없이 보여주는 점은 흡사 메타픽션의 수법을 연상시킨
다. 그러나 메타픽션은 현실을 재현으로 해체하려는 전략인 반면, 편집
자적 전지에서 서술상황(혹은 창작과정)의 공개는 그 반대로 소설의
흡인력에 대한 자신감에서 나온 것이다. 즉 메타픽션은 현실 역시 재현
에 불과함을 믿기 때문에 아무 스스럼 없이 소설이 또다른 재현임을 드
러낸다. 반면에 편집자적 전지는 소설이 창작된 이야기임을 인정하지
만, 현실의 신빙성 만큼 소설 역시 신뢰성을 지님을 믿기 때문에 그 창
작과정을 거리낌없이 공개한다. 편집자적 전지의 화자는, 자신의 이야

기가 소설임을 밝히더라도 독자가 소설 속에 빨려든다고 생각하면서, 자신감있게 편집(창작) 과정을 드러내는 것이다. 이는 마치 음악이 여러 악기들의 연주로 편성된 것을 알면서도 음악의 예술성에 몰입하는 것과 마찬가지이다. 그만큼 편집자적 전지는 소설의 예술적 신뢰성(일종의 아우라)이 가장 증폭된 시대의 서술방식이다.

　편집자적 전지가 화자의 존재를 한껏 부각시키는 담론이라면 〈중립적 전지〉는 외견상 화자의 개입이 잘 느껴지지 않는 경우이다. 편집자적 전지에서는 장면제시가 극소화되지만 중립적 전지에서는 상대적으로 장면 부분이 많아진다. 그것은 중립적 전지가 (인물시점 등) 장면 내부의 시점을 이용하여 그것을 화자의 언어(혹은 지각)로 번역하는 방식이기 때문이다. 결과적으로 중립적 전지에서는 화자의 주석적 서술이나 인격적 요소가 대부분 소멸되지만 화자의 목소리(서술)의 흔적은 여전히 남게 된다.

　"천만의 말씀이올시다."
하고 형식은 잠깐 고개를 들어 부인을 보는 듯 선형을 보았다.
　선형은 한 걸음쯤 그 모친의 뒤에 피하여 한편 귀와 몸의 반편이 그 모친에게 가리웠다. 고개를 숙였으매 눈은 보이지 아니하나 난대로 내어버린 검은 눈썹이 하얗고 널찍한 이마에 뚜렷이 춘산을 그리고 기름도 아니 바른 까만 머리는 언제 빗었는지 흐트러진 두어 올이 불그레한 복숭아 꽃 같은 두 뺨을 가리어 바람이 부는 대로 하느적하느적 꼭 다문 입술을 때리고, 깃 좁은 가는 모시 적삼으로 혈색 좋은 고운 살이 몽롱하게 비치며, 무릎 위에 걸어놓은 두 손은 옥으로 깎은 듯 불빛에 대면 투명할 듯하다.

　위에서 선형을 보는 눈은 형식의 〈시점〉이지만 그 지각내용을 전달하는 〈언어〉는 화자의 것이다. 〈장면제시〉로 된 이 부분에서 외견상 화자의 개입은 좀처럼 눈에 띄지 않는다. 그러나 결국 선형의 모습을 드러내는 언어 속에는 형식의 내면의 목소리(즉 시점의 언어화)와 화자의 목소리가 뒤섞인다. 이런 중립적 전지의 특징은 내면의식을 드러내는 부분에서도 비슷하게 나타난다.

> 형식은 여태껏 그의 너무 방탕함을 허물하더니 오늘은 도리어 그 파탈하
> 고 쾌활함이 부러운 듯하다.
> 　미인이라는 말도 듣기 싫지 아니하거니와 약혼, 엥게지먼트라는 말이 이
> 상하게 기쁘게 들린다. 그러나 '자네 힘에 웬걸 되겠는가' 하였다. 과연 형
> 식은 아무 힘도 없다. 황금시대에 황금이 없고, 지식시대에 남이 우러러볼
> 만한 지식의 힘도 없고, 예수 믿는지는 오래나 워낙 교회에 뜻이 없으매
> 교회 내의 신용조차 그리 크지 못하다. 아무 지식도 없고, 아무 덕행도 없
> 는 아이들이 목사나 장로의 집에 자주 다니며 알른알른하는 덕에 집사도
> 되고, 사찰도 되어 교회 내에서 젠체하는 꼴을 볼 때마다 형식은 구역이
> 나게 생각하였다. 실로 형식에게는 시체 하이칼라 처자의 애정을 끌 만한
> 아무 힘도 없다.
> 　이런 생각을 하고 형식은 자연히 낙심스럽기도 하고, 비감스럽기도 하
> 였다.

인용문에서는 형식의 사고내용(내면의식)을 전지적 화자의 중립적 언어로 번역하고 있다. 이 부분은 실상 화자의 형식에 대한 서술인지 형식 자신의 내면의식인지 잘 구분되지 않는다. 이런 중간적 성격이 바로 중립적 전지의 특성일 것이다. 만일 이 부분을 형식의 내적 독백으로 바꾼다면 형식을 '나'로 고치고 다른 언어들을 내면의식을 표현하는 형식 자신의 언어로 바꿔야 할 것이다. 『무정』에서 형식의 내면의식의 표현은 인용문 같은 중립적 전지와 서술된 독백에 가까운 내적 독백의 혼합으로 이루어져 있다.

중립적 전지의 특성이 보다 확연히 드러나는 예는 화자와 인물의 목소리가 매우 상이한 경우일 것이다. 왜냐하면 중립적 전지란 인물 내면의 목소리인 인물시점을 절제된 화자의 언어(목소리)로 표현하는 방식이기 때문이다. 예컨대 이효석의 「메밀꽃 필 무렵」(1936)에서 화자와 허생원은 서로 다른 목소리와 언어를 지니고 있다. 이 소설은 허생원

의 눈으로 지각된 메밀꽃 장면을 화자의 중립적 언어로 번역하여 제
시한다.

　　조선달 편을 바라는 보았으나 물론 미안해서가 아니라 달빛에 감동하여
서였다. 이지러는 졌으나 보름을 갓 지난 달은 부드러운 빛을 흐뭇이 흘리
고 있다.
　　대화까지는 팔십리의 밤길, 고개를 둘이나 넘고 개울을 하나 건너고 벌
판과 산길을 걸어야 된다. 길은 지금 긴 산허리에 걸려 있다. 밤중을 지난
무렵인지 죽은 듯이 고요한 속에서 짐승 같은 달의 숨소리가 손에 잡힐 듯
이 들리며 콩포기와 옥수수 잎새가 한층 달에 푸르게 젖었다.
　　산허리는 온통 메밀밭이어서 피기 시작한 꽃이 소금을 뿌린 듯이 흐뭇한
달빛에 숨이 막힐 지경이다. 붉은 대궁이 향기같이 애잔하고 나귀들의 걸
음도 시원하다.
　　길이 좁은 까닭에 세 사람은 나귀를 타고 외줄로 늘어섰다. 방울소리가
시원스럽게 딸랑딸랑 메밀밭께로 흘러간다.

　위의 장면을 만일 허생원의 언어로 그렸다면 매우 다른 분위기가 나
타났을 것이다. 허생원의 언어는 시적 감성보다는 토속적 삶에서 나온
목소리일 것이기 때문이다. 그러나 허생원 역시 내면의 감각은 시적 감
성을 지니고 있으며 그것은 그 자신의 토속언어보다 화자의 세련된 서
정적 언어로 더 잘 표현될 수 있다. 따라서 위에서는 허생원의 내면적
감성으로 지각된 내용을 화자의 중립적이고 서정적인 언어로 바꾸어 전
달하고 있다. 이는 표면상 화자의 침입이 배제된 듯 하지만 실상은 절
제된 언어로 개입하는 중립적 전지의 대표적인 예이다.
　중립적 전지는 편집자적 전지에서 인물시점의 요소가 한 단계가 강화
된 담론이다. 그러나 중립적 전지까지는 아직 인물시점이 표면으로 잘
드러나지는 않는다. 우리 근대소설의 발전은 그 단계를 넘어서서 점점
더 인물시점이 강화되는 경향을 보여준다. 예컨대 『무정』보다는 『삼
대』가, 그리고 그보다는 『고향』, 『황혼』이 더 인물시점의 요소를 증대

시키고 있다. 『삼대』는 가상적 시점 제공자를 자주 사용하여 장면제시의 비중이 많아진 소설의 하나이다. 그러나 인물시점의 정도만 본다면 『고향』(1934)이 한결 더 그 의존도가 높으며 『황혼』(1936)은 더욱 더 인물의 의식을 지속적으로 노출시킨다.

인물시점의 요소가 아주 현저해진 경우는 화자시점서술이면서도 반성자-인물(혹은 내적 초점화)을 연속적으로 사용하는 소설일 것이다. 이런 소설은 한 인물의 의식만을 연이어 드러내는 점에서 〈선택적 전지〉라고 불린다. 예컨대 최인훈의 『광장』(1960)은 화자시점서술(외부시점)의 한계 내에서 주인공 이명준을 계속 반성자-인물(혹은 초점화자)로 사용하고 있다.

> 오른손으로, 은혜의 군복 앞 단추를 끌렀다. 다음에는, 가죽띠를 끌렀다. 마디가 굵은 버클이 무디게 절그럭거린다. 이 고운 몸에, 이 무슨 흉칙한 쇠붙이란 말인가. 이 몸을 볼쇼이 테아트르의 대리석 기둥이 받치는 놀이 마당에서, 전차가 피를 토하는 이 스산한 마당까지 불러 온 자는 누군가. 이 예술가의 가냘픈 몸의 도움까지 받아가면서 해 내야 할 사람잡이에 내몰기 위해서? 안 된다. 너희들이 만일 인민의 이름을 팔면서 우리를 속이려든다면, 우리도 걸맞는 분풀이를 해줄테다. 사람을 얕잡아 보지 말아.

『광장』은 이명준을 반성자-인물로 사용할 뿐 아니라 인용문 같은 내적 독백으로 그의 의식 속의 내면의 목소리를 들려준다. 『광장』에서 이명준이 실제적 화자인 듯 그의 목소리가 들리는 곳이 많아진 것은 이 때문이다. 그러나 이 소설에는 화자의 목소리로 이명준이나 주변 배경을 묘사하는 곳이 빈번히 나타나서 인물시점서술에까지 이르지는 않고 있다. 『광장』은 화자시점서술(외부시점)인 동시에 반성자-인물 양식이라고 할 수 있다.[31]

이렇게 해서 우리는 화자-인물에서 반성자-인물에, 그리고 편집자적

---

31) 물론 대부분의 반성자-인물 양식은 인물시점서술이다.

전지에서 선택적 전지에 이르렀다. 여기서 선택적 전지는 다시 두 가지 방향으로 나아가게 된다. 하나는 모더니즘 기법으로서 〈다수의식의 반영〉으로 불리는 〈복수 선택적 전지〉〈제한적 이동〉의 방향이다.[32] 다른 하나는 인물시점서술과 중첩되면서 인물시점 내부에서의 한 극단인 내적 독백, 의식의 흐름 등 모더니즘 기법이다. 우리는 다음절에서 모더니즘을 한 극단에 두고 있는 그 인물시점 내부에서의 스펙트럼을 살펴볼 것이다. 그에 앞서 화자시점서술의 또다른 중요한 문제인 구어체와 인물의 개인언어에 대해 고찰해 보자.

(4) 구어체와 인물의 개인언어

구어체라는 말 속에는 실상 조금은 상이한 두 가지 의미가 혼합되어 있다. 하나는 〈구어적 매체〉라는 뜻이며 다른 하나는 문장체(문어체)가 아닌 〈일상적 말투〉라는 뜻이다. 이 두 가지 의미는 실제로 구어체라는 개념 속에서 항상 일치되는 것은 아니다. 예컨대 설화는 구어적 매체로 전달되지만 일상적 말투보다는 공식적인 정형구를 사용한다. 또한 고소설의 서술은, 구어와는 가장 거리가 먼 문장체를 쓰긴 하지만, 낭송의 형식으로 청자에게 전달된 점에서 구어적 소통과 전혀 무관하지는 않다.

구어적 매체의 측면에서 보자면 설화-고소설-근대소설의 발전은 점차 구어적 소통상황이 단절된 대신 시각적 문자 매체의 소통이 확립된 것으로 볼 수 있다. 반면에 일상적 말투의 측면에서는 오히려 근대소설로 올수록 일상어에 가까워진다. 그러나 근대소설은 분명히 문어체이며 김유정 소설 등 몇몇 예외적 작품들에서만 구어체를 드러낸다.

근대소설이 〈일상어〉에 가까워진 것은 인물과 화자(그리고 독자)가 개인화된 근대적 주체이기 때문일 것이다. 따라서 이는 〈구어적 소통상황〉과는 아무런 연관을 지니지 않는다. 문제가 되는 것은 개인적 주체

---

32) 〈다수의식의 반영〉〈복수 선택적 전지〉〈제한적 이동〉에 대해서는 4절 (3) 참조.

를 전제로 하는 근대소설이면서도 또한 구어적 소통의 흔적을 지니는 구어체 소설(김유정 소설 등)일 것이다.

근대소설 중 구어체 소설은 구어적 소통의 흔적을 내장하는 점에서 설화·야담 등의 구연체와 연관해서 생각해 볼 수 있다. 구어적 소통상황은 문자매체와는 구분되는 독특한 특성을 지니고 있다. 앞서 살폈듯이 구어적 소통은 소리를 매체로 함으로써 청중들의 내부에 공명하는 울림을 제공한다. 이는 이야기-화자-청중들 사이에서 내부를 연결하는 〈공동체 의식〉을 형성함을 의미한다.

또한 구어적 매체는 〈다수의 청중〉을 전제로 하는 점에서도 문자매체와 구분된다. 문자매체는 시각에 의존하는 특성으로 인해 부득이 개인적 독자를 전제로 한다. 뿐만 아니라 시각적 문자매체는 서책의 형식을 매개로 함으로써 화자와 독자 간에 시공간적 단절이 생겨난다. 반면에 구어적 매체는 청각에 의존함으로써 다수의 청중이 한꺼번에 교감할 수 있게 한다. 화자와 청중 간의 〈직접적인 소통상황〉이 형성되는 점 역시 구어적 매체의 중요한 특징이다. 그런 특징들로 인해 구어적 매체는 화자-청중 간의 〈공동체적 유대〉를 용이하게 형성한다.

그러나 구어적 매체의 문제점은 화자-청중 간의 〈공동체 의식〉이 〈신성한 세계관(설화)〉이나 〈관념적 이념(고소설)〉을 매개로 해서만 가능하다는 점이다. 설화는 화자가 이야기 내부의 신성한 세계관을 즉자적으로 받아들여 청중에게 전달하는 순간 공동체 의식을 형성한다. 또한 고소설은 구연자가 낭송의 형식으로 이야기를 청중에게 전달할 때 이야기-화자-(구연자)-청중 간의 관념적 공동체 의식이 조성된다. 이는 화자나 구연자가 청중들과 직접적으로 대면함으로써 가능해진 것이지만, 그러나 또한 바로 그 때문에 화자(혹은 구연자)는 〈자신의 시점〉을 작품 내부에 틈입시킬 수 없게 된다.

화자가 자신의 시점을 갖는다는 것은 그의 개인적 서술이 작품 내부의 문맥을 이룸을 의미한다. 고소설의 문장체는 작품 내부의 문맥을 만들지만 관념적인 이야기 세계에 얽매여 화자 개인의 시점을 지니지는 못한다. 설화나 고소설(영웅소설)에서 한발 더 나아가 현실적인 이야기를 형성한 야담은 잠재적으로 화자의 개인적 시점을 얻을 수 있는 기회가 주어졌었다. 그러나 야담의 화자는 구어적 소통방식에 의존함으로써 자신의 시점을 작품 내부에 틈입시킬 수 있는 형식을 얻지 못했다.[33) 구어적 소통은 청중과의 직접적 대면 속에서 〈공동체 의식〉을 형성하지만 그처럼 작품 외적 관계에 붙들리는 한 작품 내부에 자신의 시점을 형식화할 수 없었던 것이다. 〈야담〉이 〈근대소설〉로 발전하는 과정에서 부딪힌 가장 중요한 난관은 바로 이 점에 있었다.

근대소설은 었다체의 문어적 형식을 만들어냄으로써 그 문제를 얼마간 해소한 셈이었다. 그러나 근대소설이 었다체의 문자서사 형식을 만드는 순간 이번에는 청중과의 〈공동체적 유대〉를 상실하게 되었다. 었다체의 문자서사와 서책의 형식에서는 청중의 개념이 존재할 수 없으며 개인화된 독자만이 상정된다. 근대소설은 현실적 이야기와 화자의 개인적 시점을 얻는 대가로 이야기-화자-독자 간의 공동체적 유대를 잃어버린다. 근대소설의 의사소통 과정에서의 공동체 의식의 파괴는 이야기 내용에서의 공동체적 삶의 분열에 상응한다. 근대소설은 오히려 그 삶의 분열 현상을 독자에게 체험하게 함으로써 부정적 방식으로 전망(공동체적 삶의 소망)을 얻는 것이다.

그러나 부정적 방식으로 공동체적 삶의 소망을 드러내기 위해 근대소설은 공동체적 관계가 단절된 의사소통에 의존해야 한다. 근대소설의 이런 개인적 소통방식은 공동체적 삶의 회복에 어떤 식으로든 한계를 지닐 수밖에 없을 것이다. 그와 같은 딜레마를 벗어나려는 노력이 바로 근대적 구어체 소설이다.

구어체 소설은 었다체로써 분열된 현실에 대한 〈개인적 시점〉을 얻는 반면 또한 구어적 문체로써 잠재적 청중과의 〈공동체적 관계〉를 유지한다. 개인적 시점과 공동체 의식을 동시에 지니는 이런 소설적 소통방식은 이미 조선조 말엽에 그 맹아가 나타났었다. 구비문학이면서도

____

33) 전관수, 「조선후기 야담의 형성과 갈래」, 연세대 석사논문(1985), 53~64면.

야담과는 달리 화자의 시점 형식을 얻을 수 있었던 판소리가 곧 그런 경우였다.

판소리는 야담과는 달리 화자 자신의 시점(그리고 서술)을 작품 내부에 형식화할 수 있는 소통방식을 지니고 있다. 즉, 화자는 청중에게 직접 서술하는 것이 아니라 서술의 상대역인 피화자[34](아마도 고수일 것이다)에게 이야기를 건넴으로써 자율적인 서술 형식을 얻고 있다. 야담과는 달리, 화자와 청중 간에 작품 외적 관계가 형성되는 것이 아니라, 작품 내적으로 형식화된 화자의 서술(그리고 시점)을 청중이 받아들이는 것이다. 이런 판소리의 소통상황은 소설적 서술상황과 근본적으로 일치한다. 그러나 판소리는 서책 형식의 근대소설과는 달리 잠재적으로 청중과의 직접적인 의사소통의 관계에 있게 된다. 화자-청중 간의 관계에서 공동체 의식이 형성될 수 있는 것은 그같은 조건에 의한 것이다. 결과적으로 판소리는 〈화자 자신의 시점〉을 형식화하는 동시에 화자-청중 간의 〈공동체적 유대〉도 유지할 수 있게 된다.

호남좌도 남원부는 옛날 대방국이라 허였것다. 동으로 지리산, 서으로 적성강, 남북강성하고 북통운암허니 곳곳이 승지요, 산수 정기 어리어 남녀간 일색도 나려니와, 만고 충신, 관행묘를 묘셨으니 당당한 충렬이 아니 살 수 있겠느냐. 숙종 대왕 즉위 초에 사또 자제 도련님 한분이 계시되, 연광은 십륙세요, 이목이 청수하고, 거지 현량허니 진세간 기남자라. 하로 일기 화창하야 방자 불러 물으시되, "이 애, 방자야.", "예이.", "내 너의 골 나려온 지 수삼삭이 되얏으나 놀 만한 경치를 모르니, 어디어디 좋으냐?" 방자 대답허되, "공부하신 도련님이 승지는 찾어 뭣허시려오?", "니가 모르는 말이로다. 고래의 문장 호걸들이 명승지는 다 구경허셨느니라. 천하지제일강산, 쌓인 게 글귀로다. 내 이를 테니 들어 보아라.

　…(중략)…

방자 분부 듣고 나구청으로 들어가, 서산나귀 솔질하야 갖은 안장을 짓

---

34) 화자의 서술의 상대역을 말함. 채트먼, 『영화와 소설의 서사구조』, 앞의 책, 309~20면.

는다. 홍영, 자공, 산호편, 옥안, 금천, 황금륵, 청홍사 고운 굴레, 상모 물
려 덥벅 달아, 앞뒤 걸쳐 질끈 매야, 칭칭 다래, 은엽 등자, 호피돋움으 태
가 난다. 모탄지 걸쳐 덮고 채질을 툭 쳐 돌려세워, "말 대령허였소." 도련
님 호사헐 제, 신수 좋은 고운 얼골 분세수 정히 하고, 감태 같은 채 진
머리 동백 기름으 광을 내어 갑사 댕기 들였네.

——『춘향가』

인용문처럼 판소리에는 한자성어와 구어체가 뒤섞여 있다. 한자성어
는 화자가 이야기 세계의 유교이념에 지배됨을 보여주며, 구어체는 민
중적 관점으로 된 화자 자신의 시점을 지님을 드러낸다. 화자가 유교이
념의 관점에 종속됨은 판소리가 아직 (영웅소설처럼) 관념적 공동체 의
식에서 벗어나지 못했음을 보여준다. 그러나 민중적 구어체는 이야기-
화자-청중 사이에 민중적 공동체 의식이 형성되어 있음을 나타낸다. 민
중적 공동체 의식은 관념을 매개로 한 결속을 넘어서서 현실적 의식을
바탕으로 한 유대를 드러낸다. 우리는 앞에서 전근대적 서사물의 공동
체 의식이 초월성이나 관념을 매개로 이뤄짐을 살펴본 바 있다. 그러나
판소리에서는 민중적 구어체를 사용함으로써 관념을 넘어선 〈현실의식
에 근거한 공동체 의식〉이 가능해지고 있다. 이는 판소리의 화자가 유
교이념에 일방적으로 지배되지 않고 얼마간 자신의 현실적(그리고 민
중적) 시점으로 현실을 응시함을 의미한다.
  야담의 경우에는 현실적인 이야기를 하면서도 화자-청중 간의 공동
체적 유대와 직접적 소통상황에 얽매여 화자 자신의 시점을 형식화할
수 없었다. 반면에 판소리에서는 화자-청중 간의 공동체적 관계를 유지
하는 동시에 그와 연관된 화자 자신의 민중적 관점을 형식화하고 있다.
이는 판소리가, 공동체적 유대가 가능한 화자-청중 간의 구어적인 직접
적 소통상황과, 화자 자신의 시점의 형식화가 가능한 화자 → 피화자라
는 소설적 서술상황을 중첩시키는 데 성공했기 때문이다. 즉, 야담의
소통상황이 이야기 — 화자 → 청중이라면, 판소리는 이야기 — [화자 →

(피화자)] → 청중의 서술상황을 지닌다.

인용문에서 ~것다, ~겠느냐 등의 구어체는 화자 → 청중 간의 직접적 소통을 암시한다. 그러나 판소리에서 흔히 사용되는 ~것다, ~겠느냐, ~구나 등의 거리낌 없는 반말 투는, 이들 구어체가 얼마간은 화자 → 피화자라는 형식화된 서술임을 암시한다. 더욱이 인용문 후반부의 ~는다체는 분명히 형식화된 화자 → 피화자의 소설적 서술이다. 는다체는 야담과 다른 형식화된 (소설적) 서술을 시사할 뿐 아니라, 관념에 지배되는 영웅소설의 더라체와도 구분되는 화자 자신의 시점(서술) 형식을 보여준다.[35] 다만 판소리에서 소설적인 었다체 대신 는다체가 나타난 것은 현재형으로 진행되는 공연양식이기 때문이다.

물론 판소리의 화자가 관념적 속박을 넘어선 자신의 민중적 시점을 지니긴 하지만, 그 시점은 판소리의 내면화된 유교이념과 갈등하면서도 다른 한편 그 이념 속에 통합된 것이기도 하다.[36] 이는 관념과 현실성이 혼합된 판소리의 독특한 이행기적 특성에 상응한다. 이미 밝혔듯이 구어체(민중적 관점)와 한자성어(유교이념)가 뒤섞인 서술은 그를 암시한다. 이런 서술적 복합성은 관념과 현실성이 혼합된 판소리 이야기의 독특한 특성에 상응한다.

판소리가 판소리계 소설로 정착되면 서술상황에도 얼마간 변화가 일어난다. 왜냐하면 판소리계 소설은 설령 구연(낭송)을 전제로 하더라도 그것은 판소리와는 다른 서책의 형식을 근거로 하기 때문이다. 판소리계 소설에서는 낭송자(구연자)와 구별되는 화자가 직접적으로 청중과 대면할 수 없게 된다. 그러면서도 판소리계 소설은 영웅소설과는 달리 여전히 청중들과의 민중적인 공동체적 유대를 〈내포한다〉. 이는 판소리계 소설이 실제 청중과는 대면할 수 없지만 그 대신 〈내포적 청중〉을 형식화하기 때문이다. 즉, 판소리계 소설은 판소리의 〈청중〉의 자리에

---

35) 〈는다체〉는 〈었다체〉의 변형으로서 완전한 근대소설의 서술방식이다. 앞의 제4장 3절 (5)서술어로서의 플롯 참조.

36) 이에 대해서는 나병철, 『한국문학의 근대성 탈근대성』, 앞의 책, 132~40면 참조.

〈내포청중〉을 위치시켜 서책의 형식 내부에 민중적 공동체 의식을 끌어들인다. 이런 서술상황으로 된 소설이 낭송으로 전달(소설—낭송자→청중)되느냐 독자에게 읽혀지느냐(소설→독자)는 그 다음의 문제이다.

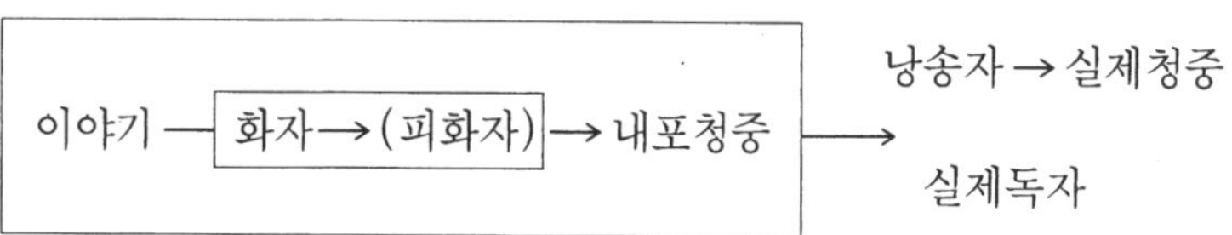

이같은 판소리계 소설의 서술상황은 근대적 구어체 소설과 거의 흡사하다. 다만 판소리계 소설에서는 〈실제청중〉을 감상자로 하는 판소리의 흔적이 훨씬 많이 남아 있다. 반면에 근대소설에서는 구어체인 경우에도 〈실제독자〉를 감상자로 하는 서책의 형식에 보다 더 지배된다. 몇가지 예문을 통해 그 둘을 비교해 보자.

춘향과 도련임과 마조 안져 노와스니 그 이리 엇지되것난야. 사양(斜陽)을 바드면서 삼각산(三角山) 졔일봉(第一峰) 봉학(鳳鶴) 안자 춤추난 듯, 두 활기를 에구 부시 들고 춘향의 섬섬옥슈(纖纖玉手) 바드드시 검쳐잡고 으복(衣服)을 공교(工巧)하게 벽기난듸 두 손길 셕 늣턴이 춘향 가은 허리을 담숙 안고,
"나상(羅裳)을 버셔라."
춘향이가 쳠을 이릴 뿐 안이라 북그러워 고기을 슈겨 몸을 틀 졔 이리 곰슬 져리 곰실 녹슈(綠水)에 홍연화(紅蓮花) 미풍(微風) 맛나 굼이난 듯, 도련임 초미 벽겨 졔쳐노코 바지·속옷 벽길 적의 무한(無限)이 실난(詰難)된다. 이리 굼실 져리 굼실 동히(東海) 쳥용(靑龍)이 구부를 치난 듯,
"아이고, 노와요. 좀 노와요."
"에라, 안될 마리로다."
실난 즁(詰難中) 옷 꼰 쓸너 발가락으 딱 걸고셔 찌여안고 진드시 눌으며 지지기 쓰니 발길 아릭 쎠러진다. 오시 활딱 버셔지니 형산(荊山)의 빅

옥(白玉) 셩니이 우에 비(比)할소냐. 오시 활신 버셔지니 도련임 거동을 보
려하고 실금이 노으면셔,

"아차차, 손 샌졋다."

춘향이가 침금(枕衾) 속으로 달여든다. 도련임 왈칵 조차 들어 누어 져고
리(赤古里)을 벽겨니여 도련임 옷과 모도 한틔다 둘둘 뭉쳐 한 편 구석의
던져두고 두리 안고 마조 누워슨니 그턔로 잘 이가 잇나. 골집(骨汁) 닐 계
삼승(三升) 이불 춤을 추고 시별 요강은 장단(長短)을 마추워 청그릉 징징
(琤琤), 문고루난 달낭 달낭, 등잔(燈盞) 불은 가물 가물 마시 잇게 잘 자
고 낫구나.

——『춘향전』

인용문은 ~되것난야, ~잇나, ~낫구나 등의 구어체와, 는다체의 혼
합으로 되어 있다. 이는 『춘향전』의 서술상황이 〈내포청중〉을 전제로
한 〈피화자〉에 대한 서술임을 나타낸다. 한 가지 더 유념할 것은 인용
문이 서책의 형식이면서도 낭송과 〈실제청중〉을 전제로 한 운문의 요
소를 지닌 점이다.

추석을 지나 이윽고 짙어가는 가을해가 저물기 쉬운 어느날 석양.

저 계동(桂洞)의 이름난 장자(富者) 윤직원(尹直貝) 영감이 마침 어디 출
입을 했다가 방금 인력거를 처억 잡숫고 돌아와 마악 댁의 대문 앞에서 내
리는 참입니다.

간밤에 꿈을 꾸었던지, 오늘 아침에 마누라하고 다툼질을 하고 나왔던
지, 아뭏든 엔간히 일수 좋지 못한 인력거꾼입니다.

여느 평탄한 길로 끌고오기도 무던히 힘이 들었는데 골목쟁이로 들어서
서는 빗밋이 경사가 진 20여 칸을 끌어올리기야, 엄살이 아니라 정말 혀가
나올 뻔했읍니다.

28관, 하고도 6백 몸메 !……

윤직원 영감의 이 체중은, 그저께 춘심이넌을 데리고 진고개로 산보를
갔다가 경성우편국 바로 뒷문 맞은편, 아따 무어라더냐 그 양약국 앞에 놓

아둔 앉은뱅이저울에 올라서본 결과, 춘심이년이 발견을 했던 것입니다.
　　　　　　　　　　　　　　　　　　 ── 채만식, 『태평천하』

　인용문은 ~처억 잡숫고, ~아따 무어라더냐, ~춘심이년이 등의 구
어체와 ~입니다 식의 경어체를 사용하고 있다. 물론 ~입니다 투의 경
어체 역시 (독자가 아니라) 다수의 청중을 전제로 한 구어체의 일종으
로, 이런 면에서 『태평천하』에는 『춘향전』『흥부전』보다 구어적 요소
가 더욱 강화되어 있다. 경어체는 형식적인 피화자보다는 다수의 〈내포
청중〉을 향한 서술로 느껴지는 것이다. 그러나 『태평천하』는 근대적
산문체로서 판소리계 소설들과는 달리 실제청중이 아닌 〈실제독자〉를
가정하고 있다. 이는 이 소설이 〈내포청중〉을 전제로 하면서도 또한
〈서책의 형식〉에 지배됨을 의미한다.
　따라서 『태평천하』에서 (경어체의 사용에 의한) 구어체의 강화는 서
책의 형식으로 인한 〈청중의 독자화〉에 저항하기 위한 것으로 볼 수
있다. 즉, 『태평천하』의 화자가 판소리계 소설에서보다 〈내포청중〉에
더 다가서 있는 것은 서책의 형식에 의한 (실제청중이 아닌) 실제독자
의 내면에 〈공동체적 유대〉를 부활시키려는 전략이다. 판소리나 판소리
계 소설의 경우 피화자를 도입함으로써 청중과의 작품 외적 관계에서
벗어나 화자의 민중적 시점을 형식화할 수 있었다. 반면에 『태평천하』
는 오히려 형식적 피화자를 배제함으로써 청중의 독자화(즉 서책의 형
식)에 저항하고 공동체 의식을 되살리고 있다. 판소리(그리고 판소리계
소설)와 『태평천하』는 서로 반대의 전략을 통해 동일한 목적을 달성하
고 있는 셈이다. 즉, 양자는 모두 〈화자 자신의 시점〉과 화자-청중(독
자) 간의 〈공동체적 유대〉를 함께 얻는 방식을 취하고 있다.

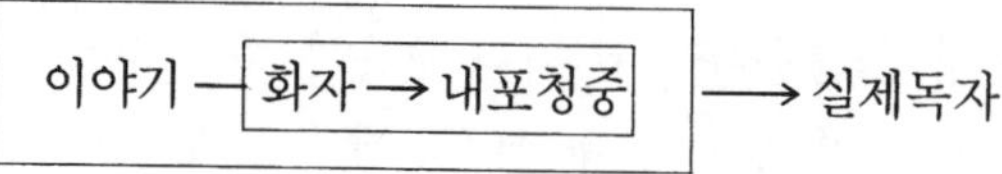

판소리(그리고 판소리계 소설)는 공동체적 관계에 있는 실제청중의 내면에 화자→피화자의 시점의 형식을 통해 민중적 시점을 각인시킨다. 반면에 『태평천하』는 개인적 시점을 지닌 (근대적) 실제독자의 내면에 화자→내포청중의 형식을 통해 공동체 의식을 재생시킨다. 결과적으로 두 가지 서사물은 근대적 시점과 공동체적 유대가 중첩된 독특한 서술구조의 성취에 성공하고 있다. 『태평천하』는 『춘향전』『흥부전』과는 달리 경어체의 서술을 사용함으로써 오히려 그 전통적 서술구조를 창의적으로 계승하고 있는 셈이다.

판소리계 소설을 근대소설로 재창조해낸 또다른 예로서 김유정 소설을 들 수 있다. 『태평천하』가 화자/독자의 분리를 극복하기 위해 경어체를 도입했다면 김유정 소설은 인물과의 유대를 강화하기 위해 인물의 개인언어를 이용하고 있다. 즉, 『태평천하』가 화자-내포청중-실제독자 간의 공동체적 유대를 강화하는 서술이라면 김유정 소설은 인물-화자-(피화자)-내포청중 간의 제휴관계를 튼튼히 하는 방식을 사용한다.

판소리계 소설은 아직 로만스적 구조에서 벗어나지 못함으로써 사회 전체의 관념적 화해를 지향하고 있다. 『춘향전』『흥부전』 등이 개성적인 민중적 언어와 함께 유교이념의 관념적 언어를 여전히 사용하는 것은 그 때문이다. 반면에 근대소설은 어떻게든 부정적 인물-환경(상황)에 대립하는 인물과 화자를 등장시킨다. 그런데 『태평천하』와 같은 풍자소설에서는 현실의 부정성에 저항하는 긍정적 인물이 거의 나타나지 않는다. 그대신 『태평천하』에서는 부정적 인물-환경에 대립하기 위해 화자-내포청중-실제독자와의 공동체적 유대를 특별히 강화하고 있다.

그와 달리 김유정 소설에는 부정적 환경에 억압당하는 순박한 농민들이 등장한다. 김유정 소설에서 순박한 인물(농민)-화자-(피화자)-내포청중 간의 유대(공동체적 관계)를 튼튼히 하는 것은 바로 그 부정적 환경에 저항하는 의미를 지닌다. 판소리계 소설에서의 (유교이념의) 관념적 언어는 관념적 화해를 의미하지만, 김유정 소설에서 인물의 개인

언어를 빌린 서술은 억압받는 인물과의 제휴를 통한 부정적 환경에 대한 저항을 뜻한다. 즉, 김유정 소설에서 어법적 수준의 내부시점(인물의 개인언어)은, 중립적 언어로 된 억압적 환경의 규범에 대립하는 농민들의 개성적인 활력의 발산으로 나타난다.

> 이윽고 남편은 아내를 부른다. 그리고 내 뭐랬어, 그러게 해 보라고 그랬지, 하고 설면설면 덤벼오는 아내가 한결 어여뻤다. 그는 엄지손가락으로 아내의 눈물을 지워 주고 그리고 나서 껑충거리며 구덩이로 들어간다.
> "그 흙 속에 금이 있지요?"
> 영식이 처가 너무 기뻐서 코다리에 고래등 같은 집까지 연상할 제 수재는 시원스러이,
> "네, 한 포대에 오십 원씩 나와유."
> 하고 대답하고 오늘 밤에는 꼭, 정녕코 꼭 달아나리라 생각하였다.
> 거짓말이란 오래 못 간다. 봉이 나서 뼈다귀도 못추리기 전에 훨훨 벗어나는 게 상책이겠다.
>
> —— 김유정, 「금따는 콩밭」 결말부

인용문처럼 구어체와 는다체(었다체)를 혼합하는 점에서 김유정 소설은 판소리계 소설과 유사한 서술상황을 지니고 있다. 즉, 이야기-[화자-피화자]-내포청중의 소통상황을 포함한다. 그러나 실상 판소리계 소설에 비해 서책의 형식이 강화되어 실제독자(실제청중이 아닌)를 전제로 한 서술형식이 부각된다. 결국 판소리계 소설이나 『태평천하』보다 화자-감상자 간의 공동체적 유대가 상대적으로 약화되어 있다. 그대신 김유정 소설은 인물의 개인언어를 빌려쓰는 어법적 수준의 내부시점을 통해 인물-화자-내포청중 간의 제휴를 공고히 하고 있다. 그에 따라 설령 인용문처럼 인물들이 터무니 없는 행동을 할 경우에도 그들의 순박함과 개성적 활력에 공감하게 된다. 인물들의 활력적인 개인언어는 화자-내포청중과의 유대를 통해 비인격화된 환경의 규범에 저항하는 요소가 되는 것이다.

김유정 소설의 그런 활력적인 요소는 화자-인물(혹은 편집자적 전지) 서술에서 1인칭 목격자(그리고 주인공)로 갈수록 더욱 증폭된다. 즉, 「금따는 콩밭」(화자-인물)에서 「떡」(화자-인물~1인칭 목격자), 「안해」(1인칭 목격자~주인공), 「봄봄」「동백꽃」(1인칭 주인공)에 이를수록 한결 더 민중적 활력이 두드러진다. 이는 구어체의 증대와 함께 인물의 개인언어를 빌린 서술 역시 확대되기 때문이다. 1인칭의 경우 인물과 화자는 동일인이며 경험자아와 서술자아의 관계에서 그런 어법적 내부시점이 현저해지는 것이다.

> 년이 이렇게 아주 번죽 좋게 장담을 하는 것이 아니냐. 들병이로 나가서 식성대로 밥 좀 한바탕 먹어 보자는 속이겠지. 몇 번 다져 물어도 제가 꼭 될 수 있다니까 아따 그러면 한번 해보자꾸나. 밑천이 뭐 드는 것도 아니고 소리나 몇 마디 반반히 가르쳐서 데리고 나서면 고만이니까. 내가 밤에 집에 들어오면 년을 앞에 앉히고 소리를 가르치렷다.
>
> 우선 내가 무릎 장단을 치며 아리랑타령을 한번 부르는구나. 아리랑 아리랑 아라리요, 춘천아 봄의 산아 잘 있거라, 신연강 배 타면 하직이라. 산골의 계집이면 강원도 아리랑쯤은 곧잘 하련만 년은 그것도 못 배웠다. 그러니 쉬운 아리랑부터 시작할밖에. 그러면 년은 도사리고 앉아서 두 손으로 엉덩이를 치며 흉내를 낸다. 목구멍에서 질그릇 물러앉은 소리가 나니까 나중에 목이 트이면 노래는 잘할 게다마는 가락이 딱딱 들어맞아야 할 텐데 이게 세상에 돼먹어야지.
>
> —— 김유정, 「안해」

인용문은 판소리계 소설(그리고 판소리) 중에서 구어체적 요소만을 강화시킨 듯한 서술을 보인다.[37] 또한 인물의 대화와 조금도 다름없는 개인언어적 서술(어법적 수준의 내부시점) 역시 현저해져 있다. 이런 두 가지 특징은, 인물-화자 간의 유대(개인언어)와 화자-내포청중 간

---

37) 김유정의 「안해」는 1인칭 소설이지만 구어체 서술의 대표적인 예를 보여주므로 이 항목에서 함께 다루기로 한다.

의 결속(구어체)을 증대시켜, 그 공동체적 제휴관계를 근거로 열악한 환경에 대립하는 상황을 만들어낸다. 이로써 김유정 소설은 〈인물과 환경의 대립〉[38]을 드러내는 근대소설인 동시에 또한 인물-화자-감상자 간의 〈공동체적 유대〉를 공고히 하는 독특한 서사구조를 성취하고 있다.[39]

근대적 구어체 소설 중에는 김유정 소설처럼 인물의 개성적 활력으로 환경에 대립하는 경우도 있지만 인물들 간의 공동체적 유대 그 자체를 근거로 환경에 저항하는 예도 있다. 예컨대 홍명희의 『임꺽정』에서는 인물들 상호간의 끈끈한 결속관계가 매우 중요시된다. 물론 이 소설에서도 화자-(피화자)-내포청중 간의 유대관계가 부각되고 있다. 특히 '자――임꺽정이의 이야기를 붓으로 쓰기 시작하겠습니다'로 시작하는 머리말씀은 그런 결속관계를 잘 드러낸다. 이 소설은 장편소설의 특성상 곧 형식적 서술체(었다체)로 종결법을 바꾸지만, 본이야기 부분에서도 암암리에 머리말씀의 서술상황이 전제되는 것으로 생각된다. 그것은 이 소설의 문체가 개인의 분석적 언어보다는 집단적(공동체적) 경험에 의거한 언어들로 이루어진 점으로 알 수 있다. 그와 함께 『임꺽정』에는 화자와 내면적으로 결속된 집단적 인물들의 모습이 그려진다. 이는 부정적 환경에 저항하는 집단적 인물들의 공동체적 유대를 집단적 인물-화자-(피화자)-내포청중 간의 관계에까지 확대시키는 서술로 생각된다. 즉, 부정적 환경과 싸우는 인물들의 공동체적 결속력을 내포청중으로서의 독자의 내면에까지 직접 전달하는 방식인 것이다.

"서종사 진지두 내오라구 이르오리까?"
꺽정이가 대답으로 고개를 끄덕이었다.
얼마 뒤에 안팎 심부름하는 졸개들이 칠첩반상 옳게 차린 외상들을 내오고 또 반주상까지 따로 내와서 꺽정이와 서림이가 밥상은 각각 받고 반주

---

38) 김유정 소설의 인물들은 인식적, 실천적 차원에서는 즉자적 인물(환경에 즉한 인물)이지만 민중적 활력을 지닌 개성적 인물인 점에서 비인격화된 환경에 대립한다.

39) 이는 서구적 근대소설과 확연히 구분되는 요소이다.

소주는 잔 하나로 돌려먹었다. 밥을 다 먹고 상을 물리고 나서 꺽정이가 다시 불출이더러

"능통이가 오거든 밖에 세워두구 너는 밥먹구 박가에게 가서 철편을 내일 해안으루 가져와야망정이지 만일 또 안 가져왔다간 볼기에 살이 남지 않을 테니 알어 하라구 말을 일러라."

하고 분부하였다. 불출이가 네 대답하고 나간 뒤에 서림이가

"철편은 길두령 주실 겁니까?"

하고 물으니 꺽정이가 고개를 끄덕이며

"아직 막봉이더러두 말 안 한 것을 용하게 아는구려."

하고 말하였다.

인용문에서 눈에 띄는 것은 인물 주어가 '이 /가'로 연결되고 있는 점이다. 앞서 살폈듯이 근대소설에서는 인물 주어를 연결하는 조사로서 '는'을 선호한다. 그것은 '는'이 개인적 내면을 지닌 화자와 (똑같이 개인적 내면을 지닌) 인물 간의 〈상호주관적〉 관계를 의미하기 때문이다.[40] '는'은 인물과 화자의 관계에서 근대적 주체의 〈개인적 내면〉을 허용하는 동시에 그 〈내면들 간의 분리〉를 드러낸다. 반면에 '가(이)'는 그런 개인적 내면들 간의 경계선이 허물어진 상태에서 인물이 화자의 서술대상임을 암시한다.[41] '가'가 주체적 내면을 지니지 못한 고소설의 인물에게 특징적으로 나타나는 것은 그 때문이다.

그러나 『임꺽정』의 인물들은 고소설에서와는 달리 주체적 내면을 지니지 못한 관념의 화신이 아니다. 그것은 그들이 개인적으로 등장할 때는 빈번히 '는'으로 서술되는 점에서도 알 수 있다. 즉, 그들은 비록 조선조를 배경으로 그려지지만 자신들의 개인적 내면을 지닌 근대소설의 인물인 것이다. 그럼에도 '는'으로서의 인물들은 집단적 결속력이 강조되는 부분에서는 자주 '가(이)'로써 서술된다. 인용문 같은 화적편 청석골 대목이 그 대표적인 예일 것이다. 위에서 인물들은 개인적 내면을

---

40) 앞의 제3장 3절 (3)주어로서의 인물 참조.

41) 앞의 134~39면 참조.

지닌 모습으로 화자의 개인적 시점에 포착되고 있는 것이 아니다. 그와 달리 인물들은 경계선이 무너진 내면 속에서 화자와 공동체적 관계로 연결되고 있다. 이런 인물-화자 간의 유대는 인물들 상호간의 내면적 결속을 전제로 한 것이기도 하다. 즉, 위에서 인물들은 서로간에 내면의 경계선을 무너뜨림으로써 내면적 분리를 지니지 않은 '가(이)'의 인물로서 화자의 서술의 대상이 되고 있는 것이다. 화자의 서술의 대상이 되고 있는 이 '가'의 인물들은 다른 한편 인물-화자-(피화자)-내포청중 간에 내면적 유대를 이루고 있다. 이처럼 『임꺽정』에서는 개인적 내면을 지닌 인물들이 또한 상호간의 내면의 경계선이 허물어진 공동체적 결속을 이루기도 하며, 더 나아가 그 결속력이 화자와 내포청중에게까지 확대되는 서사구조를 지니고 있다.

인물-화자-내포청중 간의 제휴를 전제로 하는 구어체 소설은 이야기 세계 내부에 그 유대의 근거가 존재할 때 성립될 수 있다. 가령 『춘향전』의 경우에는 춘향-민중을 축으로 하는 민중적 삶의 맥락이 바로 그런 결속의 근거였다. 『태평천하』에는 민중적 인물이 등장하지 않지만 윤직원의 수탈의 대상으로서 소설 속에 부재하는 민중이 공동체적 유대의 맥락을 제공한다. 그리고 김유정 소설에서는 순박한 농민들이, 『임꺽정』에서는 청석골의 집단적 인물들이 공동체적 결속의 끈을 내포한다.

그러나 보다 근대화가 진행된 6, 70년대 이후에는 농촌에서마저 그런 공동체적 삶의 관계를 찾아내기 어려워진다. 이문구의 소설은 근대화 시대의 그같은 한계 상황을 잘 보여주고 있다. 인물들의 개인언어를 차용한 이문구의 구어체 소설은 농민들 내면의 공동체에 대한 열망을 훌륭하게 그려낸다. 그러나 다른 한편 이문구는 김유정과는 달리 공동체가 근본적으로 흔들리는 상황을 직시하지 않을 수 없게 된다. 김유정 소설의 농민들은 지주-소작인 관계로 된 모순된 환경에 억압당하면서도 아직 생활 밑바닥에 공동체적 유대를 지니고 있었다. 반면에 이문구 소설에서는 농민들의 생활 자체 속에 집단적 유대를 분열시키는 근대화

의 힘이 파고 든다. 이문구 소설에서 공동체의 부활이 문제적 상황을
맞는 것은 바로 그로 인해서이다. 그와 함께 그의 소설에서는 인물-화
자-내포청중 간의 공동체적 유대 역시 문제적 상황에 부딪힌다.『우리
동네』연작 소설에서 '이웃과 우정'[42]이 있는 삶의 재생이 쉽지 않은 만
큼, 인물-화자-감상자 간의 의사소통적 유대 역시 원활하지 않은 것은
그 때문이다.

　근대적 구어체 소설은 소외와 분열의 시대에 아직도 공동체의 흔적을
보유하고 있는 우리 사회의 특수성을 반영한다. 영화와 전자매체의 시
대인 오늘날까지 우리는 농촌이나 도시 변두리 지역, 그리고 모든 사람
의 가족관계 속에 집단적 유대를 보존하고 있다. 공동체를 부활시키려
는 구어체 소설의 소망이 절망스럽지만은 않은 것은 그 점에서이다. 그
러나 기계화된 시각 매체가 압도하는 시대에 구어체 양식은 예전과 동
일한 방식으로 잔존하기 어려울 것이다. 일찍이 판소리와 김유정 소설
이 구연체의 전통을 근대소설로 혁신했듯이 또다른 서사적 변혁이 필요
한 것이다. 이제 그 우리시대의 과제를 남겨둔 채 구어체와는 반대로
영상매체 쪽으로 나아간 서술상황의 발전을 살펴보자.

4. 인물시점서술

(1) 직접성의 환영에서 낯설게 하기로

　〈인물시점서술〉은 전통적인 시점이론으로는 분류가 불가능한 서술방
식이다. 그것은 이 기법이 반성자-인물이나 초점화자를 시점의 매체로
이용하는 독특한 방식을 구사하기 때문이다. 그러나 일단 인물시점(혹

---

42) 이문구,「우리동네 황씨」,『우리동네』(민음사, 1981), 317면.

은 반성자-인물, 내적 초점화)을 사용하는 기법이 나타나자 현대소설은 어떤 식으로든 그에 영향을 받지 않을 수 없었다. 우리가 의식하든 못하든 현대독자들은 암암리에 인물시점 방식에 익숙해져온 셈이다. 인물시점서술(양식)이 널리 쓰일 뿐 아니라 화자시점서술에서도 인물시점이 증대되는 쪽으로 발전이 이루어진 것이다.

서구의 경우 인물시점 방식은 19세기 후반에 자연주의와 함께 등장했다. 우리 소설에서는 1930년대 중반 이후 두드러지게 눈에 띄게 되었다. 물론 인물시점서술의 단초는 이미 김동인의 「약한자의 슬픔」에서부터 나타나고 있다.[43] 뿐만 아니라 김동인은 그 스스로 자신의 소설(「약한자의 슬픔」)의 인물시점 방식을 논의하기도 했다.[44] 그러나 이 서술방식이 시점이론에서 본격적으로 논의되기 시작한 것은 훨씬 뒤늦게서였다.

어쨌든 현대시점이론가들은 하나같이 다양한 방식으로 이 기법을 중요하게 다루고 있다. 흔히 말하는 〈인물시각서술〉(슈탄첼)[45], 〈반성자-인물 양식〉(슈탄첼), 〈내적 초점화〉(주네트, 리몬-케넌), 〈내부시점〉(슈탄첼), 〈선택적 전지〉(프리드먼) 등은, 미세한 차이는 있지만 모두 인물시점서술과 연관된 개념들이다.

소설에서 인물시점서술이 양식화된 것은 직접성의 감각을 얻으려는 요구에 의해서였다. 영화가 나타나기 이전부터 소설에서는 영화처럼 직접 보는 듯한 감각을 지니려는 열망이 증대되어 왔다. 연극의 경우에는

---

43) 김석봉, 「1920년대 초기 단편소설의 서사론적 연구」, 서울대 석사논문(1997) 23~25면 참조.

44) 김동인, 「소설작법」, 『조선문단』(1925. 4~7). 여기서 김동인은 일원묘사를 설명하면서 1인칭의 '나'의 자리에 3인칭 주인공의 이름을 붙인 것으로 설명한다. 따라서 「약한자의 슬픔」 같은 일원묘사의 소설에서는 3인칭 주인공의 이름을 '나'로 바꾸어도 조금도 어색해지지 않는다는 것이다. 이는 인물시점서술의 중요한 특징의 하나를 간파한 것으로 볼 수 있다. 물론 인물과 화자가 동일인이라는 특징을 지니지는 않으므로 인물시점서술이 1인칭과 동일한 서술방식이 되는 것은 아니다.

45) F. K. 슈탄첼, 『소설형식의 기본유형』, 안삼환 역(탐구당, 1982), 76~101면.

428

소설과는 달리 직접성의 감각이 아무 문제가 되지 않는다. 연극의 관객은 연극이 공연되는 현장과 동일한 시공간에 위치하기 때문이다. 영화역시 시각적 직접성의 덕택으로 쉽게 직접성의 환영을 제공한다. 영화는 실상 다양한 시점으로 중개되고 있지만 우리는 무심결에 직접 장면을 보는 듯한 환각에 빠져든다.

그와 달리 소설에서는 어떤 경우이든 화자의 중개성이 아주 소멸될수는 없다. 화자의 개입이 가장 분명히 느껴지는 것은 요약서술(화자시점서술)의 방식에서일 것이다. 물론 화자는 보다 생생하게 장면을 보여주기 위해 그의 분신을 현장에 투입해 직접 보는 듯이 묘사(화자시점서술의 장면제시)할 수도 있다. 그러나 이 경우에도 화자의 언어는 사라지지 않으며 중개성의 감각은 여전히 잔존한다. 시각적 직접성을 지니지 않은 소설의 경우 아무리 실감나게 묘사해도 직접 보는 듯한 느낌에는 이르기 어려운 것이다.

따라서 소설에서 직접성의 감각을 얻는 방법은 독자가 현장 속에 직접 임석한 듯한 느낌을 갖게 하는 수밖에 없다. 그렇지 않으면 아무리생생한 묘사라도 언어적 중개성을 소멸시킬 수 없는 것이다. 소설의 직접성은 독자의 〈언어적 경험〉이 그를 〈현장 속에 놓이게 하는 경험〉으로 치환될 때 비로소 얻어진다. 그러면 이처럼 독자가 언어적 경험을 통해 스스로 장면 내부에 위치한 듯한 환각을 갖게 하는 방법은 무엇일까.

그것은 특정한 인물은 시점을 매체로 형상화하면서 독자가 그 인물의위치에 놓이게 만드는 것이다. 즉, 인물시점의 경험을 담은 언어를 통해 독자가 시점의 매체인 인물에 동일시하게 유도하는 방법이다. 만일화자의 분신인 가상적 존재자의 눈으로 묘사한다면, 아무리 생생하게그린다 해도 독자를 그 가상적 존재자에 동일시하게 만들 수는 없을 것이다. 인물이 아닌 가상적 존재자(시점 제공자)는 〈감정이입〉의 대상이 될 수 없기 때문이다. 따라서 반드시 인물매체(인물시점)를 빌려야만 감정이입을 통해 독자를 현장으로 데려올 수 있는 것이다. 이것이바로 인물시점서술의 원리이다.

　인물시점서술은 단지 화자의 목소리를 줄이고 인물시점을 늘리는 수법을 의미하는 것은 아니다. 이 서술방식의 핵심은 인물시점을 지속적으로 사용함으로써 독자가 인물매체에 감정이입하게 만드는 데 있다. 소설의 언어적 중개성을 넘어서서 독자가 직접성의 감각을 갖게 하려면 그런 방법밖에는 달리 없는 것이다.

　인물시점서술에서 일단 독자가 인물에 감정이입(동일시)[46]하는 데 성공하면 직접성의 감각은 어떤 면에서 영화를 능가할 수도 있다. 영화의 직접성은 영상매체 자체의 시각적 (그리고 청각적) 직접성에 의존한다. 이처럼 매체 자체가 감각적 직접성을 지닌 영화에서는 인물시점 양식이 불필요하며 또 성공하기도 어렵다. 인물시점서술은 인물에 동일시(감정이입)하게 만드는 방법이며 그를 위해서는 내면경험의 지속적 제시가 필수적이다. 그러나 영화에서 인물의 내면경험은 은유적으로만 제시될 수 있으므로 관객이 특정한 인물에 치환되게(동일시되게) 하는 인물시점 수법은 제한성을 지닌다. 반면에 소설의 인물시점서술은, 독자가 인물의 자리에 놓이게 만듦으로써, 영화적인 시각적(그리고 청각적) 직접성을 넘어서서 모든 감각과 연관된 내면적, 외면적 경험의 환영을 얻게 한다.

　밤중에 거울 속의 얼굴을 보게 되는 일은 늘 낯설었다. 거울 속의 얼굴이 거울 밖의 얼굴을 물끄러미 보면서 너는 어떤 사람인가, 묻고 있는 듯했다. 그러면 분명 완을 기다리는 동안 부러진 석류나무 가지 같아진 마음속의 들끓음이 다시 시작될 것이었다. 싫어, 고갤 젓다가 밟은 것이 석류였다.

　석류는 그녀의 발이 닿자마자 으깨졌다. 어둠 속에서 조심스레 걷다 보니 발끝에 잔뜩 힘이 들어가 있어서, 석류는 파삭, 깨지면서 그 특유의 내밀한 향을 내뿜었다. 구슬 같은 석류알들이 와라락 발가락 사이에 끼여들

---

46) 인물시점서술에 의한 감정이입의 효과는 인물에 대한 완전한 일치가 이루어지는 것은 아니므로 엄밀히 말하면 동일시와는 조금 구분된다.

어 발가락이 간지러웠다. 은서는 잠시 자신의 맨발 아래 으깨진 석류를 그대로 밟고 서 있었다. 어느 발가락 사이는 석류 껍질의 까슬한 부분이 박혀 쓰라렸다. 어쩌면 피가 날지도 모르겠는데도 그녀는 석류를 밟고 그러고 서 있었다. 으깨진 석류알이 내뿜는 시고 달콤한 향은 아주 빠른 속도로 커튼과 스탠드와 탁자와 책들, 의자나 쌓아놓은 신문이나 신발장 앞의 슬리퍼 사이사이로 스몄다.

—— 신경숙, 『깊은 슬픔』

위에서처럼 인물시점서술이 성공하려면 인물매체의 지속적인 내면경험의 제시가 필요하다. 물론 '석류는 그녀의 발이 닿자마자 으깨졌다'에는 최소한도의 화자의 개입이 있다. '그녀'라는 지정과 '었'의 서사적 과거가 그것을 의미한다. 그러나 앞에서 인물매체(그녀, 은서)에 감정이입하기 시작한 독자는 그 경미한 개입을 무시하고 직접성의 감각을 유지하게 된다. 즉, 밟은 석류에 대한 촉감과 향을 독자는 직접 느끼는 듯이 경험하는 것이다.

물론 인물시점서술에서 독자가 인물에 완전히 〈동일시〉되는 것은 아니다. 독자는 다른 한편 자신이 〈감정이입〉하는 인물의 존재를 의식한다. 독자가 인물의 존재를 의식하는 만큼, 시점의 매체인 인물은 (극소화된 화자 대신) 실제적인 화자로 느껴진다. 이처럼 초점화(시점)와 반성적 언어의 주체인 점에서, 인물매체는 반성자-인물, 의식의 중심, 혹은 초점화자로 불린다.

한 가지 중요한 점은 인물시점서술에서 인물과 독자의 사이는 인격적인 의사소통의 관계가 아니라는 것이다. 화자시점서술의 한 극단인 구어체에서는 인물-화자-내포청중(독자)이 〈공동체적 유대〉로 연결되고 있다. 반면에 인물시점서술에서는 화자가 (거의) 소멸될 뿐만 아니라 인물과 독자 사이에 내면을 분리하는 〈경계선〉이 그어진다. 인물에 대한 독자의 감정이입은 실상 그 경계선을 전제로 해서 가능한 것이다. 만일 구어체에서처럼 인물-화자-내포청중(독자) 사이에 내면적 분리가 없어진다면 감정이입은 쉽사리 일어나지 않는다. 감정이입과 인물시점 서술의 전제 조건은 〈독립적 내면〉을 지닌 인물의 존재일 것이다. 독립된 내면을 지닌 인물에게만 심리적·정서적 수준의 내부시점이 가능하며 그것은 감정이입의 필수 조건인 것이다.

이처럼 분리된 내면을 지닌 독자와 인물은 비인격적인 관계를 유지하며 단지 형식적 기법을 매개로 유대를 얻을 뿐이다. 즉, 독자는 인물매체를 빌려 직접 장면을 보는 느낌을 얻지만 실상 인물은 광학렌즈처럼 독자와는 아무 상관 없이 존재하는 것이다. 인물매체를 통한 장면의 경험이 〈중립적이고 객관적〉으로 느껴지는 것은 이 때문이다. 플로베르의 소설에서 인물시점의 요소가 처음 나타났을 때 〈냉정성(impassibilité)〉의 기법으로 불린 것도 같은 이유에서였다. 비록 인물의 정서로 채색된 렌즈이긴 하지만[47], 화자의 목소리와는 달리 그 렌즈는 독자에게 아무런 손짓도 않는 비인격성을 지니는 것이다. 이 점은 특히 인물 매체를 통해 장면제시가 나타날 때 두드러진다.

침대 쪽을 바라봤다. 침대 머리맡의 시계는 일곱시를 가리키고 있었고, 침대는 비어 있다. 섬짓할 정도로 피로했던 여자의 얼굴이 떠올라 은서는 몸을 반쯤 일으켰다.

방은 아홉 평쯤 되는 원룸 형식이어서 어디에 있어도 어느 구석이나 다 보여 한번 휘휘 둘러보면 그만이었다. 문 또한 밖에서 들어오는 현관문을 제외하고 나면 세면장으로 들어가는 것 하나뿐이었다.

여자는 어디에도 없다. 혹시 세수를 하나 싶어 잠깐 세면장 쪽을 향해 귀를 기울여봤지만 물소리도 들리지 않는다.

싱크대 위에는 씻어놓은 야채들이 시들어 있고, 식탁엔 석죽이 꽂힌 화병, 수저 두 벌, 뚜껑이 덮인 두 개의 밥그릇이 놓여 있다. 완이 오면 같이 먹으려고 퍼놓았던 손도 안 댄 밥그릇을 보자 은서는 문득 슬퍼져서 여자

---

47) 인물시점서술의 렌즈는 개성적 내면으로 채색된 것에서부터 무미건조한 광학렌즈에 이르기까지 다양한 종류가 나타날 수 있다.

가 간 침대 시트 속에 엎드려 기다려 봤다. 물결처럼 퍼져가는 슬픔이 가라앉기를.

—— 신경숙,『깊은 슬픔』

위에서 인물 매체인 은서는 여자의 방을 슬픈 눈으로 바라본다. 이때 독자는 은서의 슬픈 눈을 매개로 방의 장면을 보게 된다. 독자는 〈슬픔에 젖은〉 그녀의 내면에 틈입하지만, 다른 한편 그녀의 눈을 렌즈로 삼아 〈냉정하게〉 여자의 방을 주시한다. 이처럼 〈냉정성의 거리〉와 〈인물과의 감정이입〉이라는 두 가지 요소가 인물시점서술의 핵심적인 특징이다.

인물시점서술에서는 요약서술이 거의 없어지고 마치 〈장면〉만으로 지속되는 듯한 느낌을 갖게 된다.[48] 또한 시점의 매체인 인물이 등장하지 않는 장면은 직접적으로 제시될 수 없다. 특정한 인물의 시점을 매체로 함으로써 다른 인물의 내면은 드러내기 어려운 것도 인물시점서술의 특징이다.

이런 인물시점서술의 특징들은 1인칭 서술과 비슷한 제약상황을 포함한다. 즉, 선택된 인물('나'나 '그')의 시점과 내면심리만이 가능한 점에서 양자는 비슷한 특징을 지니게 된다. 그래서 어떤 3인칭 소설이 인물시점서술인지 확인하려면 주어진 분절을 1인칭으로 고쳐도 어색해지지 않는지 살펴보면 된다.

"이름이 화연이래."
"누구 이름이?"
"옆방 여자. 아까 그 여자 말야."
완은 그래서? 하는 눈빛으로 멀거니 은서를 바라봤다. 은서는 완의 시선을 외면하고 시계를 봤다.
열시다. 세와의 약속시간이다.

---

48) 실제로는 요약서술도 가능하다. 즉, 인물의 내면의식을 통해 회상하는 수법 등으로 요약서술이 나타날 수 있다.

그는 나를 또 얼마나 기다릴 것인지.

세의 기다림을 생각하니 은서는 잠시 멍해졌다. 전화를 하고 왔어야 했는데. 그러다가 은서는 피식 웃었다. 세에게 그리 무신경하게 구는 자신이 완을 탓할 자격이나 있는지.

——『깊은 슬픔』

인용문이 인물시점서술인지 알아보려면 인물매체(초점화자, 반성자-인물)를 1인칭으로 고쳐보면 된다. 두 인물 중 완을 '나'로 바꿀 수 없지만 은서는 '나'로 고쳐도 문맥이 이상해지지 않는다. 이는 이 부분이 은서를 인물매체로 하는 인물시점서술임을 보여주는 것이다

〈인물시점서술〉을 〈1인칭〉으로 바꿀 수 있다는 사실은 두 서술상황이 동일함을 의미하는 것은 아니다. 인물시점서술의 특징은 인물매체에 감정이입을 하는 데 있지만 1인칭의 '나'는 매번 그것을 허용하지는 않는다. 1인칭 서술의 고유한 특징은 인물과 화자가 동일인이라는 사실에서 생겨난다. 즉, 화자가 바로 자신의 이야기를 함으로써 1인칭은 빈번히 진실을 입증하는 〈고백체 형식〉을 갖게 된다. 그러나 1인칭의 경우에도 서술자아(화자)가 극소화되고 경험자아(인물)만이 나타나는 듯이 보일 때 인물시점서술에 접근한다. 흥미로운 것은 이 경우에는 '나'를 '그'로 바꿔도 별다른 문제가 생기지 않는다는 점이다.

인물시점서술은 한 소설 전체에서 지속될 수도 있고 특정한 부분에 한정될 수도 있다. 또한 인물매체가 얼마든지 다른 인물로 바뀔 수도 있다. 그러나 특정한 인물매체의 인물시점이 상당한 부분에서 지속되어야 인물시점서술이 될 수 있다. 왜냐하면 그래야만 그 인물에 〈감정이입〉할 있으며 감정이입이 유지되는 한에서 〈직접성의 환영〉을 경험할 수 있기 때문이다.

감정이입과 직접성의 환영은 인물시점서술의 가장 중요한 효과이다. 자연주의나 리얼리즘에서 생생함을 얻기 위해 이 서술방식을 자주 쓰는 것은 그와 연관이 있다. 그러나 인물시점서술은 현대소설로 이행하면서

매우 이질적인 형식으로 발전되기도 했다. 즉, 인물시점서술의 핵심인 감정이입을 오히려 방해하는 형식이 나타나기 시작한 것이다. 인물시점 서술 내부에서의 이 변혁은 주로 모더니즘 소설에서 발견된다. 알레고리, 몽타주, 의식의 흐름, 제한적 이동 등, 각종 모더니즘 기법들은 감정이입에 의한 생생한 지각을 도리어 훼방하는 효과를 나타낸다. 특히 자동화된 직접적 지각을 방해하는 점에서 그런 기법들은 〈낯설게 하기〉로 불릴 수 있다.

물론 낯설게 하기는 감정이입에 의존하는 형식(자연주의나 리얼리즘)에서도 발견된다. 그런 경우 인물시점서술의 인물매체는 단순한 기계적인 렌즈이기보다는 독자의 주의력을 끄는 미학적인 지각력을 포함한다. 그러나 모더니즘 기법에서는 렌즈(인물매체)의 투명성이 훼손될 정도로 낯설게 하기가 진행되어 감정이입을 방해하기에 이른다. 따라서 인물시점서술은 이질적인 두 가지 스펙트럼이 접합된 양상으로 전개된다. 하나는 감정이입과 직접성의 환영을 증대시키는 형식들(자연주의와 리얼리즘)이며 다른 하나는 낯설게 하기에 의해 감정이입을 방해하는 형식들(모더니즘)이다. 다음에서 그 두 가지 형식들을 차례대로 살펴보기로 하자.

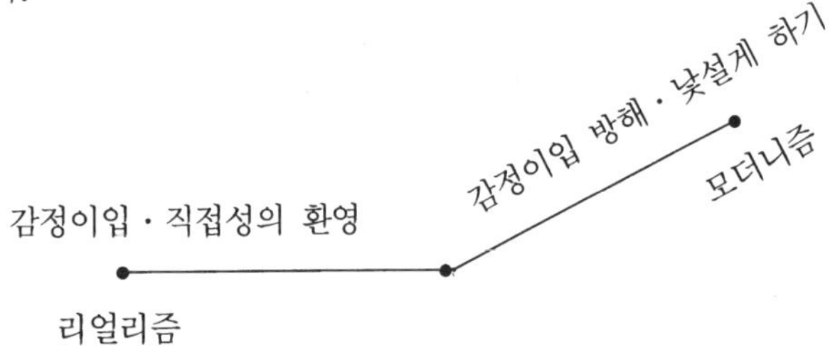

(2) 감정이입과 거리조정기법

인물시점서술은 화자의 개입을 극소화하므로 작가-화자의 의사소통적인 관여가 거의 사라진 듯이 느껴지게 한다. 그러나 이 서술방식에서도 작가-화자의 매개적 기능이 아주 소멸된 것은 아니다. 인물시점서술은 작가(화자) 자신은 슬쩍 비껴서면서 보이지 않는 손을 통해 인물과

사건 제시에 영향을 미치는 방법을 사용한다.[49]

우선 인물시점서술은 독자가 (감정이입하는) 인물매체에 대해 연민을 갖고 상황을 이해하게 한다. 물론 독자는 인물매체에 완전히 동일시되는 것은 아니며, 다른 한편 그(인물)의 렌즈를 매개로 냉정하게 장면을 주시한다. 그래서 그 장면을 보여주는 인물매체라는 렌즈의 정서적·심리적 색채와 그 근거가 되는 사고에 대해 객관적으로 판단하게 된다. 즉, 우리는 인물에 〈감정이입〉을 하는 동시에 또한 그의 정서적, 심리적 상태를 최소한의 〈거리〉를 두고 응시한다. 이때 만일 인물매체에게서 너무나 명백한 부정성이 발견된다면 그에 대한 감정이입이 깨지는 데까지 나아갈 수 있다. 그러나 인물시점서술에서는 어떤 경우에도 인물매체에 대한 얼마간의 연민을 아주 포기하지는 않는다. 인물에 대한 최소한의 동정마저 소멸된다는 것은 감정이입의 배제를 의미하며, 그럴 경우 인물시점서술의 전제조건이 사라지는 것이다.

따라서 인물시점서술에서는 인물의 부정성이 나타나더라도 일단 왜 그가 그렇게 될 수밖에 없었는지 생각하게 된다. 만일 인물의 부정성이 객관적으로 용인하기 어려운 것이라면 인물시점서술이 유지되는 한 우리는 회의주의에 빠질 수밖에 없다. 왜냐하면 우리와 감정적으로 연루관계를 지닌 인물(인물시점서술의 전제조건)이 용서할 수 없는 문제점을 지닐 경우, 그와 감정적인 연루를 지속하는 한 우리 자신을 용서할 수 없는 결과를 낳기 때문이다.

따라서 인물시점서술의 인물매체로는 우리와 유사한 중간적 성격을 지니면서도 극단적인 부정성은 갖지 않는 유연한 인물이 적절하다. 설령 중간적 성격을 지니더라도 정서적·심리적 차원에서 복잡한 특성들이 나타날 수 있으므로, 그에 의한 〈감정이입〉과 〈거리〉의 미세한 동요 상태가 인물시점서술의 매력이다. 예컨대 신경숙의 『깊은 슬픔』에서 우리는 은서에게 내내 감정이입하면서도 이따금 그녀의 여린 사랑에 불만스러워하게 된다. 은서의 사랑의 체험에 대한 연민과 거리의 섬세한

---

49) 에리히 아우얼바흐, 『미메시스』, 앞의 책, 177~203면.

조율이 이 소설의 숨겨진 전략인 셈이다. 한편 인물시점서술이 사회적 주제의 소설에서 나타날 때는 흔히 인물매체가 〈소시민〉이 되는 경향이 있다. 소시민적 인물은 우리와 비슷한 중도적(중간적) 성격을 지니므로 쉽게 감정이입할 수 있다. 또한 이처럼 우리 자신과 치환될 수 있는 위치에 있기 때문에 긍정(진보)과 부정(보수)의 이중성을 지니면서도 끝내 연민의 대상이 된다. 인물시점방식과 소시민 주인공이 연관되는 점은 신문 연재만화의 예에서도 알 수 있다. 일간신문 만화들(고바우, 두꺼비, 왈순 아지매 등)은 대부분 주인공을 인물매체로 사용한다. 즉, 이들 만화에서 주인공이 그림의 한귀퉁이에 서 있는 것은 중앙의 사건·상황에 대한 인물시점을 의미한다.[50] 우리가 신문만화의 주인공에게 쉽게 감정이입하고 연민을 느끼는 것은, 그들이 서민(소시민)이기 때문이기도 하지만 또한 인물시점방식과도 연관이 있다.

소설에서도 인물시점서술은 소시민 주인공 소설에서 효과적으로 사용된다. 이 경우 소시민 주인공은 세 가지 유형으로 구분될 수 있다. 첫째는 주인공이 긍정적인 방향으로 나아가는 유형이며, 둘째는 이중적인 동요상태에 있는 경우이고, 마지막으로는 부정적인 성향을 보이는 유형이다. 예컨대 「님」(윤정모)이나 「태양은 묘지 위에 붉게 타오르고」(양헌석)에서는 인물매체인 소시민 주인공이 긍정적인 성향을 드러내고 있다. 「님」에서 진국은 분단모순을 넘어서는 사랑을 불태우는 인물로 등장한다. 그러나 이 소설에서도 우리는 인물매체인 진국에게 일방적으로 감정이입을 하지는 않는다. 진국은 점차로 자신의 님(대영)에 대한 사랑의 의미(분단모순의 극복)를 깨달아가지만, 끝내 그의 열정은 래영 개인에 대한 사랑에 집중된다. 그래서 우리는 진국의 열정에 〈몰입(감정이입)〉하면서도, 또한 얼마간 〈거리〉를 두고 (그의 일차적 관심은 아닌) '님'의 사회적 의미를 되씹게 된다.

내 알몸을 생각하고 너의 배꼽과 아기가 든 아랫배를 만져줄 내 손길을

---

50) 조정래·나병철, 『소설이란 무엇인가』(평민사, 1991), 151~55면.

애타게 기다릴지도…… 그는 창문 아랫벽에 이마를 기댄다. 눈을 감고 쿵쿵 튀어오르는 심장의 박동을 삭인다. 한 차례 겉달아오르던 체열이 서서히 진정되어가면서 신쥬꾸 역으로 걸어오던 래영의 모습이 떠오른다.

인용문에서 우리는 진국(그)의 뜨거운 연정에 감정이입한다. 그러나 진국은 위에서 자신만의 님과 아이에 대한 열정에 빠져 있다. 우리는 그런 진국에게 몰입하면서도 다른 한편 그의 감정에서 얼마간 벗어나서 님과 아이의 사회적 의미를 반추하게 된다.

「태양은 묘지 위에 붉게 타오르고」는 「님」과는 달리 주인공(석일)이 보다 각성된 상태로 변화되는 모습을 보여준다. 따라서 이 소설에서는 그 변화를 전후로 주인공에 대한 감정이입의 정도가 달라지게 된다. 예컨대 이 소설의 초반부에서 우리는 그의 내면에 일방적으로 밀착하지는 않는다.

　　석일의 무덤덤한 말투 속에는 그의 직업이 갖고 있는 독특한 비정함이 담겨 있었다. 그러나 감정이 배제된 듯한 말투와는 달리 하류 쪽을 바라보는 석일의 표정은 일그러져 있었다. 강을 타고 화려하게 전개된 저녁풍경이 그를 더욱 착잡하게 만들었다. 그의 마음은 이미 최루탄과 페퍼포그 가스로 뒤덮혀 있을 강 저편의 도시 한복판에 서 있었다.

위에서 우리는 석일에게 〈감정이입〉하면서도 또한 그의 냉담한 말투에 〈거리〉를 느끼게 된다. 그러나 그런 약간의 거리에도 불구하고 전체적으로는 자연스럽게 석일에게 빠져든다. 석일의 고민은 인식(현실의 모순)과 실천(무력감)의 괴리에서 온 것이며 그것은 실상 우리 자신의 (소시민적인) 문제이기 때문이다. 그래서 우리는 석일과 감정적으로 연루된 상태에서 그(석일)-우리의 의식상태 자체에 대해 거리를 두게 된다. 즉, 우리는 석일과의 감정적 연루를 매개로 우리 자신의 의식상태를 반성하게 되는 것이다. 이 소설은 그런 내밀한 전략을 바탕으로 석일과 독자 자신이 소시민적 무력감을 극복하는 과정을 형상화한다.

창밖으로 주말의 공원(公園)이 밀려갔다. 언덕 아래로 한폭 도시화(都市畵) 같은 풍경들이 하오의 햇살 아래에서 아득하게 펼쳐져 있었다. 석일은 택시 옆좌석에 나란히 앉은 해린의 모습과 함께 서울의 거리를 새삼스럽게 바라보고 있었다.

외형상 아무것도 변한 것은 없었지만 도시 전체가 엄청난 변화를 치르고 있는 듯했다. 그 변화는 이 도시의 몫도 있었지만 자신의 시각이 더 큰 몫을 차지했다. 그 시각의 분열은 6월이 시작된 이후에 생겨난 것이었다.

그 중에서도 온 도시에서 피어오른 회색 안개가 석일의 잠재의식을 일깨우는 데 큰 역할을 했다. 성공회 집회 이후에 해린을 만났고, 역사에 대한 엄격한 그녀의 실천논리가 석일의 가치관을 뿌리부터 흔들어 놓았다. 그것은 해린의 논리가 결코 우위에 있어서가 아니라 양심의 문제와 함께 석일이 거부할 수 없는 어떤 거대한 힘을 가지고 있었기 때문이었다.

위에서 석일의 변화는 우리 자신의 내부에까지 영향을 마치게 된다. 여기서 소설의 주제는 인물시점서술을 통해 한결 은밀하고 깊숙하게 전달된다. 즉, 이 소설은 실천적 각성이라는 계몽적 주제를 화자의 수사학으로써 제시하기보다는 인물매체와의 내밀한 심리적 과정을 통해 자연스럽게 독자의 내면에 감염시킨다. 이처럼 계몽적 주제마저 심층적인 심리적 과정으로 전달할 수 있는 것이 인물시점서술의 장점이다.

인물시점서술의 보다 흔한 유형은 소시민의 이중적인 동요상태를 포착하는 소설이다. 예컨대 「녹천에는 똥이 많다」(이창동)에서 주인공 준식은 소시민적 안위를 위해 사회운동가인 동생 민우를 신고한다. 하지만 그는 그런 부정성을 보일 때에도 또다른 방향으로 마음이 흐르는 이중성을 드러낸다.

"예에, 정보괍니다."
"곽형사님 좀 부탁합니다."
"기다리시오."
기다리고 있는 동안 수화기에서는 누군가의 거친 숨소리가 들려오고 있었는데, 준식은 그게 바로 자신의 숨소리라는 사실을 깨달았다. 수화기를 잡은 손이 너무나 무겁게 느껴졌다. 그만둬라, 홍준식. 마음속 한구석에서 들려온 목소리였다. 지금이라도 늦지 않았다. 당장 전화를 끊어버리면 그만이다.

위에서 우리는 준식의 부정적 행동에 대해 거리를 두게 된다. 그러나 그런 중에도 준식에 대한 연민을 끝내 버리지는 않는데 그것은 그가 무의식 속에서 반대 방향으로 동요하는 인물이기 때문이다. 준식이 얼마간 부정성을 지님에도 우리가 그를 끝까지 이해하려고 노력하는 것도 그와 연관이 있다. 우리는 준식을 탓하기보다는 그가 왜 그런 행동을 했는가를 곰곰이 생각하게 된다.

비록 똥구덩이에서 쳐다보는 것이라 할지라도 밤하늘의 별은 참 예쁘게도 반짝이고 있었다. 문득 그의 눈에서 까닭모르게 물기가 흘러내리기 시작했다.

인용문에서 '똥구덩이'와 '별'은 상징적인 의미를 지닌다. 준식 역시 별을 바라보며 살고 싶은 소망을 갖고 있다. 그러나 그의 아름다운 소망을 빼앗는 것은 그가 앉아 있는 똥구덩이 같은 현실인 것이다. 우리는 준식 자신을 나무라기보다는 그가 그렇게 살 수밖에 없게 하는 오욕의 현실을 비판하게 된다.

소시민에 대한 감정이입을 통해 현실의 모순을 비판하는 또다른 소설로는 「당신」(김인숙)을 들 수 있다. 「당신」에서 주인공 윤영은 해직 교사인 남편과 말다툼하던 중 소시민적 생활에 집착하는 자신이 '돈벌레'로 치부됨을 깨닫는다. 윤영은 남편의 거울에 비친 자신의 모습(돈벌레)에 대한 혐오감으로 남편에게 크게 반발한다.

"관둬? 나만 돈벌레 악덕 집주인 만들어놓고 관둬?"
"제발 좀 관둬."

"당신이야말로 제발 좀 관둬! 제발 좀 관두란 말이야!"

엉겁결에 나온 소리였다. 남편의 얼굴이 창백해지는 것을 윤영은 보았다. 그러나 더욱 창백해져 있는 것은 윤영이었다. 이렇게 급작스럽게 아무런 계산 없이 그런 말을 하게 되리라고는 생각도 못했던 윤영이었다. 그러나 다시 주워담을 수는 없는 말이었다. 이미 내뱉어진 말이어서가 아니라, 그렇다. 그것은 부지불식간에 튀어나오기는 했으나, 어쩌면 가슴에 박힌 돌멩이 같은 말이 아니었던가. 어쩌면 그 어느 것보다도 가장 하고 싶었을, 차마 내뱉을 용기를 내지 못해 매일같이 가슴에 결려오는 통증을 느끼면서도 내내 붙안고 있을 수밖에 없었으나 언제라도 가장 열렬히 하고 싶었을 …… 그랬다. 그 말은 이제 더이상 피해갈 수 없는 둘 사이의 냉정한 현실이었던 것이다.

인용문에서 윤영은 남편에 대한 이중적인 심리상태에서 동요하고 있다. 그에 따라 독자의 윤영에 대한 감정이입 및 거리의 요소 역시 흔들리게 된다. 윤영은 남편의 거울에 비친 자신의 돈벌레 같은 모습에 질려 남편의 이상(전교조)을 부정한다. 하지만 그녀는 '가슴에 박힌 돌멩이 같은 말'을 토해내고 난 후에 자신에게 스스로 충격을 받게 된다. 이런 윤영의 모습에서 우리는 그녀의 무의식 속의 이중적 심리를 엿보게 된다. 윤영은 내심 남편의 이상을 부인하지 않지만 냉혹한 현실이 그녀 자신의 내면을 부정하게 만드는 것이다. 따라서 우리는 얼마간 윤영을 탓하면서도 다른 한편 (인물시점서술에 의해) 그녀와 감정적으로 연루된 상태에서 (그녀 자신보다) 그녀를 그렇게 만든 현실의 모순을 응시하게 된다.

인물시점서술은 소시민 주인공의 부정적 성향을 드러내는 소설에서도 사용될 수 있다. 그러나 이 경우에도 「당신」에서처럼 부정성의 반대 방향으로 나아갈 가능성을 열어 두는 소설이 성과를 거둘 수 있다. 그것은 앞서 밝혔듯이 인물매체(주인공)와의 감정이입이 유지되는 한 완고한 부정적 인물은 (인물시점서술에서) 회의주의를 낳기 때문이다. 가령 「덧문 너머 헝클어진 숨결」의 정태 같은 냉담한 인물보다는 「기회주의자」의 정계장 같은 흔들리는 인물이 인물시점서술의 주인공으로 훨씬 적절한 것이다.

(3) 자유간접문체 · 내적 독백 · 의식의 흐름

〈자유간접문체〉는 인물의 시점(언어)과 화자의 시점(언어)이 뒤섞인 〈이중적인 서술상황〉을 드러낸다. 인물과 화자 중 누구의 목소리가 더 많이 섞였느냐에 따라 자유간접문체는 다양한 양상으로 나타난다. 즉, 이 기법은 화자의 언어가 우세한 화자시점서술에서 인물의 언어가 두드러진 인물시점서술에까지 걸쳐져 있다.

일반적으로 인물의 화법을 화자가 중개하는 경우(자유간접화법)에는 화자시점서술의 요소가 잔존하지만, 인물의 사고(내면의식)가 중개되는 경우에는 인물시점서술이 된다. 후자처럼 인물의 목소리가 부각되는 예는 〈서술된 독백〉이라고 부르기도 한다. 이를 포함해서 인물시점서술에서 인물의 내면의식을 드러내는 기법은 〈자유간접문체〉〈내적 독백〉〈의식의 흐름〉을 들 수 있다.[51]

자유간접문체에서 〈자유〉라는 말은 부가절(~라고 느꼈다)이 없다는 뜻이다. 또한 〈간접〉은 인용부호(" ")를 사용하지 않는 서술방식을 말한다. 예컨대 〈그는 '난 몹시 슬프다'라고 느꼈다〉는 직접화법이다. 반면에 〈그는 몹시 슬프다고 느꼈다〉는 간접화법이다. 그 둘과 달리 〈그는 몹시 슬펐다〉라고 하면 자유간접문체가 된다. 이 문장은 화자시점서술에서 나타나면 화자가 전지적으로 그의 심리를 서술한 것이 된다. 그러나 인물시점서술의 맥락에서는 인물이 반성자로서 자신의 심리를 드러내는 양상이 된다. 후자의 경우 인물의 내면의 목소리가 들리지만 '그'라는 대명사와 '었'(서사적 과거)의 사용에 의해 화자의 개입이 있게 된다. 이 화자의 개입이 극소화된 자유간접문체를 〈서술된 독백〉[52]

---

51) 이 세 서술방식의 차이에 대해서는 채트먼, 『영화와 소설의 서사구조』, 앞의 책, 205~54면 참조.

52) 채트먼, 『영화와 소설의 서사구조』, 앞의 책, 247면.

이라고 한다. 자유간접문체는 화자의 목소리(시점)가 우세한 예에서 인물의 목소리가 분명한 예까지 다양한 띠를 이룬다. 그런데 그 중 후자처럼 인물의 내적 독백에 아주 근접한 경우가 〈서술된 독백〉인 것이다. 하지만 자유간접문체는 거의 인물의 목소리(시점)로 들리더라도 최소한의 화자의 언어가 섞인 〈이중적 상황〉을 보여준다.

여기서 그 정도의 화자의 개입마저 없어진 듯이 보이는 것이 〈내적 독백〉이다. 즉, '그'가 '나'로 바뀌고 '었'마저 빠져버려 〈난 몹시 슬프다〉로 된 경우이다. 내적 독백은 직접화법에서 인용부호와 부가절이 생략된 형식이므로 〈자유직접화법(사고)〉이라고 부르기도 한다.

내적 독백은 화자의 개입이 전적으로 사라진 듯한 느낌을 준다. 그러나 내적 독백에서도 인물의 어떤 목적을 지닌 사고들이 배열되는 점에서 최소한의 통제가 이뤄지는 셈이다. 내적 독백이 목적을 지닌 사고로 배열된다는 것은 그것이 어떤 상황이나 사건에 대한 인물의 반응임을 뜻한다. 내적 독백 역시 단지 무질서한 사고(내면의식)의 나열이 아니라 전체 소설의 맥락에서 의미있는 것이 선별된 결과인 셈이다.

그런 보이지 않는 통제와 선별과정마저 사라지고 인물의 두서없는 내면의식이 드러날 때 〈의식의 흐름〉이 출현한다. 이 점에서 의식의 흐름은 매개과정(선별과정)이 사라진 극단적인 직접적 제시처럼 느껴진다. 그러나 실상 의식의 흐름은 오히려 직접성의 환영을 방해한다. 의식의 흐름은 종잡을 수 없는 느낌을 주면서 직접성의 감각과 의사소통을 훼방하는 것이다. 이는 의식의 흐름이 단지 매개과정의 소멸이 아니라 〈낯설게 하기〉라는 독특한 전략의 산물임을 암시한다. 이에 대해서는 뒤에서 다시 살펴보기로 하자.

자유간접문체, 내적 독백, 의식의 흐름은 각기 특정한 소설 속에서 지속적으로 나타나기도 하지만 한 소설 속에 뒤섞여 사용되기도 한다. 예컨대 『깊은 슬픔』(신경숙)에는 의사직접화법, 자유간접문체, 내적 독백 등이 혼합적으로 나타나고 있다. 먼저 〈의사직접화법〉이라는 특이한 양상을 살펴보자.

다만 머리를 깎았을 뿐인데, 그랬을 뿐인데 처음 보는 사람 같아 은서는
이수의 민둥머리를 쓰다듬어봤다. 형광등 불빛 아래 드러난 이수의 민둥머
리는 무슨 쓰라림같이 파르스름했다. 콧날이 더 날 서 보였다. 이수는 어
머니가 밥상을 차리려는 걸 한사코 말렸다. 읍내에서 친구들과 먹었다고
했다. 니가 읍내에 친구가 어딨냐? 고 반문했을 때 이수는 있어요. 나라고
친구 하나 없는 줄 아세요, 그랬다.

인용문에서는 은서가 초점화의 주체(초점화자), 즉 인물매체로 사용
되고 있다. 그런데 마지막 문장에는 은서의 의식 속에 침투한 초점화의
대상 이수의 말이 〈직접적으로〉 드러나 있다. 이는 초점화자인 은서의
언어가 대상인물인 이수의 어법에 영향을 받은 흔적인 셈이다. 즉, 은
서는 간접화법으로 이수의 말을 제시하는 중에 그의 어법을 그대로 흉
내내어 직접화법의 형태로 삽입시키고 있다. 마지막 문장을 간접화법으
로 하려면 〈이수는 있다고, 자기라고 친구하나 없는 줄 아냐고 했다〉로
바꿔야 한다. 또한 직접화법으로 고치려면 〈이수는 "～" 그랬다〉로 인
용부호를 집어넣어야 한다. 그러나 위에서는 인용부호가 없는 어법의
형태(간접화법)를 취하면서도 이수(대상인물)의 직접화법의 언어를 인
용하고 있다. 이런 특이한 화법을 우리는 〈의사직접화법〉[53]이라고 부른
다. 의사직접화법은 화자(초점화자)가 인물(초점화의 대상)의 어법에
영향을 받는 점에서 인물의 직접화법이 화자의 어법에 종속되는 〈대리
직접화법〉[54]과는 정반대의 형태를 지닌다.
  의사직접화법은 구어체에서 많이 나타나지만 『깊은 슬픔』에서는 (화
자가 아니라) 인물매체(초점화자)의 의식에 반영된 형태로 자주 나타
난다.[55] 이는 인물매체인 은서의 내면에서 대상들에 대한 섬세한 의식
의 반응이 일어남을 암시한다. 그 밖에 이 소설은 자유간접문체나 내적

---

53) 우스펜스키, 『소설구성의 시학』, 앞의 책, 70~74면.
54) 위의 책, 83~85면. 앞의 제2장 2절 참조.
55) 의사직접화법 자체는 화자시점서술에서도 나타날 수 있고 『깊은 슬픔』에서처럼
    인물시점서술의 형태로 나타날 수도 있다.

독백으로 은서의 은밀한 내면을 드러내고 있다.

해 저무는 게 무서웠던 건 그저 배가 고파서만은 아니었다. 은서 스스로 밥을 짓게 될 줄 알고 난 뒤에도 그랬다. 밥을 실컷 지어 밥상을 놓고 이수와 겸상해 앉아 배가 부르도록 밥을 먹어도 남는 허기. 불기 없는 차디찬 아랫목을 닮아 있는 허기. 집은 너무 크고 그녀와 이수는 너무 작았다. 방이 많은 집, 그 중 가장 작은 방을 골라 이수의 손을 잡고 누워도 여기나 저기나 너무 헐렁했다. 둘만 입을 다물면 기척이 없는 텅 빈 여기저기.

어쩌면 그 마음시림이, 둘이 아무리 밥을 실컷 먹고 드러누워도 남아 있던 그 허기가…… 은서는 저녁을 짓는 이수를 보며 쓸쓸했다. 그것이 너를 어디에도 마음 못 붙이게 하는지도 몰라. 그것이 나에게 또한 괜히 세를 밀쳐내게 하고 아무리 손을 뻗어도 닿지 않을 것 같은 완에게로만 가게 하는 건지도 몰라.

위의 첫문단에서 '집은 너무 크고~너무 헐렁했다'의 두 문장은 자유간접문체이다. '그녀'의 지칭과 '었'의 종결법이 그것을 보여준다. 반면에 두 번째 문단의 마지막 두 문장은 내적 독백으로 되어 있다. '너', '나'와 '몰라'의 무시간적 시제가 그 지표이다. 나머지 문장들은 자유간접문체이거나, 내적 독백과 자유간접문체의 경계선에 있는 형태들이다.

이처럼 내적독백과 자유간접문체는 어떤 소설 속에서 수시로 나타날 수 있지만 또한 특정한 소설 내부에서 지속적으로 나타나기도 한다. 이 경우 특히 인물의 내면의식을 지속적으로 제시하기 위해 사용될 때는 전통적인 리얼리즘과는 구분되는 독특한 형식이 출현한다. 예컨대 최인호의 「타인의 방」에는 인물매체의 내면의식을 연이어 드러내기 위해 자유간접문체가 이용되고 있다.

그것은 그래도 처음엔 조심스럽게 시작되었다. 하지만 그들의 대상이 무방비인 것을 알자, 일제히 한꺼번에 고래고래 소리를 지르면서 날뛰기 시작했다. 크레용들이 허공을 날은다. 옷장 속의 옷들이 펄럭이면서 춤을 춘다. 혁대가 물뱀처럼 꿈틀거린다. 용감한 녀석들은 감히 다가와 그의 얼굴을 슬쩍슬쩍 건드려 보기도 하였다. 조심해 조심해. 성냥곽 속에서 성냥개비가 중얼거린다. 꽃병에 꽂힌 마른 꽃송이가 다리를 번쩍번쩍 들어올리면서 춤을 춘다. 내의가 들여다보인다. 벽이 서서히 다가와서 눈을 두어 번 꿈쩍거리다가는 천천히 물려서곤 하였다. 트랜지스터가 안테나를 세우고 도립하기 시작한다. 그러자 재떨이가 박수를 치기 시작한다. 소케트 부분에선 노래가 흘러나온다. 낙수물이 신기해서 신을 받쳐 들던 어릴 때의 기억처럼 그는 자그마한 우산을 펴고 화환처럼 황홀한 그의 우주 속으로 뛰어든 셈이었다. 그는 공범자가 되고 싶은 욕망을 느낀다.

이 소설에서처럼 인물매체의 내면의식이 지속적으로 제시되는 형식은 특별한 상황을 전제로 하고 있다. 앞서 밝혔듯이 자유간접문체나 내적 독백은 인물이 처한 환경(혹은 사건이나 상황)에 대한 내면적 반응으로서 의미있게 제시된다. 그러나 「타인의 방」에서는 그런 인물과 환경의 상호관계가 배제된 상태에서 인물매체의 내면의식이 계속 드러난다. 인물매체의 내면의식이 어떤 상황에 대한 암시없이 계속된다는 사실 자체가, 이미 인물과 환경의 연관이 단절되었음을 보여주는 지표이기도 할 것이다. 이처럼 「타인의 방」에서는 다른 소설들과는 반대로, 인물과 환경의 연결이 파괴된 것에 대한 반응으로서 인물매체의 내면의식이 드러난다.

주목되는 것은 이 경우에 그 내면의식을 포착하는 인물시점서술(자유간접문체, 내적 독백)에서는 리얼리즘의 예에서와는 다른 방식의 의사소통이 성립되는 점이다. 리얼리즘에서는 인물매체에 대해 감정이입이 쉽게 이루어진다. 그러나 「타인의 방」의 자유간접문체에서는 감정이입과 함께 감정이입을 방해하는 효과가 나타난다. 그것은 리얼리즘의 인물시점서술이 인물의 〈환경〉에 대한 반응으로 내면의식을 제시하는 반면, 「타인의 방」은 환경의 의미가 무화된 〈물건〉에 대한 반응을 드러내기 때문이다. 위의 인용문에서는 물건이 인물('그')에 의해 환경화되는 것이 아니라 인물이 물건에 의해 물건화되는 과정이 나타나고 있다. 소외로 인해 아파트 공간이 사물화(물건화)된 사실 자체가 '그'가 그 사물들에 대해 '무방비 상태'가 되었음을 암시한다. '그'가 사물들을 인간적인 환경으로 느끼지 못하는 순간 반대로 사물들이 '그'를 물건으로 만들어 버리는 것이다. 인용문은 그런 사물화 과정 속에서 '그'가 물건이 되어 가는 내면적 전개를 그리고 있다. 이때 우리는 '그'에게 감정 이입하면서도 그가 처한 '사물화 과정'에 대해 거리를 두게 된다. 그 소원화 현상을 적절히 포착한 것이 모더니즘의 〈낯설게 하기〉이다.

환경과의 연관이 와해된 상태에서 인물매체의 내면의식을 지속적으로 제시하는 수법은 모더니즘에서 흔히 발견된다. 「타인의 방」이 자유간접 문체로써 그것을 보여줬다면 「딱한 사람들」(박태원)은 내적 독백을 통해 인물매체의 소외를 형상화한다. 「딱한 사람들」은 내적 독백으로 지속되는 소설은 아니지만 인물매체의 소외가 극에 달하는 순간 내적 독백의 연속적 제시가 나타난다.

> 진수는 말이 듣고 싶었다. 종일을, 온 종일을, 말에 굶었던 그는 그렇게 피로하였으면서도 말이 하고 싶었고, 또 말이 듣고 싶었다. …(중략)…
>
> 흥…… 진수는 자기가 한 시간 뒤, 다시 친구의 집을 들러 그 소녀의 아직도 안 들어오셨네요. 하는 말을 들었을 때의 그 실망과, 이제 다시 이십 리 길을 터덜 터덜 걸어가야만 하나 하는 뻔한 사실에 새삼스러이 생각이 미쳤을 때의 그 울 것 같은 감정을 또 한번 되씹어 보며, 주먹을 들어 순구를 이 자리에 때려 뉘이고, 그리고 한바탕을 소리를 내어 울고 싶은 격정을 느꼈다. 아아, 이 불결한, 이 우울한 물건은 왜 나의 눈 앞에 있나. 내가 밖에 나가 있는 동안에 그는 왜 그의 불결한 이부자리와 함께 이 방에서 도망질치지 않았나. 이 구차한 내가 양복을 잡히고, 외투를 잡히고, 가방을 잡히고, 책이며 잡지며를 팔아서 두 사람의 양식거리를 마련하는 동안, 아무 일도 한 일이 없이 펀둥펀둥 지내온 너는 좀더 나의 비위를 맞추어 주어도 좋을 게 아니냐. 네가 무슨 권리를 가져, 내 물음에 대답 않고, 그리고 내 앞에 그런 떠름한 얼굴을 하느냐……

인용문에서 앞의 세 문장은 자유간접문체이다. 그리고 나머지 부분은 진수의 내적 독백으로 되어 있다. 이처럼 「딱한 사람들」은 자유간접문체나 내적 독백을 통해 환경과 단절된 인물매체의 내면의식을 지속적으로 제시한다. 그 중 특히 인물매체의 소외에 대한 울분이 고조되는 순간 위에서처럼 내적 독백으로 전환된다. 흥미로운 것은 여기서도 「타인의 방」과 유사하게 인물매체가 대면한 환경이나 인물이 〈물건화〉되는 과정이 나타나는 점이다. 즉, 위에서 진수는 격정에 사로잡혀 단절된 인간관계 속에 놓인 순구를 우울한 〈물건〉이라고 외치고 있다.

소외와 사물화를 드러내는 내면 제시방식은 〈의식의 흐름〉을 통해서도 나타난다. 자유간접문체(「타인의 방」)나 내적 독백(「딱한 사람들」)에서는, 인물매체의 내면에 비쳐지는 의식내용을 통해 사물화가 드러나며, 그 내용의 차원에서 낯설게 하기가 형성된다. 반면에 의식의 흐름은 인물매체의 의식을 반영하는 기법 자체를 통해 소외(사물화)를 암시하며, 그 기법적 차원에서 낯설게 하기가 나타난다. 즉, 의식의 흐름에서는 인물매체의 목적을 잃은 산만한 의식의 파편들 자체가, 의사소통을 방해하는 낯설게 하기로서 인물의 소외를 드러내는 것이다.

예컨대 「지주회시」(이상)에서는 인물매체가 경험하는 소외와 사물화가 기법과 문장 자체를 통해 암시된다. 즉, 이 소설의 의식의 흐름 기법은 인물매체의 파편화된 의식을 통해 타인과의 내면적 관계가 단절된 상태를 보여준다.

> 지금. 지금. 골수에스미고말았나보다. 칙칙한근성이-모르고그랬다고하면말이될까? 더럽구나. 무슨구실로변명하여야되나. 에잇! 에잇! 아무것도차라리억울해하지말자-이렇게맹서하자-그러나그의뺨이화끈화끈달았다. 눈물이새금새금맺혀들어왔다. 거미-분명히그자신이거미였다. 물부리처럼야외들어가는아내를빨아먹는거미가너자신인것을깨달아라. 내가거미다. 비린내나는입이다. 아니아내는그럼그에게서아무것도안빨아먹느냐. 보렴-이파랗게질린수염자국-퀭한눈-늘씬하게만연되나마나하는형영없는營養을-보아라. 아내가거미다. 거미아닐수있으랴. 거미와거미거미와거미냐. 서로빨아먹느냐. 어

디로가나. 마주야웨는까닭은무엇인가.

위에서처럼 「지주회시」는 3인칭이면서 '그'의 1인칭 의식의 흐름이 주도적인 소설이다. 의식의 흐름은 3인칭 화자의 인물매체('그')에 대한 통제가 거의 소멸되었음을 나타낸다. 만일 화자의 최소한의 통제가 있었다면 '나'의 내면의식은 일관된 맥락으로 규제된 명료한 내적 독백이 되었을 것이다. 그러나 위에서 '나'의 내면의식은 우연적 연상에 의존한 산만한 의식의 파편들로 연결되고 있다. 문장들의 연결이 일반적인 의미론적 원칙에서 이탈하고 있는 것은 그 때문이다.

그러나 의식의 흐름은 전적으로 우연적 계기에만 내맡긴 의식의 파편들의 집적물은 아니다. 내면적으로 타인과 연관된 인간관계 속에 있다면 그의 내면의식은 타인을 의식해 자기 자신의 통제를 받게 된다. 즉, 타인에게 소통될 수 있는 일관성을 지닌 의식내용으로 정리된다. 따라서 설령 화자의 통제하는 손이 미치지 않더라도 인물매체의 의식내용은 일반적인 의미론적 원칙에 따라 명료하게 문장화된다. 그와 달리 인물매체의 의식의 파편들이 두서없이 나타난 것은 그가 타인과 내면적으로 단절된 소외의 상태에 있음을 암시한다. 위에서는 인물매체의 의식내용('거미'의 상징)을 통해서도 사물화된 인간관계가 드러나지만, 또한 그의 내면의식을 제시하는 기법(의식의 흐름) 자체로써도 사물화와 소외를 나타낸다. 즉, 의식의 흐름으로 제시되는 '그'의 의식의 파편성은 '그'가 내면적으로 타인들과의 의미있는 인간관계를 상실했음을 시사한다. 또한 그런 소외된 의식상태를 담은 의식의 흐름은 감정이입과 의사소통을 방해하는 〈낯설게 하기〉의 효과를 나타낸다.

이처럼 기법 자체로써 사물화를 반영하는 낯설게 하기 수법에는 의식의 흐름뿐만 아니라 〈알레고리〉〈몽타주〉〈제한적 이동〉 등이 있다. 알레고리와 몽타주에 대해서는 제4장에서 살폈으므로 여기서는 〈제한적 이동〉의 원리를 고찰해 보자. 제한적 이동은 인물시점서술이 모더니즘과 방해의 미학(낯설게 하기) 쪽으로 나아간 또다른 기법으로 생각할 수 있다.

〈제한적 이동〉[56]이라는 용어는, 일반적인 전지적 시점과는 달리, 한 인물의 의식에서 다른 인물들의 의식으로 〈이동〉할 때 목적된 연관이 〈제한〉되어 있다는 뜻이다. 즉, 플롯(상황, 사건)의 맥락과 무관한 인물들의 내면의식의 접합이 나타나는 것이다. 여러 인물들의 의식이 접속되는 제한적 이동은 〈다수의식의 반영〉[57] 혹은 〈복수 선택적 전지〉[58]로 불리기도 한다. 그러나 중요한 것은 그 다수의식들이 〈파편적으로〉 접합된다는 점이다. 즉, 제한적 이동은 의미있는 맥락을 잃은 채 다수 의식들이 파편으로 연결되는 점에서 〈의식의 흐름〉처럼 각 인물들간의 내면적인 단절(즉 소외)을 암시한다.

　지겨운 일이라고 마음 속으로 외쳤다. 지겨워, 지겹다고.
　그래도 햇살은 따갑고, 그래도 사람들은 잊어버리고 살아가고 있다. 그래도 날은 날마다 지나가는 인생이다, 그래도 하고. 그는 하품을 하고 주위를 돌아다보기 시작했다. —— 리이전트 공원은 그가 어렸을 때보다 별로 변하지 않았다. 저 다람쥐가 생긴 걸 빼놓고는 —— 그래도 보상이라는 것이 있을 텐데. —— 그때 어린 엘리스 미첼이 동생과 같이 저희들 방 맨틀피이스 위에다 모아 논 조약돌 더미에다 보태겠다고, 이제껏 주운 돌을 한 움큼 유모 무르팍에다 와락 쏟아 놓았다. 그리고 다시 뛰어가다가 그만 어떤 부인 다리에 쾅 부딪쳤다. 피터 월쉬는 깔깔 웃었다. (가)
　한편 루크레치어 워렌 스미스는 거닐면서 혼자 생각하고 있었다. 이런 법이 있담. 왜 나만이 고생을 해야 하나? 널따란 길을 걸어가면서 그녀는 마음 속으로 물었다. 아니, 더 이상 참을 순 없다 하고 그녀는 생각했다. 정신을 못 차리는 남편 셉티머스를 지독하고, 끔찍하고, 혹독한 소리를 혼

---

56) 채트먼, 『영화와 소설의 서사구조』, 앞의 책, 263~67면.

57) 에리히 아우얼바흐, 『미메시스』, 앞의 책, 253면, 270면.

58) Norman Friedman, *Form and Meaning in Fiction*(University of Georgia Press, 1975), 152~54면. 노먼 프리드먼, 「소설의 시점」, 『현대소설의 이론』, 최상규 역(대방출판사, 1983), 376~78면.

자 지절거리라고 버려 둔 채, 이 젊은 아내는 생각에 잠겨 있었던 것이다. 혼자 중얼거리고, 죽은 사람과 이야기하라고, 저기 있는 벤취에다 남편을 버려 두고. 그때 엘리스가 그녀와 쾅 부딪쳐 넘어져서 울기 시작했다.

그것은 오히려 위안이 되는 일이기도 했다. 루크레치어는 어린애들을 일으켜 세우고, 옷을 털고, 입을 맞춰 주었다.

그렇지만 나는 조금도 잘못한 일이 없는데, 난 셉티머스를 사랑하고 여지껏 행복스럽게 살아오지 않았나. 전에는 깨끗한 집도 있었고, 언니들은 아직도 그 집에서 모자를 만들어 팔면서 살고 있는데, 왜 이 나는 이렇게 고생을 해야 한담? …(중략)…

그녀는 지금 그(셉티머스)의 가까이 왔다. 그가 하늘을 뚫어지라고 쳐다 보고, 손을 맞쥔 채 중얼거리는 것이 보였다. 그래도 홈즈 박사는 아무 일 없다고 하셨는데. 그렇다면 웬 일일까? —— 왜 그녀가 곁에 앉으니까, 깜짝 놀라서 상을 찌푸리고 저리로 가더니 그녀의 손을 가리키고, 또 그 손을 잡고, 무서운 것을 보는 듯이 보는 것일까?

그녀가 결혼 반지를 빼 버렸다고 해서 그러나? "내 손이 말라 버려서." 그녀는 말했다. "반지를 빼서 지갑에다 넣었어요." 이렇게 그에게 얘기했다. (나)

그는 그녀의 손을 놓았다. 우리의 결혼 생활은 끝났다. 고통과 안도를 같이 느끼면서 셉티머스는 생각했다. 그를 결박하던 끈은 끊어졌다. 그는 둥둥 떠간다. 이제 자유로운 몸이다. 인류의 주(主) 셉티머스, 바로 그를 석방하라는 판결대로 자유로운 몸이 됐다. 혼자서(그녀는 결혼 반지를 버렸으니까. 날 버렸으니까), 셉티머스, 그 혼자만이 대중에 앞서 진리를 듣기 위해서, 또 뜻을 배우기 위해서 앞으로 불려 나가고 있다. 문명의 모든 노력을 다한 뒤에 —— 그리스인, 로마인, 셰익스피어, 다윈, 그리고 그 자신의 노력을 다한 뒤에 그 얻은 진리를 모두 바쳐야 한다. "누구에게?" 하고 그는 소리내 물었다. "국무총리에게" 하고 머리 위에서 웅성거리는 소리가 대답했다. (다)

—— 버지니아 울프, 『댈러웨이 부인』

위에서 (가)는 댈러웨이 부인(클라리사)을 잃은 피터가 공원 벤치에 앉아 슬퍼하는 장면이다. 또한 (나)에서는 루크레치어가 인물매체로서 그녀와 남편 간의 불화를 제시한다. 세번째 (다)는 루크레치어의 남편 셉티머스가 인물매체가 되어 자신의 내면을 드러내는 부분이다.

여기서 (가)에서 (나)로의 이동은 아무런 외부상황(플롯의 맥락)의 계기도 없이 이루어지고 있다. 단지 피터의 눈에 띈 루크레치어가 제시되고 그녀의 내면이 드러나면서 그리로 인물매체의 기능이 〈이동〉한 것이다. 또한 (나)에서 (다)로의 이동 역시 별다른 상황적 맥락이 없이 진행된다. 즉, 루크레치어가 남편과 함께 있던 장면을 회상하면서 남편 자신에게로 인물매체의 기능이 옮겨진 것이다.

결과적으로 (가)(나)(다)는 세 인물매체의 단편적인 의식의 편린들의 접속으로 나타난다. 이는 세 인물들이 내면적으로 단절된 인간관계에 놓여있음을 시사한다. 그와 함께 다수의식들의 파편적인 접합으로 인해 그 부분에서 감정이입이 방해되는 낯설게 하기가 나타난다. 이처럼 제한적 이동 기법은 중개성 영역에서의 낯설게 하기 전략을 통해 인물들의 내면적 소외를 객관화하는 방식임을 알 수 있다.

이제까지 우리는 편집자적 권위를 지닌 화자에서 화자가 사라진 듯한 직접성의 환영 기법, 그리고 중개성 영역에서의 낯설게 하기까지를 살펴봤다. 이런 서술기법의 변화는 역사적 발전을 따라서 하나의 띠를 이루고 있다. 그러나 근대소설 이후의 여러 기법들은 각기 동시적으로 병존하기도 한다. 그리고 3인칭에서의 이런 서술적 변화의 띠는 1인칭 서술상황의 내부에서도 비슷하게 발견된다. 하지만 1인칭 서술은 인물과 화자가 동일인이라는 조건으로 인해 3인칭과는 근본적으로 다른 특성을 드러낸다. 이제 1인칭 서술상황의 독특한 양상을 살펴보자.

5. 1인칭 서술상황

(1) 1인칭 서술의 세 가지 스펙트럼

1인칭 서술은 이야기 세계 속의 인물을 1인칭 '나'로 부르는 담론을 말한다. 설령 소설 속에 '나'라는 지칭이 나와도 이야기 세계 내부에 '나'로 불리는 인물이 없으면 1인칭 서술로 보기는 어렵다. 예컨대 3인칭 편집자적 화자 역시 '나'라는 지칭을 사용하지만 이야기 내부에 '나'가 등장하지 않으므로 1인칭 서술이 되지는 않는다.

따라서 1인칭 서술은 두 개의 '나'의 존재를 전제로 한다. 하나는 〈인물로서의 '나'〉이며 다른 하나는 〈화자로서의 '나'〉이다. 흔히 우리는 전자를 〈경험자아〉로 부르고, 후자를 〈서술자아〉로 명명한다. 그 두 개의 자아는 동일인이며 인물과 화자라는 기능적 차이를 지닐 뿐이다. 경험자아가 서술자아로 되려면 이야기 세계의 상황으로부터 일정한 거리를 지녀야 한다. 대개의 경우 경험자아의 경험이 끝난 후 상당한 시간이 흐른 후에 서술자아가 되며, 그 둘 사이의 시간적 차이가 서사적 거리를 형성한다. 그러나 일기체나 편지체에서는 경험자아가 사건을 체험하는 도중에도 서술자아의 서술이 이뤄질 수 있다.

1인칭 서술의 〈경험자아〉와 〈서술자아〉는 3인칭 서술의 〈인물〉과 〈화자〉에 상응한다. 따라서 3인칭에서 인물-화자의 관계에 따라 드러나는 특징들이 1인칭에서도 비슷하게 나타날 수 있다. 그러나 1인칭 서술은 인물(경험자아)과 화자(서술자아)가 동일인이라는 특성으로 인해 3인칭과는 다른 독특한 면모를 갖게 된다. 이제 1인칭 서술이 지니는 고유한 특성들을 살펴보자.

1인칭 서술의 첫번째 특징은 화자로서의 '나'(서술자아)의 〈인격적 면모〉가 구체적으로 드러나는 점이다.[59] 3인칭에서는 '나'로 지칭되는

---

59) 슈탄첼, 『소설의 이론』, 앞의 책, 141면. 3인칭 편집자적 전지(혹은 화자-인물)

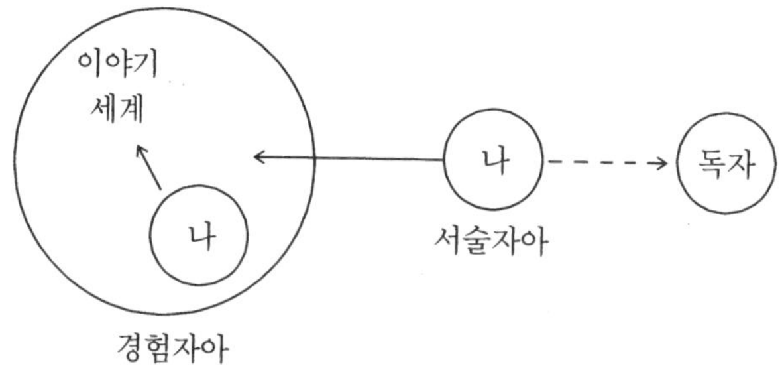

[1인칭 서술상황(실선 : 시점, 점선 : 서술)]

경우(편집자적 전지)에도 화자의 인격적 자질은 잘 구체화되지 않는다. 따라서 만일 화자가 인물처럼 〈극화〉되려면 반드시 〈액자의 형식〉을 빌려야 한다. 반면에 1인칭 화자(서술자아)는 이미 경험자아로서 세세한 면모(신체나 성격 등)가 밝혀졌으므로 어떤 경우에도 구체적으로 인격화된다. 더 나아가 1인칭에서 서술자아(화자)의 세계가 부각될 경우 그것은 자연히 경험자아(인물)의 세계와 연관되며, 따라서 액자형식이 없이도 〈극화된 화자〉가 가능해진다. 인물과 동일한 정도로 극화된 화자가 등장할 수 있는 것은 1인칭 서술의 경우일 뿐이다.

 1인칭 서술의 또다른 특징은 화자(서술자아)의 서술행위의 동기가 그 자신의 〈존재론적 요구〉로부터 생겨나는 점이다.[60] 1인칭 서술자아(화자)는 경험자아(인물)가 중요한 사건을 통해 후회 · 개심 · 변화 등을 겪은 상태와 일치한다. 따라서 서술자아는 그의 경험을 회상하면서 삶에 대한 진지한 언급을 하려는 충동을 갖게 된다.[61] 즉, 경험자아의 체험(직접체험이나 목격)이 서술자아의 서술행위에 직접 영향을 미치는 것이다. 반대로 서술자아는 서술행위 자체를 통해 경험자아의 삶의 완성에 영향을 끼친다. 이처럼 경험과 서술(진술)이 상호연관됨에 따라

의 경우에도 화자의 인격성이 얼마간 나타나지만 신체적 존재와 구체적 형상은 드러날 수 없다.

60) 슈탄첼, 위의 책, 145~47면.

61) 이는 경험자아가 목격자일 경우에도 마찬가지이다.

1인칭 서술은 〈고백의 형식〉이라는 독특한 특성을 갖게 된다. 반면에 3인칭의 경우 화자의 서술행위는 대부분 미학적 목적에 종속된다. 3인칭 서술에서 화자가 인물의 경험에 연루된 서술적 충동을 지니는 것은 액자형식을 빌릴 때뿐이다(이 경우에도 자기 자신의 경험에 의해 동기화되지는 않는다).

한편 1인칭 서술에서도 3인칭 서술에서 나타났던 것 같은 다양한 스펙트럼을 발견할 수 있다. 예컨대 1인칭 서술은 화자시점서술의 세 가지 스펙트럼에 준하는 여러 서술기법들의 띠를 지닐 수 있다. 또한 인물시점서술에서처럼 직접성의 환영에서 낯설게 하기로 나아가는 양상을 찾아 볼 수도 있다. 그러나 이 모든 경우에서 1인칭 서술은 3인칭과는 구분되는 독특한 양상을 드러낸다.

먼저 1인칭에서도 3인칭에서처럼 목격자 시점을 발견할 수 있다. 하지만 3인칭과는 달리 1인칭에서는 목격자 시점을 위해 이야기 세계 내부에 가상적 시점제공자(화자의 분신)를 설정할 필요가 없다. 1인칭에서는 경험자아 자신이 목격자가 될 수 있기 때문이다. 같은 이유로 1인칭 목격자 시점은 〈이야기 내부〉에서 경험자아가 맡은 〈역할〉의 문제가 된다. 즉, 1인칭 목격자 시점은 경험자아(인물로서의 '나')가 주로 사건을 목격하는 역할을 맡는 경우의 서술방식이다. 그 반대편에는 경험자아가 주인공으로 나타나는 1인칭 주인공 시점(서술)이 위치한다. 1인칭 주인공 시점(서술)에서 목격자 시점(서술) 사이에는 다양한 서술방식의 스펙트럼이 존재한다. 예컨대 목격자 시점의 극단에는 경험자아가 단순한 증언자로 나타나는 전영택의 「화수분」 같은 소설이 위치한다. 「화수분」에서 1인칭 화자는 화수분의 셋집 주인의 위치(증언자로서의 경험자아)에서 화수분 일가의 일을 담담하게 서술한다. 화수분의 죽음은 매우 비극적이지만 화자는 목격자의 시점에서 거리를 두고 거의 감정을 개입시키지 않는다.

반면에 이태준의 「달밤」에서 1인칭 화자(서술자아)는 이야기 내부에서 목격자(경험자아)이면서도 주인공 황수건을 연민어린 눈으로 바라보고 있다. 이 소설의 서정적 분위기는 황수건의 내면을 바라보는 지식인 목격자-화자('나')의 따뜻한 시선에 의해 얻어진 것이다. 1인칭 목격자가 이야기에 보다 더 연루된 경우로는 현진건의 「빈처」를 들 수 있다. 「빈처」에 이르면 1인칭 목격자는 거의 주인공의 위치에 접근한다. 여기서 한발 더 나아가 경험자아가 주인공 역할을 하는 소설로는 「탈출기」(최서해), 「옛우물」(오정희), 『외딴 방』(신경숙) 등이 있다.

주인공 시점   목격자 시점

●━━━━━━━━━━━━━━●

「탈출기」　　「빈처」　　「달밤」　　「화수분」

3인칭 서술에서 편집자적 전지로부터 인물시점서술에 이르는 띠를 설정할 수 있듯이, 1인칭에서도 비슷한 스펙트럼을 발견할 수 있다. 예컨대 1인칭 화자(서술자아)-인물은 서술자아의 기능이 강화되어 3인칭 편집자적 전지와 유사한 서술방식을 보여준다. 그 반대로 경험자아의 기능이 강화되면 3인칭 인물시점서술과 겹쳐지는 영역이 나타난다. 이 방향으로 더욱 진행될 경우 인물시점서술에서처럼 낯설게하기를 사용하는 모더니즘이 출현하게 된다.

그러나 이런 1인칭 서술의 스펙트럼이 3인칭 서술과 아주 일치하는 것은 아니다. 예컨대 1인칭 화자-인물은 편집자적 전지처럼 편집의 기능을 하면서도 또 그와는 달리 한정된 정보와 주관성을 지니게 된다. 그것은 1인칭의 경우 이야기 내부의 경험자아와 동일인이므로 한 사람의 개인이 지닌 한계를 벗어날 수 없기 때문이다. 내부시점에서 자기 자신의 심리만을 제시할 수 있으며 외면제시 역시 개인적 경험의 한계에 제한된다. 그 대신 1인칭 화자-인물은 〈고백체 형식〉의 독특한 기능으로서 자기 자신의 내면을 응시하는 개인화된 시점을 갖게 된다.

가령 『한중록』은 서술자아의 기능이 강화된 화자-인물 서술이면서도 1인칭 고백체의 특성으로 인해 개인의 시점을 얻고 있다. 영웅소설의 경우 관념적인 유교이념에 얽매인 편집자적 화자에 의해 개인의 내면심리가 제대로 형상화되지 않는다. 과거 이야기 시공간의 관념적인 관점만을 허용하는 더라체는 그에 상응하는 어법인 셈이다. 더라체에서는 3인칭 '그'의 내면심리를 자연스럽게 제시할 수 없다. 반면에『한중록』은 더라체를 사용하면서도 1인칭 고백체의 덕택으로 '나'의 내면심리를 얼마든지 드러낸다. 물론『한중록』역시 서술자아의 개인적 시점을 틈입시키지는 못하고 있다(이 점이 근대소설과 구분되는 더라체의 근본적인 한계이다). 그러나 관념적 이야기 시공간에 존재하는 〈경험자아의 내면심리〉는 자유롭게 표현하고 있다.[62]

1인칭 화자-인물에서 차츰 경험자아의 기능이 강화되면 서술자아와 경험자아가 적절히 긴장을 이루는 1인칭 주인공 서술이 나타난다. 여기서 더 나아가 경험자아가 서술자아보다 우세해진 극단지점에서 (직접성의 환영을 제공하는) 인물시점서술과 겹쳐지는 영역이 나타난다. 예컨대 박태원의「거리」, 최수철의「신문과 신문지」등이 여기에 위치한다. 이런 소설에서는 서술자아(화자)가 거의 소멸되므로 1인칭 고백체의 특성이 사라지고 기능상 인물시점서술과 유사해진다. 이들 소설에서 '나'를 인물시점서술의 '그'로 바꿔도 어색하지 않는 것은 그 때문이다.

> 이제 더 이상 빛은 빛이 아니었고, 어둠은 어둠이 아니었다. 빛이 타올라 빛과 어둠이 되었고, 어둠이 타올라 다시 빛과 어둠이 되었다. 그러면서 서서히 빛과 어둠의 구분마저 사라져갔다. 마침내 나는 그곳에서 불이 켜지고 꺼진 모든 부분들이 함께 어우러져 만들어내는 무한히 변화무쌍한, 무수한 형태들을 발견했다. 그리고 그때 나는 공포감에 가까운 희열에 사로잡혔다. 나는 나의 두 눈이 잔뜩 충혈되어 있음을 느낄 수 있었다.
> —— 최수철,「신문과 신문지」

인용문이 인물시점서술과 다른 점은 문체상 내적 독백으로 되어 있는

---

62) 앞의 제4장 3절 (5) 서술어로서의 플롯 참조.

점이다. 그러나 서술자아가 극소화됨으로써 화자가 극소화된 인물시점 서술과 사실상 별 차이를 지니지 않는다. 인용문에서 또하나 주목되는 것은 환경으로부터 유리된 경험자아의 내면의식이 지속됨으로써 모더니즘적 낯설게 하기가 나타나는 점이다. 이런 특성 역시 인물시점서술에서 살펴본 것과 거의 일치한다. 이 방향으로 한발 더 나아가면 인물시점서술에서처럼 의식의 흐름이 나타난다.

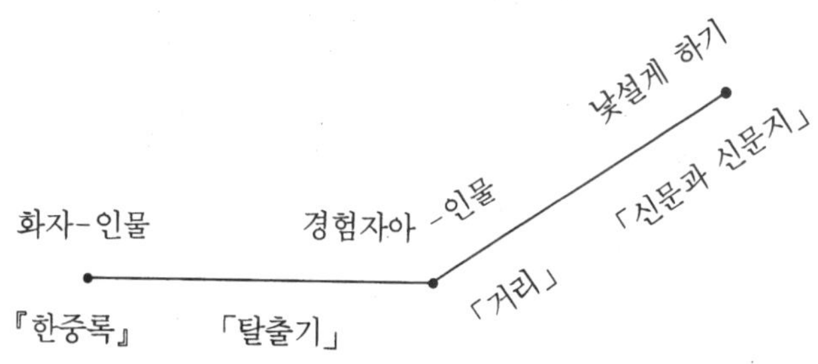

　1인칭 서술의 제3의 스펙트럼은 서술자아(화자)의 어법이 점점 경험자아(인물)의 말투를 닮아가는 것이다. 물론 서술자아는 경험자아와 동일인이기 때문에 근본적으로 양자는 유사한 어법을 갖게 된다. 그러나 다른 한편 서술자아는 소설의 화자이기 때문에 근대소설의 형식적 문체(문어체)에 지배를 받게 된다. 흔히 서술자아의 언어가 인용부호(" ")안에 나타나는 경험자아의 말투와 아주 똑같지 않은 것은 그 때문이다. 예컨대 「빈처」에서 서술자아의 었다체는 인용부호 안의 '나'(경험자아)의 구어체 어법과는 상이한 문어체로 나타낸다.

　그런데 화자시점서술에서 그랬듯이 1인칭 서술에서도 서술자아(화자)의 언어가 차츰 경험자아(인물)의 어법과 유사해져가는 흐름이 나타난다. 이런 경향은 경험자아가 특수한 개인언어를 구사하는 경우 특히 눈에 띄게 된다. 1인칭에서는 화자(서술자아)와 인물(경험자아)이 동일인이기 때문에, 경험자아가 독특한 개인언어를 지닐 경우, 서술자아의 어법은 자연스레 형식적 문어체에서 이탈하는 것이다. 또한 그로 인해, 1인칭에서는 인물의 개인언어를 빌려쓰는 구어체로 나아가는 경향이 3인칭에서보다 뚜렷이 드러나게 된다. 예컨대 김유정 소설의 경우 「안해」 「떡」 「동백꽃」(1인칭) 등에서 「땡볕」 「소나기」 「금따는 콩밭」 (3인칭)보다 훨씬 구어체의 특성이 두드러진다.

1인칭 구어체 소설은 3인칭 구어체에서 나타났던 독특한 특성을 그대로 지니게 된다. 즉, 내포독자 대신 내포청중(청자)을 가정하여 인물 (경험자아)-화자(서술자아)-내포청중 간의 공동체적 유대를 형성하는 것이다. 다만 1인칭의 경우 주목되는 것은 화자와 인물이 일치하기 때문에 서술자아가 경험자아의 개인적 한계를 그대로 노출한다는 점이다. 특히 경험자아가 인식력의 한계를 지닐 경우 빈번히 서술자아는 내포작가와 분리되는 현상을 드러낸다. 〈내포작가〉란 작품의 규범을 관장하는 존재자이므로 인식력이 미흡한 서술자아(화자)와 일치할 수 없는 것이다. 예컨대 「봄봄」의 1인칭 화자는 내포작가와 공동체적 유대를 지니면서도 또한 얼마간 거리를 두게 된다.

물론 내포작가와 화자(서술자아)의 분리는 화자의 인격화(1인칭의 특성)보다는 신뢰성의 문제와 연관되어 있다. 화자의 인격화가 미흡한 3인칭의 경우에도 신뢰성 없는 화자는 내포작가로부터 분리된다. 그러나 화자의 인격적 특성이 두드러질 경우 그의 개인적 한계를 노출할 기회가 많아져서 신뢰성이 약화될 우려가 커지는 것이다. 〈화자/내포작가의 분리〉가 〈극화된 화자〉가 나타날 경우 뚜렷해지는 것은 그 때문이다.

1인칭 구어체에서는 아직 화자(서술자아)의 극화가 분명하게 나타나지는 않는다. 화자의 극화는 인용부호(" ")내부의 인물의 말투와 동일한 어법을 사용하는 정도에 비례한다. 「안해」 「봄봄」 등에서의 구어체 화자는 아직 인용부호 내부의 인물의 말투와 아주 똑같은 어법을 구사하지는 않는다. 이는 화자로서의 '나'(서술자아)가 경험자아처럼 인물화 (극화)되지는 않았음을 의미한다.

그런데 1인칭 소설의 독특한 특성으로 인해 화자(서술자아) 자신이 인물(경험자아)처럼 극화되는 소설이 나타나게 된다. 예컨대 「사랑방 손님과 어머니」(주요섭) 「치숙」「소망」(채만식) 등에서는 서술자아(화자)가 경험자아(인물)처럼 인물화된 말투를 구사한다. 이 소설들에서 서술자아의 언어는 인용부호 안의 인물의 어법과 동일하며 전체를 큰 인용부호로 묶어도 좋을 정도로 극화되어 있다.

　우리 아저씨 말이지요. 아따 저 거시키, 한참 당년에 무엇이냐 그놈의 것, 사회주의라더냐. 막덕이라더냐, 그걸 하다 징역 살고 나와서 폐병으로 시방 앓고 누웠는 우리 오촌 고모부(姑母夫) 그 양반……
　머, 말두 마시오. 대체 사람이 어쩌면 글쎄 …… 내 원!
　신세 간 데 없지요.
　자, 십년 적공, 대학까지 공부한 것 풀어 먹지도 못했지요, 좋은 청춘 어영부영 다 보냈지요. 신분(身分)에는 전과자(前科者)라는 붉은 도장 찍혔지요. 몸에는 몹쓸 병까지 들었지요. 이 신세를 해 가지굴랑은 굴속 같은 오두막집 단간 셋방 구석에서 사시장철 밤이나 낮이나 눈 따악 감고 드러누웠군요.

　위에서처럼 서술자아의 언어가 인용부호로 묶을 수 있을 만큼 극화될 경우 서술자아(화자)와 내포작가가 분리될 가능성은 매우 커진다. 인용부호 안의 인물의 언어가 화자라는 인용자의 존재를 필요로 하듯이, 인용부호로 묶을 수 있는 서술자아의 언어는 그를 객관화하는 또다른 인용자를 전제로 하는 것이다. 즉, 위의 서술자아의 언어는, 이야기로부터 서사적(객관적) 거리를 지닌 일반소설의 화자와 달리 주관화되어 있으며, 그 때문에 소설적 객관화를 위해 서술자아를 객관화시킬 수 있는 또다른 존재자가 요구되는 것이다. 서술자아의 뒤에 숨어서 보이지 않는 인용부호를 치는 존재자는 바로 〈내포작가〉이다. 이처럼 인물(경험자아)과 동일한 정도로 극화된 화자(서술자아)는 암암리에 내포작가를 전제로 한다. 더욱이 위에서처럼 〈극화된 화자(서술자아)〉가 〈신뢰성이 없을 경우〉 내포작가와 화자의 분리는 매우 명백해진다. 이렇게 해서 우리는 구어체로 나아가는 1인칭의 제3의 스펙트럼에서 화자의 인물화(극화)라는 또다른 방향이 접합된 띠로 전환하게 된다.

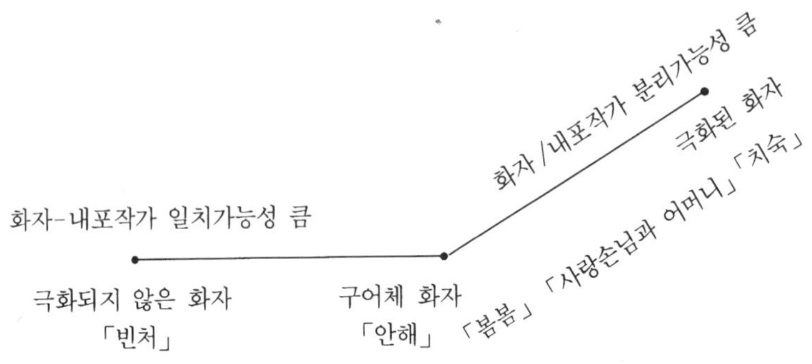

(2) 경험자아와 서술자아의 변증법적 관계

1인칭 서술의 독특한 묘미는 경험자아와 서술자아의 상호침투에 의해 생겨난다. 즉, 외견상 똑같은 '나'이지만 실상은 경험자아와 서술자아가 뒤섞여 긴장관계를 이루는 현상이 나타나는 것이다. 그런 두 개의 '나'의 긴장관계가 배제되는 경우는 서술자아가 거의 소멸된 소설(「거리」「신문과 신문지」)이나 「치숙」 같은 신뢰성 없는 극화된 화자가 등장하는 소설뿐이다.

그러나 경험자아와 서술자아의 역동적인 긴장이 특히 잘 드러나는 것은, 경험자아가 자신의 인생의 변화를 초래한 중대 사건을 겪음으로써 서술자아의 회고의 대상이 될 때이다. 이 경우 경험자아와 서술자아는, 대립되는 동시에 또한 혼합되는 〈변증법적 긴장 관계〉에 놓이게 된다. 그리고 소설의 이야기는, 그 두 자아의 역동적인 긴장이 고조되거나 해소되는 관계들로 짜여진다. 이제 경험자아와 서술자아의 독특한 관계를 분석함으로써 1인칭 소설의 고유한 특성을 살펴보자.

경험자아의 인생경험이 중시되는 소설 중에는, 「탈출기」(최서해), 『추락하는 것은 날개가 있다』(이문열), 「옛우물」(오정희), 『외딴 방』(신경숙)처럼 경험자아가 주인공인 경우와, 「장마」(윤흥길), 「순이삼촌」(현기영), 『노을』(김원일)처럼 목격자인 경우가 있다. 후자의 소설들은 분단소설로서 어린아이의 눈에 비친 당시의 처참한 장면을 회상하는 작품들이다. 또한 경험자아가 주인공이자 목격자인 소설로는 「만세전」(염상섭), 『새의 선물』(은희경) 등이 있다.

경험자아(주인공이든 목격자이든)는 사건을 겪은 후 곧바로 서술자아가 될 수도 있고, 상당한 시간이 흐른 후에 서술자아로 나설 수도 있다. 그 둘 중 뒤의 경우는 대개 유년기의 체험을 그리는 소설들이다. 예컨대 「장마」「순이삼촌」『노을』「옛우물」『새의 선물』 등에서는, 〈사건을 겪은 후의 경험자아〉와 그를 〈회상하는 서술자아〉 사이에 간격이 존재한다. 또한 유년기 체험을 회상하는 소설은 아니지만, 『외딴방』에서 역시 경험자아의 사건이 끝난 지점과 서술자아 사이에 시간적인 거리가 있다. 그와 달리 경험자아의 이야기 끝부분에 바로 서술자아가 서 있는 소설로는 「만세전」「탈출기」『추락하는 것은 날개가 있다』 등을 들 수 있다.

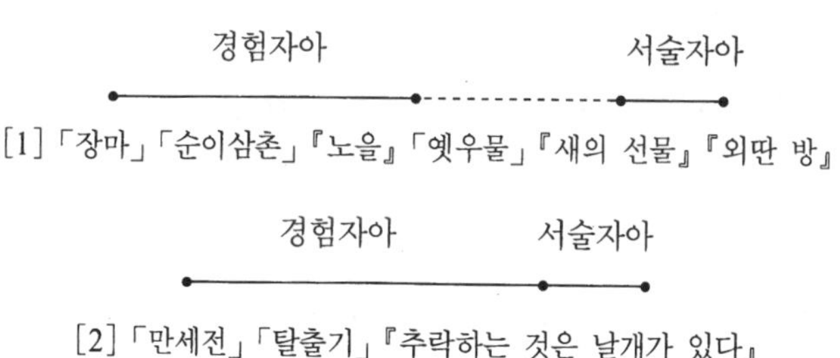

경험자아와 서술자아가 뒤섞이는 방식으로는, 「순이삼촌」「옛우물」『외딴 방』처럼 서술자아의 현재의 삶이 또다른 이야기로서 극화됨으로써(즉 서술자아가 또다른 경험자아가 됨으로써), 경험자아의 〈과거〉와 서술자아(또다른 경험자아)의 〈현재〉가 병치되는 구조를 이루는 수법이 있다. 그러나 대부분의 1인칭 소설은 과거의 경험자아의 삶이 중심적인 이야기로 나타나고 서술자아의 현재의 상태(삶)는 그 앞뒤를 장

식하는 형식을 취한다. 예컨대 「만세전」「탈출기」『노을』『새의 선물』 『추락하는 것은 날개가 있다』 등이 그런 경우이다. 또한 「장마」는 서술자아의 현재의 상태조차 제시되지 않은 채 경험자아의 이야기만 나타나는 소설이다.

1인칭 소설의 독특한 특성은 경험자아 속에 서술자아가 틈입하는 과정에서 나타난다. 경험자아의 서술자아로의 침투는 과거의 이야기가 진행됨에 따라 현재의 '나'(서술자아)의 뇌리 속에 각인된 흔적들로 드러난다. 반면에 서술자아의 경험자아로의 침투는 과거의 '나'(경험자아)의 이야기에 나타나는 현재의 '나'(서술자아)의 회상(서술)행위의 흔적이다.

전자의 흔적은 과거의 '나'의 〈이야기〉 자체로서 나타나며 후자는 그 경험자아(과거의 '나')의 삶을 그리는 〈서술의 언어〉로서 드러난다. 두 개의 자아의 변증법적 관계는 경험자아(과거의 '나')의 이야기와 서술 언어의 융합 속에서 나타난다.

경험자아의 이야기를 서술하는 부분에서의 그런 변증법적 관계 중에도 서술자아가 우세한 경우와 경험자아가 우세한 경우가 있다. 예컨대 『새의 선물』에서는 어린 시절의 체험을 그리는 중에 수시로 어른인 서술자아의 판단이나 주석이 틈입한다. 또한 어린아이의 시점으로 제시되는 부분에서도 빈번히 어른의 언어로 해석해서 서술하는 방식을 취한다.

> 나에게 모든 비밀을 털어놓은 가장 대표적이고도 중요한 인물은 이모이다.
> 솔직히 말해서 올해 스물한 살인 이모가 나와 비밀을 공유한다는 것이 결코 어른다운 일은 아니다. 하지만 상관없다. 무슨 일에 있어서건 어차피 이모는 어른스럽다는 것과는 거리가 멀었으며 어줍잖은 어른 행세를 하지 않을 때가 차라리 어른스러웠기 때문이다. 나는 이모의 비밀을 통해 삶을 배웠다.
> …(중략)…
> 비밀을 공유한 대가로, 또 비밀을 지키겠다는 결심을 보여주는 한 방법으로서 나는 이모의 제안을 받아들여야만 했다.

위에서 첫문장은 어린 시절의 회상을 시작하는 서술자아의 서술이다. 이때의 '나'는 현재의 '나'에 의해 〈회상되는 경험자아〉이다. 둘째 문장의 '올해'는 어린 시절을 말하는 것으로 '나'가 경험자아임을 분명히 드러낸다. 그러나 여기서도 '비밀의 공유'에 대한 주석은 다분히 어른인 서술자아의 생각이 반영된 것이다. 마지막 문장에서 '결심을 보여주는 한 방법으로' 이모의 제안을 받아들인 '나'의 순진한 태도는 어린시절의 경험자아의 모습이다. 하지만 그것을 해석하는 언어는 분명히 어른인 서술자아의 것이다.

물론 『새의 선물』에서도 〈서술자아의 시점〉으로 〈회상되는 '나'(경험자아)〉만 그려지는 것은 아니다. 장면제시 부분에서는 〈경험자아의 시점〉으로 된 '나'가 나타나기도 한다. 그러나 이 부분에서도 빈번히 서술자아의 해석으로 귀결되곤 한다.

"진희야, 다음주에 휴가래! 휴가 내서 나 만나러 온대!"
이모는 내 목을 꽉 죄고 있던 팔을 조금 풀어 내 어깨 위에 걸쳐 놓고 들뜬 목소리로 말했다. 내 눈을 쳐다보며 그 말을 했지만 나를 보고 있는 것은 아니었다. 가볍게 이마까지 비벼댔지만 그것 역시 내 이마를 비비는 것이 아니었다. 그렇다고 이형렬의 눈을 쳐다보고 그의 이마를 비비는 것이었을까. 그것도 아니다. 이모가 사랑스럽게 쳐다보고 또 비벼대는 것은 젊음과 연애감정이었다.

인용문 둘째 문장에서 '나를 보고 있는 것은 아니었다'는 경험자아의 시점으로 지각된 느낌이 제시된 것이다. 그러나 여기서도 '그렇다고… 그의 이마를 비비는 것이었을까'에서부터 서술자아의 판단이 개입하기 시작한다. 마지막 문장은 분명히 어른인 '나'(서술자아)의 판단에 의한 서술인 것이다.

『새의 선물』에서 서술자아의 개입이 두드러짐은 그 반대로 경험자아의 시점이 우세한 소설들을 살펴보면 뚜렷이 알 수 있다. 예컨대 「장마」『노을』 등은 어린시절 '나'의 경험을 제시하면서 어른인 '나'의 주석적 판단을 거의 개입시키지 않고 있다.

> 우스꽝스러울 정도로 의기양양해하고 있는 그 표정을 오래 보고 있자니까 주술에 가까운 어떤 강렬한 기운이 가슴 속에 뜨겁게 전달되어 와서 외할머니란 사람이 내게는 별안간 무섭게 느껴지기 시작했다. 그리고 비극이 덮쳐 올 때마다 매번 그것을 점장이처럼 신통하게 알아맞혔다는 외할머니의 주장을 곧이곧대로 믿지 않을 수 없게 되었다. 말하자면 그때 우리 외할머니는 크다면 크고 작다면 작은 하나의 싸움에서 마침내 승리를 거둔 셈인데, 그러고도 모자라서 우리들마저 못살게 굴 만큼 아직도 노인다운 끈기와 옹고집에 충분한 여력이 있는 듯이 보였고, 그것이 외손자인 내게는 감히 누구도 범접 못할 불가사의한 힘으로 느껴져 오래도록 기억에 남을 강렬한 감동을 주었다.
>
> —— 윤흥길, 「장마」

인용문에서 '불가사의한 힘'은 아직 세상을 모르는 어린 '나'의 기억 속에 각인된 체험이다. 그러나『새의 눈물』에서와는 달리 그 체험에 대한 어른인 '나'의 성숙한 판단과 해석은 나타나지 않는다. 물론 「장마」에서도 서술자아의 언어가 많이 개입하고 있으며 그로 인해 경험자아(어린시절 '나')의 생생한 언어가 제대로 살아나지 않고 있다. 그러나 「장마」에서는 어린 시절 '나'의 경험을 서술자아의 중립적 언어로 번역하는 데('말하자면 그때…거둔 셈인데' 등) 그치고, 어른인 '나'의 주석과 판단의 개입은 별로 나타나지 않는다. 결과적으로 이 소설에서는 경험자아(어린 '나')와 서술자아(어른 '나')의 역동적 관계가 그다지 많지 않은 편이다.

「장마」가 경험자아의 시점을 서술자아의 중립적 언어로 번역하는 유형임은 어린아이의 시점과 언어를 생생하게 드러내는 「성벽」「모범작문」(조선작) 등과 비교하면 쉽게 알 수 있다. 「성벽」은 〈어린아이인 경험자아〉의 〈시점과 언어〉를 이용하는 소설이며, 「모범작문」은 그런 어린아이의 경험 속에 〈극화된 어린아이 서술자아〉의 언어가 개입하는 소설이다.

그렇게 훔친 돈을 나는 돈 놓고 돈 먹기, 삼딱지 놀이를 해서 털렸다. 우리 둑방동네를 가로질러 전철(電鐵) 공사가 한창 진행중인 철도 건널목 근처의 시장에서, 장보러 나온 여편네들 틈에 섞여 검은 안경을 낀 어른들이 벌여놓은 야바위 판에다 나는 일천 구백 원을 고스란히 바쳤다. 니기미, 뭐가 뭔지 도무지 모르겠다. 그럭저럭 하다가 학교도 그만두어버렸는데, 어쩌다 내가 이렇게 되었는지 도통 모르겠다. 그렇게 삼년이나 지난 요즈음에 와서 그저 확실해진 것은 나도 탱보처럼 부시기나 한 가치 피워물고 건너편 둑방동네, 선창가로 진격해서 배를 타보고 싶다는 생각뿐이었다.

—— 조선작, 「성벽」

나는 그런 가정통신을 갖다가 엄마에게 획 집어던졌걸랑요. 엄마가 학교에 안 나올 건 뻔하니까요. 그랬는데 다음날은 글쎄 근옥이색시가 처억하니 학교로 찾아왔지 않겠어요. 둘째 시간 공부를 하다가 나는 슬쩍 뒤를 돌아다보았는데 글쎄 근옥이색시가 짧은 미니스커트를 입고 교실 뒤에 서 있는 것이 아니겠어요? 정말 나는 기절할 뻔했지 뭐여요. 내가 뒤를 쳐다보니까 근옥이색시는 글쎄 나한테 슬쩍 윙크까지 하잖아요. 그 윙크는요, 나도 여러번 보았는데 근옥이색시가 손님을 끌러 골목 밖에 나갔을 때 지나가는 남자들을 보고 슬쩍 하는 그런 거여요. 내가 뭐 제 손님인가? 나는 괜스리 김빠리가 팍 새는 기분이었어요.

——「모범작문」

예문들에서 구어체의 특성이 두드러진 것은 경험자아 및 극화된 화자의 어린아이 말투가 부가되기 때문이다. 「성벽」의 경우 서술자아의 개입이 전혀 없지는 않으나 대부분 어린 소년인 경험자아의 시점과 언어로 제시되고 있다. 또한 「모범작문」에서는 서술자아마저 어린아이로서 극화되어 있어 생생한 대화체의 언어로 서술되고 있다. 두 경우 모두

466

어린아이의 경험과 사고가 실감나게 드러나는 대신 경험자아와 서술자아 간의 긴장관계는 나타나지 않는다. 이들 소설에서는 그런 효과보다는, 〈미성년의 경험을 여과없이 제시하는 화자〉와 〈성숙한 지적인 내포작가〉의 분리에 의한 아이러니 효과가 뚜렷해진다.[63] 이들과는 달리 1인칭 고백체의 특성이 선명히 드러나는 경우는 경험자아와 서술자아 간에 차이가 부각되는 소설들이다. 양자 간의 차이는 어린아이(경험자아)에서 어른(서술자아)으로의 변화에 의해 나타나기도 한다(「장마」 「순이삼촌」 『노을』 「옛우물」 『새의 선물』). 또한 『외딴 방』처럼 청소년기의 체험이 어른인 '나'의 회상의 대상이 되기도 한다. 그밖에 그런 성장에 의한 변화는 없지만 충격적인 사건의 경험으로 그 사건 앞(경험자아) 뒤(서술자아)의 삶의 상태가 달라진 경우도 있다(「만세전」 「탈출기」 『추락하는 것은 날개가 있다』). 성장과정과 연관된 소설들 역시 서술자아(어른인 '나')의 삶에 있어서 중요한 사건의 경험으로서 과거를 회상하는 것은 마찬가지이다.

이 여러 소설들을 시간적 형식으로 보면, 경험자아와 서술자아 간에 상당한 시간적 거리가 있는 소설(앞의 도표의 [1])과, 경험자아가 사건을 겪은 후 곧바로 서술자아의 상태로 되는 소설([2])이 있다. [2] 의 유형의 소설들은 경험자아가 사건의 종착점에 서 있는 서술자아와 융합되는 순간 인간적인 격정에 사로잡히게 된다. 이때 고조된 감정상태에서 '나'(경험자아와 서술자아의 융합)는 삶에 대한 중대한 발언을 하려는 충동에 휩싸인다. 예컨대 「만세전」의 이인화는 식민지 현실이 '구더기가 끓는 무덤'이라고 외치며, 「탈출기」의 박군은 '우리는 험악한 제도의 희생자로서 살아왔었다'라고 절규한다. 『추락하는 것은 날개가 있다』의 임형빈은 극심한 충격 속에서 치매 상태에 빠지지만, 서술자아는 그 부분의 서술을 마친 후 서윤주의 비극이 70년대의 아메리카니즘

---

63) 화자와 내포작가의 분리에 의한 아이러니적 의사소통 상황에 대해서는 채트먼, 『영화와 소설의 서사구조』, 앞의 책, 284~85면과 뒤의 6절 (4)극화된 화자 참조.

때문이 아니었냐고 반문한다. 이들 소설에서는 격정의 한 순간이 지난 후, 그 순간의 '나'의 중대발언에 대해 〈진실을 입증하는 형식〉으로 지나간 전체험을 회상하게 된다. 즉 「만세전」과 「탈출기」에서는 고조된 격정을 반추하면서, 그리고 『추락하는 것은 날개가 있다』에서는 치매상태에서 빠져 나오면서, 자기 자신을 변화시킨 사건의 첫 부분을 돌이키게 된다. 바로 여기서부터 〈고백의 형식〉으로 소설의 처음이 시작되는 것이다.

이에 반해 [1]유형의 소설들에서는 경험자아와 서술자아가 융합되는 격정의 순간이 존재하지 않는다. 그대신 서술자아는 경험자아로부터 상당한 거리를 둔 상태에서 현재의 '나'의 삶의 근원적 한 부분으로서 과거의 '나'를 회상하게 된다. 이때 현재의 '나'는 과거의 '나'와의 (역사적, 개인적) 차이의 운동의 결과로 나타나며, 이로써 현재 '나'의 충만한 현존성은 끝없이 연기된다. 즉, 지금의 '나'의 삶은 그 자체로 완결된 것으로 존재하는 것이 아니라, 과거의 '나'와의 역동적 관계 속에서 드러나게 된다. 이같은 과거와 현재의 '나'의 차이적 관계를 형상화하는 수법으로서, 『외딴 방』의 서술기법은 매우 시사적이다.

열여섯의 나, 차창에 손바닥을 대고 플랫폼을 내다본다. 잘 있거라. 나의 고향. 나는 생을 낚으러 너를 떠난다.

위에서 '나'의 앞에 붙은 〈열여섯〉이라는 관형어는 서술자아의 개입에 의해 생겨난 것이다. 서술자아(현재의 '나')는 이 관형어를 통해, 자신의 뇌리 속에 각인되어 있는 과거의 기억을 분리해내 대상화(객관화)한다. 과거의 '나'는 현재의 '나'로부터 분리된 타자가 되는 것이다. 이는 과거의 '나'(경험자아)가 현재의 '나'(서술자아)의 정체성(동질성)과 화해할 수 없는 상처로 남아 있기 때문이다. 즉, 상당한 시간이 지난 후 과거의 '나'를 회상하는 이런 유형의 소설에서는 현재의 '나'의 〈정체성의 위기〉가 그 회상(그리고 고백)의 동기가 된다. 도대체 '나'

468

란 누구인가. 현존하는 ‘나’(현재의 ‘나’)가 진짜 ‘나’라고 생각할 수도 있지만, 그 ‘나’와 화해되지 않는 과거의 ‘나’가 느닷없이 튀어나오는 것이다. 여기서 현재의 ‘나’의 충만함은 연기되며, ‘나’의 정체성의 위기가 생겨난다.

예컨대 『외딴 방』에서 ‘나’(현재 작가인 ‘나’)는, 과거 산업체 특별학급 시절 친구인 하계숙의 전화를 받고 현재의 안일한 정체성에 균열이 생겨난다. 그 시절 ‘나’와 같이 노동자였던 그녀는 ‘너는 우리 얘기는 쓰지 않더구나’라고 말한다. 또 그녀는 ‘넌 우리들하고 다른 삶을 사는 것 같더라’라고 얘기하기도 한다. 이때 ‘나’는 작가인 ‘나’와 노동자였던 ‘나’ 사이의 균열감을 느끼게 된다. 노동자였던 ‘내’가 작가인 ‘나’의 외피 속에 고스란히 들어오지 않는 것이다. 이 ‘나’의 균열을 경험하면서 현재의 ‘나’는 과거의 ‘나’로 거슬러 올라간다. 그래서 고백의 형식으로 ‘열여섯의 나’라고 말하는 순간 현재의 ‘나’와 과거의 ‘나’ 사이에는 틈새가 생겨난다. 『외딴 방』은 ‘나’의 정체성의 위기의 근원으로서 바로 그 틈새를 메우려는 시도라고 할 수 있다.

이와 비슷한 고백의 충동은 「순이삼촌」에서도 찾아볼 수 있다. 이 소설에서 ‘나’의 안일한 일상을 파괴하는 것은 순이삼촌의 신경증과 죽음이다. 망상에 시달리다 자살한 순이삼촌에 의해 ‘나’는 안일한 일상과 화해될 수 없는 과거의 시간(4·3사태)으로 돌아가게 된다. 그래서 ‘나’에게 현재의 삶은 충족한 일상으로 존재하는 것이 아니라 그 과거의 비참한 기억과의 연관 속에서 드러나게 된다.

물론 이때 과거의 ‘나’의 경험과 현재의 ‘나’의 재체험은 변증법적 긴장관계를 이루게 된다. 과거의 어린아이의 시점은 당시의 충격적 사건을 〈순진한 눈〉으로 꾸밈없이 제시한다. 반면에 현재의 어른의 시점은 〈성숙한 눈〉으로 그 사건을 재체험하게 된다. 그 두 가지 시점이 혼합되는 가운데, 과거 사건(경험)의 현재적 의미를 부여하는 것이 이런 유형 소설의 서술(고백)의 목표인 셈이다.

흔히 경험자아와 서술자아 간에 성장의 간격이 존재하는 소설을 〈성장소설〉이라고 부르기도 한다. 그러나 안정되게 성숙한 정체성(동일성)을 지닌 '나'를 가정하는 한 성장소설은 허위일 수밖에 없다. 그와 달리 '나'의 성숙은 항상 모순과 갈등(차이)을 포함하며, 그 〈정체성(동일성)의 위기〉의 근원으로서 과거로 돌아가는 방식을 취해야 한다. 예컨대 『외딴 방』에서는 하계숙의 전화가 그 위기의 계기를 제공하며, 「순이삼촌」에서는 순이삼촌의 처참한 죽음이 갈등의 동기가 된다. 그리고 『새의 선물』에서는 쥐를 보고 있는 분열된 '나'('보여지는 나'와 '바라보는 나')의 상태가 과거의 고백의 계기가 된다.

이제 마지막으로 두 개의 유형([1]과 [2])의 1인칭 소설에서 두 자아간의 역동적 관계를 예문으로 확인해 보자. 먼저 결말부에서 경험자아와 서술자아가 합쳐지면서 격정에 사로잡히는 유형으로 「만세전」을 살펴볼 수 있다. 다음의 예문들은 이 유형에서의 두 자아간의 분리와 결합의 양상을 잘 보여준다.

(가) "아직 북선 지방은 우리 내지인이 덜 들어갔기 때문에 비교적 편안히 사니까 응모자가 적지만, 그것도 미구불원에 쪽박을 차고 나설 거라. 허허허……"

이자는 자기 설명에 만족한 듯이 대단히 득의만면이다.

"그래 그렇게 모집을 해가면 얼마나 생기나요?"

촌뜨기는 구수하다는 듯이 침을 흘리며 듣는다.

"얼마가 뭐요. 여비가 있지, 일당(日當)이 또 있지, 게다가 한 사람 모집하는 데에 일 원서부터 이 원이니까 —— 그건 회사와 일의 종류에 따라서 다르지만, 가령 방적회사의 여직공 같은 것은 임금도 싼데다가 모집원의 수수료도 헐하고, 광부 같은 것은 지금 시세로도 일 원 오십 전으로 이 원 오십 전까지라우. …(중략)…

스물 두셋쯤 된 책상 도련님인 나로서는 이러한 이야기를 듣고 놀라지 않을 수 없었다. 인생이 어떠하니, 인간성이 어떠하니, 사회가 어떠하니 하여야 다만 심심파적으로 하는 탁상의 공론에 불과한 것은 물론이다. 아버지나 조상의 덕택으로 글자나 얻어배웠거나 소설권이나 들춰 보았다고, 인생이니 자연이니 시(詩)니 소설이니 한대야 결국은 배가 불러서 투정질하는 수작이요, 실인생·실사회의 이면의 이면, 진상의 진상과는 얼마만한 관련이 있다는 것인가? 하고 보면 내가 지금 하는 것, 이로부터 하려는 일이 결국 무엇인가 하는 의문과 불안을 느끼지 않을 수가 없었다. 일 년 열두 달 죽도록 농사를 지어야 반년짝은 시래기로 목숨을 이어 나가지 않으면 안되겠으니까…… 하는 말을 들을 제, 그것이 과연 사실일까 하는 의심이 날 만큼 나의 귀가 번쩍할이만큼 조선의 현실을 몰랐다.

(나) 조선을 축사(縮寫)한 것, 조선을 상징(象徵)한 것이 부산이다. 외국의 유람객이 조선을 보고자거든 우선 부산에만 끌고 가서 구경을 시켜주면 그만일 것이다. 나는 이번에 비로소 부산의 거리를 들어가 보고 새삼스럽게 놀랐고 조선의 현실을 본 듯싶었다.

나는 배 속에서 아침을 먹었건마는, 출출한 듯하기도 하고, 차시간까지는 서너 시간 남았고, 늘 지나다니는 데건마는 이때껏 시가에 들어가서 구경하여 본 일이 없기에, 조선거리로 들어가 보기로 하고 나섰다.

부두를 뒤에 두고 서편으로 꼽들어서 전차길을 끼고 큰 길을 암만 가야 좌우편에 이층집이 쭉 늘어섰을 뿐이요, 조선사람의 집이라고는 하나도 눈에 띄는 것이 없다.

(다) '이게 산다는 꼴인가? 모두 뒈져버려라!'
찻간 안으로 들어오며 나는 혼자 속으로 외쳤다.
'무덤이다! 구더기가 끓는 무덤이다!'
나는 모자를 벗어서 앉았던 자리 위에 던지고 난로 앞으로 가서 몸을 녹이며 섰었다. 난로는 꽤 달았다. 뱀의 혀 같은 빨간 불길이 난로 문 틈으로 날름날름 내다보인다. 찻간 안의 공기는 담배연기와 석탄재의 먼지로 흐릿하면서도 쌀쌀하다. 우중충한 남포불은 웅크리고 자는 사람들의 머리 위를 지키는 것 같으나 묵직하고도 고요한 압력(壓力)으로 지그시 내리누르는 것 같다. 나는 한번 휘 돌려다보며,
'공동묘지다! 공동묘지 속에서 살면서 죽어서 공동묘지에 갈까봐 애가 말라 하는 갸륵한 백성들이다!' 하고 혼자 코웃음을 쳤다.

위의 (가)에서 '책상 도련님'은 충격적인 체험을 겪기 이전의 경험자아의 상태이다. (가)는 순진한 책상도련님인 '내'(경험자아)가 조선사람을 인신매매하는 일본인의 말을 엿듣는 장면이다. 여기서 경험자아가 세상을 모르는 만큼 당시에 받은 내면의 충격은 더욱 더 컸을 것이다. 그러나 이 부분이 단지 경험자아의 충격적 체험만을 담고 있는 것은 아니다. 경험자아의 놀라움에 덧붙여 (다) 이후 격정에 사로잡힌 서술자아의 재체험의 눈이 개입하고 있다. 예컨대 '스물 두셋쯤 된 책상 도련님인…놀라지 않을 수 없었다'에서는 경험자아의 경악의 체험과 서술자아의 울분의 재체험이 긴장 속에 결합되어 있다. 경험자아의 순진한 눈은 놀라움의 강도를 높이며 서술자아의 재체험은 그런 과거의 '나'에 대한 답답함을 드러낸다.

(나)는 (가)에서 엿들은 조선의 실상을 눈으로 확인하는 내용이며 놀라움이 점차 분노로 바뀌어가는 과정이다. 이 소설의 전 내용은 이처럼 〈경악(경험자아)〉에서 〈울분(서술자아)〉으로 변화되는 전개로 되어 있다. 물론 그 과정에서도 경험자아의 놀라움에는 점차 울분이 스미게 되며, 또한 수시로 서술자아의 분노의 재체험이 틈입하고 있다.

(다)는 마침내 경험자아가 서술자아로 전이되는(혹은 근접하는) 순간 분노의 격정에 사로잡히는 부분이다. 물론 (다) 이후에도 소설은 상당히 계속되지만 그 결말부는 서술자아의 내면의 상태를 그대로 유지하고 있다. (다) 이후 서술자아(혹은 서술자아에 근접한 경험자아)는 내면의 격정을 쏟아내면서 자신의 분노의 발언('공동묘지다!')을 입증하려는 충동을 느끼게 된다. 그후 얼마간 진정된 상태에서 체험의 첫부분으로 돌아가면 고백체의 소설이 시작되는 것이다.

(가) 우리들하고 다른 삶이라는 말을 하계숙으로부터 정확히 들었을 때 나는 저려온 곳이 가슴이라는 걸 느꼈다. 가슴이 아팠다. …(중략)…
봄과 여름 동안 내게서 문장은 떠나고 그녀의 목소리만 내 가슴에 물방울처럼 떨어져내렸다.

"너는 우리들 얘기는 쓰지 않더구나."

"네게 그런 시절이 있었다는 걸 부끄러워하는 건 아니니?"

"넌, 우리들하고 다른 삶을 사는 것 같더라."

(나) 나는 다시 쓰고 있다. 2층으로 올라가는 계단 3미터 앞, 위에서 보면 시멘트로 덮인 마당 중앙에 수돗가가 있었다,고. 계단 왼편엔 황색 나무문 두 개. 그 나무문의 유리창엔 먼지가 두껍게 내려앉아 있었다,고. 그 먼지 속에 흰 페인트 글씨로 男·女가 씌어 있었다,고. 아침이면 서로 멋쩍어하며, 전혀 다른 일을 기다리고 있는 사람들처럼 딴전피우며, 그 집 사람들은 수돗가 근처에서 서성거렸다,고. 서로 그때만 얼굴들을 볼 수 있었다,고. 웃지도 아는 척도 하지 않고. 계단 오른편에서 두번째 문…… 희재언니는 거기 혼자 살았다,고.

희재언니…… 기어이 튀어나오고 마는 이름. 우리는, 희재언니는 유신말기 산업역군의 풍속화.

(다) 그때는 그토록 먹는 게 문제여서, 그때의 큰오빠는 끊임없이 뭔가를 사먹이고 있다. 동사무소 앞 식당에서 콩나물국밥을 사먹이고 훈련원 매점에서 빵과 우유를 사먹이고, 자취방 앞에서 돼지갈비를 사먹인다…… 겨우, 스물셋의 청년이, 저도 동사무소 근무하랴, 밤에 학교 가랴, 정신이 없는 청년이, 외사촌이 먼저 기차 안으로 들어가자 열여섯 동생의 손에 돈을 쥐어준다.

(라) 나는 그녀들을, 희재언니를 기억하지 않으려 애썼다. 그러나 조금만 정신을 차리면 너무나 선명한 관계들 앞에서 나는 상실증에 걸린 환자처럼 행동했다.

모래펄에 남겨진 내 발자국의 자취를 눈으로 따라가 보았다. 끝도 없이 이어진다. 지금은 그녀들, 어디서 어떻게들 살고 있는지. 오랫동안 그녀들을 생각하면 삶이란 아름다움이라고 말할 수 없는 고독을 느껴왔다. 그러나 나도 모르는 사이 그녀들은 내 속에서 늘 현재로 작용했다. 그녀들은 내가 스무 살 이후로 만났던 삶의 누추함을 껴안을 수 있는 용기를 주었고, 얼토당토 않은 욕망의 자리에서 제자리로 돌아오게 하는 거울이 되어주기도 했다.

『외딴 방』에는 「만세전」과는 달리 경험자아가 서술자아로 전이되면서 격정에 휩싸이는 지점이 존재하지 않는다. 그보다도 이 소설은 현재의 '나'의 외피 속에 갇혀지지 않는 과거의 '나'를 그리는 유형이다. '내'가 현재의 '나'에 안주할 수 없다는 바로 그 정체성의 동요에 의해(가), 이 소설이 쓰여지게 된 것이다. '나'는 누구인가를 찾기 위해, 과거의 '나', 그리고 유신말기의 산업역군 희재언니를 떠올리지 않을 수 없게 된다(나). 과거의 '나', 그 경험자아의 삶은 현재형(는다체)의 풍속화로 그려지지만, (다)에서처럼 현재의 '나'의 재체험의 눈('그때는 그토록 먹는게 문제여서')이 틈입하기도 한다. 과거의 '나'를 추적함으로써 얻은 결론은 과거의 그녀들(산업역군들)이 현재의 '나'와 뗄 수 없는 관계에 있다는 사실이다(라). 즉, 현재의 타자로서의 과거, '나'의 타자로서의 그녀들을 상기함으로써, '나'의 안일한 현존을 파괴하고 자아의 역동성을 다시 발견하는 것이다. '나'는 현재의 안락한 일상 속에 갇혀 있는 것이 아니라 잊고 싶은 그 과거의 '나'와의 관계 속에서 존재한다.[64] 이처럼 이런 유형의 소설의 목표는 '나'를 동일성이 아닌 차이 속에서, 즉 삶의 역동적 과정 속에서 발견하는 데 있을 것이다.

6. 의사소통의 구조

(1) 의사소통의 구조와 소설의 경계선

소설은 작품 내부의 〈인격적 존재자〉와 〈감상자〉 간의 의사소통이

---

64) 물론 『외딴 방』이 이런 1인칭 서술([1]유형)의 특성을 아주 훌륭하게 성취하고 있는 것은 아니다. 그것은 현재의 '나'의 동일성을 깨뜨리는 타자로서의 과거의 '나'(경험자아)의 재체험(그리고 소설의 전체 과정)이 그리 성공적이지는 않음을 뜻한다.

가능한 드문 장르 중의 하나이다. 물론 모든 예술에서는 작품과 현실 간의 경계선이 존재하므로 어떤 장르에서도 직접적인 의사소통은 좀처럼 일어나지 않는다. 소설에서도 인격적 존재자(화자나 내포작가)와 감상자 간의 교신은 형식화된 틀을 매개로 간접화된다. 그러나 경우에 따라서는 그 형식적 경계선을 넘어 직접적인 소통상황을 지향하기도 한다. 가령 〈편집자적 전지〉에서 볼 수 있는 직접적 소통의 담론은 예술과 현실 간의 경계가 폐쇄적인 간막이만은 아님을 알려준다.

편집자적 전지에서 인물시점서술과 모더니즘 소설, 그리고 메타픽션에 이르기까지, 다양한 소통상황들은 소설과 현실을 경계짓는 이질적인 방식들을 보여준다. 역사적 변화에 따라 다르게 나타나는 소통상황들은 소설과 현실의 관계와 그 사이의 경계선의 변화를 암시한다. 예컨대 직접적 의사소통까지 가능한 〈편집자적 전지〉는, 아마도 작가-감상자 간의 〈공동체적 유대〉가 가능한 시기의 소통방식일 것이다. 이 경우에도 소설과 현실 간의 경계는 엄연히 존재하지만, 공동체적 유대를 근거로 이따금 그 벽이 허물어지는 상황이 용인된다.

그와 달리 화자의 개입이 약화되고 인물시점서술로 향할수록 소설과 현실의 간막이는 점점 더 강화된다. 인물시점이나 내부시점 소설에서는, 직접적 소통은 물론 인격적 존재자(화자, 내포작가)와 독자 간의 모든 의사소통이 단절된다. 그 대신 〈인물시점서술〉에서는 독자의 〈감정이입〉에 의한 작품과의 〈내면적 교류〉가 일어나게 된다. 이는 점차로 삶이 개인화되어가는 시대의 소설적 의사소통 방식일 것이다.

여기서 한발 더 나아가 모더니즘 소설에 이르면 감정이입에 의한 내면적 교류마저 차단되는 현상이 나타난다. 이 경우 화자와의 인격적 소통은 물론, 인물과의 심리적 관계(감정이입)조차 방해받게 된다. 이 〈방해의 미학〉이 극단으로 진행되면 모더니즘은 모든 인간적 관계가 차단된 〈사물화〉를 보이게 된다. 모더니즘이 〈사물화를 통해 사물화에 저항한다〉[65]는 논의는 바로 이와 연관되어 있다. 독자 앞에 하나의 사

---

65) 아도르노, 『미학이론』, 홍승용 역(문학과지성사, 1984), 44~46면. 아도르노는

물로서 존재하는 〈모더니즘〉 문학은 모든 인간관계가 사물화된 시대의 소통방식을 암시한다.

한편 20세기 후반에 이르면 그와 반대로 작품과 현실 간의 경계가 허물어진 소설이 나타나기 시작한다. 소설이 현실이 되고 현실이 소설이 되는 〈메타픽션〉이 여기에 해당된다. 메타픽션의 〈경계선의 해체〉는 외견상 편집자적 전지의 직접적 소통상황과 유사하게 느껴진다. 그러나 편집자적 전지가 작가-감상자 간의 공동체적 유대에 근거한 의사소통 벽의 월경이라면, 메타픽션은 오히려 인간관계의 단절이 한결 내면화된 시대의 문학이다. 메타픽션에서 소설과 현실 간의 경계선의 와해는 결코 작가와 독자 간의 직접적인 의사소통의 강화를 의미하는 것이 아니다. 그보다는 작가가 직접 소설 속에 등장함으로써 창작 및 독서과정에 대한 자아의식을 드러내며 그것을 통해 소설이 재현임을 스스로 폭로한다. 소설이 재현임을 짐짓 밝히는 것은 실상 현실 역시 재현임을 알리려는 의도를 지닌다. 즉, 메타픽션이 거리낌없이 스스로 재현임을 드러내는 것은, 현실 자체가 〈재현〉이며 어디에도 불변의 〈원본〉은 존재하지 않는다는 가정에 의한 것이다. 이처럼 메타픽션은 현실을 재현으로 해체함으로써, 〈재현과 현실〉, 즉 〈소설과 현실〉의 경계선을 무너뜨린다. 이는 현실과 소설 사이에 분리된 간막이를 설치하는 대신에 양자가 〈간텍스트성〉의 관계에 있음을 주목하는 것이다. 즉, 소설이라는 텍스트(재현물) 외부에는 현실이라는 또다른 텍스트(재현물)가 존재하는 것이다.[66]

이렇게 해서 우리는 작가-감상자 간의 유대를 근거로 현실과 소설의 경계를 월경하는 소설(편집자적 전지)에서, 점차 작가-독가 간의 인격적 관계가 단절되는 소설(모더니즘)로, 그리고 간텍스트성을 근거로 현실과 소설의 경계를 해체하는 소설(메타픽션)에까지 이르렀다. 편집자적 전지에서 메타픽션에 이르는 과정에서는, 소설과 현실의 관계의 역

모더니즘이 물신을 통해서 물신에 저항한다고 말한다.
66) 앞의 제 4 장 10 절 (2)메타픽션의 해체의 전략 참조.

사적 변화에 따른 다양한 의사소통 방식이 나타난다. 여기서는 액자소설, 구어체 소설, 극화된 화자의 문제들이 논의될 수 있다. 이제 역사적 변화에 의한 다양한 소통상황 및 현실과 소설의 관계를 살펴보자.

(2) 고소설의 이념적 권위에서 평등한 소통상황으로

고소설의 작가와 감상자(청중 혹은 독자) 간의 관계에서는 평등한 소통상황을 이룰 수 없었다. 그것은 고소설(특히 영웅소설)의 작가(혹은 내포작가)가 현실 자체를 그리기보다는 유교이념의 이상적 세계를 형상화해 보여주기 때문이었다. 감상자는 유교이념의 권위에 종속되며 그것을 통해 관념적인 공동체 의식을 형성했다.

고소설에서는 화자 역시 유교이념의 권위에 의존한 서술을 하면서 자신의 주체적 시점을 지닐 수 없었다. 더라체의 담론은 화자가 추상적 이야기 시공간에 내재한 유교이념의 관점에 예속됨을 의미한다. 화자가 서술을 하면서 유교이념의 권위를 수용하는 순간 그는 청중(독자)에 대해 서술적 권위를 지니게 된다. 청중(독자)은 소설을 감상하면서 그 권위적 관점에 지배되며 이때 유교이념(관념)을 매개로 한 공동체의식이 형성된다. 화자는 청중(독자)과의 유대를 근거로 소설과 현실의 경계를 넘을 수 있는 〈편집자적 전지〉의 위치에 있지만, 그것 또한 화자가 이야기에 대해, 그리고 청중(독자)이 화자에 대해 유교이념의 권위에 종속되는 것을 전제로 했다. 즉, '각설', '차설' 등의 편집자적 태도는 화자 청중(독자) 간의 직접적 유대를 암시하지만 그것은 유교이념의 권위적 형식 속에서 정형화된 구절로 나타날 뿐이다.

영웅소설에서의 권위적 소통상황은 보다 현실적인 이야기를 담은 야담, 한문단편, 판소리계 소설 등이 나타나면서 변화를 보이게 된다. 야담이나 한문단편에서 화자-감상자(청중이나 독자) 간의 〈평등한 소통상황〉을 설정하는 방식 중의 하나는 〈액자〉를 사용하는 수법이었다. 즉, 화자는 처음부터 이야기를 꺼내지 않고 이야기가 나오게 된 경위를 설명함으로써 자신도 그 이야기에 대한 한 사람의 청자(독자)가 되는 방식이다. 적어도 〈액자 내부〉에서는 화자와 감상자 간의 〈평등한 의사소통〉의 관계가 형성되는 것이다.

액자의 또다른 기능은 이념적 권위를 대신해 〈신빙성의 근거〉를 만드는 일이다. 화자가 직접 이야기를 하는 대신 그것의 출처를 밝힘으로써 이야기의 〈현존성을 객관화〉시키는 것이다. 화자는 그런 이야기가 있었다는 사실에 대한 신뢰성만을 책임짐으로써 이야기 내용의 신빙성에 대해서는 유보시킬 수 있는 셈이다. 이는 현실에서의 신뢰성(그리고 권위)의 근거와 이야기에서의 신뢰성의 근거가 상충될 때 그 완충지대의 역할을 하는 기법이다.

유교이념의 권위를 대신하는 평등한 소통상황의 또다른 방식은 구어체의 서술 형식이다. 앞서 밝혔듯이 구어체는 민중적인 공동체 의식을 형성함으로써 화자와 감상자 간의 유대를 튼튼히 하는 서술방식이다. 구어체에 의한 공동체적 관계는 유교이념에 의한 권위적 유대와는 달리 평등한 의사소통 상황을 형성한다. 예컨대 판소리계 소설에서 화자-감상자(청중, 독자) 간의 관계는 영웅소설의 관념적 권위에 의한 유대와는 달리 구어체에 의한 평등한 유대를 형성한다. 이는 판소리계 소설이 영웅소설과는 달리 현실의 민중적 삶을 상당부분 반영하는 내용적 특징에 상응한다.

구어체 서술과 액자형식은, 이념적 권위에 의한 서술에서 평등한 소통상황으로 나아가는 과도기에 나타난 서술적 장치이다. 이 두 가지 서술방식은 근대소설 이후에도 합리주의적 세계관을 넘어서려는 소설적 장치로서 계속 발전하게 된다. 즉, 구어체는 합리적 의사소통의 한계를 극복하고 공동체 의식을 부활시키려는 시도로서, 그리고 액자소설은 서구적 근대화에 맞서 전통세계를 되살리는 이야기를 담는 방식으로 발전한다. 그 둘 중에서 구어체에 대해서는 앞에서 살폈으므로 액자소설에 대해 보다 자세히 알아보자.

(3) 액자소설

액자형식은 근대소설의 전신으로서 야담의 서술방식에서부터 발견된다. 야담은 구연문학이지만 설화나 영웅소설과는 달리 현실적인 이야기를 담고 있었다. 설화나 영웅소설은 이야기 자체에 초월적 권위를 내장하고 있지만 야담의 현실적 이야기에는 그런 권위가 포함되어 있지 않았다. 그럼에도 야담은 근대소설처럼 화자 자신의 주체적 시점을 개입시키지 못하고 여전히 설화와 유사한 구연방식을 지니고 있었다. 따라서 야담의 신빙성은 설화처럼 이야기의 권위에 의존할 수도, 또 근대소설처럼 화자의 주체적 시점에 기댈 수도 없었다. 이런 입장에서 야담은 이야기가 소통되는 현실적 담론 상황을 전제로 함으로써 이야기의 현존성을 객관화시키는 방식을 취했다. 모든 야담은 액자형식을 지니든 안 지니든, 이야기꾼(화자)이 청중들에게 이야기를 꺼내게 되는 경위를 전제로 하고 있다.

> 장동의 약주름은 늙고 자식이 없는 홀아비였다. 집도 없어서 약국을 돌아다니면서 밥을 먹거나 잠을 자곤 했다. …… 사월 어느날이었다. 소나기가 억수같이 내리고 개울창은 물이 넘쳐 흘렀다. 나들이 나온 사람들은 급히 약국에 들어가 비를 피하여 몰려 들었다. 약국 안은 발 디딜 틈이 없이 붐볐다. 약주름이 이때 방안에서 홀연 말을 하였다. '오늘 비는 내 어렸을 때 새재를 넘을 때 비같구료.' 한 사람이 말했다. '비가 어찌 옛과 지금이 다르리오.' '그때 있었던 일을 생각하면 지금도 잊을 수 없어서요.' '어디 한번 들어나 봅시다.' ……[67]

위에서 약주름의 이야기는 설화나 영웅소설 같은 초월적 권위를 지니지 않는다. 그의 이야기의 수용은 그런 권위보다는 약국에 모인 사람들의 경험적 공감대에 의존한다. 야담의 화자나 청중으로서 약국이나 사

---

67) 청구야담, 「聽驟雨藥商得子」, 252~53면.

랑방에 모인 사람들은 주로 조선조 후기 계층분화에 의해 출현한 상인 계층들이었다. 이들은 약국이나 사랑방의 공간에서 이야기를 중심으로 〈평등하고 현실적인 소통상황〉을 형성했다. 위의 액자형식은 그 〈평등한 담론 공간(약국, 사랑방)〉을 (액자의) 외화로서 극화한 것으로 볼 수 있다. 야담의 담론 공간 외부에는 아직 유교이념의 권위에 지배되는 사회가 존재한다. 반면에 담론 공간의 내부에서는 그와 다른 현실적 이야기가 펼쳐진다. 야담은 액자형식을 취하든 안 취하든, 외부의 유교사회와 내부의 현실적 이야기를 연결하는 완충지대로서 〈액자적 담론 공간〉을 전제한다. 이런 야담의 액자형식적 담론 상황은 다음과 같이 표시될 수 있다.

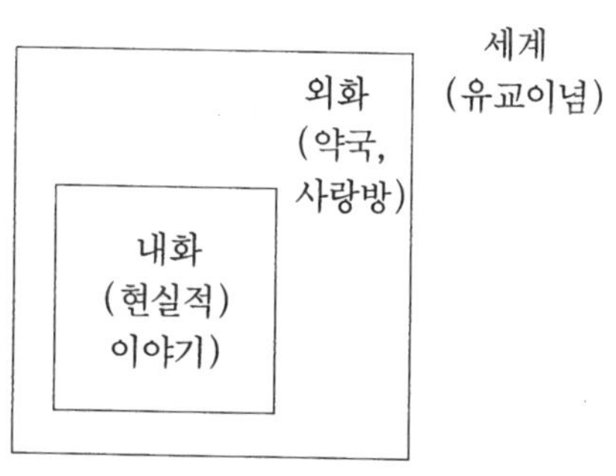

[야담의 액자적 담론상황]

　야담의 액자형식은 박지원의 한문단편을 통해 직접적으로 계승된다. 박지원의 경우에도 액자형식은 소설 외부의 양반사회와 내부의 양반을 비판하는 이야기를 완충하는 기능을 하고 있다. 박지원 소설에서는 (비록 한문소설이지만) 근대소설처럼 화자의 비판적 시점이 뚜렷하므로 야담과 같이 화자-감상자 간의 현실적인 담론 공간이 필수적이지는 않았다. 그대신 그의 소설은, 당대에는 흔치않은 현실비판적 이야기에 객관적 신뢰성을 부여하는 한편, 보수적인 유교사회의 검열을 피할 수 있는 장치가 필요했다.

박지원 소설에서 액자형식은 가장 현실적인 이야기를 담은 「허생전」
과 「호질」에서 나타난다. 예컨대 「허생전」은 『열하일기』의 「옥갑야화」
라는 대목에 나오는 액자소설이다.[68] 『열하일기』의 작가는 북경에서 돌
아 오는 길에 옥갑이라는 곳에 머물면서 비장들과 이야기를 주고 받았
는데 그것을 적은 것이 「옥갑야화」이다. 작가는 여기서 윤영이라는 이
야기꾼에게 들은 내용을 들려주었고 그 이야기가 바로 「허생전」인 것
이다. 「허생전」이 이처럼 액자형식을 통해 제시하는 이야기꾼들의 담론
공간은 야담의 그것과 거의 유사하다. 물론 「허생전」은 박지원이 지어
낸 허구적 소설임에 틀림없다. 그러나 당시로서는 파격적인 허생의 이
야기에 신빙성을 부여하기 위해 이야기꾼들의 담론공간을 설정하는 야
담의 수법을 차용했던 것이다.

「호질」 역시 『열하일기』의 「관내정사」에 삽입된 일종의 액자소설이
다. 작가가 어느 곳에 가보니 벽에 기이한 글이 붙어 있어 그것을 베낀
후 약간 수정한 것이 「호질」이다. 「호질」의 이런 액자형식은 이야기에
신뢰감을 주는 것 외에 과격한 비판적 내용을 다른 사람의 글인 양 감
추려는 수법으로 볼 수 있다.

> 벽 위에는 기이한 문장이 한 편 걸려 있었다. 백로지에다 가늘게 써서
> 격자(格子)를 만들어 가로 붙였는데, 한쪽 벽에 가득하였다. …(중략)…
> 나는 그제야 정군에게 부탁하여 그 가운데부터 쓰기 시작하게 하고, 나
> 는 처음부터 베껴 내려갔다. 심이
> "선생님께서는 이걸 베껴서 무엇 하시려오?"
> 물었다. 나는 이렇게 말하였다.
> "돌아가면 우리나라 사람들에게 한 번 읽혀서, 모두들 허리를 잡고 한바
> 탕 웃게 하려는 거지요. 아마 이걸 읽는다면 입 안에 든 밥알이 벌처럼 날
> 아가고, 튼튼한 갓 끈도 썩은 새끼줄처럼 끊어질 거요."
> 여관에 돌아와 불을 밝히고 다시 훑어 보니, 정군이 베낀 부분에는 잘못

---

68) 나병철, 『문학의 이해』, (문예출판사, 1994), 418면 참조.

된 곳이 수없이 많을뿐더러, 빠뜨린 글자와 글귀가 있어서 전혀 맥이 닿지 않았다. 그래서 대략 내 뜻으로 고치고 보충하여 한 편의 글을 만들었다.

「호질」의 내용은 도학자로 이름난 북곽선생이 열녀인 과부와 사통을 하다 들켜 똥통에 빠지는 이야기이다. 겨우 똥통에서 빠져나온 북곽선생은 이번에는 호랑이에게 꾸짖음을 당하고 머리를 조아려 사죄한다. 양반의 덕행과 열녀를 칭송하던 시대에 이런 이야기를 표면에 나서서 하기란 쉽지가 않았다. 박지원이 남의 글이라고 말하는 액자형식의 은폐전략을 쓴 것은 당대의 사회적 검열을 벗어나기 위해서였다.

이야기의 외부에 아직 이념적 권위가 지배적인 시대에는 이처럼 현실적 이야기를 하기 위해 액자형식의 완충장치가 요구되었다. 하지만 근대화가 진행된 이후에는 액자형식이 없이도 얼마든지 현실주의적 이야기가 신뢰성을 줄 수 있게 된다. 근본적으로 현실주의를 전제로 하는 근대의 현실에서는 약국, 사랑방, 여각 같은 이야기꾼의 액자적인 담론공간이 불필요했던 것이다.

그런데 근대 이후에는 근대 이행기(야담, 박지원소설)와는 상이한 전략을 위해 액자소설이 등장하게 된다. 야담이나 박지원 소설에서는 〈현실적인〉 이야기를 하기 위해 액자가 필요했지만, 근대 이후에는 거꾸로 〈근대적 현실〉과는 다른 코드를 지닌 심미적 세계나 전통세계를 그리기 위해 액자를 사용한다. 이는 우리의 근대화가 〈타락한 서구적 근대〉에 의해 〈전통문화〉를 말살하는 방향으로 진행된 탓이었다. 타락한 서구적 근대는 리얼리즘 소설에 의해 현실비판적으로 그려지기도 했지만, 또한 그 타락한 근대를 전면적으로 부인하는 전략이 나타나기도 했다. 후자의 경우 근대적 현실과는 코드가 다른 세계(심미적 세계나 전통세계)를 형상화하기 위해 그 이질성을 완충하는 공간을 필요로 했다. 예컨대 김동인의 경우 〈타락한 근대적 현실〉에 맞서기 위해 〈심미적 코드〉가 지배하는 세계를 그리려 했고 그것을 위해 현실적 코드를 해체하는 액자 공간을 사용했다. 또한 김동리는 서구적 근대에 의해 소멸된 전통세계를 부활시키기 위해 〈토속적 세계〉를 액자에 담는 전략을 썼다.

김동인의 대표적인 액자소설인 「배따라기」는 얼핏 봐도 야담의 액자 수법의 변형임을 알 수 있다(앞의 야담의 예문과 다음의 예문을 비교해 보라!). 김동인의 액자소설은 대개 무질서한 현실의 대안으로 심미적 세계(혹은 심미적 작품 그 자체)를 특권화하기 위해 액자를 사용한다. 즉, 김동인의 액자소설은 「감자」「배회」「김연실전」 등에 나타난 혼돈의 현실을 대체할 가치 지향으로서 심미세계에 대한 탐닉을 그리고 있다. 현실적 파국과 예술의 획득이라는 그런 논리는 액자 내부의 이야기 내용을 통해서도 나타나고 있다.[69] 가령 「배따라기」의 경우 뱃사공의 삶의 좌절의 대가로 배따라기 노래를 얻게 되는 과정이 제시된다. 이 소설에서는 외화(액자)의 화자마저 그 노래에 탐닉하게 되는 과정이 제시된다. 「배따라기」의 액자형식은, 외화의 화자에게 배따라기가 전이 되는 과정[70]으로서 노래에 얽힌 사연을 들려주기 위해 사용된다.

"그럼, 어디 들어봅시다 그려."
그는 다시 하늘을 쳐다 보았다. 그러나 좀 있다가,
"하디요."
하면서 내가 담배를 붙이는 것을 보고 자기도 담배를 붙여 물고 이야기를 꺼낸다.
"닞히디두 않는 십 구년 전 팔월 열 하룻날 일인데요."
하면서 그가 이야기한 바는 대략 이와 같은 것이다.

인용문에 이어서 내화가 나타나는데 이는 뱃사공이 지식인 (외화의) 화자에게 들려주는 내용인 셈이다. '내'가 뱃사공에게 이야기를 듣는 이 과정은 배따라기 노래가 '나'에게 전이되는 과정이기도 하다. 외화의 현

---

69) 이는 그의 소설에 잔존하는 계몽의 흔적일 것이다.
70) 이에 대해서는 유기룡, 「「배따라기」의 심미적 작품구조」, 김열규·신동욱 편, 『김동인 연구』(새문사, 1982) 참조.

실 공간에는 뱃사공과 그의 이야기는 사라지고 배따라기 노래만이 남게
되는 것이다.

한편 「광화사」 「광염소나타」 등에서는 심미적 세계의 이야기를 하기
위해 현실적 코드를 해체하는 전략으로 액자가 나타난다. 가령 주인공
백성수를 '앨버트'라 해도 좋고 '짐'이라 해도 좋다(「광염소나타」)는 말
은, 심미적 코드가 지배하는 세계(내화)를 위해 현실적 코드를 해체한
다는 뜻이다. 이 소설들의 준액자적 형식에서 화자는 편집자적 전지의
면모도 지니는데, 김동인의 분신인 이 화자는 심미적 코드의 권위를 내
세우는 오만한 편집자의 위치에 있는 셈이다.

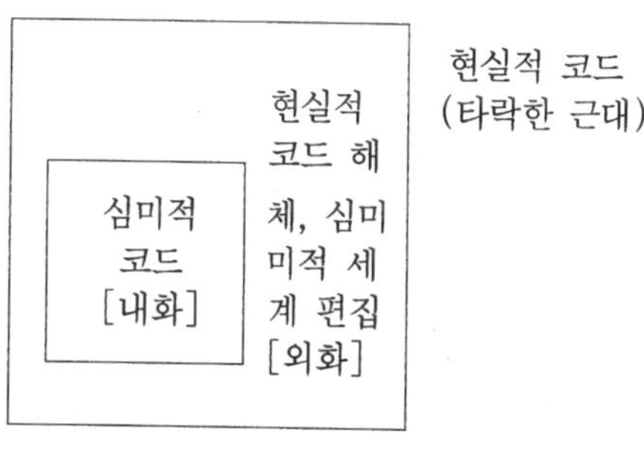

[김동인의 액자소설]

김동인이 심미적 세계를 특권화하기 위해 액자를 사용했다면 김동리
는 전통적 세계를 재조명하기 위해 액자소설을 만들었다. 예컨대 「무녀
도」는 토속적인 샤머니즘의 세계를 근대적 현실에서 다시 비춰보기 위
해 쓰여졌다. 「무녀도」의 액자형식은 한 폭의 무녀도 같은 내화와 액자
외부의 근대적 현실을 연결하는 완충적 담론 공간으로 설정된 것이다.

그들 아비 딸은 달포 동안이나 머물러 있으며 그림도 그리고, 자기네의
지난 이야기도 자세히 하소연했다고 한다.
할아버지께서는 그들이 떠나는 날에 이 불행한 아비 딸을 위하여 값진 비

단과 충분한 노자를 아끼지 않았으나, 나귀 위에 앉은 가련한 소녀의 얼굴에
는 올 때나 조금도 다름없는 처절한 슬픔이 서려 있었을 뿐이라고 한다.
    ……소녀가 남기고 간 그림 —— 이것을 할아버지께서는 무녀도라 불렀
지만 —— 과 함께 내가 할아버지로부터 전해들은 이야기는 다음과 같다.

이어서 전개되는 묵화같은 내화는 피폐화된 서구적 근대의 현실에 원
초적 생명력의 빛을 던져주어야 할 것이다. 토속적인 샤머니즘의 세계
를 근대소설로 형상화한 김동리의 의도는 바로 그것에 있기 때문이다.
그러나 현실적 문맥에서 볼 때 샤머니즘의 세계는 서구적 근대화에 밀
려 소멸해가는 운명에 놓여 있었다. 토속적인 무속의 주제를 부활시키
기 위해 액자형식이 불가피했던 것은 그에서 연유된 것이다. 여기서 전
통적인 무속의 세계를 재생시키기 위해 액자가 제 역할을 하려면 그 토
속적 세계를 패배시킨 서구적 근대를 해체하는 공간을 만들어야 한다.
마치 근대 이행기의 야담이 상인들의 현실적 이야기를 하기 위해 유교
적 권위를 해체하는 공간(사랑방, 여각)을 마련했듯이, 잃어버린 토속
적 세계를 되찾으려면 그것을 소멸시킨 서구적 근대의 권위를 해리시키
는 담론 공간이 요구되는 것이다.
    하지만 「무녀도」의 외화는 내화인 무녀의 슬픈 이야기를 현실적으로
객관화시키는 기능만을 할 뿐이다. 이는 사라져버린 무녀의 풍속도를
현실 속에 보존하기 위해 액자의 형식적 틀을 씌우는 역할에 불과한 것
이다. 그와 달리 전통적 세계를 재조명하기 위해 서구적 근대의 현실을
비판적으로 해체하는 소설은 훨씬 뒤에 이청준에 의해 쓰여졌다. 예컨
대 「매잡이」는 서구적 근대의 현실을 합리주의적 권력이 지배하는 세
계로 해체함으로써 그 대안으로 매잡이의 전통적인 아름다움을 부활시
키려 시도한다. 이 소설에서 민형이 소설을 쓰지 못하는 것은 합리적
세계의 권력의 억압을 암시하며, 그가 「매잡이」라는 유일한 소설을 남
긴 것은 매잡이의 세계(공동체적 세계)가 그 억압적 세계의 대안임을
시사한다.

물론 이 소설에는 김동인이나 김동리의 액자소설과는 달리 내화와 외화가 선명하게 분리되어 있지는 않다. 일종의 소설가 소설인 이 소설은 겹구조로 된 이야기들을 통해 내화와 외화가 미묘하게 뒤섞여 있다. 즉, 어디부터가 본이야기이고 어느 것이 바깥 이야기인지 구분이 불분명한 것이다. 그러면서도 매잡이 이야기라는 내화와 그것을 소개하는 '나'의 외화가 접합되어 있어 잠재적인 액자형식이 나타난다. 그런데 매잡이가 죽음에 이르는 현실과 그것을 소설화한 '나'의 「매잡이」, 그리고 민형의 예언적인 소설 「매잡이」가 혼용됨으로써, 현실과 소설이 뒤섞이는 메타픽션적 요소 역시 드러나고 있다. 더욱이 매잡이와 민형의 죽음을 연결시킨 '나'의 최종적 소설은 「매잡이」라는 '내'가 쓰고 있는 소설 그 자체인 셈이다. 이처럼 이 소설은 액자소설과 메타픽션의 중간정도 되는 형식을 지니고 있다.

그럼 이제 여기서부터는 이야기를 나의 그 첫번째 '매잡이'라는 작품에서 직접 빌려오는 것이 좋겠다. 그 작품을 읽고 아직도 줄거리를 기억하고 있는 독자는 이런 중복이 짜증나고 지루하겠지만, 매잡이 사내의 이야기는 그쪽에 비교적 간결하게 정리되어 있으므로 결국 같은 이야기를 달리하는 것보다는 정직하게 경위를 밝히고 그 일부를 인용하는 것도 나쁘진 않을 테니 말이다.

매잡이 이야기

이제 다시 이야기를 본 줄거리로 돌리는 것이 좋겠다. 매잡이 곽서방의 기이한 단식은 그렇게 시작이 된 것이었고, 그러니까 내가 갔을 때는 이제 마을 사람들조차 그 곽서방의 일엔 싫증을 내고 있었을 때였다.
…(중략)…
그 우연은 마치 민형이 매잡이의 죽음을 미리 알고 있었던 듯한 생각마저 들게 했다. 그리고 매잡이의 죽음과 민형의 죽음에는 자꾸만 어떤 관련이 있는 것처럼 나의 머리속으로 함께 얽혀들었다. 나는 매잡이 사내의 죽음을, 민형의 죽음을 중심으로 한 소설 계획에 관련시키려고 생각했다. 그러나 그것은 다만 나의 욕심뿐이었다. 두 죽음을 연결시킬 근거가 나에게선 아무래도 분명해지질 않았다. 모든 것이 그저 느낌뿐이었다. 소설이 무척 애매하고 어려워졌다. 나는 할 수 없이 이야기에서 민형을 다시 제외할 수밖에 없었다. 매잡이 사내의 이야기만으로 나의 능력껏 한 편의 소설을 썼다. 그것이 나의 최초의 '매잡이'였다.

위에서 매잡이 이야기는 '내'가 쓴 첫번째 소설로서 일종의 내화에 해당된다. 그러나 그것을 소설의 줄거리로 보자면 오히려 외화의 현실 이야기가 '본줄거리'가 된다. 또한 '내'가 늘 쓰고 싶어했던 민형과 매잡이를 연관시킨 소설은 인용된 소설의 모든 부분을 합친 전체이다.
「매잡이」의 〈액자와 메타픽션〉의 중간적 성격은 이 소설의 내용적 특성에도 상응한다. 「매잡이」는 서구적 근대의 현실을 억압적 권력의 세계로 해체하면서도 끝내 그 〈현존성의 권위〉를 부인하지 못한다. 매잡이와 마찬가지로 민형이 죽어갈 수밖에 없었던 것은 바로 그 때문이다. 만일 민형(혹은 '나')이 억압적 현실을 일종의 〈재현〉으로 해체할 수 있었다면 매잡이의 세계와 현실세계는 〈간텍스트성〉으로 접합될 수 있었을 것이다.[71] 이 경우 본격적인 메타픽션이 나타나면서 피폐한 서구적 근대를 해체하고 주변화된 전통문화를 부활시키는 탈근대적 주제의 소설이 되었을 것이다. 메타픽션의 탈근대적 전략 중의 하나는 소설 바깥의 합리주의적 권위의 현실을 해체함으로써 전통문화를 재생시키는 데 있는 셈이다. 김동리의 액자소설이 전통세계를 합리적 현실의 액자 속에 가둔 데 그친 반면 메타픽션은 합리적 현실을 해체함으로써 전통과 현실을 간텍스트성으로 접합할 수 있다. 이에 대해서는 메타픽션을 살펴보면서 다시 알아보기로 하자.

---

71) 이는 전통의 세계와 근대(현실)의 세계가, 역사(실재계)를 표상하는 상이한 상징계로서 실재계에 대한 간텍스트성의 관계에 있다고 이해하는 것이다.

(4) 극화된 화자

액자소설과는 다른 방식으로 겹구조를 이루는 의사소통적 상황(그리고 소설의 틀)은 극화된 화자의 소설에서 발견된다. 근대소설의 리얼리즘은 구어체(공동체 의식의 화자) 이외에는 대부분 〈신뢰성〉 있는 〈개인〉으로서의 화자를 사용한다. 이 경우 개인적 화자는 현실주의적 세계에서 리얼리즘적 담론을 구사함으로써 신뢰성을 획득한다. 그러나 신뢰성 있는 개인적 화자는 실상 인격성을 버리는 대가로 작가(혹은 내포작가)와 일치하는 신임을 얻게 된다. 만일 개인적 화자가 비인격성에서 벗어날 경우 그의 성격이나 말투가 극화되면 될수록 그는 점점 더 〈내포작가와 분리〉될 가능성이 커진다. 왜냐하면 개별적 성격을 지닌 개인으로서의 화자는 추상적 규범을 관장하는 내포작가와 얼마간이든 틈새를 두게 되기 때문이다. 더욱이 극화된 화자가 신뢰성 없는 성격을 지닐 경우 내포작가와의 분리는 매우 명백해진다. 이 경우 극화된 화자-피화자 사이의 담론과 내포작가-내포독자(내포청자) 사이의 비밀교신이 어긋나는 〈아이러니〉의 이중적 구조가 만들어진다.

〈극화된 화자〉는 〈액자소설〉에서 인물로 나타나는 〈내화의 화자〉와는 상이한 의사소통의 조건을 지닌다. 후자의 경우 내화의 화자는 외화에서 인물로서 극화되지만, 내화에서 화자가 되는 과정에서 인격성이 소멸된 신뢰성 있는 화자로 변이된다. 반면에 극화된 화자는 액자소설의 외화 같은 분리된 이야기 공간을 지니지 않으며, 바로 그 때문에 극화된 상태로 인물이 아닌 화자의 역할을 수행하게 된다. 즉, 극화된 화자는 외화 같은 〈인물로 전이되는 공간〉을 지니는 대신에 이야기 외부의 극화된 〈화자의 공간〉에서 모습을 나타낼 뿐이다. 그리고 이처럼 화자의 역할을 하면서 개인적 성격으로 극화됨으로써 앞서 밝힌대로 내포작가와의 분리가능성이 높아지는 것이다.

극화된 화자의 또다른 특징은 〈피화자〉의 존재가 매우 구체화된다는 점이다. 피화자는 화자의 상대역으로 모든 소설에서 상정될 수 있는 개넘이다. 일반적으로 소설의 서술은 독자에게 직접 말하는 방식이 아니라 화자→피화자 간의 형식화된 담론으로 나타난다. 그 때문에 극화되지 않는 화자의 경우 서술언어는 었다체의 문어로 드러나며 피화자 역시 형식적인 추상적 존재로 가정된다. 우리가 피화자의 존재를 간과하기 쉬운 것은 그가 이처럼 구체적 인격체가 아닌 형식적 존재로 설정되기 때문이다. 그러나 화자가 인격적 존재로 극화되면 그의 언어는 대화체와 유사해지며 이에 따라 피화자 역시 인격체로 부각될 가능성을 얻는다. 예컨대 「탈출기」(최서해)나 「소망」(채만식)에서 화자가 개인적 인격체로 드러나는 순간 피화자 역시 구체적 인격체로 독자에게 감지된다. 하지만 이 경우에도 화자-피화자 간의 담론적 관계에서 피화자의 응답의 말소리는 들려오지 않는다. 왜냐하면 피화자의 대꾸마저 들린다면 그 담론은 인물들 간의 대화로 전이되며 화자-피화자의 〈서술적 기능〉은 사라지기 때문이다. 가령 「소망」에서처럼 피화자가 구체적인 개인으로 극화되는 경우에도 그의 응답의 언어는 결코 소설의 표면에 드러나지 않는다.

> 옳아. 언니 시방 하는 말이 맞었어. 나두 실상 그렇게 짐작은 했다우. 그러나 말이지, 사내 대장부가 어찌 그대지 못났수? 이건 과천(果川)서 뺨맞구, 서울와서 눈 흘기기 아니우? 제엔장맞을, 차라리 뛰쳐나서서 냅다 한 바탕…… 응? 그럴 것이지, 그렇잖우?
> 그러구저러구 간에 시방 나루서는 병(病) 시초나 뿌렁구나 그게 문제가 아니야.
> 다못 그 이가 정말루 못쓰게 신경 고장이 생겼느냐, 오행 일시적이냐. 만약에 중한 고장이라면은 어떻게 해야만 그걸 나수어주겠느냐, 이것 뿐이지 그 밖에는 아무것도 내가 참견할 게 아니야. 날더러 그이를 이해 못한다구? 딴전을 보구있네! 그게 어디 이해를 못허는 거유?
> —— 채만식, 「소망」

예문에서 화자는 대화체의 언어를 사용하는 개인(그러나 인물은 아님)으로 극화되어 있다. 위의 경우 극화된 화자의 상대역인 피화자 역시 구체적인 개인('언니')으로 극화된 셈이다. 피화자는 언니라는 화자와 연관된 개인으로 드러날 뿐만 아니라 그 스스로 화자에게 대꾸를 하기도 한다. 그러나 예문처럼 피화자의 응답의 언어는 결코 문면에 제시되지 않는다. 만일 피화자의 언어마저 드러난다면 동생-언니 간의 담론은 화자→피화자의 서술이 아닌 인물-인물 간의 대화로 전이되기 때문이다. 위에서 화자가 대화적 상황에서 언어를 구사함에도 불구하고 일방적으로 그의 말만 들리게 만든 것은 그가 인물이 아닌 화자의 역할을 하도록 〈서술문체〉로 형식화되었음을 뜻한다.

예문에서 또하나 주목되는 것은 피화자마저 〈극화〉됨으로써 그의 〈신뢰성〉 또한 문제시된다는 점이다. 위에서 비록 피화자(언니)의 언어는 들리지 않지만 이는 그(그녀)가 인물이 아닌 피화자로서 가장 극화된 예를 보여주는 셈이다. 이처럼 피화자가 극화되는 경우 극화된 화자와 마찬가지로 신뢰성의 문제가 제기된다. 「소망」은 화자뿐만 아니라 피화자의 신뢰성 역시 의문시됨으로써 복합적인 아이러니적 의사소통의 요소를 지니고 있다.

「치숙」은 「소망」과는 달리 화자만이 극화됨으로써 보다 명백한 아이러니적 의사소통의 구조를 드러낸다. 「치숙」의 화자는 극화된 개인이지만 피화자는 구체적 개인이 아닌 추상적 존재로 가정된다. 「소망」과 「치숙」의 서술문체의 차이는 피화자가 극화되었느냐(「소망」) 아니냐(「치숙」)의 차이일 것이다.

　나는 죄선 여자는 거저 주어도 싫어요.
　구식여자는 얌전은 해도 무식해서 내지인하고 교제하는 데 안됐고, 신식여자는 식자나 들었다는 게 건방져서 못쓰고, 도무지 그래서 죄선 여자는 신식이고 구식이고 다 제바리여요.
　내지 여자가 참 좋지 뭐. 인물이 개개 일자로 이쁘겠다 얌전하겠다, 상냥하겠다, 지식이 있어도 건방지지 않겠다, 좀이나 좋아!

그리고 내지 여자한테 장가만 드는게 아니라 성명도 내지인 성명으로 갈고 집도 내지인 집에서 살고 옷도 내지 옷으로 입고 밥도 내지식으로 먹고 아이들도 내지인 이름을 지어서 내지인 학교에 보내고……

내지인 학교라야지 죄선학교는 너절해서 아이를 버려놓기나 꼭 알맞지요.

—— 채만식, 「치숙」

위에서처럼 화자의 서술은 대화체로 극화되고 있지만 그 상대역인 피화자의 존재나 언어는 전혀 암시되지 않는다. 「소망」과는 달리 화자의 대화체가 일방적인 담론으로 나타나는 것은 이에서 기인된 것이다. 이는 피화자가 극화되어 있지 않으며 추상적인 상대역으로 가정될 뿐임을 암시한다.

이처럼 피화자가 극화되지 않음으로써 「치숙」에서는 피화자의 신뢰성이 전혀 문제가 되지 않는다. 단지 극화된 화자가 (예문처럼) 신뢰성이 없음을 분명히 드러냄으로써 아이러니적 소통상황을 만들고 있을 뿐이다. 위에서처럼 극화된 화자가 신뢰성이 없을 경우 우리는 그의 언어를 재조정해서 수용하게 되며 화자 이면에 그와 다른 〈내포작가〉가 존재함을 감지하게 된다. 내포작가란 작품의 규범을 관장하는 존재자이므로 신뢰성 없는 화자와 거리를 두고 분리된다. 물론 신뢰성 없는 화자 역시 내포작가의 아이러니적 전략에 의해 소설의 표면에 내세워진 것으로 볼 수 있다. 즉, 위에서 화자의 우스꽝스러운 말투 자체 속에 이미 그의 언어를 수정해서 받아들이라는 내포작가의 신호가 포함되어 있는 셈이다. 그런 내포작가의 신호를 수용하는 상대역은 피화자와 구별되는 〈내포독자〉일 것이다. 내포독자는 화자-피화자 간의 서술을 받아들이는 한편 그 서술내용을 재조정하라는 내포작가의 비밀교신을 수신한다. 이처럼 표면과 이면의 신호가 분리되는 과정에서 〈아이러니적 의사소통〉의 상황이 발생한다.[72]

내포작가는 표면적으로 신뢰성 없는 화자를 내세워 내포독자가 그 담

---

72) 채트먼, 『영화와 소설의 서사구조』, 앞의 책, 285면 참조.

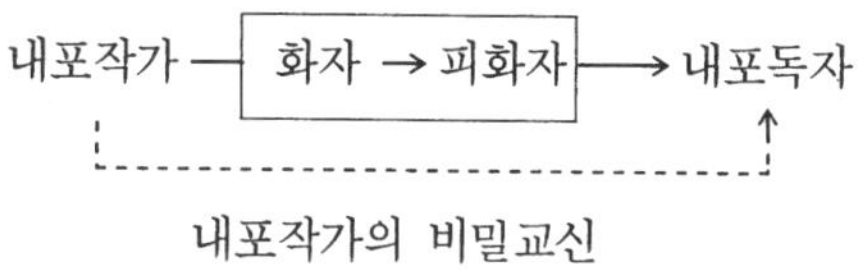

내포작가의 비밀교신

론을 수용하게 만든다. 그러나 이처럼 신뢰성 없는 화자를 설정하는 순간 내포작가는 또한 그 화자의 서술을 고쳐서 수신하라는 비밀지령을 내리게 된다. 이런 아이러니적 소통상황에서 내포독자는 화자의 담론을 정정해서 내포작가의 본의를 파악하게 된다.

내포작가와 내포독자는 실제작가-실제독자와 구별되는 작품 내적인 개념이다. 따라서 내포작가-내포독자 간의 의사소통의 상황은 실제독자가 마음대로 선택할 수 있는 것이 아니라 이미 작품 내부에 전략적으로 주어져 있는 것이다. 내포작가는 신뢰성 없는 화자(혹은 피화자)를 내세워 아이러니를 유발할 수도 있고 그 반대로 믿을 만한 화자를 통해 단선적인 소통상황을 유발할 수도 있다. 물론 후자의 경우에도, 내포작가-화자의 규범은 인물들의 사상과 논쟁적인 〈대화적 관계〉를 이루면서 다성적이 될 수 있다.[73] 이때는 실상 내포작가의 규범이 논쟁적 관계 속에서 〈탈중심화〉된 것으로 존재하게 된다.

신뢰성 있는 화자가 등장할 경우 내포작가와 화자의 구분은 그리 중요하지 않게 된다. 그러나 개념상으로는 규범을 관장하는 내포작가와 서술을 맡고 있는 화자로 구분된다. 따라서 일반적인 소설의 의사소통 과정은 다음과 같이 나타낼 수 있다.

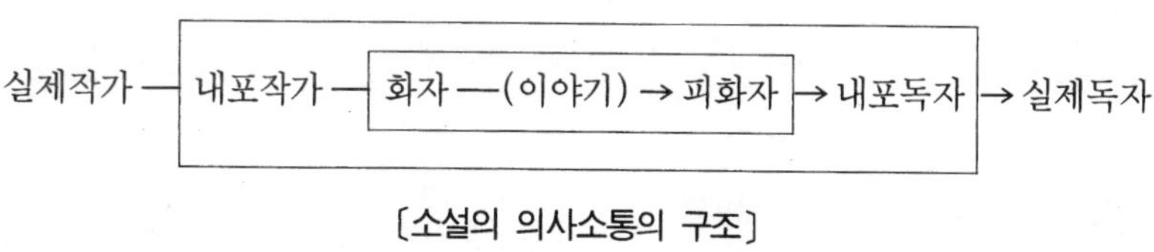

〔소설의 의사소통의 구조〕

---

73) 이는 바흐친이 말한 대화적 소설의 경우이다.

화자→피화자의 담론에서는 가시적으로 파악할 수 있는 서술언어들이 만들어진다. 반면에 내포작가→내포독자 관계에서는 비가시적인 의사소통상황이 형성된다. 내포독자는 서술언어를 읽으면서 그와 함께 내포작가의 보이지 않는 신호들을 수신하게 된다. 또한 실제독자는 다양하게 소설을 읽을 수 있는 입장에 있지만 올바른 해석을 위해서는 내포독자의 위치에 접근해야 한다.

이러한 일반적인 소설의 의사소통구조는 여러 가지로 변용될 수 있다. 예컨대 편집자적 전지의 경우 내포작가와 화자, 피화자와 내포독자가 거의 일치되는 상황이 나타날 수 있다. 또한 구어체 소설에서는 내포독자 대신 내포청중(청자)이 설정된다. 편집자적 구어체 소설(『태평천하』)에서는 피화자의 자리에 내포청중이 상정될 수도 있다. 그와 달리 내포작가/화자, 피화자/내포독자가 선명히 구분되는 경우는 신뢰성 없는 극화된 화자(피화자)가 등장하는 경우이다.

한편 〈인물시점서술〉에서는 화자의 개입이 극소화됨으로써 화자-피화자의 관계가 소멸된 듯이 보인다. 그러나 아무리 중개성이 약화된다 하더라도 이야기가 언어로 형상화되는 한 화자-피화자의 관계가 사라질 수는 없다. 화자-피화자의 관계가 실제로 소멸되는 경우는 〈편집자적 전지〉에서 이야기가 잠시 중단되고 (내포)작가→(내포)독자 간의 담론만이 나타날 때이다. 또한 내포작가가 실제작가와 유사한 위치에서, 실제독자에 근접한 내포독자에게 말을 건네는 〈메타픽션〉의 경우에도 그런 현상이 나타난다. 특히 메타픽션에서 화자 대신 작가가 직접 담론을 구사하는 상황은 소설의 틀을 깨는 매우 특이한 상황을 만든다. 이제 소설의 경계선이 해체되는 이 메타픽션의 실험적 의사소통상황을 살펴보자.

(5) 메타픽션과 간텍스트성

소설의 담론이 글쓰기에 대한 자아의식을 드러내는 경우 이야기가 실재라는 환영은 깨지게 된다. 소설은 〈작가의 말〉 대신에 〈이야기〉를 객관화해 들려주는 장르이다. 화자는 이야기로부터 거리를 두고 담론을 구사함으로써 이야기가 객관적 실재인 것처럼 만드는 것이다. 그러나 소설의 담론이 스스로 글쓰기임을 자인하는 순간 화자—(이야기)→피화자 관계에서 만들어지는 이야기의 객관화는 파괴되며 이제까지의 이야기는 작가의 글쓰기였음이 폭로된다.

> 처음 이야기를 시작할 때 나는 모든 걸 차분히 그리고 세세하게 말해버리기로 작정했었다. 그러나 지금은 그 반대다.
> 벌레가 되어버린 제2, 제3의 경험을 이야기하기에는 나나 독자 여러분이나 대단히 불유쾌하고 짜증스러운 기분이 되어 있을 것이기 때문이다.
> —— 김영현, 「벌레」

이야기의 환영이 파괴되었음을 알리는 지표는 소설의 담론이 '독자'를 지칭하고 있다는 사실이다.[74] 독자의 지칭은 의사소통의 수준이 작가→독자의 층위로 옮겨졌음을 뜻하며, 화자—(이야기)→피화자의 관계에서 생기는 이야기의 환영 및 소설의 속틀(앞의 도표를 보라)의 파괴를 의미한다. 이때 화자가 지녀야 할 언어적 담론의 기능이 작가에게 전이됨으로써 이야기 세계의 환영이 깨지고 소설적 담론(화자-〈이야기〉-피화자)의 규칙을 위반했다는 느낌을 주게 된다. 물론 이는 엄밀히 말해 내포작가→내포독자 간의 소통상황이지만 이 순간 실제작가가 실제독자에게 말을 건네는 듯한 상황으로 수용하라는 작품 내부의 내포작가의 신호가 발신된다. 여전히 책 속의 활자로 된 소설 내부와 책바깥의 현실 간의 경계가 존재하지만 결과적으로는 소설과 현실의 경계가 와해된 것으로 느껴지는 것이다. 이것이 바로 메타픽션의 의사소통상황이다. 메타픽션이 이야기를 글쓰기로 (자아의식적으로) 폭로하는 것은 실상 현실의 모든 이야기가 글쓰기임을 밝히려는 것이다. 즉, 글로 된 소설

---

74) 물론 편집자적 전지의 경우에는 이와는 다른 의사소통의 상황이 나타난다. 편집자적 전지와 메타픽션의 차이에 대해서는 앞의 3절 (3) 편집자적 전지에서 선택적 전지로를 참조할 것.

의 이야기뿐만 아니라 모든 현실에 대한 이야기가 일종의 글쓰기(혹은 재현)라는 것이다.[75] 소설이라는 글쓰기(재현)와 현실이라는 글쓰기(재현)의 차이는 서로 다른 코드를 지녔다는 점일 뿐이다. 상이한 코드를 지닌 두 개(소설과 현실)의 재현물은 〈간텍스트성〉의 관계에 있다.

예컨대 『백년동안의 고독』에서 소설은 마콘도(콜롬비아)의 문화적 코드로 된 현실을 글쓰기로 보여준다. 반면에 소설 외부의 현실은 합리주의(혹은 제국주의)적 문화적 코드로 된 또다른 글쓰기일 것이다. 소설 속의 현실과 소설 밖의 현실은 각기 다른 코드로 쓰여진 글쓰기(재현)인 셈이다. 그리고 그 두 개의 글쓰기는 간텍스트적 관계로 접합되어 있다. 마콘도의 문화적 상상력이 서구적 합리주의(혹은 제국주의)로부터 독립하여 주체성을 얻을 수 있는 것은 그 때문이다. 이처럼 메타픽션은 서구적 근대성을 특정한 문화적 코드로 된 텍스트(글쓰기)로 해체함으로써 그에 의해 주변화된 문화의 주체성을 부활시킨다.

이같은 메타픽션은 현실과 소설의 관계에 대한 제3의 방식을 암시한다. 일반적으로 리얼리즘은 소설을 〈현실의 재현〉으로 이해해왔다. 반면에 모더니즘은 소설을 현실로부터 분리된 〈창문없는 단자〉[76]로 만들려고 한다. 즉 모더니즘은 현실을 내다볼 수 있는 창문이 폐쇄된 독자적인 단자, 즉 일종의 사물화된 객체로서의 작품을 시도한다.[77] 이제 그들과 구분되는 제3의 방식으로서 현실과 소설의 관계를 〈간텍스트성〉으로 보는 메타픽션이 등장한 것이다.[78] 소설은 〈현실의 재현〉이나

---

75) 이에 대해서는 앞의 제4장 10절 (2)메타픽션의 해체의 전략 참조.

76) 아도르노, 『미학이론』, 앞의 책, 18면, 143면, 282~85면, 323면 참조. 단자(Monad)란 폐쇄성 속에서 그 외부에 있는 것을 표상하는 것을 말한다. 예술작품(특히 모더니즘)은 창문없는 단자이지만 그 자체를 넘어서서 어떤 것을 드러낸다. 리얼리즘이 창문을 통한 반영의 방식이라면, 모더니즘은 이처럼 단자를 통하여 폐쇄성 속에서 사회와의 연관을 나타낸다.

77) 즉, 예술작품은 물신화된 대상이 된다. 아도로노, 위의 책, 37면, 44~46면 참조.

78) 이는 현실이 일종의 텍스트이며 현실(텍스트)과 소설 텍스트의 관계는 간텍스트적임을 말하는 것이다. 현실을 텍스트로 이해하는 관점에 대해서는 마이클 라이언, 『해체론과 변증법』, 나병철·이경훈 역(평민사, 1991), 68~71면 참조.

〈폐쇄된 단자〉가 아니라 현실과 〈간텍스트적〉으로 뒤얽힌 글쓰기인 것이다.

메타픽션의 이런 특성은 김영현의 「벌레」를 보면 잘 알 수 있다. 「벌레」는 소설이 현실의 반영이기는커녕 도리어 현실이 소설(카프카의 「변신」)을 닮아감을 보여준다. 물론 그런 현실은 본소설(「벌레」) 속의 현실이며 일종의 재현이다. 그러나 그 재현의 대상인 현실 역시 카프카의 소설(「변신」)이 재현되는 세계일 뿐이다. 더 구체적으로 말하면, 카프카 소설이 암시하는 〈보이지 않는 힘들의 관계(실재계, 역사)〉[79]를 표상하는 재현이다. 여기서 카프카의 소설과 현실(「벌레」의 지시대상)과 「벌레」는 동일한 재현(글쓰기)의 차원에 놓이게 된다.

내 친구의 담당 의사는, 그는 삼십대 후반의 국립정신병원 의사였는데 팔걸이가 떨어져 나간 낡은 연구실에서 나와 이야기를 나누었다. 이러한 증상을 두고 '2차대전 증후군'이라 부른다고 알려 주었다.

이제 이야기의 끝을 맺으며 한 가지 사실만 더 사족으로 달아두고자 한다. 혹시 당신이 의사라면 이 사실을 꼭 알고 넘어가야 한다. 즉, 이 이야기를 하고 있는 나라는 인간은 퍽이나 단순하고 낙천적이며 때때로 경박하기까지 한 성격의 소유자라는 사실이다. 이 사실은 나는 절대로 카프카의 변신에서 나오는 '어느 날 갑자기 벌레로 변해 버린 사내'처럼 될 가능성이 없었던 사람이라는 것을 밝혀 두기 위해서 밝혀둔다.

지금 밖에는 때늦은 가을비가 추절거리며 내리고 있다.

나는 불을 켜 두지 않은 반지하의 어두컴컴한 방에 혼자 앉아서 이 글을 쓰면서 또다시 서서히 벌레로 변해 가는 자신을 느끼고 있다.

현실이 카프카의 소설을 재현하며 「벌레」가 그 과정을 재현함은 「변

---

79) 프레드릭 제임슨이 〈역사〉라고 부르는 〈실재계(라캉의 개념)의 장〉은 형이상학적인 전통적 역사의 개념과는 구분된다. 전통적 역사의 개념이 권력에 의한 일종의 글쓰기(상징계)라면 실재계로서의 역사는 그런 상징계 이면의 보이지 않는 힘들의 관계를 말한다.

신」, 「벌레」, 현실이 유사한 실재계(혹은 역사)의 표상임을 암시한다. 물론 엄격히 말하면 「변신」과 「벌레」(그리고 「벌레」가 재현하는 현실) 는 아주 동일한 실재계에 대한 재현은 아니다. 그러나 「변신」, 「벌레」, 「벌레」의 현실이 간텍스트적으로 서로 연관된 재현(혹은 텍스트)의 차원에서 나타남은 분명하다. 이제 중요한 것은 어느 것이 보다 더 〈진실한〉 재현인가의 문제일 것이다. 여기서 〈진실성〉이란 숨겨진 〈보이지 않는 힘들의 관계〉, 실재계, 혹은 역사에 대한 재현(글쓰기, 텍스트)의 진실성을 말한다.

메타픽션을 설명하는 과정에서 이제까지 우리가 현실(혹은 역사)이라고 불러왔던 표면에 드러난 것 대신에 숨겨진 〈보이지 않는 힘들의 관계(실재계)〉라는 새로운 〈역사〉의 개념에 도달했다. 이 새로운 역사의 개념은 기존의 현실 개념을 해체하는 동시에 소설 자체를 해체한다. 현실이든 소설이든 역사(실재계)에 접근하는 모든 것은 쓰여진 것(상징계)이며, 우리는 그것을 통해서만 보이지 않는 역사를 감지할 수 있다. 메타픽션은 바로 그같은 역사(실재계)에 대한 〈현실〉과 〈소설〉의 글쓰기의 관계를 폭로한다. 현실을 해체함으로써 자기 자신 또한 해체된 소설은 이제 어떤 낯선 얼굴로 다시 나타날 것인가.

제 6 장
소설의 해체와 미래

자기해체적인 실험소설들은 소설(근대소설)의 기의(signifié)로서 안정된 표상체계를 구축해온 근대성 자체에 대한 질문공세이다. 소설이 기대고 있던 현존의 리얼리티가 흔들리는 징조로서, 근대적 서사장르에 의문투성이의 기이한 실험들이 시작된 것이다. 그러나 근대에 대한 숱한 의문들이 외려 〈근대성〉을 올바로 반추하게 만들듯이, 소설에 대한 의혹의 시선들은 비로소 〈소설의 운명〉을 깊이 통찰하게 한다.

소설의 해체는 과연 장르적 죽음을 의미하는 것일까. 메타픽션처럼 소설 속에 자아의식적 작가가 등장하면서부터 실상 소설의 기능은 사멸의 징후를 드러냈다. 작가의 과잉된 자아의식은 스스로 자발적인 자기해체를 시도하지만, 그 죽음의 모험은 보이지 않는 역사적 힘들에 대한 대응인 점에서, 또 하나의 피할 수 없는 소설의 운명일 것이다. 근대소설의 발흥이 흥기하는 근대 속의 역사적 필연이었듯이, 소설의 해체 역시 몇 가지 연관된 역사적 맥락을 지니고 있다.

먼저 만델이 분류한 자본주의의 제3기적 단계로서 〈후기자본주의〉의 변화를 들 수 있다. 만델은 자본주의의 내적 변화를 시장(자유경쟁)자본주의, 독점자본주의(제국주의), 후기자본주의로 구분했다. 그리고 여기에 제임슨은 리얼리즘, 모더니즘, 포스트모더니즘이라는 세 가지

498

문화형식을 대응시켰다. 그 둘의 논의에 따르면, 소설의 해체가 나타나는 포스트모더니즘의 시대는 후기자본주의에 대응하는 문화논리가 출현하는 시기이다.[1]

후기자본주의란 자본의 논리가 상부구조의 최후의 보루인 문화, 지식, 인격성의 영역에까지 침투하는 시기이다. 이 시기에 이르면 자본주의적 근대의 표상체계(재현방식)에 의존하는 어떤 예술도 불가능하게 된다. 모더니즘 시대만 해도 예술과 무의식에 근거해 자본주의적 모순에 대한 반항이 가능했지만, 이제 그 마지막 요새마저 허물어진 시점에서 가장 〈순수한〉[2] 지배와 예속화가 완성된 것이다. 이에 대응해 서구 중심적인 자본주의적 근대의 표상체계를 완전히 해체하고 그 이면의 〈보이지 않는 힘들〉을 드러내려는 것이 포스트모더니즘의 전략이다. 앞서 살폈듯이, 그같은 현실의 해체에 대한 응보로서 소설의 해체가 생겨난 셈이다.

후기자본주의와 연관된 또다른 역사적 변화로는 비디오, 컴퓨터 등 새로운 매체의 출현을 들 수 있다. 비디오의 영상매체나 컴퓨터의 가상현실은 소설적 재현이 따라잡을 수 없는 강력한 시뮬라시옹[3]의 효과를 만들어낸다. 이제 가상현실은 현실보다 더 현실감을 지니게 되었으며, 반대로 현재 자체도 일종의 꾸며진 시나리오임이 밝혀지게 되었다. 상

---

1) 프레드릭 제임슨, 「포스트모더니즘-후기자본주의의 문화논리」, 정정호·강내희 편, 『포스트모더니즘론』(터, 1989), 178~79면.

2) 후기자본주의가 가장 순수한 자본주의라는 말은 에르네스트 만델의 말임. 순수하게 자본의 논리를 통해서 완전한 자본주의적 지배를 이룰 수 있다는 뜻임. 에르네스트 만델, 『후기자본주의』, 이범구 역(한마당, 1985) 참조.

3) 제1장 2절 (4)에서 살폈듯이 시뮬라시옹은 가장된 인공물을 만드는 행위를 말한다. 시뮬라시옹은 현실보다 더 현실적이며, 어떤 면에서 현실 자체가 넓은 의미의 시뮬라시옹으로 이루어져 있다고 할 수 있다. 시뮬라시옹의 표상(재현) 체계를 지니지 않는 한 우리는 어떤 것도 지각할 수 없기 때문이다. 따라서 중요한 것은 왜곡된 시뮬라시옹을 제거하고 올바른 시뮬라시옹을 만드는 일이다. 이런 생각은 현실이 복수적인 이본들을 갖고 있다는 해체론적 사고에 근거한 것이다. 마이클 라이언, 『포스트모더니즘 이후의 정치와 예술』, 나병철·이경훈 역(갈무리, 1996), 147~70면.

대적으로 실물감이 떨어지는 소설의 이야기가 꾸며진 재현임을 숨기기 어렵게 된 것은 더 말할 나위도 없다. 메타픽션의 출현은 이런 맥락에서 이해될 수 있다.

소설뿐만 아니라 현실 자체가 자르고 이을 수 있는 필름이라면 이제 우리에게 남은 것은 어느 것이 더 좋은 각본을 지녔느냐의 선택일 것이다. 자기해체적 실험소설은 (컴퓨터 가상현실과 함께) 현실 자체가 능동적으로 선택하고 편집할 수 있는 시뮬라시옹의 산물임을 알려준다. 여기서도 진실성의 기준은, 보이지 않는 힘들의 관계(실재계, 역사)를 얼마만큼 잘 드러내는 표상체계(재현, 시뮬라크르)를 만드느냐일 것이다.

따라서 자기해체적인 소설들은 소설의 역사에서 마지막 무덤을 의미하지는 않는다. 자기 자신을 해체한다는 것은 현존에 대한 집착에서 벗어나는 것이며, 실상 그것은 우리가 미래로 나아갈 수 있는 유일한 방법일 것이다. 소설의 현실에 대한 기능에서뿐만 아니라 소설 자신의 역사에 대해서도 이는 마찬가지이다. 자기해체적인 소설이 등장함에 따라 우리는 과거의 소설들(그리고 그 표상체계)을 객관적으로 볼 수 있게 되었으며 또한 소설의 미래를 열 수 있게 되었다.

자신을 해체한다는 것은 실상 근대성이 지닌 가장 중요한 미덕일 것이다. 자기해체의 능력을 지님으로써 근대는 비로소 미래로 나아가는 객관적인 역사의 과정을 통찰할 수 있게 된다. 마르크스는 현재의 자기비판을 통해서만 과거의 역사를 객관적으로 볼 수 있음을 논의했다. 이는 현재의 자신(현존성)에 집착하는 한 역사를 객관적으로 볼 수 없으며 미래로 나아갈 수도 없음을 암시한다. 이런 마르크스의 논의를 좇아서 뷔르거는 예술의 자기비판(아방가르드)이 등장함에 따라 비로소 과거의 예술적 방법들을 객관적으로 이해할 수 있게 되었다고 말한다.[4]

우리는 소설의 〈자기해체〉에 대해서도 똑같은 말을 할 수 있을 것이다. 자기해체적인 소설이 등장함에 따라 우리는 비로소 과거의 소설들

---

4) 페터 뷔르거, 『전위예술의 새로운 이해』, 최성만 역(심설당, 1986), 36~38면.

을 객관적으로 볼 수 있게 되었다. 실제로 메타픽션이 등장한 이후 리얼리즘/모더니즘의 대립적 논쟁은 무의미하게 되었다. 리얼리즘이나 모더니즘의 어느 한쪽에 집착하는 한 우리는 상대편을 객관적으로 이해할 수 없게 된다. 그와 달리 소설에 대한 해체적인 이해방식은 그 둘이 특정한 역사적 시기에 나타날 상이한 표상체계일 뿐임을 알려준다. 그리고 양자가 〈자기비판〉의 힘을 지닌 근대문학인 한에서 서로 병존하고 혼합될 수 있음을 암시한다.

리얼리즘·모더니즘·포스트모더니즘의 병존과 혼합을 말할 수 있는 것은 바로 이런 측면에서이다. 특히 중층적인 역사적 발전 맥락을 지닌 우리 사회에서는 그런 병존과 혼합이 중시되어야 한다. 그리고 더 나아가 소설적 방법체계들의 혼합뿐만 아니라 다양한 매체의 출현에 따른 장르의 혼합현상 역시 주목되어야 한다.

장르의 혼합은 해체적인 장르이해에 따른 자연스런 현상으로 볼 수 있다. 어느 한 장르에 편집하는 한 단지 장르적 간막이 내부에 폐쇄될 뿐이다. 그러나 자기 자신에 대해 해체적이 되면 그런 인위적 구획을 넘어서 여기저기 흩어진 작품들로 되돌아 올 수 있다. 어쩌면 〈혼합장르〉란 아주 일반적인 현상이며 간막이에 갇힌 장르들이 기이한 예외일지도 모른다. 장르적 간막이는 미리부터 있었던 것이 아니라 현학적인 독재자에 의해 기획된 것일 뿐이기 때문이다. 물론 이런 해체적 이해가 각 예술들의 고유한 방법체계마저 부정하는 것은 아니다. 단지 그로부터 생산된 작품들이 이리저리 뒤섞이는 것은 아주 자연스러운 일임을 강조하려는 것이다.

이 책에서의 우리의 논의는 주로 소설의 다양한 방법들을 역사적으로 살피는 것이었다. 우리는 역사적 변화에 따라 방법체계들이 달라지며 같은 시대의 여러 방법들은 복합적으로 연관되는 영역을 지님을 살펴봤다. 이는 한 가지 방법만을 고집하는 단일론을 해체하는 관점을 포함한 것이었다. 그럼에도 불구하고 특정한 방법체계를 세우기 위해, 분석하고 구분하고 분류하는 과정에서, 부득이 잠정적인 경계선들을 만들 수밖에 없었다. 실상 그런 〈견고한〉 기준이 없다면 복합적인 연관을 살피는 어떤 유연한 관점도 무의미할 것이다. 그러나 그 견고성을 화석화시키는 것은 역사와 삶 자체의 죽음을 의미할 뿐이다.

그와 달리 굳어버린 경계선을 끊임없이 〈녹여 버리는〉 자기해체는 피할 수 없는 소설의 운명이며 그 자체가 근대의 정신일 것이다.[5] 근대적 자기비판과 해체의 전망은 이미 리얼리즘 시대에 시작되었으며 모더니즘 시대에 유례없이 격렬해졌다. 그리고 우리 시대에 와서 이제 보다 더 자아의식적이 되었을 뿐이다. 오늘날 실험소설들의 모험적인 도전 속에는 그런 들끓는 근대의 정신이 용해되어 있다. 여기에는 새로운 매체의 등장과 후기자본주의의 사회적 변화, 그리고 장르 해체라는 우리 시대의 문제가 놓여 있다. 이 전환기의 문제들에 대응하는 해체의 전망은 결코 죽음이나 파멸을 뜻하지 않는다. 죽어버린 것은 장르의 감옥에 감금된 화석들일 뿐이다. 그렇지 않으면 불변의 현존이라는 신화일 것이다. 충만한 현재에 붙잡혀 있는 한 과거를 객관적으로 보지 못하며 또 미래로 나아가지도 못한다. 올바른 역사적 전망으로 내일을 보기 위해서는 사로잡힌 자기 자신의 현존에서 벗어나야 한다. 역설적으로 현존의 죽음은 곧 예언인 것이다. 전환기의 소용돌이를 헤쳐나갈 소설의 미래 역시 바로 그 예언적인 해체로부터 시작될 것이다.

---

5) 마르크스의 〈견고한〉 모든 것은 대기 속에 〈녹아버린다〉는 말은 이런 뜻을 내포한다. 마샬 버만, 『현대성의 경험』, 윤호병·이만식 역(현대미학사, 1994), 114면.

참 고 문 헌

조동일, 『한국소설의 이론』(지식산업사, 1977)

신동욱, 『우리 이야기 문학의 아름다움』(한국연구원, 1981)

조남현, 『소설원론』(고려원, 1982)

이승훈, 『문학과 시간』(이우출판사, 1983)

조정래·나병철, 『소설이란 무엇인가』(평민사, 1991)

권택영, 『소설을 어떻게 볼 것인가』(문예출판사, 1991)

우한용 외, 『소설교육론』(평민사, 1993)

최유찬·오성호, 『문학과 사회』(실천문학사, 1994)

한국현대소설연구회, 『현대소설론』(평민사, 1994)

김중신, 『소설감상 방법론 연구』(서울대출판부, 1995)

조정래, 『소설과 서술』(개문사, 1995)

김병욱 편, 『현대소설의 이론』, 최상규 역(대방출판사, 1983)

주네트 외, 『현대 서술이론의 흐름』 석경징 외 역(솔, 1997)

G. 루카치, 『영혼과 형식』, 반성완·심희섭 역(심설당, 1988)

_____, 『소설의 이론』, 반성완 역(심설당, 1985)

_____, 『현대리얼리즘론』, 황석천 역(열음사, 1986)

_____, 『역사소설론』, 이영욱 역(거름, 1987)

I. 와트, 『소설의 발생』, 전철민 역(열린책들, 1988)

L. 골드만, 『소설사회학을 위하여』, 조경숙 역(청하, 1982)

R. 지라르, 『소설의 이론』, 김윤식 역(삼영사, 1977)

504

M. 제라파, 『소설과 사회』, 이동렬 역(문학과지성사, 1977)

M. 바흐친, 『장편소설과 민중언어』, 전승희 외 역(창작과비평사, 1988)

______, 『바흐찐의 소설미학』, 이득재 역(정음사, 1988)

______, 『도스또예프스키 시학』, 김근식 역(정음사, 1988)

E. 아우얼바하, 『미메시스』, 김우창·유종호 역(민음사, 1979)

N. 프라이, 『비평의 해부』, 임철규 역(한길사, 1982)

A. 멘딜로우, 『소설과 시간』, 최상규 역(대방출판사, 1983)

찰즈 E. 메이, 『단편소설의 이론』, 최상규 역(정음사, 1983)

퍼트리샤 워, 『메타픽션』, 김상구 역(열음사, 1989)

랠프 프리드먼, 『서정소설론』, 신동욱 역(현대문학, 1989)

T. 토도로프, 『산문의 시학』, 신동욱 역(문예출판사, 1992)

린다 허치언, 『패러디 이론』, 김상구·윤여복 역(문예출판사, 1992)

월터 J. 옹, 『구술문자와 문자문화』, 이기우·임명진 역(문예출판사, 1995)

위르겐 슈람케, 『현대소설의 이론』, 원당희·박병화 역(문예출판사, 1995)

페터 V. 지마, 『소설과 이데올로기』, 서영상·김창주 역(문예출판사, 1996)

가라타니 고진, 『일본 근대문학의 기원』, 박유하 역(민음사, 1997)

P. 러복(1921), 『소설 기술론』, 송욱 역(일조각, 1960)

E. M. 포스터(1927), 『소설의 이해』, 이성호 역(문예출판사, 1975)

웨인 C. 부드(1961), 『소설의 수사학』, 최상규 역(새문사, 1985)

F. K. 슈탄첼(1964), 『소설형식의 기본유형』, 안삼환 역(탐구당, 1983)

______ (1979), 『소설의 이론』, 김정신 역(문학과비평사, 1990)

보리스 우스펜스키(1970), 『소설구성의 시학』, 김경수 역(현대소설사, 1992)

G. 주네트(1972), 『서사담론』, 권택영 역(교보문고, 1992)

롤랑 부르뇌프·레알 윌레(1975), 『현대소설론』, 김화영 편역(현대문

학, 1996)

S. 채트먼(1978),『영화와 소설의 서사구조』, 김경수 역(민음사, 1990)

제랄드 프랜스(1982),『서사학』, 최상규 역(문학과지성사, 1988)

S. 리몬-케넌(1983),『소설의 시학』, 최상규 역(문학과지성사, 1985)

윌리스 마틴(1986),『소설이론의 역사』, 김문현 역(현대소설사, 1991)

마리 매클린(1988),『텍스트의 역학』, 임병권 역(한나래, 1997)

R. Scholes · R. Kellogg, *The Nature of Narrative*(Oxford University Press, 1966)

G. Lukács, *Solzhenitsyn*(London, Hodder and Stoughton, 1970)

John Halperin ed., *The Theory of The Novel*(Oxford University Press, 1974)

N. Friedman, *Form and Meaning in Fiction*(University of Georgia Press, 1975)

N. Frye, *The Secular Scripture*(Harvard University Press, 1976)

Dorrit Cohn, *Transparent Minds*(Princeton University Press, 1978)

Geoffrey N. Leech · Michael H. Short, *Style in Fiction*(Longman Inc., 1981)

Fredric Jameson, *The Political Unconscious*(Cornell University Press, 1981)

James Phelan ed., *Reading Narrative*(Ohio State University Press, 1989)

이론가

용어

플롯 · 서사구조

516

시점 · 서술

지은이 **나병철**

연세대학교 국문과를 졸업하고 동 대학원에서 문학박사 학위를 받았다.
수원대학교 국문과 교수를 거쳐 현재 한국교원대학교 국어교육과 교수로 있다.
지은 책으로《소설이란 무엇인가》,《문학의 이해》,《전환기의 근대문학》,
《근대성과 근대문학》,《한국문학의 근대성과 탈근대성》,《소설의 이해》,
《모더니즘과 포스트모더니즘을 넘어서》,《근대서사와 탈식민주의》,
《탈식민주의와 근대문학》,《소설과 서사문화》,《가족 로망스와 성장소설》,
《소설의 귀환과 도전적 서사》,《환상과 리얼리티》,
《은유로서의 네이션과 트랜스내셔널 연대》,《미래 이후의 미학》 등이 있다.
옮긴 책으로는《문학교육론》(제임스 그리블),《냉전시대 한국의 문학과 영화》(테드 휴즈),
《문화의 위치》(호미 바바),《포스트모더니즘 이후의 정치와 문화》(마이클 라이언),
《해체론과 변증법》(마이클 라이언),《중국문화 중국정신》(C. A. S. 윌리엄스),
《서비스 이코노미》(이진경) 등이 있다.
주요논문으로는〈탈식민주의와 정전의 재구성〉,〈탈식민 소설과 트랜스내셔널의 전망〉,
〈한국문학연구와 문화의 미결정성의 공간〉,
〈청소년 환상소설의 통과제의 형식과 문학교육〉 등이 있다.

소설의 이해

1판 1쇄 발행 1993년 11월 15일
1판 17쇄 발행 2023년 1월 10일

지은이 나병철
펴낸곳 (주)문예출판사 | 펴낸이 전준배
출판등록 2004. 02. 12. 제 2013-000360호 (1966. 12. 2. 제 1-134호)
주소 04001 서울시 마포구 월드컵북로 21
전화 393-5681 | 팩스 393-5685
홈페이지 www.moonye.com | 블로그 blog.naver.com/imoonye
페이스북 www.facebook.com/moonyepublishing | 이메일 info@moonye.com

ISBN 978-89-310-0334-5 03800

• 잘못 만든 책은 구입하신 서점에서 바꿔드립니다.

❤문예출판사® 상표등록 제 40-0833187호, 제 41-0200044호